桐山襲全作品　I

作品社

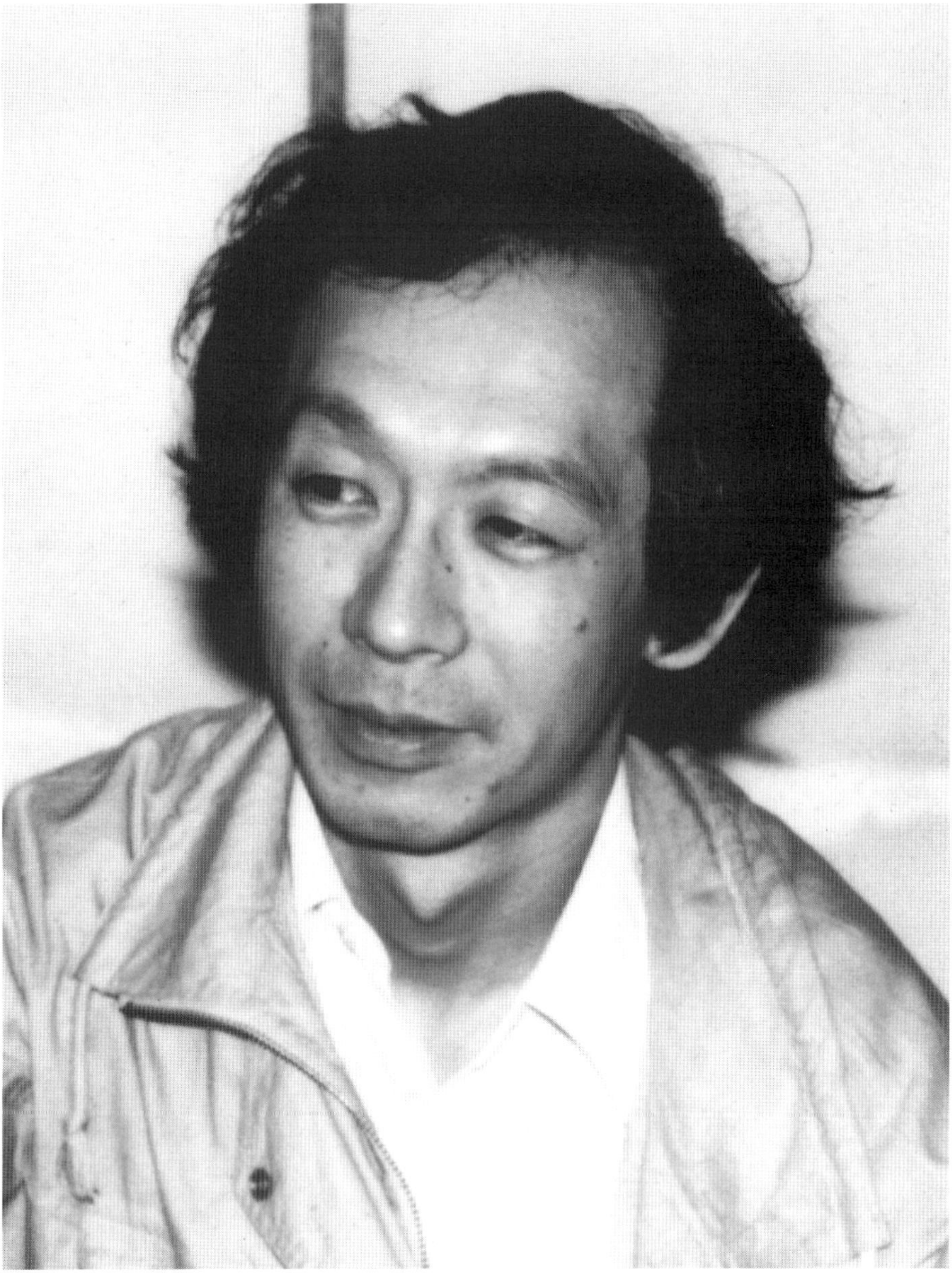

桐山襲（40歳頃）

桐山襲全作品　I

目次

Ⅰ　小説・戯曲

Ⅱ　評論・エッセイほか

装幀　水戸部功

桐山襲全作品　Ⅰ

I　小説・戯曲

祭りの準備

海一面に、月が照っていた。

まるで幾億匹の魚たちの鱗が輝いているように、海は不思議な煌きを、ふかぶかとした暗さのなかにちりばめていた。

静かな内海であった。生きもののような細波が、春の微細な点滅をくり返しながら、緩やかに渚を打っていた。

砂浜に座っているわたしたちの周りは、黄色い月の光が斜めに降っているだけであった。月の光は浜辺の砂に吸いこまれ、その向こうは闇――ただ柔らかな春の闇だけが、若い二人の体を包みこんでいた。シャツの上を通りすぎる風さえもが、熟れたように柔らかかった。

「セリオーソ。あの第一楽章がいいんですよね」と、アルビンは言った、「第一楽章の最初のところ。アレグロ・コン・ブリオ。まるで眠っていたものが急に走り出して行くような、突然の啓示が世界を目覚めさせるような……」

そう言うと彼は、闇の中にその旋律の断片を口笛にした。花々の匂いのせいで少し重たくなった夜気が、小さな旋律のかけらに触れて、かすかに揺れ動いたようであった。

「セリオーソ。題名がいいんですよね」

アルビンは口笛を吹き終って言った。

闇に旋律が止まると、一瞬、風さえもが力を弱めたようであった。

「セリオーソ。あの武骨な男のつけた題名にしては、上出来なんだよな。それ以外は、田園とか、月光とか、全く冴えないものな」

わたしは黒い渚をみつめたまま答えた。

眠っている湖のような内海の向こう岸には、なだらかな伊豆の山腹が黒々と迫り、ぼんやりとした稜線の上に、黄色い下弦の月がぽっかりと昇っていた。

それは実に悠々とした月であった。

春の星々は、月のまわりでは病んだように滲んでいるだけであったが、顔を天に向けてみると、星座は淡く繋がりながら天球を覆い、それはわたしたちの居る砂浜の後の、松林の中へと頽れ落ちているのであった。

アルビンはまた口笛を吹いていた。

セリオーソ……それは、妙にせっぱつまった感情の昂ぶりと、哀愁と悲しみと、そして焦がれるような熱い想いに満たされた四重奏曲であった。その頃、高等学校の三年生であったわたしたちは、まだベートーヴェンの晩年の四重奏曲を知らず、またバルトークの一連の四重奏曲も聴いたことがなかったから、その美しい名前をもった曲を、自分たちの至宝としていたのであった。

「セリオーソ――」とアルビンは呟いた、「大学にはいってから、小説を書くとしたら、セリオーソという題名で書きたい気がしますよね。誰も書いたことのない、驚くべき物語――」

「セリオーソか。……そうだな、俺がその題名で小説を書くとしたら、今夜のような春の夜で始って、秋の死で閉じる……」

「秋の死、ですか。僕は、観念というものを書きたいですね。虚無、孤絶……偽善と偽悪……逆説……暗黒、哄笑……そしてやっぱり、最後は、死か――」

アルビンはそう言って、砂浜の上に体を倒した。

わたしもまた、月の光で湿っている柔らかい砂の上に仰向けになった。浜辺に並べられている二つの死体を包むように、星々が、幾億年もの向こうからの光で、天を覆っていた。

そうしてじっと夜空をみつめていると、天はゆっくりと息をするように近づきながら、わたしたちの体の上に降り下りてくるのであった。星たちの瞬きで息をしている夜空が、内海のかすかなざわめきと、海の上に横たわっているこの岬をつつみ込んで、若い二つの体をどこかへ連れ去ってしまうようであった。

　　春の岬　旅のをはりの

アルビンとわたしは、大学の入学試験を、余り晴れやかとはいえない形で、くぐり終ったところであった。

つまり二人は、書物の森への度を過ぎた渉猟ともいうべき高等学校時代の生活がたたって、揃ってT大学の試験に落ちたところであった。添書ともいうべき深夜に亘る読書と、飽くことを知らぬ喫茶店での雑談――それらの習慣が、わたしたちの成績をアンバランスなものにさせていた。T大学の代りに、アルビンはY市に在る国立大学に、わたしは東京の私立大学に、入学が決まっていた。

そしてわたしたちは、高校生活ともいうべきものの最後を飾るために――或いは、わたしたちの修養時代の終止符を打つために――どちらからともなくこの小旅行を計画し、ザックの中に食糧と本を詰め込み、その上に重いテントをくくり付け、バスケットシューズを履いて、旅に出発したのであった。

……伊豆半島の東側を走る心細い電車を、わたしたちは終点のS市で降りた。春の花の匂い……ヒッチハイク……荷台の風……青い湾……わたしたちは静かな海辺で最初の夜を過ごした。そこからゆっくりと、わたしたちは西海岸を辿った。絶壁が海に落下する危険な山道を這い、幾つもの入江を過ぎ、野猿の棲む浜で遊び、七つの夕陽が海に没するのを眺めながら、わたしたちは旅の終りに、西海岸の行き止まりともいうべきこのH村に辿りついたのであった。

H村は松林に覆われた細長い岬をもっていた。岬が駿河湾の波をさえぎって、静やかな内海をつくっていた。岬の東側からは、内海の向こうに、H村の家々の屋根の眠った姿が眺められた。夏は海水浴場になるらしい砂浜は、季節はずれのままに人気を絶やし、その上を歩く者の足跡をいつまでもしるし続けていた。

幅三十メートルほどの岬は、松林をくぐれば、すぐにその西側に出られた。長く続く白い防波堤が、岬の西側を守っていた。その上に立つと、広々とした駿河湾の彼方に、紫色に霞んでいる御前崎や、田子ノ浦あたりの町々の輝きを見ることができた。防波堤の外側に連らなっている大きな丸い石を、白々とした春の潮が洗っていた。それは、岬の東側とは対照的な、実に伸々とした風景であった。

岬の松林の中には、古ぼけた建物のT大学の寮があった。そこは、Fという美しい文章を書く作家が、かつて或る作品の舞台とした場所でもあった。

その作品は、戦前のH村の姿を、次のように記していた。

H村は伊豆西海岸の小さな漁村だ。細長い岬と荒れ果てた断崖とに入口を扼され、漣波《さざなみ》に浮んだ油の汚点《しみ》がひとりでに伸び縮みしながらひろがって行くものうい内海。昼は、港の奥の船着場を中心に、火の見櫓《やぐら》、小学校、村役場、二軒の旅人宿、郵便局、それに海岸沿いの背の低い漁師の家の屋根屋根が左右に開け、赤茶けた断崖の麓には、徳川末期の造船所の名残である頽れかけた建物と、竜骨ばかりの木造船の船体とが、ひっそりと内海に影を落としている。夜になれば、船の航跡に、桟橋の脚柱に、渚の打ち上げられた海藻《かいそう》に、夜光虫が銀色にきらめく。

その作品は、溢れるほどの感傷をしたたらせながら、ひとつの愛――というよりは愛への憧れというべきものを、孤独と死の影によって縁どったような、青春の透明な甘さと哀しみのまじりあった作品であった。

勿論、既に高等学校の卒業を目前にしていたアルビンとわたしにとって、その作品のことを口にするのは、いささか気恥ずかしいことであるのにちがいなかった。その作品の甘さに酔い痴れるには、わたしたちは少々早熟にすぎたし、また、その作品の美しさを静かに味わうためには、わたしたちはまだ歳が足りなかった。わたしたちはその作品に感動することは〝子供じみたこと〟であると考えることによって、幼ない矜恃を示そうとしていた。

だから――アルビンとわたしとは、旅に出る前も、旅に出てからも、H村の名前をただ一度も口にすることなく、しかし明らかにその作品の甘く透明な感傷に誘われるかのように、旅の最後の宿泊地をH村に定め、その岬の松林の奥にテントを張ったのであった。

T大学の寮は目と鼻の先であった。しかし、そのように小説の舞台に近づいてもなお、わたしたちはその小説に触れることがなかった。口にするには気恥ずかしすぎるが、黙殺するには余りにも美しすぎる……そのようなところが、その小説にはあった。アルビンは——いや、ここで、〝アルビン〟という名前について註釈を加えておいた方が良いであろう。

アルビン——それは、彼とわたしとがまだ小学生のころ、一緒に通《かよ》っていた英語塾で、彼に与えられた名前であった。

老いた山羊のように物静かな退職教員の経営するその英語塾は、〈ミネルバ学院〉という、気宇広大ともいうべき名前をもった塾であったが、電車の轟きが窓の向こうから聞こえる、モルタル造りの二階の、ささやかな、しかし当時としてはいささか高級な、小学生たちの学習の場であった。小さな教室には、十ほどの長机と長椅子が並べられていた。小学校の、ひとりひとり分かれた小さな机しか知らなかったわたしたちは、その長机に向かって座ることを、急に自分が成長したような、奇妙に誇らかな気持で受けとめたものであった。

(そして、これはずっと後のことになるのであるが、大学生となったわたしが、夏の朝にバリケードを築いていたとき、わたしはそのバリケードの材料ともいうべき机と椅子とが、ミネルバ学院の幼ない日々にわたしたちが座ったものと同じであることに、突然思いあたったのであった。)

ミネルバ学院では、集まってくる小学生のひとりひとりに、その姓や名をもじって、それぞれ英国人風の名前をつけていた。利男は〝トミー〟、江田は〝エドワード〟、増夫は〝マシュー〟、服部は〝ハッティー〟、……アルビンという名前は、彼の姓をもじってつけられたものであった。そして、わたしはといえば、名前が一夫であったから、〝カーオ〟という、いささか牧歌的に過ぎる名を与えられていた。……

「なあ、カーオ」

とアルビンは、わたしと二人きりになると言った。

わたしたちは、小学校、中学校と続いて、奇妙にもずっと同じクラスであった。同級の九年間を通じて、学年全体での成績は、常にアルビンが一位であり、カーオたるわたしは常に二位に甘んじていた。だから、わたしたちのクラスは、いつも学年の一位と二位とを独占していた訳なのであるが、児童会とか、生徒会とかいう、いまとなっては恥ずかしいような組織の議長と副議長の椅子もまた、わたしたちのクラスが——正確に言えばアルビンとわたしとが——独占し続けていた。もっともこちらの方は、常にアルビンが一位でわたしが二位という具合にはいかず、わたしたちは交互に議長の座を譲りあっていた。アルビンは、比較的成績の良い少女たちの票を獲得し、わたしには、いささか〝不良〟じみた少年たちの支持が集まっていた。そして少女たちはといえば――その少女たちの票は、スポーツマンタイプの別の少年にかなりの量を奪われ、わたしたち二人はその政治生活の幼年時代において、議長と副議長の椅子をいつも異性の集団によって脅かされ続けていたのであった。

「なあ、カーオ」

アルビンがそのように呼びかけるのは、わたしたちが別々の高等学校に通うようになってからも、変わらなかった。

学校の帰りに落ち会った喫茶店で、覚え始めた煙草とコーヒーの味に酔いながら、わたしたちは何時間も様々なことを語りあった。

そのようなわたしたちの密接な関係は、〈知的なものへの意志〉とも呼ぶべきものによって、形づくられているようであった。

実際、中学生の頃から、アルビンとわたしとは、書物を通じて、〈世界知の頂点〉ともいうべきものへ至るための、抜きつ抜かれつの競走を続けてきたように思える。

例えば、まだ中学生の初めの時分、わたしが「愛と認識との出発」とか「三太郎の日記」とかに熱をあげていた頃、アルビンは早くも「善の研究」を読み通していたことを自慢にしていた。わたしがシュトルムを読んでいれば彼はマンを、わたしが「夜間飛行」を讃えれば彼は「怖るべき子供たち」を、そして彼がルージンやバザーロフを語れば、わたしはスビドリガイロフやスタヴローギンをもって、それにこたえた。わたしたちは、藤村操とマインレンデルと、いずれが偉大であるかについて争い、アナトール・フランスとチェーホフとの、いずれが厭世的であるかについて議論した。

わたしたちはさながら、幾世紀もの広さをもった殿堂の中で鬼ごっこをしている、二人の子供たちのようであった。またわたしたちは、書物の中にどれほど素晴しい女性を発見したかについて、競いあった。

敬虔なエロイーズやアリサ、更級日記の少女や、信州のサナトリウムの節子、巨大な教養小説《ビルドゥングス・ロマーン》の中のアントワネット、そして、ペテルスブルクのソーネチカ……

高等学校にはいってしばらくすると、〈エチカ〉とか〈モナド〉とかの魅惑的な言葉をわがものとしていたわたしたちは、揃って、近代における哲学者の最高峰ともいうべき者の〝第一批判書〟を読み進んだ。この三ヶ月に亙る苦行はわたしたちを鍛え、おかげでわたしは、この頃から眼鏡を使用するようになった。

わたしたちは幾つもの峰、幾つもの高地を越えて行った。ありとあらゆる領野が、わたしたちの前に開かれていた。

わたしたちはサルトルとハイデガーを闘わせ、カフカとリルケを争わせた。ゴーゴリとガルシンを量り、アラゴンとエリュアールを比較した。わたしたちは、どちらが早く「異邦人」の作者を馬鹿にしたかということを競いあった。

そして、高等学校の卒業間近のこの小旅行に出かける頃には、二人は、まだ手を触ることのなかった巨大な思想家の膝元まで到達していたのであった。その思想家にかんして、いくらかアルビンに遅れをとっていたわたしは、その思想家の若き日の草稿——経済学と哲学とにかんする草稿——を〝発見〟することによって、失地を回復したところであった……。

勿論、アルビンとわたしとの密接な関係ともいうべきものは、知的なものとは別の、或る共通性によっても形づくられているように思えた。

それは〈家〉、もしくは〈家族〉と言ったら良いかも知れない。

早くに父を亡くし、再婚した母の〝連れ子〟として、アルビンは心の最も柔らかな時期を過ごしてきたのであった。父親を異にする兄弟を、彼はもっていたが、それら兄弟について語ることを、アルビンは極端に好まなかった。——あの人たちは、とアルビンは少し露骨すぎるほどの嘲りを浮かべながら、言うことがあった。

——あの人たちはね、ぼくとは性格が違うんですよ。いや、性格なんぞというより、もっと根本的なものが違いますね。休みの日といえば、一人はテレビジョンに喰いつかんばかりにして、一日中じっとしている。もう一人は、ラジオの真空管のようなものを集めて来て、朝から晩までそれをいじくりまわしている……。

そして、わたしはといえば、アルビンと同じくらい早くに、母を喪っていた。

あゝ麗しい距離《デスタンス》
常に遠のいてゆく風景
悲しみの彼方、母への、
捜り打つ夜半の最弱音《ピアニッシモ》。

父のない家庭と母のない家庭——幼ない者の目にみえるそのあからさまな空洞のようなものに背いて、或いは、その空洞を形のないものによって埋めようとして、アルビンとわたしとは、ひとつの共通の姿勢のようなものを、人生の初発において身につけていたのかも知れなかった。人生への或る種の断念・現に存在するものへの不信・〈幸福〉というようなものへの背反・肉体や感情への敵意・暗がりへの愛好……。アルビンとわたしとの知への前進もまた、幼年期の初発において味わったそれぞれの〝挫折〟、死んだ者は生き返ることがないという〝唯物論の勝利〟への、幼ない手による報復戦であったのかも知れなかった——。

だから二人は、別々の高等学校に通うようになってからも、いや、別々の高等学校に通うようになったがために、月に二回ほどの〝正式の学習会〟を開くようになった。

そのささやかな学習サークルは、当時わたしたちの共通の聖典であった原口統三の遺稿集の題名をとって、〈エチュード〉と名づけられた。

それはアルビンとわたしにとって、互いに相手がどこまで前進しているかの点検の場所であり、自分が相手より半歩先を進んでいるかどうかの確認の場所であった。

アルビンとわたしは、――いや、〈エチュード〉にはわたしたちのほかにもう一人のメンバーがいたことを、付け加えておかなければならない。それは一人の少女――わたしたちが〝マドンナ〟と呼んでいた一人の少女であった。彼女は、小学生の頃、やはりわたしたちと同じ英語塾――ミネルバ学院――に通っていたのであったが、そこで〝マーティー〟という少年のような名前を与えられていた彼女を、わたしたちは〝マドンナ〟と呼びかえることによって、わたしたちの幼い戦列に加えたのであった。

マドンナは――その少女は、アルビンやわたしよりも、一つだけ歳下であった。

向かいあって話をしていると、いつの間にかじっとこちらの眼をみつめている癖が、その少女にはあった。少し首をかしげるようにして笑うと、ふっくらとした左の頬に大きな笑窪ができた。きれいに揃えられた前髪が、額の上で揺れることもあった……。

そのあいらしい少女に対して、いささか保護者然として振るまうことの出来るのが、アルビンとわたしとの誇りであった。実際、姉妹をもたないわたしは、彼女を自分の妹であるかのように想った。それは、時としてひどくわたしをぼんやりさせたり、うっとりさせたりする妹であった。マドンナ、わたしの妹……。

その妹の誕生日には、本を一冊プレゼントするというのが、彼女の保護者たるアルビンとわたしとの、高等学校へはいってからのきまりであった。マドンナの高等学校二年生の誕生日――つまり彼女の十七歳の誕生日に、アルビンとわたしとはそれぞれ別々に、互いに秘密にしながら、マドンナに本を捧げた。後で聞いたところによると、アルビンの贈ったのは、ボーヴォワールの大著の第一分冊であった。わたしは（彼女の成長段階というものを考えて）、夭折した詩人のソネット集を贈っていた。そのソネット集の中の、静けさと哀しみの言葉を、わたしは彼女と分かちあいたいと願っていたのかも知れなかった。

やがて　秋が　来るだらう
夕ぐれが親しげに僕らにはなしかけ
樹木が老いた人たちの身ぶりのやうに
あらはなかげをくらく夜の方に投げ

すべてが不確かにゆらいでゐる
かへつてしづかなあさい吐息のやうに……
(昨日でないばかりに　それは明日)と
僕らのおもひは　ささやきかはすであらう

——秋が　かうして　かへつて来た
さうして　秋がまた　たたずむ　と
ゆるしを乞ふ人のやうに……

やがて忘れなかつたことのかたみに
しかし　かたみなく　過ぎて行くであらう
秋は……さうして……ふたたびある夕ぐれに——

「マドンナ、やっぱり、さそえば良かったですかね」

アルビンの声が、闇の中でした。

夜の深まりを謳うように、波の音が少し大きくなったようであった。

月は中天に、相変らず悠々と輝いていた。

黒々とした松林の奥の、大学寮のあたりで、急に何かを叫び立てるような声が起こり、すぐに止んだ。波の音ばかりであった。

「さそったって、やはり来なかったんじゃないかな」

わたしは月をみつめたまま、答えた。

「そうね、彼女の家はブルジョアですからね、正真正銘のブルジョアジー……」

「でも、彼女は一緒に来たかったのかも知れない……」

「わかりませんよね、来たかったかどうか。女心と、秋の空——」

「ちょっとな、チンプすぎやしないか?」

「そうですね、じゃあ……女というものは、始終どこかに故障のある挑戦みたいなものだ」

「ふん、スタンダールか。こんなのもある……女は美しくて、甘ったるい嘘つきだ。男は、すぐにおまえを信じこんでしまう」

「誰ですか、そんな浪漫的なこと言うの?」

「バイロン」

「毒が足りないですねえ、こんなのがいい……男というものは、嘘の国の庶民であるが、女はその国の貴族である」

——夜風が、さすがに二人のシャツを冷たくさせていた。

黒い内海の奥の波止場から、この夜更けにどこへ出掛けるのであろうか、小さなポンポン船がこちらへ近づいて来た。黒い夜の塊りのようなポンポン船は、操舵室のあたりにオレンジ色の灯をひとつだけ点しながら、海の面を滑るように進んでいた。暗さのなかにちりばめられていた月の光が、船の左右で細かに砕け、妖精たちの光となって広がっていった。

　孤独な夜行船は、わたしたちの前方で向きを変えると、小さな黒い船腹を見せながら、左手の岬の先端へと消えて行った。わたしたちの背後の松林の、その向こうの外海の方でしばらく発動機の音が聞こえ、遠ざかり、やがて夜の中に打ち寄せる外海のざわめきに、すべてが呑みこまれていった。

「寒くなったな」

　わたしは砂浜から体を起こしながら言った。

「考えていたところなんですけどね」わたしと同じように体を起こしながら、アルビンは静かな声で言った、「小説、書きませんか？　大学にはいったら。題名は〝セリオーソ〟」

「共同でかい？」

「いや、ひとりがひとつずつの、ですよ」

「ああ、いいね、約束しようか。大学にはいってから、一年以内に書くんだ。それから、題名は〝セリオーソ・セリオーソ〟がいいな」

「〝セリオーソ・セリオーソ〟？」

「うん。二つ重ねておけば、もしも二人のうちのどちらか片方しか書かなかったとしても、二人分書いたような気になる」

「いいですね、〝セリオーソ・セリオーソ〟」

「あと十日で、大学か――」

「東京へ帰ったら、それまで、何をしますかね」

「何をするかなあ……」

「本でも読みますか」

「いや、映画に行きたいな。――気狂いピエロ、またかかるんだ」

「気狂いピエロか――、まだ観ていない」

「アントニオーニやフェリーニなんか、目じゃないな」

「へえ、映画は弱いですからね、カーオにはかないませんよ。去年、ポチョムキンは観たけれど」

「……夏の夜のパリで始まる……ベラスケスの話……ベラスケスは、五十歳になって、もはや事物を描こうとはせず、黄昏の光とともにオブジェの周辺をさまよい、物貨の影と面に息づく多彩な動悸を、沈黙の交響楽の見えざる核とした。彼がひたすらに描いたのは、互いに浸透しあう形と色との、神秘的な交換の、人知れぬ展開と継続……そして一組の男女の逃避行が始まる。パリのアパルトマン、銃、凶器……自動車……やがて海が、青すぎるほど青い南仏の海があらわれて来るんだ。……牧歌、日記と詩、太陽、そして月の浜辺だけど、物語はここで終らない。次の章、絶望。――女の失踪……危険、罠、そして最後は、銃声と爆発音、悲しいほどに霞んだ海の姿で終るんだ」

「へえ……いいですね、最後のところが」

「ああ、駆け抜けていくものと、死」

「…………」

「寒いな」

「そろそろ、テントへ戻りますか」

「うん、俺、ションベン」

「付き合っちゃいましょう」

わたしたちは、砂浜を汀まで進み、バスケットシューズの先が黒い水に触れそうになるぎりぎりのところで、月の光に向かって放尿した。放尿しながら顔を天に向けると、先程よりも空は晴れて、春の星々がぐるぐると輝いていた。

「わが頭の上なる星繁き空よ！」

アルビンが叫んだ。

「わが足元の排泄物よ！」

わたしは応えた。

——二人は軟らかい動物のような砂浜を踏み、夜の中にからまり合っている松林の中にはいって行った。風が急にさえぎられて、体が何か生暖かいものに包まれたようであった。T大学の寮の窓の灯が、松の板の向こう側で、まるで夏の月のように赤々と滴っていた。

テントの入口をくぐり、わたしたちは手探りでそれぞれのシュラフにもぐり込んだ。シュラフの饐えたような匂いが、まるで布で出来た棺でもあるかのように、二人の若い体を包んだ。

「明日の朝は、ゆっくり寝ていましょうよ」

——やがて、アルビンの静かな寝息が聞こえ始めた。

わたしの首筋や頬のあたりには、まだ海辺の夜風が纏いついているようであった。余りにも長く夜風のなかに居たせいであろうか、首筋のあたりが、少し寒かった。わたしは頤のところまでシュラフをひっぱった。風邪をひくかも知れないな、とわたしは思った。

防波堤に砕ける夜の海の音が、テントの中にまで聞こえてきていた。闇の中に二つの眼だけが冴え渡って、わたしはなかなか眠ることが出来なかった。

……マドンナ……さそえば一緒に来ただろうか？　わたしは潮のざわめきのなかで、その少女のことを考えた。この前彼女と逢ったのは、旅に出発する五日ほど前であった。大学の決まった報告のようなつもりで、彼女の家の近くの喫茶店に呼び出したのであったが、二人きりになってみると、何故だか妙に打ちとけられなくて……少し怒ったような顔をしていたな。いつもこちらをじっと見つめている眼が、少しすねたみたいに横を向いたりしていた。うつむいたおでこにかかった前髪が、目の前のテーブルのコーヒーカップと同じように、いつまでも黙ったままだったっけ。……それから、いつもちょっと張れぼったい感じのくちびるが、まるで紅をつけたみたいに、妙に鮮やかに見えた……。

風が出て、松林が揺れていた。マドンナのことを想いながら、わたしはゆっくりと春の眠りにはいっていった。アルビンとわたしの眠るテントの上に何かの落ちた音がしたのは、松笠か、さもなければ、無垢なる者としてのわたしたち二人の、その最後の夜の、星のかけらであったのかも知れなかった。……


次の朝、まだ眠っているアルビンをそのままにして、わたしはテントを脱け出た。

晴れた朝であった。

松林の中に射しこんでいる光と、そして空気までが真新しかった。

林の中の小径をひとり辿り、林を抜け出て、岬の西側の、長く続いている防波堤の上に登ると、海が朝の霧の中から打ち寄せていた。霧は水平線のあたりを隠しこみ、まだ生まれたばかりの青が、足下に砕け散っていた。

夢の中の道のように白く続いている防波堤には、人影がなかった。

ただ朝の潮だけが、眠りから醒めて、単調な轟きをくり返しているばかりであった。

防波堤は岬の先端へ向かって、ゆるやかに伸びていた。その細やかな道を、わたしはゆっくりと進んだ。

堤の途中には灯台があった。その白堊の肌は、触れた指に白い粉が移りそうなまでに、妙に生々しかった。それは夥しい蝶の白い鱗粉によって塗り固められた壁のようでもあり、ただ朝のわずかな時間にだけ姿を見せる白い幻の塔のようでもあった。……

そして灯台を過ぎると、右手に茂っていた松林は途切れ、そのかわりに桜が――開花し始めた桜が、無人の岬の風景を白くさせていた。

ふくらみきった蕾の重味が、幾本もの板を防波堤の上に垂れ下がらせ、その中で開き始めた無数の白い花が、微風にまじりあい、霧にまじりあい、潮の轟きにまじりあって、岬の朝を不吉なまでに美しくさせているのであった。

不吉なまでに、……そのとき、わたしはそのように感じたと記憶しているのであるが、それは本当にわたしが感じたものであるかどうか、定かではない。むしろ、後に起こった不吉な事件が、わたしの記憶を捏造したものであるのかも知れない。防波堤を歩きながら、その朝、わたしは岬の風景を不吉なものと感じたにちがいない、と。……

後に起こった不吉な事件――それはマドンナの死にまつわることであるのだが、岬に開花し始めた桜の異様な白さのなかに、わたしがそののちの不吉を予感したとでも言うことが出来るのであろうか。

……それはわたしが岬の朝に立っていた日から二年ほど後の春、つまり一九七〇年の春のことであった。

一九七〇年の春――多くの者たちは、その春がいったいどのようなものであったか、深く記憶しているはずなのであるが――それは、一九六九年という奇跡の年がめぐり終え、かつ七〇年六月の大規模な闘いを前にした季節、つまり、妙に冷えきったものと、六月に向けた熱い埋み火を両手に持っているような、不安定な季節であった。

六月の闘いへ向けて、わたしたちはまだ学生の大部隊を組織し続けていた。しかし前年十一月の、冷たい雨の中の敗北は、それを闘った多くの者の内側に、〝既に事終れり〟とでもいうべきぬぐいがたい終熄感を、沈澱させてもいたのであった。

十一月の街路を最も遠くまで行くことを決意していた者たちは、(その決意が深いものであればあるほど)まるで失なわれた敷石のような、ざらざらとした冷たさを、自分の内にかかえこんでいた。そして、十一月の方針の正しさを信じつつ、なお、その過程にあらわになった武器の問題、党の問題、個体と決意の問題、それら余りにも厖大な問題の前で、まるで自傷し続ける小動物のように、自分自身の激しい無力を受感し始めていたのであった。

残酷な春――その春の中で、マドンナはN湖という湖で水死したのであった。その湖のほとりには、彼女の家の別荘があった。岸から二百メートルほど出たところに、やはり彼女の別荘のボートが浮かんでいた。事故死、という連絡をわたしは家族から受けとった。

かの女は水におぼれて、小川から川へ
川から大川へとながされていった
そのとき、空にはしろお《ママ》く月影が冴え
光にはほのかに哀悼がまじった。

わたしがN湖の彼女の別荘に辿りついたのは、水の中からマドンナの肉体がひきあげられたという知らせを受けた日の、夕刻であった。

白い木造りの建物の扉を開けると、彼女の従姉妹ででもあるのであろうか、わずかに顔立ちの似たところのある女性が、わたしをマドンナの眠る部屋に案内した。

きれいに整頓されたその部屋には、布団が一組だけ敷かれ、そこから少し離れて、彼女の両親、それに兄弟かと思われる人々が座っていた。まだ棺が届かないのかも知れない、布団はひどく無防備な感じで、集まっている人々の前に剝き出しになっていた。

無言の人々に会釈して、わたしはマドンナの枕元に進んだ。彼女の顔の上には、不吉な白い布がかけられていた。夕べの暗さがしみこんでくる部屋の中で、誰もその白い布を取ろうとはしなかった。

水で死んだ者には、鼻や口に水底の藻が苦しいほど絡みついているという話を、わたしは思い出した。

浮草が、藻が、腕に足にからみつき
かの女は重たくなってゆく、しだいしだい。
つめたく魚たちがかの女に触れてゆき
最後の旅路をさえやすらかにはしない

そのとき、マドンナの顔がかすかに動いたのを、わたしは見た。かすかに……だが、それは、湖から吹いてくる夕べの風に、マドンナの顔の上の白布が、揺れただけであった。

不吉な花びらのようだ、わたしはそう想っていた。……

「朝の散歩ですか、風流なものですねえ」

テントに戻ってきたわたしをみつけて、アルビンは言った。

アルビンは性能の悪いラジュースを相手にして、朝食のためのお湯を沸かそうとしているところであった。

「チェリーの花がね、咲き始めたよ」

と、わたしは報告した。

「チェリーね。その根本のところから、屍体でも掘り出して、おかずにしますか」

「ふん。しかし、腹がへったなあ」

「パンしかないですよね、きのうの残りの」

「何もないよりはいいだろ。――サラミソーセージ、もうなかったっけ？」

「あれね、もうとっくにありませんよ。猿のいる岬で、カーオがみんな投げてやっちゃったじゃないですか。弱そうな奴に食わせてやろうとしても、みんなボスに取られちゃう、とか何とか言いながら――」

「ふうん、そんなに投げたっけな」

「ともかく、パンしかありませんからね。牛乳だって、町の方まで行かなきゃ、売っていないんだから」

「まあ、いいさ。これが最後の朝食だからな。俺たちの食糧計画は、まことに見事であったという訳だ」

「最後の朝メシ、ですか。――取って食べよ、これはわたしの肉体である……」

アルビンとわたしは、テントの中からシートをひきずり出すと、そこに腰を下して、コッフェルに紅茶を注いだ。水気のなくなった堅いパンを、二人は紅茶に浸して食べた。風に海の匂いがした。

「今日で終りかと思うと、なんだかあっけないようですね」

「こんなものだろ。少年老いやすく――」

「こんなものかも知れませんね。人生が終っちまうときも――」

松林の上を、鳥が、幾度も過《よぎ》っていった。

質素な食事を終えると、わたしたちはのろのろとテントをたたんだ。テントをひっぱっていたペグを引き抜くと、鋭い金属の内側に、春の泥がこびりついていた。わたしは両手で、腕の良い料理長のように、二本のペグを研ぎ合わせて泥を落した。

（この岬に、自分はもう来ることがないだろうな）

そう思うと、ペグからこぼれ落ちて行く小さな泥のひとつひとつが、妙に懐かしいもののように感じられた。

（マドンナと、いっしょに来ることがあるだろうか？）

わたしはテントをザックの上にくくり付けながら、ひとりで想った。

岬からH村の中心までは、半時間を要した。

内海を左手に見ながら、海沿いの細々とした道をぐるりと辿って、ようやく町の中心に近づくと、浜にひきあげられている幾つもの小船や、物干し竿のようなものに掛けられている網が、春の微風を受けて、強い魚の臭いを放っていた。道の右手に軒を並べている家々は、一様に潮に纏いつかれながら、背後から迫って来る急な山腹をかろうじて支えていた。

町の中心には、幾軒かの土産物屋や、魚介料理を看板にした食物屋が見られた。わたしたちが通りすぎてきたT町やM町と違って、このH村には温泉が湧かないことが、町のたたずまいを静やかなものにさせていた。華やいだところが、この町にはなかった。

バスの停留所は、N市に通う連絡船のための小さな波止場と隣接して在った。陸と海との両方の客のために、古びた木造の待合所が建てられていた。薄暗い待合所の中には売店があり、駄菓子や新聞などが、いかにも埃をかぶった感じで並べられていた。これから船でN市へ行くのであろうか、二人の老婆が、潮の匂いのするような皺だらけの口で、何かを喋りあっていた。

アルビンとわたしは、バスで達磨山を越えて、温泉場で有名な山間のS町へ出、そこから列車を乗り継いで、夜には東京へ帰る予定であった。S町での列車の乗り継ぎがうまく行けば、夕刻には東京駅にたどり着けるのにちがいなかった。

S町へ向かうバスは、すでに待合所の前に停められてあった。だがバスの中には、運転手さえも乗っていなかった。発車までに、まだ三十分も間があるのであった。

アルビンとわたしは、波止場に出て、何も口をきくことなく、朝の内海と、その向こうに長く横たわっている松林の岬を眺めた。岬の先端を掠めて、ポンポン船が静かに出入していた。わたしが明け方に見た桜は、松林にさえぎられて、眺めることが出来なかった。

「無茶苦茶な坂ですね。登りだからいいようなものの、下りだったら目が回るでしょうね」

乗り物に弱いアルビンは、バスの通路の向こうから、大儀そうに言った。

S町へ向かうバスには、わたしたちのほかに数人の乗客しかいなかったから、わたしたちは通路をへだてて、それぞれが二人分の席を占領していたのであった。

バスは、まだ樹木が芽吹く前の、枯葉色の山腹の急斜面を、喘ぎ喘ぎ登っていた。自分たちの頭の上ともいえる場所から、突然対向車が現われ、危く車の鼻と鼻とをぶつけあいそうになりながら、注意深くすれちがって行った。バスの一番前には、みかん色のユニホームを着た車掌が立ち、大きなカーヴのたびに窓から首を出して、左手の路肩を確かめていた。

「いよいよ、シュトゥルム・ウント・ドランクですねえ」

アルビンは言った。

バスのラジオが、米軍のO野戦病院にかんするニュースを伝えているのであった。バスの振動とまざりあいながら、途切れ途切れに聞こえてくるニュースは、来週中にも、O野戦病院をめぐって、全学連の大規模な闘争が行なわれるであろうと報じていた。

「こんな旅行なんかしていて、いいんでしょうかねえ」

アルビンがまた言った。

アルビンの想いは、また、わたしの想いでもあった。いや、アルビンやわたしだけではない、わたしたちと同じ年に生まれた厖大な数の者たちが、この年の春、来たるべき風の季節を前にして、焦燥にも似た想いで日と夜とを送っていたはずであった。

「ともかく、入学まで、あと十日だ」

わたしは、ひとことひとことを嚙みしめるように答えた、

「俺たちの入学と同時に、いっさいが始まる。俺たちこそが、準備された舞台の上に立つ者、集められた火薬に火を投ずる者となるのだ。まるで俺たちが、歴史によって選ばれた者たちででもあるかのように――」

――実際、わたしたちが大学に入学する時期に合わせたかのように、前年の秋から、歴史の舞台は着々と整えられていた。前年の秋を契機に、目に見えるものとして動き始めた地表は、幾つもの深い亀裂を生み出し、蠢き、地響きを轟かせながら、地下からの巨大な噴出を迎えようとしているかのようであった。

前年の秋――それは言うまでもない、一九六七年、全学連の羽田闘争がわたしたちに与えた衝撃であった。

一九六七年十月八日のその朝――それは良く晴れた朝であったが――佐藤首相の東南アジア訪問を阻止するために集結した全学連の数千の部隊は、鈴ヶ森ランプへの進撃を

突破口に、羽田空港へ通じる穴守橋、弁天橋へと前進し、そこで数時間に及ぶ機動隊との激闘をくり広げたのであった。

勿論、わたしたちはその闘いをテレビジョンの画面で見ていたのであったが、ヘルメットと角材によって武装した学生たちの姿は、この国そのものに対する叛逆の意志の化生ともいうべきものとして、彼らより一つか二つだけ若いわたしたちの目に、鮮明に焼きつけられたのであった。――穴守橋、弁天橋、稲荷橋……それらの橋の名前を、わたしたちは深く記憶に刻みこんだ。それらは、必ずや自分たちが渡らねばならない橋の名前として、わたしたちに引き継がれたのであった。

その闘いの翌日、アルビンやわたしを含めて、実に多くの者たちが、それぞれの学校で、それぞれの学級で、昨日の闘いについて熱っぽく語りあっていた。夥しい若い口腔から生み出されるそのざわめきは、深く、熱く、国じゅうの到る処に広がっていった。十月八日は、歴史の扉を開いた。〈大いなる時代〉が開始されたこと、本当の自分たちの時代が開始されたことを、わたしたちは確信していた。――

武装した全学連の闘いは、十月八日の一日だけにとどまらなかった。翌月の第二次羽田闘争、そして年明けの佐世保の闘いへと、進撃は続いていた。彼らの突破した阻止線は、もはや修復されるべくもなかった。なぜなら、彼らの後に続く厖大な数の者たち、彼らより一つか二つ若い者たちが、その突破された阻止線をめがけて、全国のありとあらゆる場所から、起ち上がり、走り出そうとしていたのであったから――。

(風が、吹き始めている……)

わたしは、そう感じていた。その小さな風は、やがて疾風となり、無数の旗をひるがえらせ、雄叫びのように全国を覆い尽すのにちがいなかった。そして、この国においてはめったに吹くことのなかったその荒々しくも爽やかな風の中を、武器を持った無数の者たちの中の一人として、自分が疾駆して行くのを、わたしは視た。

――生まれるのが、どうも遅かったんじゃないですかね、一年だけ。

佐世保の街で闘いが続いていた頃、アルビンはそのように言ったことがあった。丁度、大学受験を目前にした頃であった。

――もう一年早く生まれていれば、確実に間にあったと思うんですよね。

――一年か……。

――大きいですよ、この一年の違いは。

焦燥。ひとりきりの焦燥ではなく、共同の焦燥――。そのような共通の感情が、たしかにわたしたちを捉えていた。

だが、わたしはもっと大きなざわめき、この時代全体を覆い尽すであろうざわめきを、予感していた。風は、いまようやく動き始めたばかりであった。だから、わたしはアルビンに言った。

――しかし、こう考えることはできないかな。俺たちが乗り遅れたのではなく、俺たちの幕が上がるために、いまいっさいの準備が整えられたのだと。俺たちこそが最も遠くまで行く者、最後までのいっさいを見届ける者であると。……

大きな時間の廻りが、仕組まれているようであった。運命の糸は、わたしたちのそれぞれの個体と、巨大な歴史の流れとを、ひとつに結びつけているように思われた。

実際、アルビンとわたしとは、中学生の頃から、〈世界知の頂点〉ともいうべきものをめざして競い合ってきたのであったが、わたしたちの射程が、ついにあの巨大な革命思想にまで及んだそのときに、それまで停止していたかのように思われていた歴史は、はっきりとした音を立てて回転し始めたのであった。〝経済学と哲学にかんする草稿〟の中に刻みこまれていたひとつひとつの文字が、生きた姿となって、目の前に出現したのであった。

――ふむ。選ばれた民というところですかね。だけど、僕は、どうしても一年遅れたように思えてならないですけどね。

勿論、わたしたちの大学に入学するのが一年早かったのであれば、わたしたちは最も先駆する者として、十月八日の穴守橋や弁天橋に立っていたのにちがいなかった。しかし、もしそうであったとしたら――これはずっと後になってから明らかになったことなのであるが――わたしたちは先駆することの爽やかさ故に、その数年後の、暗澹たる敗北の過程を、自分と切り離してしまっていたのではなかったであろうか。わたしたちが選ばれた民であったという意味は、わたしたちの前にいっさいが準備されていたという中にでなく、祝祭劇の後のいっさいの黒々としたものを背負いこむという宿命の中にこそ、在ったのではないか。わたしたちは十月八日に遅れることによって、選ばれかつ呪われた者たちとして、すべてを見尽すべく運命づけられていたのではなかったか――。そして、わたしたちが、十月八日から始まった風の季節の、その最後の姿を視ないとするならば、いったい誰が、それを視ることなど出来るであろうか。……

「東京へ帰ったら、O野戦病院の前で会うことになりますね」

バスは相変わらず、枯葉色の山腹を喘ぎ喘ぎ登っていた。アルビンはじっと、窓ガラスに顔を押しつけていた。バスの揺れのせいであろうか、その横顔は、少し青ざめているようにも見えた。

　ニュースはとうに終って、バスのラジオからは流行歌が流れていた。死ぬほど単調なメロディーを、若い女の歌手が、妙に張りつめた、せっぱつまったような声で歌っていた。

　　ハレルヤ
　　花が散っても
　　ハレルヤ
　　風のせいじゃない――

　バスはようやく急な斜面を登りきると、平坦な舗装道路を快適に進んだ。両側から熊笹に覆われたゆるやかな丘が迫って、一本の窪道をどこまでも伸ばして行った。それはいかにも早春の旅の終りにふさわしい風景であった。やがて前方に、赤い屋根をもった休憩所が現れ、バスはその前に停まった。

「五分間、休憩しますから」

　みかん色のユニホームの車掌が、少ない乗客を振り返って言った。顔立ちと同じくらい、幼ない声であった。

　三人ほどの客が、真中の通路を辿って、外へ出て行った。運転手もまた席を空にしてしまうと、わたしたちの前には、みかん色の少女だけが残った。

「外へ出てみますか？」

　アルビンが大儀そうに首をこちらに向けながら言った。

「そうさなあ」

　わたしもまた億劫であった。伊豆半島の南端から海岸線を辿って来た幾日もの旅の疲れが。バスの揺れに触れて、急にわたしの体を重くしたようであった。

「ま、どっちでもいいですけどね」

「でも、景色がきれいですから」少女が、突然に言った、

「とても、きれいです」

　そう言ってから、少女は少しはにかんだような顔をした。

「景色ですかねえ――」

「まあ、降りてみようや」

　わたしは車掌に微笑みながら、アルビンを無理に立ち上がらせて車外に出た。休憩所の前で、運転手が、そこの管理人と思われる初老の男と立ち話をしていた。二人の喫う煙草の煙を、微風が揺らせていた。

　休憩所の横は広場になっていて、その突端は小さな見晴所のように整えられていた。

　そして広場を横切り、その見晴しに立ったとき、わたしたちは思わず驚嘆の声をあげたのである。

　青々とした駿河湾と、弧を描いて伸びる海岸線とが、巨大な広がりをもちながら、わたしたちの眼下に広がっていた。

海岸線は、わたしたちの立つはるか下方の右手から、ゆるやかに左手の奥へと伸びていた。眼下に白々と輝いてみえるのは、おそらくはN市の市街であり、左手に遠く霞んでいるのは、田子の浦の向こうの、Y市かF市であろうと思われた。

その長く延びる陸地に向かって、海原が――激しくも青々とした海原が、打ち寄せているのであった。

（太古の海だ――）

とわたしは思った。それは夥しい生物と幾多の神話を生み出してきた原初の海そのままの青さで、わたしたちの眼下に広がっていた。

わたしたちの眼は海を渡る鳥たちの眼であった。そしてもしも鳥たちの鋭い耳をもっていたとしたら、わたしたちは海原の轟々たるとどろき、その上を吹く荘厳な風の声を聴くことが出来たかも知れなかった。

そして、わたしたちの正面、霞んでいる陸地の彼方の、淡い青を流したような中天には、まだ雪を残した富士が、余りにも巨大な姿で聳え立っているのであった。

「かなわないな、これは」

わたしは息を吐くように言った。

「圧倒的ですよね、この広がり、海岸線の流れ――」

「それに見ろよ、あの海原の色」

「染まりそうですね、ここに立っているだけで」

「魂の傷口よ――」

「あ？」

「渦よめぐれ　渦よめぐれと　ひねもす嘆いていた海よ沈んでいった回廊よ……」

このまま帰るのは惜しい――そういう想いが、アルビンとわたしを、同時に捉えたようであった。バスが停まっているわずかな時間だけで、この海原の青と別れてしまうのは、余りにも惜しい――。

「もう一泊、しますか、ここで」

アルビンが二人の考えていることを代表して言った。

「うん、食糧さえ確保できれば――」

わたしたちは素早く、各々の任務を分担した。

わたしの仕事は、休憩所の管理人とかけあって食糧を調達することであった。広場から左手に登った丘の斜面には、樹木に隠れこむようにして幾つかのバンガローが点在していたから、水場はどこかに在るのにちがいなかったし、休憩所には自炊のための食糧が置いてある可能性があった。

アルビンの仕事は、バスの切符を清算する交渉であった。わたしたちは終点のS町までの料金を支払ってしまっていたから、この先の分を払い戻してもらわなければならないのであった。さもなければ、ぎりぎりの貨幣しか残しておかなかったわたしたちは、たとえ東海道線の切符を買うことは出来たにしても、明日一日、完全な断食を貫徹しなければならなくなるのにちがいなかった――。

管理人は、のんびりとバスの運転手と話をしていた。わたしが食糧について尋ねると、彼はあっさり、ああ、と返事をして休憩所の中へはいって行った。あっけないようであった。

「ここは富士が、見事だからな。日本一見事だ」

残された運転手が、ちょっと富士の方を振り返りながら、目を細めて言った。

(富士じゃないよ、海原……)

わたしが一摑みの米、味噌、そして玉葱一個を両手に受けて戻ると、アルビンは広場の向こう側で、顔いっぱいで笑いながら、両手を頭の上にかざして丸い輪をつくっていた。なだらかな丘から吹いてくる春の初風が、その輪の中を通り抜け、どこまでも広がっていくようであった。

「夜景が、きれいだってさ」

アルビンは、少女の車掌から教えられたことを、わたしに伝えた。

やがてわたしたちは、S町へ向かうみかん色のバスに手を振って別れた。

少女の車掌が、相変らずはにかんだ顔を窓ガラスに押しつけるようにして、手を振りながら小さくなっていった。

アルビンとわたしだけが、春の道路に残された。

しばらくすると、バスと入れ替るように、白い乗用車がS町の方から登って来て、休憩所の前に停まった。わたしたちよりも少し年長の――つまり、大人の――一組のアヴェクが車から降りて来て、休憩所の管理人と何か話をしていた。白い自動車のラジオから、バスの中で聞いたのと同じ流行歌が、春の風のように流れ出ていた。

ハレルヤ
祈りをこめて
あなたの
名前を呼ぶの

「しかし、どうしても余計だと思いませんか?」

わたしたちは見晴しに腰を下ろして、両脚を巨大な風景の中に投げ出しながら、のんびりと煙草をふかした。

「余計なんてものじゃないな。おい、どけよ、って言ってやりたくなるくらいだな」

富士は、遠い青さとでもいうべき不思議な色に霞みながら、わたしたちの前に聳え立っていた。半分ほどかぶさった雪さえもが、まるで海原を映したように、青々としていた。

「大きすぎるんですよね、大体」

「ああ、大きすぎちまって、少しだらしがないくらいだ」

「よくやってる、なんてとても言えませんね。それに、月見草もないみたいだし——」

「よせよ。俺、あの男は嫌いだ」

「へえ？　そんなに悪いとは思いませんけどねえ、あの屈折した気分なんか——。勿論、女の子たちが憧れてるのとは訳が違いますけどね」

「嫌いだね、いやらしいよ、あの男は」

「……私は、部屋の硝子戸越しに、富士を見ていた。富士は、のっそり黙って立っていた。偉いなあ、と思った……」

「まあ、のっそりしていることは確かだけどな。——あれが、切り立った崖、アルプスの山のような、鋭角的な荒れた山肌であったら、いったいどうだろう？」

「冷たい鉱石質の光、流星に削り取られた岩峰、終末を予言する荒涼、……そんなもの、この国の中には存在しないのとちがいますかね」

「うん、だけど、存在してほしいとは思うよな。あんなのんびりとした山じゃなくて、怒りと悲しみの肌をもった山岳——」


夜になった。

深々とした夜であった。

闇の訪れと共に柔らかくなった大気が、峠と、熊笹の丘と、人間の腕のような樹木の影を包みこんでいた。

休憩所の管理人は最後のバスで帰ったのかも知れない、建物は明かりを絶やして、黒い無口なスクラップのように静まり返っていた。

夕刻から空に広がり始めた雲が、月と星の光を消していた。それは夜空というよりは、天の闇そのものであった。天と地が原初の姿で黝く交わりあいながら、ひとつの生きもののように春のなかで息づいていた。闇の向こう側の幾本もの樹木や、みだらな丘の姿、熊笹の幽かなさやぎのひとつひとつに、膨らんでゆく春の気配が満ちみちていた。

そして、星々が姿を消した代わりででもあるかのように、暗い見晴しの突端からは、下界の街々の夥しい光の洪水が見下せるのであった。

光の粒たちは、海岸線に沿って長く連なりながら瞬いていた。それらはN市やF市のあたりで、密集した広い光源となって、暗黒の空間に異様ともいえる耀きを放っていた。

それはまこと、荘厳ともいうべき眺めであった。

ただならぬ昂ぶりが、わたしを、そしてわたしの横に居るアルビンを捉えたようであった。

——このとき、わたしたち二人の見たものは、何であったのだろうか。それは、わたしたちが東京に帰るや否や開始される、耀燃たる大彗星の時代の姿ででもあったのであろうか。わたしたちは山の上から、訪れる未来の姿を見てしまったのであろうか。夥しい火が、ありとあらゆる街に自ら点り、巨大な光の流れとなってざわめき立って行く時代の姿を。そして、その光の群れに打ち寄せる、目に見えることない闇の中の海原の姿を——。

……そして二人は、どちらからともなく、テントの中へ戻って行った。原初の闇に浮かび上がった火景ともいうべきものは、余りにも壮麗なものであったために、わたしたちはそれを長く見つづけていることを、ためらったのかも知れなかった。

「すごいものを、見ちまいましたねえ」

シュラフに両脚を突っこみながら、アルビンが言った。

「あれは、何と言ったら良いのだろうねえ」

「恒星の群島——」

「イリュミナシヨン——」

「見えるはずのないもの、ですかね」

「永遠、とでも言うのかな。……没陽《いりひ》といっしょに、去《い》ってしまった海のことだ——」

「あ？　——海と溶け合う太陽、じゃないんですか？」

「いや、金子光晴の訳。こちらの方が好きだな、俺は。……没陽《いりひ》といっしょに、去《い》ってしまった海のことだ……ざわめきが聞こえてくるみたいだろ、一八七〇年代の——」

「パリ・コミューン。その直後でしたよね」

「ああ、武装したパリ、武装した街区、……武器をとれ《オー・ザルム》！」

「バリケードへ！　全員が、バリケードへ！」

「コミューンの布告の中に、こんな一節があるんだよな。——各街路の敷石をすべてはぎ取るように！　何となれば、先ず第一に、敵の砲弾も土の上に落下すれば、先ず第一に、敵の砲弾も土の上に落下すれば、危険の度合が少ないのであるから。そして第二に、これらの敷石は、新しい防御手段として、各家屋の上層階のバルコニーの、到る処に積み上げられねばならないのであるから！」

「いいですねえ、武装したパリ！　……そういえば、ランボオが謳っていましたよね。……もう秋か。——それにしても、何故、永遠の太陽を惜むのか……」

「……秋だ。俺達の舟は、動かぬ霧の中を纜《ともづな》を解いて、悲惨の港を目指し、焰と泥のしみついた空を負う巨きな街を目指し、焰と泥のしみついた空を負う巨きな街を目指して、舳先《へさき》をまわす。あゝ、腐った襤褸《ぼろ》、雨にうたれたパン、泥酔よ、……」

「いま、ロートレアモン読み始めたんですけどね、凄いですよ。ランボオより、生理的に合うみたいな気がしますね」

「……私は自分に似た魂を探していた、だがしかし、見出すことが出来なかった、という奴かい？　俺は、余り好きになれなかったな。独特な調子が、いやなんだな」

「そうですかね、僕はずいぶん惹かれますけど——」

「あんなふうに内側に捩れ込んで、見たくもない腸《はらわた》のようなものまで見せられるの、好きじゃないんだよな」

「暴力的でいいじゃないですか」

「暴力的なのはいいけれど、錯倒したところがあるんだよな、その辺が好きになれない」

……………………………………………………………………………

わたしたちは一時間ほど話し続けたかも知れない。

やがて淡い酔いにも似た春の眠りが近づいて、わたしたちは余り喋らなくなった。いや、わたしたちの言葉が次第に途切れていったのは、眠りの訪れのせいではなく、二人のテントを包みこんだ春の夜の、濃密なざわめきのせいであったのかも知れない。闇が幾枚もの夜となって重なりあうように、柔らかく大いなるものがわたしたちの上に降り下り、その甘い夜気に触れて、二人の内側にある様々な夢のかけらが、若い肉体の外へと漂い出ようとしているのかも知れなかった。

夜が風を産んで、時折テントを軽く叩いた。そのほかには何の音も聞こえなかった。ぽっかりと開かれたしじまのなかで、わたしはひとり、マドンナのことを考えた。じっとこちらをみつめるとその少女の眼……笑ったとき、ちょっと唇をすぼめるようにするとその口の形……マドンナ、わたしの妹、……

――わたし怖いの、自分というものが怖いのか、自分が分からないのが怖いのか、その辺も良く分からないのだけれど。……

旅に出る五日前、二人きりで逢ったとき、マドンナはわたしにそう言っていた。

わたしは堅い少女の殻を剝くことが出来ずに、ただ煙草の灰を、喫茶店の灰皿の上に積もらせていた。そして、彼女のふっくらとした頰をときどきみつめながら、その柔らかく白いものに指先を触れさせることが出来たとしたら、それはいったいどのようなものであろうかと、そんなことばかりを考えていた。――

「なあ、カーオ」

アルビンが隣りから語りかけた。何だかひどく嗄れた声であった、「カーオ。こういうことは、話しちゃった方がいいと思うんですけどね……」

嗄れた、息を詰まらせたような声であった。アルビンは時折――ほんの時折であるが――こんな厭な声を出すことがある。それは、いつも、彼が性的なことを語り出す徴であった。性に纏わることに言葉が触れる度に、アルビンの眼は少し斜視ぎみになって煌めき、喉からは老いた猫のような、厭な響きが聞こえてくるのであった。

テントの脇の道路を、深夜を走る自動車が一台、通り過ぎて行った。一瞬、車のヘッドライトに、テントの内側が揺らめいたようであった。……話した方がいいと思うんですけどねえ。

「カーオ。

……この前、キスしましたよ、マドンナと。――最初のうちはいやがっていましたけどね、そのうちに、向こうから口を吸ってきましたよ。微妙なものですねえ、女という動物は――。それから、彼女の乳房も……」

アルビンの声はまだ続いていた。わたしの若い耳はすでに暗く閉じられていた。暖い春の夜気も、テントを打つ風の音も、もはやわたしから隔てられていた。

透明なもの――青いカンバスを鋭利なナイフで切り裂いたその一条の刃の跡のような透明なものが、わたしの胸からしみ出ていくようであった。

（泊らなければ良かった、帰っていれば良かった――）

あの春の岬、防波堤の上に開き始めた梅の花々の、不吉なまでの白さを旅の終りとして、東京へ帰っていれば良かった、――わたしはしみ通るような気持で、そのことだけを想った。

閉じられた耳の外で、アルビンの嗄れた声はまだ続いていた。……くちびる……頬……乳房……

　　没陽《いりひ》といっしょに
　　去《い》ってしまった海のことだ。

どうしてあんな声を、あんなにも暗い声を出すのだろう、とわたしは考えた。

それは、――後から考えるならば――アルビンの生い立ちの暗い部分に関係しているのかも知れなかった。

幼なくして父を喪なうこと、母の再婚、連れ子……その連れ子の二つの目は、自分の母が、自分の父ではない別の男と寝るということを、たしかに見抜いたのかも知れなかった。自分の横に眠っているはずの母が、夜毎、見ず知らずの男に召されて行くとしたら、そして、それがアルビンの知った性的なるものの初発であったとしたら、布団の中に残された彼の幼ない眼に、憎悪よりももっと暗いものが宿らないはずがあるであろうか。

……母……わたしが母を喪なうことによって、この世界からの孤絶――悲しくも爽やかなる孤絶ともいうべきものを獲得したのであったとするならば、アルビンは、幼ない彼を取り囲んでいた世界から、途方もなく暗澹としたものを引きずり出して来たのではないであろうか。そして、彼の軽妙な姿勢や語り口は、その暗澹たるものを押し隠すために、身に付けられたのではないであろうか。わたしが、二人の共通性と考えていたことは、それとは反対の、途方もなく異なった何かであったのではなかったか……。

「出かけてみましょうよ、外に――」

アルビンの掌が、シュラフの上からわたしの肩をゆすっていた。「夜の散歩、ですよ」

わたしは悲しい布のように、全身を横たえているだけであった。四肢が、遠く離れているようであった。マドンナ……。だが、アルビンは執拗にわたしを誘った。

「最後の夜なんですから、寝てばかりいることはないですよ」

「俺、なんだか疲れているんだよ」

「そんなにつれなくしないで下さいよ。何といったって、夜の散歩なるものは、一人じゃ威勢が悪いですから。この上なく面白いこと、保証しますよ。もう始まっているはずだ」

「始まっているって、何が？」

「説明は後ですよ。さあ、早く、シュラフから出て――」

二人が幼虫のようにシュラフを脱いでテントから出ると、春は夜の中に盛りであった。

バスケットシューズの踏む土が、まるで夢の中のように軟らかかった。

わたしたちがテントの中に籠っていた間に、闇はいっそう深まったようであった。春にだけ生まれる様々な精霊たちが、人気のない世界に浮游していた。休憩所の前に停められている車が、まるで白い布をかけられた棺のように浮かび上がっていた。

広場を横ぎって見晴しの方へ進むと、夜更のためであろうか、先程よりもずっと光の数を減らした下界の姿が、薄く流れるように煙っていた。それは闇の中へと沈み亡んで行く街々の最後の光景のようでもあり、廻り行く季節の寂寥をたたえた図のようにも思えた。……

「こっちですよ、こっち――」

小さな懐中電灯を指先に点しながら、アルビンは見晴しの左手の方へとわたしを導いた。

少し緩い下り坂が続き、またすぐに登り坂になった。動物の背のような黒い丘につけられている小径を、わたしたちは辿った。その丘の樹木の陰の幾つかの場所に、まるで打ち捨てられた旧いトーチカのように、小さなバンガローが眠っているのであった。

奇怪に見える樹木の板の向こうに、黄色い光をあらわにしたバンガローが、ひとつだけ目覚めていた。それは、昼間白い自動車から降りたアヴェクたちの宿であるのにちがいなかった。

アルビンは、まるで危険というものを知らない少年兵のように、まだ眠っていないトーチカへ近づいて行った。

黄色い光の窓……熊笹たちのざわめき……二人の少年の足音……

とうとうわたしたちは、秘密の館《やかた》の真下へと到着した。それはかなり急な斜面に、半分だけ高床式のようになって建てられていた。アルビンは指先の灯を消していた。生きもののように黒いバンガローの脚と、窓から洩れてくる光のしたたりだけが、そこに在った。

アルビンはわたしに顔を寄せて、口をきくなという合図を送った。意外なほど強い力がわたしの手首を摑み、わたしたちは繋がれた者のように床下へはいり込んで行った。腰をかがめて膝をつくと、湿った土の柔らかい匂いが、急にわたしたちを捉えた。

古い洞窟を探検する少年たちのように、わたしたちは縁下の真中にまで進んだ。外の光が完全にさえぎられて、わたしは目隠しをされたまま大きな袋の中に入れられたような、そんな錯覚に捉えられた。

目を開いても目を閉じても、何も変わらなかった。激しく鳴っている胸を押さえるように大きな息を吐くと、自分の中のすべてのものが外へ出て行ってしまうようであった。ただ耳だけが闇の中に残されて、驚くほど真近な物音を聴いた。

――女の声であった。しぼり出されるような女の声が、激しい息の音と混ざりあっていた。薄すぎる床板の上、わたしたちの二つの額のすぐ上で、人間の肉が音を立てていた。それは、わたしが初めて聴く、男と女の交じわりの声であった。……

出口のない闇の中で、わたしは激しい悲しみとでもいうべきものを抱えて蹲っていた。

その感情は、おそらく、アルビンの語ったマドンナにまつわる話に由来しているのにちがいなかった。暗く大きな袋の中で、激しい悲しみを息のように呼吸しながら、わたしは自分の中で、何かが終って行くのを感じていたのかも知れなかった――。

掌で触れられる近さで、女の声はいつまでも続いていた。やがて、アルビンが小さな灯を胸元で点した。少年の顔が浮かび上がった。洞窟の中に産まれた光を受けて、彼の二つの眼が、妙に黄色く、揺れるように煌めいていた。それは厭な光をたたえながら、宙をさまよい、宙をみつめていた。――指先の灯が、ゆっくりと左右に揺られていた。それは肉の中の情熱の舞踊のようでもあり、闇に産まれた最初のみだらな炎のようでもあった。いつまでもそうしていれば、指先の小さな光はやがて火焰と化して、この洞窟の暗闇、その上の建物を焼き尽してゆくのかも知れなかった。

その夜のアルビンの眼、黄色く揺れ動いていた二つの眼に、わたしは後に一度だけ会ったことがある。

それは、その夜からほとんど三年ののち、つまり、わたしがマドンナの死屍を見てから一年ほど後のことであるのだが、……追い詰められた場所で、わたしは幾人かの仲間と共に、最後の抵抗を行なっていた。

それはX大学の、半地下のようになった行き止まりの場所で、剝き出しになったコンクリートの壁が、深夜の湿気をたたえて、わたしたちの行く手を閉ざしていた。

やがて、わたしたちの最後の抵抗が終わり、相手方の幾つもの武器が、まだ立っている者や、蹲っている者や、すでに倒れた者たちの体に、突きつけられていた。

それはひとつの季節の終りであった。

全国の学園という学園に築かれていたバリケードが破壊され、死の街から死の街へと続く行軍の中で多くの者たちが奪い取られた頃、当初からわたしたちの前進をはばんできた党派――というよりは、観念で武装された《宗派》――は、まるでわたしたちの隊列が細くなって行くのを待っていたかのように、幾つもの大学で、《残党狩り》ともいうべき聖なる仕事に乗り出していたのであった。それは、雨の中を撤退して行く叛乱軍へと襲いかかる狩犬のようでもあり、暗い複合感情《コンプレックス》を背負ったものたちの隠微な集団行動のようでもあった。――

その夜、わたしたちの追い詰められた半地下の部屋には、幾人かのわたしの仲間たちと、その五倍以上の《宗派》の人間がはいりこんでいた。

剝き出しのコンクリートの肌を、天井の白い蛍光灯が照らし出していた。

やがて、わたしたちに対する〈追咎〉が開始された。

倒れている者は無理矢理に立たせられた。背中をコンクリートの壁につけながら再びずるずると沈み込んで行くと、幾つもの武器による打撃がその者の全身に加えられた。

数人の者たちがわたしを取り囲んでいた。重なりあった怒号の中に、〈自己批判〉という言葉が混じっているのを、わたしの二つの耳は聴いた。〈自己批判〉――彼らは、わたしが自らを批判せよというのであった。しかし、わたしがいったい自分の何を批判するというのであろうか？　わたしがバリケードを築いたことをであろうか。その中で夏の夜明けを迎えたことをであろうか。爽やかに街頭へ出て行ったことをであろうか。炎を掌の中から産み出したことをであろうか。雨の中の敗北の朝を迎えたことをであろうか。武器をとったことをであろうか。風の季節を駆け抜けたことをであろうか――。

したたかな打撃が、わたしの顔面をとらえた。壁に背中を打たれて、息を吸うことが出来なかった。手足の全部の指が痺れていた。生温くなった口の中に、星のかけらのようなものが、ころころと動いていた。

そのとき、わたしの左手で激しい叫び声が起こった。かろうじて首をその方向に曲げると、一人の仲間が、鉄パイプで打ちすえられたのであろう、汚れた床の上に茶色い全身を痙攣させていた。鉄パイプを持っている男が、地面の虫を突き刺そうとするかのように、大きく肩を引いたところであった。

――あの眼だ！

暗い眼。異様な憎悪に煌めきながら、興奮のために斜視ぎみになったアルビンの暗い眼が、そこに在った。それはこの部屋の中の真の主役、わたしたちの祭りが終った後の暗い主人公でもあるかのように、地下室の湿った空気の中で、黄色く揺らめいていた。

一瞬の後に鉄パイプが倒れている者に突き刺さり、生贄は再び全身を波打たせた。

そしてアルビンは、口を大きくあけて息をしながら、次の獲物へと向かって行った。わたしが声を出せば、その二つの眼はわたしへと向けられるのにちがいなかった。だが――それよりも早く、腹部と頭部への激しい打撃が、わたしに加えられた。急に黄色く変色した世界の中を、わたしはズボンの膝を自分の口で咥えようとするような姿で、どこまでも落下して行った。わたしはズボンの膝を自分の口で咥えようとするような姿で、どこまでも落下して行った。わたしはズボンの膝を自分の口で咥えようとするような姿で、どこまでも落下して行った――

……その翌朝、傷ついたわたしが目を覚ましたのは、木立の中の斜面であった。

目をあけようとしたが、片目だけが薄く、わずかに開かれただけであった。幾つもの木の板が、空に繋っていた。喉が異物を刺しこまれたように苦しかった。全身のすべての骨が痛んだ。片方の足にだけ靴が残されているのを、わたしは感じた。

頭の上の方で、街道を行く自動車の響きが聞こえた。どうやらわたしは、山奥まで車で運ばれて捨てられたもののようであった。肘を柔らかい土に突いて起き上がろうとすると、全身に剃刀のような痛みが走り、意識は再び失なわれて行くようであった。……

「もう起きませんか、朝ですよ」

アルビンがわたしを揺り起こしていた。

開かれたテントの入口の向こうに、明るい外の風景があった。

「夜中に雨が降ったんですかね。ほら、こんなに草が濡れている」――テントの外でアルビンが喋っていた、「眠っている間に、少し降ったのかも知れませんね。それにしても、いい空気ですよ、はっきりと春の匂いがする」

わたしは最後の朝を、ゆっくりとシュラフから脱け出した。アルビンの後を追うように、バスケットシューズを突っかけてテントの外へ出ると、たしかに草の葉に、幾つもの水滴が宿っていた。

空腹を朝の風にさらしながら、わたしたちは見晴しまで歩いて行った。左手のバンガローのある丘には、激しく霧が流れていた。

「なあんだ、何も見えないじゃありませんか」

見晴しに立つと、わたしたちの脚の下はただ白い霧に覆われて、海原も、陸地も眺めることが出来なかった。目の前にあるはずの富士も、霧とも雲ともつかぬものの流れに掻き消されていた。広場に停まっていたはずの白い乗用車は、姿を消していた。休憩所の管理人はまだ出て来ないのであろう、あたりには全く人の気配というものがなかった。……

そして、わたしたちは朝食を済ませ、テントをたたみ、霧の向こうからやって来たオレンジ色のバスに乗った。

一時間も坂を下ると、S町が現れてきた。四方を山で囲まれた土地に、幾軒もの店屋がひっそりと軒を並べていた。

そのS町から、M市を経て、東京へ向かう列車が出ているのであった。

駅の待合室は閑散としていた。そのベンチに腰をかけながら、何日かの旅の疲れが出たのであろうか、アルビンとわたしとは、もはや余り口をきくことがなかった。

＊

わたしたちの修養時代の終りともいうべきその旅の後、わたしたちはそれぞれの大学に入学した。

〈エチュード〉はいつの間にか解体し、自然と二人が逢うことはなくなって行った。マドンナの葬いの日にも、彼は姿を現わさなかった。

だから――H岬の春の夜に約束した「セリオーソ・セリオーソ」という題名の小説を、わたしたちは二人とも、書かなかったと思う。わたしたちが入学するや否や、まるで「セリオーソ」の冒頭アレグロのような勢いで、時代そのものが動き出していたのであった。

風の日々が始まっていた。その首都の風の中を、わたしは駆けて行った。風が吹き、敷石が割られ、街路樹さえもがざわめき立つ……

ただ一度だけ、彼の姿を見たのは、あのX大学の地下の、暗い部屋の中であった。そして、その〝事件〟から一年余り後、彼――つまりアルビンは、わたしの属していた党派の正確な反撃によって、死亡した。

パルチザン伝説

第一の手紙

１９８２年　４月

霧に閉ざされたような、ひとつの風景がある。……海の朝、長い砂浜。季節は夏の終りのはずだが、その風景は妙に寒々しい。

渚をたどると、浜は前方でちいさな砂洲をつくりながら、海の方へと迫り出している。砂洲の突端に染のような黒い点が在り、近づいていってみると、それは脱ぎ捨てられた一足の黒い革靴なのだ。それは丁度「秋が靴のなかにはいり込んだ」とでもいえるようないかにも空っぽな風情で、満ちてくる潮に危うく持ち去られようとしている。そして霧、海と砂浜をつつんで、白い膜のような霧があたり一面を支配している……

これが、僕が自分の記憶であると信じている一九五一年の風景——つまり僕たちの父が、僕たちの前から失なわれていった時の風景であるのだ。

兄さん——

僕たちが最後に出会った時からほとんど十年ののちに、こうして兄さんに手紙を書くことは、奇妙といえば奇妙なことなのだけれど、そして、この手紙が、アジアの果の最悪の国の首都に棲む兄さんに届くかどうかも確かであるとはいえないのだけれど、どうしても書き伝えておかねばならない、そういうせきたてられた気分で、僕はいまペンを執っている。

どうしても書き伝えておきたいこと、それは一九五一年の秋に一足の靴だけを残して死んだ（或いは、消えて行った）僕たちの父にかんしてであることは言うまでもない。大井聖《ひじり》という名を持つ僕たちの父は、何故一九五一年の秋に消えて行ったのか？　僕が二歳、兄さんが四歳のときに忽然として消えた大井聖とは、いったい何であり、誰であったのか？　——この父にまつわる謎を、僕たちは一向に解くことができないでいたわけなのだが、僕はあることによって、ようやくその謎に手を触れることができたと、とりあえず兄さんに言っておかねばならない。そしてまた、その父の謎に触れることによって、兄さんや僕があの時代に為そうとしたことの意味を見定める端緒も、同時に発見したと言うことができるような気がする。言ってみれば、既に三十歳という年齢を越えた僕は、父・大井聖の謎に触れることによって、ようやく自分たちの時代を俯瞰する眼を、獲得できたように思えるのだ。……

しかし、僕がいま〝せきたてられた気分〟でいるのは、それだけではない。僕が急いでいるのは、僕の肉体にとって、残された後数週間ほどが、兄さんに手紙を認《したた》めることのできるほとんど最後のチャンスだと思えるからにほかならない。

というのは——いまから五年ほど前、僕は片目と片手を失なって《昭和の丹下左膳》とでもいうべき風情になって生き続けているのだけれど、運良く残されたもう片方の眼球も、その時片方に受けた傷が拡大していった結果であるのか、或いは、僚友を失なったのちの孤軍奮闘がもたらした疲労のためであるのか、急速にその力を失ないつつあるからなのだ。

〝せきたてられた気分〟を抑えて、まず僕が《昭和の丹下左膳》とでもいうべきものとなった顚末を、ここで簡単に物語っておかねばならないが——勘のいい兄さんのことだから、既に大概は承知しているだろうとは思うけれど——五年前、つまり一九七〇年代の終りがそろそろ見えてきた年に、それほど大きくない新聞記事が社会面にのっていたのを憶えているだろうか？

僕の記憶によれば、Y新聞の見出しは、確かこうだった。

《O市でアパート爆発　若い男逃げ去る　爆弾グループ残党か？》

このY新聞の記事によれば、「一人の血まみれの若い男」が、「アイテテ、アイテテと叫びながら逃げて行った」ということなのだが、そして、その若い男は、アパートの管理人の話では「楠下幾太郎」（クソシタイダロウ⁉）というなかなかに風雅な名前であったわけなのだが、その「アイテテ、アイテテと叫びながら逃げて行った」若い男こそ、ほかならぬ五年前の僕であったことは、もうお分りだろうと思う。

そののち僕は、何とか傷の手当をしながら、この手紙の差出元にあるとおり、亜熱帯の海洋のなかにぽつんと浮き出た孤島にまで辿り着いている。——言うまでもなく、逃亡者にとっては、ひたすら都市の奥へ逃げ込むこと、都市の夜へ、密林にも似た都市の夜の底へ逃げ込み、都市の汚濁を自らの保護色として潜み隠れることこそ、身の安全を図るための常道であり、逆に、人間関係の稠密な田舎——そこではいかなる他所者《よそもの》も共同体の凶暴な蜘蛛の巣に手足を奪われてしまう——は逃亡者にとって最も危険な場所なのだから、僕がこの島、過疎の中の過疎ともいうべきこの南の孤島に流れとどまっていることを、兄さんは訝しく思うかも知れない。けれど、人口が三桁に足りないというこの極端な過疎の島では、人々は異形な姿の僕を、単なる他所者ではなく、海のむこうから流れ着いた聖なるマレビトの如くに扱い、不思議な安全を保障してくれている。警官は舟で二時間ほどの所の少し大きな島に駐在しているのだが、この島を巡回して僕に出会ったときでさえ、制帽の下の二つの目を同情と驚きでいっぱいにして、僕の肉体上の不自由に気を配ってくれたほどだ。

だから僕は、広がり尽している珊瑚礁の海と、灼熱と、亜熱帯の旺盛な密林とに囲繞されて、草葺き屋根の小屋に、まるでひとりの〈神人《カミンチュ》〉のように穏やかに坐っていられる。それというのも、ひとつには僕が〈大和人《ヤマトンチュ》〉ではなく、〈沖縄人《ウチナンチュ》〉だと島の人々から思われているからかも知れない。というのは、兄さんは僕が少年時代から天才的ともいえる語学の能力を持っていたことを憶えていると思うが、逃亡の最中、沖縄本島で半年ほど暮した僕は、その本島の山原《ヤンバル》地方の言葉をほとんど完璧に自らのものとしてしまっているのだから——。この孤島に生きる人々にとっては、沖縄本島というのは大和と違った意味でのひとつの異世界——いわば〈身近な異世界〉——ともいうべきものなのだが、僕はその〈身近な異世界〉から流れ着いた異形な聖《ひじり》とでもいうべきものとして、彼らの警戒の網にとらえられることを免れているのだ。

——この島から眺められる南の海、うすみどりに澄みながら波一つなく広がっている珊瑚礁の海を見たら、兄さんは何と言うだろうか？　もっとも、凍てついた北の都市のマンホールから広がっている地下道や、その街の上に吹く暗い風、街路樹の冷たいざわめきなどを自らの心の風景として愛してきた兄さんのことだから、光と、そして光のつくりだす影までが輝いているこの眩《まばゆ》さに満ちた風景は、兄さんには深い違和感だけしか与えないかも知れない。しかし、無人の浜と無人の海、その灼熱の世界を支配する驚くべき真昼の静謐ともいうべきものに、僕はいま深く魅せられている。あたかも、この海辺の真昼、輝く光のなかでの静謐な真昼が、人間がこの地上から失なわれたのちの美しくも静やかなる風景でもあるかのように——。

さて、ここでもう少し溯って、O市での大失敗によって僕が《昭和の丹下左膳》となる以前の、僕の政治的な軌跡について、おおよそのことを伝えておかねばならないだろう。

兄さんも知っているとおり、七人の男女から成る僕たちのグループが、〈M企業〉に対する歴史的な攻撃によって最初の戦果を挙げたのは、一九七四年のことだった。

一九七四年というのは、六〇年代の後半から開始された学生たちの社会的叛乱の波頭が既に過ぎ去り、その輝きの最後の余光までが消え沈もうとしていた、そういう時代だったのだが、大衆的叛乱の敗北が疑いようもなくなった一九七〇年代初頭から——あたかも急ぎ足で自分たちの青春と訣別していくかのように——早々と地下に潜り始めていた僕たちのグループは、大衆的叛乱から生まれ出た最も根柢的な叛逆者のグループとして、強大な爆発力をもった武器による〈M企業〉への攻撃を敢行したのだった。

——ここで、男女七人から成る僕たちのグループについて、簡単に語っておかねばならないが、僕よりも二つ年長である兄さんたちが《党》を、ひたすらに《党》をめざしたのに対して、孤立した叛逆者のグループとでもいうべき僕たち七人の男女は、《党》とはまた違ったひとつの結合をつくりあげつつあった。この兄さんたちと僕たちとの違いは、兄さんたちが腐敗せる前衛党との訣別と新たなる前衛党の創出ということを自らの出生地とし、常に共産主義の世界的正統ということを意識していたのに対して、あの風の日々の首都において、ざらざらとしたバリケードの手ざわりのなかで夏の夜明けを迎えた僕たちは、《党》を媒介としない直接的なかくめいに身をまかせていたということに由来しているのかも知れない。

勿論、兄さんたちが創出しようとした党といえども、最も先鋭な武装を獲得するための党であり、いわば自らを軍に溶解させることによってその使命を果すような党であるという点で、市民社会の内の安全な一装置であるようなあれやこれやの党とはおよそ位相を異にしていたのだけれど、その紙一重あとの世代ともいうべき僕たちのグループは、綱領から党を生み出そうとするのでなく、綱領から戦闘だけを生み出そうとした点で、兄さんたちとは大いに性格を異にしていたということができよう。だから、兄さんたちの《党》が、善かれ悪しかれ、最後まで《党》のメンバーをふやすことに腐心していたのに対して、僕たちは、現に在るメンバーだけでグループを完結させ、ただちにそのグループの全力をもって戦闘に突入して行った。あたかも、爆弾の威力を増すことによって、兵士の数を増すことに代行させるかのように——。

さて、こうして生まれた僕たちのグループは、先に述べたとおり、一九七四年の〈M企業〉爆破によって、日本国全体への宣戦を布告するのだけれども、その〈M企業〉への攻撃は、周知のとおり、僕たちの予想だにしない否定的の（と考えられた）事態をひき起こしてしまった。つまり、強大な威力を持った僕たちの武器は、〈M企業〉本社の建物を見事に破壊したのみならず、爆破された建物の窓という窓から降り落ちてくる大量のガラスの破片によって、百人を越える〝一般市民〟の死傷者を出した（或いは、出してしまった）のだった。この事態は、社会全体にただならぬ衝撃を与えたのみならず、それを全く予知し得なかった僕たちのグループの内部にも、少なからぬ動揺をひき起こした。

市民社会全体の敵意と、開始された公安の追跡の中で、僕たちは幾晩にもわたって、この事態をめぐる総括討議を続けた。そして、その結果はといえば、七人のグループのうち僕ひとりを除くメンバーの全員が、死傷者を出したことへの自己批判という方針をうち出すことに賛成したのだった。もっとも、死傷者が多ければ多いほど良いと僕が考えたのでないことは言うまでもないのだが、彼我の力関係と、ここに至る自分たちの情念ともいうべきものの出発点を考えるならば、死傷者に目を奪われての作戦計画はきわめて危険が大きいことを、僕としては主張し続けたのだった。しかし、僕たちのグループは、僕ひとりを除いて、爆発物の小規模化及び分散設置という今後の戦術方針を決定し、それ以降、周知のとおり一九七五年の警察による一斉逮捕に至るまで、〈H企業〉コンピューター室爆破の勝利を頂点とする連続企業爆破戦闘を闘っていくことになるのだった。

一方、僕はといえば、次の三項目、すなわち――

①小規模爆発物の分散設置反対

②声明文の中止（戦闘のみがわれわれのメッセージである）

③企業爆破戦から××攻撃の再開

――ということをメンバーに訴え、そしてそれが否定されたことによってグループから離脱し、そのために一九七五年の一斉逮捕を免れながら、この国に残された唯一人の武装戦線兵士として、獄中のメンバーの闘いに拮抗すべく、唯一人の作戦計画に突入して行ったのだった。……

兄さん。

ここまで書いてくれば、語学の才能には恵まれているものの、幼ない頃から手先の仕事には決定的に不向きである僕が、O市において「血まみれのまま逃げて行った若い男」として新聞紙上に現れ、そしてまた忽然と姿を消したこともお分りになると思うが、僕について書くことはここで中断して、兄さん――あなたについて僕の知っていること、知ろうとしたいことをこれから記しておかなければならない。

兄さんが逮捕されたのは一九六九年の秋、つまりあの佐藤訪米阻止闘争を目前にした闘いにおいてだったが、同時にそれは、僕たちの母の死ぬ直前のことでもあったわけだ。僕たちの母は、兄さんの逮捕を知ると冷たく押し黙ったまま部屋に籠り、それからみるみる痩せ衰えて、二週間もしないうちに、（まるでコップの中の水が蒸発するように）死んでしまったのだから――。そして、兄さんが拘置所から出てきたのは、それから二年余りのちの一九七二年、つまり兄さんと入れ替るように僕が地下に潜行を始めるひと月ほど前のことだったが、もはや決して口を開くことのない《唖者》として兄さんが僕たちの前に現れたとき、僕は或る異様なものを感じて、僕たち兄弟の不吉に触れてしまったような思いにとらえられたものだった。というのは、これは後にゆっくりと書かれねばならないが、僕たちの失なわれた父——僕が二歳のときに海辺から失なわれた父・大井聖もまた、《唖者＝或いは口を開かない者》であったということを、僕はほかならぬ兄さんから聞いていたのだったから——。

　決して大柄なアジテーターではないが、きわめて緻密かつ巧妙な論理を積みあげていくタイプである兄さん、特に法廷闘争のなかでは、階級意識で武装されたアルチュール・ランボウとでもいうべき風情でありとあらゆる黄金の言葉を放ちながら、時として検察官や裁判官を完全に沈黙させてしまうほどの弁舌の天才であった兄さん、その兄さんが、何故、拘置所を出ると同時に口を開くことを止めてしまったのか？——この謎について、僕の仲間や兄さんの友人たちは様々な憶測をめぐらせたものだった。だが、兄さんが痴呆症などに陥ったのでないことは、変ることなく澄んでいるその眼を見れば誰にでも分ることだったから、僕たちの憶測は、兄さんが《決意した唖者》とでもいうべきものであろうということを確認し合っただけで、それ以上に進むことはできなかった。ただ、ひとつの「事件」——いや厳密に言えば二つの「事件」が、兄さんが口を開かなくなったことと関係があるのではないかという疑問を、僕はひそかに抱きつづけていた。

——それは、兄さんが拘置所を出る直前、つまり一九七二年の厳冬に起った「事件」と言えば、既にお分りと思う。すなわちその「事件」とは、兄さんが所属していた最も急進的であることをめざした党派——僕たちの六〇年代が生み落した党派のなかの党派——が、雪深い山岳地帯において近代日本史上初めての十日間にわたる不屈の銃撃戦を貫徹し、（そして、銃撃戦ののちに明らかになったことなのだが）銃撃戦に至る山岳ベースの夜と昼のなかで、自分たちの仲間＝別の言い方をすれば《党員》または《兵士》十四人を処刑したという事件だった。

　その「事件」は、自分たちの党の半ばを粛清してまでも銃撃戦を貫徹しようとする、そうした強固な党派がこの国に生まれ出たことによって、公安の犬どもを大いに震撼させたのだけれども、同時にまたその「事件」は、僕を含めて一九六〇年代からの闘いを闘ってきた者たちを、《党》に対する劇甚な判断停止の状態に落し込んだ。そして、兄さんが一九六九年に逮捕されたときに被《かぶ》っていたのは、ほかならぬその〈党派のなかの党派〉の名を記した燃えるような紅のヘルメットだったから、あの衝撃的な「事件」が兄さんの《唖者》になったことと関係していると考えるのは、まずは自然なことのように思える。

　しかし、それだけでは兄さんが《口を開かない者》となった十分な説明とはなっていないのだから、さらに僕の知っていること、おそらくは兄さんが否定するにちがいないことを、どうしてもここで書き足しておかねばならない。――

それは、もし兄さんが一九六九年に逮捕されなかったとしたら、あの雪深い山岳ベースの中で処刑された十四人の兵士のひとりであったかも知れず、或いは、処刑した者のひとりであったかも知れないという状況のなかで、処刑された十四人に含まれていたひとりの女性が、兄さんの〈恋人〉とでもいうべき存在ではなかったかということだ。僕がただ一度だけ紹介されたことのあるその女性は、あの時代には多くいた若い女性たちのひとり――つまり、切れ長の真直ぐな眼を持ち、敗戦後の家庭の中で育てられてきたという雰囲気をブラウスの襟のあたりに漂わせている感じの人だったのだが、その初々しい頬が印象的だった女性が、粉雪の舞い散る夜の山岳で、自分の爪で掘った暗い穴ぼこの中に埋め殺されていくという想いは、僕を苦しめたのとは比較にならないほど、兄さんの精神の最も奥深い所へ打撃を与えたのではなかったろうか？　勿論、〈絶望〉などという言葉を安易に使うことは、およそ兄さんの状態にふさわしくないのは言うまでもないことなのだが、党や運動などに対する安易な絶望などではない、《殺し殺される者としての絶望》が、兄さんを奥深い啞者の森へ導いて行ったと考えるのは、余りにセンチメンタルに過ぎるだろうか。

――兄さんが拘置所の乾いた門から出てきたとき、もはや決して開かれることのなくなった兄さんの口元を見て、その奥に広がっている恐るべき空洞と、その虚空のなかを乱れ散る暗い粉雪をイメジしたこと、それ故、季節は春であったにもかかわらず激しい寒さを感じたことを、僕はいまでも忘れることができずにいるのだけれど。……

さて兄さん。

こうして僕は、一九六九年以来の僕と兄さんの足跡を辿り、僕が《昭和の丹下左膳》となり、兄さんが《決意した啞者》となった顚末を記してきたのだけれど、ここでこの僕たち二人の兄弟を産み落した父と母について語る前に、もう一度前に戻って、僕たちのグループが一九七四年八月の〈M企業〉爆破戦を成功させる直前に為そうとしたあのことについて、いまから書いておかねばならない。

一九七四年に僕たちが為そうとしたあのこと――それは、いまや実際に存在したかどうかさえ確かめることが困難なものになってしまっている。というのは、あのことは、その一年ほど後に無念にも一斉逮捕された僕たちのグループのメンバーが、捕虜となったゲリラ兵士の鉄則である完全黙秘を敢て破棄してまで、繰り返し〝自白〟しているにもかかわらず、あのことの余りの重大さに恐慌をきたした敵の犬どもは、懸命になってあのことの存在を外部に洩らさないようにしているのだから。――そして、護民官であるよりは、警察の広報班であることを誇り高い栄誉としているこの国のジャーナリズムは、彼らの価値体系の頂点を打ち砕こうとするようなあのことを、敢て報道することなどあり得ないのだから。……

　こうして、あのことは、その存在を知っている者が日本に数えるほどしかいないという屈辱的な状態に置かれている。だから、闇から闇へと葬り去られようとしているあのこと――一九七〇年代の唯一の正史は、いまこそ《昭和の丹下左膳》たる僕から《決意した唖者》たる兄さんへ、語り伝えられねばならない。あたかも、非業な死者たちの呟きの如く、絶えることない「暗河を行く地下水のざわめき」の如くに――。

《一九七四年八月十四日の伝説》

　一九六〇年代末期の街路という街路を乾いた風のように駆け抜けていった学生の社会的叛乱の中から、叛逆者の極北たることを志して生まれた僕たちのグループが、あのことの計画に辿り着いたのは一九七三年の秋――つまり、あの壮大な祭りの終りの年ともいうべき一九六九年から数えて、ちょうど四年目の秋だった。

　その年の十一月も、僕たちの目に映る街路は相変らず昏く、炎を産みだすことのなくなった十字路に、風は希望もなく止まったままだった。しかし、そのような僕たちの想いを嘲笑うかのように、敷石を失なった舗道を踏んで流れていく人々の表情は空ろなまでに明るく、それまでは写真の中でしか見ることのなかった華やかな衣裳をまとった若い女たちが、あやうい切花のうつろいのように、僕たちの目の前を流れすぎていった。つまり、僕たちの祝祭が終ってみれば、この国はいっさいの戦後的なものを清算し終えて、すでに最悪の華やかさとでもいうべき所へと進み込んでいたのだった。……

　さて、一九七三年の秋に僕たちのグループが辿り着いたあのこととは、ほかでもないあの男――首都の真中にある奥深い森のなかに棲んでいるあの男への、大逆を行なうという計画だった。

　〈僕たちの世代は、そのほとんどが、あの十五年戦争に多かれ少なかれ責任をもった者を父とすることによって産まれてきたのだが、中枢においてであれ末端においてであれ、手を汚すことによって生きてきた〈父たちの体系〉ともいうべきものは、僕たちの出生によって打ち砕かれねばならないと、僕たちは幼ない頃から考えつづけてきた。父たちは十五年戦争のただなかで、大陸の村々を焼きはらい、半島の女たちを強姦し、そして自分たちも数多く死んでいったのだが、戦争が終ってみれば、生き残った者たちはひとりひとりの持つ血の負債に支払いを付けることもせず、この国の〝復興〟の歩調に己れの人生を合わせていくことによって、死者たちの国に易々と別れを告げてしまったのだった。――過去のアルバムには、いちばん大切なもののかわりに、茶色く変色した青春物語だけがとどめ残された。しかし、「大人たち」のこの共同の欺瞞ともいうべきものは、戦後の火のくすぶりの中に産まれた幼ない者の瞳からは、簡単に見破られたのであり、それ故「大人たち」へのふかぶかとした不信と敵意とが、僕たちの世代を貫く共通のエチカとなっていったのだった。……かくて〈父たちの体系〉を全否定することは、僕たちの世代のまぎれもない義務であり、大人たちの偽善の世界をこなごなに打砕くことは、僕たちの世代のほとんど唯一の存在理由であるように思われた。戦前が許せない以上に、いつわりの自由といつわりの平和でみたされた戦後こそが、僕たちには耐えることができなかったのだ。）

　だから――僕たちの世代の叛乱のその頂点において生み出された僕たちのグループが、〈父たちの体系〉の頂点ともいうべきあの男を攻撃することによって戦闘を開始するのは、十分に必然性のあることにちがいなかった。なぜなら、茶色い戦争の時代の大元帥から、戦後のものやさしげな家庭人へと、巧妙に退却していったあの男は、戦中と戦後を生きたすべての「大人たち」の最も見事なモデルとでもいうべきものにほかならなかったからである。あの男が日本国の象徴であるならば、反日であることを永遠の綱領とした僕たちのグループの闘いは、まずその象徴を攻撃することから開始されなくてはならなかった……。

　こうして、僕たち七人のグループがあのことの計画に辿り着いたとき、一番困難に思えたのは、あの男が堅牢な堀と石垣とに囲まれた城の中に棲んでいるということだった。勿論、数少ない兵士しか有たない僕たちのグループにとって、あの奥深い森の中へ、堀と石垣とを越えて攻撃を敢行することは、ほとんど不可能といってよかった。したがって僕たちはあの男が城の外に出てくる時を狙うほかはないわけなのだが、その回数はきわめて限定され、しかもそのわずかな〝外出〟にさえ、夥しい警備の警官がつきまとっているのだった。

　　寂として遠く騒がし夜半の冬（乙字）

僕たちはマンションの一室に集まり、麻雀のパイをガチャガチャいわせながら、幾夜にもわたって討議を重ねた。国会の開会式や終戦記念日の式典など、あの男が定例的に出席する場所はないではなかった。しかしそれらは警戒が余りに厳重で、その場で攻撃を仕掛けるのはほとんど不可能であるように思えた。また、大相撲見物に現れたときを狙うという案が、一時有力だったこともあった。大相撲の場であれば、こちらは観客のひとりとしてかなり容易に国技館のなかにはいり込めること、さらに十分な至近距離からの爆弾の投擲が可能であること——これらの利点が〝国技館決行案〟を大いに魅力的なものとしていた。それに、オペラハウスならぬ大相撲の場で、王族に爆弾を投げるなどというのは、なかなかに日本的な趣きがあって、大いに僕たちの興をさかした。

　しかし——その案は、第一に、相撲見物が定例的であるとは限らず変更や中止が少なからずあり得るものであること、そして第二に、国技館での爆弾の投擲は余りに多くの観客を殺傷するにちがいないことを理由に、廃案にせざるを得なかった（わざわざ僕は国技館まで出かけ、貴ノ花が無念にも輪島に敗ける所を見てきたにもかかわらず！）。——実際よく考えてみれば、爆弾の余波を受けて裸の大男たちがごろごろところがっている図は、「山も川も枕並べて昼寝かな」などとも言っておれず、余り気持のいいものではなかったのだ。

　結局、僕たちは、警備が一番困難な状態——すなわち列車の走行中を狙うことに決定した。

　列車が定例的に運行される機会は、少なくとも年に二回あった。第一は那須の御用邸への往還《ゆきかえり》であり、第二は下田の御用邸への往還だった。僕たちは夥しい資料の山の中で研究を重ねた末、列車が那須の黒磯から東京の原宿へ戻るときを狙うことに決定した。というのは、調査していくうちに、黒磯駅から原宿駅へ向う列車が確実に毎年同一の日——八月十四日——に運行されていることを〝発見〟したからだった。つまり、八月十五日には「戦没者慰霊式典」なるものが毎年あの男を迎えて開かれるのだが、その前日の八月十四日に、列車は黒磯駅を出発していたのであり、次の日に延ばされることは絶対にあり得ないはずなのであった。

　僕たちは黒磯駅と原宿駅の間を幾度も往復し、さらに何箇所かの徒歩による調査を重ねた末、列車を吹きとばす地点——X地点——を荒川鉄橋上と確定した。荒川鉄橋上を、あの巨大な紋章を付けたチョコレート色の列車は、八月十四日の午前十時五十八分から十一時二分の間に通過するはずだった——。

一九七四年の春は、死のような静けさのうちに訪れた。バリケードが、いかなる街路からも姿を消して既に久しかった。時代は、バリケードから次のバリケードまでの時期――すなわち〈間《かん》バリケード期〉とでもいうべき時期――にはいっていた。時間だけが、あたかも一本の糸のように、するするとどこまでも伸びて行くようだった。

――X地点が決定されると、次の問題は爆弾の発火方式だった。

発火方式は、一般的にいって、時限式・無線式・有線式・そして直接投擲式とでもいうべき四種類に大別される。

第一の「時限式」の場合は、兵士の安全は確保されるものの、列車の通過時刻に数分の幅があるため、カンパニアとしてならともかく、確実に列車を吹きとばそうというためには問題外だった。第二の「無線式」は、遠くから列車を現認した上で発信すればよいのであるから、十分に確実な方法であったが、残念ながら半年間での信頼できる送受信装置の開発・実験には余り確信が持てなかった。第三の「直接投擲式」というのは、かつてソ連軍の戦車隊に地雷をかかえて飛び込んでいった関東軍の原始的な兵士の如く、文字通り肉弾特攻を行なうものだが、当日の警備の厳重さ――ヘリコプターと地上警備――を考えると、十分な破壊力を持つだけの重量のある爆弾をかかえて荒川鉄橋に近づいていくことは、余りに危険が大きいように思えた。

最後に残された「有線式」の場合は、爆弾を設置した荒川鉄橋上のX地点からはるか離れたA地点において列車を現認し、発火ボタンを押せば良いのであるから、ほとんど「無線式」と同じ利点を持っているのだが、X地点からA地点までのかなり長い距離に電線を敷設しなければならないという問題を含んでいた。

しかし結局、作業による危険はつきまとうにせよ、最も確実に列車を爆破できるという理由によって、僕たちは「有線式」の発火方式を採用した（思えば、この「有線式」を採用したこと、多少無理をしてでも無線装置の開発に努力しなかったことが、畢竟僕たちの計画を挫折せしめた大きな原因となるのだが、それはもう少し後になって書かれねばならない）。

こうして僕たちは、あのすべてが静かな年の春から夏にかけて、完璧な現地調査と爆弾第一号の完成に向けて、全精力を傾注していった。僕たちのグループは都市に生きるゲリラ兵士の基本的な心得として、〝普通の市民〟を仮装すべく、昼間は民間のサラリーマンとして賃労働に時間をすりつぶしていたが、仕事を終えるや否やいち早く各自の任務にとりかかり、また少なくとも月に数回は、全体の討議と共同作業の時間を作っていった。そのため、徹夜の作業を行なって出社するということも度々あり、僕たちの若い肉体は大いに損われたけれども、鋭い草の葉のような僕たちの士気は八月十四日に向けてきわめて軒昂であり、誰もが静やかな活気とでもいうべきものに満たされながら、ひとつひとつの困難を乗越えていったのだった。——

ここで僕たちの当時の生活について、簡単に述べておく方が良いだろう。

先程も触れたように、当時僕たちはゲリラ兵士の心得として、市民社会においては徹底的に〝普通の市民〟たるべく振舞っていたのだが、学生時代に手慣れた肉体労働のアルバイトなどは却ってこの国では市民社会から排斥されるため、メンバーのほとんど全員が、普通の民間のサラリーマン（サラリーウーマン）となることによって生活を支えていた。ちなみに、僕の勤めた所はといえば、業界ではようやく中の下の部類にはいろうかという商事会社だったのだが、そこでの人間関係の馬鹿馬鹿しさは、およそ分り切ってはいたもののの、やはり帝国主義本国の人民は救い難いという感懐を改めて僕にいだかせるのに十分だった。男子社員たちは、若い女子社員をいかに自分たちの共同便所にするかということに、一日の自由なエネルギーの大半を費やしていたし、社長はといえば——自分が三流大学の出身であるという妙なことを誇りにしている男なのだが——月に二度ほどのペースで韓国の〝取引先〟へ行くという仕事に、最大の情熱を支払っていた。そしてそれに同行することが、若い社員には願ってもない慶事であるというわけだった。——古《いにしえ》のヘラクレイトスは「万物のアルケーは火である」と喝破したが、かくの如く僕の勤めた所は精液をアルケーとして成り立っているような、いささか水っぽい人間集団であったわけだ。だから、その中に混っている若い女子社員——女子社員といえば若いのしかいない所が日本の会社の不思議な所だが——の運命は、言わずと知れたことだった。最悪なことに、彼女たちは男子社員たちの猥褻な物差をもって自分たちの深さや浅さを測ることを少しも躊躇《ためら》わなかったから——そしてそれがこの国の〝女らしさ〟という美徳であるというわけだったから——会社の事務室はいつも香水やら化粧水やらの様々の匂いで満たされ、それは僕に花園よりも、悲しい陰毛の森をイメジさせたのだった。……。

僕は——そして僕たちのグループの全員は——「現実の重さ」とか「人民に学ぶ」とかの信仰の類には全く縁がなかったから、定時になったら会社からオサラバするという原則を正当にも守っていった。この結果、定時に退社し、独身者であり、かつ女子社員に手を出そうとしないという僕は、職制からは「熱意の足りない社員」として、同僚からは「堅物《カタブツ》」として、そして女子社員たちからは「インポテンツ」（！）として、ささやかなる異端者の地位を獲得したのだけれど、その〝汚名〟を返上すべく傾注された僕の必死の努力は、精密をきわめたプロ野球情報、就中その日の全チームの先発投手の予測の驚異的な適中率として、結実したのだった！

こうした会社生活を終えて、夜になると僕たちは各々の任務に就くことになるのだが、アジトである小さなマンションに毎晩集まるというのは、この警察国家においては余りに危険が大き過ぎた。なにしろ当時の情況といえば、あの不思議な「三億円奪取事件」以来、都内のあらゆるマンションやアパートは完全な警察の管理下——アパート・ローラー作戦——に組込まれていた。さらに、僕たちより先行した幾つかの群小グループによる爆弾闘争のおかげで、その管理網は文字通り水も洩らさぬものとなろうとしていたのだった。僕たちのマンションの掲示板にも、赤と黄色の防犯協会のポスターが貼り出されてあったのだが、〝あなたの隣にも爆弾犯人が‼〟というそのポスターによると、「髪を長くしている者」「毎晩のように何人かが集まっている者」「あいさつをしない者」そして「インスタントラーメンばかり食べている者」は間違いなく〝爆弾犯人〟だというのだった！

その上、岡っ引——なんという岡っ引根性で満たされているのであろう、この日本人という民族は。警察がひと声掛ければ、得意になってその手足を務める民間の岡っ引は、この国にはごろごろしていた。一九七〇年代というのは、警察の干潟が、ゲリラという魚を段々に干上《ひあが》らせていった、そういう時代であったかも知れない。

したがって、僕たちは二三人のメンバーによる打合わせが必要な場合、マンションや自分たちのアパートではなく、逆に、一般的には危険の大きい喫茶店などを選んだ。当時の喫茶店は、人がささやかな孤独をいとおしむ場所ではもはやなく、何やら集団で躁状態になって騒ぎ立てる場所へと、急速に移ろっていたのだが、そのなかで僕たちパルチザンは常に一番隅の席を占め、とりとめのない話をしながら小さなメモを交換することによって、その日の目的を果していった。役割を終えたメモは、テーブルの上の小さな灰皿のなかで、無言の兵士たちに見守られながら、確実に燃やされていった。薄暗いテーブルの上にともされた炎は、あたかも生まれ出でようとするささやかな烽火のようだと、僕は思った。

　その年、ひときわ暑い夏がやってきた。

　八月にはいると、僕たちは連夜のように荒川土手へ出撃した。鉄橋上の爆弾の固定方法、電線の敷設方法、敷設経路などが、次々と現場で決められていった。現認地点＝スイッチ地点であるA地点は、荒川鉄橋から直線距離で八〇〇メートルほど下流に在る荒川大橋付近とすることが決定された。荒川大橋からは、はるか上流に荒川鉄橋が広々と見渡せ、鉄橋の上を気怠そうに通過していく真夏の列車をはっきりと見定めることができた。だから、荒川大橋に立つレポの合図によって、その附近のスイッチを点火すれば、列車は確実に爆破することができるのにちがいなかった。

　――しかし、この連夜の出撃の中で、消耗なことがひとつあった。というのは、荒川土手は、決して数多くはないがしかし確実に訪れるアヴェクたちのいささか殺風景な楽園であり、八月という季節は事情によっては裸になっても寒くはないということもあって、それらアヴェクを狙って出撃してくる視姦を天職とする男たちの巣窟でもあった。僕たちのグループよりもはるか以前からこの附近一帯を戦場としている彼ら夜の兵士たちは、それぞれが黒装束に身を固め、全く音を立てない歩行術を習得し、たとえば僕たちが電線の経路を確定すべく男女一組で歩いていると、こちらが全く気付かないうちに三方を固められているという事態に出喰すことさえあった。

　このため僕たちは、アヴェクと夜の兵士たちが概ね撤収する夜中の十一時以降に活動しなければならないという、途方もないハンディキャップを背負わなければならなかった。――もっとも僕たちの一部には、僕たち自身がそれぞれ痴漢を装って行動しようという意見もあったわけなのだが、そのファンタスティックな着想は――第一に、夜の兵士たちは各々が固有のテリトリーのようなものを持っているのみならず、互いに既に顔見知りであり、その上一種の仁義のようなものがあるらしいこと、第二に、男一人で活動していると、あろうことかオカマのプロに声を掛けられるという真に戦慄すべき経験があったこと――この二つを理由に放棄されなければならなかった。このため僕たちは、夜中の十一時きっかりに連夜の活動を開始し、それら幾夜にもわたる予備作業の上に、実際に爆弾を設置し電線を敷設する日を、八月十二日及び十三日の深夜とすることに決定したのだった。

八月十二日、僕たち男女七人は都内の或る地点で二台の車に分乗し、荒川土手へと向かった。

その日は午後四時頃に短い夕立があり、車の窓からはいりこむ夜風は、ひとつの季節の終りを予感させるような甘い柔らかさを含んでいた。そして僕はといえば、首すじにささやかな秋を感じながら、車のシートにもたれ、ただわけもなくブレヒトの一節を呟いていた……

おれたちの地球が喰いあらされて
疲れた太陽がのぼるから
おれたちはゲロみたいに出ていった
暗いまちへ、凍った街道へ。

解放、てなことばをつぶやいたっけ
氷をばりばり噛みながら。
ケモノみたいな口つきをしたおれたちは
ひとでなしの赤旗についていった。

ところで、その夜の僕たちのいでたちはといえば、これは十分に書きとどめておくのに価する。つまり、一人が胸に数字のはいったTシャツに赤いマンボズボンであれば、一人ははるばると裾の広がった黄色のパンタロンにサイズの合わないダボシャツ、もう一人は熱帯魚のようなバンコク製の開襟シャツに真黒のサングラスといった具合で、いささかファッショナブルなヤクザの集団といった風情であったのだけれど、僕たちにしてみれば、何とかして本物の遊び人を装うべく必死になっていたわけだ。勿論、大学にはいって以来、遊びなるものとは全く無縁に過ごしてきた僕たちだったから、お互いのセンスの悪さをただただ嘆くほかはなかったのだけれど――。

かくの如く僕らが苦心惨憺して原色をちりばめた仮装をしなければならなかったのは、言うまでもなく権力の検問のためだった。一九七〇年代にはいってからのこの国の深夜というのは、警察の戒厳令下とでもいうべき状態にあり、自転車を無灯で走らせているだけでも執拗な職務質問につきまとわれるほどなのだから、電線や工具一式、その上怪しげな黒装束まで積み込んだ僕たちの乗用車が安全に首都を横ぎっていくためには、僕たちはどうしても〝深夜の遊び人〟でなければならなかったわけだ。封印列車のかわりに、熱帯魚のようなバンコク製の開襟シャツによって若い体を守られながら――。

夕ぐれ、麦畑に赤い月がおぼれる

おれたちは馬といっしょに寝こむまえ
未来はどうかと話していた
歩いて歩いてくたびれて。

雨がふり、暗い風まで吹いてけば
石の上の眠りもオツなもの。
汚れちまったカナシミを雨が洗えば
洗面器なぞいるものか。

さて、こうして七人のパルチザンは、八月十二日の荒川土手に到着した。

この夜の作業予定は、X地点からA地点への電線一〇〇〇メートルの敷設であり、翌十三日はX地点の爆弾設置だけだったから、この日がまさに作業の山場だった。僕たちは各々の原色のシャツを脱ぎすてると、全員が黒装束を纏い、二つの部隊に分れて、夏の終りの闇のなかへ踏みこんでいった。男だけの一方の部隊は、現認スイッチ地点であるA地点から、上流の荒川鉄橋の下へと河川敷に電線を走らせていく作業を担当した。女性を含んだ他方の部隊は、X地点である鉄橋の中央部から鉄橋の端までの六〇メートルと、そこから地上に降りる巨大な橋脚の部分に電線を這わせ、固定し、迷彩塗装を施す作業を、担当していた。

僕自身はといえば、子供の頃から決して身軽であるとはいえず、高い所での細かい作業にはおよそ不向きだったから、男ばかりの地上部隊——長い河川敷に電線を敷設する地上部隊の一員として、重い電線のドラムを、夏の夜の肩に喰いこませていた。直径一センチほどの電線は、一〇〇メートルをもって一巻としていたが、その一巻のドラムの重さは一五キログラムほどもあった。その一巻一五キログラムのドラムを一〇巻、すなわち一〇〇〇メートル分、敷設しなければならないのだった。

……深々とした夜だった。仲間の吐く息が、ときどき闇の塊りのように肩や腕に触れた。誰もが無言だった。ゆっくりと伸ばされていく電線の上に、土が被せられ、ブロックのような瓦礫が被せられた。起伏のある部分は土を削り取り、再び土がかけられた。女性たちを失なった男だけの僕たちの部隊は、奇妙な解放感に満たされながら、闇に溶けたひとつの甲虫のように進んでいった。——そして、そのゆるやかな歩みのなかで、なぜか僕は、太い縄を手に持って山車を引いた幼年の日の祭りの情景を想い出したものだ。その山車は、夏空のなかにいかに巨大に聳え立ち、小さな手の力いっぱいの奮闘にもかかわらず、いかにゆっくりとしか進んで行かなかったことか！

遠くでパトカーの音がし、やがて消えていった。夕立の名残が、低く密生した雑草の葉に宿っていて、進んでいくパルチザンたちの黒いズボンの裾を、しっとりと濡らした。風は、深夜にはいって完全に止んでいた。折っていた腰を伸ばして顔をあげると、疲れた両目に、対岸の灯がちかちかと瞬いて見えた。どこかで出逢ったことのあるような夜だな、と僕は思った。——

ときどき夜空が赤かった
あかつきかと思えば、火事だった
それでも朝はきたけれど
解放ってやつはまだ来ない。

地獄の数は数知れず。
解放ってやつはまだ来ない。
時はすぎる。そのうち天国だって来るだろう。
おれたちぬきの天国が。

一〇〇〇メートルの電線への気狂いじみた奉仕を終り、パルチザンたちが泥の塊りのようになって橋脚の下に辿り着いたのは、午前四時を回ってからだった。時間的には若干の遅れだったが、鉄橋の上からもう一本の電線がするすると伸びて来さえすれば、二本の電線はここでイザナギとイザナミの如くドッキングできるはずだった。

ところが——もう一本の電線は、するすると橋脚をおりてくるどころか、まだ巨大な鉄橋の上に在った。……レポが飛ばされ、やがて鉄橋上の様子を伝えてきた。それによると、暗い鉄橋上での死角を捜しながらの配線作業は意外に手間どり、のみならず高所での作業による緊張と疲労から、全員が船酔状態に陥り、さらに猛烈な睡魔に襲われ、このため作業は大幅に遅れているということだった。

叢の中で、緊急の討議が行なわれた。一挙に全員で作業を進めるか、それとも、橋脚部分の配線作業は明日に残すことにするか。——そして、決定されたのは、後者の方針だった。人手が多ければ作業が捗るというわけではないこと、双方の部隊とも疲労の極に達していること、明日は比較的時間の余裕があること、そして空はまもなく無慈悲にも明るくなるであろうこと、それらが決定の理由だった。

僕たちはあけがたの灰色の街に車を走らせて都心に戻った。そして、その日一日、僕たちは全員が会社を休み、雨戸を閉ざした各々の栖で、死人のように眠った。ただ、再び結集する時刻に遅れないように、目覚時計だけは大切に枕元に置きながら——。

八月十三日、最後の夜がやってきた。七人のパルチザンたちは全員武装してアパートを出た。なぜなら、昨日までと違って、僕たちの車には警官が見たら腰を抜かすにちがいない黒い箱が、大切に毛布にくるまれて積み込まれていたのだから——。僕は、弾の一発だけ出る改造ピストルをズボンの後に突っこみ、その上にTシャツを被せた。銃身の重味のある冷たさが、自分の肌の若さを感じさせた。それが誤まって火を吹かないことを、僕は今日と明日のために祈った。……

僕たちは昨日と同じように二台の車に分乗した。車の窓から見える東京の夜は、かつて逮捕されたときに護送車の金網ごしに見た風景のように、ひどく余所々々しく流れすぎていった。車のフロントガラスの脇に貼りつけられているヌード写真が、半分剝れて、ぱたぱたと音を立ててはためいていた。

武装したパルチザンたちが再び荒川土手に立ったのは、十一時をわずかに回った頃だった。空には鈍く雲がかかり、月も星も姿を消していた。ただ川向うの町の明かりが、薄い眠りの膜のように、そのあたりの空をほの白くさせているだけだった。

しばらくの間、僕たちはぼんやりと空を見上げていたが、やがて思い出したように、二台の車から荷物をおろし始めた。この日の作業は、大切な黒い箱を鉄橋上に設置すること、昨夜やり残した橋脚部分に電線を這わせること、そして帰りがけに、河川敷の電線に異常がないか調べること、それだけだった。それらは三時間もあれば十分な作業だったから、僕たちは遅くとも午前三時には撤収を完了し、それぞれの栖に戻ったうえで、最後の夜明けを迎えることができるはずだった。……

だが——車から荷物をおろし終えてみると、どうも様子がおかしい。いつもとは明らかに雰囲気が違っている。……僕たちは誰が指示するともなく、その場で待機する姿勢になった。やがて、眼が闇のなかで自由になっていくにつれて、少なくとも四人の男が、前方の叢の陰から僕たちの様子を窺っているらしいことがはっきりとしてきた。彼我の距離はおよそ三〇メートルもあろうか。最初、僕たちは例の痴漢だろうと考えて、その場に腰を下して待つことにした。けれども、二〇分近くたっても、彼らは動こうとしない。そのうち、彼らはゆっくりと散開し、一人が一五メートルほどの所まで近づいて来たかと思うと、もはや隠れようとするでもなく、堂々とこちらを眺めている。その男は機動隊の隊員を思わせるようなガッシリとした体格で、どうもいつもの〝夜の兵士〟とは雰囲気が違う。

——そのうち、その男は元の場所に戻ったかと思うと、同じような体格をしたもう一人の男が、今度は横から近づいて来てこちらを窺っている。……

この状態を打開するために、僕たちはまず、男女一組がアヴェクを装って下流の方に歩きかけてみたが、この囮りには一向に飛びつく気配がない。止むを得ず、三名が武器を手にして散開しようとすると、向こうはさらに散開して、なかなか見事に僕たちを包囲する態勢を取りつづけている。勿論、相手の一人か二人を撃破することが目的であったのなら、こちらは内線作戦によって敵を各個撃破すれば良いのだが、僕たちには余りに重大な任務が残されているのであり、敵の一部分を打倒したところで、残っている者に騒がれれば元も子もなくなってしまう。おまけに、彼ら四人の背後には、もっとずっと多くの人間が隠れているような、ただならぬ気配さえ感じられてくる。……

——闇の中の何かを貪るような息苦しい対峙のなかで、時間がするすると過ぎて行った。青く弱々しい光を放っている夜光時計の針は、とうに十二時を回り、一時に近づいていた。あの男の乗った列車が鉄橋の上を通過するまでに、あと十時間しかない。夏草の匂いの中で焦燥だけが昂まっていき、僕はあやうく闇のなかに精を洩らしそうになった——。

やがて、夜は草の葉の先や土の一摑みのなかにまで深まり、僕たちは最終的な決断を下さざるを得なくなった。数人の〝敵〟を一挙に打ち倒して、ただちに作業に取り掛り、無事爆弾を設置し終えるか、或いは——いっさいを中止するか。……改造ピストルを握っている右手が、痺れたように重かった。腋の下には汗が激しく吹きだしていた。後の方で、車のクラクションが、二度、三度と鳴った。……

翌日、八月十四日午前十時五十九分、僕たちが予測したとおりの時刻に、あの男の乗ったチョコレート色の列車は、荒川鉄橋上に奇妙に長々とした姿を現わした。僕はひとりで現認地点である荒川大橋の上に立ち、日に灼けた橋の欄干に腹を押し付けるようにしながら、そのチョコレート色の列車が、まだ僕たちの電線が残されたままの鉄橋の上を走って行くのを眺めていた。打ち合わせていたとおり、僕は煙草を持った右手をゆっくりと頭上に翳し、すっと腕を下して煙草を橋の下に投げ落した。

爆発は——起こらなかった。八月の真昼の白々とした明るさのなかを、列車は、何事もなく走り抜けていった。午後の暑さを予感させるまぶしくも気怠く晴れた空の下で、河川敷とその両側の町が、どこまでも白々と広がっていた。それは妙に遠い感じの、静まり返った風景だった。まるで戦後の焼跡のようだな、と僕は思った。

（伝説・終り）

兄さん。

ここにいま僕は、僕たちの時代のひとつの伝説を、或いはひとつの正史を、語り終えたのだけれど、残念ながら、ここで語られたひとつひとつの言葉は、開かれることのない昏い匣のなかに生きていかねばならぬ運命にあるようだ。あたかも、いま兄さんが口を開かぬまま棲んでいる首都のアパートの部屋が、この時代の底に埋められたひとつの昏い匣ででもあるかのように——。

さて兄さん。

こうして僕たち兄弟は、語られることのない伝説を創りかつ記憶するものとして、《決意した啞者》と《昭和の丹下左膳》という異形な姿で存在することになったわけだけれども、僕たちのことについて語るのはひと休みして、このような兄弟を産み落した僕たちの母について、これから確かめられるものを確かめておきたいと思う。

母は兄さんの逮捕された二週間のち、すなわち一九六九年の末に死んだのだが、それは僕たちの父・大井聖が死んでから二十年近くのちだったわけだ。つまり、僕から見るならば、僕は自分が生まれることによって父を、自分が大人になることによって母を、それぞれ喪《うしな》ってきたと言うことができるかも知れない。

一九五一年、僕たちの父・大井聖が謎のような死を死んだのち、母は、所謂女手一つで僕たち兄弟を育てあげてきた。兄さんも憶えているとおり、母と僕たち兄弟とは、いかにも日本の一九五〇年代を象徴するにふさわしいボロアパート——「金箔荘」という懐かしい名前をもった木造アパート——の四畳半一間で、貧しくも輝かしい幼年時代の日々を送って行ったのだった。そして、元来が聡明な僕たちの母は、「土地付の小さなアパート」を買い、その一部屋に住まうと共に残りの部屋を他人《ひと》に貸すことによって生活するという方策を考え出し、そして兄さんが中学生になる頃にはその夢を現実のものとすることによって、「金箔荘」からの引越しを敢行するのだけれども、一九六〇年の、確か六月の悄々とした雨のなかで行なわれた僕たち一家の引越しは、戦後的な貧しさへの別れであったと同時に、僕たちの幼年時代への別れでもあったような気がする。

こうして、僕たち一家は、母が自らのものとした「土地付の小さなアパート」の収入を物質的基礎として、一九六〇年代の比較的安定した生活へと移ることになったのだが、その僕たち一家のささやかなる〝繁栄〟の前史として、いかなる〝本源的蓄積〟によって母が僕たちを育て、のみならず「土地付の小さなアパート」までも購入することができたのかということについて、やはり兄さんと確かめあっておきたいと思う。

――僕が物ごころついた頃には、母はたしか「昼間の家政婦」に出ていたのだけれど、僕たちの小学校が休みである日曜日などにも、母はときどき仕事に出掛けていくことがあった。そういう日は、母はいつもと違って薄化粧をして出掛けていったのだが、まだ三十歳を過ぎたばかりの、元来が端正な顔立ちの母は、悲しい若々しさとでもいうべきものを、僕の覗きこむ小さな手鏡の中に映し出していたものだった。そういう日には――必ず帰りの晩くなる母を金箔荘の四畳半で待ちわびながら――兄さんも僕も、母が何をしに出掛けるかについて、ほとんど正確な判断を持っていたように思う。というのは、それよりはるか以前、僕がまだ本当の幼児の頃、僕たちの金箔荘の狭苦しい部屋に、夜になると忍び込んでくる「よその男」の影を、そして僕たちのすぐ横でそれを迎える母の気配を、僕も、そして兄さんも、睡りの闇とひとつになった昏い記憶の底で覚えているにちがいないからだ。幾度と知れず訪れてきた「よその男」は、同一の男であったかどうか、判断すべくもなかったが、男が母の上に重なっている暗黒の幾夜かを、僕はじっと眼を閉じたまま――しかし決して睡りに落ちることのないまま――兄さんと一緒の蒲団のなかで、幼ない海星のように体を縮こませていたのだが、僕の横にいる兄さんもまた、やはりじっと体を堅くしたまま、火のように目醒めていたのだと思う。勿論、兄さんは僕より年長であったから、少し大きな寝息をさせたり、子供らしい寝言の断片を呟いたりしながら――。

（そして、付け加えておくならば、僕たちの母は、その金箔荘における幾度もの昏い夜のなかから、父親を知ることのないひとりの赤ん坊を――つまり、僕たちの〈妹〉を――産み落したのだった。それは一九五四年、薬品の匂いで満ちている病院の秋の窓から、まだ幾つものトタン屋根を見渡すことのできる時代だった。……）

こうして、妹を含めて四人になった僕たちの一家は、先に述べた通り、一九六〇年の降りつづく雨のなか「金箔荘」から「土地付の小さなアパート」への引越しを完了し、ゆるやかに流れていく一九六〇年代の日々を過ごしていったのだが、聡明ではあってもやはり母にも女一人の淋しさというものがあったのだろうか、兄さんと僕がそれぞれ大学に入学し、下宿生活にはいったのを見届けたのち、商売をしているという男との再婚生活にはいっていった。母が、兄さんと僕と妹の三人を前にして、少し困ったような顔をして紹介したその男は、母には似合わない下品な面相を持ち、金を数えることと弱い者に威張り散らすことだけを得意としているような、いわば日本人の典型ともいうべき中年男だったが、この母の誤謬に満ちた選択に、僕たちは異を唱えようとはしなかった。ただ、僕たちと同じように、母もまた旧い何かから飛びたっていこうとしているのだなという思いを、ぼんやりと抱いていただけだった。そして、兄さんが逮捕された一九六九年、母はみるみるうちに痩せ衰えて死んでしまったのだが、そのしばらくのち、あの下品な面相を持つ男は、母が苦労して購入した「土地付の小さなアパート」を、獄中の兄さんの名義にではなく自分の名義にしたいと、僕に申し出てきたのだけれど、勿論僕にとっては、突撃していく街頭だけしか見えないような日々を生きていたのだから、そのような新派芝居じみた話に拘っている余裕などあるはずがなかった。

そしてこの年、母が死ぬのを待っていたかのように、既に外泊と放浪のヴェテランであった僕たちの妹もまた、どこへともなく姿を消したのだった。このとき、妹はまだ十五歳になったばかりだったが、年齢の割には大人びた表情を身につけていた僕たちの妹は、もはや十分に成長したひとりの髪の長い女として、母の家を出て行ったのだった。ただ最後に、拘置所内の兄さんへ差入れられた弁当の包み紙に、細かい文字で詩の断片だけを書き残して――。

「さよなら、太陽も海も信ずるに足りない」

だが――妹のことはひとまず措くとして――こうして母について書いてきても、僕はひとつの疑問を解けないでいるのだが――兄さん、それは、恥知らずな言い方を許してもらえるならば、母と兄さんとの〈関係〉についてなのだ。兄さんが逮捕されるや否や、何故母は急に食物を口にしなくなり、みるみるうちに痩せ衰え、わずか二週間で死んでしまったのか？　――勿論、母の死には不自然でない病名が付けられているのだが、そして、自分の息子の逮捕ということが一人の母親に限りない心労をもたらすことも事実にちがいないのだが、ただそれだけではない何かがそこに在ることも、依然として確かであるように僕には思える。

僕たちが高校生であり、まだ母や妹と一緒に「土地付の小さなアパート」で暮らしていた頃――そのアパートは二つの部屋に仕切られ、僕たち兄弟は東側の部屋に、母と妹は西側の部屋に寝起きしていたのだが――たとえば森のなかで悪い夢に怯えたように、僕が息苦しい思いで深夜に目を醒ますと、僕の横に眠っているはずの兄さんがいないことが、幾度かあったことを記憶している。ただならぬ気配が襖の向こうから感じられるそんな夜、僕は幼ない頃「金箔荘」でそうしていたように、じっと目を閉じたまま海星のように体を縮こませているよりほか仕方がなかったのだけれど――。

　母と兄さんとの、何か〝同志的〟ともいえる親密さに僕が気づくようになったのは、そうしたことがあってのちのことだった。それ以前、その前史ともいうべき幾度かの夜に、兄さんは俯せになった僕の背後から、火の如き熱きものを僕のなかに押し入れたりしたこともあったのだが——そして僕は、自分自身も精を洩らしながら、兄さんの与えてくれる痛みを涙と共に受けいれていたのだが——そういう懐かしさに属することも、あの母と兄さんとの深夜の悲しみとでもいうべきものがあってからは、二度と行なわれることはなくなっていった。

　先に僕は、兄さんが《唖者＝口を開かない者》となったことが、兄さんの党派や、その党派に所属していたひとりの女性に関係しているのではないかと憶測したのだが、その上にもうひとつ、この母との関係を付け加えるのは、余りに背徳的に過ぎるだろうか。……


　兄さん——

　誤解しないでほしいのだが、僕がこの手紙を書いているのは、母と兄さんとの関係を穿鑿するためではなく、僕たちの父——僕が生まれて二年ののちに死んだといわれる僕たちの父・大井聖の謎を明らかにするためなのだが、母について書いて来るうちに、ひとつの疑問が——母は何故父と一緒になったのかという疑問が、浮かび上がってきたように思える。

　というのは、まだ幼なかった兄さんの記憶によれば、そして僕が物ごころ付いてから聞いた母の話によれば、僕たちの父・大井聖はきわめて〈異形な者〉であったというのだから、美しくもありまた聡明でもあった母が一緒になる相手としては、世間的には不自然であるように考えられるからだ。

　だから、父と母との結婚、そこから僕たちが出生することとなった暗がりは、依然として謎のままに残るのだが、（いよいよこの手紙の核心に踏みこんで行くならば）父・大井聖それ自身が、僕たち兄弟にとっては全き謎であったわけだ。父・大井聖について「僕の知っている二三のこと」を数えあげるならば、ひとつは、一九五一年に父が死んだ（もしくは失踪した）といわれていることであり、もうひとつは、父が〈異形な者〉であったということ——つまり片目と片手を失ない、しかも全き唖者であったということ、これだけにすぎない。

　兄さんの幼ない記憶によれば、近所の悪童どもは、僕たちの父が通りかかるたびに、

　　片目で片手のヒジリさん
　　片手で唖のヒジリさん
　　唖で片目のヒジリさん

と囃し立てたのだそうだが、そのような父の異形な姿が

生来のものであったのか、或いは戦争か何かによってもたらされたものであったのかについては、僕たちは何も知らなかったわけだ。
　知らなかったわけだ――と僕が過去形を使って書いたことで、勘のいい兄さんは、これから僕が伝えようとすることを早々と呑み込んでいるにちがいないけれど、その知られなかったことの幾分かについて、僕はようやくあの「匣」を明けることによって知ることができたと、いま兄さんに報告しなければならない。
「匣」――紺色の風呂敷で丁寧に包まれていたあの小さな木の匣――それは一度兄さんにも見せたことのあるとおり、兄さんが逮捕され、母が驚くべき速さで衰え始めたとき、母が簞笥の引出しのなかから取り出して僕に手渡したものであるのだが、その樟脳の匂いのする匣を、木洩れ日の射す午後の部屋のなかで白い顔をした母から受け取りながら、僕はその風景がいつか在ったなという、執拗な既視感に襲われたものだった。そして、兄さんが保釈になったとき、地下に潜行する直前の僕は、その木の匣を兄さんに渡そうとしたのだけれど、既に口を開くことを完全に止めていた兄さんがそれを受け取るはずもなく、またその時は既に妹の行方も知れなくなっていたのだから、その母の形見ともいうべきものはいきおい僕の手元に留まることになった。まるで浦島太郎の玉手箱のように、僕はその匣を開くことを深く怖れながら、しかし最も大切なものとして、あのO市での爆発の大失敗の炎のなかからも、それだけは持ち出すことに成功したのだった。新聞記事によれば「アイテテ、アイテテ」と叫びながら逃げていった一人の若者として――。
　さて兄さん。
　紺色の風呂敷に包まれた小さな木の匣、それを開くことによって、僕は僕たちの父・大井聖にまつわる驚くべき真実を手にすることができたのだが、その匣のなかに収められていたものは一篇の手記――父によって記されたのではなく、父の「戦友」とでもいうべき人によって記された一篇の手記だった。父の「戦友」――Sさんと呼んでおこう――が、僕たちの父とどのような関係にあり、どのような理由で僕たちの母にそれを手渡したかについては、そこに書かれている文字を読んでいただかなくてはならない。
　僕たちの父の謎――
《大井聖とは何なのか？》
《何故大井聖は異形な者であったのか？》
《何故大井聖は一九五一年の秋に死者＝もしくは失踪者となったのか？》
　――これらの謎の半ばを、Sさんという僕たちにとっては未知の人によって書かれた手記は、明らかにしてくれるはずだ。

だが、この手記が僕を深く感動せしめたのは、単にそれが僕たちの父の謎を解き明かしているからだけではない。それは、〈父の時代〉と〈僕たちの時代〉――つまり、戦争の時代から戦争ののちの時代――を貫ぬいて在るひとつのことをもまた、明らかにしているように思われるからだ。焼跡における可能性ともいうべきものから、僕たちが走り抜けたあの時代における可能性ともいうべきものへと通じている暗い洞窟の如き何かを――。

だから、今から兄さんに送ろうとしているこの手記が、滅びゆく首都の昏い底部で《決意した啞者》として生きつづけている兄さんに、果しなく広がっている海を越えて無事届いてくれることを、僕はこの孤島から祈らずにはいられない。そして、もしできるものならば、行方の知れなくなった僕たちの髪の長い〈妹〉にも、共に読んでもらいたいと、僕は希っているのだが――。

Sさんの手記

——私が穂積一作に初めて会ったのは、昭和十九年の夏の終り、丁度私が十九歳のときである。

そのころ、私はT大学の理学部に学籍だけはあったものの、戦局の深まりのなかでもはや講義も開かれることはなく、ただゆっくりと過ぎ去って行く日々のなかに、鬱屈した心と不自由な身体を持て余していた。不自由な身体——というのは、私が幼児の頃に患った熱病によって、下半身の右側がほとんど動かせないことをいうのだが、それはどうでもいい。肉体ではなく精神の方が、幾重にも折れ曲り内部へ内部へと閉じこめられながら捩れ込んで、青春ともいうべき不透明な時間の長さを苦しめていた。そしてその時、A新聞社の外信部にいた穂積一作は、まだ三十歳を少し過ぎたくらいであったと記憶している。

私はそのころ、T町の市電の駅の近くにある大きな下宿屋の二階に住んでいたのだが、その日はいっとき激しい夕立が襲い、雨のあがった後はまた西日が私の部屋に射し込んで、つくつく法師が再びあちこちの屋敷の樹木から啼き始めていた。


——どうだね、この広々とした下宿屋に一人で残っている気分は。

穂積一作は、私の部屋の真中に胡座をかくなり、そう言った。私はその初対面の男の言葉に、新聞記者らしい押出しの強さを感じたが、少し尖った彼の顎のあたりに新聞記者にはそぐわない影の如きものがあるのを同時に感じ取って、不快なものとそうでないものの入雑《いりまじ》った気持で、彼に相対していた。

手慣れた様子で彼が差し出した名刺には、「A新聞社外信部記者　穂積一作」と印刷されていた。外信部からやって来たとは何とも奇異だな、と私は思った。というのは、穂積一作は、「伊太利の壁」と題された私の油絵を見て訪ねてきたと言っていたのであるから——。

「伊太利の壁」——それは、ついひと月ほど前に描きあげられたものなのだが、カンバスの全面を使って赤茶けた重厚なレンガ造りの壁——イタリーの壁——を描いたものだった。ただし、そこに描かれた壁は、からみつく蔦や古びた落書きの間に幾つかの銃弾の傷痕をとどめ、のみならずその中央上部のあたりが大きく崩れ落ちて、その崩れ落ちたあとの穴からは、間近に打ち寄せてくる夏の青々とした海が覗かれているのだった……。古びた壁のレンガ色と、打ち寄せてくる海の生々しさ、そのコントラストの妙が、私にささやかな満足を与えていた。そしてその絵は、見る者の何人かに、我邦の同盟国であるイタリーの晴々とした崩壊を連想させたとしても、決して意外ではなかった。

勿論、私がその作品によって、ファシズム・イタリーの崩壊を暗喩し厭戦の意志を表現したと言ったら、それは余りに短絡というものであろう。なるほどその絵は戦意高揚とはほど遠いものであったが、反面、厭戦を宣伝する広告でないこともまた確かであった（政治の衣裳を纏ったものが芸術の名において芸術の破壊を行なっているのを、私は時代のなかで嫌というほど眺めてきた。その政治がいかなる内容の政治であろうと、芸術を僭称して現れ出ようとすることは、私には深い嫌悪だけしか抱かせなかった）。だから――私の描いた「伊太利の壁」は、いかなる政治的主張をも描いたものでなく、その赤茶けた壁に塗りこめられた私の一筆一筆に、私の内部の小暗い情念の疼きとでもいうべきものを描きこんだものであった。さもなければ、レンガの壁は、どうしてあのように血を吸った如く憤りと憎しみをあらわにし得たであろうか――。

私の内部の小暗い情念の疼きとでもいうべきもの――それを説明することは、いまとなっては相当に困難であるように思える。たとえばそれは、日没の如き血の色に染まっていく世界のなかで、ただひとり孤独を強制された者のいのちそのものとでもいうべきものであったろうか……。


その時代、昭和十九年の春、学友は一人また一人と戦線へ動員され、或いは工場へと徴用されていくなかで、片足のほとんど動かない私は、ただひとり下宿屋に取り残されることとなった。そして、戦争に取り残されたかのように、大きな下宿屋のなかにひとりになってみると、抑えられない憤怒とでもいうべきものが、めくるめく春のなかで急に露わになって来るのだった。それは、この戦争に対する憤怒と言ったら、余りに平板にすぎるかも知れない。勿論、進められている戦争が、一人のルーデンドルフすらもたぬ愚劣な指導者たちによる愚劣な戦争であること、そしておそらくは一二年の内に本土を灰燼と化すことによって終焉するであろうこと、そのようなことは物を考える学生の間ではひそかな常識に属することであったのだが、その仲間が一人また一人と戦場に消えて行ってしまうと、取り残された私の心は、いつの間にか自らの憤怒を世界に向けて屹立させるほかにないような、そのような情態に静かに落ちていったのだった。春が憤怒と共に深まっていくなかで、私はカンバスの世界に没入していった（幼ない頃から、不自由な足のために友と遊ぶことよりも自分と遊ぶことを余儀なくされた私は、私の家が貧しくないことを示す上質の画用紙に、雲が夏の山肌に落す影や、日暮れと共に移ろいゆく光の一粒一粒を描いて育ってきた）。だが、このとき私がカンバスに対して行なったことは、何かを描くというよりは、純潔な空白を汚《けが》すとでもいうべきことであったような気がする――。

　こうして、誰もいなくなった下宿屋のなかで、激しい昂ぶりを塗り込めるようにしながら、「伊太利の壁」は描きあげられたのだった。そしてその絵は、K町に在る〝ネルケン〟という名の画廊喫茶とも呼ぶべき店の壁に飾られた。そこだけは戦争と無縁であるかのようなひっそりとした雰囲気の婦人の経営するその店は、素人の描いたものを好んで飾ってくれた。――穂積一作はその店で私の作品に目を留め、そして私を訪ねて来たのだった。

　だから、穂積一作の名刺に印刷された「外信部記者」という肩書きは、全く奇異であった……。


　窓のすぐ外の樹木でけたたましく啼きつづけていた法師蟬が、その唄の終りきらないうちに急に啼き止んだ。不思議な沈黙がおし寄せてきた。奇異な感じを拭えぬままに、私が茶をいれる準備を始めると、穂積一作は、何も土産がなかったからと言って、肩掛鞄から小さな紙包みを取り出した。無造作に丸められた紙を開くと、強い異国風の薫が鼻を打った。紅茶だった。

　――砂糖はこっちにある。

　そう言って、穂積一作はもう一つの包みを渡した。新聞社などにいると、普通には手にはいらなくなったものまで自由になっているようだった。私はひとつしかない急須に紅茶を入れた。再び激しくなった蟬時雨のなかで急須を傾けると、日本茶よりも細かな紅茶の葉が、湯呑の中に少し流れ出て静かに沈んだ。

　ところで、と私は改まって穂積一作にきいた、今日はどんな用件で――

　いやなに、あの凄味のある絵の作者がどんな青年か会ってみたいと思ってね。あれは〝ネルケン〟の壁に掛けるには刺激が強すぎるなあ。……わかっていると思うが、二三年前だったら、あれは危いよ。はっきり「伊太利の壁」と書いてあるんだからね。だけど、ここへ来てすべての夕ガが緩んできている。だから、大丈夫なんだ。気が付く人間は気が付いたとしてもね。

　そう言う穂積一作の片目が、鋭く光ったように見えた。片目――というのは、実際彼には片方の目しかなかったからである。彼は左の方の目を、いささか大時代的な黒い眼帯で隠していた。その黒々とした眼帯は、まるでひとつの旗のようにはっきりと自分を主張し、尖った影のある顎と共に、穂積一作の表情にどことなく不吉な雰囲気を漂わせていた。この男は、右の方の目で静かに笑いながら、眼帯の奥に在るもう一方の目で、じっと人の心の底を見透しているのではないか――私はそんな想いにとらえられた。そういう私の心の動きを察したかのように、彼は、これが気になるかい、と言って眼帯を少し指でつまむようにしながら、かすかに笑った。

「闇のなかに薔薇が咲いていた。強い薫が夜のなかに広がっていた。花の形は見えなかったが、白くて大きな薔薇だったような気がしたな。匂いにひきつけられるようにして花に顔を寄せたとき、棘に目を射られた。棘にひっかけられて、目玉が潰れちまったのさ。……いや、君には本当のことを話してもいいだろう。――兵隊に取られるつもりはなかったからな。潰したよ、自分で」

西日が翳って、軒につるしてある風鈴が、一つ鳴った。

「自分で？」と私はきき返した。痛かったでしょう、という言葉が続きそうになったが、余りに幼なく思えて、私は言葉を切った。この男はいったい何なのだ、私に何を言わせようとしているのか、何のために私を訪ねてきたのだろうか……

「きみは俺の正体が気になるかも知れないが、俺は、あそこに在るものの方が気になるね」

そう言って彼は私の部屋の隅に置かれているものを、尖った顎で示した。

それは、私が上京して間もない頃、湧き上ってくる欲望を抑えることが出来ずに、神田の質屋で見付けてきた携帯式の蓄音器であった。隣組とかいうものが段々と家と家との境を取りはらっていくのにつれて、ドイツ音楽以外の洋楽は敵性音楽として大っぴらに聴けない時代になっていたが、しかし学生がひとりひとり下宿屋から姿を消していってしまうと、私は再び押入の奥から蓄音器を取り出し、耳を押しつけるようにしながら、夏の夜にレコードを回していたのだった。

「好きなのはフランス音楽という所かい？　聴いてみようじゃないか。なに、大丈夫さ、小さい音なら。どうせこの下宿屋には、いまやきみ一人なんだろう」と言うと、彼は自ら立ちあがった。

私たち二人は蓄音器を部屋の真中に引き出し、まるで赤ん坊をのぞきこむようにして、その小さな機械の上に顔を寄せ合った。彼は、いかにもこういうことをするのが好きだという風に、静かに笑っていた。彼の言ったとおり、レコードはフランス音楽――セザール・フランクのものしかなかった。ティボウとコルトーの演奏するフランクの「ヴァイオリン奏鳴曲」、この一組だけが私の所有している唯一の宝だった。私は彼のために、とっておきの新しい針を付けた。やがて、針の擦れる音のなかから、ピアノの断片に導かれて、妙に気をそそる、それでいて悲しみにみちたヴァイオリンの旋律がきこえ始めた。そしてそれは、小休止ののち、湖のなかへ沈みこんでいくような、不思議な音の流れを繰り返していくのだった。……

このときから、穂積一作は度々私の下宿を訪れるようになった。私たちの親密さは、次第に深まっていった。そして、まるでそのことと歩調を合わせるかのように、日本の戦局は日に日に絶望的なものになっていった――。

夏の初めには既にサイパンが陥落していたが、八月にはいってテニヤン、ガムが玉砕し、全マリアナは連合国軍の支配する所となった。九月になると、米国機動艦隊はパラオ諸島、ミンダナオへ攻撃を開始し、地図を広げてみれば、硫黄島と比島への包囲の輪が日一日と縮められていくのが明らかとなった。そして、硫黄島と比島が攻略されれば、石油をはじめとする戦略物資の輸送線は南北に切断され、次は沖縄と本土が直接米軍の攻撃に晒されるのにちがいなかった。

十月にはいると米軍は大挙してレイテ島に上陸を開始したが、連合艦隊は（穂積一作の解説によれば）決戦を決戦たらしめぬまま、米軍の航空機・潜水艦・レーダー砲撃の前に、戦艦武蔵をはじめとする残存主力艦艇を失ない、その戦闘力をほぼ完全に消失した。かくして冬を前にして比島をめぐる勝敗は決し、いよいよ硫黄島と沖縄への攻撃が間近に迫ってきたのだった。

米軍は、昭和十八年初頭のガダルカナル反攻以来、飛石戦略とでもいうべき戦略――つまり、一島上陸→基地航空力の整備→次なる一島攻略、という段階的攻撃戦略を採り、次々と北上を果してきたのであるが、しかし注目すべきは、その攻撃の先端がようやく比島を越えるに至って、そこに新たなる戦略が出現したということであった。新たなる戦略――それは五〇〇〇キロという驚異的な航続距離を持つB29という革命的兵器によって、これまでの飛石戦略とは切りはなされて、はるか遠方の基地から直接本土を攻撃するというものであった。

この革命的兵器B29による本土爆撃が遠からず開始されるであろうことを、私は穂積一作からきいていたが、早くも十一月二十四日には、銀翼の大群は堂々の編隊を組んで帝都上空に現れたのだった。

だがこの時には、B29はのちに行なわれるような焼夷弾による焼土戦術は採らず、航空機工場などへの精密爆撃を行なっただけであったから、東京の民衆はまだ混乱に陥るには至らなかった。既に児童たちが疎開を開始した東京の街は、間近に迫る紅蓮の炎を前にして、不思議に静やかな秋を送っていたように思う。

不思議に静やかな――と私は書いたが、この昭和十九年の秋を想い出す度に、私は何故か死に似た静寂のようなものを感じてならない。人気のない夜道を通っていく自分の松葉杖の音や、突然頭上から降りかかる木犀のかおり、明け放たれた下宿の窓辺に流れる風の気配など、その静やかさの深まりとでもいうべきものが、今も鮮やかに甦ってくる。それは、同年代の者たちの夥しい死を見送りながら、私ひとりが下宿屋に取り残されていたためでもあろうし、またほかならぬ私自身も、自分の生涯で最も死の近くにいた季節でもあったからなのだが――。

その年の秋が火のように深まっていくなかで、私は頻繁に穂積一作の家を訪ねるようになった。静まりかえった下宿屋のなかに一人で居ることの屈託が重く体重を持ち始めると、私は自由な片方の足に下駄をつっかけ、冷たい街路に松葉杖の音をコトコトとたてながら、穂積一作の家へ向かった。二三日誰とも口をきいていないようなことがあると、喉の奥がねばりはじめて、うまく言葉が出せないような気がした。独り言をいったり、詩句の断片を無理に口ずさんでみたりすると、耳の外側と内側から、同時に二人の他人が喋っているような気がするのだった。

穂積一作の家は、省線のK駅から少し離れた所に在った。K駅を南に降りて、I公園の横手をすりぬけて行くと、町らしい家並はすぐに跡切れて、大根畑としもた屋が半分ずつという感じで広がっていた。かつて原始の息吹にみちていた頃の武蔵野を思わせる巨大な欅や松などが、あちこちに小さな森をつくっていた。秋と冬の境目の凛とした夕日が、暗みゆく空を透きとおらせながら黒い森に落ちていくときなどは、ひときわ空気が清浄であるように感じられた。家々の軒先からは煙が細く立昇り、それぞれの夕餉をむかえる家々の風情が、あたりの風景をいっそう平穏なものに染めあげていた。

穂積一作の家は小ぢんまりとした一軒家で、黒松の大木が玄関の軒をかすめながら堂々と聳え立っていた。静かな夜など、ことんことんと、屋根の上で松笠のはねる音がした。

――どうだい、引越してこないか。

穂積一作がそう言ったのは、十二月にはいって間もなくのことだった。やがて、B29による絨毯爆撃が開始される、そのときには下宿屋の在るT町のあたりは危ないというのが、彼の考えだった。彼は、自分の家から歩いて五分ほどの畑の中にある「家と小屋の中間の如きもの」を見付けてくれていた。断わる理由はなにもなかった。二三日後、私は少量の衣類と書籍、それに例の携帯式の蓄音器などをリヤカーに乗せた。新聞社の給仕だという坊主頭の少年が一人、穂積一作の口ききで、足の不自由な私に代ってリヤカーを引いてくれた。リヤカーはT町やS町をすぎ、やがて畑のなかの道へはいっていった。私は、住み慣れたT町のざわめきが背中の方に消えていくのを感じながら、リヤカーの起こす小さな砂ぼこりの後を、どこまでもついていった。少年は口をきかないかわりに、ときどき口笛を吹いた。少年の乾いた口から洩れる口笛が、小さな風にかわり、それはあちこちの樹木のなかをかけめぐりながら、やがて大きな寒風となって台地の上を吹き抜けていくのだった。

こうして、私の住まうこととなった「家と小屋の中間の如きもの」は、小さな畑を南側に臨んだ緩やかな傾斜地に在って、私を迎えた。以前は小作人の一家の住居《すまい》だったものが、小作人が兵隊にとられる一方妻と子は実家にひっこんでしまったため、一年ほど前から物置代りになっていたものだった。家屋の傷みはかなりのものだったが、ひと通り掃除を終えてみると、十畳一間に広々とした土間が在り、これはこれで小ぢんまりとした住み易い造りに出来ていた。これまでの下宿部屋に較べて少し広々としすぎるくらいの十畳間に坐ると、かつての住人の創世期の生活――この小屋を建て、嫁をもらい、子供を産んでいったその生活のざわめきが、襖や敷居のあたりから、ひそやかに聞こえてくるような気がした。家には守宮《やもり》がいて、夜になると天井でちちと鳴いた。私は、初冬の夜に、その白いちいさな体が、天井のひとところにとどまったり、或いは素早く走ったりするのを眺めて、いつまでも飽くことがなかった。

私が新しい住居に落着くと、穂積一作は、二三日置きに下駄履きのまま訪れて来るようになった。そして、やがて私たちが遂行することとなるあの驚くべき企図について、彼が私に語ったのは、それから間もなくのことであった。……

驚くべき企図――それは、かつて私が想像すらしなかったという点でも、また、私の目の前に居る穂積一作が実際にそれを決行しようとしているという点でも、まことに驚くべき企図であった。

冬の部屋の中で、彼は残された右目でじっと私を見据えながら、言った。

――イタリーにはパルチザンというものがあってね……遊撃民兵、いや奇兵隊とでも訳したらいいかな……。昨年、イタリーの南半分にはバドリオ政権が出来たが、北半分はドイツが占領している。このドイツ軍に対してずっと遊撃戦をしているのがパルチザンなんだ。去年の九月、ナポリ市で大規模な武装暴動があった。この八月にはフィレンツェが落ちた。これらはすべて、パルチザンの力だという話だが、どう思うかね……。

どう思うときかれて、私は一寸言葉に詰まった。なるほど私は、「伊太利の壁」のなかに、血の色をした憎しみと生々しい解放への憧れとでもいうべきものを描いてはいた。しかし、私の内部には烈しい憤怒の塊りは在っても、例えばどのような現実的な力がイタリーの戦争を終らせようとしているかなどという知識は皆無だった。――もしも、私の描いた崩れ落ちるイタリーの壁の割目から、こちらに押し寄せてくるのが、輝ける南の海ではなく、武器を手にしたパルチザンたちであったとしたら……夥しいパルチザンたちが、あのイタリーの街々、壁の裏側や建物の陰を走りまわっているのだとしたら……

その夜、穂積一作が私に語った企図とは、次の如きものであった。

……自分たちの国に解放をもたらすためには、まず自分たちの国に戦争の敗北をもたらさなければならない。それは一日も早くしなければならない。そして、日本に敗戦をもたらすためには、間もなく開始されようとしている米軍の焼土作戦に呼応して、日本国内から武装闘争が始められなければならない。たとえ少数であっても、たとえ数人であっても、日本にパルチザンが生まれ出でなければならない。そのパルチザンの闘いは、準備が出来次第、明日にも始められなければならない。……

――あなたはコミュニストだったのですか、と私は穂積一作に問うた。

――いや、パルチザンだよ、と彼は答えた。この東京が、やがて米軍によって炎の街になるというなら、我々の手でそれをしようじゃないか――。

黒い旗に隠された彼の片方の目が、じっと私を見つめているようであった。夜空を焦がして燃え上るこの大都市の姿が、私の眼に鮮やかに浮かび上った。黒い街、黒い炎、そしてその下を駆け抜けて行く絶望にも似た黒い憤怒の部隊。日本に敗北をもたらすための日本人の民兵。――私の心はその炎のなかへ引きずり込まれていった。既に述べたとおり私は決して政治的な人間ではあり得なかったが、穂積一作の語ったことは政治とは異質の何かであるように感じられた。嵐が海の底の砂を揺らすように、それは私の心の奥底を烈しく揺り動かし始めた。私がカンバスに描いたのと同じ海の青が、私の内部で巨大にふくらみ、風をはらみ、ざわめき立ち、激しく波頭をきらめかせながら私とひとつになっていった。厚いレンガの壁を打ち砕いて押し寄せてくる海にも似たパルチザンたち、それが自分たちだと、そのとき既に私は考えていた。――

穂積一作がT町の下宿屋を初めて訪ねて来たとき、私が大学の理学部に籍を持っていることを調べあげていたことの意味が、ようやく明らかになった。私の絵がどれほど彼の関心をひいたにせよ、私が美術学校などの学生であったなら、彼は決して私を訪ねはしなかったのにちがいない。なぜなら、穂積一作の必要としていたのは確実な技術者――パルチザンのための武器を製造し得る確実な技術者――であったのだから。

こうして、当面の私の役割は次のように設定された。――投擲式爆弾について研究すること。その製造に必要な材料品のリストを作成すること。そして集められた材料によって精度の高い〝作品〟を完成させること――。勿論、足の不自由な私がそれ以上の役割を果せるはずはなかった。

従って第一線における武器の使用は、他の者にまかせられねばならなかった。

他の者——私はここで、私たちの仲間である第三の人物、〈影の男〉或いは〈影男《かげお》〉とでも呼ぶべき人物について、語っておかねばならない。なぜなら、穂積一作と私、それに〈影男〉の三人だけが、昭和十九年から二十年にかけての日本における唯一のパルチザン組織であったからだ。〈影の男〉或いは〈影男〉に、私は出会ったことはない。というのは、私の家を訪れて来るのは穂積一作に限られており、彼を通じて私の武器は〈影男〉に渡され、こうして私と〈影男〉とは直接出会う必要がなかったからである。この奇妙な三人の組織について、人はバブーフの組織原理を思い出すかも知れない。十八世紀の世紀末のパリ、血煙と砂ぼこりのパリの街区を駆けめぐっていた、あの無数のバブーフたちを——。

だから、私は〈影男〉について、穂積一作の話から想像するほかないのであるが——そして穂積一作の話を疑うならば、〈影男〉の像のみならずその存在そのものすら、疑わしいことになってしまうのであるが——ともあれ彼の語ったところによれば、この〈影の男〉或いは〈影男〉は、昭和の鼠小僧とでも呼ぶべき天才的な伎倆の持主であった。私が不自由な足しか持たないのにくらべて、〈影男〉は自由な「四本の足」を持ち、穂積一作が一つの目しか持たないのに対して、〈影男〉はいかなる闇をも見通すことのできる「七つの目」を持っていた（と穂積一作は語った）。彼は夜のなかを走り、垂直の壁を登り、屋根から屋根へとむささびのように飛行することができた。この四本の足と七つの目を持つきわめて敏捷な男の前には、いかなる防御の道具もその用をなさなかったようだ。だから〈影男〉は、彼の前史ともいうべき個体的叛逆の時代、つまり泥棒時代に、普通の泥棒とはくらべものにならないほどの少ない出撃回数によって、きわめて大量の貨幣を自らのものとすることができたのだった。

何故この男が、かくも天才的な伎倆を身につけることができたのかといえば、それは彼の生い立ちにまでさかのぼらなければならない。朔風の吹きぬける関東平野の北の果の貧農の子供として、〈影の男〉或いは〈影男〉は生まれたのだが、彼は幼児のうちに父を失なったまま、母親が悲しくも毎晩のようにどこかへ出掛けて朝まで帰ることのない夥しい夜という夜を、勿論電灯もない小屋のなかで、じっと闇だけを見つめながら育っていったのだそうだ。そして彼は、その家に飼われていた二匹の猫と遊ぶことを覚え、さらに少し成長してからは、二匹の猫と共に付近に〝出撃〟することを覚えた。その出撃は、外のテリトリーの猫たちとの出会いであったろうし、またそれらとの格闘であったろうし、そしてまた、空っぽの彼の胃を満たすための猟でもあったろう。こうして、猫の群れの中の、しかしひときわ体の大きな首領として、幼ない彼は、ひょうひょうと風の鳴る北関東の夜の広野に君臨したのだった。

こうして〈影男〉は、北関東の広野から帝都東京へ、猫の首領から泥棒の天才へと成長していくのであるが、この〈影男〉と穂積一作とが、どこでどのように出会ったかについては定かではない。恐らく、穂積一作の鋭利な直観、人の心の暗い部分を的確に見抜くことのできるあの隠された片方の目が、私を発見したのと同じように〈影男〉を見出し、パルチザンの一員とすることに成功したのであろう。ともあれ、穂積一作を情報部とし、〈影男〉を軍とし、私を兵器廠とするひとつの戦線が、ここに結成された。やがてそれは、ひとつの荒ぶる生きもののように頭をもたげ、立ち上り、歩み出し、そして敗戦間近い日本の夜のなかを疾駆していくのである。私が、かつて一度も経験したことのない恐るべき速度をもって——。

穂積一作が私のリストに従って材料を運び始めたのは、昭和十九年の暮もおし迫ってからのことだった。鶏冠石百匁、塩素酸加里百五拾匁、ブリキカン十個、ベアリング多数、それに篩や薬剤秤などが、私の部屋に集められた。私はまず鶏冠石を粉末にする作業から取りかかった。粉末にした鶏冠石を一定の割合で塩素酸加里と混ぜ合わせ、ベアリングと一緒にブリキカンの中に収めれば、軽易な投擲式爆弾の出来上りだった。勿論、爆発力を高めるためには、ブリキカンを補強したり針金を様々に使うなど、幾つもの工夫をこらさなければならなかったが——。

年末から正月にかけて、私はこの作業に勤《いそ》しんだ。元来手仕事は嫌いな方ではなかったが、火の気を絶った深夜の部屋の中で、鶏冠石を何度も篩にかけて丁寧に粉末にし、その分量をきっかりと十等分にしていく作業に、私は飽くことがなかった。黄色い電灯の光が、部屋の真中にぽっかりと私の影を造って動かなかった。絵筆を握っているときでさえも、心がかくも澄みきって静やかになることはあるまいと私は思った。心がしんと静まり返って、冷たく凍っている指先の感覚だけがかろうじて外の世界と結ばれているようであった。その凍てた指先をいとおしみ、指先の造りあげていくものをいとおしみながら、私は作業を続けていった。まるでそこに造られていくものが、ひとつの《沈黙》ででもあるかの如くに——。

考えてみれば、私の造っている爆弾はまことに古典的ともいうべきものであった。私は材料さえ整えば時限式発火装置の付いたものも製造可能であることを穂積一作に伝えたが、彼の答えは最も単純なもので十分だということであった。私は様様な資料に当り、爆発力が十分に大きく、しかもそれを投擲する〈影男〉が傷つくことのない範囲のものを研究した。そして、（これは敗戦後になってから分ったことなのだが）そのとき私が製造していた爆弾の構造は、かの大逆事件において、革命的職工・宮下太吉が製造した〈爆裂弾〉と、寸分違わないものであった。

——明治四十二年天長節の正午、祝祭の花火が日本国中に鳴り渡るなかを、信州松本の地に在った宮下太吉は、試作爆裂弾第一号の投擲実験に成功し、その模様を「赤児ノ泣声カ非常ニ大キクテオドロイタ」と千駄ヶ谷平民社に住む菅野スガに知らせたのであったが、無念にも目標に向けて投ぜられることなく終ったその〈宮下型爆裂弾〉と同型のものを、三十五年ののちに私は製造しているのだった。それは丁度、加波山から宮下太吉に受け継がれた暗い怨念が、三十五年を経ながら、一条の赤い糸として私の所まで伸びて来ているようであった。

正月——昭和二十年の正月を、私は一心不乱ともいうべき熱心さで爆弾の製造に没入した。足が不自由なためであろうか、以前から私には祝祭の日に背を向ける性癖があった。人々には目出たかるべき正月は、私には常に孤絶した時間であった。——もっともこの年には、正月といっても、その都市の家庭の食卓には特別に供される料理とてなく、その祝祭性は大いに損なわれていたわけだが、それでも新しい年を迎えたことは、世間のあちこちに残されているやけっぱちともいえる最後の楽観主義に、いささかの力を与えていることは事実だった。配られてきた新聞の第一面には、『絶好の戦機到来、一億皇民は今こそ英雄たれ』という徳富蘇峰の文章が載っていた。この最後の祝祭に背を向けて、私は日と夜とを送った。

そして一月も半ばをすぎる頃には、十個の爆弾は完成に辿りついたのであった。その深夜、私はいささか傾いた畳の上に、新聞紙でくるんだ十個のブリキカンを一列に並べ、黄色い電灯の光がつくるそれらの影を、いつまでも見つづけた。日本的忍従の染みついた畳の上に置かれた十個の異物が、この国の最後の息の根を止めるものとして激しく身震いしながら火を吹くことを、私は深い悦びの気持で思った。

私は久しぶりに蓄音器を押入のなかから取り出し、一組しかないレコード——フランクの「ヴァイオリン奏鳴曲」を回転盤の上に置いた。第四楽章に針を下すと、素朴なピアノの旋律が流れ始め、それはやがてヴァイオリンに受けつがれながら、決して明るくはない——だが確実な——勝利の歌をうたいはじめた。それは絶望のなかでの笑いとでもいうべき妙に棘のある、しかしまごうことのない勝利の歌であった……。

レコードが回り終ると、私は白い水彩絵具を溶かして、新聞紙にくるまれたブリキカンに壱から拾までの番号を記していった。ただひとつ、第拾番目のものが、他のものとちがって火薬が十分でなかったことが、私の満足をいささか不完全なものにしていた。というのは、穂積一作の用意した塩素酸加里百五拾匁は、量としては十分であったものの質が相当に粗悪であり、篩にかけて異物を取り除いているうちに百拾五匁ほどに減ってしまい、このため、第壱号から第九号までは拾二匁ずつ入られたものの、第拾号には七匁しか入れることができなくなってしまったからだった。しかし爆発力は弱められたとはいえ、それもまた周囲を破壊するに十分な力を持つものであることについては、問題なかった。私は最後のブリキカンに大きく「第拾号」と書いて、絵筆を置くと、魂のように白い息を吐いた。

穂積一作が久しぶりに私の家を訪れたのは、それから二日後の晩だった。彼は寒そうに外套の襟を立てたまま、私の部屋にあがり込んだ。

――そろそろ出来た頃かと思ってやって来たよ。

彼は煙草をくわえながら何気ない調子でそう言った。私が出来上ったと答えると、彼は、そうか、と言って緊張した表情になった。彼の緊張が私の内部にも伝染してくるのが分った。自分の製造したものが重大なものであること、そしてそれは夢ではなく実在することが、初めてひとつの感覚として体の中に定着するのを、私は感じていた。

そのように部屋のなかの空気がいったん緊張すると、私たちはもはや普段のように気楽に話をすることができなくなっていた。穂積一作は、低い真剣な声になって、戦争の情勢を語り始めた。

――米軍のマリアナ航空司令官が代ったらしい。新任はどうもルメーだという噂だ。このルメーという男はね、いわば焼夷弾主義者とでもいうべき男なんだ。大型爆弾による精密爆撃ではなく、焼夷弾による都市全体の焼き打ち攻撃――。紙と木でできている日本の建物には素晴しく有効だろうな。乾燥している冬の間にこれをやれば、間違いなく火の海になるからね、震災以上のことになるだろうよ。いくら政府が疎開だといったって、この帝都の機能をそのまま地方に分散させることなど出来やしないんだ。だから、焼夷弾による東京空爆は、日本の戦闘力への大打撃になる……

そのときというわけだね、と私は言った。

火の気のない家のなかに、自分の声が妙に大きく響くのを、私は聞いた。

――そう、そのとき一斉に攻撃をかけるんだ。上空を乱舞する無数のB29に、あたかも呼応するようにね。

――効果があればいいが。

――俺ときみと〈影男〉の闘いが、たった一日でも日本の降伏を早めることになれば、それでいいんだ。

――たった一日でもか。

——そう。きみに話したことがあったかな。……去年、米軍が九州を爆撃したときの映画があってね、無論米軍が撮したものだが、博多かどこかの都市が火の海になっていく有様が、上空から撮されているんだ。そのフィルムが重慶の映画館でかけられたそうなんだが、そのときそれを見ていた支那人たちは、爆弾が地上で炸裂する度に歓呼の声をあげたというんだよ。爆弾がひとつひとつ炸裂する度に——。

——我々の爆弾も歓呼で迎えられるというわけだね。

——そう、日本を除くすべての東亜の民衆からね。

——いつごろだろうか、最初の大爆撃があるのは。

——多分、

そう言いかけて、穂積一作は土間の方を振り返った。何の気配もなかった。——多分、二月の半ばには始まるだろうな、米軍もあとひと月は準備にかかるだろう。つまり、我々の方がひと月早く戦闘準備を完了してしまったというわけだ。——そう言って、彼は初めて低く笑った。

二つのブリキカンが、押入の中から取り出された。それらは儀式のようにゆっくりと畳の上に置かれた。熱い二つのものを挟んで、私たちは輝ける沈黙の時間を味わっていた。

——思い出した。今夜は素晴しいものがあるんだ。

そう言って、穂積一作は肩掛鞄の中からセロハンで包まれたものを取り出した。アラビアコーヒーだった。——近衛師団に同郷の男がいてね。Mという名前の大尉なんだが、その男が手配してくれたんだ。きみはインテリだから酒ぞよりもこういうものがいいだろうとか言っていたな。いかにも農夫らしい顔をした気のいい男なんだが、軍服を着ると残忍になる。まあ、日本人は皆そういう所があるね。権力につらなると残忍になる、権力をもたないと卑屈になる、どちらにしても際限というものがない……

コーヒーの匂いが部屋いっぱいにたちこめた。この小作人の労苦が染みついている日本の小屋の中で、これから火を噴こうとしているものを挟みながら、自分たちはいまコーヒーを飲んでいるのだなと、私は確かめるようにして思った。

——暖まるね、と私は言った。

——ああ、暖まる、と穂積一作は答えた。

その晩、彼は二つのブリキカン——第壱号と第弐号——を持って帰った。都心は恐らく火の海となるだろうから、中心部は無理かも知れないな、と彼は付け加えた。

穂積一作を送って玄関を開けると、外は雪になっていた。冷たい風と一緒に、さらさらと乾いた粉雪が土間に舞い込んだ。寒いわけだな、と穂積一作は言って夜空を見上げた。深い闇の奥から、夥しい白い雪片が次から次へと休むことなく降りおりてくるのだった。私たちは目を見合わせて静かに笑って別れた。彼の姿が見えなくなると、そこにはただ夢のような白い闇だけが残った。

それから何日かたった午後、為すべきことを為し終えたというふうな気怠さに身をまかせながら、私が部屋の中に寝そべっていると、玄関を荒々しくたたく音がした。農家をやっている隣組の組長だった。召集された青年を町内会で駅まで歓送していく所だから、是非顔を出してくれというう。普段なら足の不自由なのを口実に断わるところだったが、同じ隣組の青年だということもあって、出掛けることにした。すぐ行くといって組長を先に出させてから、私は押入の中に並べられている八個のブリキカンに毛布を被せ、そして玄関の引戸を閉じて南京錠をかけた。私が玄関に錠をかけるのは、東京に出てきてからこれが初めてだった。勿論、押入の中が心配だからであったが、戦局が急速に悪化していくにつれて、神国には泥棒が急増してもいたのである。

出征の行列は、三十人ほどが日の丸の小旗を持って駅への道を進んでいくところだった。どういうわけか穂積一作が、やはり日の丸の小旗を持って先頭の方に加わっていた。私は列の一番最後に追いついて、めずらしく吹き出てきた額の汗をぬぐった。黒っぽいモンペをはいた老婆が、見送りへの礼のつもりか、或いは私の不自由な姿をおもんぱかって、いかにも丁寧に頭を下げた。これほど深く頭を下げられたことは自分は一度もなかったな、と私は思った。

行列は歌をうたうでもなく、曇った冬日のなかを静々と進んでいった。黒っぽいものを着た背の低い女たちが多いせいか、それはまるで異国の子供たちの葬列の遊びのようにも見えた。駅に着くと、町内会長だという頭を五分刈りにした赤ら顔の男が挨拶をした。武運を祈りとか、国のお役にとかの文句が、冬の曇天にちぎれていった。召集される青年は二十五歳ほどの大工か左官かといった風情で、不似合な国民服の肩のあたりを少し窮屈そうにさせていたが、それでもおそらくこれが彼の人生における最初で最後の晴れの儀式なのであろう、寒風のなかに緊張した表情を崩そうとはしなかった。その顔は額の狭いにきび面で、脂気のある鼻のあたりがいかにも下品に見えた。女郎屋の女を覗いて舌なめずりしているのが似合うような、そんな感じだった。なるほどこういう男たちが兵隊になるのなら、ひそかに噂されているとおり、支那でどんな野蛮なことをやっているか分りはしないな、と私は思った。

町内会長の挨拶が終り、穂積一作がひとこと口上を述べて万歳の音頭をとった。松葉杖があるため、集まった人々の中で私だけが手を上げなかった。やがて青年は駅の構内に消え、人々は結ばれていた糸が切れたように立ち去って行った。穂積一作が、私に一寸小旗を上げる合図をして笑った。いままで止んでいた風が、急に北の方から吹き降りはじめた。最後の冬だな、と私はひとり帰路を辿りながら思った。

　戦局が抜き差しならないものであることが、ようやく目に見えるものとなって現れてきた。既に年末のレイテ決戦の帰趨によって、大本営の指揮は混乱に陥っていることが感ぜられたが、年を越しても戦略方針は定まったようには見えず、例えば海軍が沖縄決戦を主張すれば、陸軍は離島戦での海軍不信をあらわにするといった具合で、混乱は軍の頂点において極まっていることが窺えるのだった。元日の新聞は、「山下大将のいふ如く比島の戦場は広大であり、ここに敵が大兵力を展開し来る時においてはわが精鋭が野戦において米陸上軍と本格的に遭遇する最初の機会であり、敵兵大量殺戮の絶好の戦機が到来する」と陸軍をもちあげていたが、米軍はそれを嘲笑うかの如く、新年そうそうマニラへと一直線に進撃した。そして二月にはいると、米機動艦隊はマリアナと日本本土を結ぶ要衝中の要衝である硫黄島へ肉迫し、その上陸はいよいよ時間の問題かと思えた。一方、中国大陸の陸軍は——穂積一作のもたらした情報によれば——「上陸して来る敵に対処するため」、これまでの西方進撃を突然中止し、大軍を一挙に廻れ右させるという未曾有の大混乱に陥っていたのである。そして——

二月二十五日、いよいよ東京に対する焼夷弾攻撃が開始された……

　その日は朝から寒々とした厚い雲が冬の陽を隠し、すでに活気を失なった東洋の街をいっそう虚ろな感じにさせていた。そして午後から降り始めた雪は、積もるでもなく降り止むでもなく、ただしんしんと街の中へ溶け消えていった。

　凍てつくような夜が来た。私は光の弱い電灯の下で、穂積一作の家から借用してきたゴヤの銅版画集をめくっていた。〝カプリッチョ〟と名づけられた数十枚の版画群は——ゴヤが既に完全に聾者となりその上ほとんど盲《めしい》となってからの作品だったが——暗い空を背景に醜い顔をもった人間たちを群れ集まらせ、その人間たちを嘲笑うように、奇怪な獣や羽を持った妖怪の如きものたちを、いたる所に乱舞させていた。そこに彫り刻まれているのは、混濁の時代に露わにされた人間そのもの、どうしようもない欲情の交錯のようでもあり、愚かしいまでに悲しい人性の祝祭のようでもあった。その中には、老婆が妖怪たちに囲まれて化粧をしているらしい姿があり、からみ合っている醜い二人の男が闇の中へ落ちて行く姿があった。一本の樹木に縛りつけられて苦しんでいる男女の上には、巨大な梟の如き怪鳥がその狂暴な爪を光らせており、鳥の顔をした一人の男は、毛むくじゃらの獣の上にまたがってどす黒い叫びを叫んでいるのだった。——既に完全な聾者となりその上ほとんど盲となった前世紀のスペインの画家が、地の底に何を聞き、闇の中に何を視たか……私は暗澹たる気分で銅版画集の頁をめくっていた。

警戒警報のサイレンが遠くの夜空で鳴ったのは、十二時近くになってからだった。警戒警報は間もなく空襲警報にかわった。私は家の灯《あか》りを消し、玄関を開けて外へ出た。雲母を敷いたような雪道が闇の中にきらきらと輝くのを踏んで、少し土手のように高くなっている所まで行くと、新宿の方で打出すのらしい高射砲の音が花火のように聞こえた。遠くの探照灯が、幾本もの長い指のように闇を空しくさぐっていた。雪を降らせている雲の白じろとした腹が、ときどき光を浴びて手に取れるように浮かび上った。

やがて、東の空がほうっと赤くなった。「火事だな」と自分は思った。その言葉は現状にそぐわないにちがいなかったが、しかし「火事」という言葉は、妙に生々しく私をとらえて離さなかった。

闇の向こうで、何人かの話し声がした。近所の者たちが、やはり私と同じように少し高くなった所を選んで、東の方の模様を眺めているらしかった。その話し声は、大いに怯えているようでもあったが、またどこか華やいでいるようでもあった。厳寒の深夜にぽっかりと華やいだものが咲き現れて、いつも内に向かっている私の心もまた、急に緩んでいくような気がした。彼らの所へ行って気安く話し掛けてみたい衝動に、私は駆られた。私の二つの爆弾があそこで燃えているのですよ、そういう言葉が、いまにも私の口腔から闇のなかへ洩れ出ていきそうであった。——

——雷鳴のようだったそうだよ。威力は手榴弾の比ではなかったそうだ。

穂積一作は坐るなりそう言った。空襲から二日目の夕刻だった。

私の製造した爆弾が炸裂したこと、その音が空襲下の東京の街に響きわたったこと、それはまだ何か非現実的な出来事のように思えた。

——それで？　と私はきいた。

二月二十五日の闘いは、穂積一作が〈影男〉から受けた報告によれば、次の如きものであった。

……その夜、かねてから準備を整えていた〈影男〉は、警戒警報の発令と同時に出撃した。かつてない大群のB29の乱舞に、空全体がうなり出していた。攻撃場所は省線Y線のS駅と定められていた。いっときサイレンが途絶えてささやかな静謐が訪れたなかを、〈影男〉は軽々と土手をよじ登り、白々と雪光りのしている鉄路に沿って、一直線にS駅構内へ走って行った。あたりに人気はなく、意外なほど広広とした構内に、幾本もの線路が悲しい生きもののような眠りを眠っていた。下から見上げる無人のプラットホームは、夜の港に泊っている艦船の巨大な腹のように生々しかった。どこからか潮の匂いが、湿った風にのって流れてくるような気がした。

爆撃は初め北の方に集中し、空のあちこちを赫く照らし出していたが、やがてS駅のまわりにも幾つかの焼夷弾が飛び散りはじめた。焼夷弾は遠い家の屋根の上に落ちては燐寸《マッチ》の炎ほどの火を噴き上げていた。夜の中に生まれたその小さな火は、消し止められることもなく易々と一つの家屋を呑み込み、ゆっくりとその身体を太らせていった。

頃合を見はからっていた〈影男〉は、プラットホームの巨大な腹をかすめ抜けながら、幾台もの機関車が眠っている車輌庫の中へと一気に突入した。天井の高い車輌庫の中は、外の叫喚から隔てられたように、黒々とした沈黙だけが支配していた。まるで、壮大な伽藍に忍びこんだようだった（と、そのとき〈影男〉は思ったそうだ）。少しでも音を立てると、その音が反響してすべてが動き出すような気がした。幾輛もの鋼鉄の機関車は、頭をこちらにそろえて、いまにも荒々しく突進してくるようだった。その圧力に押されるかのように、〈影男〉は思わず後退《あとずさ》りした。そしてほとんど同時に、手にしていた重味のあるものを車輛の群れの中に投げ込んだのだった。

凄まじい叫び声が起こった。象の群れが倒れるようにして、幾台もの機関車が体を震わせるのが見えた。爆風に倒れた自分の体を立て直して、〈影男〉は第二弾を投じた。再び鋭い叫び声が起こり、今度は車輛庫のスレートの屋根が雨のように崩れ落ちてくる中を、〈影男〉は蚤のように脱出した。……

しばらくは耳が聞こえなかったそうだ、だが〈影男〉は無事だよ。――そう言って、穂積一作は温かい茶を啜った。

機関車のような――と私は言った――鉄の塊りみたいなものよりも、もっと毀れ易いものの方が、効果があるのだがなあ。例えば、組立中の飛行機とか、燃料タンクとか、人間の体とか……

今度はそうするつもりなんだ――と穂積一作は答えた――それに、都心での活動は、やはり危険が大きすぎる。いくら〈影男〉でも炎の海から無事帰還するのは安易な業ではなかったそうだ――。

私たちはひとしきり今後の見通しについて話し合ったのち、穂積一作の持って来たドイツ産の煙草を味わうことにした。やはり、近衛師団にいるというM大尉からの贈物だった。ドイツの敗色が日一日と濃くなっている時に、遠く離れた日本でドイツ産の煙草が喫えるというのが、どこか不思議だった。紫色の美しい紙が破かれ、薫の良い紙巻煙草が顔を出した。燐寸を擦ると、火のない家の中に小さな熱が生まれた。かじかんだ指先でその小さな揺れうごく炎を摘みたい衝動に、私は駆られた。ずいぶんこわい顔をしているね、と穂積一作は私をみつめて言った。ああ、炎の中に飛びこめばどんなに気持のいいことかと思ってね、と私はひとり胸の中で答えた。……

その夜、穂積一作はまた新たに二つのブリキカンをかかえて帰って行った。近いうちに再び大規模な夜間空襲があるというのが、彼の予測だった。

それからしばらくした或る日――それは、あの三月十日の大空襲の数日前だったと記憶しているが――私が配給所に鰊の干物を受け取りに行き、そのついでに足を伸ばしてK駅の前に在る本屋などをひやかして家に帰って来ると、夕刻の誰もいない部屋の真中に、白い大きな包みが、いかにも暮れ残されたという風情で置かれていた。それは、薄暮の沼に舞い降りた白い鳥の翼のようでもあり、巨大な骨壺を包んだ無表情な布の如くでもあった。

布の上に小さなメモが置かれていて、それは、present I.H. と読めた。包みを解くと、ガッシリとしたカンバスの背が現れた。触れる指に、あの懐かしいざらざらとした感じが伝わって来た。包みの底には、三十色の油絵具の箱も入れられてあった。その箱の重味を、私はゆっくりと掌の上で味わった。――一本の黒のチューブを取り出して小さな頭の蓋を取ると、私の生きてきた過去の匂いが鼻を打った。いま自分の眼は異様に輝いているな、と私は想った。

そしてその輝きは、二箇月ほど前、黙々と十個の生きものを造っていたときと同じだと思った。低い笑い声が、そのとき背後で聞こえた。だがそれは、私自身の喉の奥でくぐもっている私にだけ聞こえる笑い声であった。その声をこの部屋の中にあらわに放てば、それは部屋の隅々を震わせながら黄色い闇となって私自身を包み込み、自分は気が狂って行くのにちがいなかった。……

人はなぜ筆を執って描こうとするのか、或いは、なぜ詩文をなそうとするのか。一銭の得にもならぬ、一口の食糧にすらならぬ行ないを、なぜ為すのであるか。誰かに想いを伝えるためであろうか。いや、想いを伝えるべき相手などいないとすれば、誰のために描きまた書くのであろうか。普遍ともいうべき目に見えない他者のためか？　なるほど、他者のために筆を執る者は数多いかも知れない。最も高尚といわれる絵画、詩文すらも、それを見それを読むであろう見知らぬ他者のために捧げられている。しかし、いま私のなかに在るのは、およそいかなる他者も前提としない描くことそのものへの情念とでも言うべきものだ。他者のために描くのでなく、描くことによってようやくそこに他者が生み出されてくるような、孤絶した逆立《ぎゃくりつ》の世界だ。畢竟、私は己れ自身のためにのみ何かを描こうとしていると言いたいのであろうか、だが、この苦しみ、世界に向けて何ものかを産み出すときのこの息も絶えだえの苦しみは、およそ自分のための悦びや楽しみとは懸隔している。少なくとも自分は、描くことが楽しみであったことなど――幼年時代のあの霧につつまれた束の間の黄金時代を除けば――かつて一度もなかった。描くことはいつも、どこか嘔吐に似ていた。自分の咀嚼した食物のみならず、どろりとした胃や腸までも嘔吐し尽し、それをわが眼で見定めるまでは、おさまることがないのだ……。

およそ、世界には二種類の人間しかいないのかもしれない。一方は、全く筆を執らない人間もしくは世界と逆立することなく筆を執れる人間であり、他方は、世界や他者の存在にことごとく背反するただなかでしか筆を執れない人間――。だから、自分は自分が何かを描き始めようとするとき、常に次のような「伝道之書」の一節が浮かび上ってくるのだった。――《人は生命《いのち》の涯黒暗《かぎりくらやみ》の中に食《くら》ふことを為す。また憂愁《うれへ》多かり疾病《やまひ》身にあり、憤怒《いかり》あり》

次の日から、私はデッサンを始めた。

私に〝画風〟というべきものがあるとすれば、それは保守的なまでの写実主義であり、筆趣としてはクールベやマネに酷似しているのだが、その構図全体がどこか不安定なものを内包して歪んだ印象を与えるのが、特徴といえばいえるものであった。見えるはずのないものと見えるべきものの境目が、そこに写し出されていなければならなかった。私はそのようにして、幾つかの建物を描き、雪道を描き、壁を描いた。

けれども、自分がこれまでと違ったものを描き始めるであろうことを、そのとき私は予料していた。それは「画風の転換」とか「新技法の発見」とかいうのとは全く違った、果しない情念の自己運動とでも言うべきものであった。私の凍てた指に握られた鉛筆は、やがて意味のない曲線をカンバスの上に絡ませていった。押しとどめることのできない内部の流れが、屈曲した或いは奔放な線となって、白いカンバスを汚した。怒りは鋭く折れ曲り、憎しみは蛇行し、不安は激しく伸びて行った。……それは、いまにして思えば、抽象派の絵画に、就中カンディンスキーのそれに、最も近いものだったかも知れない。しかし、私の指先が描き出して行くものが、カンディンスキーの解放された空間や目にしみる青の乱舞と無縁であることもまた事実だった。私の曲線のうねりは黒く鬱屈し、それはどちらかといえば、幼ない頃に底知れぬ恐怖をもって見た地獄絵――裏山の寺院の奥深くに秘められてあったあの地獄絵の、絵全体が悶えているような世界に繋がっているように思えた。細い線の集積で描かれた蛇の如き炎、炎に焼かれながら烈しく絡み合うている夥しい男女の肌の白さ、そしてそれらを攻め立てている黒々とした煙の笑い。――その地獄絵よりも、もっと惨憺たるものを、私は描き出そうとしていた。……

三月九日の夜――それは奇妙に暖かな夜であった。庭の沈丁花の匂いが闇を柔らかいものにしながら、明け放たれた春の窓から部屋の中に流れこんできていた。その濡れた濃密な空気のなかで、私は自分の体が闇の向こうへ緩やかに解きほぐされていくような、少し気怠い気持をかかえていた。窓の際に寄れば、生温かい夜風がすうっと魂をつつみこんで奪って行ってしまうような、そんな気がした。

サイレンが聞こえはじめたのは、デッサンがようやく一定の仕上りをみせた夜更だった。サイレンは、坐っている私の背中の方角から響き始めた。聞き慣れた爆音が、やがて遠くの空を震わせて来た。一路都心に向かって黒い夜の海を飛行する夥しいB29は、きっと魚群のようであろうと私は思った。その上空の大群から見おろすならば、灯火を滅ぼした東京の姿は、黯惨《あんさん》たる巨大な穴ぼこの如くに見えるのではあるまいか……私は電灯を消すこともなく、そのようなことを考えていた。

やがて、爆音はただならぬ激しさで上空を覆い尽した。高射砲の空しい声が、あちこちで響き始めた。雨のように降り乱れる焼夷弾、炎の巻きおこす風と、風がその上を通り過ぎていく打捨てられた屍体、断末魔の叫び――それらの唸るようなざわめきが、津波のように私の背中から押し寄せてきた。いま私が振り返れば、世界は血の色に包まれているかも知れない、と私は想った。そして、叫びと狂騒のなかをくぐり抜けて、闇から闇へ、炎から炎へと疾駆していく〈影男〉の姿を、確実に火を噴きあげていく私の二つの爆弾の閃光を、私は視たと思った。

私は、絵具箱から太々とした黒のチューブを取り出した。デッサンの仕上ったカンバスは、その中央部にナイフの如く尖った三日月型の空間を浮きあがらせていた。とうとう頭上に到達した大爆音の中で、私はその三日月型の空間に黒い祝祭を黯《とも》した。……

やがて季節は四月を迎えた。

冷たい霧雨の日が二日ほど続くと、翌日は暖かな陽が戻った。

私が散歩に出掛けたのは、そんな日だった。

まだどことなく湿っている下駄を履いて、私はK駅の方へ歩いて行った。

都心と違ってこの町に落された焼夷弾はわずかだったとはいえ、被害にあった家があちこちで柱や梁を剝きだしにして、春を迎えていた。温《ぬる》い風が、焼跡の臭いを孕ませながら頰を掠めた。まだ残っていた人々もさすがに先の大空襲に怯えたのであろう、町には人の気配というものが希薄だった。

やがて道はK駅に近いI公園のなかへとはいって行った。

公園は人の気配を絶やし、昼下りの風だけがひとつの生きもののように土の匂いをゆらめかせていた。かすかに芽のふくらみはじめている樹木の間を抜け、いったん小高い丘のような所に出て、そこから再び石段を下っていくと、私の目の前に現れたのは、壮絶な白い風景であった。どこまでも広がっている白骨の群れ——と見えたのは、風景全体を覆い尽している一面の桜の開花だった。満開の桜の大群は、公園の中央に置かれた澱んだ池を、雪余の如く制していたのである。

石段を下りきって汚れた池のほとりに立つと、重さをもったもののように、花々のざわめきが私の頭上を襲った。澱んだかなり大きな池には、丁度池を二分するように、長い木橋が架けられていた。私は頭上の重さから逃れるように、湿った土に松葉杖を突きたてながら池の周りをめぐり、そして水の上の廻廊のような長い木橋の上を歩んでいった。橋の丁度中央まで来ると、橋杙を間近に洗う池の細波が、長すぎる廻廊を不安にさせた。

目を上げると、池の両岸は頽れ落ちる白い雪崩だった。それはまるで樹木という樹木が、すべて「白い襤褸をまとっている」としか言い様がないような、相変らず物悲しい眺めであった。花見の客などは、もはや居なかった。ただ池の面を渡る風と花々のざわめきのなかに、歌い騒ぐひとびとの声をわずかに聞くことができるだけであった。それらの夥しいひとびとは、蜃気楼のように一瞬間近にあらわれたと思うと、たちまちのうちに白骨となり灰となって、白い風景のなかに散っていってしまった。そのあとには、ただ静寂が残るばかりだった。

この静寂、死がすべてを隈取っているこの静寂は、私をものぐるおしくさせた。なるほど四月とはこのような季節であったかと、私はあらためて思った。

公園を抜け出て再び石段を登り、緩い坂になった道をK駅の方へ行くと、被害を免れた駅前の店屋の前の路上には、驚くべきことに、これまで見たこともないほどの夥しい量の物資が溢れ出ていた。卓袱台があり、簞笥があり、長持があった。花瓶があり、シャンデリアがあり、絨毯があった。茶筒や湯呑から風呂桶にいたるまでのありとあらゆるものが、雨のあがった春の道に溢れるように堆積されていたのである。それはまこと物資の洪水の如き眺めであった。それは私に西洋の民譚のなかの情景を——ひとつの都市から夥しい鼠たちがいっせいに脱出していくという騒然たる情景を、想い出させた。

物資の洪水を前にして、奇妙な心の昂ぶりが不意に私を襲った。この夥しい品々のなかから買物をしてやろう、と私はひとり決めた。ひとびとが迫りくる炎と死を目前にして彼らの生活を包み込んでいたものをかなぐり捨てて出て行ったのであれば、廃墟となろうとしているこの都市の中で、それら打捨てられたものを拾いあげるのも、いまとなってはひとつの風流ではないか——。

私は主人を失なった夥しい物資の堆積の中を――ただ食糧だけが欠けている物資の山の中を――歩いていった。前掛をした老婆が、品定めをしている私を、遠くの風景を見るように眺めていた。この都市では、もはや盗む者がいなくなったのか、或いは盗むことが意味をなさなくなったかのどちちかであった。

そして、私が選び出した物は、一組のレコード盤と華奢な象牙の耳搔、それに乃木大将の複製のはいった額だった。

「なかなか結構なご趣味でございます」

奥から出てきた主人は、私の選んだレコード盤を大事そうに手に取りながらそう言った。レコード盤は、セザール・フランクの「前奏曲、コラールとフーガ」であった。象牙の耳搔は、私のシャツの胸ポケットにさし込まれた。主人はそれから額縁を丁寧に新聞紙で包み、私が肩からつるせるように紐を掛けてくれた。

「余り長いとよろしくありません。短かすぎると手に当ってご不自由でございます」

そんなことを言いながら、主人は何度も紐の長さを調整した。そして代金を受け取ると、人手がなくて品物を届けられないことを幾度も詫びながら私を送りだした。

家に帰ると夕暮だった。

私はまず額縁の包みを解き、そこにはめられている乃木大将の複製を、絵筆の尻で切り裂いた。白い馬はその胴体を真二つにされた。その仕事がすむと、私はごろりと横になって胸ポケットから細い耳搔を取り出した。それは手の込んだ彫み文様のつけられた立派なもので、不自由のない生活をしていたどこかの婦人が使っていたものであるように見えた。その象牙の白さは、昼間Ｉ公園で見た頽れ落ちる桜花の風景を想い出させた。

レコード盤はまだ取り出さなかった。なぜなら、フランクの「前奏曲、コラールとフーガ」、この深い祈りにみちた曲は、深夜、大地を震わせる爆音のなかでこそ針を下されねばならなかったのだから――。

私は耳をほじくりながら、部屋の隅に置かれた未完成のカンバスを見た。カンバスには、既に黒と青と紫が使われていた。次は赤、狂気の如き赤でなければならなかった。

四月が盡き、五月が廻った。私が度々散歩するようになったＩ公園の樹木は、花を散らせ終えたかと思うと一斉に芽吹きはじめ、芽吹いたばかりの幼ない緑はみるみるうちに青葉となって繁っていった。旺盛な青葉に覆われた池のほとりには、ひんやりとする深い緑陰がつくりだされた。そこに佇むと、初夏の木洩れ日が池の面にちらちらと揺れ、その光のなかに五月はゆっくりと過ぎていった。

季節のうつろいをこれほど鮮やかに感じたのは、幼年時代を除けば私の生涯でも稀なことだった。毎日どこかの都市が炎上し、一度に数百というひとびとが屍となっていく日々の中で、季節は自ら廻り、自然は着実にその繁殖力を増しているように思えた。その旺盛な力には、どこか陰惨にも似たところがあった。

三月以降、東京全体を焼き尽すような大規模な空爆は訪れなかったが、その代り地方都市を中心に、B29の来襲はいっそう激しくなっていった。大群のB29は、視界が悪ければ地方都市に焼夷弾の雨を降らせ、視界が良好とみれば、首都近郊の工場を狙って精密爆撃を繰返した。爆撃の精度には驚嘆すべきものがあり、武蔵野のN飛行機工場などは、二度にわたる一トン爆弾の直撃を受けて壊滅していた。そしてB29のみならず空母から飛来するグラマン機もまた、東海地方を中心に執拗な攻撃を加え始めた。畑仕事をしていた老婆がロケット弾の直撃を受け、鍬を握っていた手だけがそのまま残されていたとか、東海道線の列車が機銃掃射を受けて乗客は皆同じようにこめかみに穴をあけられていたとかいうような話が、ぽつりぽつりと伝わってきた。日本軍の迎撃機は、めっきりその数を減らしていた。やがて東海近海に集結するであろう敵の大機動艦隊に対して決定的な一大決戦を行なうべく航空機を温存しているのだという噂が、もっともらしく広まっていた。ときどき思い出したように迎撃に飛び立つ小型戦闘機は、いかにも力なく上昇していったかと思うと、あっというまに翼を失ない、或いは炎の塊りとなって墜落していった。

ドイツは、五月の初めに無条件降伏していた。イタリーのムッソリーニは――穂積一作が予想していたように――パルチザンの手によって処刑された。六月には沖縄が玉砕した。陸軍の指導部は、本土決戦に最後の望みをつなぐ一方、不倶戴天の敵であったはずのソ連邦に特使を派遣して和平の仲介を依頼しているということであった。

穂積一作は、ときどき私の家を訪れては戦局にかんする情報をもたらした。戦艦大和が沖縄に向かって出撃する際、軍の方針は燃料は片道しか積まないということだったが、現場ではそれではあまりだということで、たっぷりの燃料をタンクに注入して送り出したというような話を、私は穂積一作から聞いた。また、A新聞が、米ソ両軍に占領されたベルリンの状態を「伯林の惨状」という記事で伝えることによって、露骨に本土決戦への批判を加えたこと、A新聞社の社内では和平派が公然と軍への批判を口にしはじめたことなども、彼は私に話した。そして、私の家を訪れるたびに、彼は押入のなかのブリキカンを、一つまた一つと持ち帰っていった。

「A飛行機工場はもう終りだよ。なにしろエンジン部門を吹きとばしたからね」と彼は語った。我々のブリキカンが尽きるのが早いか、敗戦が早いかどちらかだね、とも彼は言った。二三箇月の内に九州か四国に米軍が上陸するというのが、軍の見とおしであるらしかった。夏を迎えて、情勢は一挙に煮つまっているのだった。――

そんな或る日、隣組の男が、私の家の玄関を開けた。

隣組とはいっても、前の畑をはさんだ一軒屋同士だから、毎日顔を合わせているわけでもなく、男はいかにも「訪れて来た」という風情であった。芋が取れたからと言って、男は小さな布袋を私の家の土間に下した。私が配給の煙草を二三度分けてやったことへの礼であるらしかった。私も煙草は切らすことのできない性だったが、穂積一作が外国製の薫の良いものを置いていったときなどは、少しは配給品が余分になることがあるのだった。

男は私が上がるようにと言うと、ごま塩になった五分刈の頭をしきりにさすりながら、足が汚れているからとか用事を残してきたからとか遠慮していたが、私が一緒に煙草でもと促すと、へえ、うんでは、と上がりこんで来た。私が帝国大学の学生であるということ、そして資産家の息子であると思われていること――穂積一作は家主にそのように紹介していた――が、この男の腰を必要以上に低くさせていた。もし私がただの〝片輪者〟にすぎなかったとしたら、この男は私に対して素晴しく狂暴な振舞いをする人間たちの一人であるのにちがいなかっただろうが――。

「すまないねえ、食糧が、いまはいちばん大切な時だから」と私は鷹揚に礼を言った。

「うんでえ、食ってもらえれば、いいべえ」と男は答えた。

彼は私の姿を――私は畳の上では、脚を伸ばすでもなく折るでもなく、オヤマのような横坐りの形でしか坐れないのだが――その姿を、物珍しそうに眺めてから、私の差し出した茶を音を立てて啜った。

「しかし、なんだね、兵隊さんは外地で戦っているというのに、僕のような者は、銃後のお役にも満足に立てない」

私がそう言うと、男は話の方向を取り違えたらしく、自分の息子はソ満国境にいるらしいこと、むこうは五族協和でなかなか住み易い所らしいことなどを語った。手紙が来るかね、と私がきくと、正月に来た、と男は答えた。今度来るときは、手紙でなく骨になって来るだろうよ、と私は心の中で呟いた。煙草を勧めると、男は一度掌で頭をさすってから、有難そうに火をつけた。少しけむたそうに目を細めて煙草を喫っている顔付は、いかにも野良仕事が一段落したという風情であった。茶請に漬物でも出せれば良いがな、と私は自然に思った。

「少し襖が、へん曲っているだな」

男が横の方を向いて突然言った。押入の襖の一枚が、少し腹がふくれたように曲っていた。あっ、という声が、思わず口から洩れそうになるのを、私は防いだ。

「梁が落ちてきているから、襖が苦しいだよ。ひとつ、直してやるべえ」

胃が、粘土の塊りを入れたように重くなっていた。だが、男はそう言ったまま、うまそうに煙草をふかしていた。勿論、男が煙草を消して立ち上がるのであれば、私もまた不格好に畳の上をすべって行き、それを押し留めねばならなかった。恐ろしい叫び声をあげて男の脚に組付いていく自分の姿が、鮮やかに頭に浮かんだ。片方の腕は、いつでも立ち上がれるようにしっかりと畳を押えて、固くなっていた。何と言って止めたらいいだろうか、急に激しくなった動悸の中で、考えがまとまらなかった。男は相変らず、大工が自分の仕事の出来具合でも眺めるかのように、ゆったりと襖に目をやっていた。

「どうも警報が鳴るかと思うと、毎晩寝付かれなくてね」

と、私は男の注意をそらすように言った。声が、二人しかいない部屋の中で震えていた。「はは、臆病なものだから――」と無理に付け足した。

「おらん所は防空壕を掘っておいたから――と言って、男はようやく襖から目を離した――あぶねえときは、いつでも畑を横切ってくればええだよ」

男は首を回して、襖と反対の畑の方を見た。私は茶を、もう一杯注いだ。

「この辺には工場がないから、大丈夫だとは思うけれど――」

私が落着を取りもどしてそう言うと、男はしばらく防空壕の方角を見やっていたが、やがて断乎たる調子で、戦争だから家が焼かれるのは仕方がねえが工場が狙われるのが悔しい、それに宮城が心配だ、と答えた。

……戦争だから家が焼かれるのは仕方ないが工場が狙われるのが悔しい、それに宮城が心配だ……

なるほど、この国のひとびとはかつてない空爆のなかでそういうふうに考えているのか――動悸の細波が残っている胸を押さえながら、私は頭のどこかが痺れるのを感じていた。まだ焼かれ足りないのか、まだ殺され足りないのか、いや、全部焼かれ、全部殺されても、そう思いつづけているのか……

だとしたら、この国のひとびとがイタリーのようにパルチザンとなって起上《たちあが》ることなど、永遠にあり得ぬのではないか。どのような惨禍が頭上に降りかかろうと、あたかもそれが自然であるかのように諦め続けていくのではないか。日本のパルチザンは、私と穂積一作と〈影男〉の、三人で終るのではないか――

戦争だから家が焼かれるのは仕方ないが工場が狙われるのが悔しい、それに宮城が心配だ……

男は、再び襖の方を見ることなく帰っていった。その夜、私は絶望的な気分で、残っている三個のブリキカンを木箱に入れ、畳を上げて縁の下に移した。――

穂積一作は茶を飲みながらしばらく考えていたが、まだ敗け方が足りないということだな、とぽつりと言った。私が隣の男のことについて語ったあとだった。

確かに私の周囲で生きているひとびとは、ただならぬ生活の混乱や肉親の死に直面しているにもかかわらず、未だ敗け足りていないように見えた。民間人だけではない、軍人もまた、真剣に降伏を考えているのは上層の極めて一部であり、それ以外は児戯に類する本土決戦の〝準備〟に我を忘れている状態だった。なるほど民は自らの水準に応じてその支配者を持つものだとするならば、知は力であるという段階を通過せぬまま権威と屈従の感覚だけは鋭敏にさせてきたこの国の民の水準に、軍部のごろつきたちはまことに適合しているのかも知れなかった。しかし――

しかし、どのくらいの敗け方があれば足りるのかな、その客観的な基準のようなものはあるのかな、と私は穂積一作に問うた。

――きみは、科学者だね。

そう言って彼は片方の目で私を見つめて笑った。政治とは水の沸点のような数値で表わし得る客観点な基準を持つものではないこと、政治の過程とは断続と飛躍を常に孕んでいること、そういうことを彼は言いたいのにちがいなかった。勿論、私とてそれを知らぬわけではない。しかし

――しかし果してこの国にその飛躍はあり得るのか、日本の国民は――いや、国民の五パーセントだけでも良い――その〝飛躍〟を自らの手でなし得るのか……。私の疑いは、穂積一作と向かい合っている間じゅう、晴れることがなかった。

その日、穂積一作は二つのブリキカンを持って帰った。縁の下には、黒いブリキカンがたったひとつだけ残された。私は、垢で汚れた薄い蒲団の上に横たわりながら、自分の心臓がひとつ縁の下で息づいているような、暗闇の中で微光を放つ小さな生きものを抱いているような、淋しくいとおしい気持で眠った。

「ポツダム宣言」が新聞に発表されたのは、七月二十八日だった。七月二十八日――なぜこの日付をはっきりと記憶しているかというと、その日は私の二十一回目の誕生日であったからにほかならない。それは、二十歳まで生きられることはあるまいと子供の頃から言われ続けてきた私――〝不具〟で〝病弱〟な私にとって、その大方の予想を一年間オーヴァーしたことの、ささやかなる記念日であった。

さてこの記念すべき夜、めずらしく浴衣姿で私の家を訪れた穂積一作は、二つのことを私に教えた。

ひとつは、新聞にのった「ポツダム宣言」は、一部が削除されたものであって、全文は通信社によって全世界に知

れわたっているということ。もうひとつは、鈴木首相が緊急の記者会見で「ポツダム宣言はカイロ宣言の焼き直しにすぎず、政府としては黙殺するだけだ」と発言したことだった。この首相発言は勿論陸軍の意向を受けてのことにちがいなかった（と穂積一作は語った）。

――このポツダム宣言というのは、降伏勧告というより、何か最後通牒めいたところがあるな、と私は活字に目をやりながら呟いた。

――きみもそう思うかい。どことなく不気味なんだな、例えばここの所だ。

そう言って、彼は新聞を指さした。

吾等ノ軍事力ノ最高度ノ使用ハ日本国軍隊ノ不可避且完全ナル潰滅ヲ意味スヘク又同様必然的ニ日本国土ノ完全ナル破壊ヲ意味スヘシ

――確かに、不気味だね。

――〝軍事力ノ最高度ノ使用〟とあるだろう。何だと思う、これは。

――絨毯爆撃のことなら、改めて言うのはおかしいな。とすると、本土上陸の開始ということかな。

――いや、本土上陸ならば〝日本国土ノ完全ナル破壊〟というような言い方はしないだろう。日本国のすみやかなる占領とか何とか、そういう言い方になるはずだ。それに、海軍の言っていることを信じれば、上陸の気配は今のところ全くないらしい。最低一ヶ月は準備にかかると言っている。

――〝日本国土ノ完全ナル破壊〟か。謎解きのようだね。

――その謎を解くために、上層部も少しは考えればいいんだがね。ところが軍部と来た日には、やれ日本は神国だから上陸しても押し返すことができるとか、そんなことをまだ言っているんだよ。その上に首相の〝黙殺〟の記者会見だ。外国には〝黙殺〟などというあいまいな言葉はないからね、連合国側は、rejectだと受け取るだろうね。日本国政府はポツダム宣言をrejectしたと……

そう言って、穂積一作は少し疲れたように浴衣の腕をさすった。蛾が一匹部屋のなかにはいりこんで、黄色い電球に幾度も体をぶつけた。

――ソ連邦の仲介はあるのだろうか？

――いや、まず絶望だろうな。仲介どころか、参戦の可能性だって大いにある。ソ満国境で赤軍の移動が激しいというしね。ソ連邦の参戦がさし迫っているとすれば、米軍もその前に一挙に攻撃に出ざるを得ない。米軍もソ連邦も、既にその次の戦争のことを考えているだろうからね。だが、不思議なんだな。米軍の上陸の気配はないと言うのだから。

——どうする気かね、トルーマンは。

——そこが分らないね。どうしても、そこのところが分らないよ。

風が、深夜の簾を揺らせた。戸を明け放った部屋には、簾が一枚かけてあるだけだった。そのむこうは深々とした夏の闇だった。電球の明かりは、原始のような大地の闇のなかに呑み込まれてしまっていた。夏だな、と私は思った。二十一回目の私の夏が、日本の壊滅をのせて廻り去ろうとしているのだった。……

広島に真昼の閃光が走ったのは、それから一週間のちだった。大本営は、次の如き発表を行なった。
一、昨八月六日、広島市ハ敵B29少数機ノ攻撃ニヨリ相当ノ被害ヲ生ジタリ
二、敵ハ右攻撃ニ新型爆弾ヲ使用セルモノノゴトキモ、詳細ハ目下調査中ナリ
少数機の爆撃によって〝相当ノ被害〟が出たと大本営が認めたことは、その新型爆弾の威力が尋常でないことを示していた。私は新聞のインキの匂いをかぎながら、かつて大学の原子物理学専攻の友人に聞いた話を——ウラニウムの原子核分裂の際に生ずる巨大なエネルギーを利用すれば、凄まじい破壊力を持った兵器を作ることが理論的には可能だという話を——想い起こした。だが、耳学問でしかない畑違いの私には、ウラニウムの原子核分裂のエネルギーというものが、どれほど強力なものであるのか、具体的に想像することはできなかった。

次の日の朝になって、穂積一作から速達が届いた。

「新型爆弾は原子爆弾といふものなり。きみの知る所、教示されたし。瀬戸内海の漁民より、火山の噴火の如き巨大なる黒煙の立ちのぼるを見しといふ報告あり。また、市内にはいかなる生物も存在せずといふことなり」

穂積一作は社を離れられない様子だった。走り書きした便箋の間に、わざわざ返信用の封筒がはさまれてあった。私は、自分の知り得るかぎりのことを認《したた》めた。

そして——勿論あとになって分ったことなのだが——私が穂積一作に返事を書いていた丁度そのとき、モスコーでは、ソ連邦に対して仲介の依頼に出向いた佐藤駐ソ大使が、モロトフの読みあげる対日宣戦布告を前に、驚きの余りその猿股を汚していたのである。さらに、翌九日には、ソ連邦の動きの後を追いかけるようにして、長崎に第二の新型爆弾が投下された……

これらの事実は、国内では二日ほど遅れて発表された。新聞の見出しは、どれも同じだった。

今や真に最悪の事態到る

情報局総裁談・国民の覚悟と忍苦要望
最後の一線・国体護持

ソ満国境を突破して怒濤の如く進撃してくるソ連軍大戦車隊の姿が、私の眼に浮かんだ。主力を南方に派遣した残存の関東軍が、その大軍を阻めるはずはなかった。日本は北と南の両側から、恐るべき強大な敵に殺到されているのだった。いよいよ最後の幕が落された、と私は思った。この先は日本の国民が動きだすかどうかだ、とも思った。

私は押入から、既に完成をみたカンバスを取りだした。それは絡みもつれる赤や黒の中に烈しい憎しみと破壊への情熱を疼かせながら、いまにも巨大な炎の柱となって立ち昇りそうに見えた。私はそれを、購ってきた額のなかに収め、柱の高い所に打った釘に、苦心してくくり付けた。そして、改めて畳の上に坐ってみると、部屋のなかにひとつの重心が生まれた。赤と黒の焔は、これまで淡色だった部屋の新しい主人であるかの如く、荒々しく振舞いはじめようとしていた。さあ、お前の出番だよ、私は柱にくくり付けられた焔に向かって、そう語りかけた。

穂積一作が最後に私の部屋に現れたのは、八月十三日の晩だった。最後に――と言ったのは、後に述べるように、彼がこの晩を境にして姿を消したからにほかならない。

この晩、穂積一作の表情には、非常なものがあった。いつもの皮肉な笑いの外皮が剥れて、その奥の鋭い怒りが頬の線にむきだしになっていた。片目を覆った眼帯の黒が、妙に生々しく感じられた。少し伸びた髪が、余裕を失なった額に汗でへばりついていた。樹木の皮のようなものが彼の全体にかぶさっているような、どことなく隔てられたものを、私は感じとった。

――まあ、これを読めよ。

彼は一枚の紙を私に差出した。そこには彼自身の細かい文字が、急いで書かれたらしい妙にねじれたような姿で連なっていた。八月十日の日付のあるその文書は、米英支三国に対して発せられた日本政府の公電の写しだった。

帝国政府においては人類を戦争の惨禍より免れしめんがため速やかに平和を招来せんことを祈念し給ふ天皇陛下の大御心に従ひ、さきに大東亜戦争に対して中立関係に在るソヴィエト連邦政府に対し斡旋を依頼せるが、不幸にして右帝国政府の平和招来に対する努力は結実を見ず、ここにおいて帝国政府は前顕天皇陛下の平和に対する御祈念に基づき、即時戦争の惨禍を除き平和を招来せんことを欲し、左の通り決定せり。

帝国政府は昭和二十年七月二十六日米英支三国首脳により共同に決定発表せられ、爾後ソ連邦政府の参加を見たる対本邦共同宣言に挙げられたる条件中には、天皇の国家統治の大権を変革するの要求を包含し居らざることの了解の下に帝国政府は右宣言を受諾す。……

私が読み終ると、穂積一作は相変らず昏い怒りを含んだ片目で、じっと私を見つめていた。

八月八日のソ連邦参戦で慌てたんだな——と、彼はようやく語りはじめた——八月九日の午《ひる》から御前会議があった。東郷外相などは皇室の安泰という一点さえあればポツダム宣言受諾という方向だった。少数派の阿南陸相は、自主的な武装解除・自主的な戦犯処理ということがなければ国体は護れないという意見だった。この御前会議の真最中だったんだな、第二の新型爆弾が長崎で炸裂したのは——。そして、その日の深夜になってから、再び開かれた御前会議の場で〝御聖断〟という奴が下された。ただし条件だけは明確にしておくべしということで、この電報が三国に打たれたんだ。

どう思うかね、というように彼の片目は私を見つめて動かなかった。つまらぬ悪足掻だな、米英がこんな甘い条件を呑むわけがない、天皇の大権は元のままだと言うのだから、これではポツダム宣言を受諾したことにならないではないか、こんなことをしている間に、米軍は第三の攻撃をかけてくるだろう、ソ連軍はあっという間に満州を制圧するだろう。いつまで日本政府は馬鹿なことを言っているのか——そういう意味のことを、私は穂積一作に言った。

そうかな、そう思うかな——彼は表情を全く動かさないまま言った——それじゃあ、これを読んでみろよ。

ポツダム宣言の条項はこれを受諾するも、右宣言は天皇の国家統治の大権を変更するの要求を包含し居らざることとの了解を併せ述べたる日本国政府の通報に関し、我らの立場は左の通りなり。

降伏の時より天皇及び日本国政府の国家統治の権限は降伏条項実施のため、その必要と認むる措置を執る連合国軍最高司令官の制限の下に置かるるものとす。

天皇は日本国政府及び日本帝国大本営に対しポツダム宣言の諸条項を実施するため、必要なる降伏条項署名の権限を与え、かつこれを保障することを要請せられ、又天皇は一切の日本国陸海空軍官憲及びいづれの地域に在るを問はず、右官憲の指揮の下に在る一切の軍隊に対し戦闘行為を終止し、武器の引渡し及び降伏条項実施のため、最高司令官の要求することあるべき命令を発することを命ずるものとす。

私「どういうことなのかな、これは」
彼「読めば分るだろう。四国の回答さ」
私「いや、それは分るけれど……こちら側の条件を呑んだことになるのかな、これは。それとも間接的な拒絶なのか。――しかし、降伏の時より天皇の権限が連合国の制限の下に置かれる、ということは……」
彼「そうだ。残る、ということなんだよ。天皇が残るんだ。そして、ここを読めよ。天皇は一切の軍隊に戦闘行為の中止を命令すべし、とあるだろう」
私「ということは――」
彼「ということは、天皇が自らの名の下に戦後処理を行なうということなんだ。こんなふざけた話があるかい？　天皇はその命ばかりかその地位までも保障されて、連合国のエイジェントとして我々に終戦を命令するんだ。ヒットラーは滅んだ、ムッソリーニも滅んだ、だが日本は敗れても、天皇は残る。何も変らない。すべての大本が元のままだからだ」
　穂積一作の片目が、不吉に燃えていた。私は、四国回答はまだ不明確な点が在るのではないかと言った。それに答えて彼は、軍部と外務省でも見解が分れていること、軍はこれでは国体の破滅だとして再照会を主張していること、しかし外務省は天皇への干渉の意図なしと解釈していること、そしてその解釈に沿って、明十四日にも終戦の宣言が発せられようとしていることなどを語った。
彼「なあ、考えてもみろよ。帝国議会の開会式のたびに〝今ヤ戦局重大ナリ宜シク億兆一心益々国力ヲ増強シ敵国ノ非望ヲ破砕スヘシ〟と言ったのは誰だった？　そして、その言葉の権威を笠に着た上下の連中が、この乱痴気騒ぎを進めて来たんだ。だから、それが生き残るということは、それの権威を笠に着てきた連中が生き残るということなんだ。はは、ひどい国だよ。この国は。……せめて、本土決戦でも始まっていればな――」
私「本土決戦？」
彼「そうさ、本土決戦で国土が蹂躪され、そして国土と同じようにこの国の大本が蹂躪されたその上で敗けるのならば、少しは違ってくると思うがな」
私「少しおかしくないかな」
　――少しおかしくないかな、それは、と私は整理のつかないままに言った。風鈴が外で、ひとつ鳴った。ああ、彼が初めてT町の私の下宿屋へやって来たときにも、西日の中でこのように風鈴が鳴ったな、と私は不思議に懐かしい気持で想った。
　――反対かい、本土決戦に、と穂積一作は疲労した声で言った。
　飛躍があると思うな――と私は、考えをまとめるようにゆっくりと喋り出した――日本の敗戦は一日でも早くなければならない、そのために我々は工作を始めたはずではないか。そして、我々の工作がどれほど寄与したかは知れないけれど、ともかく日本は一両日中に降伏するという。この降伏を一番喜ぶのは東亜の人たちではないかな。そして日本の罪もないひとびとも第三の原子爆弾で死なずにすむ。これは連合国の勝利であると共に、我々の勝利でもあると思うね。それを、本土決戦が必要だと言い出すのは、飛躍が過ぎるね。

——そうかな。いや、その前に、きみはいま日本の罪もないひとびととか言ったな。本当にそう考えているのか？　日本の民衆は罪がないのかい？　えっ？　南京陥落だと言っては提燈行列をし、チャンコロの首を頼むぞと言っては兵隊を送り出し、そして戦争のおかげで獲得した卑小な権力や猥褻な熱狂を自らの本質としていい気になってきた連中——その連中が、いつから〝罪もないひとびと〟になったんだい？　いや、それはまた後にして、本題を話そう。なるほど、我々三人は、日本の一日も早い敗戦のために闘った。しかしそれは、日本の上から下までの支配秩序を倒すためであって、その支配秩序を残したまま単に戦争だけを終らせるためではないはずじゃないか。そうではないかい？

……奇妙な論争にひきずり込まれているな、と私は思った。日本の敗戦が決まったとしても、私にはいかなる感激もなく、私の心の奥に棲む暗い情念は少しも解放されてはいなかった。否、むしろ私の心は、さらなる破壊、惨劇につぐ惨劇を欲しているように思えた。帝都に第三の新型爆弾が炸裂し、炎と熱と黒い風の壮絶な地獄絵を見ることができるならば、私はその灼熱のなかで死んでも良いとさえ思えた。私は、私の背後の柱に掛けられている黒と赤の焔のことを思った。だから「日本の罪もないひとびと云々」という言葉は、私の舌の上に空々しく乗せられたのであって、その空々しさを穂積一作は素早く見抜いたのにちがいなかった。しかし——

しかし、そのような心の暗い傾斜とは別に、私の口元には名状しがたい反抗が生まれ、そこからは勝手に穂積一作への反駁の言葉が洩れ出ていった。

——支配秩序は元のままだというが、そうだろうか。なるほど連合国は天皇をして終戦工作に当らせるようなことを言っている。だが役目が終れば、連合国はやるべきことをやるさ。日本の民衆だって（と私はまた空々しい言葉を使った）そういつまでも馬鹿のままではない。急速に変わると思うね。そのためには、日本の敗戦は一日でも早い方がいいではないか。

——分っていないようだな。

——何が。

——本土決戦がどうしても、いや絶対にと言ってもいい……必要だということさ。

——まるで陸軍の連中の言うことと同じようだ。

——ふむ、きみは芸術家の想像力を持っていたのではなかったのか？……

それから、長い沈黙が流れた。或いは、それほど長い時間ではなかったかも知れない。さらに幾つかの言葉の応酬があったようにも思えるが、既に私の記憶からは失なわれている。ただ戦争が終ると思うと、妙にするすると力が萎えて、内側にぽっかりと空洞があいたような感じをかかえこんでいたことだけは憶えている。心の奥の暗い炎はまだ消されていなかったが、名状しがたい空虚さが、既に私の全身を支配していた。今から考えれば、私は一枚の焔の「絵」を描き終ることによって、私の戦争を終らせてしまったのかも知れない。或いは、私の青春が果てたそのときに、たちまちのうちに私の人生も終らせてしまったと言うべきであろうか——。

地の底まで更けた夜のなかで、すでに秋の虫たちが鳴きはじめていた。窓につるされた簾が揺れた。あとは余生になるかも知れないな、と私はそのとき思った。余生であるとすれば、何という長く無意味な時間がこれから始まろうとしているのであろうか。……

去り去りて吾が楽しみを独りせんというところだな、と穂積一作はいつもの皮肉な笑いを口元に戻して言った。そして、もう一度じっと私をみつめて、付け加えた。

《今日からは、俺ひとりがパルチザンだ》

その夜、穂積一作は、最後にひとつだけ残されていた第拾号のブリキカンを持ち帰った。付け加えておけば、彼はそのほかにもう一つのものを私に所望した。それは一組のレコード盤——フランクの「前奏曲、コラールとフーガ」だった。空爆の幾夜かを私の部屋のなかで回りつづけていたそのレコード盤を、私は短かった友情のしるしでもあるかのように、彼に捧げた。そして最後に、〈影男〉はどう考えているのかという私の問に、彼はもう一度、《今日からは、俺ひとりがパルチザンだ》と答えた。

彼が去ったあとの部屋に、私はひとり取り残されて横になった。畳の下に隠されていたものはすべてなくなった。上げたままの畳と切り取られた床板の所から、黒い空洞がぽっかりと広がっていた。私の絵が、柱の上からその空洞を見おろしていた。……本土決戦は起こらぬだろう、この国は元のままだろう、と私はひとり横になって思った。そう思うと、柱の絵は間近に赤を濃くしながら、一本の炎となって柱を燃えあがらせ、この国を根本《ねもと》から焼き尽そうとするかのように火勢を広げていった。……

さて、この八月十三日の晩から、私は穂積一作の消息を知らない。だから以下に書かれた穂積一作の行動は、もっぱら私の想像力が創りあげた空想、一篇の伝説であるにすぎない。だが私は、これから記される伝説が、ほとんど事実の世界と溶け合っていることを深く確信している。いかなる伝説も、常にそれが現実に流された血をもって書かれたればこそ、絶えることなく語り継がれて行くのではないか。あたかも、かつての私たち三人の戦いが私の焔の絵となって現れたように、ただひとりのパルチザンとなった穂積一作の最後の戦いの伝説は、いまこそ私からあなたたちへ——穂積一作の妻、そしてその息子たちへ——語り伝えられなければならない。

《一九四五年八月十四日の伝説》

記者が行動を開始したのは、八月十四日の早朝だった。彼の肩に掛けられた革鞄の中には、「第拾号」と書かれたブリキカンが入れられてあった。

八月の夜明けは首筋に冷んやりとした。やがて鳥たちが騒ぎ始め、暑い陽が昇り、蟬たちが樹木という樹木からその最後の一日を啼き尽すのにちがいなかった。気怠い真昼が廻り、天空が廻り、まだ熱をもった西日が広々とひろがっている焼跡に落ち、夜が訪れ、そしてもう一度陽が昇るまでに、鞄のなかのブリキカンはその最後の標的に向かって投ぜられなければならなかった。——次の太陽が昇ってからでは遅すぎる、記者はそう決意していた。そして、爽やかに投ぜられたブリキカンの烈しい炸裂音ののちに、秋は突如として訪れねばならなかった。

記者が行動を開始するのに合わせたかのように、米軍は夜明けの帝都に数万枚の伝単を撒き散らした。「日本の皆様」と題された伝単は、こう呼びかけていた。

「私共は本日皆様に爆弾を投下するために来たのではありません。お国の政府が申込んだ降伏条件とアメリカ・イギリス・支那並びにソビエット連邦を代表してアメリカ政府が送りました回答を皆様にお知らせするために、このビラを投下します」

事態は急を告げていた。米国にとってみれば、日本の降伏は一日でも否半日でも早くなければならなかった。なぜならそれが半日遅れるならば、満州のソ連軍は百キロメートルの単位でその機甲部隊の無限軌道を南下させるにちがいなかったから——。夏の朝、最後の時を告げる鐘の音のように帝都に舞い降りた夥しい伝単は、やがて目醒める東京市民を慌てさせ、それ以上に日本国政府を慌てさせるのにちがいなかった。

午前中、記者は社内で情報を漁った。ブリキカンのはいった肩掛鞄は、彼の机の足元に置かれた。昼番の記者たちがまだ出社してこない社内で、彼はまず特高関係の情報を調べた。なぜなら、この汚れた犬たちの集団――軍よりもはるかに忠実に支配者の欲する秩序を造りあげてきた残忍で臆病な犬たちの集団――は、この最後の時に臨んで、本能的ともいえる嗅覚の鋭さで、〝終戦〟を嗅ぎ付け、その後にくる秩序を既に準備しているのにちがいなかったから――。

数日前から、警察関係の情報は増大しはじめていた。丁度大地震の先ぶれに森の獣たちが狂おしい叫びをあげるように、彼らは危機の予兆のなかで夥しい文書を日本国中に散乱させていた。

八月十日の正午に発せられた特高情報八十五号の暗号電報の写しは、「直ちに措置すべき事項」として次の四項目をあげている。

一、右翼尖鋭分子に在りてはテロ行為に出ずる虞れ在るをもつて要路顕官等の警護を厳重にすると共に、この種分子の所在を常に明らかにし、その上京等の際には事前に通報をなし、これを未然に防止し遺憾なきを期すること。

二、要非常措置者の視察内偵中の容疑者（反戦平和分子、左翼、内鮮、宗教）に対しては情勢の推移に応じ直ちに非常措置を完了し得るやう万全の具体的準備をなすこと。

三、朝鮮人並びに華人労務者の集団稼動の場所に対して警戒を強化し、不穏策動の防止に努むること。

四、海港警備を強化し、不穏分子の潜入連絡の防止に努むること。

――八月十日正午といえば、日本政府がポツダム宣言条件付受諾の電報を発したのち、わずか五時間ほどの時刻である。このとき軍はといえば、相変らず「たとい草を喰み土をかじり野に伏すとも断じて戦う所死中自ら活あるを信ず」というような浪漫的なことを言っていたにすぎない。――なんという立ち上りの早さだろう、と記者は改めて舌を巻いた。特高の犬たちは前日のソ連参戦をはっきりと踏まえ、一気に「終戦秩序」ともいうべきものの創出に向けて走り出していたのだった。彼らの四項目に亙《わた》る警戒対象は十分に的確であるのにちがいなかった。なかでも、朝鮮人と華人への警戒がひときわ注目された。

――なるほど、これは大震災のときに訓練ずみかも知れんな、と記者はまだ静やかな社内でひとり想った。奴らにとっては、今回のことは震災と同じ自然現象にしかすぎないのだ。治安さえ保つことができれば、支配秩序は安定したままだ——

さらに同日の特高情報八十六号は、「治安上留意すべき事項は次の如し」として、詳細に左翼や朝鮮人への警戒を述べていたが、その冒頭第一項は次の如きものであった。

一、戦争責任者に対し非難その他軍官民離間の虞れある言動に対しては、これが抑圧に万全を期せられたし。

ここには、状況の動きに最も鋭敏な目と耳と口をもった者がいる、と記者は感じた。なるほどこのまま天皇によって「終戦」が宣せられるならば、日本国民はこの特高が創り出す秩序に従って、敗戦をめぐる混乱と爆発をすり抜けながら、旧来の関係を回復させていくのにちがいなかった。《天皇》と《特高》、最も聖なるものと最も下衆なるもの、このシャム双生児の姿をもった怪物は、その四本の脚をもって崩れゆく国を支えきろうとしているようだった。——あと半年戦争が延びれば、本土決戦さえ開始されれば、という想いが再び強く記者をとらえた。

彼は情報文をめくる手を休めて、過ぎ去った一年間のことを——三人だけのパルチザン闘争が始められかつ終っていったこの一年間のことを、振り返った。彼らの爆弾がひとつひとつ炸裂していくのに促されるかのように、下層民衆を中心としたこの国の社会的混乱は、僅かずつ水面に浮かびあがってきたところだった。勿論、相も変らず政府と軍の提燈を持って、野蛮な号令をかけることに卑小な情熱を燃やしている連中はいる。しかしその一方で、無名のそして無数の窃盗者たちによる食糧と貨幣の略奪は激化し、下層の上層に対する、貧者の富者に対する敵意と破壊は目に見えるものとなり、軍規はその末端からようやく緩み始め、そして夥しい流言と蜚語は、官憲の耳元を掠めながら日常的に飛びかい始めていたのだった。この無秩序、この聖なる混乱の中からこそ、〝敗戦〟は産み落されねばならなかったのである。——あと半年だけでも戦争が続けば、と記者はもう一度想った。あと半年戦争が続けば、この国は第一次大戦後のドイツがそうであったような炎と可能性で彩られた日々を迎えることができるかも知れない……

彼が焦燥だけを昂まらせているうちに、社には記者たちがぽつりぽつりと集まり始めていた。情報の流れが、眼を醒したように動き出した。

米軍上陸船団が関東近海にまで来ているという噂が、相当根強く広がっていた。しかしその噂を辿ってみると、根拠らしいものは何一つ現れてこなかった。全体の情勢に照らしてみても、上陸船団の接近ということはまず考えられなかった。だが、それにもかかわらず、噂はかなりの真実味をもって軍の上層部にまで波及しているらしかった。というのは、軍の幾つもの機関から、警備憲兵や衛兵が集団逃亡したという情報が流れてきたからである。独自の相互情報網を持っている憲兵たちは、いったん噂が流れ始めるや否や、臆病な鼠の如き恐怖の連鎖反応をひきおこしたのにちがいなかった。市ヶ谷台の憲兵が恐慌状態に陥って収拾がとれなくなっているというニュースも伝わって来た。憲兵たちは目前の国の崩落に直面して、自分たちが何を行なってきたのかということを突如として自覚したわけである。敵の上陸の噂だけでこれだけの恐慌状態がもたらされるのであるから、まことの上陸となれば軍組織は一挙に瓦解し、そこにはヴェールを取り払われたように、素裸の飢えた人民が立っていることになるのにちがいなかった。——

　午前十時すぎ、大ニュースが社に飛びこんできた。十時から閣議が開かれることになっていたのだが、突如として御前会議に変更されたというのである。各大臣は取るものも取りあえず、首相官邸から宮中へ向かっているという。

　この緊急の御前会議は、和平派の先制攻撃——つまり阿南陸相など抗戦派に対する天皇をはじめとする和平派の先制攻撃——であるのにちがいなかった。おそらくこれが最後の御前会議となるだろうというのが、社内の支配的な意見だった。早朝に米軍機から投下された大量の伝単を前に、和平派は一刻の猶予も許されぬことを悟ったのであろう。降伏でもない抗戦でもないという状態をこのまま続けることは、一方で国民の動揺と無政府状態を発生させるとともに、他方で抗戦派によるクーデターに時を貸すことになるだろうことは、火を見るよりもあきらかだった。そして、抗戦派がたとえ部分的であっても権力を掌握するならば、連合国軍は雪崩の如く四方からこの島国に押し寄せ、旧来のもののいっさいをその根本《ねもと》から打ち砕くのにちがいなかった。宮中とその側近は、自分たちの危機を間近に見てとるや否や、二千年来の自己保身の本能にかりたてられ、驚くべき機敏さで行動したといわねばならない。おそらく天皇は詔勅をもって終戦を宣言することとなるだろうが、それは今夜にも有り得るのにちがいなかった。開戦が青天の霹靂であった如くに、終戦もまた国民への奇襲であらねばならなかった——。

　奥深い森の中に在る宮中には、一〇〇メートルを越える長い地下道が掘られ、その地下道の奥に天皇のための防空壕が在るという話を、記者は聞いたことがあった。今頃はきっとその長い地下道の中を、幾人もの重臣たちが首筋の汗を気にしながら、足早に地底へと向かっているのにちがいなかった。そして、その地下道の奥の暗い穴倉の突きあたりには、巨大な紋章を付けた金屏風を背にして、地の底の大王の如くに、一人の男が座しているのにちがいないのだった。

《そこへ行かねばならない》

　記者は机の下に置かれた鞄を靴の先で確かめながら、そう考えた。東亜の大地という大地、海という海を屍でいっぱいにし、なおかつこの国の敗戦に当って自ら生きのびようとしている男、地の底の王・或いはあの男に向けて、それは投ぜられねばならない。――

「陛下はやはり、防空壕の中においでになるのかね」

　記者は、御前会議の話をしていた横の同僚に向かって尋ねた。

「ああ、何でも深い壕が掘ってあるという話だ。地下道はまるで鉱山か何かのようだという噂だな」

「お出ましになることはないのかね」

「さあ、どうだかな、夜はそこでお休みになるのじゃないかな」

「昼は？」

「昼はお出ましになることもあるだろう。日陰の萌でもあるまいしな……。宮殿が焼けたあと、何でも御文庫という石造りの建物の中においでになるらしい」

　同僚は確信もなさそうにそう言うと、彼に煙草をすすめた。宮中の様子に詳しいといわれているこの男がこの程度では、他の記者には何も期待できなかった。彼は宮城の地図を想い浮かべた。……二重橋を渡れば警備司令部に突きあたり、そのすぐ右手には宮内省の大きな建物がある。宮内省からさらに奥に進めば小高くなった紅葉山があり、さらに幾つかの堀を越えれば、先日爆撃で炎上した吹上御所に行きあたる。その先はもう千鳥ヶ淵だ。

　天皇の居る壕へとつづく地下道は、宮内省の建物の奥か、或いはもっと奥の吹上御所のあたりから掘られているかと考えられたが、その孰れにしても、堅牢な石垣を越えての侵入は極めて絶望的であるように思われるのだった。――

　正午を廻った頃、首相官邸付の記者から速報がもたらされた。たった今記者会見があって、情報局総裁から御前会議での決定が発表されたというのだ。聖断によってポツダム宣言受諾が改めて決定されたこと、国体護持には自信があると天皇が語ったこと、詔勅の準備が始まったということ、天皇自らがマイクロホンに向かって国民に直接呼びかけを行なうということ、その放送は今晩にも為されるであろうこと――それらのニュースに、社内はざわめきたった。

速い動きだった。一目散とはこのことだな、と記者は思った。今晩ラジオ放送があるというのであれば、勿論その前にカタをつけねばならない。あの男の呼びかけさえなければ、敗戦という神国に有り得べからざる事態を前にして、軍は一定の混乱に陥るだろう。軍が混乱し、そして混乱が長引けば、それは民衆にも伝播して行く……。

「阿南陸相は立たぬでしょうか――」

彼は反骨で知られる長老の記者の所へ行って話しかけた。

「うん、僕もそれを考えていた所だ――と白髪の美しい長老の記者は青年の言葉で言った――御前会議の決定だといっても、厳密に考えれば御前会議というのは別に正式の政府機関ではないからな。正式の決定になるためには閣議が必要だ。その閣議の席で、もし阿南が辞任してしまえばどうなるか、内閣は倒れたことになって、手続き的には終戦は出来ないことになる――」

「ふむ。しかし……」

「そう、阿南は立たぬだろうな。ただ――」

「ただ？」

「阿南は立たぬにしても、若手の元気な奴らがどうなるか分らん。阿南が奴らを止めるかどうかだが」

……………………………………

熱い真昼が訪れた。

盛夏の昼は、どこか死に似た所がある。太陽が中天を動かなくなると、いっときすべてが死に絶えたような静寂が世界を包み、ただかそやかな風だけが、街路や、建物の間を動いていることがある……。すべてが滅び去って行くような、さらさらとした時間の流れだった。このような静謐な時間が確か自分の幼年時代にもあったなと、記者はぼんやりと想った。

窓から見渡す限りの焼跡のなかで、それでも蟬が、この国の最後の夏を啼いていた。目眩《めくるめ》く炎天が、すべての過去を吸い込んでいくような遠さで輝いていた。すべてが遠くはるばるとしていた。

しかし、情勢は大きく動こうとしていた。そしてそれが非現実的なもののように、記者には感じられた。宮中では閣議が開かれているはずだったが、社内は新しいニュースがはいらぬまま、あたかも午睡の時間ででもあるかのように、奇妙に安らかな静けさが支配していた。

そのようななかで、記者は熱心に電話の呼出しを続けていた。電話の先は、近衛師団第二歩兵連隊のM大尉――しかし近衛師団への電話はなかなか繋がらなかった。何度目かで出た師団の交換手は、長い時間ののちM大尉の不在を告げた。戻られた場合は至急連絡されたいと、記者はそれだけを頼んだ。

窓の外を見ると、焼跡に点々としたトタン屋根が眩しかった。ようやく傾きかけた日差のなかで、サイレンも鳴ることのない午後はどこまでも静寂だった。海のようだな、と穂積一作は想った。以前上海へ航海したときの、亜熱帯の海の眩しさが急に眼に浮かんだ。熱く灼けた甲板に出ると、昼下りの海はどこまでも蒼く、間近に通りすぎる珊瑚礁の小島が、純白の無人の砂浜を激しく輝かせていた。濃い密林で覆われた小島の一つは、葬いでも出たのであろうか、旗のようにみえる黒い布を草葺き小屋の屋根の上に翻らせていた。海面には飛魚が光の精のように跳ね、その上を夏の風だけが渡っていた。……あのときと同じ広々とした静寂が、帝都の焼跡を支配していた。

閣議の模様が、断片的にそしてゆっくりと社内に流れ込んできた。窓のあたりでわずかに風が動いて、記者の疲れた頰を撫でた。幾重もの堀と石垣に囲まれた宮城の地図を頭の片隅に描きながら、彼はかすかにまどろんだ。……

電話を知らせる声が記者の耳にはいったのは、ほとんど夕刻近くだった。M大尉の太い声が、雑音の多い受話器のなかから聞こえてきた。妙に緊張した調子で別れの言葉を述べようとするM大尉の声を制して、記者は、ともかく会いたいのだと言った。M大尉の声はしばらく躊躇したのち、まだ一時間ほどは連隊本部に居ること、そこでなら会えることを伝えて、切れた。

記者は数少なくなった社の自動車に飛び込んだ。大きな肩掛鞄は彼の膝の上に置かれた。彼はそれを、まるで遺骨の包みでも抱くように、両手でしっかりと押さえた。左の腕には「報道　A新聞社」と染め抜かれた臙脂色の腕章が付けられていた。

……連隊の応接室に通された記者は、警備の兵からしばらく待つように言渡された。兵が音を立てて扉を締めて出ていくと、四つの椅子と一つのテーブルだけしかない薄暗い応接室のなかには、彼だけが取り残された。窓は締められたままだった。空気が濁っていた。首筋から吹き出してくる汗をぬぐおうとしたが、ズボンのポケットのなかは空だった。彼は仕方なく手の甲を首筋に当てた。そして、膝の上の鞄をゆっくりと椅子の足元に置いて、M大尉を待った。

時が過ぎた。外は火点《ひともし》ころのはずだったが、応接室のなかは既に森のように暗くなろうとしていた。五分が半時間に、十分が一時《いっとき》にも感じられた。記者は陰気な応接室の壁に浮き出た汚れやしみをじっと見つめていた。正面の壁の左手の方に始まった亀裂は、緩く下降しながら床にまでつながっていた。そうして壁を見つめていると、彼の片眼は奇妙に遠近を失なっていくのだった。壁はふいと現実感をすり落したかと思うと、薄い膜をかけられたように何か遠い感じのものとなり、やがて細かな霧となって流れ始めた。それは霧のかかった白い海のようでもあり、風に流れていく砂のようでもあり、また、夥しい白い蝶たちの出生の図の如くでもあった。ただ世界が無闇に白っぽくかすんで、寒々しかった。ああ、これはどこかで出会ったことのある風景だな（と彼は遠いところで思った）。

扉が押し開かれてM大尉のずんぐりとした体が現れたのは、大分時がたってからだった。

「待たせました。元気でありますか」

M大尉はそう言って、椅子に太い腰を下した。拳固をつくった二つの手が、いかにも軍人らしく両膝の上で威を正していた。農民らしい眼は変りなかったが、頬は激しい疲労と緊張をあらわにしていた。

「頼みがある」

記者は一挙に切り出した。

「君たち若手将校の国を想う気持、陛下を想う気持には感服している。そして、君たちがいま未曾有の国難に際して大義の導く所により重臣たちの奸佞から神州を守らんとし、わが不滅の国体を守らんとしていることも伝え聞いている。しかるに、重臣たちは既に畏れ多くも終戦詔書の御放送の準備を進めているというではないか。重臣たちがたとえどのような決定を下していようとも、畏れ多くも陛下にあらせられては、また阿南閣下にあらせられては、その御心の底では国を売らんとするようなことに賛成されていないはずである。私が今日ここに来た理由を言おう——それは君たちのまことの国を想う気持、そして君たちが必ずや陛下を奉って大楠公の故事ゆかしく立ち上る姿を、広く億兆国民に知らせんがためである。億兆国民は君たちの志あるを知るや、必ずや二千余年になんなんとする不滅の国体を護持せんがため君たちと共に立つであろう。君たち将兵の使命は重い。そして私もまた死を厭わぬ従軍記者として郷土の誉れに輝くべくここへやって来た。M大尉、君に頼みたいことは、私が君たちと行動を共にすることだ」

そこまで一気に語り終えると、記者は荒い呼吸を抑えるようにじっと相手を見据えた。この男が噂される叛乱計画の同調者であるかどうか、さらに叛乱計画そのものがこの段階で存在しているのかどうかさえ、定かではなかった。だがその可能性に賭けないならば、もはや何に賭けよというのか。暗がりのなかでM大尉の目がわずかに揺れ、何か言おうとする唇に感激の色が浮かび上ってくるのを、記者の片目は見逃さなかった。当った！　と彼は思った。やはり、やろうとしているのだ、こいつらは手負いの獣のように、やはり最後まで血しぶきをあげて突き進む気だ――。

「すぐ来ます。待っていて下さい」――M大尉はそう言い残して、慌しく応接室を出て行った。もはや闇となった部屋のなかで、記者は立ち上って壁のスイッチをさぐった。天井から垂れ下った二十燭ほどの電球が黄色く点った。風のはいらぬ部屋のなかで、その電球の光線は少し饐《す》えた匂いがするようだと、彼は思った。

再び扉が開かれるのに長い時間はかからなかった。M大尉と、そしてもう一人の将校が現れた。

「こちらは軍務課のH少佐」

M大尉がそう言って紹介した男は、記者よりもわずかに年長かと思える長身の男だった。陸軍省の軍務課員か、ほとんど中枢に辿り着いたわけだ――記者はそう考えながら、椅子から立ってじっと相手を見つめた。相手が必死であるならば、こちらもそれに拮抗しなければならぬ。一段優位に立ったうえで、むしろ向こうから〝従軍〟を懇願させねばならぬ――。

H少佐の瞳は何か直截的な憎しみともいうべきもので燃え立っていた。まだ青年らしさの残る頰の線に、この数日の激動を思わせる疲労が黒い翳をつくっていた。引締まった口元は、軍人のなかにも稀に見かけることのある育ちの良さを表わしていた。

「われわれと行動を共になされれば、残念ながら生命の保証はできない」

H少佐がまず口を開いた。記者は相手の眼をとらえたまま答えた。もとより自分の命ひとつは陛下に捧げてある。国体を護持することができるならば、自分の命ひとつが何であろう。……

言葉が進んでいくにつれて、H少佐の眼がすうっと優しくなっていくのを、記者は見定めた。ああ、この男は、軍服を脱がせればおやまのように優しい男かも知れない――

「従軍をお願いしましょう。あなたの書かれる記事は悠久の大義を国民に知らしめるでしょう」

H少佐は一礼すると自動人形のように踵を返した。M大尉もそれに付き従った。だが、H少佐は扉の所でもう一度振り返ると、記者の足下にすっと視線を落した。――この黄色い光の応接室のなかで、茶色の大きな鞄は、何に見えるだろうか。鞄の中からブリキカンを取り出して見せてやりたいという激しい衝動に、記者は駆られた。長い幾秒かが過ぎた。H少佐はゆっくりと視線を上げて記者を見つめた。その口元がかすかな笑いを浮かべていた。

二人が出て行くと、記者はひどい熱のある病人のように椅子に腰を下した。喉が竹のように渇《かわ》いていた。悪寒が背筋を走った。十年以上も前に自らの手で潰した片方の目が、急に激しく痛み出したようであった。二十燭の電球が、病んだ月のように天井に浮かんでいた。――この部屋はゴッホの黄色い部屋に似ているな、と彼は烈しい脱力感のなかで思った。……

夜になった。記者はまだ応接室に取り残されたままだった。やがて遅い夕食が供された。飯と吸物と、それに肉を煮つけたようなものを、彼は一人で食った。

しばらくしてM大尉が姿を見せた。H少佐が東部軍管区司令官の直接の指示の下に行動していること、陸相は勿論自分たちの企図に賛成していることなどを、M大尉は語った。近衛師団第二連隊の第三大隊は、既に第一大隊と共に宮城内にはいり、要所を固めているということだった。第三大隊は第二連隊長自らが率いているらしかった。連隊は三つの大隊より成り立っているが、普段であればそのうちの一大隊だけが宮城警備に当っているわけであるから、二つの大隊が宮城内にはいっているとすれば、既に叛乱は動きはじめているといってよかった。

記者が新聞社に連絡を取っておきたいというと、M大尉は今話したことの口止めをした上、別の部屋に記者を案内した。廊下にはゲートルを巻いた大勢の兵士が往来《いきき》していた。天皇を警備する軍隊が天皇の仕組んだ終戦工作に敵対しようとしている――この皮肉のなかに最後の可能性を見出すしかないのだ。記者は激しく心が湧き立つのを覚えた。

彼は社から簡潔に情報をもとめた。電話口に出た長老の記者の話によれば、天皇の録音は既に開始されているらしかった。それは、明十五日の正午に全国へ放送されるということだった。朝刊はそれまで差止めだろうな、と長老の記者は言った。ともかく今晩からは、空襲とはオ、サ、ラ、バして枕を高くして眠れるわけだ――。電話はそれで終った。最後の言葉が妙に生々しく記者の耳に残った。そうか、終戦と決まればもう空襲はないわけか……懐かしいような、焦れるような気持が不意に記者を襲った。……

だが、深夜零時、東部軍管区全域に空襲警報が発令された。最後の夜を謳うかのように、サイレンが夏の夜の底に狂おしく広がった。

そのサイレンの叫びが交錯するなかを、記者らを乗せた二台の車は、宮城の冥い森へとはいって行った。

記者の車には、M大尉のほかに二名の将校が乗り込んでいた。前を行く車には、この叛乱の指導者と目されるH少佐が乗っているのにちがいなかった。

二台の車のはいったのを合図とするかのように、宮城のすべての入口は武装した兵士によって閉鎖された。電話線はことごとく切断された。宮城は銃口を外に向け、あたかも黒い巨大なトーチカと化していくかの如く思われた。

記者がM大尉から待機を言い渡されたのは、宮内省の建物を前に臨んだ警備司令部内の一室だった。記者は胸ポケットから煙草を取出した。燐寸を擦った手が激しく震えた。燐寸は灰皿をもとめず、床板の上に落されて死んでいった。どうせここも火の海となるのだ、と記者は思った。

まもなく外が騒がしくなった。扉が開かれて、一人の兵が半紙を記者に突きつけた。それには「報道許可A新聞記者」と黒々と大書され、第二連隊長自らの署名と鮮やかな朱の公印が押されていた。M大尉が工面したものにちがいなかった。そしてこれさえあれば、もはや部屋の中に居る必要などあろうはずはなかった。——記者は半紙をズボンのポケットに突込むと、肩掛鞄をかついで扉を開けた。廊下を走って来る数人の兵とぶつかりそうになった。点呼を取る声が、深夜の森に響いていた。生暖かい外灯の光のなかを、十数人の兵が宮内省の方へ駆けて行くのが見えた。

叛乱が、始まったのだった——。

記者は、警備司令部をあとにして宮内省の裏手へと回った。多くの兵が行きかっていたが、彼の左腕に巻かれた腕章のためか、誰何されることはなかった。彼はズボンのポケットに手を入れて、半紙がしっかりと収められているのを確かめた。

宮内省の建物は、こんもりとした植込を従えながら、幾つもの黄色い眼を持つ怪物の如くに、その巨大な姿を横たえていた。その黒い体のなかからは、兵隊たちの声や物を激しく動かす音などが聞こえてくるのだった。兵士たちは、玉音の音盤を奪取しようとしているのにちがいなかった。それさえ奪うことが出来れば、少なくとも明日の終戦宣言は単なるニュースとして伝わるにすぎなくなるだろう。そうなれば、海軍に比べてまだ無傷ともいえる陸軍の各部隊は、政府の終戦宣言など無視し、本土決戦を呼号しつつさらに大規模な叛乱に踏み込むことになるだろう。天皇と重臣たちの思惑に反して、戦争は実質的に継続されることとなるだろう。だが——記者は音盤の奪取にすべてを賭けるつもりはなかった。あの男を倒さねばならない、彼は肩の鞄の重さを計るようにしてそう思った。

あの男は、宮内省から直線距離にして六〇〇メートルほど西に在る建物――堅牢な石造りの御文庫のなかに居るはずだった。記者は宮城の地図を想い浮かべた。ここから御文庫へ行くには、三通りの道筋があるはずであった。第一の道筋は、ここからさらに宮内省の裏手を辿って下道灌濠の北の先をかすめて行く太い道であり、第二の道筋は、それとは反対に下道灌濠の南端を迂回して行く道、そして第三の道筋は、以上の二本の太い道の中間に在るほとんど直線に近い細道であり、紅葉山のトンネルをくぐり抜けて濠にかけられた橋を渡って行くものだった。

第一の道筋は最も分りやすいものであったが、これ以上宮内省の建物に近づいて行くのは危険が大きいように思えた。第二の道筋は半蔵門へ真直に続く道であるから、多くの兵隊と出会う可能性があった。第三の道筋は比較的安全なはずであったが、複雑な宮城内の細道と絡まり合っているため、下手をすると森の中に踏み迷う危険のあるのが欠点だった。

しばらく考えた末、結局記者は第三の道筋を採ることにした。宮内省の建物を背中に追いやって、急に暗くなった細道を手さぐりするように辿っていくと、紅葉山のトンネルの入口に突当った。あっけないようだった。トンネルのなかに踏みこむと、前方の出口の方はほんのりと薄明りがさしていたが、周りは完全な闇であった。右手をトンネルの壁に押しつけながら、つまずかぬように進んで行かなければならなかった。足をひきずる音が、かそやかにトンネルのなかに響いた。まるで迷子の蠑螈《いもり》のようだな、と彼は思った。愛用していたドイツ製の懐中電灯を今日に限って忘れて来たのが、ひどく悔やまれた。

長い時間かかってトンネルを脱けると、道は左に曲りながら緩い下り坂になっているようだった。綺麗に切揃えられた両側の灌木が、道の曲り加減を知らせていた。そのほかは脱け落ちたような闇だった。左腕の腕章さえ、暗さのなかに溶けこんで読むことができなかった。

前方に白い服の二つの人影をみつけたのは、下道灌濠の橋の袂の少し明るくなった所だった。ホタル電灯の弱い光が、しきりと何かを話し合っているらしい二つの影を浮き立たせていた。二つの白い影は、まるで薄明のなかに咲いている淫靡な異国の花のように、橋の欄干にからまりあうような不思議な形で寄り添っていた。それが軍人ではないことを見定めた上で、記者は白い人影に近づいていった。

彼の足音を間近に聞いて、白い影ははっとしたように二つに割れた。やはり、軍人ではなかった。

「そこで何をしておる」

記者は、少し離れた闇のなかから強い口調で尋ねた。

「私どもは、侍従職のものでございます」

左側の少し猫背の男が闇に向かって答えた。相当の年配ではあるが、ねっとりと艶を含んだねばりついてくるような声であった。

「そこで何をしておる」

記者はもう一度繰りかえした。

別に何も、と右側の若い男が言いかけたのを、年寄の方が制した――「御文庫に用事がございまして、これから参るところでございます」

旅は道連れ――そんな言葉が滑稽にも記者の頭に浮かんだ。彼は、ゆっくりと闇のなかから姿を現わした。ホタル電灯の光の中に浮かんだ彼の腕章と、片目を隠す黒い眼帯を見て、若い方の侍従は驚きをかくそうとしなかった。年寄の侍従が、間延びしたような奇妙な礼を記者に与えた。額が降りはじめてから再び元の位置に戻るまでに、少なくとも十秒はかかっている……

「御文庫へ行くのなら、私も一緒に行こう」

二人の侍従は無言のまま再びゆっくりと礼をすると、先に立って橋を渡りはじめた。道を照らすホタル電灯の弱々しい光が静やかに進んで行く二人の内股加減の足下を照らし出していた。なるほどこういう植物のような人間たちに囲まれながらあの男は生きているのか、と記者は思った。すると、ずっと後の宮内省の建物のなかで蠢めいている夥しい兵隊たちの獣じみた汗の臭いが、背後から迫ってくるような気がした。

濠は水が涸上って、所々に白く光る水溜りを残すのみだった。その上にかけられた橋の上を、白い服の二人は、音を立てぬ歩き方で進んで行った。橋を渡りきって再び細い道にはいると、黒々とした樹木の向こうに、御文庫の屋根の一部が鋭い武器のように待っているのが見えた。

三人の兵に突然誰何されたのは、道が二手に分れている所だった。既に銃剣がかまえられていた。

「侍従職のものでございます」

年寄の方が、先程記者に言ったのと同じ口調で繰りかえした。

押黙っている三人の兵隊は、黙っていることによって「通れ」と言っているようであった。二人の侍従は深々と礼をすると、柔らかい動物のように兵隊の横をすり抜けて行った。だが、後につづこうとする記者に突きつけられたのは、いかにも凶暴な、ざらざらとした感じの銃剣の切っ先であった。

「報道の者だ」

記者はそう言って、腕章の巻かれた左腕を見せるようにした。だが兵隊は何を思ったのか、その左腕を銃剣で払った。鈍い痛みが、腕を熱く走った。

「その御方も御文庫に参られます。陛下様に拝謁されたこともある御方でいらっしゃいます」

年寄の侍従がこちらを向き直って言った。——まずいな、と記者は焼けるような痛みのなかで思った。あの男は今や叛乱軍の敵なのだ。あの男に通じているなどということは、昨日までならいざ知らず、今となっては危険人物の立派な紋章ではないか。この大事に何ということを言ってくれたのだろう。……背後の宮内省の建物の方で、何かが激しく壊されるような音がした。記者は、右手でズボンのポケットをさぐった。

けれども——年若い兵隊たちにとっては、あの男の名はここに至っても絶対であったようだ。銃剣がずるずると下された。無言が闇を支配していた。記者はゆっくりと、三本の下を向いた銃剣の間を抜けて行った。御文庫までは一直線だった。堅牢な建物が目の前に在った。窓という窓には黒い鎧戸が降ろされ、それは夜のなかの巨大な墳墓の如くにも見えた。このとき、兵の一人が御文庫の方を振り返った。その兵の眼には、闇のなかを進んでいく侍従の二つの白い背中と、そして木立のなかへと駈け込んで行く若い記者の姿が映ったはずだ。御文庫の裏手で、鈍い爆発音が起こったのは、それからすぐのことだった。……………………


（伝説・終り）


こうして私は、一九四五年八月十四日の伝説を——ただひとりのパルチザンたる穂積一作の八月十四日の戦いの伝説を語り終えたのであるが、その後の過程については既に知られているところであろう。

青年将校たちによる叛乱の試みは、すべて失敗に終った。八月十五日の正午には、ひとり取り残された私の耳にも、あのラジオ放送が流れてきた。ラジオを聞き終えて家の外に出ると、目眩くような炎天だった。夏空に立ちのぼっていく積乱雲の稜線が、白々と輝いていた。その輝く純白を見つめつづけて、私は激しい眩暈と嘔吐におそわれた。……

翌日、私は省線に乗って帝都の中心へ向かった。穂積一作の足跡を辿るかのように、私の不自由な歩みは宮城へ近づいて行った。

そして——私が二重橋の広場で視たものは、広場の玉砂利の上にうずくまっている夥しい人間たちの異様な姿であった。夥しい男たちや女たちが、粗末な身なりのままに、異変を告げる虫たちの群れのようにうずくまっていた。不潔な啜泣の声や、叫びのようなものが、あたりに満ちみちていた。そして、この時、私は穂積一作が正しかったこと、彼の試みたことが唯一の正しい道であったことを、凜然として理解したのだった。

……それから、私が彼の消息を知るのは、数年ののちである。

私が用事あってN町を訪れたとき、立て込んだ木造アパートの群れの奥から、あの旋律が聞こえて来た。「前奏曲、コラールとフーガ」――それが私に彼の消息を知らせることのきっかけとなったのであった。……

私が知ったところによれば、その立て込んだ木造アパートの群れの奥の、「金箔荘」という名前のアパートに住んでいるのは、南方から復員して来た大井聖という名前の傷痍軍人と、その妻及び二人の子供だということであった。大井聖は、片方の手と片方の目を持っていなかった。そして、同じアパートの住人の話によれば、「戦争のショックで」彼は唖でもあるということだった。

この片方の手と片方の目を失ない、その上言葉をも失なった男、この男こそかつての穂積一作にほかならないことを、私はただ一度だけその後姿を視ることによって確かめたのであるが、彼がどのようにして「大井聖」という名前を手に入れたかについては、全く定かではない。おそらくはあの敗戦の聖なる混乱のなかで、穂積一作は、スマトラかどこかのジャングルの奥で既に白骨となっている「大井聖」と入れ替わることによって、惨憺たる戦傷を受けた復員兵として、市井に身を隠すことに成功したのであろう。彼の失なわれた片腕は、言うまでもなく八月十四日の銃剣の傷、或いは爆風によるものであるのにちがいなかった。塩素酸加里の不足した第拾号のブリキカンが、彼の企図を無念にも不発に終らせたと同時に、皮肉にも彼の生命だけは守る役割を果したのである。

さて――穂積一作のことはひとまず措くとして、一方〈影男〉がどうなったかというと、私はその行方を杳として知ることがない。日本国の敗戦を一日でも早めるべく、焼夷弾の雨のなかで私の製作した爆弾を次から次へと投擲していった男、昭和の鼠小僧ともいうべき天才的なあの行動者は、いったいどこへ消えたのであろうか？　訪れた「平和な時代」のなかで、再び天才的な貨幣の略奪者として、その腕を振っているのであろうか。それとも、この日本からは既に消えていってしまったのであろうか。――ただひとつ気になることは、私が穂積一作と最後に会った昭和二十年八月十三日の夜、穂積一作がただひとりのパルチザンたることを宣言したあの夜、〈影男〉も一緒なのかという私の質問に対して、彼が、今日からは自分一人がパルチザンだと断乎たる調子で答えたことである。そこには既に一つの境界を踏み越えた者の、鬼気迫る雰囲気が漂っていた。そして、これは全く私の想像にすぎないのであるが、あの夜既に穂積一作は、〈影男〉の死骸の上に立っていたのではあるまいか。彼は〈影の男〉の屍を重い背嚢のように背負って、彼の最後の戦いに、八月十四日の戦いに、出立したのではなかったろうか——。

さらに私の想像の糸の先を自由に伸ばしていくことを許してもらえるならば、それは〈影の男〉の存在そのものにまで到達せざるを得ない。はたして〈影男〉は実在したのであろうか？　私の出会ったことのない昭和の鼠小僧は本当に存在したのであろうか。もし彼が実在しなかったとしたら、〈影男〉とは、実は穂積一作自身であったのではないか？

戦後一度だけ穂積一作の後姿を視たとき、私は彼にそのことを尋ねておくべきだったかも知れない。しかしそのとき私は、何か禁忌でもあるかの如くに、旧き同志に声をかけることをしなかったのであり、そしてまた穂積一作が完全に私たちの前から姿を消した現在となっては、それはもはや確かめる術もない。

そして、いよいよ最後の謎として残るのは大井聖と呼ばれていた男の妻——つまり私がこの手記を手渡そうとしているほかならぬあなたのことである。あなた方が住まっていた「金箔荘」の隣人の話によれば、大井聖の妻は、大井聖が南方から復員して来るのを待っていたということである。あなたが既にまことの大井聖なる男と結婚していたのであれば、いかに異形な姿となっていようとも、見知らぬはずの穂積一作を夫として即座に認めることなどあり得ようはずがない。またいかに戦時中とはいえ、顔も知らぬ相手と結婚しその復員を待っているというのも不自然である。だからあなたは、穂積一作がまことの大井聖とは別人であることを承知した上で、穂積一作との戦後の生活を開始したことになる。なぜあなたは穂積一作を大井聖として受け入れ、生活を共にしていったのか——ここでは再び想像の翼の助けを借りねばならない。

まず一番に考えられることは、まことの大井聖とは実は〈影の男〉なのではないかということである。——つまり、〈影の男〉＝大井聖は、配属された南方の前線を離脱して日本に密入し、穂積一作と私との三人のパルチザンに加わる。そして、八月十四日を前に〈影男〉がなにごとかによって地上から消えたのち、今度は満身創痍の穂積一作が、南方からの復員兵・大井聖と称してその妻のもとに帰還したというわけだ。そう考えるならば、既に事情を知っていたにちがいない〈影男〉の妻は、穂積一作を自分の偽れる夫として迎え入れることもあり得たであろう。だが——先に私が思料したように——もしあの八月十四日の戦いに向かう過程において穂積一作が自らの手を〈影男〉の死骸と結びつけていたとするならば——もしそうであるならば、そこには何という暗澹たる世界が広がっていることであろう。その暗澹たる穴ぼこを前にして、私の想像は早くも萎えてしまう。自らの夫を殺害した男を新しい夫として迎える者が、ハムレットの母の如き恥知らずでないとするならば、その女性の胸にはいかなる深い企図が、いかなる暗い熱情が、秘められていたのであろうか？

——幾つもの謎を残したまま、私はこの手記を終えなければならない。穂積一作の血で書かれた憤怒の伝説の上に、この国はいま復興という名の荒々しい土木作業を進めつづけている。都市はますます巨大になり、夥しい光の群れが、国土の隅々までも照らし尽そうとしている。しかし私はその〝復興〟のなかにいかなる光明も視ることはできない。まことの敗戦を通過しなかった以上、この国のすべては元通りであり、新しい道を切り拓くことなど絶対にあり得ぬのである。

私は、穂積一作の妻であったあなたとその二人の息子に、ひとつの歴史を伝えるために筆を執ったが、それは荒唐無稽な作り話、ありもしない夢のような伝説として葬られるかも知れない——。だが、ひとつの伝説が静やかに流れていく暗河の如くに時間を生きのび、時として地上の奔流となって現れ出でることもまた、あり得るのではなかろうか。

戦後の〝復興〟のざわめきの底で、私はその暗河を流れる清冽な水の瀬音を聞く。その絶えることなく続く音は、私に、あの暗くも輝かしい夜々のなかで聴いたフランクの調べを想い出させるのであるが——。

第二の手紙

1982年6月

兄さん。

兄さんは南島のシャーマンのことを識っているだろうか。勿論、シャーマンというのは文化人類学が勝手に作り出した名前であり、この南島においては、彼女らは「ユタ」という美しい言葉で呼ばれているのだけれど——。

南島には、それぞれの部落ごとにガジュマルの深い緑で覆われた御嶽《ウタキ》が在り、その御嶽を司る者としてノロと呼ばれる女性がいるのだが、そのノロが神女として、いわば島の神の正統をになっているとするならば、ユタは、名も知れぬ神に憑かれることによって、異端の巫女として島の共同体のなかに生きているのだ。だから、ノロが御嶽の儀式としての神事を行なうことを自らの役割としているのに対して、ユタは神がかりの状態を通じてのハンジ（判事）を行なうことを自らの役割とすることによって、もはや御嶽の儀式によっては包摂することのできないような島人の心の内奥とのつながりをもっている。もっとも、発生史的に考えるならば、ノロもユタも、彼女らの古代においては偉力をもった一個のシャーマンであり、それが一方は正統の儀式へ、他方は異端の神へと分化していったにすぎないわけだが、面白いことは、最近になってノロの役目が本質的にシャーマンの資質を持たない女性にも割当てられるようになってきたのに対して、ユタの方は依然として真正の神がかりを行なう女性に限られているという点だ。つまり、シャーマンになるような気風を持った女性——それは南島ではサーダカウマリ（性高生まれ）として畏れられかつ敬まわれているのだが——そのような女性には、いまやユタという異端の神への道のみが開かれているというわけだ。

一九七二年の日本国による琉球諸島の併合は、琉球諸島にとっては歴史上のいかなる変化よりも大きなものであったと僕は考えているが、その日本国への併合以降、急速に浸入してくる商品の洪水と共同体の解体のなかで、御嶽がもはや島人の魂の場所とはなり得ず、したがってノロもまたその威厳を失なって、ちょうど本土の神社で赤い袴をつけて御御籤を売っているミコのようなアクセサリーに転落しようとしているのに対して、夥しい数のユタたちは、破壊されて粉々になっていった共同体の魂の憤りの如くに神がかりして、世界のいちばん昏い所において、その勢力を広げつづけているのだ。島の進歩派からは迷信俗信として嘲られ、既成宗教の側からは気狂いや乞食呼ばわりされながら――。

さて、なぜ僕がこのようなことを書きつらねているかというと、それは兄さん、いま僕がほかならぬこの島のユタの一人と、同じ家に棲んでいるからにほかならない。

そのユタは年の頃七十くらいかと思える桃李のような小さな頭をもった老婆なのだが、昔ながらの草葺き屋根の小屋に棲み、小屋の前にちいさな野菜畑を営みながら、あとはハンジに訪れる島人から受けとる米や魚類によって食をつないでいる。どこの孤島でもそうなのだが、食物というものは飢えずにいるくらいであればどこからともなく回ってくるものであり、共に棲んでいる僕の分くらいはどうにかなってしまうようだ。草葺きの小屋は二つの部屋に分れ、その一方には黒い布のかぶせられた小さな祭壇が置かれていて、その上には毎朝コップ一杯の水と、少量の飯が供えられる。そして、ハンジをもとめる島人がやって来ると、ユタは祭壇に向かって小さく正座し、訪れた者の話を背で聞きながら、ゆっくりとした神がかりの状態にはいっていくのだ。僕はといえば、そのハンジの際にはユタの〝助手〟の如き役割をつとめるのが、ここへ来てからの習いとなっている。というのは、ユタは神がかりの状態にはいって行くと、腹の底から太い嗄れた声を出すようになり、そこにつむぎ出されてくる言葉を島人は聞きとらねばならないのだが、ほとんど呻り声に近い〝原《ウァ》言語〟とでもいうべきもののなかから、僕は島人よりもはるかに多くの言葉を聞き分け聞き取ることによって、それを島人に〝通訳〟してやることができるからだ。これは、僕の昔からの旺盛な語学力に起因していることなのだが、このため僕は、この島に来てしばらくすると、ユタと一心同体の霊能者とでもいうべき地位を、島人のあいだで獲得したのだった。そしてこの僕の地位は、片手と片目を失なっている僕の異形な姿が大いに影響しているにちがいない……。

ハンジの内容は、病気のこと、息子の結婚のこと、家の建替えのことなど様々なのだが、僕が大いに感心させられるのは、ユタの言葉の内容が相当に深い人間的洞察力と、この島での生活への確信とでもいうべきものによって一貫されているということだった。

たとえば一昨日、三十代半ばと思える女性がハンジをもとめに訪れて来たのだが、その女性の訴えは本土の工場で働いている弟のことで、弟がしきりに工場をやめて島に戻り漁夫をやりたいと言っている。しかし戻ってきても収入は不安定だし、結婚するにも娘は少ないし、やはり本土に居た方が良いように思えるが、といって弟の気持を大切にしたいとも思う、どうしたら良いだろうか、というようなことだった。これに対するユタの答えは――例によって腹の底からの呻り声を通して聞き取ることができたものだが――大体、次の如きものだった。……工場で働いている弟の体に災いが起きようとしている。あなたはいま子供を孕んでいるだろうが、実はその腹のなかの子供が、叔父の体を案じて悲しんでいるのだ。あなたとあなたの子の霊が弟に憑いて、弟を災いから救おうとしている。弟がしきりに帰りたいと言ってくるのは、子を孕んだあなたの霊がそう言わせているのだ……

　こういうことを、僕はその女性に〝通訳〟してやったのだが、その女性は、ユタの口から発せられる「弟《ウトウガマ》の災い」「汝《ウワ》が霊の呼ばう」という言葉を自らも聞き取るや否や、またたくまにしっかりとした表情にうつり変わり、別人かと思えるほど美しく見ひらかれた瞳でユタと僕に礼を言って、立ち去って行ったのだった。……

　もしもこの南島で僕がこのまま生活を続けて行くことができるとしたならば、このアダンとガジュマルの孤島、この草葺き小屋のなかでユタと一緒に生きて行くことができるとしたならば、僕はささやかな〝聖《ひじり》〟として、静やかな生活を送ることになるのかも知れない。

　ともかく、これが一九七〇年代後半のO市での大失敗から辿り着いた僕の《晩年》でもあるのだが、このような南島の日と夜のなかで、僕はいま死のうとしているのだ。

　兄さん。

南島は既に梅雨にはいっている。ユタと僕の棲む草葺き小屋のまわりのジャングルは、熱を含んだ大量の薄緑色の雨によって塗りこめられ、そのなかで巨大な葉を垂らしたバナナの樹木が密集した果肉を驚くべき速さでふくらませて行き、僕たちに十分な食糧を与えてくれる。だがその奥の密林は、もはや植物と動物の境界を取りはらったような凄まじい繁殖力をもった生きものたちの支配する世界だ。海はといえば、それは僕の衰えてゆく視力のせいばかりではないのだが、来る日も来る日も白じらと煙って、晴れわたっているときよりもいっそうこの島が孤島であることを感じさせずにはおかない。白じらとした雨の渚には椰子の実や流木が打ち寄せられ、例えばひとつの椰子の実に顔を近づければ、ぶ厚い果皮の上に夥しい見知らぬ貝族が付着しているのを見ることができる。それらは椰子の実に浮かんだ美しいオレンジ色の文様のようであるのだが、微細なしかし凶暴な針をもって生きつづけてい、何ものかが少しでも近づけば、小さなオレンジ色のまぶたを一斉に開いて、鋭い毒針を同じ方向に突き出してくる。それらの美しい貝族に本気で触れてみるためには、ほとんど一週間にわたって膨れつづける指を持つ覚悟が必要とされるだろう――。

　さて、兄さん。

「S」という男から僕たちの母へ、母から僕へ、そして僕から兄さんへと渡っていったあの不思議な手記を、兄さんは既に読み終えていることと思うのだが、その手記が明らかにした、或いは明らかにしようとしたことの意味について、僕は改めて兄さんと確かめあいたいと思う。

　まず、僕たちの父の名が大井聖であり、かつ穂積一作であること、すなわちあの手記に書かれた穂積一作なる人物こそ一九五一年に消えた僕たちの父・大井聖にほかならないことについては、疑いの余地がないように思える。というのは、Sさんの所から穂積一作が「友情のしるしに」持ち帰ったと手記に書かれている一組のレコード盤――七八回転のフランクの「前奏曲、コラールとフーガ」――について、僕たちは聴き覚えがあるからだ。勿論、まだ幼なかった僕はその一組だけのレコードが家に在ることを不思議に思わなかったし、また、一九六〇年の金箔荘からの引越しの最中、それは行方が知れなくなってしまったのだけれど――。

　しかしあの金箔荘の狭苦しい四畳半のなかで、古風なハンドル式の蓄音器によって、僕と兄さんとは飽きることなくそのレコード盤を回しつづけたはずだ。そして、あの高音にアクセントを置きながら静やかに下降していくプレリュードの調べや、独白するような祈りに満ちた音の歩みの、やがて情熱のあつい昂まりをみせていくコラールの声に、僕たちは魅せられたように耳を傾けていたはずだ。勿論、僕より年長であった兄さんは、僕が退屈だと感じた長大なフーガ――夥しい光の粒がひかりあらわれそして消えていく瞬間の、もはや祈りも感傷も情熱もない世界がぽっかりとひらけてくるようなあのフーガに、強い愛着をもって繰り返し聴いていたはずだったけれど。――そして、いまから想えば、あのフーガの終り近い部分、死と終末を告げる鐘の如くクラヴィーアがしめやかに鳴り響くとき、それが二つの名を持つ僕たちの父をとらえて離さなかったにちがいないということも、ほとんど完全に了解できるように思えるのだ。

　さて兄さん。ここで僕たちの父・穂積一作の戦後の軌跡について、触れておかねばならない。

　まず第一に僕たちが知っていることは、戦後大井聖と名のっていた穂積一作が、母とそして僕たち兄弟を残して、一九五一年の秋に忽然と姿を消したということである。一九五一年の秋、神奈川県の二宮の旅館に泊った僕たち一家は、朝になると（それは丁度僕が二歳の誕生日を迎える朝だったが）、父の姿が失なわれていることに気付いたのだった。戦争の余燼がまだくすぶっているという感じの当時にあっては、東京からほど近い二宮といえども、一家の旅行などということはなかなか贅沢なことだったから、金箔荘の日々の中で決して豊かではなかったはずの僕たち一家がそのような旅行を行なうこと自体、大いに腑に落ちないことなのだが、或いはそれは父と母との初めての旅行――新婚旅行であったのかも知れない。そして、その最初で最後の旅行の旅先において、僕たちの父・大井聖は忽然と姿を消したのだった。

そのとき既に四歳を過ぎていた兄さんの記憶によれば――そして僕がのちに聞いた母の話を総合すれば――宿から目と鼻の先に在る二宮の長い海岸の、少し洲のようになって突き出た砂浜の真中に、父の黒い靴は淋しく脱ぎすてられてあったという。その様子は、のちの兄さんの表現によれば、「靴のなかに秋がはいり込んだように」海辺に脱ぎすてられてあったのだった。

兄さんからこの「砂浜に残されていた靴の物語」を聞くたびに、僕はなぜかいつもヴィラ・ロボスの「前奏曲第一番」の旋律を想い出してしまうのだが、それはともかくとして、父はこのようにして僕たちの前から姿を消したのだった。そして、父・大井聖は、警察によれば、失踪ではなく自殺として、処理されている。一足の古靴が残されていたことが、自殺と断定されるための大いに十分な証拠でもあるかのように――。

兄さん。

あらかじめ片目を失ない、のみならず片手を失なってさらに自ら唖者となった僕たちの父・穂積一作が、僕の二歳の誕生日の朝――すなわち一九五一年の秋の朝に、大井聖としてこのように忽然と姿を消したことは、「Sさんの手記」を読んだ後でも依然として大いなる謎として残らないわけにはいかない。つまり、僕たちの父は、新聞記者でありパルチザンである穂積一作として、一九四五年八月十四日のただひとりの戦いののちに第一回目の失踪を行ない、そして今度は、満身創痍の復員兵・大井聖として母との結婚生活を開始したものの、数年ののちに第二回目の失踪を行なったことになるわけだが、その第二回目の失踪或いは自殺の理由は、了解不可能なまま僕たちの前に残されていると考えねばならない。

海辺に残されていたという一足の黒い靴は、勿論僕はそれを記憶しているはずはないのだが、しかしあたかもひとつの暗号のように僕の網膜にくっきりと焼きついているのだが、その態とらしいやり方からして、いかにも自殺の偽装のようにも思えるし、さらにもう一転して、失踪を偽装した自殺のようにも考えられるのだ。なるほど、一九五一年という年は、朝鮮半島を焼く戦火のなかで、日本が敗戦国からアジアで唯一の工業国へと〝復興〟の基盤を打ち固めていった年であり、戦後の「革命的情勢」が最終的に清算されていった年であるのだから、その年に絶望を確信しなかった者はもはや問題外であるのだけれど、しかしだからといって、その年をめぐる「絶望」が父を失踪或いは自殺に導いて行ったと考えるのは、余りに短絡にすぎるであろう。というのは、既に一九四五年のあの白い炎天の日に、父はすべての絶望を呑み干していたからであり、最初から何の期待ももつことのない「戦後革命」が清算されたからといって、いまさらのように死に至ることなどあり得ないはずだからである。

――こうして、父・穂積一作の「死」は、いっさいのセンチメンタリズムから解放されて、大いなる謎のまま僕たちの前に残されている。そして――これは現在の僕が置かれている状況からしての完全な憶測にすぎないのだけれど――あえてその憶測を記すならば、父の死は、自然死ともいうべきものではなかったかということだ。つまり、僕が、例のO市のアパートにおける大失敗によって、新聞記事によれば「アイテテ、アイテテと叫びながら」逃げ去っていったときにその片目を失なったように、父もまたあの八月十四日の戦闘によって、片手のみならず残されていたたった一つの眼球にも、傷を負ったのではなかったろうか？その負傷は、おそらく程度の軽いものだったから、すぐに視力を奪われることはなかったのだけれど、はるか以前に相棒を失なって以来の長年の酷使の上に、徐々に深まっていく負傷の影響が重なって、ついにその力を失なおうとしていたのではないだろうか？　とするならば、復興の槌音が焼けたトタン屋根を震わせていたこの国の一九五一年は、父にとって自らの眼で世界を視ることとの出来た最後の年だったわけであり、父は視力を失なうことによって自らの肉体もまた失なわれることが自然であると、思考したのではなかったろうか――。父・穂積一作、このただひとりの日本のパルチザンの眼に映った一九五一年の湘南の海は、どのような希望と絶望にゆらめいていたことだろう。……ともあれ、これが父の失踪或いは自殺をめぐる、僕の〝自然死説〟ともいうべき憶測の、全部であるのだ。

このような想像に僕が把えられているのは、言うまでもなく、いま僕が残された片方の眼の力を最終的に失ないつつあるからなのだが、この南島のはるか数千キロ北方に在る滅びゆく国の首都に居て、ただ〈視ること〉だけを自らに課して《決意した唖者》となっている兄さん――その兄さんの二つの眼球には、いま何が映っているだろうか？僕がO市での大失敗によって片目を失ない、《昭和の丹下左膳》でもいうべき姿になることによって、父・穂積一作の外的な損傷を継承したとすれば、兄さんは一九七二年に《決意した唖者》となることによって、父の意志そのものを受けつぎつつあるのかもしれない。だから、石の如き絶望をかかえこんだまま兄さんが棺にも似た東京の暗いアパートから視つめつづけている風景――それは牢獄の如きものであろうと、僕には想われる。あたかも父・穂積一作が、新聞社の窓の向こうに広がっている炎天下の焼跡の風景に、決して起つことをしないであろう日本人民を透視していたように、いま兄さんの眼には、立て込んだアパートや近代的な装いのガラス細工のようなビルディングの群れを突きぬけて、果しなくはりめぐらされた牢獄の如きものが視えているはずだ。そして果しなく広がっている牢獄の如きもののそこかしこに――目を凝らせば――非業に斃れた幾つもの戦士たちの死骸が見えてはいないか。それら斃れた黒々としたものの幾つかは、僕の知っているものであるかも知れず、また兄さんに親しかったものであるかも知れないのだが、ひとびとの眼には映ることなく横たわっている彼らの姿こそ、この国を語るのに最もふさわしい本質的なあるものであると、言うことができるように思える。

　深夜ともなれば、兄さんはその夥しい非業の死者たちの存在に苦しめられながら、しかしその死者たちと共に、首都の夜の底に呪いの眼を見開いて、日一日と悪くなっていくしかないこの国――もはやいかなる希望も失なわれ尽したこの国を視つめつづけるという受苦を、自らに課しているのにちがいない。まるで、既に兄さんが一個の報いられることのない死者となって、この世界に眼球だけを残しているかのように――。

　　人は生命《いのち》の涯黒闇《かぎりくらやみ》の中に食《くら》ふことを為す
　　また憂愁《うれへ》多かり疾病《やまひ》身にあり　憤怒《いかり》あり

　首都のなかに棲んで死者とのみ言葉を交しつづけている兄さんのことを考えるたびに、僕はなぜか、「Sさんの手記」のなかにあったソロモン伝導之書の一節を、思い浮かべざるを得ないのだ。あたかも僕たちが、地上に実現しなかった遠いおしえを伝導しようとした使徒たちででもあったかの如くに――。

　さて兄さん、この手紙も終り近くなったのだが、最後に僕たちの妹――《志願した娼婦》とでもいうべき行方知れずの僕たちの妹について、書いておかなければならない。彼女は僕が五歳のとき、すなわち一九五四年に、父が誰とも知れないまま産まれたのだから、生きているとすれば既に二十代の後半になっているはずだ。生きているとすれば、と註釈したのは、言うまでもなく彼女が一九六九年に十五歳で失踪して以来、僕もそして兄さんもその行方を摑めていないからにほかならない。

　早熟というよりは聡明であった僕たちの妹は、（既に十代の前半から断乎たる娼婦としてその行動を開始していたのだが）、僕と兄さんがそれぞれ大学の近くの下宿に移りそして母が死んでいったのを見届けるや否や、十五歳の誕生日を迎えたのをひとつのしるしとするかのように、忽然と母のアパートから消えてしまったのだった。一九七〇年代のこの国の夜のなかへと溶け消えていった妹のその後の足取りは、全く摑むことができない。ただ、そののち兄さんも聞いている通り、「韓国観光」から帰った母の二度目の夫の兄という男が、韓国の〈光〉という名の都市で、妹によく似た若い女を見たと伝えてきたことだけが、僕たちの手元にある唯一の情報であるわけだ。その男――母の二度目の夫の兄という男は、商売人風の厭らしさの上に、先天的ともいえる下品さをその弟と共有している男なのだから、韓国の都市で妹に似た若い女を見たというより、妹に似た若い女を貨幣の力で抱いたという方が、どれほど正確であるか知れないのだけれど、彼のもたらした情報は大いに真実であり得ると、僕は考えている。――というのは、娼婦であることを断乎として志した僕たちの妹にとって、韓国は「日本本国」に負けず劣らず多くの日本人が公然と女を買う場所として、まさに好適の市場にほかならないからである。勿論、妹がどのように玄海灘を渡り、どのように朝鮮半島の夜にもぐり込んだかについては、僕の想像といえども全く及ばない。おそらく妹の幼ない頃からの身のこなしの早さと、僕に共通する天才的な語学力が、彼女を助けたのではないだろうか。いずれにしても、妹の行方は定かでない。想えば、僕たちは風の日々の首都を走り抜けながら、血煙のなかでこの世の最高の悪を倒そうとしたのだが、彼女はこの世の最高の汚濁を自らにひきうけることによって、この世界に向けてなにごとかを開始しようとしているのかも知れない。その沈黙の企てを僕は知ることはないのだが、それをしようとする妹は理解できるような気がする。かつてポール・ニザンは、「僕は二十歳だった。それが人生のいちばん美しい時だなどと誰にもいわせまい」と記すことによって、己れの出立を開始していったのだが、妹の長く揺れる髪を想い浮かべるたびに、僕は何故かこのニザンの言葉を思い出し、妹の旗のように美しい決意を理解しうるような気がするのだ。……言うまでもなく、父・穂積一作と僕たちの妹とは、いかなる血によってもつながっていないのだが、穂積一作が〃志願した片目男〃となることによっていっさいの兵役を裏切り、それをもって自らの人生を開始したことと、妹が自ら志願して真正の娼婦となることによっていっさいの平安と日常を裏切っていったこととは、どこか通《かよ》い合っているような気がするのだ。

……

さて兄さん。僕が兄さんになにごとかを書き伝えるのも、いよいよ最後になってきた。

最後であるというのは、ひとつには、「一九四五年と一九七四年の八月十四日の伝説」を兄さんに伝え終えたいま、僕にはもはや何も語るべきことが残されていないということであり、そしてもうひとつには、日一日と悪化していく僕の眼の疾患が、いよいよ最終的に僕を光のない状態に突き落そうとしているということだ。残されていた僕の片方の目は、いまやこの国に何も見るべきものがないかのように、その最後の力を失ないつつある。ほとんど数日の内に、僕の視力は完全に失なわれ、ビロウドのような闇が訪れるだろうと、僕は予期している。見知らぬ男によって子供を孕まされた女が、それでもその子供の出生の日を予測するような正確さで、僕は残された自分の光の命数を数えることができる。……

雨期が明ける前に、僕は光を失なった自分の二つの眼を伴なって、深いジャングルのなかへ赴いて行こうと思う。ジャングルの奥に厚いバナナの葉を一枚敷いて横になれば、もはや目をつむる必要もなくなった僕の体に雨とも霧とも知れぬものがしっとりとまといついて、やがて名も知らぬ幾多の小動物たちが腐乱していく僕の肉体を始末してくれるだろう。世界中で死んでいった夥しい兵士たちと同じように、僕は正しく上を向いた頤《おとがい》で、樹林の葉から垂れてくる雨だれを受けとめねばならない。

——昨日、僕は草葺き小屋の庭先に、黒い旗を立てた。旗といっても、それは小屋の奥から探し出してきたボロの黒布を竹竿にくくりつけて押し立てただけのものなのだが、それは、いま雨の中で、力なく竹竿の先にまとわりついている。

　私のマストの上に旗は
　　黒々と翻る

というシェーンベルクの曲のつもりではないのだが、僕の旗は、僕のいのちがなくなったのちも、しばらくは海風を受けてはためいていることだろう。丁度父が消えたのちに、黒い一足の靴がなにごとかを語りかけていたように——。

こうして、僕はどこかしら父に似た〝失踪者〟として、その命を終えることになる。——つまり僕たちの母の残した三人の子供は、ひとりは《決意した唖者》として東京に生き、もうひとりは《志願した娼婦》として〈光〉という名の都市に在り、そしてもうひとりである僕は、かつて父が上海行の船上から見たかも知れない亜熱帯の孤島で、余り見事ではない〝失踪者〟となるというわけだ。

兄さん……僕が伝えようとした二つの伝説は、こうして閉じられる。

僕たちの父・穂積一作は、僕たち兄弟という〝伝説の後継者〟を生み落としたが、僕たちは——いや少なくとも僕は——いかなる後継者も見出すことのないまま死ぬだろう。そして、いかなる希望もあり得ない首都に棲む《決意した唖者》である兄さんが、世界に向けて再び言葉を開くときがくる可能性を、僕は余り信じることができない。言葉が扼殺された世界——それがこの国の一九八〇年代の風景であることを、兄さんは誰よりも理解しているはずだ。

兄さん——

最後に、忘れていたことをひとつだけ書き加えておかなければならない。先に僕は、失踪して以来の妹の行方を全く摑むことができないと語ったが、実は一度だけ、僕は妹と出会っているのだ。

それは僕がかつて属していたグループから離脱してO市のアパートに潜伏していたとき――つまりあの爆発事故の大失敗の少し前なのだが、妹はどのようにして捜し当てたものか、突然僕のボロアパートの扉をたたいたのだった。

長い髪に細身のジーパンをはいた美しくも成長した妹の姿がそこにあった。僕たちはそのとき多くを語り合うことをしなかったが、妹は目敏く部屋の隅のダンボールの箱のなかから僕の製作した第一号爆弾をみつけ出し、「これ頂戴ね！」と爽やかに言うが早いか、慌てている僕を無視するようにそれを持って消えてしまったのだった。だから――僕が爆発の大失敗をひきおこしたのは、製作中の第二号爆弾であったのだが、妹と共に消えた第一号のそれがどこへ行ったのかというと、僕には皆目見当がつかない。それは未だ妹の手元に、つまり乾いた風の吹く半島の〈光〉という名の都市に在るような気もするし、またそれは全くの夢想であるような気もする。もし妹がいまも髪を長くしているとすれば、それは僕の第一号が彼女の手元に在ることのしるしであるような、そんな想いに僕はわけもなくとらえられているのだけれど――。

そして兄さん。ついでに僕の頭に浮かんだつまらない疑問を、最後に書きとめておこう。それは、妹はあの曲を聴いたことがあっただろうか、ということだ。穂積一作の残したセザール・フランクの「前奏曲、コラールとフーガ」――そのレコードを僕たちは三人で聴いたことがあっただろうか？　僕の記憶は定かではない。金箔荘の部屋の中で、そういうことがあったような気もするし、なかったようにも思える。そして、もし、それを三人でいっしょに聴いたことがあったとすれば、ポプラが美しい国の〈光〉という名の都市に生きつづけているという妹は、僕たち兄弟のことをいまでも憶えているはずだと思うのだが。

使用した資料
・東アジア反日武装戦線KF部隊（準）『反日革命宣言』より東アジア反日武装戦線兵士「虹作戦」　鹿砦社　1979
・長谷川四郎・野村修訳『ブレヒトの詩』　河出書房新社　1972
・『鮎川信夫詩集』　思潮社　1968

亡命地にて

――一九八三年・秋――

壁に釘を打つな
上着は椅子においておけ
なぜ、四日も先を考える？
きみはあした帰るのだ。

（ベルトルト・ブレヒト「亡命の期間について考える」）

いまから十余年前、正確にいえば一九七〇年の夏、わたしはオキナワへ旅立ったことがあった。その頃のオキナワは、まだこの国に併合される前であり、与論島とオキナワ本島との間には、北緯二十七度線という、現在では存在しなくなった国境が引かれていた。

その国境を越えて行くためには、総理府の発行する「身分証明書」と米民政府の「滞在許可証」が必要なのであったが、わたしはそれらのものを調えると、晴海から〝とうきょう丸〟という奇妙な名前の大型船に乗り込んだのであった。

出航前の甲板に立つと、不思議に広々とした感じで、首都の空と陸とが見渡せた。七月の、まだ梅雨の明ける前であったから、空は厚い灰色の雲で覆われ、その雲の広がりが、ビルディングの林立する汚れた都市の遠景を、いっそう憂鬱なものにさせていた。あの辺が国会、あの辺が日比谷公園……。やがてドラが鳴り、いかにも巨大なものが動き出す感じで、船は岸壁を離れていった。見送りのテープが風にちぎれ、ちぎれた先っぽが灰色の空と海の間に翻り、そして、多くの人々を乗せた岸壁が急速に遠くなってとうとう海とも霧ともつかぬもののなかに消え沈んでしまうと、ようやくわたしの内部には、この国を離れるという不思議な悦びのようなものが湧き上ってくるのだった……。

これがわたしの二十歳の旅立ちであった。そしてそれから十余年の後、同じ港から、今度はいささか尾羽打ち枯らしたという風情で、しかも兇々しいものへの恐怖にふるえながら、同じような曇天の下での旅立ちを迎えようとは、さすがに思い及ばなかったのである。

右翼団体が騒ぎ始めたという情報が、出版社からわたしの所に届いたのは、九月二十九日の昼であった。宣伝車の巨大なスピーカーの声が、電話の受話器を通してわたしにも聞こえた。最初一台であった宣伝車は、翌日には四台に増えた。そして、それから数日を経ない或る晩、早く身を隠したほうが良いというアドヴァイスが、余りにも真剣な目と口をもって、わたしに伝えられたのである。(冗談じゃないぜ、身を隠すだなんて——。たかが紙に書かれた言葉じゃないか、たかが、紙に書かれた……)

この事件——それを「事件」と呼ぶならば——の発端は、わたしの書いた三十四歳の処女作ともいうべき小説にあった。それは東アジア反日武装戦線がかつて企図した現実の事件の衝撃力を受けとめ、そこから、この国の〈戦後〉というもの、また一九六八年から現在に至る〈この時代〉というものを考察し、文学的に表出しようとした作品であった。なるほどそこには「特別列車攻撃計画」が語られていたが、それは新聞にも報道された既知の事件であり、その詳細な記録さえ出版されているものであったから、右翼団体がいまさら反撥することはあるまいと、わたしは考えていた。虚構の何たるかを解さぬ不粋な官憲が、作者をパルチザンの一員と大錯誤する可能性はないでもなかったが、右翼団体が即自的な憤激を催す性格の作品であるとは、到底考えられなかった。「三島由紀夫が読めば、誉めてくれるのではないかな」或る知人は、そのようにも言っていた。

　実際、わたしの作品を載せた文芸誌が書店に出た九月七日から確実に三週間、事態は全く平穏であった。その間には、幾つかの新聞に時評が載り、作品のストーリーをかなり詳細に紹介してもいたのである。

　ところが――九月二十九日から風向きが変った。大江健三郎などの書下ろしで有名な〈S〉という出版社から発行されている週刊誌が、わたしの作品にかんする記事を掲載したのである。――**おっかなビックリ落選させた「天皇暗殺」を扱った小説の「発表」**

　わたしがこの週刊誌に手を触れるのは、生まれて初めてのことであった。読んでみると、記事の内容は、わたしの作品の一部を紹介し、その上で出版社の態度などを揶揄したような調子のものであった。だが「天皇暗殺」という、わたしの文体には紛れ込みようのない、字面も響きも薄汚ない言葉が、大きな見出しとなって印刷されているのが気にかかった。それに、「第二の『風流夢譚』事件か――」という書き出しからは、しかるべきセンセーショナルな効果を狙っていることが窺えた。それはいかにも〈S〉という出版社にふさわしい騒ぎ方であったし、なによりもわたしの名前を犯罪者もどきに呼び捨てにしていることが、その記事の意図を明白に語っていた。

　そしてその日から、右翼団体の街頭宣伝車が、わたしの作品を掲載した出版社の前に停まり始めたのである。

「故ニ兵ヲ形スノ極ハ、無形ニ至ル。無形ナレバ、則チ深間モ窺フコト能ハズ、智者モ謀ルコト能ハズ」「敵スレバ則能《スナハ》チコレト戦ヒ、少ナレバ則能チコレヲ逃ゲ、若カザレバ則能チコレヲ避ク」

「敵進我退」

　わたしは逃げ出すことに決めた。

　独り身は、こういう時にこそ有難いものである。アパートの六畳間を空にするのに、日数はかからなかった。本と余分な衣類は、ダンボールの箱に詰めて、宅急便で友人の元へ送った。ラジオと本箱は質屋へ、文庫本は古本屋へ、ベッドは粗大ゴミへ、そして蒲団と電気炬燵はアパートの下の学生が――余り良い顔はしなかったが――受け取ってくれた。

荷物の整理が済むと、次は裁縫であった。ズボンの内側にポケットを作り、その中に一万円札を五枚収めた。ポケットの口はしっかりと縫いつけられた。わずかな貯金と、手つかずの稿料二十万円は、単行本のために手を入れた抜刷といっしょに、旅行鞄のいちばん底に仕舞われた。

六年間ほど働いた勤め先は、小説の出るひと月ほど前に辞めていた。仕事の割にはペイの良い所であったが、狭い場所での日々の繰り返しがさすがに六年間も積み重なってくると、それは汚れたシャツを重ね着するような感じで、わたしを息苦しくさせていた。年が明ければ、出版企画の下請のようなことをやっている小さな会社に、席が空く予定になっていたのである。勿論——最初の小説が発表されたからといって、〈筆一本〉などという大胆な考えを、わたしが抱いたのでないことは言うまでもない。筆は一本、箸は二本。虚構よりも失業保険のほうを、わたしははるかに当にしていた。……

出航の前日——夜にはいってから、友人のA君が訪ねて来てくれた。

わたしの旅行鞄のほかは何もなくなった六畳間に二人で坐ると、部屋は意外なくらい広々として、わたしは何故か旅情のようなものを感じた。秋の夜のビールを、酒屋からサービスしてもらった紙のコップに注いだ。つまみはイカの燻製しかなかった。

「しゅ……しゅっぱん社の人には、知らせてあるのかい？」

A君には軽い吃音の気があった。それは彼の幼ない頃、彼の左利であるのを、両親が無理矢理に矯正した所に起因しているということであった。箸を取るのにも、自然と手が出るのではなく、いったん躊躇し、考え、「右」であるということを確認した上で手に取る——そんな心理的な逡巡が、唇から洩れる言葉に影響を与えているようであった。

「知らしておいた方がいいかなあ、出版社の人に」

「ど、どうかなあ。し……しらせても意味ないか」

もっとも、その夜A君の吃音がひときわ激しいのには、充分な理由があった。それは——少々複雑な話ではあるが——まずわたしが文芸誌に作品を投稿した時に溯らなければならない。——わたしは気が向くとアパートを替えてしまうという、放浪癖とまではいかないがそれに近い性癖があるのであるが、小説を投稿するに際して、その後の連絡がつかなくなってしまうことを怖れたわたしは、一計を案じ、確実な定住民であるA君の住所と氏名を投稿原稿に記したのであった。そのときわたしは、〈連絡先〉としてA君の氏名を記したつもりであったが、出版社側は何を取り違えたものか、予備選考通過の通知を、A君の名で送って来たのである。さらにその後の出版社との連絡も、幾度かA君の手を煩わせたことがあった。……つまりA君は、しばらくの間わたしの作品の正式の作者として通用していたのである。

かくして友人は怯えていた。……友人というのは良いものである、嬉しいときはその喜びを二倍に、恐ろしいときはその恐怖を半分に——いや、そんなことを言っている場合ではない。なにしろ彼は、わたしと違って立派な勤め先を持っていたし、政治的には右も左もない人であった。それに彼は、去年の秋、可愛らしい女の子を儲けていたのである。

「そ……その、どれくらい留守にするつもりなんだ」

「わからないな、旅先で何か仕事を見つけることができれば、その土地に居着くかも知れないし……だけど、こたえるよな。三十歳過ぎてから、こういうことやるの」

「うん。ま、まったくだ。たまらなくなるよ。な……なにか仕事の当はあるのかい？」

「何もないよ。——あのおっさんみたく吟遊詩人にでもなるか」

「ギ……ギター弾けるのかい？」

「弾けないんだよな、おれ、不器用だから——。ハモニカなら吹けるけど——」

「ハ……ハモニカじゃ、仕方ないな」

「だけど、不思議だよな。いつか自分がこんな目にあうような気がしていたんだ」

「……」

「迷惑かけて悪かったな。きみが間違われることもないと思うけど——」

「し……しんぱいはしていないよ」

「誰かきみの所へ来たら、どこへ行ったか知らないって言えよ。本当に知らないんだから」

「う……うん。し……しかしひどいよな。せ、せんじゃあるまいし——」

夜が更け、ビール瓶が五本空いた。体が冷えるばかりで、二人とも少しも酔わなかったが、A君は帰らねばならない時刻であった。わたしは、ビジネスホテルに一泊する予定であった。

秋の燈を消し、二人して手さぐりの形で玄関まで行った。背後の暗がりの中に残したビール瓶が、五つの小さな生きもののような気がした。鍵は大家に返してしまっていたから、ドアは開け放しにされた。幽かに雨の落ちている路地に出ると、腐った海の匂いが、いつもの晩よりも濃密に漂っていた。

（いつかこんな目にあうような気がしていたんだよな）意外と重い旅行鞄をかかえながら、わたしは糸雨のなかで思った。

しばらく歩くと駅に出た。週末でもないのに、駅前は若い女たちでいっぱいだった。A君は切符を買い、改札に立った。

「か……からだだけは気を付けろよな」

「ありがとう。行く方向は教えないほうが良いだろう?」

「う……うん」

「陸続きで、外国まで行けるといいんだがな。ヨーロッパみたいに――」

「ボ、ボ、ボ……ボウメイかい?!」A君はひどく吃った。

「サ、サ、サ……」

「査証なき旅――」

二人はそこで別れた。


二等船室はガラ空きであった。

大型船の二等に乗るのには要領がいる。二等船室は勿論船底と決まっているのだが、舳先に近すぎると、船が縦揺《ピッチング》れしたときの揺れの振幅が大きく、身体が一〇メートルも浮き沈みするような気分を味わうことになる。逆に艫に近すぎると、スクリューの音がうるさくて安らかな眠りを妨げるし、おまけに大きなうねりを越えて船体が前に突っ込んだときなぞは、空中に出たスクリューが空回りする不気味な音が聞こえてきて、まことに穏やかではない。

――わたしはなるたけ船体の中央の、通路に近い場所に旅行鞄を下ろした。ここならば便所も近いから、いざというときは洗面器のやっかいにならなくても済む――。

十余年前よりも船はひとまわり大きくなっていたが、二等船室の造りはほとんど変らなかった。リノリウムの通路の両側に、三十センチほどの高さで、十畳敷くらいの安っぽい臙脂色のカーペットの床《とこ》が、幾つも並んでいた。隣の床との区切りには木製の物入棚が在り、そこにはいっている毛布を広げて枕を置いておけば、それが(ここは人がいるぞ)という意志表示になるのであった。わたしは船会社の名前のはいっている毛布を伸ばし、売店から買ってきた二本の罐ビールをその上に置いた。

わたしと同じ床には、一組の老夫婦が居るだけであった。それはかつての戦争を知っている年代の老夫婦であり、沖縄人《ウチナンチュ》のように思えた。老夫婦はわたしと丁度反対側の角に毛布を伸ばしていたから、わたしたちは言葉を交わすことがなかった。

――どこまで行くんだい?

――石垣島まで行くよ、出来れば西表も。

一九七〇年の夏、二等船室は海の向こうへ行く若者たちで満ち溢れていた。本当に、床からこぼれ落ちるほどに満ち溢れていたのだ。彼ら――その中にはわたしも含まれているのだが――は、ジーパンにTシャツを着け、大きなザックを担ぎ、これから始まる冒険――海と太陽と未知へと向かう冒険の旅に、ひとりひとりが心を昂ぶらせていた。

彼らはオキナワに着けばヒッチハイクをし、ユースホステルに泊り、もしくは野宿をし、酒を飲み、バイオレットを喫い、豊年祭の太鼓のリズムに全身を打たれ、喧嘩をし、或いは恋をし――米民政府によって許可された三十日という時間を生きていくのにちがいなかった。それは或る者にとっては、少女にかんする初めての負傷を癒やすための旅であるかも知れず、また或る者にとっては、亜熱帯の海と空をみつめるだけの旅であるかも知れず、さらにまた或る者にとっては、二十歳の直面した途方もない困難と絶望から自らを回復させるための旅であるのかも知れなかった。――そののちの時代、南島を埋め尽すことになる脆弱な背中をした若い女たちに比べれば、そのとき二等船室に満ち溢れていた若者たちには、いささか騒然たる趣きがあった。一九六〇年代末期の騒然たるどよめきが、ひとりひとりの若者たちの目や口や腕に、まだ籠っていたのだった。……

わたしが今回の旅立ち――旅というには程遠い気分の今回の旅立ちに際して、飛行機ではなく船を選んだというのも、このときの想い出が、いささか感傷的にわたしの内に残っていたためかも知れない。……実は、わたしは真剣に悩んだのである。船はどうも危険なような気がした。なんともいやな感じだった。……人気のない暗い船室に現れる兇々しいものの影……長い悲鳴、誰もいない廊下を逃げまどう足音、再び悲鳴、血をもって閉じる船底の恐怖劇《スリラー》……。大きな船というものは、どうもどこかに知られない場所、恐怖《テロル》の場所とでもいうべきものを隠し持っているような気がする。船底の暗がりや、甲板へ昇る階段の陰、誰もはいったことのない秘密の船室《キャビン》。――大体、人が寝静まった後、じっとひとところで息を殺しているようなあの常夜燈というものが、そもそも不気味である。いっそのこと闇になってくれたほうが良いくらいだ。

そこへいくと、飛行機は何となく気楽に思えた。空中を飛んでいるのであるから、乗物としては大いに不安定なはずなのであるが、少しも怖くない。機内で何か騒ぎでも持ちあがれば一視同仁（？）みなひとまとめで墜落するという、諦めのような、安心のようなものがあるからであろうか。それに船よりもずっと小さい。隠れた場所というものがなさそうなのが良い。

こうしてわたしは少なからず悩んだのであるが、結局船中の人となってしまった。はるかな二十歳の夏の感傷が、夜の恐怖《テロル》に打ち勝ったのであった。――

船室の明かりが少し照度を落した。十二時であった。二本の罐ビールを空けて毛布の上に仰向けになると、白いペンキの塗られた天井が、病室のような、もしくは白夜のような感じを与えた。恐怖はまだ体の芯に残っていたが、やはり陸地を離れたという安堵があるのであろうか、淡い酔いがこの一週間ばかり続いた緊張を皮膚の表面から解き放って、大洋を進む船のリズムの中に身体のすみずみを溶け込ませていくようであった。

(扉をたたく音がすると
服の下で体がふるえたっけ
ひとばんじゅう男を待っている
若い娘みたいに)

――最初の夜はさすがに眠れない。わたしは頭から毛布を被り、無防備な背中に少し不安を感じながら、辛うじて作られた小さな闇の中で、さまざまなことを考えた。わたしの作品のことを考え、この国というものを考え、苦労を掛けたひとびとのことを考えた。A君のことを考えた。

「ボ、ボ、ボ……ボウメイかい?!」

と彼の言ったのを、わたしは思い出した。すると〈亡命〉という懐かしい言葉が、北緯二十七度線へ向かって進む夜行船の揺れに触れて、急に生々しいもののように思えてきた。――何故、国境を越えようとしなかったのだろう、とわたしは考えた。かつてナチスの突撃隊の手を逃れようとした幾多のひとびとのように。アルプスやドーヴァーや大西洋を越えた幾多のひとびとのように――。まだそれほどの時代ではないと、わたしが思っているためであろうか。それとも、さすがにこの国を離れることに不安があるのであろうか。――旅行鞄をかかえて大使館の建物の中に駈け込んでいく自分の姿が、一瞬頭を掠めた。

もしも大使館に逃げ込むとしたら――とわたしは酔いの回ってきた頭の中で空想した……どこの大使館が良いだろうか? 西洋はいやだな、大体西洋に行きたい国なぞありゃしないのだから。それに白人の間で暮らすなんて、まるで気が進まない、おれは背が低いからな。……アフリカもぞっとしないな、キューバは遠いし……インドは行ってみたいけれど、おれは身体が弱いからな、ガンジス河の水なんか飲んで腹下ししたりして。……ロシアへ行くのは阿呆だな。ソビエトなんて、どこにも存在しやしない。ソビエトの死骸や、ソビエトの胎児は、世界中の到る処に存在しているとしても――。北朝鮮は大使館がないし、モンゴルは寒いし、やっぱり、中国しかないなあ。だけど、鄧小平の人相は良くないな、あれは実に剣呑な男だ……でも、まあ、仕方ないか。大人《たいじん》の国だから、亡命者の一人くらい受け容れてくれるだろう。からくにになをのこしけるひとよりもゆくへしられぬいへゐをやせん。

……何を持っていったらいいかな? まず会話の手引。中国語なんて出来ないからな、漢文は優とったけど。日中辞典に中国語初級講座。毛沢東語録は――絶対にヤバイな。……心の糧は詩集。ブレヒトに若きエリュアール、……それから、やっぱり啄木にするか、おれはセンチだものな、〈上海より/帰りし友と語らひて/旅のことなど思ふ夕ぐれ〉。高橋和巳、一冊ほしいな、『わが解体』。それに、選ぶとすれば、透谷と四迷。頭が悪くならないように、読みかけのプーランツァスでも持って行くか。……日用品は向こうで買えばいいだろう。だがまてよ、向こうへ行ってからどうやって生活するのだろう？　仕事を与えてくれるかな？　少し言葉が分るようになれば、日本語の教師くらいできるけど――。いや、それよりも何か書いて、日本へ送ったらどうだろう。しかし何か書くとなると、広辞苑はいるな。重いぞ、あれは。まあ仕方ないから、持って行くとするか――。そうだ亡命なんていえば、きっとセンセーショナルな事件になっているはずだから、『亡命日記』なんて書いて日本で出版すれば、売れるだろうなあ。五十万部。甘いか。五万部でも売れれば、すごい金だなあ。だけどまてよ、印税の受け取りはA君に頼むとしても、こちらに送れるのかなあ、外為法なんて知らないぞ。まあ、金のことを考えるのは憂鬱になるから止めるか。

……それにしても淋しいだろうなあ、サシミ食いたくなるだろうなあ、コーヒー飲むなんて、ブルジョア的かなあ、マーラー聴きたくなったらどうしよう……マーラーといえば、ブルーノ・ワルターも亡命したんだっけな。ワルターだけじゃないぞ、トスカニーニも、ザンデルリンクも、クレンペラーも、クライバーも、それにバルトーク……バルトークの北米での晩年は、悲惨だったな。絶筆となったビオラ協奏曲の、二十世紀の悲歌とでもいうべき、あのアダージョ・レリジオーソ。……音楽家だけじゃないぞ、亡命者はみんな同志だ。……同志ブレヒト、同志ルカーチ、同志コルシュ、それに同志アドルノ、同志ホルクハイマー、同志レービット、同志マルクーゼ、ずいぶんいるなあ……同志エーリッヒ・フロム、同志パンネクック、同志エルンスト・フィッシャー、同志エルンスト・ブロッホ……まだまだいるぞ、ペンシルバニア刑務所**精神科病棟で死んだ**同志ウィルヘルム・ライヒ、同志フランツ・ノイマン、それに同志シグマンド・ノイマン、**フランスで自殺した**同志エルンスト・ヴァイス、同志ヘルマン・ブロッホ、同志ベッヒャー、同志アンナ・ゼーガース「**死者はいつまでも若い**」、同志アーノルト・ツヴァイク、それから**ブラジルで自殺した**同志ステファン・ツヴァイク……弟より偉大な同志ハインリッヒ・マン、父親よりも確実に偉大な同志クラウス・マン、同志ハンス・アイスラー、**ニューヨークで縊死した**同志エルンスト・トラー、……映画人にもいたな……同志ブニュエル、いい親父だったな、同志フリック・ラング、同志ジャン・ルノワール、同志イングリット・バーグマン……あ、これは映画の中の話だったっけ……同志ルネ・クレール、同志ビリー・ワイルダー、同志ジュリアン・デュヴィヴィエ……ふう。まだいそうな気もするな。また後で思い出すだろう、そうだ、ひとり大切なのを忘れていたぞ……**亡命途上にて自殺した同志ベンヤミン**……そういえば、岡野進なんていうのも、戦争中は延安で頑張っていたっけな、戦後はダメになっちまったけど。……中国か……広いだろうなあ。……何年かたって落ち着いたら、正月にでもA君一家を招待できるといいなあ。そうだ、空港まで出迎えに行こう。冷たい風の吹く北京空港、有朋自遠方來、不亦樂乎。こんなとき、女房がいたら嬉しいだろうなあ――。それにしても、何故自分は国境を越えようとしなかったのだろう……

外は時化《しけ》。スクリューが、ときどき太古の闇の中で空回りする……。

那覇港に着いたのは、三日目の夕刻であった。

いや、正確に言えば、船が着いたのは〈那覇港〉ではなく、それよりも北にはずれた〈那覇新港〉であった。――そこは慥か安謝《アジャ》と呼ばれていた場所で、かつてわたしは、そこの海岸に打ち捨てられた夥しい戦車や、装甲車や、上陸用舟艇のスクラップを眺めたことがあった。それは夏空に奇怪に聳え立つ赤々とした山の如くであり、その鉄の堆積のそこかしこから、いかにも〝アパッチ族〟が現れてくるような、そんな騒然たる眺めであった。だがいまは、赤茶けた奇怪な堆積も、そしてアパッチ族の幻も消え失せ、真新しい乗船ロビーが、余り人気のないまま、幾つかの明かりを点しているばかりであった。

――かつての軍用道路一号線でバスを拾うと、道はテールランプの血の洪水であった。十余年前は、灼熱の中のこの道路を、ヴェトナムへ向かう戦車が走り、タンクローリーが走り、そして雄牛のような黒人兵の運転するジープが、戦場の砂煙を引きずって疾駆していたのだ。那覇はヴェトナムと陸続きだった。街は熱っぽくふくらみ、騒音に揺れ、しかも炎天下の不思議な外の静けさとでもいうべきものが、あちらこちらの街角や壁の陰にうずくまっていた。……だが、いまバスの外を流れて行くのは地方都市――どこにでもある地方都市の夜景であるにすぎなかった。あの熱っぽいオキナワは、最早なかった。十月のバスの冷房が強すぎるので、わたしは少し窓を明けて夜気を入れた。

バスは泊港《とまり》を左折し、薄暗い崇元寺の前を通り抜けて、国際通りにはいった。以前には大きな建物といえば「山形屋」と「リュウボウ」くらいしかなかったのであるが、いまではわたしの知らない幾つものビルディングが、道の両側に灯を点していた。そして――通りすぎていく電信柱のほとんどに、「北方領土返還！」と書かれた日の丸を配したビラが貼られているのを、わたしは視た。――（ここまで来ているのか）とわたしはバスの揺れの中で思った。わたしが初めて訪れたときは、この街の電信柱という電信柱に、「梅根悟氏来る！」という手書きのポスターが貼られ、色刷りされた沖縄芝居の広告がくくり付けられてあったのだが――。

療養地の男を愛する
看護婦の罪や
妻と子とあるを知らず
悲恋泡瀬浜——

わたしは本島に居ようと考えていた。晴海を出るときは、宮古島や石垣島、そのもっと南の先島をしばらく放浪するのも悪くないと、いささか旅行者のような気分を抱いていたのであるが、時ならぬそのヴァカンス気分は、那覇の夜を走るバスの中で、急速に萎えしぼんでいった。

宮古諸島から八重山諸島へと続く暗礁の彼方の幾つもの孤島は、わたしにとって《聖地》とも呼ぶべき場所であった。太陽と、風と、神々の静謐だけが存在する珊瑚礁の島々は、きっとわたしが生きている限り《再訪してはいけない場所》であるのにちがいなかった。……どうせコカコーラの自動販売機だろ、どうせ真っ黄色のホバークラフトだろ、どうせ観光用の水牛だろ、どうせ海も風も、存在しやしないんだろ……

その夜、わたしは出版社の編集者に電話をして、無事オキナワに到着したことだけを伝えた。——

コザを訪れたのは、上陸してから三日目の昼であった。

わたしはコザを良く知っている。

わたしはコザを良く知っていると、もう一度言わなければならない。真夏のような十字路でバスを降りたとき、わたしは少年にも似た胸の高鳴りを押さえることができなかったのであるから——。

コザ——その名称には不思議な由来がある。そこはかつて胡屋《ごや》と呼ばれる土地であったのだが、太平洋戦争後、米軍の誰かが本国への書類に GOYA を GOZA と誤まって記したために、それがそのまま市名とされてしまったというものであった。〈コザ〉という響きのなかに、わたしが戦後の匂いを嗅ぎとるのは、あながち思い込みという訳でもあるまい。コザは現在では〈沖縄市〉という不粋な名前に変えられてしまっているけれども、わたしはやはりその土地を〈コザ〉と呼びたい。

コザは丘の町だ。

24号線は、丘を越える感じでコザ十字路へ向かう。左手にゲイトストリートという大きな通りがあり、文字通り嘉手納基地のゲイトに直結している。一九七〇年十二月の〈コザ暴動〉の中心点もここである。——その先にセンターストリートという一角があり、ここはかつて（或いはいまも）白人米兵専用の歓楽街である。坂を下りおえて、擂鉢の底のようなコザ十字路に立つと、南側の本町通りのあたりは、センターストリートとは反対に黒人専用の町だ。そして十字路から東側の丘の上には、いかにも〝朝日のあたる家〟という風情で、沖縄人専用の赤線地帯・コザ吉原が在った。

わたしはその丘の上で、かつて十日間の日と夜とをすごしたのであった。

十字路から少し東に突っこんで、急な坂道を登り始めると、坂の途中の左手に、白い教会の建物が在るはずであった。その教会の前を通りすぎて、坂をようやく登りきると、原色のモルタルの壁をもった幾つもの店が、道の両側に連なっているはずであった。渚とか港とかいう名前をもったそれらの店は、ざらざらとしたモルタルの壁に〈カフェー〉というペンキ文字を浮き立たせ、その入口の所に——注意して見れば——「吉原風俗営業組合員」と書かれた細長い木の札を吊しているはずであった。その丘の上の路地にはいって行くと、右側の三軒目の家は雑貨屋であり、その雑貨屋の斜向《はす》かいに、K子のいる店があった。

——はあ、本土の学生さん。無銭旅行ね、オキナワへ来てから何日になりますか？　はあ、そんなに、えらいね。

そう言いながら、雑貨屋のおばさんがわたしにプレゼントしてくれたのは、サイダーと小さなパンだった。わたしはといえば、外灯の下に停めてある車のボンネットに腰をかけて、大きなザックを下ろし、深夜喫茶で一夜を明かすその前の暇潰しに、のんびりとバイオレットを喫っていたのだった。ふっくらとした亜熱帯の夜だった。雑貨屋のおばさんとわたしが話しこんでいるのを見て、暗がりの中から女の子たちが集まって来た。彼女たちは普段着のブラウスにミニスカートを着けた普通の女の子たちだった。（東京から？　はあ、すごいね。銀座へ行きますか？　スターの人たちと逢うでしょう？）——彼女たちは、ときどき路地を通っていく男をつかまえ、店の中に引きずり込み、しばらくして出て来ると、またわたしとの話に加わった。その中にK子もまじっていた。K子は悪戯そうな眼と、人の好さそうな鼻と、そして素晴しく綺麗な白い脚を持っていた。そして夜が十二時を過ぎる頃には、わたしはK子の口利で、彼女の店の空いている部屋に泊めてもらえることになっていたのだった。——

モトシンカカランヌー（元手がかからない）と呼ばれる彼女たちは、概ね二十代かそれ以上だった。なかにはK子のように、二十歳になったばかりだという娘もいたが、それより年下の少女たちは、白人専用のセンターストリートに密集していた。吉原の女たちが普段着であるのに比べて、センターストリートの少女たちは金色の髪と緑色の睫をもった妖精として、ネオンの奥の暗がりのなかに棲んでいるらしかった。

吉原の女たちは、自分たちの仕事を〈タイム〉と〈一晩〉というふうに分けて呼んでいた。〈タイム〉は約十五分で四ドル。〈一晩〉は十二時前なら二十ドルから二十五ドル、十二時を過ぎれば十ドルから十五ドルだった。

〈一晩〉のお客は、余りいないようだった。〈タイム〉のお客は夜の十時頃から暗い路地に流れ始め、三時頃には少なくなっていった。だからわたしは、K子が店の前に出る頃になると、毎晩喫茶店へ出かけ、そこで信じられないほど苦しい時間を過ごし、深夜の街を病犬《やまいぬ》のように歩き回り、そして午前三時を過ぎてからK子のいる店へ戻って来るのだった。

K子の部屋は、六畳間ほどの広さの中に、ダブルベッドと豪華な洋服箪笥が置かれていた。小さな洋酒の瓶をいっぱい並べた鏡台もあった。それらは彼女の花嫁道具とでもいうべきものであったが、それを取り囲む薄い板壁が、すべてを物寂しいものにさせていた。

その部屋の中で、K子は少しも疲れていない表情でわたしを迎えた。オキナワの丘の上にある路地の、板壁に囲まれた部屋の中で、二人はわずかな時間を生きた。やがてカーテンの向こうで夜が白み始めると、嘉手納基地の方から、B52の爆音がコザの上を通って南の空へ向かっていった。一九七〇年・夏――二人の若い身体の隣に、血まみれのヴェトナムが横たわっていた。――

坂を登って行くと、思っていたよりもずっと小さなたたずまいで、白い教会は在った。坂を登りきれば、モルタルの壁をもった原色の町が、あの夏と同じように広がっているはずであった。その奥で普段着の女たちが眠っている、昼間は誰も通らない静やかな町が……。だが、坂を登りきったわたしの目に映ったものは、**おでん**と書かれた夥しい看板の群れであった。あっちの店も**おでん**、こっちの店も**おでん**。三軒目に在るはずの雑貨屋は、なくなっていた。その隣は小さな空地になっていた。K子の店は――その店の在った場所には――殺風景なコンクリート造りの三階建の建物が立ち、そこにも**おでん**……**おでん**、**おでん**、**おでん**……

ひどく悪い冗談のようであった。わたしは罠にはまったような気分になった。(見なかったことにしよう) とわたしは思った。

坂道を下って、十字路に戻り、近くの小さな食物屋にはいった。トーフチャンプルを食べたかったが、壁に貼られた品書きにはのっていなかった。わたしはオムライスをたのんだ。汚れた棚の上に置かれたラジオが、ビルマの首都で爆弾の炸裂したニュースを伝えていた。韓国要人十数人が吹きとばされていたが、全斗煥は生き残っていた。――

晴海を出てからひと月が過ぎた。既に十一月にはいっていた。

わたしはようやく或る町に落ち着こうとしていた。その町に住むY君という友人が、わたしのために仕事をみつけてくれたのである。

Y君との出会いは、かつてわたしがその町を訪れた十余年前に溯らなければならない。まだ日本にはなっていないオキナワの、夏の夜のスナックの片隅で、謝花昇について議論していたY君とその友人たちの間に、そこで一夜を明かそうと思っていたわたしが割り込んでいったのだった。謝花昇は——いや、この話は長くなるから止めておこう——Y君は、十余年の歳月を越えて現れて来た亡霊の如き者のために、心当りを走り回り、幾日もしないうちに仕事をみつけてきてくれたのであった。その仕事は、到底長つづきするものとは思えなかったが、それでも何とか冬だけは越せそうな気がした。

Y君はまた、わたしのためにアパートをみつけてくれていた。多少汚なくても安い方が良いと、わたしが頼んでおいたせいか、家賃は格安であった。

蒲団はY君の家の余っているものを、一組貸してもらえることになった。

土曜日の午後、リヤカーに大きな蒲団袋を乗せ、わたしの旅行鞄を乗せ、Y君と二人でアパートまで引いていった。Y君の家から、いったん米軍基地の見える街道に出て、すぐに細い脇道にはいり、畑の中の道をしばらく行くと、澱んだ小川のほとりの、少し窪地のようになった所に、そのアパートは在った。

それはいかにも古めかしい、東京でいえば一九五〇年代という風情のアパートであった。玄関は共同で、そこから暗い廊下が穴倉のような感じで続いているのであった。蒲団袋を二人で吊して廊下を踏んで行くと、壊疽《えそ》を病んだような汚れた壁に突き当った。その突き当りの横手に在る部屋が、わたしの栖となるはずの部屋であった。

板戸を明けて蒲団袋を中に運び込むと、もう幾月も人を住まわせたことのないらしい部屋が、日本からの亡命者を迎えた。——完全に茶色くなった四畳半の畳が在り、緑青の吹いたような湿った壁が在った。紙の破れたままの半間の押入が在り、黒々と汚れている天井が在った。窓は在るには在ったが、背伸びするようなひどく高い所に、便所の窓のような小さなものが付けられているだけであった。それは——いささか懐かしい表現をすれば——部屋の存在というものが「剝き出しの裸形」となったような眺めでもあった。

（これは、ちょっとピンチだな——）

悄然と突っ立っているわたしを尻目に、Y君は畳の上に坐ると、蒲団袋に寄りかかってセブンスターを喫い始めた。Y君はわたしよりも幾つか年上であった。——もうすぐ四十だよ、と言って彼は笑った。この荒涼たる部屋の中で、やがて自分も四十を迎えるのかと思うと、さすがにわたしは暗然としない訳にはいかなかった。

（まるでこの部屋は、わたしが四十歳になったときに棲んでいる部屋そのものではないか――）

時間の感覚が、自分の中で少しおかしくなったような妙な感じに、わたしは捉えられた。

小さな窓を明け、背伸びするようにして外を見ると、この土地の名前を冠したなだらかな山の、その頂きのところだけが眺められた。それは夏というには余りにも佗しく、秋と呼ぶには余りにも暑苦しい眺めであった。飛鳥去不窮連山復秋色――

「やっぱり、中国の方が正解だったかな」

わたしは呟いた。

「チュウゴクが何だい？」

「いや――何でもないよ。ちょっと考えていただけなんだ」

「中国とオキナワは近いさ」

「そんなものかなあ――」

「昔から言うさ、〝唐は差傘、大和は馬の蹄、オキナワは針の先〟――唐の国は傘のようにオキナワを守ってくれるけど、大和は蹴散らかすだけだ――。この前、叔父貴が北京へ行って来たよ」

「パスポートを取ったのかい？」

「そりゃあ、パスポートがなければ外国へは行けないさ」

（ボ、ボ、ボ……、サ、サ、サ……）

わたしはひとりで呟いた。

（ボ、ボ、ボ……ボロ部屋で、サ、サ、サ……三十四）

指で壁を押すと、壁からは魚の血のような臭いが臭った。

「この部屋の中で、何かがあったのかい」とわたしは訊いた。

「いや、何もないさ」

Y君はそう言うと、煙草の煙で顔を隠した。

翌朝、わたしはサンダルをつっかけて町へ出かけた。曇天が佗しげな町の上に被さっていた。

さすがに十一月ともなると、日中はシャツ一枚でも不自由なかったが、朝晩には肩のあたりが少し心細いような気がした。かつてわたしがオキナワを訪れたのは真夏であったから、わたしはこの土地の冬がどのようなものであるかを知らなかった。――石垣島でも冬はセーターを着ると言っていたな、とわたしは思い出した。……

商店の並んでいる三叉路に向かって、道は緩い下り坂になっていた。その勾配のある道を、わたしはゆっくりと歩いた。道の両側には、くすんだ感じの古い屋並が続き、そしてこの町の電信柱にも、日の丸を配した黒々としたビラが貼られていた。それはわたしに、〈戦前〉の風景の中を歩いているかのような錯覚を与えた。

一九八三年・秋――町は相変らず佗しいまでに静やかであった。

わたしは三叉路の洋品店にはいり、薄手のジャンパーを買った。

スターバト・マーテル

聖母は見たまへり
愛する御子が苦しみのうちに
棄てられ息絶ゆるさまを。

（スターバト・マーテル　第六曲）

（筆者まえがき）

――去る年の六月、わたしと五人の友人たちは、多摩川のほとりの一軒宿を訪れたことがあった。

青梅線川井の無人駅を降り、氷《ひ》川《かわ》へと続く街道をしばらく進むと、道の左手に、夕べの渓谷へと危く頽れ落ちそうになりながら、その宿は在った。それはせせらぎと、向かい側の山の緑と、明るい鉱泉小屋をもった好もしい宿であったが、庭に植えられた一株のあぢさいの、不思議な白いふくらみが、妙にわたしの心をひいた。

隣の離《はなれ》には、何やら世を忍ぶ風情の一組の男女が泊っていた。ひともし前の障子の陰に、浴衣に献上博多をしめた女の姿が垣間見られたりした。……

そして酒宴が始まり、やがて杯盤狼藉たるうちに夜が深まっていくと、誰からともなく、ひとりがひとつずつの物語を語りあおうという趣向が提案された。まず最初の者が或る物語を語ると、次の者がそれに繫った別の話をつくりあげる……。短夜を欺くために、季節は冬と定められた。季題は雪であった。そして作曲家プーランクを愛する友人の発案によって、題名はスターバト・マーテル（たたずめる聖母、悲しみの聖母）と決められた。プーランクは彼の親しい友人――画家にして舞台装置家であるクリスチァン・ベラールの若年の死に接して、その祈禱の曲を作りあげたのだった……

〈I〉

夜明け前、彼女は樹木がざわめいているような物音で目を覚ました。布団の温もりを抱えこむようにして寝返りを打ち、顔を天井に向けて眼を開くと、まるで二つの眼まで が闇に溶けてしまったかのように、部屋の中はまだ完全な暗闇だった。アコーデオンカーテンの向こう側のベッドで、老父が静かな寝息を立てていた。

きのうまで続いた黒い吹雪は、夜のうちに止んだのかも知れない。外はすべての物が動きを止めたようにしんとしていた。部屋の外も内も、空気の流れが死んだように止まって、ただ剃刀の刃のような乾いた冷たさだけが、布団から出ている彼女の頬にあてられていた。冬の太陽は、まだ向かい側の山脈のはるか裏側にあるらしかった。……起き上がるには早すぎる、もう一度眠るには、少し遅い……

そう考えていたとき、また何かの物音がした。

ベッドの上、暗い天井の裏側で、誰かが動いているのだった。その物音は少し激しくなったかと思うと、風が息をするように急に途絶えた。……そして彼女はようやく、今日が自分の誕生日——自分の三十二回目の誕生日であることを思い出したのだった。

遠い森からやって来た物音を迎えるように、彼女は布団の中でじっと耳を澄ました。すると二つの耳が闇の中で柔らかく膨らんでいくように、物音は急に間近に降りかかって来るのだった。その生々しい物音は、若い恋人たちが天井の上で縺れあい、蠢きあっている音にちがいなかった。それは次第に激しさを増していったかと思うと、再び息を潜めるように静まり返り、その張りつめたような静けさの中から、若い女の幽かな、しかし甘い声が、長く糸を曳きながら洩れ聞こえてくるのだった。

——お楽しみだわ。

彼女は闇の中で静かに頬笑んだ。そして天井の上の恋人たちを祝福するために、もう一度寝返りを打ち、眠りの残っている額を柔らかい枕に埋めた。枕の中の遠い森の奥に、幽かな白いバラの花の匂いが匂っていた。三十二歳……彼女がまだ二十歳だったあの厳冬の日から、今日で丁度十二年が過ぎたのだった——。

十二年前……

その年は不思議に寒い年だった。九月の初めから木の葉が散り始め、秋は短く、深い雪がいつもの年よりもずっと早く山荘を埋めた。

それは、彼女と父とが山荘で迎えた最初の冬だった。

前年の春、或る企業から山荘の管理人として雇われた父は、一人娘を大きなトラックの助手席に乗せながら、はるばる山岳地帯の保養地へとやって来たのだった。

一人娘、つまり彼女は、七つの会社の就職試験に失敗したところだった。人前では口もきけないほどに内気であり、どこか夢見がちなところのある彼女の性格が、会社の面接試験に禍いしたのだった。そんな娘と暮らすためには、山の中の保養所の管理人も悪くないと、父は考えたようだった。――母は何年も前に死んでいた。高校を出たばかりの彼女は、だから、山荘の欠かせない料理長であり、永い冬の間の父のためのパートナーでもあった。

彼女の山荘は、幾つもの襞のような山脈に囲まれた傾斜地に在った。コンクリート造りの堅牢な建物は、正面から見れば三階建であり、裏山から見ると二階建であるという、白い迷宮のような構造をもっていた。それは傾斜地のいちばん上の、神でさえ滑り落ちそうな懸崖の中腹――いわば天と地の中間ともいうべき場所に建てられていた。

バルコニーをもった建物の窓からは、広々とした白い斜面が眺められた。それは所所に幾つかの屋根を浮かばせながら、下界の黒い森へと滑り落ちていた。夏であれば若者たちの騒々しい声で包まれるこの保養地は、雪と共に人の往き来を絶やし、ひとつひとつの孤立した屋根の下に、永い冬の時を籠もらせているのだった。

そんな冬の日の午後――厳密に言えば、それは五人の革命軍が姿を現わす何時間か前の、いつもと同じ静やかな午後だったが――食堂にはバラの花の匂いが満ちあふれていた。テーブルの上には大きな白い花束が飾られてあった。それはきのう、彼女が父にねだって町から買って来てもらった二十歳の誕生日のプレゼントだった。冬の花束は薄みどり色の花瓶からこぼれ落ちそうになりながら、澄んだ明け方のような芳香を部屋中にまき散らしていた。テーブルの上の花園に顔を寄せると、その甘い匂いが彼女の白い頰や項《うなじ》、セーターの奥の、まだ誰も触ったことのない乳のふくらみにまで沁み込んでくるようだった。余り長いこと顔を寄せていたために、彼女はまるで自分が、白い花弁をもった一本の柔らかい花になってしまったような気がした。

そして、花々の匂いのせいで少しぼんやりとしながら二十回目の誕生日のためのパイを焼いていた彼女は、山荘の入口の扉が一二度叩かれる音を聞いたのだった。

父は下の町まで買い物に出掛けていた。帰りは夕方になると言っていたから、扉を叩いている者が父であるはずはなかった。

彼女は天火の中を覗きこみ、火加減を注意深く調節すると、食堂からシャンデリアのあるラウンジを抜けて、大理石の打たれた玄関に下りた。バラの花の匂いが、彼女の後から少し遅れてラウンジを横切ってきた。

――どなたでしょうか？

彼女は厚い扉に向かっておずおずと声を出した。返事はなかった。エプロンで両手を拭きながらもう一度声を掛けると、ようやく厚い扉の向こう側から、――教会の者ですが、という若い女の声が聞こえた。

教会？　と彼女は思った。下の町に一つだけある教会の神父は、夏の終り頃にお茶を飲んでいったことがあったが、若い女がその教会にいるという話は聞いたことがなかった。しかも、こんなに深い雪の中を……

掛け金をはずして扉を押しあけると、ガラスの粉のような乾いた雪が、小さな吹雪となって玄関に舞い込んで来た。白い竜巻が彼女の脚を掬い取った。そして彼女の目の前に現れたものは銃口――黒々とした銃口だった。それは二つの凶暴な眼をもちながら、彼女の白い額と触れあうほどに突き出されていた。

寒さに怯えた者のように、彼女が思わず後ずさりするのと、一組の男女が扉の内側にはいり込んで来るのとは同時だった。

銃を構えた男の後で、女が外の吹雪を閉ざした。すると山荘の中は、何故か急に広々としたものになった。ラウンジの壁が不意に遠のいて、その分だけ空気が希薄になったような感じだった。

扉を背にした二人の侵入者は、信じられないほど夥しい雪片を纏いつかせていた。彼らの肩や胸のあたりから、乾いた粉雪が大理石の床に舞い落ちた。そしてよく見ると、二人はこの寒さだというのに、雪片の下に薄いシャツ一枚しか着けていなかった。それは遠い夏の世界から吹雪の圏を通り抜けてこの山荘に辿りついた者たちのようでもあり、夏の中で死んでしまった遥かな想い出の影のようでもあった。若い女の胸のふくらみが、夥しい雪片と白い紙のようなシャツの下で息をしていた。

（パイが、焼けすぎるわ……）

震える舌で、彼女は幽かに呟いた。

しかし彼女が怯えたのは、額に突きつけられた銃口のせいばかりではなかった。なぜなら二人の侵入者は黝《くろ》い顔をしていたからだった。最初、彼女はそれを面かと思った。しかしよく見ると、それは新月のような黝ずみをもった顔そのものだった。まるで暗い風景を縮めたような顔だ、と彼女は思った。それに、この吹雪だというのに、二人ともシャツ一枚しか着ていないなんて――。

額に定められていた銃口がゆっくりと動いたのは、彼女が丁度ラウンジの中央の、大きなシャンデリアの下まで後ずさりしたときだった。銃は一本の枯れた腕のように、ラウンジの左の方を指示していた。暖炉だった。

（あそこへ行けと言うのだわ）

彼女が自分から進んで行くと、二人はその後についた。そして彼女を暖炉の横の揺椅子に座らせると、二人はまるで《黝い恋人たち》とでもいうべき姿で、肩を寄せあいながら、コークスの炎の前に丸くなったのだった。……

彼女も、そして二人の若者たちも、一言も口をきかなかった。二人はまるで火を喰う動物のように丸くなったまま、火照りを受けた両方の手の指を静かに動かしたりしていた。やがて急激な睡魔が、揺椅子の上の彼女を襲った。……一時間ほどが過ぎたかも知れない。まどろみの膜……暖炉……銃……恋人……

そのとき突然、山荘の外で何かの弾けるような音がした。それは電球の割れるような乾いた音だったが、幾秒かののち、同じ音はもう一度山荘を震わせた。すると《黝い恋人たち》は、まるでその音の訪れるのを待っていたかのように、暖炉の横に置かれていた武器を再び手に取った。そして二人は、新たな怯えに立ち尽している彼女の肩に手を掛け、彼女を両側から護るようにしながら、天に向かって螺旋を描いている階段を昇って行ったのだった。

……広々とした階段・木彫のある太い手摺・人気のない廊下・冷たい壁・幾つもの空部屋……三人の者たちが迷路を辿ってはいり込んだのは、三階のいちばん隅に在る部屋――彼女と父との寝室だった。アコーデオンカーテンで仕切られた二つの白いベッドが、薄暗い部屋の中で冷たそうに眠っていた。

若い女が窓辺に駆け寄って厚いカーテンを明けた。白い光が部屋の中に流れこんだ。その光をたぐり寄せるようにして窓辺へ進み、所々凍っている窓ガラスに顔を寄せてみると、まるで雪崩の瞬間のように、白い斜面がいっせいに下の世界へ滑り落ちようとしていた。そしてその斜面の途中に、幾つかの黒い染《しみ》のような人影が動いているのを、彼女は見定めた。それらは銃のようなものを下界へ向けながら、後ずさりする形で、ゆっくりと斜面を昇って来ていた。

……その情景は、ずっと遠くの世界の出来事のようでもあり、また白い舞台の上の小さな人形たちの劇のようにも思えた。先程まで雪を降らせていた厚い雲に、小さな窓のような穴が明けられて、そこから洩れてくる幾条もの天の光が、斜めに傾いた無言劇の舞台を照らし出していた。……

銃声は間断なく続いていた。

下界へ銃を向けた者たちは、黒い鳥のような背を見せながら、まるで多くの敵を誘き寄せることを目的としているかのように、奇妙にゆっくりとした後退戦を続けていた。そのゆるやかに移動する幾つもの人影をみつめて、彼女は何故か北欧の画家の絵を――高校生の頃に東京の美術館で観た北欧の孤独な画家の絵を――思い出した。〈雪中の狩人たち〉と題されたその絵は、絞首台の見えるはるか下方の町をカンバスの中心に置きながら、そこから昇ってくる白い斜面に、幾人もの中世の狩人たちの黒い後姿を点在させていたのだった。……

　間近に迫った銃声が窓ガラスを凍えさせた。

　撃鉄を引く人差指さえも見定めることが出来るほどの近さだった。

　そのときようやく彼女は、恋人たちが彼女のベッドの上にあがり、天井板を押し開けようとしているのに気づいたのだった。男は銃座で天井板を叩き、板を止めてある釘をはじきとばした。そして銃を持ちかえると、今度は銃口を器用に使って天井板を横にずらし、天に通じる黒い穴ぼこをつくり上げた。

　――天井をつたって行けば、浴室を抜けて裏山の道へ出られるわ。

　彼女は二人のどちらへともなく言った。

　男は女の腰をかかえ、まず女が黒い穴の中へ消えて行った。そして天上から一本の植物のように伸びてきている細《ほそ》やかな手に銃が渡されると、男はトランポリンで遊ぶ者のように幾度かはずみをつけながら、天空の穴へとジャンプした。若い男の二本の脚が、空中を歩く者のようにして黒い穴の中へ消えて行くのと、山荘の入口の扉が激しく打ち破られる音がするのとは、殆ど同時だった。

　――天井をつたって行けば、浴室を抜けて裏山の道へ出られるわ！

　頭上の空洞へ向かってもう一度叫んだとき、彼女はまるで夢から醒めたように、急に意識がはっきりとしてくるのを覚えた。ひどい寒さが体じゅうに押し寄せてきた。

彼女はベッドの横に丸められている赤いガウンを羽織り、部屋を飛び出して行った。長い旅から帰ってきた夫を出迎える妻のような足取りで廊下を走り、階段を駆け下り、食堂へ行って天火の火を止めた。赤いガウンの前を合わせ、髪を両手で後にまとめた。そして激しい寒さを感じながら、バラの花の匂いでいっぱいになっている食堂のドアを開いて、ラウンジへ足を踏み入れたとき、黒い影のような背嚢を背負った五人の革命軍の十個の眼が、驚いたように見開かれているのにぶつかったのだった。……

　こうして、十日間の聖なる日々が始まった。

　最初の数時間、彼女は自由を奪われたままだった。

　どこからか探し出されてきた丈夫な紐が、彼女の手首を赤いガウンの背中でまとめあげた。彼女を縛ったのは五人の兵士のうちの最も年若い――ほとんど弟のようにも思える――少年の兵士だった。そして彼女が閉じ込められることとなったのは三階の寝室――つまり、たったいま《黝い恋人たち》が空中を歩く者のようにして消えて行ったその部屋だったが、冷たいベッドの上に転がされてみると、天井は板が元の通りに戻されて、既に恋人たちの足跡を完全に消し去っていた。寝室のドアの所で、少年の瞳のような二連式の散弾銃が、彼女を護る任務を与えられていた。

――僕たちのこと、知っている？　と少年はドアの所から言った。

――ええ、ラジオのニュースで知っているわ。

――銃が、こわい？

――いえ、前にも見たことがあるから。

――いい匂いがする。

――わたし？

――うん、いい匂いのする花みたいだ。

彼女が寝室のベッドに転がされている間に、山荘は着々と武装を整えていった。部屋という部屋の畳が剝ぎ取られ、それは弾除けのためにバルコニーに並べられた。すべての雨戸が閉ざされ、あらゆる窓に板が打ち付けられた。唯一の出入口である玄関の扉は、太い鉄パイプと針金によって補強された。その外の雪の中には、食堂のテーブルや椅子によってバリケードが築かれた。

山荘は夕闇の中に武装した。

外の世界が段々と騒がしくなっていくのが、彼女にも分かった。

五人の兵士たちは、まるで五十人の軍隊のような勢いで、迷宮の内部を走り回っていた。まるで日没と競争しようとするかのように、彼らはありとあらゆる仕事を行なっていた。彼らは水と食糧を貯え、灯油と蠟燭を確保した。すべての客間から懐中電灯を寄せ集め、石油ストーブを満タンにした。暖炉の横にコークスの山を築きあげ、全員が放水から身を守るためのビニール製のポンチョを身に纏った。

――こうして、夕刻に一度だけあった短い銃撃戦ののち、静かな夜が一枚の布のように傾斜地の上に被さり、降り出した雪が夜を深めさせ、その白い精霊の流れをテレビジョン中継のためのライトが照らし出す頃には、紐を解かれた彼女と五人の兵士たちとは、細かい家具の散乱したラウンジで、暖炉の炎に互の影を揺らせながら、熱いスープを啜っていたのだった。あたかも、見知らぬ土地での迫害に傷ついた赤いガウンの聖母と、聖母を囲む五人の使徒たちのように。

⁂

夜は朝に溶け、黄昏は夜に流れ込んだ。境界を失なったほの暗い時間の中に、やがて、いやな臭いのする白い霧が忍び込んできた。

――手でこすっちゃいけないよ、と弟のような兵士は彼女に言った、手でこすると、余計に痛くなるんだ。レモンがあるといいんだけど。

――レモン？

――うん。レモンで目を洗うんだ。

――一階の食堂に、ひとつ残っているわ。

――もう、遅いよ。

——わたし、行って取ってくる。

——危いよ！

——大丈夫、目をつむっても行けるわ！……………

……………………………………

幾つもの季節が、幾世紀もの時間のように過ぎていった。正確に言えば、五人の革命軍による銃撃戦が終ってから、一ダースの年が飛び去ったのだった。

その十二年の間、彼女の誕生日が訪れる度に——つまり、銃撃戦が開始された記念日の朝が廻り来る度に——寝室の天井からはきまって幽かな、そしていささか艶めかしい物音が聞こえてくるのだった。

その物音は勿論、五人の革命軍が現れる直前、天井の穴の中へと消えて行った《黝い恋人たち》が残したものにほかならなかった。彼らは天井をつたって浴室から外へ脱出して行ったが、その足音だけは寝室の天井に、もしくは彼女の耳の奥に、残されたのだった。

このことを、彼女は誰にも話さなかった。十二年の間、屋根裏に生き続けている物音——一年に一度だけ耳の奥に甦って来る恋人たちの物音が、彼女にとっての重大な秘密ででもあるかのように——。

——六人いたんじゃないのかね？

十日間に亙った銃撃戦が雪と放水と催涙ガスの霧の中で終り、五人の革命軍が五千人の警官隊によって連れ去られてからしばらくして、取調べの刑事は彼女にそう訊いたことがあった。不思議なんだよな、どう考えても六人いたとしか思えないんだ……。

最後の日の激しい吹雪のなか、斜面に向かった要塞の壁からは、間違いなく三つの銃口が火を吹いていた（これは、警察の証拠写真にも写し出されていた）。そして、それと同じ時刻に、横手の玄関に殺到した警官隊の隊長が、正確な射撃によって雪と泥のスープの中に撃ち倒されたのだが、その凍てた死骸からは、それぞれ別個の銃口から発射されたことの明らかな三種類の銃弾が検出されたのだった。

——斜面に向かっていたのが三人。玄関を防衛していたのが三人。どう考えても一人多いんだよな。もっともあんたを含めるとすれば、たしかに六人になる訳だが……。

刑事はそう言って、彼女の瞳を覗きこんだ。その淫らな眼差で汚されないために、彼女は耳と目と口を閉じた。そして冷たい警察署の中で、想いを廻らせていた。——もしも六丁の銃が火を吹いていたとするならば、恋人たちはあのとき外に出て行かなかったのかも知れない。……もしかすると彼らは、五人の革命軍と共に十日間の銃撃戦を闘い、革命軍が連れ去られたいまもなお、山荘の屋根裏にとどまっているのかも知れない……。

二人はいまもなお山荘にとどまっているのかも知れないと考えながら、彼女は三十二回目の誕生日の昼食を準備していた。食堂のテーブルの上には最早バラの花束はなかったが、それでもどこからか、甘い匂いが匂ってくるような気がした。ラウンジにある大きな柱時計が、老いた音を響かせて十二時を打った。

そしてそのとき、丁度食堂の真上の天井で、たしかにまた物音が聞こえたのだった。

それは、かつてないことだった。

というのは、誕生日の朝に寝室を訪れる物音は、冬の太陽が昇ると共に必ず何処かへ消え去り、次の誕生日までは決して訪れることがなかったのだったから――。

(こんなにも耳鳴りがするのは、きっとわたしがまだ処女のままだからだわ)

彼女は料理の手を休めて、遠くの空を見るように天井を見上げた。何の気配もなかった。天は音を絶やし、再び静かな昼が戻った。

だが夕刻――暖炉の横の古い揺椅子に腰を掛けて編物をしているとき、再び物音は訪れたのだった。天井から吊された大きなシャンデリアが、物音に触れたように幽かに揺れ動いていた。まるで彼女の体を守っているかのように、たしかに四つの眼が天井から彼女を見下ろしていた。

――誰かいるわ！

彼女は思わず口に出して言ったが、老いて耳の遠くなった父は、いまや何も答えることが出来なかった。

……二日目の夜も、三日目の朝も、そして四日目の昼も、その物音は続いた。たしかに何かが始まろうとしているのだった。……一週間が過ぎた。物音はいよいよ頻繁になっていった。

そして十日目の朝、彼女は、山荘の天井という天井を誰かが駆け回っているような激しい音で目を覚ましたのだった。ほとんど天井が落ちて来るかと思うほどの激しい足音だった。まるで旅仕度でもするかのような、慌ただしい、余りに慌ただしい足音が、山荘の迷路を駆けめぐっているのだった。……そして十日目の夜が訪れ、彼女がベッドの中で不安とも恍惚ともつかぬ感情の昂ぶりに苦しめられながら、ただ眠りの中にだけ救いを求める者のように目を閉じたそのとき、十日間続いた物音はぴたりと止んでいった。

……

山荘に静けさが広がった。夜の中に降り積もる雪片のひとひらひとひらの音さえ聴こえてくるような静けさだった。

(浴室を通って、出て行ったんだわ)

彼女は目を閉じたまま呟いた。屋根裏にとどまり続けていた者たちが、十二年という歳月を越えて、ようやく彼女の山荘から出て行ったのだった。すると閉じた目蓋の裏側に、しろじろと続く夜の雪道が映し出された。その雪道を進んで行く恋人たちの姿が見えた。二人のシャツの上に、夥しい粉雪が降り積もっていく……

布団の中で、彼女は何故か急に乳房を押さえた。

〈Ⅱ〉

山荘の天井で物音が十日間続き、そしてそれが突然消えていった日から一週間ほど後、山荘から何十キロメートルも離れた所にある県立公園の管理人が、慌てふためいて駐在所に駆け込んでいた。

――何、そんなに慌ててるんだよ。

顔馴染の駐在は、女房の作る夕餉の匂いのたちこめている駐在所の中で言った。

――穴がよ、

そう言って管理人の口は凍りついたようだった。そのまま、この男――六十歳を迎えようとする胡麻塩頭のこの男が死んでしまっても、さほど不思議でないような、そんな具合に彼の言葉は途切れたのだった。

――かかあの穴が、二つに増えたのかあ？

駐在は夕餉を前にして上機嫌だった。或いは既に、彼の大好物の琥珀色の液体が、いささか腹の中に流し込まれていたのかも知れない。

――いや、八個、正確に八個あったんだ。

そう言って管理人は、ようやく事の顚末を語り始めた。

……その日、彼は昼食を済ませると、榛名山の火口原湖のほとりに在る自分の家を出て、ジープで雪を飛び散らせながら、地蔵峠を越えてM町へ向かった。M町に住んでいる甥の所へ用事があったのだった。そして用事を簡単に済ませると、再びジープに乗って来た道を戻り、雪に汚れている地蔵峠にさしかかったとき、彼は——「まるで何かの力に吸い寄せられたみたいに」——ジープから降りてその場所へ行ってみる気になったのだった。

——俺が警察官だとしたら、と管理人は言った、捜査の勘という奴だろうよ。

その場所とは、いまから十二年前、五人の革命軍が雪に閉じ籠められた山荘で十日間の銃撃戦を開始するその道程において、自分たちの仲間の多くを山岳ベースの凍える夜の中で死に至らしめ、そのうちの八人の死骸を埋め隠した場所だった。その場所は、地蔵峠を越える車道から、五〇〇メートルほど松林の奥へはいった暗い窪地に在った。管理人はその事件が明らかにされたとき、革命軍の山岳ベースの第一発見者であったという栄誉によって、八個の死骸の発掘作業にも立合っていたから、十二年を経た現在でも、それがどのあたりであるか容易に見当をつけることが出来た。

車道の脇の松林は、きのう降ったばかりの雪に埋もれていた。その上を誰かが往き来した跡は全くなかった。それでも彼は、女の白い腹のような雪原を辿り、その場所へと向かった。そして軟らかな雪が彼の膝までも呑みこみ、地面が急に下り坂になっている所で、彼は幾人もの足跡を——下の窪地から登って来ている幾人もの真新しい足跡を、発見したのだった。その幾人もの足跡は、雪の被さった黒い灌木の間を縫って、ずっと下の方から登って来ていた。だが不思議なことに、それらの足跡は彼の立っている坂の終りの所で途切れ、そこから車道までの平坦な雪肌には、(いま歩いてきた管理人自身の足跡を除けば)いかなる痕跡も残されていないのだった。

(あの時と同じだな)と、管理人は経験を積んだ刑事のように考えた。

あの時——つまり彼が革命軍の山岳ベースを発見した時も、車道から見える限りの足跡は丁寧に消され、その奥の沢へ下る斜面にだけ、真新しい足跡が残されていたのだった。兵士たちの周到な警戒心は、笹の葉や自分たちの衣服を用いて、車道から見える限りの足跡を消し去る作業を怠らなかったのだった。

しかし——あの時と違うことがひとつだけあった。というのは、あの時の足跡は坂を下って山岳ベースへと向かっていたのだが、今度は正反対に——つまり下の方の窪地から坂を登ってくる形で、幾つもの足跡が残されていたからだった。まるで幾人もの者たちが、十二年前の暗い窪地から、外の世界へ向けて出て行ったかのように……。

――変な気分だったな、と管理人は言った、週刊誌か何かが十二年前のあの場所の取材にでも来たというんなら、なにも車道までの足跡をわざわざ消したりする必要はねえんだからな。

――なるほどなあ、それが今日の大事件てえ訳だ。

駐在は相変らず上機嫌だった。

――馬鹿言うんじゃねえ、まだ先があるんだ、と管理人は続けた、俺はなんだか背中がぞぐぞぐしたけれども、何かの力に吸い寄せられたみたいに、幾つもの足跡の来ている窪地の方へ下りて行ってみたんだ。まるで夢の中の斑文様の川を歩いていくみてえだった。坂を下りおえてみると、女のあそこの毛みたいに絡まりあっている茨の茂みがあった。十二年前とそっくり同じだった、そして――

そして、悲しみの森を掻き分け、その奥の窪地に足を踏み入れ、十二年前と同じ場所に立ったとき、管理人はそこに幾つもの〈穴〉を見たのだった。

ひと一人が横たわれるほどの雪の穴は、数えてみると丁度八個在った。それは暗い地面のあらわな裂目のようでもあり、雪の中に隠されている非合法の唇のようでもあった。

近づいて行ってみると、〈穴〉のまわりは掘り返された雪と泥によって、こんもりとした柔らかな縁をつくっていた。

――俺は穴を調べてみようと思って、その中に手を入れて触ってみたんだ。そしたら、土が温けえんだな。まるで人間の肌みてえによ。

そして急にまわりの樹木たちが騒ぎ始め、樹木たちの枝という枝から闇がいっせいに降りかかり、訳の分からない怖れに捉えられた管理人は、他人の喉から洩れてくるような叫びを森じゅうに響かせながら、雪の斜面を這い登り、松の根っこにつまずき、死ぬほど息を詰まらせながら、自分のジープに駆け戻ったのだった。

――はあ、そりゃ県警に連絡しておかんと！

駐在はそう言って手帳を取り出し、メモをとる仕草をした。こうでもしない限り管理人が話を切り上げないのを、彼は良く知っていたからだった。

というのは――この管理人は十二年前、革命軍の山岳ベースの発見者として殊勲甲を立てていたのだが、そのわずか半年ほど前にも、彼は、ベレー帽とルパシカと白いコロナで武装した連続殺人犯の、その犠牲者の太股を淫らな雪の中に発見するという歴史的な偉業を成し遂げていたからだった。白いコロナに乗りながら文学について語る連続殺人犯が、やがてこの国を覆い尽す慾情のいっさいを予告していたとすれば、幾つもの暗い夜をもった革命軍の山岳ベースはこの国の絶望のいっさいを予言していたのだから、管理人は北関東の雪の中に、驚くべき二つの未来を発見したのかも知れなかった。

　この二つの大発見によって、彼の名声は全国に轟いていた。そして、宝籤の一等賞を連続して当てるという奇蹟を演じた者が、そののち死ぬまでの間、空しくも夥しい紙片を買い集めることとなるのと同じように、彼もまた、自他共に認める天才的な民間捜査員として、紙屑のような情報を地元の駐在所に届け出る者となっていたのだった。――一艘松の木に縄が掛けられてあったとか、湖のボートが一艘足りないとか、別荘の明かりが一晩中つけられたままであったとか、風が鳴っているとか、空が青すぎるとか……。

　県警に連絡しておくという駐在の言葉で、管理人はようやく腰を上げる気になった。本来なら駐在を伴ってもう一度地蔵峠まで赴くところなのだが、駐在はもう夕餉のようだし、すっかり暗くなった山道をひき返して行くのは、たしかに余り気持の良いものとは思えなかった。

　――県警に連絡するときにはよ、と管理人はひとりジープに戻りながら言った、他の場所も調べてみるように頼んでくれ！

　他の場所、と管理人が言ったのは、十二年前の死者たちが埋められた何箇所かの場所のことを言っているのだった。革命軍は全部で十四人の兵士たちを死に至らしめ、凍てた兵士の死骸を彼らの通り抜けた黒い吹雪の中に埋めたのだった。地蔵峠に、迦葉山の麓に、妙義山の洞穴近くに、そして八月の印旛沼のほとりに……。まるで彼らの後から来るもう一つの部隊が、雪の中で道を踏み迷うことのないように残した十四本の道標《みちしるべ》のように。

　――ああ、連絡しとくさ。

　駐在はジープに向かってそう言うと、夕餉のために奥の茶の間へはいって行った。そして走り去って行くジープの寒々とした音を聞きながら、琥珀色をした液体を小さなグラスに注ぎ、唇と舌で火から産まれた液体を味わい、それを半分ほど腹の中へ流しこむと、今日あったことはすべて忘れてしまった。

＊

　その日の数日前、つまり山荘の天井の物音が消えて行ってからしばらくした頃、K町の山麓で一人の登山者が死亡していた。

　それは三人のパーティのうちの一人だったのだが……その日の朝、M町から登り始めた彼ら三人は、妙義山の奇怪な峰とその山腹にある幾つもの洞穴を横手に見ながら、昏い昼を歩き続け、雪の舞い始めた午後を、K町へ下るべく急いでいたのだった。

　小さな突起を越えると、杉林の中を、道は陰鬱に下り始めた。雪が少し激しくなって、一条の道を不安定にかすませながら、夕刻が急速に近づいてきた。そしてその夕闇、もしくは雪闇ともいうべき白々とした冥さの向こうから、二人の登山者が登って来るのが見定められた。それは夥しい蝶の死骸に纏いつかれた一組の恋人たちのようでもあり、また、白い闇と共に現れるという恐るべき伝説の中の男と女のようにも思えた。

互いの雪を踏む音が近づき、それが細い道の上を交叉していった。

——こんにちは。

三人のパーティの真中を歩む者が挨拶の言葉を掛けたが、一組の男女は無言ですれちがって行った。ただ一瞬、バラの花のような匂いが雪の中にたちこめたのを、そのとき声を掛けた者は感じただけだった。

——おかしいな、

と彼は半ば口に出して言った。なぜなら、登山者同士が挨拶を交すのは山の不文律であったし、まして人気のない雪の山奥で出逢う者があったとすれば、いささかの情報を交換しあうのが自然であったからだった。

——バラの花のような匂いがしないか？

彼は自分の前を歩いている者に向かって言ってみた。しかし先頭を進んでいく者は、汚れたザックの背中だけを見せたまま何も答えなかった。なぜならその男は、先ほどすれちがった若い男女が、夥しい雪片を纏いつかせていたのみならず、虚空にも似た黝い顔をしているのを、真正面から視てしまっていたからだった。それは泥と墨で塗り固められた異教徒の仮面のようでもあり、雪に永いこと埋められていた果実の凍てた死骸のようでもあった。そしてベテランの警察官である先頭の男は（身の毛もよだつようなその黝い顔を十数年前にも見たことがあったのだから）、顔を黝くしたまま歩み寄って来た恋人たちに出逢って、既に目と口とを凍りつかせてしまっていたのだった。もしも後を歩く二人の者が、そのとき先頭の男の顔を覗き見ることが出来たとしたら、彼らは相棒が二つの眼を見開き、髭から氷柱を垂らしながら、既に死の世界へ向かっているところを見ることが出来たかも知れなかった……。

三人のパーティが山麓の宿に辿り着いたときは、丸い夜が雪の世界を呑みこもうとしていた。宿の玄関につけられた電灯が、汚れた雪の上に黄色い光を滴らせていた。そしてその黄色い滴りの中で、パーティの一人は死亡したのだった。見開かれた二つの眼が、言い知れぬ恐怖を表わしていたが、地元の医師によって、死因は寒さのもたらした急激な心臓停止であると診断された。残された二人の仲間によって、家族と勤め先に連絡がとられた。そして死体は一応病院に運びこまれたが、死んだ者が生き返ることは最早なかった。

は古くから龍神の沼と呼ばれ、幾十年かに一度、紫色の波を湧き立たせ、その波の中から天空に荒れ狂う巨大な龍神を出現させるのを習いとしていたからだった。——しかし、伝説が既に人々から忘れ去られてしまったように、沼からはいかなる龍神も姿を現わさなかった。ただ村の古老が、岸辺の松林に沛然と降り注ぐ薄みどり色の雨の向こう側に、恋人同士のように佇んでいる二つの影を見ただけだった。……

＊

一方、公園管理人が雪の山中に発見した八個の穴はといえば、再びそれを視る者のないまま、自らの痕跡を新たに降り出した雪の中に消し去ろうとしていた。駐在は県警に連絡を入れることのないまま、平和な朝と夕べとを過ごしていた。もしも彼がこの馬鹿げた情報を県警に伝え、県警がこの馬鹿げた情報に基づいて十二年前に埋められた者たちの場所を捜索していたとしたら、彼らは公園管理人の言った通りの場所で、八個の〈穴〉を本当に発見したのみならず、迦葉山の麓で三個の、妙義山の洞穴近くで一個の、新たな〈穴〉を雪の中に見出していたかも知れなかった。同じ日、同じ時を期したかのように、合計十二個の雪穴が、何者かの手によって次々と掘られていたのだった。

そして、それよりも大分前、北総印旛沼の水面が、異様に湧き立っていた。黒い湖面に、細波があらゆる方角から湧き騒ぎ、風が岸辺の松林をごうごうと掻き鳴らし、風が雲を呼び、雲が激しい雨を呼んで、その日の天気予報を完全に狂ったものにさせていた。

「龍神様の波だべ」

沼の近くに棲む老婆がそう言った。というのは——これはもう殆ど忘れ去られてしまったことなのだが——その沼

〈Ⅲ〉

その頃永い歳月に亙る努力が実を結んで、祖母は死者と語りあうための交霊術を体得することに成功していた。夥しい方法の意志統一や断食、穢れを祓う儀式や数千の禁忌、呪文と叫びとささやきと、そして何よりも死者と語りあいたいという不変の意志と、自らの死をも怖れぬ魂の入れ替え——これらの努力によって、ようやく祖母は死者たちの世界にとびかう言霊を手に入れ、それを自由にする術を学んだのだった。

彼女がこの交霊術を体得するためには、四千と四百の夜が必要とされた。その間彼女は、首都のビルディングに囲繞された一画の、そのまわりだけはわずかな自然が残されている奇妙な立方形の部屋に籠り、生きている者の誰とも口をきくことなく、ただ死者と語りあうことだけを念じながら、苦行に耐えてきたのだった。

永い歳月を苦行の中で坐り続けていたため、それを始める前から持病の腰痛によって曲っていた腰は、いまや完全に折れ曲って、彼女の体を驚くほど小さなものにさせていた。誰とも口をきかないために声は嗄れたものとなり、梳かれることを忘れた髪はすっかり白くなってしまっていたから、もしも誰かが彼女の姿を見たとしたら、まるで二百歳の老婆のようにも思えたかも知れなかった。

彼女の栖である立方形の部屋は、四面がざらざらとした固い壁で囲まれ、その上に同じような殺風景な天井が被せられて、部屋の中を冥いものにしていた。ただ天井の細い隙間とでもいうべき天窓から、わずかな外界の光が射しこんで、相変らず太陽が一日に一回ずつ巡り続けていることを彼女に教えた。

細長い天窓からは、彼女の家の庭の公孫樹の梢と、その向こうをゆっくりと移ろっていく夕べの雲が眺められた。雲は不吉な色に染まり、夜空が幾つもの雲の死骸を呑みこんでいった。やがて世界が寝静まり、真の暗闇が彼女の小さな家を包み込むと、近所の叢に棲んでいる猫が目覚めて、太古の鳴き声を囲繞地に響かせた。闇をみだらにするその猫の声によって、彼女は季節が春であることを知った。

そして春が過ぎ、公孫樹の梢を強い夏の日が掠めるようになると、家の屋根の上にまで繁殖している植物たちが、その幾本もの細い葉によって天窓を覆い、彼女の部屋を清涼なものにしてくれた。……そして蟬たちが死に絶え、草の葉が枯れると、首都の秋風がそれらの残骸を吹き散らかして行った。天窓の向こうには、わずかに蒼さを取り戻した天球が廻り、その上を滑って行く月や、秋の星座の微かな光を見上げることが出来た。雨が降り始めれば、音もなくこぼれ落ちる遠い金木犀の香りが、彼女の孤独を美しいものにした。

――こうして四季は、まことに単調なものであった。ただ幾度もの季節の移り変わりのなかで、彼女は首都の街区に炎の絶えていくのを視た。

彼女が交霊術を体得するために立方形の部屋に籠った頃、囲繞地の向こう側の十字路には、まだ幾つもの炎が燃え残っていた。だが、その炎はやがて少数のものとなり、幾度も消え、そしてとうとうアスファルトの裏側、地下水の流れの陰へと埋もれて行ってしまったのだった。そして――十字路の炎が消えて行くにつれて、天窓から覗かれる首都の空には、幾本もの巨大なビルディングが背を伸ばし始めた。ビルディングは不安定な姿で上へ上へと伸び、日一日と天に近くなっていった。そして上空のいちばん空気の汚れているあたりで成長を止めると、それは夜の中に夥しい灯を點《とも》した。もはや季節を喪った夜空に、微細な光の集合で出来た幾本もの柱が聳え立った。それは世界中の光を喰って生きている不吉な生き物のようでもあり、また、天に達しようとして中断された空しい塔の残骸のようにも思えた。

こうして祖母は、首都の時間の中で、十字路の炎が絶えてゆくのを視、それが地下へ潜るのを視、巨大なビルディングの勝利を視た。つまり彼女は、樹木の葉の移ろいや、星辰の運行よりも、もっと大きな時間の転回を視たのだった。――細い天窓の向こうに繰り広げられたこの首都の年代記は、余り愉快なものではなかったにもかかわらず、彼女は交霊術を体得しようという自らの固い決意故に、過ぎ去ったそれら四千と四百の夜を、ひとつの間違いもなく想い出すことが出来るほどだった。

生きている者への未練は何もなかった。生きている者たちはすべて不恰好で、いやな声を持ち、悪い目付をし、汚れた息を吐いていた。彼らと付合うくらいなら、近所の叢に棲んでいる猫の相手をする方がましなくらいだった。ただ彼女の孫娘――もう永いこと逢っていない彼女のたったひとりの孫娘のことだけは、いつも気にかかっていた。

（本当にいい娘だったよ）

と祖母は呟いた。瞳のように優しい心を持った背の小さな孫娘は、まだ十代のうちに首都を離れたまま、行方知れずになっているのだった。

――そして、十二回目の冬がやって来た。それは彼女の孫娘が、彼女に別れを告げて首都を出て行った季節だったが、同時にまた、その娘の兄、つまり彼女の孫息子が死んだ季節でもあった。彼女の孫息子――当時追いつめられた革命軍の首領であり、五人の兵士たちによる銃撃戦が開始される直前に逮捕されたその孫息子は、逮捕された丁度一年後の厳冬に、コンクリートと鉄格子によって閉ざされた部屋の中で、首を縊って死んだのだった。それは当時の新聞によれば、革命そのものの挫折であると嘲けられたり、殺人者としての罪の意識の為せる業であると解説されたり、本人の心の弱さであると非難されたり、或いは単なる拘禁性神経症の結果であると診断されたりしたが、その真相は死んだ本人以外には誰にも分かりはしなかった。

しかし――祖母が永い歳月の苦行の末に交霊術を体得してみると、彼女は自分の語りあいたいと思っていた相手が、決して孫息子だけではないことに気づいたのだった。彼女は交霊術によって異界に魂を投げ込み、そこから遠い虚空の中に孫息子の姿を見定めることが出来たが、彼の居るあたりにたちこめている濃密な血の臭いのために、それ以上近づくことは出来なくなってしまった。

(なんてなまなましい臭いだろう！)

祖母は呟いた。死後の世界では死者は臭いを持たなかったから、その臭いは彼の肉体から発しているのでないことは明らかだった。それでいて彼の居るあたり、彼の吐息のかかるあたりの空間は、まるで彼の指先や爪先、髪の毛の一本一本、首筋の淋しげな傷痕から滴ったもののように、強い血の臭いで充たされているのだった。

(なんておまえは淋しそうなんだろう。おまえはまるで、生きている者と死んだ者との中間にいるみたいだよ)

祖母は悲しそうに言うと、語るべき別の死者をもとめて、違う方向へと身を翻えして行った。

祖母は死んだ十四人の若者たちと出逢いたいと思っていた。彼ら十四人こそが、自分の本当の孫娘や孫息子たちであるような気がした。自分の本当の孫たちと語りあうのでなければ、いったい何のために、四千と四百の夜の苦行に耐えてきたというのだろう――。

その若者たちはわずか十二年前(死者の世界では十二年というのはほんのわずかな時間だ)に死んだ者たちだったから、虚空の中では比較的容易に、その居場所を捜すことが出来るはずだった。彼女の体得したばかりの交霊術によっては、余りに昔の死者と言葉を交すことは出来なかったが、十年や二十年前の死者と出逢うことは十分に可能であり、彼女は危く、自分と折り合いの悪かった何十年も前に死んだ姑とぶつかりそうになって、慌てて引き返したりしたほどだった。

しかし――三日三晩に亙って虚空のありとあらゆる場所を捜し回ったにもかかわらず、十四人の若者たちはついに見当らなかった。そのわずかな痕跡、かすかな手懸りのようなものさえ見出すことが出来なかった。とするならば――と祖母はひとりで想った――十四人の若者たちは、まだ死んでいないのかも知れない……。

祖母は死者の世界を捜し回った末、十四人の者たちはまだ地上に残っているという結論に達した。そして、生きた十四人の者たちと出逢うために、永い間いっぽも外へ出ることのなかった天窓のある立方形の部屋の中から、出て行く決心をした。

——外は雪が降り始めていた。雪がひどくなっていくことを考えて、彼女は臙脂色のネッカチーフで髪を隠した。そのネッカチーフは、ずっと昔に彼女の孫娘から——いまでは行方知れずになっている背の小さな孫娘から——プレゼントされたものだった。それは余りに派手すぎると思って、ただ一度だけ着けてみたきり、ずっと仕舞い込まれていたものだったが、いまでは自分に良く似合うような気がした。

空を見上げると、幾本もの巨大な光の柱が、汚れた夜の中で瞬いていた。この冬、首都は異様なほど幾度も、深い雪に覆われていた。まるであの年の山岳に降っていた雪が、十二年という時間を越えて、巨大な都市を埋め尽そうとしているかのようだった。道路は車の往き来を絶やし、十字路は暗い広場のように静まり返っていた。湿った舌のような風が、街の上を通りすぎていた。……

こうして臙脂色のネッカチーフを髪に着けた祖母は、十四人の若者たちと出逢うために、永いこと棲んでいた冷たい部屋の中から、雪で姿を変えた夜の街へと出て行ったのだった。

〈Ⅳ〉

祖母が十四人の若者たちと出逢うために街の中へ出て行ってから半月ほどのち、日本海に面した小さな町の鉄砲店の主人は、末娘の婚礼から帰って、ふかぶかとした憂鬱を抱えながら、ひとりで酒を飲んでいた。

彼が憂鬱であるのには彼の齢の数ほどの理由が存在したが、そのうちのひとつは、今日東京のホテルで行なわれた末娘の結婚式が、ひどく賑やかなものであり、潮騒を聴きながら静かに暮らすことに慣れている彼の神経を大いに疲れさせたからにちがいなかった。

花婿は娘と同年代の、若すぎるくらいの青年だった。やはり同年代の大勢の若者たちが集まって執り行なわれた披露宴は、花嫁と花婿が白いゴンドラに乗って天空から舞い降りてくるという神々しい場面によって開始されたのだが、それは二人を迎える若者たちの騒然たる歌合戦へと引き継がれ、双方の会社の上司たちもまた、会社の自慢話をひとくさり述べた後は、ありとあらゆる能力において若者たちに負けないことを証明するために、それぞれが朗々たる歌唱を披露し続けたのだった。——このため、愛と涙と港と未練とにみち溢れた祝宴は、その後に続く団体のないのを良いことに、予定より延々一時間半も超過し、そのための父親の出費は東京までの交通費の百倍にも達する額だったから、帰宅した主人に纏いついている憂鬱の最大なる原因は、疲弊した彼の神経ではなく、疲弊した彼の財布の中にあるのかも知れなかった。

それに雪――なんというい　やなベタ雪が降っているのだろう。祝宴を終えて東京を発つときは雨だったが、幾つかのトンネルを過ぎると雨は霙に変わり、やがて霙は雪に変わって、希望のない冬の夕暮を汚していた。

彼は雪が大嫌いだった。雪が降ると何ひとつ良いことはない。――兵隊にとられて支那にいたとき、帰営時刻に遅れて二日間も営倉に入れられることとなったのも、雪の降っていた晩だった。自分より余程丈夫だったしっかり者の妻が倒れたときも、それから僅かの間に死んでしまった朝も、雪が降っていた。そして十何年も前、遠くの土地でやはり銃砲店を営んでいる戦友の家に数人の革命軍が押し入り、戦友の店から銃と弾丸とを奪い、彼に言い知れぬ恐怖を与えたあの夜も、今夜のようないやなベタ雪が降っていた。遠い土地の戦友は、主人の刎頸の友とでもいうべき者であったから、主人は戦友から聞かされた《恐怖の雪降る夜の物語》を、まるで我がことのように受けとめたのだった。

――まあいい、婚礼はともかく終ったのだから。

主人は二階に棲んでいる長男の嫁に嫌がられないように、自分の飲んだものを卓袱台から片づけ、いつもより早く休むことにした。末娘まで嫁にやってしまうと、彼にはもう残されている仕事は何ひとつなく、いつ死んでも良いように思われた。或いは既に、自分は半ばほど死にかけているのかも知れないと、彼は淡く酔いの回った頭で考えた。

そして、ずっと以前に妻の作ってくれた綿入れの前を合わせ、押入の中から幾枚もの毛布を引きずり出してきて、ハンモックの中に滑りこんだ。

ハンモック――というのは、布団を敷くことなく、納戸に吊るされた旧い軍隊のハンモックの中で服を着たまま休むのが、もう永いこと彼の習慣となっていたからだった。

――地下に棲んでいる死者たちへの恐怖が、彼を畳の上に眠れなくさせていた。布団を敷いて休んでいると、地中から筍のように生え出してくる何本もの死者たちの腕が、眠っている彼の体にからみつき、地下深くひきずり込んで行くという恐怖に、彼は捉えられているのだった。

その地下の死者たちは、彼が兵隊として支那へ行っていたとき、彼や彼の仲間の手にかかった何人もの支那人であるのかも知れなかった。

北支の平原、中支の街、そして、南支の湿った密林――実に到る処で、彼と彼の仲間は支那人を殺しまくった。銃剣で胸を突き刺すとき、下を向く者は良民《リャンミン》であり、燃えるような憎悪の目を見開く者は八路軍《パーロ》であると教えられていたから、そして彼や彼の仲間の殺した支那人は、女や老人や子供たちまでが燃えるような憎悪の目をこちらに向けたから、ほとんどの支那人は八路軍《パーロ》であるにちがいないと、彼は考えていた。目を見開いた顔に唾を吐きながら銃剣を引き抜くとき、支那人の胸からは必ず、トプトプというせせらぎのような音がした。そして叢に倒れこんだ死者たちの腕が、まるで空に向かって何かを把もうとするかのように、埃っぽい黄昏の中で奇妙に顫えていたのだった。……

或いは、彼の体をとらえようとする何本もの腕は、戦友の銃砲店を襲った革命軍の若者たちのものであるのかも知れなかった。銃を手にしたこの国の最初の革命軍である彼らは、まるでその銃身の重さに耐え切れなくなったかのように、仲間の過半を死に至らしめていたのだった。長いこと兵隊であった主人の経験によれば、彼ら革命軍は、銃を手にすることによって世界が変革され得るという幻想によって滅んだのではなく、銃を手にすることによって自分たちが変革され得るという幻想によって滅んだのだった。勿論――それら革命軍の死者たちは、主人とは何のかかわりあいもない者たちだった。何と言っても、銃を奪われたのは主人ではなく、遠い土地に棲む彼の戦友だった。しかし、あのときのテレビジョンに映し出されていた死骸の映像――掘り起こされた雪穴の中から、天に向かって腕を差し伸べていた黝い死骸の映像――が、余りにも鮮明に彼の記憶に残されているのも事実だった。……

これら地の底から伸びてくる何本もの腕にかんする恐怖を取り除くため、彼はまだ妻の生きていた頃、妻に伴われて近所に棲む祈禱師の家へ赴いたこともあった。幾人もの重病人がその祈禱師のおかげで救われている、と彼の妻は言っていた。祈禱師は栄養の悪い鼠のような顔付をしていた。彼は主人の話を眠そうな目で聞いた後、三十分ほど悲鳴とも祈りの声ともつかぬものを挙げていたが、やがて、主人に掛けられている死者たちの呪いを祓い去るために、供養の石塔を建立することが必要だと主人に勧告した。しかし、その石塔に要する費用は、主人の考えでは莫大ともいうべきものであったから、とっくに死んでいる支那人や見知らぬ若者たちのために自分の金を使うのは馬鹿げたことだと考えて、彼はそれきり祈禱師の家へ行くのを止めてしまった。

こうして主人は、貨幣を守ろうとしたために神の力からも見放されて、地下から伸びてくる何本もの腕の恐怖とただひとり闘う決意を固め、物置の奥から旧い軍隊のハンモックをひきずり出してきたのだった。

丈夫な麻で出来たそのハンモックは、彼の持ち帰った唯一の世界大戦の戦果だった。それは実際には敗戦の記念品であったのだが、彼はそれを青春の形見として――その粗い網目から彼の青春の夢が悉くこぼれ落ちていった形見として――懐かしい故国へ持ち帰って来たのだった。もっとも、多くの兵士たちは皇国の敗戦とひきかえに、外地から大量の毛布・罐詰・砂糖・衣類などを持ち帰っていたから、彼が海の向こうからひきずってきた手ざわりの悪い品物は、彼がいかに要領を得ない人間であるかを証明する物として、永いあいだ隣人たちに記憶されるところとなったのであったが。――

かくして主人は、戦争が終ってから三十年ものあいだ物置の奥で生き続けていた戦友に――いまや彼の唯一の友に――再会した。空中に体を横たえるという魔法だけが、彼に安らぎを与えてくれた。その素晴しい品物は納戸の真中に、腰よりも高い高さで張られた。

余りに低くて床に近すぎると、死者たちの何本もの腕が伸びてきて、主人の背中や腰に触りそうな不安があったし、逆に余りに高すぎて天井に近いと、二階に暮らしている彼の嫌いな長男の嫁の深夜の声が、必要以上に生々しく聞こえてしまうという難点があった。なんといっても長男の嫁の深夜の叫び声ともいうべきものは、あたりかまわぬ執拗さで持続するのみならず、それは確実に週に三回、決まった曜日に、いかなる狂いもなく聞こえてきていたから、主人はその声のおかげで、翌朝は市役所の清掃車の回って来る日であることを忘れずにいることが出来たほどだった。

――

こうして主人は、亡妻の綿入れと幾枚もの毛布にくるまれながら冬のハンモックにはいり込み、酒の力の支援を受けて、地下から伸びてくる何本もの腕の恐怖と闘いつつ、記念すべき末娘の婚礼の一日を振り返った。歌合戦の喧噪や、白い花嫁姿の末娘や、その娘の幼かりし日々のことを想い返した。

美智子という名前の末娘は、丁度皇太子殿下の御成婚の日に生まれたのだった。皇太子殿下が平民の娘を嫁にするというので、国じゅうが沸き返っていた。同じ年頃の若い娘は、誰もがその幸運な娘の髪形をまねしようとしたほどだった。だから主人もまた、腕の中の皺くちゃな赤ん坊の幸せを祈って、妃殿下となられた方の御名前をいただいたのだが、その赤ん坊が満一歳になったときには、国会構内に突入したデモ隊の中のひとりの女子学生が警官隊に頭を割られて死亡し、(その女子学生はやはり赤ん坊と同じ名前だったから)夫婦はまるで自分たちの娘の柔らかな頭が割られたような、暗い想いを味わったものだった。

そしてその頃から、商売も彼の人生も、面白いことが何もなくなったようだと、主人はハンモックの中で想った。彼は死んだ妻や、己れの孤独について考えた。そしてもう一度、外に降り続いているはずのいやなベタ雪のことを思い出して、彼の人生そのものであるような憂鬱な眠りにはいり込み、幾度も見た夢の入口のところまで行きかけたとき、玄関の戸を激しく叩く音がしたのだった。

戸を叩く音に続いて、半ば夢の戸口の方から、老婆の嗄れた声が聞こえた。

主人は柔らかい雲の上から降りる者のように、ハンモックから震える二本の脚を下ろした。

深夜に玄関の戸が叩かれる度に、彼の膝頭が紙のように震えるのは、言うまでもなく、戦友から聞かされた《恐怖の雪降る夜の物語》が鮮明に記憶されているからなのだが、いま玄関の戸を叩きながら訪うているのは、たしかに老婆の声だったから、彼は着替をする必要のない便利さで玄関に降りると、夜の中で凍てている孤独な捻子鍵を回した。

捻子鍵は彼の手の中で、まるで夢の中の出来事のように軽々と回った。

戸を引き明けると、暗い風といっしょにバラの花の匂いが流れこんできた。

そしてそこに、夥しい雪片を身に纏い、顔を黝く塗った大勢の若者たちが肩を並べて立っているのを、主人は見たのである。

(八路軍《パーロ》だ……)

いまたしかに声を聞いた老婆の姿は、何処にも見当らなかった。ただ黝い顔をした若者たちの背後の闇の中に、相変らず陰気なベタ雪が降り続いているばかりだった。三叉路を隔てた向こう側の街燈が、雪の中でオレンジ色に瞬いていた。

(あの店もそうだった!)

と主人は想った。あの店——つまり主人が幾度か訪ねたことのあるあの戦友の店もまた、まるで宿命でもあるかのように、三叉路の向こうでオレンジ色の街燈が瞬いていたのだった。

……若者たちに銃が渡されるのに、時間はかからなかった。主人はまるで自分が十年以上も前の出来事の中に居るような気がした。

(彼らはもう一度、最初からやり直すつもりなのかも知れない)——十年を越える歳月が頭の中で白く混ざりあっていくのを感じながら、主人は想った。

渡された銃の数によって、主人は新たな革命軍の人数が十四人であることを知った。そして黝い顔をした十四人の八路軍は、東の方へ向かう道に消えて行ったのだった。主人はその後姿をしばらく見送っていたが、ベタ雪が夜の中に消えるあたりで、彼らの姿もまた闇の世界に溶けて行ってしまった。後には幽かなバラの花の匂いと、オレンジ色の街燈の孤独が残されているばかりだった。

まるで海が死んでしまったように波の音ひとつしない、と主人は玄関の戸に凭れながら思った。……

……隠したんじゃねえのか、どこかに……ま、そうだろうな、隠したんだ……いつかな？……ずっと前かも知れねえぞ……いや、先月の巡回検査のときは全部揃っている……危ねえもんだな、巡回検査、本当にやったのか……長男夫婦の証言もあるな、これ……きのうの夕方には異常なしか……ああ……これも危ねえもんだ……信用できねえな……信用できねえ……

――これらのやりとりの中で、先程から口をきいていない三人目の刑事は、銃砲店の主人の証言が案外に真実ではないかと考え続けていた。就中、十四人の若者たちが黝い顔をしていたという証言が……。

それは、その刑事の最もいやな記憶、同僚たちの前ではいまや決して口に出すことのなくなった記憶に纏わることだった。

十年以上も前――つまり革命軍が遠い土地の銃砲店を襲い、銃の奪取に成功した半年ほどのち――まだ警部補の試験に合格する前の平警官であった彼は、北総台地に巻き起こっていた空港反対闘争に対する警備のために、はるばる駆り出されて行ったことがあった。

政府は、農民が二十年の歳月をかけて開墾した土地を収用し、そこに三メートルの厚さのコンクリートを流し込んで滑走路を造るという計画を進めていた。それに対して、土地の農民・貧乏牧師・小間物屋・それに全国から集まっ

〈Ⅴ〉

その翌朝、寒々とした警察署で三人の刑事たちから取調べを受けたとき、主人はただ十四人の兵士たちが黝い顔をしていたこと、そして東の方へ向かう道に消えて行ったことだけしか憶えていなかった。若者たちの特徴や男女の区別、声の具合などを訊かれたが、彼には答える術がなかった。そしてただ痴呆のように、十四人の若者たちが黝い顔をしていたということだけを繰り返した。痴呆のように――いや三人の刑事たちは、主人が「十数年前のショックの所為で」もはや完全な痴呆状態に陥っていると判断して、早々と彼を放免したのだった。

勿論、十四人の若者たちが銃砲店を襲った形跡など、どこにも在りはしなかった。雪の上にはいかなる足跡も残されていなかった。のみならず長男の嫁――丁度その時刻に階下の手水場に下りてきたという長男の嫁が、義父はハンモックの中で幸せそうに眠っていたと証言したのだった。

ただ――十四丁の銃が主人の店から消えたことだけは事実であったから、それはひとつの謎として、三人の刑事たちに残されることとなった。

た学生たちが、赤旗や蓆旗を押し立てて抵抗しているのだった。

——冷たい九月だった。

夜中にほんの少しだけ降った雨が、夜明けには乳色の霧となって、あちこちにこんもりと茂った森や、落花生畑、農道、ジュラルミンの楯、自分たちの手足などを霞ませていた。

その日の目的は、農民や学生たちの立籠る三つの砦を陥落させることだったが、砦を攻略するのは東京の屈強な機動隊にまかされていたから、彼の所属するX県三個中隊二四〇名の部隊は、砦のひとつから三キロメートルも離れた十字路で、砦への交通を遮断するという任務についていたのだった。

道路の上にまで被さっている古い樹木の枝が、夜明けの十字路を暗くさせていた。十字路の後の方には、雨で湿った落花生畑がゆるやかな起伏を描きながら乳色の世界へと溶け、右手の道の奥には丸い古墳のような森が、まだ夜の中で眠っていた。

砦への攻撃はそろそろ開始されるはずだったが、寄せ集めの部隊である二四〇名は、激戦地から離れたいささか平和的な気分で、遠くの空に舞い始めたヘリコプターなどを見上げて時を過ごしていた。

——まったくいい土をしているよな、と農家の出である彼は、横にいる同僚に言った。

——ああ、柔らけえな。まるで、女のあそこみてえに。

朝は既に落花生畑の絨毯の上に訪れていた。

そして、彼が夜明け前からの冷たい霧に纏いつかれていた結果、落花生畑で小用を足すことを思いつき、小隊長の許可を取って部隊の後からひとり離脱したそのとき、突然背中の方でなだれのような物音が起こったのだった。

——振り向いた彼の眼に、霧の農道を一直線に突撃してくる一千人の軍隊の姿が在った。さまざまな色のヘルメットとその上の草の葉の迷彩、先頭を走る者たちの幾つもの口腔、見たこともないような太い竹槍、乱れ飛んでくる無数の流星——そして何よりも黝く塗られた彼らの顔……その黝い顔をした一千人の軍隊を視たとき、彼はかつて味わったことのないような破滅的な恐怖に捉えられ、殆ど本能的といえる素早さで落花生畑の中に駆けこんでいたのだった。

落花生の葉を嵐のように蹴散らし、柔らかすぎる土に幾度も足を取られながら、無茶苦茶に走って後を振り向いたとき、（それはいまでも彼の耳の奥に残っているのだが）凄まじい音が起こった。警官隊の最前列のジュラルミンの楯に、幾十本もの堅い竹槍が打ち当ったのだった。そして——彼の記憶では、まるでスローモーションのフィルムを見ているように感じられるのだが——鋭い竹槍がジュラルミンの列を突き破り、後に続く竹槍や鉄パイプが続々とその傷口を広げ、顔を黝く塗った一千人の軍隊は、二四〇名の警官隊を粉々に打ち砕いていったのだった。

幾人もの警官が、開いた口から小鳥のような舌を突き出しながら朝の絨毯の上を逃げて来ていた。そして、その時になって初めて、彼は既に自分が小用を足しているのみならず、大きな用事をも済ませており、再び逃げ出さなければならないことに気がついたのだった。ただ、ほんのわずかな時間、彼が重たくなったズボンと共にそこにとどまり続けたのは、一瞬音の消え去ったような不思議な時の中で、十字路に訪れた炎の秋が、余りにも美しいと感じられたからだった。……

しかし――全く不可解なことには、彼が霧の夜明けに視た九月の軍隊は、そののち、いかなる場所にも姿を現わさなかった。

十字路を制圧した一千人の軍隊は、しばらくして来た道を戻り、昏い紫色の地平線を行軍し、やがて森の奥へと消えて行ってしまったのだが、空港をめぐる闘いがその日の午後も、そしてその翌日も続けられていたにもかかわらず、彼らは再び森の中から現れることがなかった。のみならずその後の時代、首都やさまざまな街において、小規模な戦闘が継続されていたが、顔を黝く塗った一千人の軍隊は、いかなる土地・いかなる街にも姿を現わさなかった。あたかもその九月の夜明け、森の樹木たちがただ一度だけ武器を取って立ち現れ、激しい戦闘ののちに、再び樹木となって森の奥へと隠れ込んでしまったかのように――。

……もっとも彼は、九月の軍隊の前身ともいうべきものを、その半年ほど前にも見たような気がしていた。

それはやはり、空港建設をめぐる闘いに召集されて行ったときのことだった。春の雨が上がった後の、泥のスープのようになった台地の上で、激しい攻防戦が繰り広げられていた。農民たちは大地に何十メートルもの穴を掘り、その中に籠って抵抗を続けていた。女や子供や老人たちは、自分たちの体を鎖で樹木に縛りつけ、ひとりひとりが樹木の生きた枝や葉となることによって、樹木とその下の大地を守り抜こうとしていた。学生たちは武装した砦から出撃を繰り返し、幾重にも張りめぐらされた機動隊のジュラルミンの楯の列を、何日にも亙って悩ませ続けていた。そしてその攻防戦の中で、農民や学生たちは、或いは泥にまみれ、或いはタイヤを燃やす煤に纏いつかれて、目と唇だけが生きている珍しい生物のような、黝く汚れた顔をしていたのだった。

なるほどそれは、やがて姿を現わす軍隊の胎児ともいうべきものであったかも知れなかった。しかし、九月の夜明けに現れた一千人の軍隊は、やはり半年前とは様相を異にしていた。彼らは単に泥と煤に汚れたのではなく、異界への越境の意志を示すかのように顔を黝く塗り、見たこともないような太い竹槍によって武装し、まごうことない正規の軍隊として霧の中から立ち現れてきたのだった。

そして――これまた不可解なことが、もう一つあった。

というのは、一千人の軍隊が深い森の奥へと姿を消したのち、落花生畑の中でズボンを押さえながら震えていた彼は、やはり落花生の蔓に絡みつかれて震えているみじめな男に向かって、一千人の軍隊は何故顔を黝く塗っていたのだろうかと問い掛けてみたのだが、そのみじめな男は、まだ怯えの細波の静まりきらない唇で、(自分はそんなものなど見なかった)と答えたのだった。

馬鹿な！　と彼は思った。そして別の男――畑の土の中に頭をもぐり込ませようとしている別の男に訊いてみた。(自分はそんなものなど見なかった)頭で土を掘っている男は答えた。木の枝のいちばん先端に這い登っている男に訊いてみた。答えは同じだった。老婆のように腰を抜かしている男も、血だらけの顔で何かを叫んでいる男も、同じだった。十字路に横たわっている男も……いや、その男は既に何も答えることが出来なかった。……

そして、彼が自分の県に戻ってから、(自分が倉皇として戦列を離脱した者であるという気まずさに耐えながら)戦場に居あわせた幾人もの男たちに同じことを尋ねたとき、彼の不安は殆ど恐怖へと姿を変えたのだった。――顔を黝く塗った軍隊だって？　赤だか黒だか知らねえが、十字路にはネズミ一匹現れなかったじゃねえか……。

このときから彼は、九月の軍隊について語ることを深く怖れ、(自分が気が狂っていると思われないために)その事件のいっさいを口にすることを止めてしまったのだった。

この慣れない完全黙秘の重圧は、勿論、彼の神経にきわめて大きな負担をもたらした。なにしろ彼が口を噤むようになってから、もう十年以上にもなるのだった。この十年の間、九月の軍隊への恐怖を忘れた日はただの一日もなかった。森の奥へ隠れた一千人の軍隊は、必ずいつの日か再び武器を取って立ち上がるのにちがいないと、彼は確信していた。《わたしはかつて在り、いま在り、今後も在る》――その声は一千の樹木のざわめきのように、彼の二つの耳を十余年に亙って脅かし続けてきたのだった。

この精神的緊張から逃れるために、酒も煙草もやらなかった彼は、ただ仕事にだけ没入した。職務を遂行しているときだけが、喉の奥に閉じこめられている黝い恐怖の塊まりを忘れさせてくれた。

実際、彼の精勤ぶりは時と所を選ばなかった。たとえ非番の日でさえも、彼は自らの任務を全うしようとした。ついこの前の日曜日も、彼はかつて逮捕したことのある主婦に対する親切なアフターサービスを行なってきたほどだった。その主婦は夏の昼下りのスーパーマーケットで、ささやかな略奪を行なっていたところを、運悪く彼に現行犯逮捕されたのだったが、彼女のその後の生活が心配になった彼は、非番の日を利用して主婦を旅館に呼び出し、スカートからはみ出ている丸っこい膝に手を置きながら、更生についての熱い訓戒を垂れたのだった。のみならず――彼女が既に二度目の過ちを犯し、スーパーマーケットの品物を体のどこか秘密の場所に隠匿しているのではないかという心配に捉えられた彼は、その日が非番であることも忘れて、その秘められた部分を敢て捜索したほどだった。俺がこんなことをするのは、と彼は目蓋を閉じて仰向けになっている主婦に向かって言った、世界じゅうの誰よりもお前のことを心配しているからだ――。

……嘘じゃねえのか？……ああ、嘘にきまってる……どこかへ隠したんだ……いったいどこへ隠しやがったのかな……

夕暮の警察署の中で、二人の刑事は相変らず堂々めぐりを続けていた。

――いや、銃砲店の主人の語ったことが本当だとすれば、と三人目の刑事は甦ってくる恐怖に震えながら呟いた――十四人の者たちは、森の奥に隠れている九月の軍隊に合流するつもりなのかも知れない……そして、樹木の沈黙の中で生き続けている一千人の軍隊と共に、奴らはすべてを最初からやり直すつもりなのかも知れない。一千人の軍隊は、一千丁の銃を手にして、再び九月の夜明けに姿を現わすかも知れない。

《わたしはかつて在り、いま在り、今後も在る》

喉から溢れ出そうになる叫び声を抑えるために、彼は人一倍大きな掌で自分の口を覆った。――

二日間降り続いたベタ雪が止み、町に汚れた平和が戻っていた。まるでひどい洪水の後のように、道路はコーヒー色の雪汁でいっぱいになっていた。

原因の判らぬままに消えた十四丁の銃をもとめて、三人の刑事たちは町民への聞込みを怠らなかった。しかし――オレンジ色の街燈は口をきくことが出来なかったから、夥しい雪片を纏いつかせた十四人の革命軍を視たという者など、誰ひとりとして現れなかった。ただベタ雪――夜の町に陰気に降り続いているベタ雪の中を、臙脂色のネッカチーフをつけた老婆がひとり風のように歩き回っていたという証言が、幾つか得られただけだった。……

〈VI〉


ベタ雪の記憶すらも町の人から失なわれ、春の花々のざわめきが南からの風に乗って近づいてくる頃、銃砲店の主人は隣の町に在る病院に収容された。

夢の中で革命軍の来訪を受けたことによっていまや遠くの物音を聴く能力を身につけた彼は、誰よりも早く花々のざわめきを聴き、それ故誰よりも早く春の不安に戦《おのの》き、死者たちの声・夢・幻覚に苦しめられ、そして何よりも決定的なことには、顔を黝く塗った十四人の者たちが実在し、本当に銃を奪って消えて行ったと繰り返し主張することによって、警察と長男夫婦の合意に基づき、まぎれもない狂者としての扱いを受けることとなったのだった。

病院は静かな川のほとりに在った。芽吹き始めた幾本もの糸柳が、細長いコンクリート造りの建物を、気怠い春の点描法で飾っていた。

その中で主人を診断した若い医師は、主人が長いこと死者たちに対する恐怖に苦しめられていたこと、妻を亡くして以降性欲の合理的な処理が出来ずにいたこと、そしてそれらの「精神的緊張」から、在りもしないものを視、聴こえもしないものを聴くに至り、ついには十四丁もの銃をどこかへ隠してしまうという「重大な犯罪」を行なうようになったのだと結論づけた。

主人は相変らず、十四人の顔を黝く塗った者たちが実在し、十四丁の銃を奪って東の方の道へ消えて行ったという証言に固執していた。だが、「何故あなたは玄関の鍵を明けたのですか？」という若い医師の問いに、「老婆の声がしたからだ」と答えるや否や、「でも、あなたはその老婆の姿を見なかったじゃありませんか！」という意地悪い医師の声が覆い被さり、主人は完全に言い負かされた者のように口を閉ざさざるを得なかったのだった。

それでも主人は、勝ち誇っている若い医師に向かって、自分の戦友はかつて革命軍に襲われたことのある者だということを誇らかに告げ、新たに現れた十四人は、革命軍としての企図を最初からやり直そうとしているのにちがいないという神託を下すことをはばからなかった。この恐るべき復活の物語——自分だけが予言し得る真の革命軍の復活の物語を信じようとしない者がいるとすれば、それらの者たちはやがて訪れる最後の日の紅蓮の炎で焼き尽されるにちがいないと、主人は思っていた。

こうして、たまたま革命軍が通り過ぎたことによって平和な生活から逸脱した不幸な主人は、建物の背骨のような長い廊下の奥の、鉄格子をもった暗い部屋の中へと幽閉されていった。

　その部屋の中には、やはり鉄格子の嵌った小さな窓が在り、外界の光をわずかに彼の瞳に送り届けた。夜になると汚れた布団がハンモックの代りに彼を迎えたが、彼は最早、地下から伸びて来る何本もの死者たちの腕を怖れようとはしなかった。逆に、自分の体が地の底に潜りこんで、死者たちの仲間のひとりとなったような気さえした。彼は建物の壁の向こう側に広がっている世界を――鳥たちの声を、太陽を、空を、飛行機を、そして何よりも人間たちの営みのすべてを、呪い始めた。そして、全世界に対する呪いの言葉で小さな部屋をいっぱいにしながら、復活にかんする偉大な予言者である自分に加えられる迫害に耐えてゆく決心を固めたのだった。あたかも、彼に加えられる苦痛と屈辱が大きければ大きいほど、彼の聖なる口から洩れ溢れる言葉がいっそう真実のものとなってゆくかのように――。

　一方、銃砲店では、主人が病院に収容されたその日から、長男夫婦の春の祝祭が始まろうとしていた。銃砲店は主人と共に閉ざされ、警察署に不吉な商売の廃業届が出された。

　夜になると、二階の部屋では夫婦の愛の饗宴が繰り広げられた。二人は逞しい雄牛と雌牛の役を、みだらな牡猫と牝猫の役を、けたたましい雄鶏と雌鶏の役を、次から次へとこなしていった。時ならぬ春の嵐のために、二枚の襖と一枚の板戸が吹き破られ、時を刻む巣箱の中に住んでいる純潔な鳩が空から落下して来たほどだった。最早、階下で聞耳を立てている者は誰もいなかった。愛の行ないはいかなる障碍も持たなかった。ただ納戸のハンモック――戦争の時代とその後の時代を生きてきた納戸の旧いハンモックが、主を失なったまま、息をするように微かに揺れ動きながら、人性の悲哀について思考し続けているだけだった……。

その頃、春を迎えた首都に、永いこと行方知れずだった背の小さな娘が帰って来て、祖母の墓石が何者かの手によって動かされているのを発見した。墓石は僅かな隙間を除いてぴったりと被さっていたはずだったが、少し斜めに口を開くようにして、ひとの肩が通れるほどの広さに動かされていた。墓穴の中を、若葉をつけた公孫樹の梢が見下ろしていた。……

娘の祖母が墓の中にはいったのは、既に十二年も昔のことだった。

その当時、追いつめられた革命軍の首領を孫息子にもっていた祖母は、孫息子が逮捕され、残された五人の革命軍による銃撃戦が開始されるや否や、国じゅうから押し寄せる非難と脅迫に晒されていた。――夥しいファンレターのような書簡の山、血で記された葉書、深夜を選んでかけられてくる無言の電話、或いは罵声、親戚の者たちの粘液質の言葉、公安の土足、そして窓ガラスを破る凶暴な夜の飛礫などに晒されながら、それでも祖母は高貴な石のように忍耐していた。その頃革命軍の一人の父が、遠くの土地で井戸に身を投げて死んでいったが、祖母は新聞社の執拗なフラッシュに射られながらも、全国民の名によって強制された死をひき受けようとはしなかった。

しかし――孫息子をはじめとする者たちの手によって、多くの兵士たちが死に至らされたことが明らかとなり、最後の十四人目の兵士の死骸が、雪の穴の中から天に腕をさし伸べている姿で発見されたとき、祖母はまるで十四人の愛児を亡くした母のように、突如として首をくくったのだった。

――この十四人の死を伝えるニュースが国じゅうを覆ったとき、国じゅうの到る処で叫び声が聞こえ、十四人の二倍の人数の者たちが夜の中で狂い、十倍の人数の者たちが完全な盲《めしい》となり、さらに百倍の人数の者たちがいっさいの言葉を発することを止めていったのだが、祖母は国じゅうで最も嘆き悲しむ者として、細い茎のように首をくくったのだった。

十二年前の朝、娘が祖母の死骸を発見したのは、めずらしく雪の積もった明け方だった。

祖母は樹木の枝に紐を掛け、顔を天に向けながら、白い庭にひとり佇んでいた。生きている頃から曲っていた腰は、重力のおかげで真直に伸び、その姿を齢よりもずいぶん若く見せていた。伸ばされた爪先が、幽かに白い地面と接していた。両手は――縊死した者の通例に反して――胸のあたりでしっかりと組み合わされていた。だからその姿は、何も知らない者がそれを視たとしたら、遥か上方のものを見上げながら、悲しみにうち沈んでいる雪原の聖母の如くに視えたかも知れなかった。臙脂色のネッカチーフが、朝の風の中で、祖母の髪を守りながら微かに揺れ動いていた……。

そして祖母の納骨を済ませると、娘は誰もいなくなった家を捨て、誰の声も聴こえなくなった首都を離れたのだった。――遠く離れた港町の夜の迷路が、彼女の小さな体を隠してくれた。路地裏を照らすさまざまな色の照明・明け方の霧笛・潮風の中の雨の匂い・吐瀉物・星の断片・猫の死骸……それらのものに囲まれて、娘の十二年の歳月が流れた。そして愛についての旋律が澱んでいる夜の底で、栗の花の臭いで喉をいっぱいにつまらせるという受苦によって十二年の歳月を過ごした娘は、少女の頃からの瞳のように優しい心を奇蹟的に保ったまま、係累の絶えた首都に戻ってきたのだった。――

墓石を静かに元に戻して、娘はそこに、祖母の好きだった紫だいこんの花を飾った。小さな花びらを、十字路に往き交う車の轟きがふるわせた。

この孤独な首都――いかなる炎も絶やされたこの係累のない都市に、彼女は住みなおそうと考えていた。そしてスーツケースの奥に、祖母の形見のネッカチーフがまだ残っているなら、その臙脂色の美しい布を、彼女は自分の髪に着けようと思った。

＊

一方、山荘では天井の物音が絶えて久しかった。

何ごとかを告知するように十日間続いた物音は、いかなる余韻も残すことなく山荘から消え、後にはただ脱け殻のようなコンクリートの建物だけが残った。

日の光が山荘のまわりの雪を緩ませ始めていた。屋根の上の滑らかな雪肌が、幾つもの水滴をつくって、夕方の陽にちかちかと輝いていた。あとひと月もすれば、春はこの傾斜地の上にも昇って来るのにちがいなかった。

――こうして、すべてが平和に復していった。十二年後にようやく訪れた静穏の中で、彼女は長い病から癒えた者のように、春を迎える準備に余念がなかった。客間のひとつひとつを丁寧に掃除し、階段の手摺を幾度も拭いた。戸棚の中の食器という食器を真新しい布巾で磨きあげた。父に頼んで町からたくさんの春の花を買ってきてもらい、それを食堂やラウンジに飾った。自分の春の衣服を取り出し、冬物を仕舞った。十二年前の赤いガウンは衣裳箱に収められ、押入の奥深く仕舞いこまれた。まるで結婚を前にした若い娘のようだと、彼女は思った。

しかし――まるで結婚する前のようだと彼女が感じたにもかかわらず、或いはそのように感じたが故に、（彼女自身にも不可思議なことであったのだが)、淡い憂鬱のようなものが、穏やかな生活の隅に影を落していた。華やいだ気分が三日間続いたかと思うと、次の二日は暗い蜘蛛の巣に纏いつかれたような気分になった。老父と二人きりのラウンジのシャンデリアさえ、ずっと暗くなったような気がした。激しい苛立ちが急に背中の方から襲いかかって、銀の匙をスープの中へ落下させたりもした。

(死ぬまでのあいだ、ずっと続いていくのか知ら?)——それは三十二歳の処女に纏いついた春のメランコリーのようでもあり、或いはまた、結婚する前の娘に訪れる不安のささやき、淡い幻滅に似ているようにも思えた。その不透明な感情のために、彼女は生まれて初めて、幾つもの不眠の夜をもった。眠らなかったために生き残った夢が、彼女の朝の体に憑りついて、階段を下りる彼女の二本の脚を不安定なものにした。

(どうしてなんだろう?)——このことは彼女自身にも判らなかった。自分では制御することの出来ない感情の浮き沈み、どこから来るのか分からない遠いメランコリーは、彼女の心のみならず、その肉体をも苦しめた。近づいてくる春の予感の中で、彼女は幾度も吐いた。

そして明け方——ふとした物音によって、この保養地の誰よりも早く目覚めてしまったような明け方——まだ山脈の向こう側にある太陽のざわめきと、傾斜地の上に被さっている最後の雪のなごりに導かれるようにして、二人の物音が彼女の寝室に忍びこんできた。誕生日でもないのに、恋人たちの物音が訪れたのだった。

だが、それはいまや天井の上から聞こえてくるのではなく、彼女の体の内側、柔らかい肉をかぶった彼女の体の奥の方から聞こえてくるのだった。遠い恋人たちの物音が、彼女の体の芯のあたりで蠢き、響《とよ》めきあい、体の到る処に伝いながら、やがて朝の満潮のようなざわめきとなって、表へ表へと顫え洩れようとしているのだった。

アコーデオンカーテンの向こう側では、老父が相変らず静かな寝息を立てていた。部屋の中はまだ漆黒の闇だった。

彼女は息をつまらせながら、自分の白い体を愛おしむように、両方の掌で柔らかい胸を押さえた。夜着の隙間から指を差しいれると、暖い乳房のゆらめきが指先を溶かした。そして掌を体の下の方へ導き、なだらかなお腹《なか》の上をすべらせ、下穿をくぐらせ、まだ冷たさの残っている指先が淡い森のほとりに接したとき、彼女はそこに何か動いているものを感じたのだった。

(赤ん坊だわ!)

彼女は思わず跳び上がりそうになりながらそう思った。そして稲妻のような素早さで、赤ん坊の父と母とを照らし当てた。あの日——五人の革命軍の最初の銃声が響き渡った厳冬の日——天井の奥に隠れこんだ《黝い恋人たち》の十二年間の営みが、永い永い時間をかけながら、彼女の内にひとつのいのちを移し終えたのだった。あたかもそのいのちが、抹殺されることを避けるために、永いこと彼女の子宮の内に潜み隠れていたかのように。或いはまたあたかも、彼女が彼らの子を受胎し、彼らの子を誕生させる決心をするために、それだけの永い歳月が必要とされたかのように——。

（あなたがたの子供の母になるわ）

明け方の祈りのように、彼女は両手を、新しい丸いいのちの上に組みあわせた。

新しいいのち——彼女の子宮の奥に姿を整え始めた新しいいのちが、暗闇の中で、小さな光を放つ生き物のように、静かに息づいている。胎児の姿を整えるまでに十二年という時間を必要としたのだから、それが彼女の柔らかい肉を砕いて生まれ出るまでには、まだ永い歳月がかかるかも知れない。だが彼女は、既にしっかりとした母親の表情で、これからの歳月を生きて行く覚悟を固めていた。彼女は永く続くであろう暗闇と、聖母に加えられるであろう迫害にも耐えて、新しいいのちを生み出そうと考えているのだ。遠く焦がれるような想いが、柔らかい胸をみたす。どこからか、バラの花の匂いが匂ってくる。

（あなたがたのすこやかな子供の母になれますように。あなたがた十四人の、すこやかな子供の母になれますように）

窓の隙間から射しこんでくる第一日目の曙光の中で、彼女は十四人の者たちの名前を呼んだ。

（筆者あとがき）

さて、こうして六つの雪譜とでもいうべき物語は、語り終えられた。五人の友人たちは床に着いたが、わたしは眠れぬまま、縁側から宿の下駄をつっかけて庭に出た。せせらぎの音に、すでに夜明けが訪れようとしていた。

こうして、この物語はわたしによって書き残されたのだが、それが五人の友人たちとの合作ともいうべきものであることは、改めて断るまでもないであろう。それは完全なる酩酊の産物、或いは夜のなかのせせらぎの独白、もしくは白いあぢさいの幻想であったのかも知れない。したがってこの物語は、いかなる現実の世界・いかなる実在の諸個人とも繋がりをもつものでないことは論をまたない。——もっとも、わたしがこのように言うことが出来るのは、わたしがいちばん「世間」を知っている者であるからである。なぜなら、水無月の夜明けのなかでまだ眠っている五人の友人たちは、自分たちの語った言葉、ここに書き残された言葉こそが唯一の真実であり、それ以外の真実はどこにも存在しないと、頑なに主張するにちがいないのだから——。

風のクロニクル

第一の通信

１９８……年

首都の街区に、もう幾度目か分からなくなった冬が来ている。街路のプラタナスは、葉を散らせ尽して、既に久しい。かつて夜の中でゆらめいていた十字路に立てば、炎は地下深く埋葬され、その上を窓のない車が通り過ぎるばかりだ。

Nよ。

きみは僕のことを憶えているだろうか？

このように問い掛けるところから、僕からきみへのこの時代の通信は書き始められなければならない。なぜなら、きみと僕との間に存在している時間の空白《ブランク》は、ほとんど幾世紀にも亙る巨大なもののように思われるからだ。二つの戦争と、三つの大地震がその間に在ったと言われても、僕はそれを信じるかも知れない。いや本当に、二つの戦争と、三つの大地震が在ったのかも知れないのだが、――初めからこんなことを言っていても仕方ないから――Nよ、まず僕たちの手の中に在る幾つかの確かな年代から、出発することにしよう。

きみが頭部に受けた打撃によって言葉を失ない、且つ両脚の歩行の自由を奪われたのは、いまからほとんど十年前、つまり一九七〇年代の丁度中間の年のことだった。そしてきみは医者から回復不能を宣告され、《語れない石》とでも呼ぶべき惨憺たる姿となって、上京した母に車椅子を押されながら、故郷であるK半島のT村へ帰って行った。そのとき僕は、まだ春の浅いプラットホームに立って、きみときみの母を見送ったのだが、列車の窓の向こうの二つのきみの眼が、まるで木で出来た義眼のように光を失なっていたのを忘れることが出来ない。僕はいま、きみが頭部に受けた打撃によって言葉を失ない、且つ両脚の歩行の自由を奪われたと書いたのだが、言葉や歩行の自由だけではなく、きみにとって瞳のように大切なものも失なわれていったと、訂正しておかなければならないだろう。さまざまなものを見てきたきみの瞳の奥に、言葉を失なった口腔よりも、もっと大きな暗い風景が広がっている……。僕は埃っぽいプラットホームに立ちながら、訳もなくそんなことを考えていた。――

その後、K半島へ帰ったきみからは、いかなる音信ももたらされなかった。言葉はきみの口腔から失なわれたのみならず、ペンを持つ指先からも失なわれているように思われた。そして《語れない石》となったきみに対して、僕もまたいかなる言葉も伝えることが出来ないまま、幾つかの年が流れすぎていったのだが、まるで不快な年代を終らせるための儀式ででもあるかのように、僕がきみをK半島のT村に訪ねたのは、一九七〇年代の廻り終る最後の年だったから、きみと僕とがいちばん最後に出逢ったそのときからでも、既に数年の空白《ブランク》が、僕たちの間には横たわっていると言わなければならない。

Nよ。

僕たちの間の「かくも長き不在」を越えて、しかも、きみが文字を読むことが出来るかどうかさえ定かでないまま、僕がこのように手紙を書き始めたのは、〈或るひとつのもの〉をきみに読んでもらいたいと希っているからなのだ。〈或るひとつのもの〉――それは、この時代の中で《語れない石》となっているきみにこそ最初に読まれねばならないと、僕が考えているものなのだが、いや、それについて触れる前に、逸る気持を抑えつつ、まず僕がきみをT村に訪ねた一九七〇年代の最後の年の情景から、書き始めることにしよう。そのときさみは、相変らず口を開くことのないまま、ひとつの不思議な身振りを僕に示したのだが、その不思議な身振りは、あれから数年を経た現在もなお、異様な鮮明さを保ったまま、僕の記憶にとどまり続けている。あたかもそれが重大な暗号――きみから僕へと伝えられたこの時代にかんする重大な暗号ででもあるかのように――。

《一九七〇年代の最後の年の情景》

K半島のT村には、一日に数本のバスが通《かよ》っていた。

僕はH市で列車を降り、汚れたオレンジ色の旧式のバスに乗り込んだ。

T村は海辺だと聞いていたから、僕は南にひらかれた明るい海岸線の旅を予想していたのだが、バスはいったん小暗い林の中にはいり込むと、ますますその林の奥へ、深まって行く樹木の世界の奥のほうへと、幾つもの起伏を越えながら進んで行くのだった。道路まで伸びた木の枝が、ときどき乾いた音を立ててバスの窓を打った。バスは停車する町も持たず、少ない客だけを乗せて無言に走った。

季節は冬の初めだった。このとき何故僕が、一九七〇年代の丁度中間の年に《語れない石》となって首都を離れたきみに会いに行く決心をしたのか――そのことについては、いまは触れるのを避けておこう。ただ、風の止まった首都の舗道を踏み、誰とも出逢うことのなくなった時代の十字路を横ぎりながら、ふと心を掠めていくきみの〈不在〉が――もしくはきみの言葉の〈不在〉が――僕をきみの棲まう方角に向けて旅立たせたとでも、言ってみれば良いだろうか。……

　やがて小さな峠を越えると、バスは冬木立の山腹を幾度も折れ曲りながら、播鉢の底へ向かう感じで急降下して行った。世界が急に傾いて、幾人かの乗客は下へ下へと吸い込まれて行った。そして道が再びなだらかになり、大きくカーヴしながら人影のない小学校の校庭を掠めると、左手にT村が現れてきた。

　それは本当に僅かな集落であり、いま越えて来た急な山腹が、いっせいに崩れ落ちて集落を呑み込もうとしているその瞬間ででもあるかのように、余りにも危うく、樹木の底に身を寄せ合っていた。集落のあたりは特別な落葉樹でも植えられているのだろうか、そこだけが周囲とは区別されて、ほうっと赤く染めあげられていた。北国でみる鮮やかな紅葉とは異なった、何か衰えていくようなくすんだ感じの赤だった。それはアルバムの中で変色した古い写真の風景のようでもあり、朽ち果てていく世界の黄昏の情景のようでもあった。まだ正午《ひる》を僅かに過ぎたばかりのはずだったが、山間に取り残されたその集落のあたりだけは、日暮のような感じがしていたのを、僕はいまでも憶えている――。

　バスの停留所のいちばん近くに在った家は、既に廃屋だった。その横を抜けて、懐かしくも舗装されていない土の道を踏んで行くと、きみの家は集落のかなり奥の、小さな畑を横ぎった所に、生垣に囲われて在った。

　生垣――と僕は書いたが、それは都市の住宅街の小ぢんまりとした垣根ではなく、鬱蒼としたという言い方がふさわしいような、人の背丈をはるかに越えた黝ぐろとした樹木のつくる囲いだった。それは弔いを出した家のしるしででもあるかのように、何か人を拒むような気配を湛えながら、きみの家を取りまいていた。

　そしてその囲いの中に、家の軒を掠めながら、巨大な樹木が聳え立っていた。楠だった。――楠は途中で三本の太い幹に分かれながら、きみの家の上にもうひとつの屋根をつくり、この土地に吹く風の加減で僅かに裏山のほうへ体を傾けつつ、厚い冬雲の中へ捩れ込んでいた。その遠い頂点のあたりを見上げていると、バスの揺れがまだ体の芯に籠っているためだろうか、僕は鈍い眩暈のようなものを感じてしばらく目を閉じた。

　風が、はるか上のほうで夥しい葉を騒がせていた。樹木の発する強い香気が、この土地の外から訪れた僕の体を包み捉えたようだった。

　庭にはいると、急に訪れた日蝕のようにあたりが昏くなった。地面の上には、風に傷ついて落ちたのだろうか、幾枚もの赤い木の葉が模様を作っていた。それは地面に張りついた赤い痰のようでもあり、また地の底から泌み出した誰かの血のようにも思えた。――

屋敷を包み込む樹木の昏さが、玄関にまではいり込んでいた。しんとした家の中に訪いの声を出すと、まるでそれを待っていたかのように、奥から老婆が現れて来た。きみの母だった。彼女は僕の姿を見定めると、左手で割烹着の腕のふくらみを少し擦るようにしながら、

「息子は病んどりますさかい」

と唐突に言った。

（いつぞやは――）と出かかった言葉が、僕の喉元でつかえ、僕は無言で頭を下げた。

いつぞやは……彼女と僕がただ一度だけ会ったのは、一九七〇年代の中間の年、車椅子に乗せられたきみを首都からK半島へ送り出した折のことだった。そのとき彼女を電報で呼び出し、上京した彼女を出迎え、きみの退院の手続きを執り、そしてプラットホームから二人の乗った列車を見送ったのは、言うまでもなく僕だったのだから、彼女は僕に、「息子が病んでいる」ことを告げる必要はなかったはずだった。のみならず数日前、僕は速達で来意を告げていたのだから、きみの母は訪れて来る者が誰であるかを知らなかったはずはない。……

木の昏さに怯えあう者たちのように、彼女と僕とは寒々とした玄関をはさんでしばらく見つめあった。彼女は相変らず割烹着の腕を擦っていた。

そして僕が弔いに訪れた者のように靴を脱ぐと、彼女はようやく玄関の脇の部屋に僕を導いた。

「まだ寝とって――」

座敷の中にはいると、僕の後で襖が閉じられた。いかにも古い農家らしい広々とした座敷の真中に、黒ずんだものがこんもりと盛りあがっていた。僕はその横を回り、庭の明るさを宿した障子を背中にしながら、黄色い畳の上に正座した。

天鵞絨の襟布の付けられた黒ずんだ蒲団は、すっぽりと頭から被せられ、僕の目の前で不思議な丸い姿を作っていた。きみの体はどこにも現れていなかった。それは僕の後から差してくる黄色い冬の光を受けて、異形な動物の丸い背のようにも見えたし、土を盛りあげた原始的な墳墓のようにも感じられた。五分か、それ以上もたった。……風が、外の楠の葉を騒がせていた。

やがて蒲団の裾がゆっくりと持ちあげられ、そこのところから黒いものが現れてきた。

播巻の袖口だった。――それは眼のない黒い生き物のようにしばらく蠢いたのち、僕のほうを見定めるようにして止まった。穴ぼこの奥にきみの姿を垣間見ようとしたが、光は袖口のあたりで遮られ、奥はただ闇だった。いつまでもその穴ぼこを見つめていると、その小さな洞窟の彼方から、《語れない石》となったきみの、声ではない声とでもいうべきもの、沈黙のざわめきとでもいうべきものが、幽

かに伝わってくるような気がした。あたかもその穴ぼこ――搔巻の袖口の暗い穴ぼこが、言葉を失なったきみの口腔そのものででもあるかのように――。

それから間もなく、僕はきみの家を辞した。

きみの両脚が回復に向かいつつあり、集落の裏手の神山《かみやま》という山へ毎朝登って行くということ、しかしきみは依然として言葉を失なったままであるということ、それらのことを、僕は帰りしなにきみの母から聞いた。そして、神山には何かが在るのかという僕の問いに、きみの母は、しばらくの逡巡ののち、「神社が――」とだけ答えた。

きみが毎朝登って行くという神山には、きみの家の裏手から細い登り道がつけられていた。……

（情景、終）

Nよ。

一九七〇年代の廻り終る年、僕はこうしてT村を訪ね、きみとの最後の出逢いを果たした。そして、きみが蒲団の中から示したひとつの不思議な身振りを、重大な暗号として首都へ持ち帰ったのだが、その問題についてはまた後で考えることとして、まずきみに読んでもらいたい〈或るひとつのもの〉について、ここで語るのを許してもらいたい。〈或るひとつのもの〉――それは昨日書き始められたばかりの〈劇〉であるのだが、未だ題名の定まっていないその〈劇〉は、この時代の華やかな舞台の上には絶対に乗せられることがないという名誉をあらかじめ約束されつつ、いま僕の凍てた指先から生まれ出でようとしている。

つまり、三十代も半ばに達した僕は、〈青年と中年の端境期にある狂人〉ともいうべき者として、ひどく晩《おそ》い処女作を書き始めているという訳だ。

勿論Nよ、僕が何かを書き始めたということを、きみは訝しく思うかも知れない。なぜなら、一九六〇年代末期の祝祭劇の幕が下ろされてのち、僕たちは〈書くこと〉ではなく〈書かないこと〉を、ひとつの倫理綱領として、暗黙のうちに選び取ってきたように思えるからだ。――僕たちの共に在った時代が、〈書くこと〉への初々しい誠実さとでもいうべきものの中で開始されたとするならば、僕たちは祝祭ののちの十年を越える時間を、〈書かないこと〉への誠実さとでもいうべきものの中で生きてきたと言い得るかも知れない。

炎の絶えたのちの、年ごとに華やかになっていく巨大な都市の移ろいを視ながら、僕たちは或いは言葉を失ない、或いは言葉を閉ざすことによって、ひとつひとつの《語れない石》として、見えない時間を生きてきたように思える。あたかも〈書かないこと〉が、支配権を取り戻したこの世界に拮抗し得る唯一の条件ででもあったかのように。そしてまたあたかも、〈書かないこと〉が言葉を失なった数多くの者と連帯し続ける唯一の途でもあったかのように――。

このように、〈書かないこと〉についての綱領を守り続けてきた僕が、きみを首都から送り出してほとんど十年の後に、何故〈書くこと〉を再開しようとしているのか？――その説明は僕自身に対してさえ容易ではないように思える。ただ、この時代に溢れ充ちる言葉の断片、夥しく流れ出で流れ消えていく言葉の断片が、僕たちの言葉の死骸の上に際限なく乱舞し始めるや否や、舗道に倒れたままの幾つもの言葉たちが、〈狂人〉となろうとしている僕の身体に憑いたかのように、僕の内側で響《とよ》めきあいながら、自らの復権を主張してきたと言ってみれば良いだろうか。

Nよ、きみも憶えている通り、きみは言葉を失なうこととなる事件の直前に、未完成の散文詩の如きものを、僕に手渡したことがあった。そこには幾つもの年代と、決して地上に現れることのない燦然たる言葉が刻み込まれてあったのだが、その幾つもの言葉の力に導かれるようにして、僕の〈劇〉は書き始められたようにも考えられる。或いは、死骸となった幾つもの言葉を甦らせるために、〈書くこと〉は再開されたと言い得るかも知れない。あたかも僕が死者たちの言葉を書き伝える者――死者たちの指先を借りて、風の止まった首都の年代を数えている〈狂人〉でででもあるかのように。

いや――前置きはこれくらいにしておこう。僕の書き始めたもの――未だ題名の定まっていない劇の最初の部分を、とりあえずきみに読んでもらわなければならない。「春」と題された第一幕は、古典的ともいえる幸せな調べをもって始まる。時は一九六八年、場所はきみも良く知っているあの喫茶店〝クレバス〟だ。――

第一幕　春

第一場

下手側三分の一ほどは夜の街路。

上手側三分の二に喫茶店〝クレバス〟の内部が見えている。

それは、天井の低い一階の上に、それよりも広い二階が重なっているという不安定な姿であり、大都会の中のクレバスの断面を連想させるかも知れない。

入口のすぐ横に二階へ昇る階段が在り、バルコニー風の二階の席からは一階が眺められる造りになっている。

一階の上手の端は、カウンター。

先輩A・B、それに四人の新入生（杉村・夏川・岡田・橘素子）が下手の街路より登場。

先輩A・杉村・夏川の三人は、まだ学生服でなければならない。橘素子は初々しいツーピースであってほしい。

（新入生歓迎コンパの帰りなのである）

一九六八年　四月　—スライド

先輩A　（店の前まで来て）さあ、ここが〝クレバス〟——いうなれば、俺たちのサークルの第二の部室《ぶしつ》というところかな。

橘素子　クレバス——

岡田　クレバスかあ。

先輩B　（酔って）諸君、足を踏みはずさないように！このクレバスに落ちて助かった者は、まだ一人もいない！

先輩A　さあ、はいろう。

ドアを明ければ、店内にはシューベルトのピアノ曲など流れて……

ママ　（にこやかに、しかし上品に）いらっしゃいませ。さあ、どうぞ。

先輩A　今晩は。あ、この四人、今度サークルにはいった新入生です。こちらクレバスの……何ていうかな、ママ、かな。

先輩B　こっちが岡田、夏川、それに橘さん、それから、ええと……

杉村　杉村です。

四人　よろしく。

ママ　まあ、こちらこそ。どうぞよろしくお願いします。——あの、ご注文は？

岡田　ええと、何がいいかな——

杉村　俺、ホットミルク。

橘　わたしも、ホットミルクお願いします。

夏川　俺……ハイボール。

橘　すごい、まだ飲むんですか？

夏川　いや……メニューを見たらいちばん安いから。ほら、コーヒーが八十円で、ハイボールが七十円。

杉村　（手を上げて）ハイボールに変更！

橘　ふふ、わたしも。

岡田　ええと、僕だけちがうのも変ですから……（笑）

ママ　ごいっしょね。

先輩Ｂ　（ママに拝む恰好）すぐ出ますから。
ママ　はい。

間――

先輩Ａ　どうだい、今夜のコンパの感想？
岡田　面白い所ですね、とても楽しい。
橘　わたし、お酒飲んだの初めてです。
杉村　僕も初めてだな。――ひときれのハム、ひとつまみのキャベツ。
先輩Ｂ　はは、仕方ないだろう。ツマミの質が、酒の量に転化しちまったんだから！
先輩Ａ　（少しあらたまって）まあ、大体サークルの雰囲気も、人の顔も分かったと思うけど、とりあえず明後日《あさって》だよな。全員が集まって今後のスケジュールを決めるから――大丈夫だろう？
四人　はい。
先輩Ｂ　講義なんか出なくていいから、こっちには来いよ。（笑）
先輩Ａ　それじゃ、明後日の五時からな。――あとは少し新入生だけで話してくれよ。
（二人、帰ろうとする）
杉村　あの――
先輩Ａ　ん？
杉村　明後日、訊いてもいいんだけど、
先輩Ａ　なんだい？
杉村　サークルとしての取り組みはあるんですか？　今度の４・28。
先輩Ｂ　あ、４・28か。（少し驚いた）――ええと、明日《あす》の昼休み空いてるか？　それじゃ、部室に来いよ。何ていったっけ、名前。
杉村　杉村。
先輩Ｂ　ＯＫ。
先輩Ａ　それじゃ。
四人　さよなら。お休みなさい。

新入生四人が残った。

岡田　あの、何ですか？　４・28って。
杉村　沖縄闘争。
岡田　えっ？　あ、きみ、全学連なんですか⁉
夏川　今日、キャンパスでビラ渡されたな、４・28の。――だけど、どこへ参加したらいいか分からないんだ。
ママ　お待ちどおさま。（ハイボールを持って来た）どうぞごゆっくり。

間――

橘　ふふ、面白いですね、ハイボールが四つ並んで。（ようやく打ち解けてきた）
夏川　俺だけかと思った。
杉村　実は、遠慮していたんだ。（笑）
岡田　僕たちのほかに、たしかあと五人いたよね、新入生。
夏川　ああ、どこで別れたのかな？
杉村　麻雀するって言ってたな。
岡田　ああ。（納得）
橘　二浪したっていう人いたでしょ。あの、歌うたった人。なんだか、おじさんみたいですね。
岡田　そう言えば、ここは全員現役か。同い年だね。――杉村君は文学部？
杉村　うん、西洋史。
橘　わたし日本史です。橘素子っていいます。
岡田　僕は岡田。理工学部の建築です。夏川君は？
夏川　法学部だけど……本当は、民俗学をやりたいんだ。
橘　（興味をもって）民俗学？
夏川　うん。
岡田　なんだ、文学専攻はひとりもいない訳か。――僕は、何て言ったらいいかな、自分の専門だけにはとどまりたくないと思って、それでこのサークルにはいったんだけど……橘さんは？
橘　わたしは――あの、いろいろなサークルの案内書が配られたでしょ、入学式のときに。このサークルの案内には、こう書いてあったんです……「ものを書くときだけは自分に誠実でありたい」って。――それで、来てみたんです。いま、長沢延子という人の書いたものを読んでいるんですけど、ご存知ないでしょ。〝友よ――わたしが死んだからとて〟
杉村　ええ、そう。（感動した）
橘　僕は、T・S・エリオットの詩なんか好きだな。「荒地」とか――
岡田　すごいですね。杉村君は？
橘　そうだな。作家といえるかどうか分からないけど――ポール・ニザン。
杉村　ポール・ニザン？
橘　（夏川に）知っているかい？
岡田　知らない。どこの人？
夏川　フランス。サルトルの――そう、ライヴァルだった。共産党員だったけど、脱党した。ナチスと戦って、ダンケルクで死んだ。
杉村　へえ。――夏川君は？
岡田　え、何が？
夏川　好きな作家のことさ、きみの。
岡田

夏川　俺の？　いや、俺、文学は好きじゃないな。
岡田　好きじゃないって、それじゃ、どうしてこのサークルへ来たの？
夏川　俺、ＹＭＣＡにいたんだよ。
橘　あ、クリスチャンなんですか？
夏川　全然。――ただ、ＹＭＣＡにはいっていると、安い寮に入れてもらえるんだ。それでＹＭＣＡの部屋にいたら、ここのサークルの先輩――ほら、さっきの眼鏡かけた人、あの人がビラを置きに来てね、こう言うんだ。――お前、イエスなんかに祈ったって、この社会は変りやしないぞ、だから、俺たちのサークルへ来い、ってね。――それで、こっちに来た。寮は、まだそのままだけどね。
岡田　へえ、あきれたなあ。
杉村　いや、それでいいんだよ。
岡田　でも、なんだか主体性ないよなあ。
橘　主体性ないところが、主体性あるんですよね。（笑）

以下は、無声になって談笑が続く。松葉杖を突いた乞食が、店の戸口から顔をのぞかせた。厚い外套を着て、古い軍隊の帽子を被って……

乞食　今晩は。
ママ　あら、今晩は。（優しいのである）――これ、少しですけど、（食べものの包みである）さあ、どうぞ。
乞食　（胸にかかえるようにして）春も盛りになりました。
ママ　本当に……
乞食　お休み。
ママ　はい。どうぞ気を付けて――

杉村だけが、このやりとりをじっと見つめていた。

乞食　（街路を歩きながら、歌う）

死んだ者は死んだ
生きてる者は生きてる……
マラリアのジャングル
雪のふる大河
死んだ者は死んだ
生きてる者は生きてる……

橘　あ、もうこんな時間。わたし失礼します。下宿のおばさんに、怒られちゃう。
岡田　僕たちも帰りますか。

ああ帰ろう。ごちそうさま。ありがとうございました。気を付けて。等々。
四人、外へ出る。

橘　……暖かい夜ですね。
岡田　それじゃあ、今度は明後日だね。
杉村　みんな、来るだろう？
ああ行くよ。お休みなさい。僕はこっちだ。さよなら。等々。
四人、適当に別れながら、間隔を取って、舞台鼻に並ぶ。

岡田　（客席に向かって。以下三人も同様）
四月は残酷極まる月だ
リラの花を死んだ土から生み出し
追憶に欲情をかきまぜたり
春の雨で鈍重な草根をふるい起こすのだ。
冬は人を温かくかくまってくれた。
地面を雪で忘却の中に被い
ひからびた球根で短い生命を養い。
シュタルンベルガ・ゼー湖の向こうから
夏が夕立をつれて急に襲って来た。

橘　アカツキ
私は目を開く
お前　めくらでびっこの娘よ。
アカツキ　私はととのえられた朝餉を捨てた。
ととのえられた新調の背広に見向きもしない。
睡気と自堕落に囲まれて、明け放れるガラス戸の素直さに腹を立てた。

杉村　ぼくは二十歳だった。それがひとの一生でいちばん美しい年齢だなどとだれにも言わせまい。一歩足を踏みはずせば、いっさいが若者をだめにしてしまうのだ。恋愛も思想も家族を失うことも、地位ある人びとの仲間に入ることも。世の中でおのれがどんな役割を果しているのか知るのは辛いことだ。

間――

夏川　文学は良く知らないから、僕自身のことを語ろう。僕の祖父は、〈楠〉という変わった名前だった。〈楠〉は、神官だった。
彼の息子――つまり僕の父は、脳を患って死んだ。
僕の家は、神官の家だ。

舞台、次第に暗く――

岡田だけが、ひとり取り残された感じで、照明の中に。


岡田　こうして、僕たち四人は別れて行きました。夜の気配が、しっとりと肌に纏いついてくるような、暖かい春の夜でした。夜は始まりの予感に充ち、深い闇は、開花し始めた花々のざわめきで充たされていました。

　これから始まろうとするものが、所謂青春であるのか、或いは、この国に訪れることの少なかった可能性の時代であるのか、そのときの僕たちには分かりませんでした。多分、その両方の予感が、僕たちひとりひとりの胸を、あんなにも重く、そして軽やかにさせていたのにちがいありません。

　こうして、僕たちの一九六八年は始まりました。春と、夏と、秋と、そして冬が廻りました――

暗転

Nよ。

未だ題名の定まっていない僕の劇は、こうして春の夜の中で、あたかも四人――杉村・夏川・岡田そして橘素子の、青春物語でもあるかのように開始されるのだけれども、先を急ぐ前に、きみが回復不能の《語れない石》となって首都を離れて行った一九七〇年代の十年間について、ここで簡単に記しておいたほうが良いように思う。というのは、一九七〇年代の僕たちは、奇妙なすれ違いとでもいうべき形でそれぞれの時間を生き、同じ首都に在りながら、或いは厚い壁に遮られ、或いは地下と地上に分かれることによって、語りあうための機会を互いに持つことが出来なかったのだから――。

　強大な力によってきみが敷石を持たない街頭から連れ去られたのは、一九六九年の十一月――潮の匂いのする冷たい雨の降り始めた十一月の深夜だった。

　僕たちの祝祭の終りを告げるかのような点々と炎の燃えている街から、きみは二千人の者たちと共に奪い去られ、そののち二年以上に亙って、本来は僕がそこへ赴くはずだった暗い場所に閉じ込められることとなったのだけれど、それはいまから考えてみるならば、きみと僕とがその位置《ポジション》を入れ替ってしまう最初のきっかけであったようにも思える。

　一方僕はといえば、同じ雨の街から白い紙のように帰還し、その半年後――つまり一九七〇年の六月、まるできみと交代しようとするかのように、きみの待つ暗い場所へと赴いたのだった。

幾つものビルディングが僕たちの隊列の上に崩れ落ちてくる六月、僕は最も危険な部署を選び、あたかも決意した逮捕志願者ででもあるかのように、汚れた十字路に突撃して行った。だが、そのときもまだきみが暗い場所に留め置かれていたのに対して、僕は汗臭い毛布の中で僅か二十三回の夜と日を送っただけで、再び明るい世界の中へ放り返されてしまった。それは僕の前回及び前々回の予行練習に比べて、たかだか二十日ばかり長いというだけの逗留にしかすぎなかった。

七月の朝、自由になった二つの手をもって街に立てば、空は父を喪くした日のように白々と晴れ、通勤の人びとが半袖シャツを着て流れて行くのを見送りながら、僕はそのとき、自分が世界から切り離されて行くような奇妙な感覚に見舞われた。それは、街角や十字路や周囲の建物が（そして目の前を流れる時間までが）透明な膜を掛けられて遠ざかって行くような、空虚にも新鮮な感覚だった。

そして、その夏の朝からしばらくして、僕はいっさいの〝任務〟を放り出し、「個人的な事情」のはいったザックを肩に担いで、首都の岸壁から遠方へ向かう船に乗ったのだった。埠頭に付けられたスピーカーからは、便所の中で声を出しているような〈港町ブルース〉という唄が繰り返し流されていた。見送りのテープが風にちぎれ、やがて太い航跡が、小さくなった灰色の首都を、海と空との間に沈めていった。

そして……五〇〇個の太陽がさまざまな海やさまざまな山脈に落ちて行くのを見届けたのち、僕は痩せた魚のようにかつての街へ還って来るのだが、異和に充ちた堅い舗道に立ってみれば、既に首都の様相は一変していた。

その頃もなお、きみは暗い場所に留め置かれていたのだが、僕が責任を持つはずだった党派のフラクションは、僕が逃亡したことによって消滅していた。学生時代というものを廻り終らせつつあった僕たちの仲間は、まるで季節の終りに樹木から離れた夥しい木の葉たちのように、散りぢりになって首都の街角へ落ちて行こうとしていた。多くの者が秩序の紐で首を締め、まだ火の匂いの残っている靴底で、見知らぬ乾いた路地へと歩み消えて行ったのだった。

一方、僕たちの所属していた党派はといえば、僕が五〇〇個の太陽が落ちて行くのを眺めていた間に、或る一派との〝無制限一本勝負〟ともいうべき本格的な闘いに突入していた。

或る一派——それは言うまでもなく、僕たちの運動がこの国そのものを否定しようとし始めるや否や、その僕たちの運動を解体することだけを目的として動き出した《革命の葬儀屋》ともいうべき一派だった。《革命の葬儀屋》は、バリケードが在った時代には、彼らの小さな部屋の中で身を寄せあって呪文のようなものを唱え続けていたのだが、僕たちの運動が退潮期にさしかかり、多くの者たちが傷つき、或いは獄中に捕えられたことを見て取るが早いか、あらゆる領域において、僕たちの運動を一掃すべく姿を現わして来たのだった。

この《革命の葬儀屋》との闘いは緊急を要した。それに勝利することがないならば、僕たちの運動は過去と現在と未来に亙って、完全に消し去られて行くのにちがいなかった。そして僕たちの党派は、《革命の葬儀屋》との闘いのために体の半分を地下に埋めることによって、党派としての責務を果たそうとしていたのだった。

しかし——体の半分を地下に埋めることによって、僕たちの党派は、その内部に或る種の神学的ともいうべき雰囲気を漂わせ始めていた。急に地下に潜った教団の聖徒たちひとりひとりが、光を怖れ、光を嫌悪し、闇の中で他者をもとめるのでなく、ただ十字架だけを己れの拠り所としていくかのように——。

それは、《革命の葬儀屋》と闘うために、僕たちの党派が余儀なくされた必要な腐食作用であったかも知れない。だが、五〇〇日の旅から帰ったとき、僕を迎えた党派のメンバーの間に漂っていた、まるで雪の山岳地帯のような異様な冷たさを、僕は忘れることが出来ないでいる——。

《革命の葬儀屋》と闘うことによって生まれたこの腐食作用は、血が流れるたびごとに、驚くべき速度をもって僕たちの党派の内部に広がっていった。そして誰ひとりとして、《革命の葬儀屋》との闘いを継続し、且つその腐食作用を除去する方途を、発見することが出来なかったのだった。

いまから考えるならば、僕たちの党派と運動に侵入したこの腐食作用こそが、《革命の葬儀屋》の果たした最も大きな役割であり、彼らの唯一の歴史への寄与であったと言えるかも知れない——。

僕たちの党派を見舞ったこの急速な変貌は、五〇〇日の放浪から帰還した僕を戸惑わせた。僕はコンクリートの剝き出しになった倉庫のような場所で、党派の見知らぬメンバーから、五〇〇日に及ぶ任務放棄を指弾され、任務放棄の結果として極めて重要なフラクションが壊滅したことを追及された。そしてさらに、今後党派にとどまることの決意を明らかにするために、逃亡の動機について文書をもって釈明することを求められた。——つまり僕は、変貌した僕たちの党派から、〈私小説〉を書くことを要求されたのだった。

そして、その寒々とした倉庫のような場所で、僕が「個人的な事情」については口を噤み、私小説を執筆することを拒絶するや否や、僕は〈五〇〇日以前の段階に停滞している者〉として、党派の組織から決定的に切り離されていったのだった。

Nよ、きみも知っている通り、この時期に党派から離れた者は僕ひとりにとどまらなかった。〈離れていった者たち〉は、或いは自らの個体を守り、或いは変貌する以前の党派の姿を守ろうとしたのかも知れなかったが、それは一九七〇年代の十年間をかけて、血を流し続けている党派の傍らで、本隊を持たない無力な遊撃戦を継続し得たにすぎなかった。実際僕は、党派を離れた後に働き始めたインスタント・ラーメンを扱う会社で、ただひとりの叛乱ともいうべきものを組織したのだが、それは数ヵ月のうちに、僕自身が路頭に迷うというささやかな成果を残して終息していった。――こうして、僕たちの祝祭が終り、バリケードが首都から姿を消して早くも二三年のちには、党派にとどまることも、そこから離れることも、共に個体を暗い穴ぼこの中に埋めこむことであるような、惨憺たる時代が始まっていたのだった。そして――

　僕たちの時代が産み出した五人の革命軍の銃声が北方の山岳地帯に谺していた頃、暗い場所からようやく回帰したきみは、ただちに党派の正規軍の断乎たるメンバーとして、《革命の葬儀屋》との闘いに出立すべく、この国の地上から姿を消していった。きみは首都の地下のアジト、地下水の流れの聴こえる闇の戦場へと出征していったのだが、それは地上に残った者たちの眼には、危険きわまりない雪の山岳地帯へ赴く六人目の兵士の姿の如くにも映ったのだった。――

　Nよ、きみは忘れてしまったかも知れないが、きみがそのように地下へ赴く直前、僕たちは懐かしい喫茶店で久しぶりに出逢ったことがあった。急に身形《みなり》の華やかになった学生たちの間で、僕たちは泥まみれの兵士たちのように、いちばん隅のテーブルを占めた。――考えてみれば、それは一九七〇年代を通じて、きみと僕とがゆっくりと言葉を交すことの出来たただ一度の機会だったように思える。

　そのとき――それはめずらしく雪の残っていた早春の日の午後だったが、僕たちは《革命の葬儀屋》とこの国との関連について話しあった。

《革命の葬儀屋》は――と僕は言った――この国そのものの在り方に深く根ざしているように思われる。彼らは卑屈な個人を集合させて尊大な姿を装っている。彼らは未開な観念を積みあげて聖なるものを創りあげている。彼らはその聖なるものを支えにして排他的な暴力を獲得している。つまり彼らは、この国の民衆の百年間の〈負〉を、いっさい凝縮させた存在であるように思える……。だからこそ――ときみは答えて言った――我々がこの国そのものを否定しようとする限り、彼らとの戦闘は避けて通ることが出来ない――。

　それから僕たちは、五人の革命軍について、就中、雪の山岳地帯に掘られた十四個の穴ぼこについて話しあった。だが、僕が〈五つの銃口が火を噴いたにもかかわらず、十四個の雪穴が掘られた〉という言い方をしたのに対して、きみは〈十四個の雪穴が掘られたにもかかわらず、五つの銃口が火を噴いた〉と語ったのだった。――そのとき僕たちの考え方の違いは僅かなものにすぎなかった。だが、僕たちのそれぞれの位置《ポジション》は、既に完全に入れ替っていたのだった。……

　Nよ――

　こうして、きみにとっては地下の時計が、僕にとっては地上の時計が、それぞれの針を回していったのだが、きみが回復不能な《語れない石》となって僕の前に血まみれの姿を浮上させたのは、それから二年ほどのち――つまり一九七〇年代の丁度中間の年のことだった。

　その年は、バリケードから生まれた僕たちの世代の中で最も遠くまで行こうとしたグループが、幾つかの企業爆破戦闘を成功させたのちに無念にも一斉逮捕された年だったのだが、この国の最初のパルチザンたちが捕えられて行くのと時を同じくするかのように、きみの地下の生活はきみ自身が《語れない石》となることによって終止符を打たれたのだった。

　そして、きみは車椅子に乗せられて故郷のT村へ帰って行ったのだが、きみを春浅いプラットホームで見送ったのちの僕はといえば、幾つかの工場や会社を転々としながら、首都の暗いアパートに棲み続けることとなるのだけれど、そのような生活の中で僕に憑《よ》りついた――そして現在も憑りついている――奇怪な病気について、ここできみに伝えておかなければならない。

　奇怪な病気――それを自分以外の者に説明するのはなかなか容易なことではないのだが、Nよ、きみはこんな体験を持ったことがあるだろうか？……たとえば子供の頃、一日じゅう仔犬のように遊び続けた原っぱの黄昏、膝までも呑みこみそうになった夕べの闇の中で、周囲がするすると遠くなって行き、急に不安にみちた風景の中で、友達の姿や自分の踏む地面までが、別の世界のものに変ってしまうという不思議な体験を。

　そういう幼い日の黄昏にも似て、風景は急に密度を喪ない、感じの摑めないものに変ってしまう。たとえば立ち止まって、電信柱に触ろうとしても、よく感じが分からない。たとえ手を伸ばして触ってみても、自分が触っているというには余りにも余所々々しい何かに変ってしまっている……。

　そして――これからが本当の病気なのだが――そのような不思議な感覚がしばらく続いたかと思うと、突然、目も眩むばかりの衝撃が僕の頭部を貫き通し、僕は喉仏を天に向け、両手を貧しい翼のようにパタパタさせながら、悲鳴、もしくは哀号ともいうべき叫び声を発しつつ、見境もなく倒れこんで行くのだ。……そして、ダウンした後の僕はといえば、（それを周囲で観察していた会社の職制の話によると）やがて液体とも固体ともつかぬ黄金色に輝くものに包まれながら、聖人のように静やかな、ただし周囲の者には真に剣呑な、ふかぶかとした眠りにはいりこんで行くということなのだが、いや、そんなディテールはどうでも良い。

この奇怪な病気が初めて僕を襲ったのは、K半島へ帰るきみを見送ってからしばらくのち、つまり一九七〇年代の半ばのことだった。最初、僕はその病気が、パンとインスタント・ラーメンばかり食べている僕の栄養状態の所為だと思ったのだが、そのとき一度きりだと思えたそれは、僕の地上の生活を粉砕するかのように、不定な期間を置いて繰り返し訪れるようになった。そしていまでは、僕は十日に一度ほどの順調なペースで鳥のような叫び声を挙げ、このため僕は、勤め先の若い女子社員たちから、――彼女たちはいつも僕のことを、水の中で死にそこなったネズミを見るような眼付で見るのだが――その女子社員たちから、ネズミとは正反対の、《叫ぶ鳥男》という名誉ある異称を賜与されたのだった（ついでに言っておけば、この僕のニックネームは、叫べ、躍進！　飛べ、鳥のように！　という生産性向上運動の月間スローガンから採られたものなのだ）。

つまりNよ、きみが首都を離れてからの十年という時間を、僕は一本の管《くだ》の如き存在として、管の一方の口からは黒い叫びを、もう一方の口からは黄金色の糞尿を洩らしながら、この社会をいささか騒然とさせるという気風を現在もなお保ちつつ、確実に〈狂人〉への道を歩んでいるという訳だ。

僕の棲む部屋はといえば、首都の底に沈みこもうとしているような、アパートの半地下の三畳間なのだが、その部屋に取り付けられている天窓のような小さな窓から、僕は誰も聴くことのない叫び声を夕空へ向けて放ち続けている。僕の前歴を知っている地区の公安は、半年に一度ほどの割合で、御機嫌伺いという風情でこの部屋を訪ねて来るのだが、そして僕はドアを明けることのないまま彼を追い返すのだが、もしも彼がこの部屋の中を覗き見たとしたら、それは時折叫び声を挙げる奇怪な鳥類の、地下に作られた非合法のアジトであると考えるかも知れない――。

勿論、この巣箱の中にも全く慰めがない訳ではない。僕のベッドの枕元には、まるで孤独で穏やかな狂人を慰めるもののように、小さなオルゴールの木箱が置かれている。そのオルゴールは、僕が小学生だった頃――正確に言えば一九六〇年に、死んでいった母がプレゼントしてくれたものなのだが、そして焦茶色の蓋を明ければ、「楽興の時」のへ短調の断片が流れ出てきたものなのだが、それはいまでは音を出すことを止めて、静かに僕の枕元に置かれている。蓋を明ければ、懐かしい旋律の代りに、白い親指ほどのものがそこに収められているのを、僕は視ることが出来るのだけれど、その白い親指ほどのものについて語るのはまた次の機会を待つとして、このような部屋の中で書き始められた劇——未だ題名の定まっていない劇の続きの部分を、きみに読んでもらうことにしよう。
場面は、先の第一場から一年後、つまり一九六九年の春が始まる……

第二場

一年後の春。
つまり四人は、一年生から二年生になろうとしている。
〝クレバス〟の店内。
ママは忙しそう。
一階の席に、岡田・夏川・橘の三人。

一九六九年　春

岡田　遅いなあ、杉村——
橘　うん、もう三十分も過ぎている。
夏川　めずらしいよなあ、あいつが遅れるなんて。
橘　そう、杉村君はわがサークル唯一の定刻主義者！（笑）
夏川　たしかに連絡したのかい？
岡田　したした。われわれ一年生の——いや、もうすぐ二年生か、その二年生だけの作品集を作る話だから、絶対に来いってね。
夏川　また、パクられたのかなあ。
岡田　いや、きのうここに座ってルカーチを読んでたよ。
——幽霊でなければ。
橘　（退屈して）ルカーチを読む幽霊。
岡田　ふん。
橘　わたし、探してこようか。
岡田　いや、俺行くよ。（ママに）あ、ちょっと出てきます。
残された二人、向きあう形になった。
間——
橘　久しぶりね。
夏川　うん。
橘　夏川君、春休み帰らなかったんだってね。
夏川　バイトしていたから——
橘　K半島の方だっけ？　遠いからお金かかるものね、帰るの。
夏川　鈍行で行けば、そうでもないけどな。

橘　……ね、どんな所？　夏川君のいなかって。
夏川　小さな村だよ。まだ木造の小学校の校舎がある。村の裏手に小さな山があって、その山に登ると、反対側の海の音が聴こえるんだ――
橘　いいね。……わたしは小田原だからすぐだけど、でも、わたしの生まれる前の本当の故郷は、沖縄なの。
夏川　沖縄？
橘　うん。沖縄本島よりかずっと先の島。
夏川　南か――
橘　まだ、おばあさんが住んでいてね。この春休み、ビザ取って、初めて行って来た。
夏川　（興味を示して）その島に、神社がある？
橘　ジンジャ？　――あ、夏川君は民俗学だっけ。――沖縄では御嶽《ウタキ》って呼んでいるの。本土の神社とは、ちょっと違うみたい。アダンの森の中にね、清潔な石畳がずっと奥の方まで続いているんだけど、でもその奥へは、はいってはいけないんですって。――神女って言うのかな、わたしのおばあさんもその一人なんだけど、白い衣を着けた女たちが石畳を踏んで行くと、いちばん奥にガジュマルの太い樹があって、その根本に御嶽があるって言っていたわ。
夏川　太い樹の根本にかい？
橘　うん。
夏川　何を祀ってあるのだろう？
橘　死んだ人よ。
夏川　死んだ人？
橘　島では、死んだ人はみんな神になるんだって。その御嶽で、死んだ人と話をするの。
夏川　ふうん。……神社は、それひとつだけ？
橘　うん。でも、西の浜という所があってね、そこにウガンジョがあるの。「拝所」と書くのかな、オガミジョ。
夏川　あ。
橘　そこでね、やっぱり死んだ人を拝んで話をするの。東じゃなくて西の浜にそういうものがあるのは、めずらしいんですって。
夏川　…………
橘　（みつめて）ね、よかったら、今年の夏、いっしょに行こうか。
夏川　沖縄か――
橘　（やさしく）二等で行けば、あんまりお金かからない。
夏川　うん……
橘　（少し考えて）夏川君の誕生日、何月？
夏川　十一月だけど、なんで？
橘　ううん。……わたしの方が、ちょっとお姉さんだ。

岡田、戻って来た。

岡田　ふう……杉村の奴、めっかったよ。すぐ来るってさ。
橘　どこにいたの？
岡田　部室で、ビラ刷ってやがった。（ママに）あ、すいません、水だけ。どうも。……ところで、二年生の作品集はいいけど、題名はどうする？
橘　あ、考えていない。岡田君、イメージ出してよ。
岡田　（水を飲んで）俺だって考えていないよ。……そうだな、未完成、なんてのはチンプだな。
橘　チンプチンプ。運命！　って言うかと思った。（笑）
夏川君は？
夏川　うーん、変革。
橘　おお、懐かしきプロレタリア文学よ！
岡田　自分は言わないでナンセンス！
橘　（首をすくめて）自己批判、自己批判。（まだ十九歳なのだ）
岡田　あっ、ママに聞いてみよう。
ママ　え？（通りかかったところだ）
岡田　あの、こんど僕たちの作品集を作るんですけど、どんな題名にしたらいいかと思って――
ママ　（ちょっと困った）……さあ、皆さんの若い感じだと、どんなのがいいかしら。わたくしもね、昔――大昔ですのよ――お友達と同人誌のようなものを作ったことがあって、そのときの題名は〝レゲンデ〟って言いましたの。
夏川　レゲンデ？
岡田　レゲンデ？
橘　使徒物語！
ママ　そう。
岡田・夏川　へえ！
橘　（威張る）ドイツ語、ドイツ語。
ママ　でも、もう、古いですわね。（去る）

間――

夏川　〝レゲンデ〟か。
岡田　逆にすると〝ゲレンデ〟。（スキーをやる恰好）
橘　いやだ。（軽蔑）
岡田　杉村なら、なんて言うかな？
夏川　そうだな、多分……バルセロナ！
橘　うん。あの人好きだものね、スペイン。（杉村のまねをして）――バルセロナに太陽が落ちた。カタロニアの空に夕暮がやってきた。ドゥルティは言った。あの屋根を越えて、地下室を抜けて行こう。朝までに、あの教会を取らねばならない！

一同、笑。

二階から、二人の女子学生が下りて来た。

女子学生　あ、橘さん。帰ってたの？

橘　わ、久しぶり。きのう戻ってきたの。

女子学生　わたし、おととい。——またね。

橘　下宿に遊びに来て！

二人、出て行く。

橘　クラスの友達。アルベール・カミュが好きなの。

夏川　ふうん。

岡田　（馬鹿にして）きょう、ママンが死んだ。もしかすると、昨日かも知れないが、私には分からない……

夏川　杉村の奴、遅いな。

岡田　すぐ来るって言ってたんだけどな。

橘　何のビラ刷っていたの？

岡田　あ、これ。——二三枚ひっこ抜いてきた。

夏川と岡田、ビラを読む。

別に力を入れないで。——ボソボソという感じの声が、かろうじて客席に聞こえる。

夏川　ええと、学友諸君……本日我々は……第二次学園闘争の開始をここに……すでに当局の大学支配体制の補完物と化した……当局との野合によって……学生会館の管理運営権は……欺瞞的な……

岡田　……絶対に許してはならない……産学協同路線の……全社会的な……大学の帝国主義的再編の一挙的推進は……我々は自らの存在を否定し……大学を否定し……

橘　（場面から脱け出る感じで、既に舞台鼻の中央に立っている。客席に向かって、ひとことひとこと区切るように——）

すべての学友諸君！　方針は鮮明である！

我々の実力で学生会館を解放せよ！

東大闘争・日大闘争の地平を受け継ぎ、綱領なき革命の旗を高々と翻し、腐臭と欺瞞に充ちた我々の大学を、全社会的叛乱の最前線たらしめよう！

すべての学友諸君！

現在、大学当局、国家権力機動隊、そして当局の防衛隊と化した宗派は、我々のこの闘いに対して…………

途中から音楽が流れ始め、次第に大きく、橘の声は消されていく。

店内は、暗くなってきたところだ。

杉村、ビラの束をかかえてはいって来る。橘は立ち尽したまま。
以下は、背景風に――

夏川　やあ、遅いなあ！
岡田　遅刻、遅刻。いまな、作品集の題名、考えていたところなんだ。
夏川　杉村なら〝バルセロナ〟って言うんじゃないかってな。
杉村　ああ、俺たちのバルセロナが始まるよ。
岡田　え？
杉村　あした、学生会館に突入する。追い出されていた党派の連中も帰って来る。――よし、まず位置づけから始めよう……

音楽、再び高く――
三人が額を寄せあい、橘が立ち尽すなか、ゆっくりと幕が下りる。
（幕は、舞台中央部だけを隠す、巨大な赤い布の如きものでありたい）

――――

第二の通信

いまは夜だ。

僕の棲むアパートの部屋の小さな窓には、暗い壁に似た夜空の一角が切り取られ、その夜空の真中に、血のように赤い色をした光が瞬いているのを見上げることが出来る。それは勿論、星の煌きではなく、遠くの高層ビルディングの、その頂点に付けられた点滅灯なのだが、その血の色の光は、丁度死んでいく人間の脈搏ほどのゆっくりとした点滅を繰り返しながら、この時代のひとつひとつの夜を廻らせようとしている。

牢獄のような小さな窓に顔を寄せれば、その不吉な光の下には、幾つもの高層ビルディングの黒ぐろとした頭部が重なりあうようにして聳え立っているのが見える。それは見知らぬ惑星の奇怪な山岳地帯のようでもあり、また落ちてくる天を支えようとした古代の大遺跡の夜景のようでもある。巨大なビルディングが首都の風景を一変させ、またその中に働く人びとの表情を一変させたのは、ほとんどここ十年のことであるから、きみはこの奇怪な首都の夜の光景を知ることがないにちがいない。――僕は時折夢の中で、この都市を覆っている一本の幻の樹木の巨大な幹と、そこから伸ばされている幾千もの枝が風にゆっくりと揺れる様を見、その夥しい葉のさやぎを聴くことがあるのだけれど、夜空に落ちる血の滴りとその下の黒々としたビルディングの影をみつめていると、僕は、巨大な幻の樹木が切り倒されたその跡の切株の上に、人間たちが途方もなく醜怪な最後の都市を造りあげているというイメージにとらえられてならない……

Nよ。

これが僕の部屋の窓から見える、一九八〇年代のこの国の情景のすべてであるのだが、今宵は僕に眠りが訪れるまで、〈神山〉のことを書いてみたい。

前回記した通り、僕がT村を訪れたのは、一九七〇年代という暗澹たる年代の最後の年のことだった。そのとき僕は、きみが毎朝「神社」へ赴いて行くという話をきみの母から聞き、きみの家の裏手から続いている神山への道をひとり辿って行ったのだが、樹木の奥で僕の視たものは、「神社」と呼ぶには余りにも不自然なものだった……。

《神山の情景》

神山には、家の裏手から細い登り道がつけられていた。小さな掘割を跳びこえて、雑木林の上り坂に取りかかると、まるで人の気配を察したかのように、冬空から幾枚もの木の葉が舞い落ちた。急にしいんとした世界の中で、枯葉を踏んで行く靴音だけが、妙に大きく聞こえた。次のバスの時刻にはまだ相当の間があるはずだったから、僕は老爺のようにゆっくりと、冬の山道を登った。

　しばらくすると急に林が切れて、見晴らしの良い岩場の鼻のような所にとび出した。天と地の境であるような、いかにも宙に浮いたという感じのその場所からは、バスで越えて来た向かい側の山腹が、白い道を幾重にも折れ曲らせながら、谷間へ向かって崩れ落ちようとしているのが眺められた。

　遥か下になった集落のあたりは、相変らず不思議な色の紅葉に包まれて、それは淡い火事の広まりのようにも見えた。きみの家の巨大な楠が、孤独な塔のようにその姿を現わしていた。

　その場所を過ぎると、道は雑木林と別れて、陰鬱な感じの杉の樹林の中へとはいり込んでいった。不意に訪れた日暮にも似て、あたりの空気が重たくなった。湿り気を含んだ黝ぐろとした道は、杉の幹の間を縫いながら、山腹を巻くようにして続いていた。それは全く人気のない道だったが、僕は幾人もの人間と擦れちがったような、不思議な気配を感じた。

　蛇ほどの姿で水の流れている小さな沢を越えると、杉林はますます深く、暗くなっていった。死人の手のような枝が両側から頭上を覆い、日の光の絶えた長い洞窟は異なった世界へ迷い込んで行く通路の如くにも思えた。

（この兇々しい山道を、きみは本当に毎朝登り続けているのだろうか？）

　微かな疑念が、僕の頭を掠めた。

　そして幾度か後を振り返り、次の小さな突起を越えたら立ち止まろうと考え、息を切らしながら思いきり黝い道を踏み登ったそのとき、突然目の前が黄色く変ったのだった。

　一本の公孫樹の大樹が、夥しい黄葉を纏いながら、道の正面に聳え立っていた。

　季節は十二月だったから、首都の街路樹は既に葉を散らせ尽していたはずだったが、こちらは暖かな所為だろうか、公孫樹の大樹はまだ葉の半ばを保ったまま、急な山腹と迫りあうように巨大な黄の炎を立ちのぼらせていた。

　洞窟のように暗い道は右手へ折れ、杉林のさらに奥へと続いているようだったが、黄の炎を立ちのぼらせている太い幹の根本から、もう一本の幽かな道筋が急な山腹を這い登っていた。

　それは人気の絶えた古い石段のようであり、枯草に埋め隠された廃道とでも呼ぶべきものに見えたが、黄の炎に呼びよせられる者のようにして、僕は大木の裏側に続く道へとはいりこんで行ったのだった。

——石段は、元々しっかりした石積がされていないのに加えて、百年の雨風と雑草たちの繁殖によって到る処が頽れかかり、困難なガレ場の如くなって僕の脚を苦しめた。ときどき石のかけらが革靴に崩され、乾いた音を立てて落ちていった。

やがて細い石段の両側に、先程の公孫樹の大樹が姿を現わした。世界が、再び黄に変った。石段は黄色い蛾の死骸のようなものに覆われ、僕の靴を埋もれさせた。

登るに連れて両側の公孫樹は次から次へと現れ、その数を増していった。それは次第に間隔を狭め、ほとんど密生した姿となって、絢爛たる《黄の図》《タブロー》を作りあげた。昼でもなく夜でもない、不思議な明るさと冥さの混じりあった《黄の図》《タブロー》が、荒れた石段を包んで上へ上へと続き、そこを登って行く者に、まるで一本の黄色い管《くだ》の内部を進んで行くような錯覚を与えるのだった。——腐れゆく木の実の精気が、僕の鼻を強く襲った。上空には風があるのだろうか、黄色い蛾のようなものが次から次へと舞い降りて来て、僕の衣服に纏いついた。蛾の死骸がひとつひとつ触れるたびに、まるで僕の身体が《黄の図》《タブロー》の中に塗り込められ、その世界の奥に閉じ込められて行ってしまうかのように——。

そのとき、樹木の声が僕の頭の後を掠めた。振り返ると、黄の斜面はいっせいに下の世界へと崩れ落ちて、辛うじて石段にひっかかっている僕の爪先を、小さな風が脅かした。

……

そして、長い石段を登りきった僕の目の前に現れたものは、ぽっかりとした枯草の広場だった。

《黄の図》《タブロー》の最後の絵の具の一滴が落されたように、広場は密生した黄色い枯草によって覆われ、その髪の毛のような草の葉の先を、風が幽かに揺れ動かしていた。

公孫樹の群れは広場を丸く囲むようにして途切れ、正面の奥は黝ぐろとした見知らぬ針葉樹の森によって閉ざされていた。

完全な行き止まりだった。すべての音が死んでしまった場所でもあるかのように、枯草の園は余りにも静かだった。その上には、丸い空だけが広がっていた。

（やはり、あそこで道を取り違えたか——）

僕はそう思ったが、すぐに石段を取って返し、再び暗い洞窟のような道を進んで行くのもいかにも億劫な気がして、見知らぬ土地へ迷い込んだ者の仕草で、一本の煙草を取り出した。燐寸を擦ると、まるで小さな火の力によって生まれたように、風が枯園《かれその》の上を渡った。……そして、ゆっくりと広場を廻り、右手の行き止まりまで行きついたとき、正面の奥の黝い森のほとりの一部が、そこだけ草を刈り払われたように、地面が露わになっているのを発見したのだった。

まるで雲間から光が洩れたように、その場所だけは妙にくっきりと浮き上がっていた。

　沼の中へはいって行く者のように、僕は枯草の中へ進んで行った。風が僕の膝のあたりで、死んだ草の葉を顫わせていた。

　黝い森のほとりに行きつくと、やはりその一角は誰かの手によって草が刈り払われ、軟らかな土の肌が露出していた。鋭い草刈鎌で刈り払われたように、いかにも決然とした雰囲気で、その場所は整えられていた。

　そしてそこにひとつの神社――いや、神社と呼ぶには余りにも小さなひとつの〈祠〉が眠っていたのだった。

　それはまるで一本の太い樹木から子供が産まれたとでもいうべき風情で、二かかえほどもある木の幹の裏側に隠れこむようにして置かれていた。両手を広げれば抱き取ることが出来るほどの小さな祠は、そこから続いている黝い森の中に溶け沈もうとするかのように、ことさらに昏い場所を選んで建てられているようにも思えた。

　軟らかな土を踏み、幼い者と話をするような姿勢で祠の前にしゃがむと、その神の栖は僕の目の前でいっそう小さくなっていった。

　銅板で葺かれた屋根は微かな反りを持ち、風に乗せられて飛んできたものだろうか、その上に幾枚かの公孫樹の葉がはりついていた。その切妻の屋根から、四本の木柱が精密に下ろされ、繰戸や妻入りの階段、廻廊の庇までが意匠を凝らして造られてあった。微細な繰戸に指を触れれば、それは本当に開かれるもののようにも思われた。正面の板壁のあたりは雨風に傷み、それがほとんど百年を越えようとしていることを感じさせたが、それでも土台は両手を差し入れることが出来るほどの縁の下に守られて、容易に動かし難い気配で黒い地面に根を下ろしていた。

　それは祠というよりは、神殿のミニチュアとでもいうべき風格を有《も》ちながら、草の刈り払われたささやかな一角に不思議な静けさを漂わせていた。

（この中に神が棲まうとすれば、それはきっと小さな親指ほどの神であろう――）

　顔を近づけると、繰戸の奥からかそやかな響《とよ》めきが聴こえてきた。それは神々の響みあう声のようでもあり、また向かい側の海のざわめきが、風に吹き送られて小さな神殿の中にまで籠っているようにも思えた。……

　それから、僕は来た道を戻り、石段を下り、きみの家の裏手を抜けて先程のバスの通る道に出た。次のバスにはまだ間があったし、停留所で待っていなくとも拾ってくれるような場所だったから、僕はバスを迎えに行くという風情で、帰路とは逆の方向へ少し歩いてみることにした。

　道は冬の薄日に包まれた寂しげな林の中を続いていた。さすがに都会から来ると、初冬の空気はしんと澄み渡って、ときどき落ちてくる木の葉の音や、梢を微かに震わせる風の声までが、世界そのものの息づかいででもあるかのように、かそやかに耳に触れた。下りて来たばかりの何か兇々しい神山の雰囲気が、嘘のようだった。人気のない道は冬木立の中を穏やかに続き、何故か僕は冬の日の葬列を想い浮かべた。ひとが死んだ後の静やかな歩みででもあるかのように、僕はゆっくりと淡い陽の中を歩いて行った。

やがて林が薄くなった。わずかに坂を上って、切通しのようになった場所を抜けると、目の前に海が広がっていた。

海は柔らかな面立ちを保って、平らな鈍色の世界をつくりあげていた。左手に長く引かれた海岸線の、その先の方に小さな海辺の町が霞んでいた。馥郁とした海、そんな言葉が僕の頭に浮かんだ。

（きみは回復に向かいつつある両脚で――と僕は思った――何故この海辺への道を歩こうとはしないのだろう。この海の風景は心も体も伸びやかにするようであるのに、あの神山への道は、余りに困難で暗すぎるのだが――）

潮の匂いの中に、再び微かな疑念が湧きおこった。海岸線を走っている白い道路のずっと遠くに、小さなバスがこちらに向かって来るのが見えた。

（きみは何故、神山の祠へ赴いているのだろう？）

淡い冬日の中で、僕はもう一度思った。

（情景、終）

Nよ――

一九七〇年代の最後の年、僕がこのようにT村を訪れ神山の奥に小さな祠を発見したとき、僕は迂闊にも、かつてきみが自分の家のことを「神官の家」だと言っていたことを忘れていたのだが、そのことを想い出したのは、未だ題名の定まっていない劇を書き進める中で、その時代にきみが語ったひとつひとつの言葉を想い起こしていったからにほかならない。

あの時代の僕たちは、自分の個体にかんすることについて――就中自分自身の〈家〉にかんすることについて――決して多くを語ろうとはしなかったのだが、そしてそれが個体を首都の風に晒し続けていた僕たちのささやかな作風とでもいうべきものであったのだが、そのような共通の寡黙の中で、それでもきみは僅かに、自分の家のことを「神官の家」だと言い、祖父は神官であったと言い、その祖父は〈楠〉というめずらしい名前だと言っていたはずだ。そしてさらに付け加えるなら、きみは父のことを「神官を止めていた」と言い、その神官を止めていたというきみの父は「脳を患って死んだ」ということも、一度だけ語ったことがあった。

だから――きみが毎朝小さな祠に赴いて行くということは、きみが突如として祖先の血に目覚め、〈神官の末裔〉

たる行ないを開始しているとも受け取れるのだが、しかしそのように考えるには、余りにも多くの不自然が纏い付いているように思える。

　というのは、ひとつには、《語れない石》となったきみが、何故そのような完全に時代錯誤の行ないを開始したのかということも疑問なのだが、それ以前に、僕が神山の奥で視た小さな祠が、「神官」なるものを持つほどのものであるとは、到底考えることが出来ないからにほかならない。

　——残念ながら僕は、この国の神社の歴史や制度を詳らかには識らない（識ろうとも思わない）のだが、村々の神社がそれぞれに「神官の家」を持っているものだとしても、僕が冬の日に視た小さな神の栖は、神官の如きものを持つ共同の祭祀の場所というよりは、むしろ個人の孤独な祈りの場所であったように思える。たとえば、非業の死を死んだひとりの者のために、その蘇生を希う者が建てた密やかな哀惜のしるしででもあるかのように——。

　だから、きみの家が「神官の家」であることと、神山の小さな祠とは、僕の中で結びつくことのないまま、不可解なものとして取り残されるほかないのだった。

　……あの祠は、本当に実在したのだろうか？　《黄の図《タブロー》》を登って行くあたりから、僕は夢を見はじめていたのではないか？　黝い森のほとりで自分が視たと信じているものは、日が落ちれば夜風となって、森の奥へと消え散ってしまうものではないのか？　それとも、きみが毎朝赴いているというのは、あの祠ではなく、全く別の神社が、神山のどこかに存在しているのだろうか……

　そんな幾つもの謎に囲まれながら、Nよ、僕はひとつの〝調査〟を行なったことを、きみに報告しておかなければならない。——いや、それは〝調査〟というほど大袈裟なことではないのだが、神山の祠がいかなる歴史を有《も》つものであるのか、そのことをT村の所在する郡の役場に電話で問い合わせてみたのだ。

　遠い電話に出た役場の職員は、天から降って来た途方もない質問に恐慌を来たし、その恐慌は狭い役場の全体に広がっていくようだったが、職員は僕の質問に答える代りに、一人の「郷土研究家」の名前を紹介してくれた。その「郷土研究家」は、T村から少し離れた海辺の町に住む退職教員であり、「公民館で講演を依頼されることがあるほど土地の歴史に詳しい」というのが、役場の職員の謳文句だった。——（ああ、書物の匂いと、土の匂いを纏い付かせた人間のことだな）と僕は密かに危ぶんだが、ほかに調べる手立がある訳でもなく、尋ねたいことだけを簡単に認めて、海辺の町へ書状を送ったのだった。

　折り返し、やはり短い手紙が届いた。その手紙の風情は、僕の危ぶんだような気配とは無縁の、静やかな誠実さとでもいうべきものの籠められたものだったが、その内容は残念ながら僕の期待には程遠かった。なぜならその返書には、「T村に隣接するM町には、天照皇大神を祭神といたしました神社がございますものの、T村に於きましては、いかなる神社、祠の類も是れ無く――」と記されてあったのだから。

（なるほど、なるほど）と、僕は十回ほど呟き、僕の調査方法が決定的に誤りであったことを思い知らされた。そして手紙をゴミ箱の中に放り込んだのだが、しかしやがて、その郷土研究家――Aさんと呼んでおこう――の静やかな誠実さとでもいうべきものの籠められた筆使いが甦り、きみの家の裏手から続いていた暗い山道の記憶が甦って、僕の内にささやかな臆測を湧き上らせたのだった。

ささやかな臆測――それは、Aさんが神山の祠の存在を知らないのは、Aさんの勉強不足の所為ではなく、あの祠自体が人から秘密にされた隠れ祠とでもいうべきものであるからではないか、という臆測だった。敢て誰にも知られない〈非公然の神社〉とでも呼ぶべきものとして、それは神山の奥に存在しているのではないか？

Nよ――

きみが両脚の歩行の自由を回復させるという最初の奇跡を伴いつつ、毎朝赴いて行くという神山の奥の祠が、僕の臆測の通りに、故あって隠れた神の栖であるとしたならば、そこにはいったいどのような神が、枯園を渡る風を呼吸し続けているのだろうか。――それは鎮魂の神なのか、豊饒の神なのか、それとも異形な呪いの神なのだろうか？　そして何故きみは、隠れた祠を守る〈神官の末裔〉たることに目覚めたかの如く、その神の栖へ赴くという行ないを開始するに至ったのだろうか？

勿論――きみがその行ないを開始したという話を聞いたのは、いまから既に数年前のことになるから、現在もなおきみがそこへ赴いているか否かは定かではない。だが、巨大な楠を持つきみの家、そしてその家の中で僕に不思議な身振りを示したきみの姿を想い起こすたびに、僕はいまもなおきみが、神山の困難な石段を登り続けているという気がしてならないのだ。あたかもそのことが、きみが《語れない石》として首都を離れたのちの十年の間に考え続けているあることででもあるかのように――。

さてNよ。

僕の臆測はこれくらいに止めよう。そして僕の書き進めている未だ題名の定まっていない劇の続きの部分を読んでもらいたいのだが、前回の〝クレバス〟で予告された学生会館実力解放の場面をもって、「囲繞地」と題された第二幕は始まる。世界が解き放たれるように、ひとつの空間が解き放たれたのだ。季節は勿論、春でなければならない。夥しい若者たちの春の戴冠式をもって開始されるこの囲繞地の物語は、やがて秋を待たずに終るのだが……

第二幕　囲繞地

闇の中。遠くで群衆の喊声。

舞台中央の赤い幕の前に、杉村がただ一人。


杉村　（朝焼けのような光の中、客席に向かって）一八七一年パリ、一九一七年ペトログラード、一九一八年ベルリン、一九三六年バルセロナ、そして一九六九年東京──

風が、過ぎ去ったすべての年代を甦らせる。

風が、死んでいったすべての者たちを起ち上がらせる。

僕たちは風の中で決議した。僕たちは風の中で武装した。

これから始まるのは、風の文字によって書かれるバリケードの年代記だ。

僕たちのひとつひとつの手によって築かれるバリケードは、やがて太陽の熱を吸い込み、月を廻らせ、夜風の中に星たちを煌かせるだろう。

一八七一年パリ、一九一七年ペトログラード……

風が、過ぎ去ったすべての年代を甦らせる。

風よ──風の中の首都よ！


すさまじい暴風の音。

遠くの喊声が急速に近づいて来る。

激しく物を打ちこわす音。騒然たる声。「ワルシャワ労働歌」の旋律のかけら。

ややあって音が引いて行くと、静かに幕が上がる。

第一場

一九六九年　四月

上手側三分の二に、バリケードで封鎖された学生会館の一階と二階が見えている。

下手側三分の一は前庭風でベンチがひとつ。

つまり、舞台は〝クレバス〟と基本的に同じ構造である。

階段の昇り口に、ヘルメットを被った歩哨。

二階の壁には

表現者連合（準）

という大きな落書き。
その横に杉村がひとり新しい文字を書いている。
批判の武器を、武器の批判に転化せしめよ！
下手の明るい街路から、サークルのメンバーが、ヘルメット、ダンボールの箱、謄写版などの荷物を運んで来る。春の引越しという風情。
重てえな。ふう。やっと着いた。汗かいちゃった。等々。にぎやかに。祭りが、始まるのだから——

先輩B　（先頭で、歩哨に）オッス。

皆、二階に上がる。
よう。重かったぞ。それはそっち。あれはあっち。等々。

岡田　へえ、なかなか立派なソファーがあるじゃないか。

杉村　（皆を迎えて）いいだろう。

橘　こっちのテーブルも素敵ね。

夏川　こんな奴、きのう在ったっけ？

杉村　きのうの夜、学部長室から運んで来たんだ。隣の部屋の連中に、半分取られちまった。

先輩A　お前ら、なんだかアナーキーだなあ。まあ、いいけど。

夏川　（下手側の窓から外を眺めて）すげえなあ、桜だ。こんなにいっぱいあったかなあ。

岡田　花吹雪で向こうが見えないくらいだ。

杉村　（窓辺からは遠く）まるで紙くずが散っているみたいだろ。

橘　ふふ。

岡田　ここに引越したのはいいけれど、新入生はどうしようか。きのうまで何人か登録したけど、元の部室を教えといたからなあ。

杉村　後で貼紙でも出しておけばいいだろ。バリケードへ移れり、って。

岡田　びっくりしやしないかな、いきなりこんな所へ——

先輩A　びっくりしない奴だけが来ればいいよ。サークル自体が変って来ているんだ。我々のサークルは、既に一個の闘争委員会になろうとしている。

先輩B　反対。そういう問題の立て方に、反対。——確かにいままでのサークルといえば、サークルの内容とは無関係に闘争に出かけてみたり、闘争から帰れば引き続きサークル活動に精出してみたり、ともかくサークルというのは安全地帯だった訳だ。まるで市民社会の中の〝家族〟みたいに——

先輩A　そうだろ、だから——

先輩B　まあ、聞けよ。だからといって、サークルが丸ごと一個の闘争委員会になればそれで済むとは、俺は考えないんだな。これまでの個別的なサークルを解体した上に、新しい集団が創られなければならないんだ。

先輩A　ああ、新しい集団、大賛成。それが闘争委員会であり、党であるということだろ。

夏川　ナンセンス！

橘　消耗よねえ！

先輩A　あのな、サークルを闘争委員会化することだけが、状況の中で唯一現実的なんだ。この現在が、言葉の遊びをしている時だと思うかい？　百遍も否だ！

先輩B　ちがうな。俺たちは言葉の遊びなどしたことは、ただの一度もなかった。だからこそ俺たちは、バリケードを築いたんだ。

先輩A　夢想だな、それ。――言葉は意味がない、闘争だけが意味がある。サークルは意味がない、闘争委員会だけが意味がある。

杉村　（議論は続けられているのだが、それとは関係なく、客席に向かって、バルコニーから演説する者の風情で）この間我々はサークル活動とは無関係に闘争に出かけて行った――そのことの単なる極限化にしかすぎないんだな、サークルの闘争委員会化理論は。それは革命的な方針であるように見えながら、実は我々の関係性を何ひとつ変革しようとしない故に、きわめて安全な、きわめて保守的な方針にしかすぎない。個々の闘う決意だけによって結合された闘争委員会――それは、顔をもたないバラバラな個人の寄せ集めというこの市民社会の疎外形態であるにすぎない。そのような闘争委員会は、闘争が終れば、再び元の安全な関係性の中へ復帰してしまうだろう。何ひとつ傷つくことなしに！　自分たちの関係性を変革しようとしない者が、どうして世界を変革することなど出来るだろうか。我々が始めているのはそんな闘いではない。まず何よりも、我々の関係性そのもの、我々の存在そのものの変革が求められなければならない！

――（皆の方に向きなおり、急にくだけて）えー、従って、ただいまよりこの場において、表現者連合準備会の結成集会を行ないたいと考えます。

多くの者　異議ナシ！　やんややんや。

杉村　（続けて）党――党とは何なのか？　それは常に正しい政治方針を持ち続けている前衛か？　最も鋭い武器を持った集団か？　誤つことのない中央委員会か？

――すべて否である。観念のプロレタリアが、生きたプロレタリアを支配する時代は終った。全国に充ちみちる夥しい生きた運動体、闘う諸個人の生きた連合――それらの運動の爆発的な前進の中からのみ、我々の党は生まれるだろう。現在ある党派は、党の部分的な胎児であるにすぎない。それが真の革命の党に成長するのか、或いは全く別のものが創出されるのか、それは分からない。我々の運動の前進がすべてを決定するだろう。我々の運動に敵対する党派は、すべて反革命へと転落するだろう。──我々は〈言葉〉という批判の武器を通じて表現者連合準備会を結成した。批判の武器は、このバリケードのただ中から、武器による批判に転化されなければならない。武器を持つ者こそが、真に言葉を発し得る者だ。批判の武器を、武器の批判に転化せしめよ！

橘　（にこにこしながら）批判の武器を、武器の批判に転化せしめよ！

夏川　──いい場面だなあ。

先輩A　……どうやら、もう俺のいる場所じゃないみたいだな。後生畏る可し──古いか。（去る）

間──

岡田　（独白風に）でも、どうしてこのサークルを壊したりする必要があるのか、よく分からないなあ。

前庭に、いつの間にか乞食。

死んだ者は死んだ
生きてる者は生きてる……
マラリアのジャングル
雪のふる大河
死んだ者は死んだ
生きてる者は生きてる……

岡田　──厭な唄だなあ。

杉村　最近、よく来るんだよな、この辺。

夏川　バリケード、好きなのかなあ。

杉村　シンパだったりしてな。

岡田　（窓から下を見て）なんであんな恰好しているんだい？

杉村　知らねえ。

先輩B　戦争、行って来たんだろ。この前の。

夏川　戦争かあ──

突然、スピーカーから大音響の演説始まる。〈学友諸君！　本部キャンパスのすべての学友諸君に、解放学生会館より、全学共闘会議を代表して、アピールと、昨日の学生大会における、無期限バリケードストライキの…………〉

岡田　（音響が余りにも）うるせえなあ。

杉村　この上にな、スピーカーがくっついたんだよ。

各々　いつくっつけたんだい。消耗するなあ。場所変えちまおうや。向きが逆なんじゃないのか。わいわい、ざわざわ。

この騒ぎの中、橘ひとり、階段を下りて外へ出て行く。

ベンチには乞食。

スピーカーの音は消えている。

橘　（ベンチの横で）おじさん。……座ってもいい？

乞食　ああ、いいとも。

橘　（乞食の横に腰をかけて）春ね、風が気持いいの。

乞食　娘さんは、よく見かけるな。

橘　（学生会館を見上げて）わたしたちね、この上にいるのよ。いままで、誰もはいれなかった所にはいっているの。誰もしなかったこと、始めているのよ。こんな世界ではない、別の世界を創るの。

乞食　心が優しければ、どんなことでも出来る。

橘　うん。

下手から二三人の学生、橘たちの前を通ってバリケードの中へ。

軽い挨拶。

橘　ね、おじさんが若かった頃、わたしたちと同じくらいの頃は、何があったのかしら？

乞食　風で始まって、雨で終る――

橘　風で始まって、雨で終る……

乞食　腹がへってな――

橘　おなかがすいて？

乞食　――赤いザクロを食った。

橘　ザクロ？　わたし、食べたことないわ。

二階の方で物音。橘、一寸見上げる感じ。

橘　さて、そろそろ戻らなくちゃ。――ねえ、おじさんのその帽子と外套、もう暑くない？

乞食　いいや。（正気に）一度身に着けたものは、脱がないことにしているよ。

橘　（気付かない）ふふ。でもねえ、もう春よ。きっと、汗かくわ。（立ち上がる）

乞食　ありがとう娘さん。いい赤ん坊を産みな。

橘　ありがと、おじさん。でもね、まだずっと先のことよ！

橘、軽くハミングしながら、戻る。

岡田　あれ？　どこへ行っていたんだい。
橘　うん、ちょっとね。
先輩Ｂ　それじゃあ、夜の代表者会議な、誰か出ておいてくれよ。
杉村　俺出ます。
先輩Ｂ　ＯＫ。

突然、外から――
〈暴力学生は出て行け！〉
〈バリケード封鎖反対！〉
〈学園を民主化するぞお！〉
先輩Ｂ　うるせえなあ。
岡田　なんだい？
夏川　（窓辺にいる）〝秩序の党〟のデモだよ。三〇〇くらいかなあ。

今度は別の方向から――
〔極左妄想集団は出て行け！〕
〔展望なきバリケード封鎖反対！〕
夏川　今度は向こうから〝新興宗教〟の奴らが来るぜ。（外へ向かって）ナンセーンス！
〈トロツキストの挑発を許さないぞ！〉
〔極左妄想集団解体！〕
〈暴力学生は学園から出て行け！〉
〔小ブル雑派を放逐するぞ！〕
両方の声がいり乱れて、どちらがどちらだか分からなくなってしまった。
杉村　（窓辺に寄りながら）おい、爆弾くれよ。
橘　はい、行くわよ。（架空の爆弾を杉村に投げるまね）
――杉村、受けとるまね。
〈暴力絶対反対！〉
〔武装蜂起主義反対！〕
杉村、爆弾を窓から遠くへ投げるまね。
一同、大袈裟に耳を塞いだり、床に伏せたり。
本当に――ドカーン!!
杉村　（起き上がりながら）こんなふうにいけば、簡単なんだがな。
笑。

岡田　ああ、腹へったなあ。
橘　うん、おなか空いちゃった。
夏川　（手を上げて）緊急動議！
橘　ハイ、夏川君！
夏川　学生食堂の五十五円のカレーライス食べに行こう。
岡田　行こう、行こう。
橘　可決されました！
杉村　俺、八十五円のランチにしようかなあ。

　ナンセンス！　ブルジョアー！　ワイワイ、ガヤガヤ。

　一同、階段を下りて行くなか、ゆっくりと暗くなる。

Nよ――

　こうして僕が書き続けている未だ題名の定まっていない劇は、一九六〇年代の末期を起点としているから、現在から既に十数年も昔のことになる訳だが――それ故、空虚な時代の百年は、バリケードの時代の百日にも若かない訳だが――その時代の中に立ち現れたひとつひとつの言葉を書き付けていると、僕はその言葉の漂っている空間へすぐにも出て行けるような、勾配のある石畳の道を辿って行けば、すぐにその日々の中に出て行けるような、そんな不思議な錯覚にとらえられている。

　それ以降の時間、つまり一九七〇年代の十年間も、僕にとっては工場や会社を転々とする不安定な時間であり、小戦闘の連続であった訳だが、僕の過去への廻廊は、それらの時間をすべてとび越えて、一九六〇年代末期のわずかな日々に直結している。あたかもその日々――風で始まり雨で終る一九六〇年代末期のわずかな時間が、それを生きた者たちの〈生〉の全部であり、それ以降は完全な死に至るまでの時間――〈時間の無限だけを証明するための時間〉でであるかのようだ。……

　勿論、Nよ、僕は青春などという吐き気のする言葉によって、その日々のことを語ろうとは思っていない。

　実際僕たちは、その日々の中に在って、それが帰らざる時であると考えたことは、ただの一度もなかった。またそれから数年後でさえも、その日々は単なる一つの高揚期だったのであり、高揚期から次の高揚期までの冬の時間を遣りすごしさえすれば、第二の波頭が輝ける風と共に再び現れてくるにちがいないと考えていた。そして十年を越えてから、僕たちはその日々が類稀れなる時代――百年か数百年に一度だけ廻り来る大彗星の時代であったことを悟らされたのだが、それにもかかわらず僕たちは、彗星が抛物線を描きながら永劫の闇の彼方に消えて行ってしまったという天文学を拒絶することによって、夜空に大いなるものがあらわれ駆け抜けた日々を、〈繰り返されるもの〉として視つめ続けているように思える。「詩や女たちはいつか過ぎ去ってゆく、しかし革命がいつか過ぎ去っていったことはかつてなかった」とアデンからのノートに記した、ポール・ニザンの、若き教条主義を断固として支持しながら——。

　ところで、Nよ。

　きみが冬の街路で、未完成の散文詩の如きものの書かれた紙片を僕に手渡したのは、一九七〇年代の丁度中間の年のことだった。地下の生活の中で書かれたその散文詩は、いまから考えてみるならば、あの時代を総括するための、僕たちの努力の最初の成果であったように思える。しかしその直後、きみが《語れない石》となったことによって、その最初の仕事は未完成のままに取り残され、そしてきみの沈黙を共有するかのように、多くの者たちが言葉を閉ざす中で、あの時代は〈伝承なき時代〉として、この国の年代記から消し去られようとしている訳だ。——そのような〈伝承なき時代〉は、おそらく世界史の闇の中に数多く散りばめられているはずであり、僕はときとして、首都の夜の中に、それら夥しい闇の時代が、まるで一枚一枚の樹木の葉のようにざわめき続けているのを聴くことがあるのだが——Nよ、幕間ともいうべき僕のおしゃべりはこれくらいにして、未だ題名の定まっていない劇の続きを、仕上がったところまで急いで書き写してしまおう。

　季節は夏だ。

　夏の夜明けを孕みながら、世界が僕たちの傍でおののきふるえていた。いや、おののきふるえていたのは僕たち自身であったかも知れないのだが、そんな夏の夜明けが囲繞地に忍びこむ。到る処が美しく破壊された階段を昇って屋上に出れば、まだ眠っている街は不思議な静けさではるばると広がり、汗の臭いのするTシャツを、風が旗のようにひるがえらせるかも知れない……

第二場

同じ年の夏。

同じバリケード。

夜明けを表現するようにゆるやかに明るくなっていくと、蒼い光のなか、バリケードの二階で、夏川がゆっくりと、伸び。

外のベンチには乞食が眠っている。

蟬の声。
杉村、急がずに登場。
以下の会話は、健康なアンニュイに充ちていなければならない。
夏休みなのだ。

一九六九年　夏

杉村 （階段を昇って来て）やあ。
夏川 おお、どうだった？　親父さんの具合。
杉村 うん、何とか手術は終った。だけど、歳だからな……。いまは眠っているよ。麻酔が、まだ効いているんだ。
夏川 いいのか、病院にいなくて。
杉村 急に死ぬこともないだろうって、医者も言っているしな――
夏川 戻っていろよ。ここに居ても、何もある訳じゃなし。
杉村 うん、何もないな、秋までは。
夏川 ああ、秋まではな。

間――

学生 （隣の部屋から顔を出す感じで）オイ、反帝定食、食うか？
杉村 何だ？　ハンテイテイショクって。
夏川 飯《めし》の上に、鰹のフレークの乗っかった奴。
杉村 ああ、猫の飯か。――俺、食うよ。
夏川 俺もだ。
学生 ＯＫ。前金、五十円。
杉村 早くしろよ。
学生 すぐ出来る。

夏川、何か口笛を吹いているうちに。

学生 オイ、出来たぞ。（持って来た）
夏川 よし、食うか。
杉村 きのうの昼から何も食ってないぜ。
夏川 ほら、水――
杉村 サンキュー。

三人、黙々と食う。
蟬の声、ひときわ近くで。

杉村 （頰ばりながら）このフレーク、少し苦いみたいだな。
夏川 うん。

杉村　古いんじゃないのか？　この前、猫にやったのいつだったっけ、あのときの残りか？

学生　大丈夫、大丈夫、——俺が食っている。

三人、また黙々と食う。

階段下の歩哨、立ち上がって、ポーズをとりながら、ブレヒトを読む。

ぼくが都市へ来たのは混乱の時代
飢餓の季節。
ぼくがひとびとに加わったのは暴動の時代、
ぼくは叛逆した、かれらとともに。
こうしてぼくの時が流れた
ぼくにあたえられた時、地上の時。
戦闘のあいまにものをたべ
ひとごろしたちにまじって眠り
恋のときにも散漫で
自然を見ればいらだった。
こうしてぼくの時が流れた
ぼくにあたえられた時、地上の時。

夏川　（食べながら）橘さんに聞いたんだけど、ニガウリっていうのがあってよ——

学生　ニガウリ？

夏川　うん。肉なんかといっしょに炒めて食うと、うまいんだって。

杉村　苦いのか？

夏川　そこがいいらしいよ。

ぼくの時代、行くてはいずこも沼だった。
ことばがぼくに、危ない橋を渡らせた。
ぼくの能力は限られていた。が、支配者どもの
尻のすわりごこちを少しは悪くさせたろう。
こうしてぼくの時が流れた
ぼくにあたえられた時、地上の時。

学生　ニガウリっていうと、南の方か？

夏川　沖縄。

学生　ああ。

杉村　（いち早く食べ終って）ごっそうさま。——人ごこちがついたぜ。

こうしてぼくの時が流れた
ぼくにあたえられた時、地上の時。

歩哨、元の動かない姿に。

杉村は片づけなどして、窓辺へ。煙草を吸い始めても良い。
蟬の声。

学生　ごっそうさん。（片づけながら）沖縄もひどいよな、基地ばっかしで。この前、アメ公が、小さな女の子を強姦して殺しちまっただろう、頭くるよな。
夏川　うん。ごっそさん。
学生　あの事件、たしか無罪だっただろう。それでも、本土の連中は知らんぷりだからな、同じ日本だっていうのによ。
夏川　（振り返った）同じ日本？
学生　ああ。
夏川　おかしいんじゃないか？
学生　なにが？
夏川　同じ日本、なんて言い方がさ。日本は日本、沖縄は沖縄。
学生　え？　何だ、沖縄は異民族だとでも言うのかい？ナンセンスだぜ。（別にエキサイトしている訳ではなく、むしろ気怠そうな感じで）民族問題じゃなくて、階級の問題だろ。米帝と日帝の軍事同盟の下でよ、ベトナムをはじめとするアジアの侵略と、帝国主義的支配の強化のためによ、沖縄の軍事基地の打ち固めとよ、

夏川　（さえぎった）そんなことじゃないよ。——うまく言えねえけど、沖縄は、民族とか国家とかを超えるものを孕んでいるような、気がするんだ。
学生　…………
夏川　本土の連中は、〝本土が沖縄化する〟なんて言い方をするだろう。だけど、俺は逆なんだ。〝沖縄が本土化する〟……まだ考え始めたばかりだけれど、沖縄がもし日本の一部になったら、沖縄こそひでえことになる。沖縄こそ回復不能になるんだ。——戦争とか、基地とか、強姦とか、そういうことだけじゃないんだ。俺が耐えられないのは、欺瞞に溢れたこの国、腐臭に充ちたこの首都なんだよ。
学生　だけど、そういう日本自体が、階級的によ——

隣から「オーイ」
学生、おおこっちだ、とか言って隣へ去る。
間——

杉村　風が出たな。
夏川　ああ、いい気持だ。

間——

夏川　静かだなあ……

杉村　夏の真昼って、静かなんだよな。時間が、暑さで死んじまったみたいに。

夏川　そうそう。太陽も、海も、時間も、すべてが動きを止めてしまうみたいなんだ。

杉村　……長い夏だなあ。

夏川　…………

杉村　この夏が、俺の一生でいちばん長い夏かも知れないな。……あ、俺、きのうで二十歳だ。

夏川　俺は、あとちょっとだな、十一月。……なあ杉村、十年後の自分なんて、想像できるか？

杉村　三十歳か――。ふん、多分生きてねえだろ。

夏川　（ソファーに寝そべって）はは、ここに横になっていると、もう棺桶の中にいるみたいだぜ。

蜩……蜩……

夏川　……橘さん、どうしているかなあ。

杉村　死んだ人の祭りみたいなことがあるって言っていたな。沖縄より、もっと南の島だっけ？

夏川　ああ、先島《さきじま》だ。（独白のように）西の浜にウガンジヨがあるんだ……

間――

夏川　なあ、橘さんコンタクトレンズやっているの知ってるかい？

杉村　へえ、知らねえ。

夏川　大学にはいる前までは眼鏡かけていたんだってさ。（想い出すように）この前のデモのとき、レンズはずしたから目が見えないって、俺の横でぼやいていたよ。星が、十円玉くらいの大きさに見えるって。

杉村　……惚れたな。

夏川　え？

照明は少しずつ暗くなって、夕暮が急速に訪れる。

学生数人、階下に登場。

「おーい、そろそろ行くぞ」

夏川　（答えて）おお。

杉村　（夏川に）どこだ？

夏川　M大学の防衛。今夜、ゲバあるかも知れないんだ。

杉村　ああ。

夏川　杉村帰れよ。

杉村　うん。もう少ししてからな。――こっちの防衛隊は残してあるんだろうな。

夏川　大丈夫だと思うよ。それじゃな。（階段を下りながら）親父さん、大事にな。

杉村　ありがとう。

夏川を含めた十人ほどの部隊、出て行く。

一階はもはや闇。赫く燃える二階。

杉村のシルエット、窓辺に立って落日をみつめる如く窓の外を見る。

海の音だ……

突然前庭に丸い照明があてられると、そこには夏の夕べに咲いた花のように、橘素子が――

（橘は、いかにも帰省中という感じの軽いブラウスとスカートでありたい。このとき杉村は、勿論、絶対に下を見てはいけない）

やがて橘の照明消え、海の音も消える。

杉村のシルエット、窓辺から離れて、ゆっくりと、い、伸び。

そのとき、外の方で何かの音――

ガチャン！

――杉村、振り向くと同時に、闇。あわただしく幕

第三の通信

Ｎよ。
今夜の通信は手短かに――バルトークの「アレグロ・バルバロ」にも等しい速度をもって、書かせてもらいたい。というのは、例のやっかいな病気が、このところいよいよ頻繁に僕の頭部に襲いかかり、幾つもの鳥のような叫びが僕の時間を寸断して、いよいよ僕を本物の〈狂人〉へと導いているらしいからなのだが、いや、鳥の話など、どうでもいい――。

　前回の通信で、僕は、退職教員の郷土研究家たるＡさんから、「Ｔ村にはいかなる神社も祠も存在しない」という報告を受け取ったことを、きみに伝えたと思う。そしてそれ以来、僕の視た神山の祠にまつわる疑問――そこにはいかなる神が、いかなる理由によって非公然を守っているのかという疑問が、僕から離れなくなっていたのだが、ようやくいま、その謎を解く端緒のようなものを手にしたと、きみに伝えておかなければならない。

　それはやはり、退職教員の郷土研究家たるＡさんの支援を受けてのことなのだが、簡単に言ってしまえば、それはこういうことなのだ。

　――Ａさんからの返事を受け取って以来、僕は少しく落胆の内に在ったのだが、それでも礼状だけは出しておくべきだと考え、簡単な手紙を認めた。その手紙には勿論、僕が神山で視た小さな祠のことは書かなかったのだけれど、その僕の手紙と入れ違いになるようにして、Ａさんからの二度目の便りが届いたのだった。拝復、先に貴殿御尋の件、よくよく考えてみましたところ、と書き出されたやはり静やかな誠実さの籠められたその便りは、大体次のような内容のものだった。

　Ａさんが幼い頃――つまり「余り昔のこと故ほとんど忘れかけていた」ことなのだが――Ａさんが父に聞かされたという話があった。それはＡさんの父の若かりし頃ということだから、おおよそ二十世紀の初頭の年代であると考えられるのだが、その頃、Ａさんの父は、ほかならぬＴ村の尋常小学校の教師をやっていた。そのＡさんの父の話というのは、その頃Ｔ村に〈ひとつの事件〉があったということだった……

「その事件と申しますのは、御尋のＴ村に於ける神社の有無と深くかかわりますこと故、おぼろげな記憶をたどりたどりしながら、亡父の語りましたことをここにお伝えいたしたく思いますが、何分昔のことであります故、近在には慥《たし》かめる古老とてなく、またその事件のことは、Ｔ村に於きましては口外せぬを暗黙の約束事といたしておるようであり、定かなことは分かりませぬが」と、Aさんは書き続けていた。

その〈事件〉とは、要約して言ってしまえば、その頃T村の神社を廃止するという決定が下され、村人の多くはそれに賛同したものの、「T村の年若き神官とその姉の二人のみ」神社の廃止に異を唱え、廃止を迫る者後を絶たない中で、或る夜、件の神社にて、姉は殺害され、また弟の年若き神官は〈体じゅうの穴から血を流した姿〉となりつつ、神社は取り壊されていった――という事件だった。

「かような血腥き事件あれば、当然官憲にも顕われるところとなり、また当時の新聞種にもなろうかと今日の常識では思料いたされますが、当時の記録など見ましても何の記載もないことを考えますれば、何分古き昔のこと故、また中央より遠く離れましたる山奥の村のこと故、表立った事件とはならず、村人もまたそのことについて口を閉ざすを習いとしたもののように見受けられます。これに依りまして、貴殿御尋のT村に於ける神社の有無につきましては、亡父の私に語りましたることが真実であると仮定いたしますならば、古くより在りましたものがその時に廃社されたものと判断できるように思われます。さて、亡父の語りましたることを更にお伝えいたしますならば、T村の神社をめぐる確執によりまして体じゅうの穴から血を流した姿となりました年若き神官――」

その神官は、ようやく一命を取りとめたものの、そののち彼が年をとって死ぬまでの間、「村八分」の状態に置かれたという。当時の村八分というのは実に徹底したもののようで、幾十年かのちに神官が死んだ折も、その死骸は村の墓地から遠ざけられ、屋敷の庭の楠の大樹の根本に穴を掘って葬られたという……。

「そして、これはいささか伝説めきまする話であります故、科学的にはどうかと思われますが、その楠の大樹は毎年或る決まった季節になりますと、枝から幾枚もの赤い葉を散らせ、それを見て村人たちは、神官さんがまだ怒っとる、と陰で語り合うたということを亡父は話しておりました。亡父は私の生まれまする頃には、既にT村を離れ、別の村の学校に勤めておりましたから、このようなことを私に語ることの出来たものと思われますが、何分幼い頃に聞かされました話でありまする故、細かな所は忘失いたしておりますのが残念でございます。――また、記憶に残っておりますもう一つの話を記しておきますならば、件の廃社の際、村人たちが御神体を他の場所に移すために探しましたところ、御神体を納めてある桐の小箱は既に空となっており、何者が持出しましたることやら、まことに不思議千万と村人たちが噂し合うておりましたのを、亡父は聴いたと申しておりました。……それから、もう一つ思い出しましたことを付け加えますならば、血腥き事件の夜、神官の姉が殺害されたということは先に述べました通りでありますが、その若き女の死骸は、取り壊された神社の跡の、村人たちが掘った穴の中に埋められたということでございます。またその際、かの姉が最後まで手にしておった鋭い剣太刀《つるぎたち》の如き武器は、不吉な死者が子供を産むことのないようにという土地の因習に従い、死骸となった姉の陰《ホト》に突き刺されて、その死骸と共に埋められたということを、亡父は語っておりました。――貴殿御尋の件に参考となりますことやら分かりませんが、この国の村々には様々な伝承があり、その多くは年代の知れぬものであったり、また架空のものであったりいたしますが、この話は妙に血腥いものでありますためでしょうか、私の記憶に残っておったものと思料いたす次第でございます。記録など調べましても…………………………………」

Aさんからの便りはまだ続いていたが、その静やかな文字の連なりを辿っていくうちに、巨大な傘のようにきみの家を包んでいた楠や、その夥しい葉をふるわせていた風のさやぎ、また荒れ果てた神山の石段や、細い枯草で覆われた広場の如きものの記憶が、百年の歳月を貫くものとして、僕の前に立ち現れてきたことは言うまでもないだろう。あたかもその便り――T村の伝承を記したAさんからの便りが、百年の歳月の向こう側から僕に届けられたものででもあるかのように――。

Nよ。

きみが語ったことのある〈楠〉という風変りな名前をもったきみの祖父――その祖父こそ、血腥い伝承の主人公たる「年若き神官」であると考えて、まずは間違いないであろう。二十世紀の明け始める頃、きみの祖父楠とその姉は、何らかの理由によって下されたT村の神社廃止の決定に叛き、村人たちからの孤立を怖れない神社の死守闘争ともいうべきものを、ただ二人闘ったのではなかったか。そしてその闘いの中で、きみの祖父は〈体じゅうの穴から血を流した姿〉となり、またその姉は殺害され、子供を産むことを怖れられる不吉な死者として、村人たちの掘った穴ぼこの中に埋められていったのではなかったか。

……やがて神山に月が昇る。月の光の中で、樹木は海底に眠る蒼い深海魚の肌のように輝いている。神殿は、梁が落ち、柱が倒れ、すべての壁が打ち破られて、まるで嵐の中で沈んだ幾世紀も前の帆船の残骸のようだ。打ち毀された神殿の裏側には、土の肌が抉りとられたように穴が掘られ、金属質の冷たい光がその周りに降り注いでいる。そして、そこから少し離れた場所には、傷ついた見知らぬ黒い魚のような姿で、ひとりの若い男が横たわっている……。

その場所――僕がただ一度だけ赴いたことのある枯草の園には、ただ静やかな風だけが渡っていた。それは百年の昔に若い姉と弟の血が流された場所であり、T村の神社がかつて存在していた場所であるはずなのだが——いまから考えてみれば——滅ぼされた神社は草の葉を渡る風に自らの姿を移し変えて、そこを訪れる者に、古くからの死者たちの声を伝えていたようにも思われる。あたかもその場所——《黄の図》《タブロー》の奥の、黝い森と接するその場所が、生きた者の世界と死んだ者の世界とを繋ぐひとつの戸口ででもあるかのように——。

Nよ。

こうして僕は、T村の秘められた伝承に導かれつつ、一九七〇年代の最後の年に視た神山の情景を、百年の歳月の中で理解することが出来たような気がする。しかし——と、僕は新たな疑問を感じない訳にはいかないのだが——かつてT村に神社が存在し、それが村人たちの手によって滅ぼされたとするならば、あの黝い森のほとりで僕の視た小さな祠、あれはいったい何だったのだろうか？

〈体じゅうの穴から血を流した姿〉となり、死後もまた赤い木の葉をT村の上に舞い散らすというきみの祖父楠を畏れて、T村の村人たちが慰霊のために造ったものなのだろうか。それとも更に後の時代になって、全く別のことの祈念のために、誰かが建てたものなのだろうか？

鳥のような叫びによって寸断された首都の昏い時間の中で、ほとんど妄想にまで昂まるしかない僕の想像を許してもらえるならば——Nよ、その小さな祠は、ほかならぬきみの祖父楠によって建てられたものではないかと、僕は考える。いったんは〈体じゅうの穴から血を流した姿〉となったきみの祖父楠が、死んだ姉の力に守られるように、回復に向かいつつある両脚をもって山道を辿り、村人たちに隠れながら密かに造りあげたものではないか、と。

僕がこのように考えるのは、あの小さな祠が、神社のミニチュアとでもいうべき独特の風格を有《も》ち、いかにも祖父の年代を感じさせるような古さびたたたずまいで在ったという、ただそれだけの理由にすぎないのだけれど、樹木の幹に隠れこもうとしていた祠の姿と、その中に籠っていた遠い海の響《とよ》めきを想い起こすたびに、僕はそこに百年の歳月を貫いて持続する或るひとつの企図が存在しているように思えてならないのだ。その場所はおそらく、死骸となった若い女が、鋭い剣太刀の如き武器を陰に突き刺されたまま埋められたという、暗い穴ぼこの近くにちがいないのだから——。

Nよ。

こうして、僕が数年前にきみを訪れて以来の謎であったこと——つまり、神山の祠はいったい何であるのかという謎は、T村の伝承に導かれつつ、ようやく解決の端緒を見出したようにも思えるのだが、それでもまだ幾つもの謎が、百年の歳月の中に取り残されている。すなわち——

〈何故、T村の神社に廃止の決定が下されたのか？〉〈何故、きみの祖父楠とその姉は、ただ二人叛く者となったのか？〉そして――

〈何故、きみは突如として神官の末裔たることに目覚めたかの如く、毎朝神山へ赴いているのか？〉

――これらのことは、依然として手がかりのない謎として僕の前に在るのだが、Nよ、今夜はこれだけのことを伝え終えて、ますます頻繁になっている卒倒の合間に書き続けられている僕の劇――未だ題名の定まっていない僕の劇の、三番目の幕を上げよう。

赤い布がするすると上がっていけば、既に僕たちの夏は廻り終えている……

第三幕　秋から冬へ

第一場

全き闇。

闇の中に、機動隊のスピーカーの声。

〈こちらは××警察署、こちらは××警察署、九月三日、午前六時三十分、学生会館を不法に占拠している学生諸君に警告する。ただちに退去しなさい。ただいま午前六時三十一分、退去しなければ、これより警察は実力行使にはいる。こちらは××警察署、午前六時三十二分、火焔瓶を投げるのは止めなさい……〉

しばし、ガタガタする音。

犬どもの声――全員検挙終りました。よし、証拠を集めろ、鉄パイプを忘れるな、等、簡単に。

一九六九年　秋

完全な闇の中、下手に一人分の照明。

橘　（照明の中に歩み出て）ねえ、おかしいじゃない。いままで全共闘運動だって言ってきて、党派から自立した運動だって言ってきて、肝心な時になると、どうして党派に流れこむの？　たしかにわたしたちは、これまでも党派といっしょに闘ってきたわ。外からは党派の隊列の一部のように見えたかも知れない。それはそれで良かったと思うの。……でも、そのことと、今回の問題は全く違うんじゃない？　ねえ、表現者連合を創るんだって、あなたが言い続けてきたこと、嘘だったの？　もともと党派のマヌーバーだったの？　――表現者連合がまだ出来ていないのなら、どうしてこの十一月の中からそれを創り、その部隊で十一月を闘おうとしないの？　たとえ数は少なくても、たとえ力は弱くても、どうしてそれを産み出そうとしないの？

杉村　（橘に代って照明の中に現れて）全共闘はね、もう機能しないんだよ。このことは学生会館の死守闘争で、総括がついているじゃないか。俺たちがここにこうして残っているのは、どうしてなんだい？　全共闘は最後まで学生会館に残る部隊を創り出せなかった。自分たちの最後のバリケードすら、責任をもって守りきれなかった。みんな党派が、党派のメンバーの決意の下に請け負ったんだ。――だから、いいかい、最早問題は、全共闘か党派かということではないんだ。全共闘運動が切り拓いた大学解体という社会的叛乱の地平、それをどのようにして、さし迫る政治闘争に結合させるか、そしてその街頭政治闘争の爆発をもって、労働者総体の根底からの叛乱を導き出し、最後の決戦によって、日本帝国主義を打倒していく――そのために、いま何をなすべきかということなんだ。全共闘か党派かなんてことを、どうして深刻に考える必要があるんだろう？　問題は、十一月を闘う部隊をどこに創り出していくか、という一点じゃないか。

夏川　（代って照明の中に現れて）俺はね、橘さんの言うように、全共闘で行くのが理想だと思うよ。武器の水準は大したことなくても、大衆的にやるべきだと思うよ。さもないと、この十一月が終ったら、全共闘は根こそぎ消えて行ってしまうような気がするんだ。そこにいた人間も、思想も、言葉も、原則も、本当に根こそぎね。……そう思うけれど、もう一方で、闘うためにはやはり党派しかなくなっているのも事実なんだ。俺は、何だか妙に生々しく感じるのだけれど、この十一月に勝つか負けるかが、この国、この社会の何十年先までも決定していくような、そんな気がするんだ。――だから、党派で行くのが正しいと思うんだが、ただ、まだ俺は……

岡田　（代って照明の中へ）あ、俺か――。俺は……正直言って、分からないんだよな、この十一月が本当に決戦といえるのかどうか。だから――党派で行く気にはなれないな。そうだ、べ平連にでもついて行くか。――ともかく、何らかの形で、行くことは行くよ。

下手の照明が岡田と共に消え、舞台中央に赤い光があてられると、そこに立っているのは杉村だ。杉村は臙脂色のコールテンのジャンパーを着け、既に党派の名の記されたヘルメットを被っている。そして、もう一つの青白い照明が、廃墟となった学生会館の二階の壁を浮き上がらせている。

表現者連合（準）

批判の武器を、武器の批判に転化せしめよ！

杉村　どうする、橘さんは。行きたい者は行く、行きたくない者は行かない。武器を持つものは持つ、持たない者は持たない。

照明は杉村のまま。――従って、以下は闇の中からスピーカーを通じた声で。杉村にかぶさるように。

橘　〈おかしいわ。党派で行くという人が、どうしてそんなところで全共闘の論理を持ち出してくるの？　そういう論理の使い分けこそ、ご都合主義なんだ、日和見なんだ、そういう政治屋たちが、ペトログラードで、ベルリンで、そしてバルセロナで、革命を簒奪し続けてきたんだって、いつもそう言っていたのは、誰だったの！〉

夏川　〈そういう言い方は、おかしいな。逆の意味で教条主義的になっていると思わないか？〉

橘　〈いいえ、わたしはいま、誰よりも具体的よ。――ねえ、杉村君。わたしたちの関係性、表現者連合さえ未だ産み出すことの出来ないでいるわたしたちの関係性が、どうしようもないものであることはわたしも認めるわ。でも、どうしてそこから出発しようとしないの？　表現者連合は、いま産み出されなければ、永遠に存在することがないのよ。……杉村君、あなたはいつから変ってしまったの？　まるでわたしたちの関係性を解体することだけが、あなたの情熱のすべてのようだわ、情熱のすべて……ああ、わたし、ようやく分かりかけてきた……あなたは、わたしたちの関係性を解体するためにだけ、この否定的な現実から逃げ出して一人になるためにだけ、党派で街頭へ出て行こうとしているのだわ。あなたにとって党派とは、一人になるための手段でしかない――〉

夏川　〈橘さんはおかしいよ。この状況では仕方がないと思うんだよ、党派しかないのは確かなんだから。ただ、まだ俺は……〉

橘　〈ええ、この運動の始まる前も、党派しかなかったわ。そしてわたしたちがなくなっても、党派は残るかも知れない。でもねえ、わたしたちを超える党派って何なの、

党派って何なの……………………〉

夏川　〈仕方がないと思うんだよ。党派しかないんだから、ただ、まだ俺は………………〉

杉村と、学生会館の壁の照明が消える。
今度は、舞台上手の椅子に座っている岡田に、白い照明。

岡田　（喫茶店風の椅子に座ったまま、客席に向かって）
……このあと、杉村が夏川に向かって、かつてないような激しい調子で何かを言っているのが聞こえました。それはオルグというよりは、恫喝といったほうが正確であったかも知れません。つまり杉村は、夏川に対して、「行きたい者は行く」というこれまでの言葉を捨て、「行くべき者は行かねばならない」という全く別の言葉を使ったのです。この結果――であるかどうかは分かりませんが――夏川は杉村と共に、党派で行くこととなりました。僕はベ平連で行くことになったのですが、橘さんは――後になって彼女の友人から聞いた話ですが、彼女は――ひとりで下宿に閉じこもっているのを発見されたそうです。十一月十六日から十一月十七日までのあの二日間、何も食べずに、水さえも飲まずに……。

バリケードは失なわれ、僕たちは巣を失なった鳥たちのように、十一月の街頭へ散って行きました。それは、（後から考えれば）日本の戦後というものの最後の風景であったのかも知れません。この国の敗戦が生みだした最後の、そして最良の息子や娘たちが、風のように街頭を駆け抜けていったのです。――喫茶店の壁には、こんな落書きが残されていました。

そこに恋人が
待っているかのように
僕は十一月の街頭に
さりげなく出ていく

暗転

（こうして、〈秋から冬へ〉の第一場が終ると、次の場面との間に、短い無言劇が挿まれる。）

――無言劇――

舞台はほとんど闇だ。
ただ舞台の上半分にだけ淡い照明があてられており、その中を、下手から上手へ、続々と赤旗の列が流れて行く。旗を持つ者たちの姿は闇の中で見えない。ただ赤い流れだけが、とどまることを知らぬように続き、それは死の街から死の街へと行軍する幻の軍団のようでもある。
　杉村と夏川の声が、スピーカーを通して聞こえる。（話し声は新劇調ではなく、青春映画の一場面のようであってよい。）

夏川「あのなあ――」
杉村「ん？」
夏川「教えちまおうかなあ」
杉村「何だよ？」
夏川「秘密にするか？」
杉村「もったいぶるなって」
夏川「……どうも言いづらいな」
杉村「いい加減にしろよ」
夏川「俺なあ、橘さんにプロポーズしたんだ。きのう」
杉村「へえ⁉　知らなかったぜ。まあ、前から怪しいとは思っていたけどな。――で、彼女、何て答えた？」
夏川「……それが、何も言わないんだ、貝みたいに。下を向いて、黙ったまま――」
　やがて赤旗の列はすべて上手へと消える。しばらくすると、何かがぶつかり合う音と共に、今度は上手から数本の赤旗がちりぢりに現れ、どこかへ消えて行く。舞台のところどころには炎のゆらめき。
　遠くでサイレンが鳴り、誰もいなくなった暗い舞台の中央に微かな光があてられると、そこに倒れているのは、〈乞食〉だ。そして、その黒い死骸を見守るように、幾つもの影が膝をかかえてうずくまっている。
　……やがて、十一月の雨が降り始める。饐えたような、潮の匂いを含んだ冷たい十一月の雨だ。降り続く雨に濡れながら、うずくまっている者たちは、その場所で十一月十七日の朝を迎えるだろう……。

第四の通信

獣の背のような夜である。闇の中で樹木が、いや樹木で覆われた山全体が、轟々と吼え立てている。それは、何ごとか異変の前兆のようでもあり、また不吉な出来事を目前にして、樹木たちの挙げる慄きの声のようでもある。……石段を、暗い風が音を立てて吹き降りて行く。危うい足取りで、ときどき躓いて両手を汚しながら、闇の中に黄色く続いているものを登って行くのは、僕なのだ。顔を上げれば、風は激しく北の星座から吹き寄せてくる。闇の形をした落葉が、僕の顔をなでる。そして、長い石段を登り詰めれば、生きものにも似た森を背にして、孤独な意志の如くそこに在るのは、夜の神社だ。戸の隙間から洩れてくる光が、蜜柑のように黄色い。石畳を辿り、廂を掠めて妻入へと回り、ギイと鳴る木の段を上がれば、繰戸が明け放たれて、蜜柑色の光がこぼれ落ちる。そこで僕を迎えるのは、ぼうぼうたる髯をはやした、楠だ。

　楠は——二十歳を過ぎたくらいだろうか——垢で固められたような着物の上に綿入を羽織って、背丈は小さいながら、雄牛のような腰を神殿の板の間に下ろす。一方僕はといえば、ジーパンにセーター、その上は臙脂色のジャンパーなのだが、楠の後に影のように坐しているその姉もまた、僕と同じ時代の服装であり、その押し黙ったままの横顔は、僕も（そしてきみも）親しく知っている者だ。

　……こうして再び繰戸が閉ざされれば、蜜柑色のラップのしたたりは四角い神殿の中に満ちみちて、板の間に落ちた三つの若い影を守っている。

　——いよいよ今夜、来るらしいよ。

　と僕は言う。

　——ああ、来るものは来るだろうよ。

　楠が低い声で答える。

　——ほかの者たちはどうしちまったのかな。ついこの前までは、あんなに大勢いたのに。

　……やがて遠くで病犬《やまいぬ》のような声が起こる。その声は山裾から山裾へ、おうおうと呼ばいあいながら、夥しい数を集め、大きな動《どよ》めきとなって、確実にこちらに押し寄せて来る。その動《どよ》めきの太々とした流れは、きっと不吉な松明で飾られ、夜の中で兇暴さを増した黒いものが、幾つもの手に握られているのにちがいない。近づいて来る動《どよ》めきに、山の樹木たちはいっそう轟々と叫び声を挙げ、夜を眠ることのない鳥類が甲高い声で異変を告知する。

　——そろそろきみは行くのだろう。

　と楠がぼうぼうたる髯のなかで言う。

　——ああ、行くよ、と僕は答える、だが何故、俺はここにとどまらないのかな、そして何故、きみたちはここに残るのかな。

　楠も、そしてその姉も、蜜柑色のしたたりの中で無言だ。姉の横に置かれた鋭い剣太刀の如き武器だけが、何かを表現し得るいっさいであるかのように、重く輝いている。

……

　間近に攻め上げてくる夥しい男たちの気配の中で、僕は立ち上がる。

　――これを持って行ってくれよ。

　そう言って楠は、神殿の正面にある神棚のような場所から、小さな木箱を下ろす。木箱を明けると、純白のものがこぼれるように現れて、ふっとあたりに静寂が広がる。布にくるまれたものを掌の上に受ければ、それは妙に軽いものだ。僕はそれを、コールテンのジャンパーのポケットに大切に収める。

　繰戸を明ければ、広場を駆けまわっている風が足元を掬う。蜜柑色の光が、わずかに地面を染めている。

(だが何故、俺はここにとどまらないのかな)

　地面へ飛びおりて、神社の裏手へ回り、深い藪を体で倒しながら、黝い森の奥へと逃げこんで行く。村人たちの荒々しい声はすぐ背後に迫り、ほとんど神殿を呑み尽さんばかりだ………………………………………………

　Nよ。

　僕と、きみの祖父楠、そしてその姉の三人がひとつの場面に登場するこの不思議な夢から醒めたのは、季節のない黄昏だった。

　アパートの窓の外に浮かんでいる空は、まるで大地震の前触れでもあるかのように汚れた黄色に染まり、最後の太陽の光が、高層ビルディングの頭部を不思議な近さで浮き上がらせていた。黄昏は小さな窓から僕の部屋の中にまではいり込み、まるで埋められようとする棺の中の不吉な死者のように、僕の体を染めあげていた。

　そして黄色い光の中で、僕がベッドから起き上がろうとしたそのとき、またしても病気が僕に襲いかかったのだった。僕の頭部が後から打ち割られ、鳥のような叫びが黄昏を溢れさせた――。

　……長い眠りのなかで、僕は何か夢を見たような気がする。それは黄昏に見た夢の続きであったような気もするし、また黄昏に見た夢は、本当は昏倒の後の眠りのなかで出会ったものであるような気もするのだが……。

　Nよ。

　こうして僕はいま、丸一日に及ぶ長い眠りから醒め、黄金色に輝く海から立ち上がり、水とタオルを使っていささか清潔さを取り戻した体で、きみへの通信を書いているのだが、前回の通信を送ったのちに僕の手にした決定的ともいえる事実――早くきみに伝えたいと思いながら、繰り返される病気との悪戦のために伝えることが出来ないでいた事実について、ようやくここに書き記しておきたい。

――前回の通信で述べたように、僕は「Aさんからの便り」という援軍によって、T村の伝承を、つまりきみの祖父楠とその姉によるT村のレゲンデともいうべきものを識ったのだが、しかし〈何故、T村の神社に廃止の決定が下されたのか？〉という点については、依然として了解不能だった訳だ。

このため僕は、T村の神社廃止の歴史をもとめて、K半島の幾つかの資料に当ってみたのだが、（きみも知っている通り）郷土史というものは、余計なことは書いてあっても、その土地に属する最も本質的なことは書かないというのが習いだから、僕のもとめるような歴史は何ひとつ見出すことが出来なかった。僕は止むを得ず、かつて読んだこの国の神道の通史ともいうべきものを、埃を被った本箱の奥から取り出してみたのだが、その頁をめくっているうちに、ひとつの統計数字が僕の目を惹いた。

それは、明治から昭和に至るこの国の百年間の神社数の推移をまとめたものだったが、そこに書かれた数字を見つめているうちに、僕は不可解な数字の〝揺れ〟ともいうべきものを発見したのだった。

――神社仏閣などというものは、短期間における急激な増減は考えられず、大きな数字の変化が見られるとすれば、それは百年の単位であるにちがいないというのが僕たちの常識なのだが、その統計数字によれば、一九〇六年――天皇の暦でいえば明治三十九年――を起点として、神社数の急激な減少が、この国を覆っているのだった。つまり、全国の神社数は一九〇六年から激減を開始し、十年後にようやく落ち着きを取り戻すのだが、その十年の間に消えていった神社は、存在していたものの実に半数以上、全国で六万六千にものぼっているのだった。

だから――僕たちがこの国の現在に見ている神社は、六万六千もの神社が消えていった後に残された半数以下の神社であるにすぎないのだが、消えていったものがかつて何処に存在していたのかというと、僕たちには既にその跡を確かめる術さえ失なわれている。

一九〇六年――その年は、ペトログラードでは、敗北した革命の上を苛酷な寒風《マローズ》が吹いていた、そんな年なのだが――その年を境として、この国の神々の上に、黒死病の流行のような途方もない悪疫が襲いかかったとでもいうのだろうか。

六万六千の神々を次から次へと斃していく大悪疫――それはNよ、きみには言うまでもないかも知れないが――僕の手にしている神道の通史の如きものによれば、一九〇六年に発せられた所謂「神社合祀の勅令」であるとされている。

　つまり、「神社寺院仏堂合併跡地譲与ニ関スル件」と題する天皇自らの命令と、それに基づいて発せられた内相原敬の「神社合祀令」は、全国無数の神社を合併合祀することによって、「一町村・数神社」という状態を改め、「一町村・一神社」とすることを命令したのだった。それを実現するためには、一町村のうちにただ一つの神社だけが生き残り、それ以外のものは御神体を合祀され、建物は取り壊されていかなければならなかった……。

　勿論――「神社合祀令」というものがこの国の歴史に存在し、それによって各地の神社が合併されていったということは、僕も一枚のカードほどの知識として知ってはいた。しかし、その勅令の意図するところは、日清・日露の二つの帝国主義戦争に勝利した天皇の国家が、改めて強固な体制を整えるための宗教体系の再編であると考えていたから、合併の対象となったものは、戦勝祈願でも行なうような、相当に規模の大きな神社であったであろうと、僕は誤って思いこんでいたのだ。ところが僕の手にしている統計数字によれば、合併によって消えていったのは、「官社」「府県社」と呼ばれるような大きな神社ではなく、「村社」や「無格社」や「淫祠」と呼ばれるような神社――天皇から遠く離れた無名の神々の小さな栖であったのだった。

　ペトログラードの年代記によれば、夥しい屍が凍てた街路を覆い尽し、やがて夥しい赤旗となって地中から甦るまでの十年間に、この国では六万六千の神々の栖が滅ぼされ、六万六千の神々が天皇の命令によって扼殺されていったのだった。あたかもその神々、この国のそれぞれの土地に古くから棲まい続けてきた六万六千の無名の神々が、いっせいに《東方の祭王》に叛き、その闘いに敗北して消えていったかのように――。


Nよ。

　こうして、神山の奥に僕の視た枯草の園は、地上から根絶された六万六千の神社の、そのうちの一つの跡であると考えることが出来るのだが、もしそうであれば、T村の年若き神官であったきみの祖父楠とその姉の伝承は、実は無数の〈楠〉とその〈姉〉の物語ではなかったかという想いが、いま僕を強くとらえ始めている。《東方の祭王》の下にこの国の近代を完成させるためには、六万六千の〈楠〉たちが体じゅうの穴から血を流した姿とされ、六万六千の〈姉〉たちが陰に剣を突き刺されたまま埋められていくことが要求されたのではなかったか、と。――

　わずか十年の間に、全国の半数以上の神社が滅ぼされていった時代――一九〇六年から始まるこの国の血腥い年代記――そのようなものが書き残されているとすれば、それはいかなる憎悪と絶望の文字によって記されていることだろうか。僕たちの時代に匹敵するかも知れない憤怒の時代の物語は、いかなる言葉によって伝え残されているだろうか？

そんな想いを首都の中に抱きながら、僕はその時代にかんするさらに詳細な歴史書をもとめたのだが、その努力は残念ながら空しかった。この国の歴史学者は、全国の神社の半数以上が滅ぼされていくという神々の内戦に対して、何の興味も持ち合わせていないようにみえた。まるで歴史を語る者までが《東方の祭王》を怖れ、《東方の祭王》にかんする重大な秘密に口を閉ざすことをあらかじめ誓約しているかのように——。

しかし、その代り——と言うには余りにも豊かな実りがそこには隠されてあったのだが——僕はきみの故郷のK半島に導かれるように、その土地に棲んでいたひとりの〈異風な人物〉を発見したことを、いまきみに伝えておかなければならない。

K半島に棲んでいたひとりの〈異風な人物〉——僕はその人物を、きみの家を傘のように包みこんでいた巨大な樹木の力に導かれるようにして、同時にまた、その樹木の根本に葬られたというきみの祖父の名前の力に導かれるようにして、書肆の棚上に発見することが出来たのだが、この〈異風な人物〉について語り出す前に、Nよ、いまは〈何故、T村の神社に廃止の決定が下されたのか〉という謎の半ばが溶解したことにとりあえず満足して、僕の未だ題名の定まっていない劇のほうを先に読んでもらうことにしたい。

黄昏のなかのあの不思議な夢を見て以来、僕は自分の書き進めているものが、僕たちの年代の劇であるのか、或いはきみの祖父の年代の物語であるのか、段々と区別がつかなくなっているような気がするのだけれど、たしか一九六九年の十一月、あの冷たい雨の中で、武器を持った六万六千の者たちの闘いが終れば、舞台はそれから二十日余りのちの〝クレバス〟だ。——だが、その喫茶店の風景は、かつて春の中でゆらめいていたような明るさはない。ブラマンクの描く荒れた空から洩れてくるような蒼ざめた光が、その空間を支配している。そして二階にただひとり座っている橘素子は、冬の海辺に残されたひとつの貝殻のように見えるかも知れない——。

第二場

十一月闘争から二十日ほどのち。

閑散とした〝クレバス〟。

階下にはママ。

二階には橘がひとり。彼女は悲しいほどに白いレインコートを肩にかけていなければいけない。

――

やがて、杉村が少し足をひきずりながら登場、二階へ昇って行く。

店内には当時の流行歌が流れて――

〝……黒猫のタンゴ　タンゴ　タンゴ　ぼくの恋人は黒い猫　黒猫のタンゴ　タンゴ………〟

一九六九年　初冬

杉村　（橘に）やあ。……（バルコニーから身をのり出す感じで、階下のママに）ホットミルクを！

間――

橘　疲れた？　大変だったでしょう、お父様のお葬式……

杉村　うん、ちょっとね。親戚とか何とか……厭な国だよな、日本は。

橘　わたし、手伝いに行ってもよかったんだけど……

杉村　いや、それほどでもないよ。

橘　おいくつだったの、お父様。

杉村　父親の歳、父親の生きた年数、父親の若い頃の写真、戦争――忘れたな。私小説は豚の糞。……（努めて陽気に）ああ、そうだ、いま講義ぶっ潰してきたよ。語学だけどね。クラスの方のストライキは、まだ当分は持つかな。――時間の問題だけどね。

橘　……わたし、きのう初めて教室へ行ってみたわ。……変なものね、席に着くと、目の前に机があるの。この前までバリケードになっていた机よ。それから、いつも本部前に並んでいた椅子。――ふふ、〝秩序の党〟の連中に言われたわ。大学解体って言っていた人が、教室なんかに来るんですかって。

杉村　答えてやればよかった。きみたちのおかげで大学が民主化されましたからって。

二人、静かに笑う。まるで幸せを語りあっている恋人同士のようだ――

ママが飲物をはこんできた。

ママ　ごゆっくり。

杉村　ありがとう。――（声を低めて）夏川のはいっている所が分かったよ。町田だ。

橘　町田――。遠いのね。

杉村　きのう行って来たんだ、町田の救援会にね。果物を差し入れといたよ。下着やなんかは、救援会の方でやってくれたって。――あとは、起訴になるかどうかだけれど、明後日《あさって》には決まる。

橘　どうなの、起訴になりそう？

杉村　武器を持ったままパクられたっていうしな。ただ、数が多いから、そんなにも起訴できないような気もするし……

橘　千人以上が、まだはいったままなのね。……それでも大学では、何もなかったみたいに講義を再開している。

杉村　ふん。まだそんな幻想を持っているのかい？　大学にいる連中は一人残らず最悪だよ。いや、あいつらだけじゃない。この十一月に武器を持った者以外は、俺は死ぬまで誰も信じないよ。十一月にどんな行動をしたか、どんな武器を取ったか、――それがいっさいの基準なんだ。（橘が前にいるのに気づいて）いや……もっとも俺たちの手にしたものが、武器の一種だと考えての話だけどね。……ああ、そうだ、夏川が万一起訴された場合の拘置所の接見のことだけど、拘置所の勝手な規則で、一日一回と制限されているだろう。先に誰か行っていれば、後から行った者はその日は門前払いなんだ。そんなふうになってても消耗だからな、党派の関係が月曜と水曜、救援会が火曜、こちらが木曜と金曜という具合に決めてきたけれど、橘さんの専用の日を、どっちか取っておけよ。

橘　…………（うつむいたままである）

杉村　どうしたんだい？

橘　……夏川君との特別な関係、ないわ。

杉村　ああ、まあ、そんなふうにつれなくしないでくれよ。夏川だって――

橘　おかしいわ、それ。

杉村　うん……夏川から話はきいたよ。何も答えないで、下をむいたままだったって、言っていたな。――だけどな、ひとりの人間との関係が、そいつの重要な支えになることだって、あるんだ。

橘　…………

杉村　なあ、わかるだろ。

橘　……あの最後の晩、―一月十五日の晩……夏川君はわたしの部屋に泊っていったわ。激しい雨が降っていたの。……でもね、わたしたち夜どおし話をしていただけなの。闘争のこと、方針のこと、サークルのこと……。それから、夏川君のくちびる、冷たかったわ――。でもね、あのときは、わたし――

杉村　ともかく、行ってやってくれよ、週に一度。

橘　あのとき、わたしね――

杉村　な、頼むよ。

橘　あのとき、わたし、……杉村君のことしか考えていなかった……

音楽大きく。

〝……明日という字は明るい日とかくのね　あなたとわたしの明日は明るい日ね……悲しい唄は知らない……………………………………〟

女子学生三人、店にはいってくる。

ママ　いらっしゃいませ。

三人、一階の席に着いて

○　わたしホット。
×　わたしも。
△　レモンティー。
ママ　はい。
○　ふう。なんだか寒いわね、このお店。
×　本当、まるで真冬みたい。
△　少し暗すぎるのよね。
×　ね、わたし、冬休みは京都へ行くの。
○　素敵、京都の恋――
△　ディスカバー・ジャパンね。
○　……今年ももう終り。
×　何もなかったわ。
△　本当、何もなかった――
○　来年は……一九七〇年。
△　ね、七〇年代っていう言葉、なんだか素敵じゃない？
○　なんか透明な、きれいな感じね。
×　六〇年代よりは、ずっといいわよね。
○　七〇年代――どんなかしらね、十年後のわたしたちって。
△　え、十年も先⁉
×　確実なのは、みんな結婚しているってことくらいかしら？
○　相手がいればね。(笑)
△　……子供がいて、小さな家があるのね。
×　明るい台所があって、素敵な音楽が流れていて……
ママ　お待たせしました。

ママ、コーヒーなどを出して、入口のドアの所まで行き、スイッチを押して外の灯を点す。夕刻なのだ。

ドアを明けてみると――

ママ あら、雪……

二階の二人、階段を下りてくる。

ママ ありがとうございました。今夜は寒くなりますわ、気をつけて。（二人出て行く）

雪の中――

獣のように激しく接吻する二人。

杉村、ふっと場面から脱け出す感じで、スタスタと客席へ下りて行く。橘はそのまま。

杉村 （客席の中でため息をついて）消耗するなあ。……本当は僕の行く場所に、夏川が行ってしまう。それだけならともかく、夏川が本当は座るはずの椅子に、僕が座ってしまう――。ねえ、皆さん。いくら芝居だからといって、これはちょっとひどいじゃありませんか。幸徳秋水じゃあるまいし――。それにしても、息苦しいなあ。こんなときは、どういうふうに言えば良いのだろう？（気取って）雪の夕暮は怖ろしい、僕は危うく犯罪者になるところだった。……いやあ、ちょっと違うなあ。

このとき僕は、ひとつの決意をしました。それがどんな決意であるかって？（吐き捨てるように）そんな「個人的な事情」は言う必要ない！

僕は二十歳だった。――（客席の中を駆け去る）

間――

橘 （雪の中、静かに顔を上げて）これがわたしたちの一九六〇年代の終りでした。わたしたちは暗い冬の中で、ほんの一時しのぎのように、うずくまっていました。ほんの一時しのぎ――運動の退潮期の、次の高揚期へ向けて、ほんの一時しのぎのように。やがて隊列は立て直せる、弾圧の嵐をくぐり抜ければ、再び運動は前進を始める、多くの者がそのように感じていました。

けれども、わたしたちの敗北は、次の高揚期を簡単に手繰り寄せることが出来るほど、ささやかなものではありませんでした。やがて冬の中で、人と人とは、その紐帯を失なってばらばらになって行きました。わたしたちはひとりひとり、少し違う道を歩んで行くことを余儀なくされたのです。

そして、わたしたちの叛乱の余波が、この社会の表面から失なわれていくにつれて、この国の社会そのもの、この国の人間の在り方そのものが、その根底から変っていきました。一九七〇年代という時間が、これほど不愉快なものになるとは、このときには、まだ誰にも予測できなかったのです。

（頬笑みながら、歌う）

　　こだわっちゃダメよ
　足もとで砕ける水に――
　水に足をつけているかぎり
　新しい波また波が砕けます

（歌の途中で）あの人は逃げ出しちゃったし、わたし、少し違う道を歩いて行かなければならないかも知れない……

　　こだわっちゃダメよ
　足もとで砕ける水に――
　水に足をつけているかぎり
　新しい波また波が砕けます

（踊るように舞台裏へ駆け去りながら、もう一度振り返って）六〇年代――いい時代だったわ。サヨナラ！

暗転

Nよ――

　こうして僕たちの一九六〇年代が廻り終え、風の止まった首都に、不快な年代が開始されていくことになるのだが、それについてはまた後に書く劇の続きを読んでもらうこととして、いまは〈異風な人物〉――神社合祀をめぐるそのただなかに発見されたひとりの〈異風な人物〉について、きみに書き伝えておきたい。

　古書肆の棚に並べられた本の背文字の中に〈楠〉という文字を発見したところから、その〈異風な人物〉との出逢いは始まる。

　古書肆――と僕は書いたが、それはむしろ紙屑屋と呼ぶのが正確であるような場末の古ぼけた店なのだが、その店の狭い通路は、裸の女たちの写真によって、腰ほどの高さまで埋められていた。女たちは、一様に仰むけの蛙のような恰好をさせられ、この国の断末魔の反映とでもいうべき苦悶を露わにしていたが、その夥しい女たちの写真の堆積の、はるか上空とでもいうべき棚上に、〈楠〉というひとつの文字は発見されたのだった。そのとき僕は、きみの家の庭に屹立していた巨大な樹木の、その頂点のあたりに吹く風のさやぎを思い出したのだが、その樹木に手をさし伸べる者のようにして、僕は〈楠〉という文字を持つ書物を、高い棚上から引き出したのだった。

　こうして、きみの家を傘のように包みこんでいた樹木の力に導かれるようにして、同時にまた、その樹木の根本に葬られたというきみの祖父の名前の力に導かれるようにして、ひとりの〈異風な人物〉との出会いは行なわれたのだが、名前に〈楠〉という文字をもったこの人物を、きみの祖父から区別するために、ここでは《大楠《おおくすのき》》と呼ぶことにしよう。――というのは、僕がこれから語り出そうとしている人物《大楠》こそ、きみの祖父の同時代人であるのみならず、その時代のさまざまな土地において、きみの祖父と同じ行動を取り且つ同じ血を流したであろう〈六万六千の楠たち〉の代表者もしくは太い幹とでもいうべき者であると考えられるからだ。あたかも《大楠》という名前が、一九〇六年から始まる血腥い年代を共に生きた〈六万六千の楠たち〉の集合名辞でもあるかのように――。

さてNよ。

この異風な人物、すなわち《大楠》は、僕の購った書物によれば、「民俗学者にして植物学者である者」とされている。その年譜を辿ってみれば、一八六七年K半島に生まれた彼《大楠》は、一八八六年二十歳にして渡米、一八九二年には英国に移り、倫敦における乱学ともいうべき生活ののち、一九〇四年K半島に帰還、一九〇六年社司の娘と結婚、そして民俗・植物研究の傍、十年を越える神社合祀反対運動の先頭に立ち、その運動の敗北の後に死亡したとされている（ただし、彼がその後も生きながらえたという異本もあるようであるが、その異本について触れる準備は、僕にはまだ出来ていない――）。

この書物でまず僕の目を惹いたのは、K半島に荒れ狂う神社合祀の嵐のただなかで、彼《大楠》の認めた次のような書簡だった。

村民いづれも愚にして目前の利慾に目がくれ、小生の従弟等わづかに五戸を除くのほかは、合祀合祀と賛動し、小生一族は僅々の人数にてこれに抵抗し、今日まで無難に保留したれども、今秋までに是非つぶし見んなどと、郡吏等いきまきをる由。……あまりに大勢大勢いふて何が大勢やら、ただただ衆愚の目前の利慾をのみ標準とし往くも、国家独立の精神を養ふ所以にあらざるべしと思ふ。

この書簡の日付けは明治四十四年、つまり一九一一年となっているから、合祀令の出された一九〇六年から数えて五年の後ということになる。またこの一九一一年という年は、爆裂弾を神に投ずることを考えたという罪によって、十二名の男女が絞首台に消えていった年でもあることを、きみは知っているはずだ。

おそらくこの間、天皇の命令はそれぞれの府県において、その土地を支配している者たちの利害と堅く結びつきながら、或いは緩慢に、或いは激烈に実現されていったのであろう。K半島は、全国的にみて極めて合祀率が高かったとされている。K半島の豊かな山林をめぐる現実的利益が、その土地を支配する者たちをして、神社廃止と神林の伐採へと突撃させていったものと推測される。そして同時に、そのような類稀れなる山林であったればこそ、民俗学者にして植物学者でもあった《大楠》にとっては、一度破壊されれば永久に回復不能なものとして、古代の森は絶対に守られねばならなかったのにちがいない。

しかし――Nよ――注目すべきは、書簡からも伺えるように《大楠》らの反対の動きが現地にあっては相当に少数のものであり、村人たちは概ね合祀に賛成であったらしいということだ。このことは、きみの祖父楠とその姉が、T村においてただ二人の死守闘争に決起し、敗北していったという伝承とも符合しているのだが、《大楠》の書簡に戻れば、彼は己れと村人たちとのふかぶかとした乖離について、いささか皮肉まじりにこう書いている。

合祀励行以来、小生ごとき神仏を拝せず科学のみ修め来たりしものが、反つて古いことをさへずり一種の御幣をかつぎまはり、神で糊口する神官、祠職、宮世話人、氏子総代等が一切神を怖るるを迷信と卑瞥する、さかさまの世と相成りたるに候。

かくの如く村人たちは、自らの土地の神を畏れることなく、神の栖を破壊していったのであるが、しかし、この国の民衆がいかに無思想・無節操の伝統を持つとはいえ、彼らをして昨日まで拝み続けてきた神を「迷信」として捨てさせたものは、山林をめぐる〝利慾〟だけであったとは到底考え難い。かくも合祀が熱狂的に推進された背景には、現実的利益とは全く別の、自分たちの神に代り得る別の神とでもいうべきものがなくてはならないのではないだろうか？

きみも憶えている通り、「Aさんからの便り」によれば、T村の村人たちは、破壊した神社の御神体なるものを「他の場所へ移すために」探しまわったということであった。御神体を他の場所に移すこと、つまり自分たちの神が別の神に合祀されることに、村人たちは強い執着を持っていたのである。別の神とは、言うまでもなくあの《東方の祭王》にまつわるものであるのにちがいないのだから、神山を覆い尽した村人たちの夜の雄叫びのなかに、僕たちは、凶暴な《東方の祭王》の立ち姿を視なければならないだろう。

晴れた冬の朝に十二名の男女が処刑された年、ただ一人の人間だけをこの国の唯一の聖なる祭王として確立するために、さまざまな土地に古き樹木と共に棲まい続けてきた六万六千の無名の神々は、地上からも――そして人びとの意識の上からも――完全に消し去られなければならなかったのだ。たとえ、年若き姉と弟がそれに抵抗し、鳥たちが叫びを挙げる闇の中で、止まることのない血が流されようとも――。

Nよ。

僕はいまアパートの薄汚い部屋の中で、この首都の空を覆っている巨大な樹木の響《とよ》めきを聴いている。その樹木は高層ビルディングよりも大きな幹を持ち、はるか上空で傘のように密生した枝を四方へ広げ、太平洋から吹いてくる海風を幾千億の葉の茂りの中に籠らせながら、止むことのない不思議な響めきを繰り返している。風には海の匂いが満ち、繰り返される響めきはまるで樹木の生命《いのち》そのものの奏でる音でもあるかのように、この都市の空を満たしている。それは僕の生まれる以前、柔らかな子宮の海の中で聴いた音楽のようでもあり、また世界の古代において、たしかにこの島国に聴こえていた音楽のようにも思える。

Nよ……きみの祖父楠とその姉は、いま僕の耳に届いているこの幻の樹木の響めきを、神山の森の中に聴いていたのではなかったろうか。そして樹木の響めきのなかに棲まい続けているT村の神が、兇々しい異神と結び合わされることを、深く忌み嫌ったのではないだろうか。やがて村人たちは《東方の祭王》を拝し始める……このとき二人は、T村の神の栖を守ることを通じて、《東方の祭王》への全面的な叛逆、この国そのものの否定にまで行きついたのではないだろうか。

若い姉と弟は、死の匂いの花を紋章としている異神を拝することを拒否し、その神がT村に訪れることを拒否し、それ故――おそらくは――この国そのものを拒否したのだ。

それはほとんど、神の世界における大逆の罪を意味していた。年若い姉と弟は、兇々しい異神を拒絶するという根底的な一点において、植物学者として神の森を守ろうとした《大楠》さえをも越えて、この国ではきわめて少数の者たちしか垣間見ることのなかっためくるめく地平に、たった二人で踏み込んでいたのかも知れない。そして、そうであればこそ、《東方の祭王》の聖なる氏子たらんと欲した村人たちによって、ひとりは殺害され、ひとりは〈体じゅうの穴から血を流した姿〉となることを強制されたのではなかったか。あたかも《東方の祭王》に対峙するもうひとりの神――永久にまつろわぬことを決意した異形の神を密かに拝する姉と弟として――。

Nよ――

こうして僕は、神山の奥で視た小さな祠に導かれ、「Aさんからの便り」に導かれ、そして《大楠》の残した書簡に導かれて、ようやくきみの祖父の時代の伝承の謎に近づくことが出来たのだけれど、先を急ぐ前に、ようやくエピローグに近づきつつある僕の劇について触れておかなければならない。
　前回、降り始めた雪の中で一九六〇年代が廻り終えれば、季節は全き冬になっている。つまり舞台は、一九七〇年代という、あのどうしようもない年代の中間の年に達している訳だ。そしてこれから始まる第三場は極めて短い。しかしこの極めて短い一場面こそが、春に始まり冬に終ろうとするこの劇の核心でなければならないと、僕は密かに考えている。あたかもその場面、つまり一九七〇年代の中間の年が、〈この時代〉の僕たちの生と死を廻る凝縮された姿であるかのように。そしてまたあたかも、その短い一場面が、一九七〇年代におけるきみと彼女との地下のレゲンデと呼ぶべきものであるかのように――。

第三場

風の止まっている冬の街角。
巨大な赤い布は下ろされている。
その下には、ずっと前の場面で死んだ〈乞食〉の死骸が横たわったままだ。
下手に杉村。
夏川が、上手から現れる。

同じくスライドで

一九七〇年代　厳冬

潮のひいた後に闘った者こそ最もよく闘った者だ

街角で何かを話しあう杉村と夏川。しかし声は全く発せられない。その代り、舞台の動きとは関係なく、二人の話し声がスピーカーを通して聞こえてくる。

夏川「久しぶりだな」
杉村「元気かい」
夏川「あ、何とかな」
杉村「ボーナスが出たよ、カンパだ。――ケチな会社だから、ほんの少しだけどな」
夏川「有難いよ」
杉村「尾行は？」

夏川「大丈夫だ。……俺、このあいだ二十五歳になったよ」
杉村「俺はもうとっくだよ」
夏川「二十歳すぎると早いって、本当だな」

女たちのシュプレヒコール――或るとき或る者は
闘い　別のとき別の者は闘った　だが　潮のひ
いた後に闘った者こそ　最もよく闘った者だ
潮のひいた後に闘った者こそ　最もよく闘った
者だ

夏川「顔色、あんまり良くないな。調子悪いのかい？」
杉村「うん、まあまあだ。――橘さんは……いや、彼女は、元気かい？」
夏川「あ、元気だ。ときどき二人できみのことを話すよ」
杉村「……もう何年も逢っていないな」

女たちのシュプレヒコール――ささいな過ちのよ
うに　愛は場所を選び　闘いは人を選ぶだろう
だが　潮のひいた後に闘った者こそ　最もよく
闘った者だ　潮のひいた後に闘った者こそ　最
もよく闘った者だ

夏川「何か書いているかい？」
杉村「いや――何も書けない」
夏川「俺もそうだ。……でも、この前ようやく、彼女と二人でこんなものを書き始めたよ」
杉村「……散文詩かい？」
夏川「うん、まだ未完成だけどな。――よかったら持っていってくれよ。本当は、きみに書いてもらいたいんだ」
杉村「俺には何も書けないよ。――でも、ゆっくり読ませてもらう」
夏川「それじゃ、今夜はありがとう」
杉村「気をつけろよ」
夏川「ああ、きみも元気で――」

夏川、赤い布の裏側にはいり込む感じで、去る。

杉村「気をつけろよ」
夏川「ああ、きみも元気で――」

杉村、舞台を横ぎる感じで上手へ。
丁度中央の赤い布の前まで来たとき、樹の幹の裂けるような不吉な音が頭上を掠める。
立ち止まる杉村。
赤い布には、巨大な樹木と、一対の男女のシルエットが現れ――

（客席からは、そこに三人の者が、乞食の死骸を囲みながら立っているように見えるかも知れない）

樹木が倒れるような大音響。

二人に襲いかかる数人のシルエット。

赤い布の向こうで、打たれて倒れ沈む二人。

その直後――鳥のような叫び声を挙げて杉村が倒れると同時に、闇。

第五の通信

Nよ。

今宵はクリスマス・イヴだ。

風が止まって滑らかになった首都の街角には音楽が溢れ、小さな幸せの箱をかかえた男や女たちが、今頃は家路につこうとしているだろう。彼らの靴で踏まれた十字路に佇み、かつてそこに在った炎を取り出そうとすれば、吐瀉物で充ちたアスファルトを掘り起こし、屍のようになったありとあらゆる言葉の断片の中に、凍てた両手を差し入れなければならないかも知れない。――

そしてNよ、世界中の人びとにとってのこの祝祭の前夜は、僕たちにとっては、彼女が世界から失なわれていった夜でもある訳だ。きみからは言葉を奪い、且つ両脚の歩行の自由を奪っていった《革命の葬儀屋》の一撃が、彼女からは細いいのちそのものを、この聖なる宵に奪っていった。あたかも彼女がマリアたちのひとり――神の子をみごもりながら、父を知らない子をみごもった罪で殺害されていった、夥しい幻のマリアたちのひとりででもあるかのように――。

彼女がこの世界から失なわれていった一九七〇年代の中間の年――その年から幾度目か分からなくなった聖なる宵の記念に、Nよ、僕は彼女の弔いの日の情景を、ここに書きとめておこうと思う。そのとき、きみは体じゅうの穴から血を流した姿となって病院に在り、冬の弔いに加わることが出来なかったのだから。……

《一九七〇年代の中間の年の情景》

それは冬にしては穏やかな日だった。

彼女の収められた棺は、告別の儀式もなく実家を出発した。門を出ると、家々の屋根の隙間に、湘南の海の断片が輝いていた。

彼女の父は相当の社会的身分の人と知れたが、娘のただならぬ死に盛大な葬儀を執り行なうことを慎しんだのであろうか――葬列は霊柩車の後に続く三台のハイヤーで足りた。

車の葬列は、海の臨める市街から、東海道の線路を横切って、山の手の方へ登って行った。馬の背のようなゆるやかな尾根が、西の山地の奥から降りて来ていた。冬木立の見える尾根を目差して、葬列は進んだ。

ハイヤーの僕の隣の席には、はるばる沖縄の先島からやって来たという彼女の祖母が座っていた。小さな体を南島の不思議な香りのする黒い着物で包んだ祖母は、僕が彼女の学生時代の友人であると知ると、辿々《たどたど》しい大和口《やまとぐち》で幾度も礼を言った。

友人関係からの参列は、僕ひとりだった。そのとき、きみは言うまでもなく病院に在り、Oは正月をヨーロッパのスキー場で過ごすために夫婦で飛び立ってしまった後であり、またそれ以外の彼女の友人といえば、既に連絡の糸口さえも見失なわれていたのだ。そして党派——彼女がきみと共に最後の日までとどまった党派は、そのような場所に代表を列席させる余力を、既に完全に喪なっていた。——

焼場は、市の郊外ともいうべき広々とした林の中に在った。大きな花崗岩の門をくぐり、ドームのような形をした建物の前の中庭に、車は停まった。

玉砂利を踏んで建物の中にはいって行くと、既に火葬の扉は開かれ、その前に彼女の白い棺が、いまにも釜の中へ滑り込みそうに置かれていた。紫の袈裟をかけた坊主が、短い経を読んだ。普通であれば棺に付けられた小さな窓——死んだ者の顔が丁度見えるようになっている小さな窓を明けて、最後の別れを行なうのであろうが、頭と顔が潰されているためかも知れない、それは開かれることのないまま、棺に釘を打つ儀式が行なわれた。

親族がひととおり打ち終えた最後に、掌にはいるほどの小石が僕に渡された。乾いた音がドームの中に吸い込まれて行くのを確かめるように、僕はゆっくりと三回、石を打った。

そのあと、制服を着た焼場の職員が金槌をもって事務的にすべての釘を打ち終え、棺はガラガラと音を立てながら、暗い穴へと押し込まれていった。堅い音と共に鉄の扉が鎖され、ひどく年をとった制服の職員が、きまりきったことのように帽子を取って僕たちに礼を行なった。

扉の鎖される音がまだ残っているドームの中に、そのとき異様な声が洩れた。僕は思わず鉄の扉を見つめたが、その声は彼女の祖母——はるばる南島からやって来た、小さな体をした彼女の祖母のものだった。歯のなくなった黒い小さな口腔から、異風な声が、ひとつひとつの生きもののように生まれ出で、次から次へとうち続きながら、冬の昼下がりのドームを満たしていくのだった。それは祖母の棲まう南島の、死者を送るための唄、或いは嘆きの唄とでもいうべきものであるのかも知れない、妙に哀しく懐かしい肉声が、死んでいった彼女の魂と響《とよ》みあうかのように洩れ顫え、そのとき僕はふと、死んだ者の体を焼き払うことが、ひどく陰惨なことであるように思えたのだった……。

彼女の若い体が焼き尽されるまでには、一時間を要した。その間、親族たちは別棟の待合室で茶などを啜っていたが、僕には話す相手とてなく、ひとり玉砂利の敷かれた中庭に出て煙草を喫った。

幾本かの欅が、既に葉を完全に散らし終えて、澄んだ冬空に枝を伸ばしていた。先へ行くほどに細かく造型されながら、隅々まで枝を伸ばしているその幾本かの木を見上げて、そのとき僕は軽い眩暈のようなものを感じた。周囲が、一瞬遠ざかって行くような感じがした。その不思議な感覚は十秒と続かないうちに収まっていったのだが、いまから思えば、それは僕の現在の病気の最初の兆しであったのかも知れない。……

不安定な一時間が過ぎて、黒い服を纏った者たちは、再びドームのような建物の中に呼び戻された。先程のひどく年をとった職員が、何の前触れもなく扉を開け、火掻棒のようなもので台車を引き出した。白い骨だった。わずかに背格好をとどめている骨の集まりを、職員はざらざらとまとめ上げ、ステンレス製の台のようなものに乗せて、建物の端に運んだ。僕たちはそれに付き随い、まず彼女の両親に長い木箸が渡された。

――こうして、白い骨は骨壺の中に収められていったのだが、親族の何本もの箸が交錯しているそのとき、僕は箸の先で白い親指ほどのものを引き寄せ、それを掌の中に隠したのだった。最後に制服の職員が、彼女の頭蓋骨らしいものを収めながら、何ごとか解説めいたことを呟いていたが、僕の耳は既にそこになかった。

建物の窓から冬の陽が長く差し込んで、収められ終った彼女の骨の集まりを、余りにも明るくさせていた。静かすぎる午後だな、と僕は冬の陽の中で思った。……

そして、僕が白い親指ほどのものを持って南島へ旅するのは、その翌年の夏の終りである。――頽れ易い小さなものは、白い布に大切に包まれ、旅行鞄のいちばん奥に収められていた。

飛行機と船を乗り継ぎ、彼女の故郷の先島に着いたのは、首都を出てから二日目の夕刻だった。

島に一軒だけある宿に荷物を下ろし、僕は白い布に包まれたものを持って海へ向かった。島の北側には小高い森が在り、そこが彼女の語ったことのある御嶽《ウタキ》の森かと思えた。その森を右手に見ながら、集落を抜け、アダンのジャングルの中の細い道を辿ると、わけもなく白い砂浜が現れた。

風が、夥しい浜木綿の花を顫えさせていた。時刻は五時に近かったが、本土を離れれば日没もまた遅いのであろうか、太陽はまだ真昼の力を保ったまま西方の巨大な島の上に在って、広々とした晩夏の海辺に照りつけていた。

僕は夥しい珊瑚のかけらで出来た白い浜を踏んで、無人の渚へと向かった。

海は――潮の動きの止まる時刻なのかも知れない――波を奪われた潮溜まりのようになって、夕刻の眠りを眠っていた。

僕は渚に両膝をつき、白い親指ほどのものを布の中から取り出すと、それを両手の掌の中に抱いて、うす緑に透き通った海の水の中へ浸した。静やかな南の海の水が、柔らかな肌のように僕の手を包んだ。白い親指ほどのものは、掌の中で小さな魚のように泳ぎ、そこから逃れ出れば、それは珊瑚のかけらと変って、海の底にゆらめいて見える夥しい仲間たちのもとへ還って行くように思われた。……

　つまり僕は、ひとつの感傷的な行ない——彼女の体のかけらを故郷の海へ還すという感傷的な行ないのためにこの島までやって来たのだが、白い親指ほどのものが小さな潮の流れに乗って掌の外へ浮かび出ようとしたそのとき、まるでその儀式を拒むかのように、彼女の体のかけらが掌の中で顫えたのだった。

　僕は掌の中のものを夕潮に放つことなく、指先でそれを洗うようにしたのち、穏やかな海から引き戻した。潮に濡れたそれは、いくらか光沢のようなものを得て、環礁の向こうから吹いてくる夕べの風を呼吸しているように見えた。

……

　そして僕は、それを再び白い布で包み、日没まで浜辺にとどまったのである。浜には石を積んで出来た小さな台が在って、僕はそれに背を凭せかけて休んだ。

　二時間近くたったろうか、太陽はようやく西の島影に近づき、そしてそれを待っていたかのように、海が騒ぎ始めた。遠くの環礁で波が一列に砕け、風が、そのはるばるとした轟きを僕の二つの耳に送りとどけた。夕風がズボンの濡れた両膝を乾かした。

　……やがて、海がいち面にきらきらと輝き始めた。その輝きの中から夥しいオレンジ色の光の粒が生まれあらわれ、それは神々の響《とよ》みあう声のように、広々とした無人の浜を散り染めていくのだった。——風と、そして海の音だけが支配しているこの無人の空間の静謐は、僕を叫び出したくさせた。そして、そのとき僕は、この空間、光と闇とが交錯しているこの静謐に充ちた空間が、彼女の語ったことのある〈ウガンジョ〉であること——生きた者と死んだ者との語りあう場所であることを、突如として悟ったのだった。オレンジ色の冥さの中に溶け沈もうとしている浜辺を埋め尽した夥しい珊瑚のかけら、あたかもそれらが、無数の死者たちの骨のかけらの集積ででもあるかのように——。

　宿への帰り道、僕は彼女の祖母の家を探して立ち寄った。仏桑華の垣根が、闇の中で幾つもの赤い花を開いていた。福木《ふくぎ》の黒々とした影の在る庭に立っていると、暗がりの中から十五六の娘の姿となった彼女がとび出して来て、本土からやって来たという見知らぬ男に、祖母は既に死んでいることを告げた。

（情景、終）

Nよ……

こうして僕は白い親指ほどのものを再び本土に持ち帰り、古いオルゴールの木箱の中に収めた。そして十年という歳月を、音を喪なったオルゴールを聴き続ける者として送っていくこととなる訳だけれど――Nよ、僕について語るのは止めて、ここで再びT村に棲まうきみのこと、或いはきみの行なおうとしていることについて、僕の考えを廻らせてみたい。

先の通信に記した通り、きみの祖父楠はT村の神社の死守闘争に敗北したのち、小さな〈隠れ祠〉を建てることによって、大逆の神ともいうべき自らの土地の神を祀った。いや、彼の祀ったものは自らの姉であったのかも知れないのだが、そのように考えてみれば、僕の前に残された最後の謎――〈何故、きみは毎朝祠へ赴くのか？〉という謎もまた、自ずと解決への光を見出すことが出来たような気がする。

――きみは、きみの祖父の時代に滅ぼされた神社への石段を登り、祖父の建てた小さな祠へ赴くことによって、祖父たちの時代と僕たちの時代を貫くこの国そのものへの叛逆の意志を持続させながら、僕が首都においては想像することの出来ない〈甦りの日〉――正確に言うならば〈黄泉《よみ》帰りの日〉とでもいうべきものを迎える準備を、開始しているのではないだろうか？　そして、きみはかつて、自分の父のことを「神官を止めていた」と言い、その父は「脳を患って死んだ」と語ったのだが、まつろわぬ神の神官たり続けた祖父の行ないを継承することを通じて、きみはいかなる伝承も残されていない父の敗北の歴史を、既に越え始めているのではないだろうか？

一九七〇年代の丁度中間の年に《語れない石》となったきみが、この国の現在に甦らせようとしているもの――それは、《東方の祭王》によって滅ぼされたT村の神であるかも知れず、またその神を守る者として〈体じゅうの穴から血を流した姿〉となった祖父であるかも知れない。或いは、弟の身代りとなるかのように土の中に埋められた〈姉〉であるかも知れず、また《革命の葬儀屋》によって殺害されていった彼女であるかも知れない。それが孰れであるか、僕は知ることがないのだが、祖父の年代と僕たちの年代を貫いて、この国そのものを否定するために、共通の血を流し、共通の死を死んだ者たちのために、きみはその死者たちと出逢い、その死者たちの意志を継承する場所――僕たちの時代の〈黄泉帰りの場所〉とでも呼ぶべきものを、あの神山の奥に定めたのではないだろうか？

Nよ――

こうして僕は、きみが神山の小さな祠の中に、百年の歳月を貫く叛逆の拠点を構築しようとしているにちがいないと想像するに至ったのだが、それはまるで血によって記された百年の年代記ででもあるかのように、余りにも荒唐無稽な妄想であると思われるかもしれない。まるで、《叫ぶ鳥男》としての僕が、一九八〇年代という最悪の時代の最悪の国の首都の底で、ただ妄想だけを啄んで生きているかのように。

だが――いま僕は決定的な証拠とでもいうべきものを手にして、僕の想像の創りあげた物語について、ふかぶかとした自信を持っている。

というのは、Nよ、僕が一九七〇年代の最後の年にきみをT村に訪ねたとき、きみが僕に示したあの不思議な身振りが、神山にまつわるいっさいの推測の正しさを証明してくれたからなのだ。

そのときさきみは、黒ずんだ蒲団の奥から掻巻の袖口を僕の方へ向けた。その小さな洞窟は、言葉を失なったきみの暗い口腔のようでもあり、僕は首都へ戻ってからも、その不思議な身振りの何であるかを考え続けてきたのだが、《大楠》の足跡を辿っているうちに、突如としてその暗号の解読に成功したのだった。

……一九一三年、つまり神社合祀令の出た年から七年目の年の大晦日、ひとりの男がはるばる大阪から人力車を駈って、K半島に《大楠》を尋ねている。この男とは、当時中央官庁の高級官吏であり、後にこの国の民俗学の泰斗と呼ばれるようになる人物なのだが、ここでは単に《学者》とだけ呼んでおこう。

《学者》と《大楠》との交流――手紙を通じての交流――は、一九一一年つまり《大楠》が合祀反対運動の渦中で収監され、その暗い場所から出て来た頃に始まっている。《学者》にとっては、大英博物館仕込の《大楠》の知識が極めて貴重なものであったろうし、また《大楠》にとっては、中央高級官吏という《学者》の身分が大いに心強いものであったのにちがいない。実際《学者》は、《大楠》の書いた合祀反対意見書を印刷し、政官界に配付するなど、少なからぬ助力を与えている。しかしその後は、倒すべき権力を依然として目前にした者と、年代のない世界に生きる者との違いとでもいうべきだろうか――二人の乖異は日を追って露呈し、その関係は余所々々しいものになっていったようだ。

例えば《学者》は、中央からK半島の《大楠》に宛てて、次のように書いている。

失礼ながら貴下は傀儡としてある政治問題（しかも微小なる）に利用せられ給ふなり。あつたらの神の杜も、かかる騒擾の中に捲き込まれては生くべきものも生きず、とにもかくにもかの土地は面白くなき人気の所とおもはれ候。……惜しむべき植物に対しても、よい加減にあきらめ給はねばならず候。口惜しまぎれに入道し給ふほどの我執ありてこそ、これまでの御学問もできたことながら、願くは立ちもどり自然研究者の冷静なる観察点に立ち給ふべく候。

そして、これに対する《大楠》の返事は、こうだ。

貴下は、小生が政治家連を味方にせしを非難さるれども、今日、日本世間のことみな政治家の左右するところにて、われら純粋に学問上の議論など出したところが一人も付和してくれず、多少政治家の一味ありしゆゑこの土地の神社、神林はいささかも残存しをるなり。純粋の学論が世に通るものなら、小生かくまで永々財と時間を費やし心身を疲らすに及ばぬことなり。

——このような不信の投げあいともいうべきことのあった後だ、《学者》が《大楠》を初めてK半島に訪ねたのは。それは——繰り返し言うならば——一九一三年、大晦日のことだった。《学者》を乗せた人力車は、深い樹木の世界をくぐり、幾つもの峠を越え、巨大な楠が軒を掠めている家の前に停まったのかも知れない。そしてそのときの様子を、《学者》は後年、次のように回想している。

一晩しか泊れないので、翌朝挨拶に私一人で行くと、細君が困った顔をしてゐる。そして僕は酒を飲むと目が見えなくなるから、顔を出したつて仕方がない、話さへできればいいだらうといつて、掻巻の袖口をあけてその奥から話をした。

そして《大楠》は、この日の日記にただ二行を記す。

大正二年十二月三十一日。晴、終日臥す。午後Y氏来り。二時間斗り話して去る。予眼あかず、臥したまま話す。夜も予臥す。

この同じ身振りに出会ったときの驚きを、Nよ、僕は隠そうとは思わない。

僕の想像した通り、きみは《大楠》の存在を知っていた。いや、きみは祖父楠の根を通じて、《大楠》の巨大な幹と繋っていたと言うべきだろうか。そして《大楠》が《学者》に対して行なった身振りを僕に示すことによって、きみは〈六万六千の楠たち〉がその時代に闘った困難きわまる闘いの歴史——神社合祀をめぐる闘いのことを、僕に伝えようとしたのではなかったろうか。姉と弟の若い血によって記された、その時代の大逆の物語を。きみと彼女とのこの時代のレゲンデを。口から口へ、耳から耳へと伝えられていく、未だ記し残されることのない、この国のまつろわぬ者たちの年代記を。

Nよ――

首都はいま、一年の終りの深い夜に包まれている。あと幾時間かすれば、この年は廻り終り、新しい年が、少なくとも紙の上には訪れてくるだろう。そして――

神山の祠をめぐって長いこと書き続けられてきたこの通信も、僕の叫びの世界から、隠れた年代記への微かな回路を発見したことによって、いますべての役割を完了しようとしているのだけれど、最後に、例の未だ題名の定まっていない劇について、簡単に触れておきたい。

それはいま最後の一場面、すなわち〈エピローグ〉を残すだけとなっている。稿はまだ起こされるに至っていないのだが、その時代は、一九七〇年代の中間の年であった前の場面から十年ほどのち――つまり僕がこれを書き、きみがこれを読んでいる〈現在〉にほかならない。

幕が上がれば、舞台の上は〝クレバス〟、いや、店内はひどく明るくなり、店の名前も変って〝プレゼント〟だ。

一階は、コンパなのかも知れない、酔っぱらった十人くらいの男女の学生たちが騒ぎまわっている。

二階には随分恰幅の良くなった岡田とその妻が座っている。そこは十数年も前に杉村と橘が向かいあって座っていた場所なのだが、そこで二人はこんな会話を交しても良い。

岡田　（階下の学生たちを眺めながら）相変らずだねえ、学生時代という奴は。にぎやかで、エネルギーがあって、勉強をし、恋をし、友達をつくり……そして皆卒業していくんだ。

妻　そうね……わたしは卒業してからもう十年。あなたは何年になるかしら？

岡田　そうだな――もう随分昔のことのような気がする。……そうそう、こんなことがあったな。大学にはいった年の、サークルの新入生歓迎コンパのあった夜だった。新入生ばかりが四人、この店に集まってね、ほら、いま学生たちがいるだろう、丁度あそこに座ったんだ。――春だったよ。皆、若かった。そこで、自分の好きな作家や詩人は誰かという話になってね、ひとりはポール・ニザンだと言う。もうひとりは――そう、これはなかなか素敵な女の子だったけどね――たしか、長沢延子が好きだと言っていたな。

妻　で、あなたは？

岡田　僕はT・S・エリオット！　そう言ったね。

妻　随分気取ったのね。

岡田　うん、ところが、傑作なのがもうひとりの奴なんだ。こいつがね、文学なんて退屈なものは読んだことない、と言うんだな。皆驚いて訊き返したよ。それじゃ、きみはどうしてこんなサークルに来たんだい、ってね。そしたら、その答えが奮っているんだな。こうなんだ――彼は、違うサークルにいたのだけれど、あるとき、こっちのサークルの先輩に、おい、こっちのサークルの方が可愛い女の子がいるぞ、って誘われて、それでこっちへ来ちまったという訳なんだな。いや、皆笑ったね、これには。本当に楽しかったよ、あの頃は――

（このとき、〝乞食の唄〟の旋律が短く流れ、岡田は体をビクリとさせる。だが、すぐに幻聴であることに気づいて――）

岡田　いや、何だか今夜はずいぶん酔っちまったな。久しぶりに大学の近くへ来て、いい気持なんだ。さあ、そろそろ帰ろうか。（立ち上がる）

妻　あなた、今夜はとても楽しそうだわ。若い頃のこと、思い出したからなのね。

岡田　ああ、あの頃は若かった。いや、（妻の腰に手を廻しながら、囁くように）いまだって若いさ。

こんな会話ののちに、岡田とその妻が店を出て舞台裏へ消えて行くと、舞台には本当に〝乞食の唄〟の旋律が流れる。だが――その旋律に導かれるように現れるのは、かつての乞食ではなく、臙脂色のジャンパーを着た杉村なのだ。ドアを明ければ、学生たちの喧噪が爆発し、二階へ上がろうとする杉村を「二階は終りました、どうぞカウンターへ」という声が制する。ママもまた、替わっているのだ。――杉村は学生たちの間を縫ってカウンターに着き、ハイボールを注文する。

そしてそれからは、学生たちの喧噪がひたすら昂まっていく。例えば四人の学生たちが――この劇の最初の場面で杉村たち四人がそうしたように――舞台の前面に立ち並び、それぞれこんなことを叫び立てても良い。

《ボクたちは楽しい。いま、すべての時代が終ったから！》

《ボクたちは楽しい。だって、世界が世界でなくなったから！》

《わたしたちは楽しい。この国、この街にいま生きているのだから！》

《ボクたちは楽しい。何がなんだか分からないけれど、ボクたちは楽しい！》

こんなふうに喧噪は昂まり、やがてグロテスクな哄笑の競技会ともいうべきものに変りながら、クレッシェンドしていく。この頃には、乱舞する学生たちの顔は奇怪な仮面を着けていても良いかも知れない。

騒ぎが少し収まると、カウンターで飲んでいた杉村が、伏すように倒れる。また、哄笑――。

やがて照明が昏くなり、音楽が止み、学生たちは時間が止まったように動きを止めて、杉村が起き上がる。――しかしその姿は、彼が既に幽界の人であることを示している。彼は、絡みあっている学生たちの奇怪な森の中を抜けて、二階への階段をゆっくりと昇って行く。その歩みにつれて、灯の落ちていた二階に蒼ざめた照明が当てられると、その場所はかつてのバリケードの内部であるのだ。……だが、そこは既に壁の文字も掠れ、荒寥がすべてを支配している。杉村がかつてのソファーにゆっくりと横たわり、最後の眠りを眠り始めるとき、静かに下手街路にスポットライトが当てられ、そこには夏の夕べの中の橘素子が――。

海の音だ……

Nよ。

かくして光は消え、僕の劇の最後の幕が落下する――。

しかし、このように構想してはみたものの、何か決定的に誤っているものを僕は感じている。それは〈誤れるエピローグ〉という風情で僕の前に在るのだけれども、誤りを越えるものが何であるのか、僕には分かりかけているようでもあり、十分に摑めていないようでもある。〈誤れるエピローグ〉を越えるもの――それを見出すことが出来れば、僕はこの劇を完成させ、T村のきみに送り届けることが出来るのだが、それはまだしばらく先のことであるような気がする。

Nよ――こうして僕からきみへの通信は、僕に困難な宿題を残したまま、新しい年を前にしていま閉じられようとしている訳だが、最後にひとつだけ、きみに伝えておきたいことが残されている。

それは、来るべき新しい年に、僕が再びT村を訪ねようと思っているということだ。

白い親指ほどのもの――古いオルゴールの木箱の中に収められた白い親指ほどのものを持って、僕は再びT村を訪ねようと思う。

その日がいつになるかは分からないが、それは春――真新しい風がやわらかに吹き始める季節でなければならないと、僕は考えている。

僕は冬に汚れた首都の十字路を横ぎり、十年も前にきみの車椅子を送り出したプラットホームから、K半島へ向かって旅立つだろう。――僕は樹木の奥へと向かうバスに乗り、峠を越え、淡い若葉に煙っているT村を訪ね、きみの家に着けば、巨大な楠の葉を騒がせている風の声に耳を澄ますかも知れない。そして、きみの家の裏手から山道を登り、《青の図《タブロー》》の中の古い石段を登り、生まれたばかりの草の園を横ぎり、小さな祠と再会し、そして遠い響《とよ》めきの籠っている百年前の繰戸を開いて、その中に白い親指ほどのものを納めようと思う。

僕たちの時代のしるしである白い親指ほどのものは、美しい海に流されることを拒絶して、この国の最後のまつろわぬ神の砦の中に、己れの在所を見出すだろう。

このT村への新しい旅に出立する前に、ますます頻繁になっている病気が僕を斃れさせないことを、黄金色の海の中に僕自身の完成されたエピローグが訪れないことを、いまは深く祈らずにはいられない。

そしてNよ、死んだ彼女の力に守られるように、両脚を回復させるという第一の奇跡をなしとげたきみが、白い親指ほどのものの納められた祠の前に直立するとき、そのとき第二の奇跡もまた、僕たちの前に顕われるのではないだろうか。一九七〇年代に失なわれた〈言葉〉が、暗い洞窟のようなきみの口腔に甦る……六万六千の言葉たちが甦る……。かつて幻の表現者連合たらんとした僕たち三人――《死者》と《語れない石》と《叫ぶ鳥男》とは、そのときどのような言葉をもって、かつて在ったことと、いま在ることと、これから在るべきことを語り始めることが出来るだろうか。

そして、甦った〈言葉〉に導かれるように、僕たちの手によって祠の脇の土の肌が掘り返され、その穴の中から〈姉〉の陰《ホト》に突き刺されたままの鋭い〈武器〉が引き抜かれる日――その日から僕たちの黄泉帰りの物語は、本当に開始されて行くのにちがいない。

……それはまだ遠い先、不確かな霧の向こうとでもいうべき所に在るようであり、また、T村から再び首都へ帰還する道は、決して平坦なものではないだろう。しかしやがて、死んだ彼女の力に守られるようにきみが言葉を辟《ひら》くとき、ほとんど十年に亙って僕の口腔を支配してきた鳥のような叫びもまた、ようやくに癒えて行くような、そんな予感が、僕にはしているのだ。……

Nよ。

こうして僕からきみへのこの時代の通信は、僕たち三人のはるかなる蘇生――百年の歳月の中から立ち現れる〈黄泉帰りの日〉への漠とした予感をもって終るが、筆を置く前に、未だ題名の定まっていない僕の劇について、一言だけ付け加えるのを許してもらいたい。

――T村へ出立する前に、僕はその劇の〈誤れるエピローグ〉を廃棄し、真の〈エピローグ〉と呼び得るものをどうしても書き上げてしまわねばならない、そんな想いに強くとらえられている。そして最後の鳥のような叫びが僕を完全に打倒することなく、〈エピローグ〉がこの時代の紙の上に与えられるならば、僕は完成したその劇の題名を、かつてきみが僕に手渡した散文詩の表題から譲り受けたいと思っているのだ。

首都の街区に、もう幾度目か分からなくなった冬が来ている。街路のプラタナスは、葉を散らせ尽して、既に久しい。かつて夜の中でゆらめいていた十字路に立てば、炎は地下深く埋葬され、その上を窓のない車が通り過ぎるばかりだ。

未完成の散文詩は、このように書き出されていた。それはきみと彼女との合作ともいうべき作品であり、そこには幾つもの年代と、来るべき個体の死と再生の予感に充ちみちた言葉が刻みこまれてあった。僕たちの時代を総括しようとするその最初の努力は、一九七〇年代の丁度中間の年に、きみから僕へと手渡されたまま、この時代の中で消し去られようとしているのだが、そして実際、その紙片は僕の部屋の中でどこへ行ったかも分からなくなってしまっているのだが、僕がいま譲り受けたいと思っているその散文詩の表題はといえば、それは明るいブルーのインクを使った橘素子の伸びやかな文字で——

風のクロニクル、と書かれてあったのだった。

戯曲　風のクロニクル

登場人物

男（三十代後半）
女（同）
杉村（十八歳・十九歳・二十歳）
夏川（十八歳・十九歳・二十歳・二十五歳）
橘素子（十八歳・十九歳・二十歳）
岡田（十八歳・十九歳・二十歳・三十代後半）
先輩A（二十代）
先輩B（同）
ママ（四十代）
乞食
定食の学生
ギターを弾く学生
楠（夏川と同一）
その妻（橘と同一）
岡田の妻（三十代）
村人たち
学生たち
若者たち

〈プロローグ〉

荒寥たる、実に荒寥たる風の音。
はるか遠く高い場所に、一人の男の影。
膝をついて、両手で土を盛り上げている所作。
小さな墓をつくっているのであろうか、或いは
――
消える。

〝きよしこの夜〟が静かに流れている。

暗い場所。

突然、きわめて暴力的な何ごとかが起こる。

……若い男と女が、二つの黒い物体のように、倒れた――

闇。


〝きよしこの夜〟は続いている。


哄笑のクレッシェンドと共に、ゆっくりと、喫茶店〝プレゼント〟が浮き上がる。

若者たちが、奇怪なオブジェを造って騒いでいる。

グロテスクな照明。

騒ぎが昂まり、それが急に途切れると、突如〈鳥のような叫び声〉と共に、一人の男が卒倒して
――

闇となった世界の中に、スピーカーを通した〈鳥のような叫び声〉が被さり、長く尾を曳きながら消えていく。

（以上の三つの場面は、象徴的に、それぞれ断絶して、きわめて手短に、映し出されなければならない）

〈1〉

風の音が聴こえる。

風の音――そう、或るときは激しく、或るときは不気味に、また或るときは革命の唄を孕ませた風の音こそが、この芝居を貫いているものでなければならない。いま聴こえている遠い風の声にみちびかれるようにして、幾つもの時代が、幾つもの時代の夢と屍が、この舞台の上に現れて来るであろう。

さて、いま目の前に在るのは、霧に閉ざされた昏い世界である。それは冬の街路のようでもあり、遠い時間の中に浮んでいる廃墟のようでもある。もしかすると森の中の陰鬱な場所であるのかも知れないし、或いはまた、一人の人間の内部の、荒寥たる風景であるのかも知れない……

背後には、建物らしきものが半ば闇に溶けながら存在しているが、それは深い海の底に眠っている船の残骸のようでさえある。

闇と霧の中に、スピーカーを通した「女」の声が聴こえる。

首都の街区に、もう幾度目か分からなくなった冬が来ている。街路のプラタナスは、葉を散らせ尽して、既に久しい。かつて夜の中でゆらめいていた十字路に立てば、炎は地下深く埋葬され、その上を窓のない車が通り過ぎるばかりだ。

「男」が、霧の奥からゆっくりと現れてくる。木のオルゴールの箱をかかえて、古いコートを纏って――。

（その身形《みなり》は、襤褸《らんる》というほどではないにしても、華やかなこの時代の中では、やはり少々異形であろう――）

男　……炎は地下深く埋葬され、その上を窓のない車が通り過ぎるばかりだ。……（ようやく姿を浮き上がらせて）Nよ、――きみが倒れたのはいまからちょうど十年前、一九七〇年代の中間の年のことだった。今夜と同じクリスマス・イヴ。凍りついた街角、暗い街灯、血の匂い……。きみは頭に受けた打撃によって言葉を失ない、同時に両脚の自由を奪われた。言葉も、そして脚も、回復は不可能であろうと医者は宣告した。それからしばらくして、きみは惨憺たる姿のまま、故郷《こきょう》の村へ帰って行った。母親に車椅子を押されながら、何ひとつ喋ることなく、まるで一個の石のように、きみは故郷へ帰って行った。……いまからちょうど十年前、今夜と同じクリスマス・イヴ、たしかにひとつの幕が下ろされたんだ。

オルゴールの蓋を開き、誰にも聴こえない音に耳を傾ける。
すると、舞台裏の闇の中から、「女」がすうっと現れて――

女　（男の背中へ、低く）あの人のことを、考えていたのね。――クリスマス・イヴ――あの人が倒されて、いちばん最初に病院へ駆けつけたのは、あなただった。そして十年間、あなたはずっと、あの人のことを考え続けている……

こんなふうに「男」と「女」が登場しているのであるが、ちょっと付け加えておけば、これは変なのである。――変なのである、というのは、後になると分かるように、この「女」は、実は、既に死者であるからなのだ。従ってこの場面は、男の妄想の中に女の像と声とが現れているのであるかも知れないし、反対に、女の死者の瞳に現在の男の姿が映し出されているのであるのかも知れない。だが――重要なことは――これは怪奇劇でもなければ、不条理劇でもないということである。あえて言うならば、二人はいささか古典劇風に、科白を続けて行かなければならない。そして、二人の眼差が決して日常的な形では出会わないことが、すべてを明らかにするであろう――。
さて、こうして、「男」は「女」に眼差を向けることなく、自分の言葉を続ける――

男　あいつが首都からいなくなってしまうと、まるでそれを合図とするかのように、街は華やかになっていった。華やかな光と華やかな衣装が街路に溢れ、巨大なビルディングが幾本もの光の柱となって夜空に聳え立った。そしてその代り、僕たちの時代の炎は、地下深く埋葬された。一九六〇年代、たしかにこの場所に在った炎を取り出そうとすれば、冬のアスファルトを掘り起こし、ありとあらゆる言葉の屍・夢の残骸の中に、凍えた両手を差し入れなければならない――。（間）一九八五年……いやな時代だ……この時代の中で、僕は狂人だと言われている。鳥のような叫び声を挙げる狂人。――叫び声だけが、一本の管《くだ》のような僕の喉をつたって、外の世界へと溢れ出ていく。（一瞬、叫ぶかと見せかけて）……まるで僕の喉と口が、何かの罰を受けているかのようだ。

——幾つもの叫び声が、幾つもの季節を貫いて、十年という僕の歳月をめぐらせていった……

女　十年間……あなたは叫び続けてきた。そして、わたしは守ってきたわ。自由を奪われた幾本もの脚を。それから、言葉を失なった幾つもの口を！

男　言葉というものを使えなくなったのは、あいつ一人だけではなかった。年毎に華やかになっていく巨大な都市の移ろいを見ながら、或る者は言葉を失ない、或る者は言葉を閉ざすことによって、一つ一つの石のように、この時代の中で生き続けている。言葉を使わないということと——何も語らず、何も書かないということが、本当に言葉を失なったあいつと連帯する途《みち》ででもあるかのように。何も語らず、何も書かないということ……

女　あなたが何かを語ろうとすると、言葉は叫び声になってしまう。あなたが何かを書こうとすると、指先が凍りついてしまう。でも……誰かが語り伝えなければならない、書き伝えなければならないわ。叫ぶことの代りに、言葉を！

男　白い微かな光を放つ生き物のように、言葉のかけらが、まだこの街のどこかで息をしているだろうか？（否定的である）……そう、十年前のクリスマス・イヴ——あいつが倒される何時間か前——僕は暗い街角で、あいつから一枚の紙切れを手渡された。それは未完成の散文詩——幾つもの年代と、燦然たる言葉の刻み込まれた未完成の散文詩だった。幾つもの年代の列、燦然たる言葉の群れ——。だが、それらは、あいつと共に倒れ、決して地上に甦ることはないだろう！

女　……蠟燭から蠟燭へ、小さな炎を点《とも》すようにしながら、誰かが書き継いでいかなくてはならないわ。未完成のまの、幾つもの年代の物語を。まだ誰も書いていない、わたしたちの時代の物語を。……あの人、あなた、そしてわたし……

男　僕たちが最初に出会ったのは、あれは……一九六八年。僕たちは大学の新入生だった。夜の中に、白い花が咲いていた——

女　一九六八年、春だったわ。

溶暗。

〈2〉

〝紺碧の空　仰ぐ日輪　光輝あまねき　伝統の下すぐりし精鋭………〟

先輩A・B、それに四人の新入生（杉村・夏川・岡田・橘素子）がワイワイと街路より登場。

先輩A・夏川の二人は、まだ学生服でなければならない。橘は初々しいツーピースであってほしい。

喫茶店〝クレバス〟の内部が見えている。

二階の部分は、バルコニーもしくは屋上風。

標示物

〈1968年〉

〈CREVASSE〉

先輩B　（酔って）おまえ、メロディーちがうぞ！　半音、狂っちょる！

岡田　そうですかあ？　〝すぐりしセイエイ〟……ちがうかなあ？

先輩B　全然、ちがう！

先輩A　（先頭で、店の前に立って）諸君！　ここが〝クレバス〟——いうなれば、われわれのサークルの第二の部室。

橘　クレバス……

岡田　クレバスかあ。

先輩B　新入生諸君！　足を踏みはずさないように！　ここは奈落への入口。このクレバスに落ちて助かった者は、まだ一人もいない！

先輩A　さあ、われらが秘密の空間へ！

ドアを開ければ、店内には明るいピアノ曲など流れて……

今晩は。今晩は。

ママ　（にこやかに、しかし上品に）いらっしゃいませ。さあ、どうぞ。

先輩　紹介します。この四人、今度サークルにはいった新入生。こちらクレバスの……何ていうかな、ママ、かな。

先輩B　ノン。マドモアゼール！

ママ　まあ。（笑）

先輩A　こっちが岡田、夏川、橘さん、それから、ええと……

杉村　杉村です。

四人　よろしくお願いします。

ママ　まあ、こちらこそ。どうぞよろしくお願いします。

ここはね、皆さんのサークルのかたが、一日のうちどの時間でも、必ずお一人はいらっしゃいますのよ。

先輩Ｂ　いまは一人もいなかった！

ママ　めずらしいこと。（笑）皆さん、ご注文は？

岡田　ええと、何がいいかな？

杉村　……ホットミルクを。

橘　わたしも、ホットミルクお願いします。

夏川　俺……ハイボール。

先輩Ｂ　エライ！　酒飲みは何ごとも徹底しなくちゃいかん！

夏川　（笑って）いや、メニューを見たらいちばん安いから。ほら、コーヒーやミルクが八十円で、ハイボールは七十円。（どことなく関西なまりである）

杉村　ハイボールに変更します！

橘　それじゃ、わたしも。

岡田　ええと、僕だけちがうのも変ですから……（笑）

ママ　ごいっしょね。

先輩Ａ　（拝む恰好）すぐ出ますから。

ママ　（にこやかに）はい。

間——

先輩Ａ　どうだい？　今夜のコンパの感想。

岡田　面白いサークルですね。とても楽しい。

橘　わたし、お酒飲んだの初めてです。

杉村　僕も初めてだな、ひときれのハム、ひとつまみのキャベツ！

先輩Ｂ　ぜいたく言うなって！　ツマミの質が、酒の量に転化しちまったんだ。（この冗談、四人の中で杉村だけが分かった）

先輩Ａ　（少しあらたまって）まあ、大体サークルの雰囲気も、人の顔も分かったと思うけど、とりあえず明後日《あさって》だよな、全員が集まって今後のスケジュール決めるから——大丈夫だろう？

四人　はい。

先輩Ｂ　講義なんか出なくていいからな、こっちには来いよ。（笑）

先輩Ａ　それじゃ、明後日の五時からな。——あとは新入生だけで、少し話してくれ。（二人、帰りかける）

杉村　あの——

先輩Ａ　ん？

杉村　明後日、訊いてもいいんだけど——

先輩Ａ　なんだい？

杉村　サークルとしての取り組み、あるんですか？　今度の4・28。

先輩Ｂ　あ、4・28か。（ただの酔っぱらいではないのである）そうだな、明日《あした》の昼休み空いてるか？　それじゃ、部室に来いよ。何て言ったっけ、名前。

杉村　杉村。

先輩Ｂ　ＯＫ。

先輩Ａ　それじゃ。

四人　さよなら。お休みなさい。

新入生四人が残った。

岡田　あの、何ですか？　４・28って。

杉村　沖縄闘争。

岡田　沖縄？　あ、きみ、全学連なんですか!?

杉村　（皆に）半年前の羽田の闘い、三ケ月前の佐世保の闘い。受験勉強なんて手につかなかったよな。僕たちがいまこうしているときも、沖縄からは、Ｂ52がベトナムへ向けて飛び立っている。いいかい、僕たちがいまこうしているときもだ。

夏川　今日、キャンパスでビラ渡されたな、４・28の。——だけど、どこへ参加したらいいか分からないんだ。

杉村　どこへって、三派に決まってるじゃないか。知ってるだろ、樺美智子さん。

夏川　うん。知ってるよ。だけど……

杉村　だけど？

夏川　（ぽつりと）血が流れることって、怖ろしいよな……

岡田　樺美智子って、誰だっけ？

橘　知らないんですか？（育ちが良い分だけ、悪意がない）

ママ　お待ちどおさまでした。（ハイボールを持って来た）どうぞごゆっくり。

間——

橘　ふふ、面白いですね、ハイボールが四つ並んで。（ようやく打ち解けてきた）

夏川　俺だけかと思った。

杉村　実は、遠慮していたんだ。（笑）乾杯！

橘　これからの四年間のために！

杉村　４・28闘争のために！（残った二人に）おい、何か言えよ。

岡田　ええと……そうだな、みんなの健康のために！（笑）

夏川　（出てこない）ともかく、乾杯！（笑）

カチャカチャ。

以下は無声となって談笑が続く。

松葉杖の乞食が、街路に姿を見せた。厚い外套を着て、古い軍隊の帽子を被って――

乞食　（歌う）
死んだ奴は死んだ
生きてる奴は生きてる……
誰もいない街に
足音が聴こえる
死んだ奴は死んだ
生きてる奴は生きてる……
（ドアを開けて）こ……今晩は。（言葉が出にくい。ただし、愛嬌のある吃音ではない）

ママ　あら、今晩は。――そうそう、これ、少しですけれど。（食べ物の包みである）さあ、どうぞ。

乞食　（胸にかかえるようにして）は……春も、盛りになりました。

ママ　本当に……。向こうの桜が、あんなに――

乞食　し……白い花盛りです。今年は、とくに綺麗だ。
（間）……では、お休み。

ママ　はい。どうぞ気を付けて――
乞食、帰って行く。

岡田　（少し酔って）……なんだ、文学専攻の人は一人もいない訳か。――僕は、何て言ったらいいかな、自分の専門だけにはとどまりたくないと思って、教養って言ったらおかしいけど、まあ、それでこのサークルに来たんだけど……橘さんは？

橘　わたしは――あの、いろいろなサークルの案内書が配られたでしょ、入学式のときに。このサークルの案内には、こう書いてあったんです……「ものを書くときだけは、自分に誠実でありたい」って。……それで来てみたんです。いま、長沢延子という人のものを読んでいるんですけど、ご存知ないでしょ。

岡田　長沢延子？

橘　〝友よ――

杉村　わたしが死んだからとて〟

橘　ええ。そう。（感動した）

杉村　こんなのもあったな。〝二十世紀よ――

橘　わたしはおまえの混乱の中に生まれ――〟

岡田　僕は、T・S・エリオットの詩が好きだな。「荒地」とか――

橘　すごいですね。杉村君は？

杉村　そうだな、作家と言えるかどうか分からないけど――ポール・ニザン。

橘　ポール・ニザン？

岡田　聞いたことないなあ。（夏川に）知ってるかい？

夏川　知らない。どこの人かな？
杉村　フランス。サルトルの、そう、ライヴァルだった。共産党員だったけど、脱党した。ナチスと闘って、ダンケルクで死んだ。
夏川　（ぽつりと）どんなふうに？
杉村　どんなふうにって？
夏川　どんなふうに、死んだのかな？
杉村　闘って死んだ。それだけさ。
岡田　夏川君は？
夏川　え、何が？
岡田　好きな作家のことさ、きみの。
夏川　俺の？　いや、俺……文学は余り好きじゃない。本当は、民俗学をやりたいんだ。
橘　民俗学？
岡田　それじゃ、どうしてこのサークルへ来た訳？
夏川　俺、ＹＭＣＡにいたんだよ。
橘　あ、クリスチャンなんですか？
夏川　全然。ただ、ＹＭＣＡにはいっていると、安い寮に入れてもらえるんだ。それで、ＹＭＣＡの部屋にいたら、このサークルの先輩――ほら、さっきの眼鏡かけた人――あの人がビラを置きに来て、こう言うんだ。――お前、イエスなんかに祈ったって、この社会は変りゃしないぞ、だからこっちへ来い、ってね。――それで、こっちに来た。寮は、まだそのままやけどね。
岡田　へえ、あきれたなあ。
杉村　いや、それでいいんだよ。
岡田　でも、何だか主体性ないよなあ。
橘　主体性のないところが、主体性あるんですよね。
岡田　むずかしいなあ！

　一同、笑。

橘　あ、もうこんな時間！　わたし、先に失礼します。下宿のおばさんに、怒られちゃう。
岡田　僕たちも帰りますか？

　ああ帰ろう。何時だい？　有難うございました。また来ます！　気を付けて。お休みなさい。等々。
　四人、外へ出る。

橘　（胸をふくらませて）暖い夜ですね。
岡田　それじゃ、今度は明後日だね！
杉村　みんな、来るだろう！

　ああ行くよ。お休みなさい。僕はこっちだ。お休み。等々。

から、死んだ者のために――

四人、春の闇に溶ける。

四人、適当に別れながら、等間隔で舞台鼻に並ぶ。

橘　（客席に向かって。ただし客席ではなく、客席の彼方をみつめて。以下の三人も同様）一九六八年。これからの四年間のために、乾杯！　これから始まるのが、どういう時代であるのか、わたしにはまだ分からない。でも何かが――何かが始まりそうな気がするの！

杉村　一九六八年。4・28闘争のために、乾杯！　僕たちは起ち上がるだろう。僕たちは起ち上がらねばならない。欺瞞に充ちたこの国の戦後に終止符を打つために！　ソビエトなき世界にソビエトを樹立するために！　僕たちは起ち上がるだろう。僕たちは起ち上がらねばならない！

岡田　一九六八年。ええと……みんなの健康のために、乾杯！　健康というのは良いことだと、僕は思うし、それに、僕たちはまだ若いから。

間――

夏川　……俺の祖父は、楠という変わった名前だった。或る事件のあった夜、楠は体じゅうの穴から血を流して倒れた。楠の妻――つまり俺の祖母は、殺された。……だ

〈3〉

風の音――
暗い場所である。

男　一九六八年。まるで一個の青春物語のように、僕たちの時代は開始された。……暖い春の夜だった。夜は始まりの予感に充ち、深い闇は開花しはじめた花々のざわめきで充たされていた。だが、やがて春は夏に変わり、夏は冷たい秋へと移り、そして暗い冬の中で、あいつは――

無機的な音の一撃。

女　あの人は言葉を失なったまま、車椅子を押されて、故郷の村へ帰って行った。十年が過ぎた。そして……あなたは訪ねて行ったのね、ちょうど一週間前。
男　……まるでひとつの季節に呼び寄せられたように、僕は訪ねて行った。故郷へ帰ってから、もう十年間も何の連絡もないままのあいつに、何故急に会いに行く気になったのか――
女　あなたは分からなかった。でも、あなたはあの人に会いに行った。
男　かつて車椅子を見送ったプラットホームから、僕は汽車に乗った。窓の外を流れて行く冬の景色……幾つもの汚れた町……誰もいない駅……。それから、バスに乗りかえた。あいつの故郷は海の近くだというんだが、海なんて全然見えやしない。どこまで行っても山。死んだ人間のような姿の枯木ばかりが、荒れ果てた山肌に続いて――。バスの停まったのは、暗い山間《やまあい》の、小さな、人気のない集落だった。気味悪いほどに人気のない、しんとした村。……舗装されていない道を辿って行くと、朽ち果てた幾つかの家が在り、その奥の、小さな畑を横切ったところに、あいつの家は在った。家の周りを、黒い生垣がとりまいていた。庭に、楠が聳え立っていた。
女　楠――
男　大きな楠が、暗い森のように、古い家を包み込んでいた。その大木の下に立つと、不思議な匂いが僕の体に纏いついて、僕は何故か、子供の頃の、ぼんやりとした夕暮の中に立っているような気がした。ずっと上の方で、風が夥しい木の葉を騒がせていた……。（気分を出して）ごめん下さい！　古い家の中に、僕の声だけが響いた。ごめん下さい！　やがて暗がりの中から、母親が怯えたように顔を覗かせて、僕は座敷へと通された。

女　そこであなたは、あの人に会った。言葉を失ない、両脚の自由を奪われたあの人に――

男　あいつは蒲団を被っていた。厚い蒲団を、頭からすっぽりと被って、あいつの体はどこにも現れていなかった。まるで葬式の日の午後のように、僕はその横にしばらく坐っていた。山で、風が鳴っていた……。（風の音――）五分か、それ以上もたった。やがて蒲団の裾が少し動いて、その中から、何か黒い、生き物のようなものが現れてきた。……（ゆっくりと）搔巻の袖口だった。搔巻の袖口の穴ぼこが、僕の方をみつめていた。それは光の射さない暗い洞穴《ほらあな》のようでもあり、言葉を失なって空っぽになった人間の口のようでもあった……

荒寥たる風の音……

屋上部分に、蒲団を被った者の黒く蠢く姿。何という暗憺たる風景であることか――

消える。

女　あの人は言葉を失なったままだった、十年前と同じように。でも、この時代の中で、既にひとつの奇跡は始まっていたんだわ。あなたは聞いた、あの人が両脚の自由を取り戻し始めたということを。

老婆のシルエットが、屋上に現れて――

母親　（なまりがある）十年目になって、ようやく、少し歩けるようになりました。お蔭さまで――。（礼）息子は、治り始めた脚で、毎日、夜明けが来ると、神山《カミヤマ》へ登って行きます。神山――、ほら、この家の裏手にある、あの山へ。

消える。

男　神山――僕はあいつの家を出て、山へ行く道を探した。帰りのバスがやって来るまでには、まだ時間があった。だが、いくら探し歩いても、神山への入口はみつからない。僕は通りかかった老人に聞いてみた。神山へ登って行く道はどこでしょうか？　老人は嗄れた声で答えた。山へ行く道はない、それにこの村には神山という名前の山はない。……神山という名前の山はない……。それでも、僕は山へ行く道を探して、ずいぶん長いこと歩き回った、まるで別の世界へ通じる道を探している男のように――。やがて夕闇が、僕の体を、だんだんと下の方から呑み込んでいった。ただ樹木だけが山を取り囲み、風が、夥しい黄色い木の葉を舞い散らせていた。（風の音）

女　そうして、あなたはまたバスに乗って、この首都へ戻って来た。

男　神山とは何なのか？　村人は何故、神山への道を教えようとしないのか？　そして、あいつは何故、治り始めたばかりの両脚で、道のない山へと登って行くのか？

女　わたしは少しだけ聞いたことがあるわ、あの人から。あれは春、わたしたちが入学してから、ちょうど一年が過ぎた頃だった……

二人、消える。

〈4〉

再び、春の〝クレバス〟。

一年後である。

「1969年」の表示。

前と同じ席に、岡田・夏川・橘の三人。（少々緊迫した雰囲気）

夏川　遅いな、杉村——

橘　（心配そうに）もう三十分も過ぎてる。

岡田　あいつ、〈革命の葬儀屋〉に顔知られてるからな。

夏川　〈革命の葬儀屋〉か——。この前、三派の活動家がひとり捕まって、袋だたきにされてた……

橘　（岡田に）本当にこの時間だったの？

岡田　間違いないよ。（いっそう声を低めて）きのう電話があって、ビラが出来るから集まっていろって言うんだ。

橘　どんなビラかきいた？

岡田　きかなかった。だけど、いよいよ始まるって言ってたよ。

橘　いよいよ始まる……

夏川　キャンパスに戻って来るのかな、追い出されていた連中が。

橘　きのうもビラが撒かれていたわ。〝東大闘争は終らない、日大闘争は終らない、何故なら、われわれの大学がまだこんなにも静かであるから……〟

間――

岡田　闘争のこともいいけど、作品集の方はどうする？　われわれ一年生の、いや、もうすぐ二年生か、その二年生の作品集。

夏川　俺、いま書いてるところだよ。

岡田　橘さんは？

橘　（ノオノオ、という感じ）〝書くならば壁に書け、原稿用紙にではなく、壁に〟――杉村君がそう言っていたわ。

岡田　……（白けた）

夏川　遅いなあ、しかし。

橘　（気付いて）ビラだったら、先輩の下宿で印刷してるかも知れない！

岡田　あ、そうだな！　俺、ちょっと行って見てくるよ。すぐそこだから。

橘　（立ち上がって）わたし、行くわ！　（行きたいのである）

岡田　いいよ、いいよ。（駆け出して行く）

残された二人、向きあう形になった。

間――

夏川　（なにげなく）それ、何だい？

橘　（もの想いを破られて）あ、これ？　これ、オルゴール。

夏川　オルゴールか、ずいぶん古いな。

橘　（手に取って）小さい頃の宝物だったの。いまでも、かな。母さんの、形見なの。

夏川　形見？

橘　母さん、小さい頃に死んだのよ。誕生日に、このオルゴール、プレゼントしてもらって、すごく嬉しかったの憶えてる。家《うち》に帰ったら、自分の部屋にこれがぽつんと置かれていて、なんだか懐かしかったから、持って来ちゃった。壊れていて音は出ないんだけど、下宿の本棚に置いておこうと思って。……夏川君、春休み田舎へ帰らなかった？

夏川　うん、バイトしていたからな。

橘　遠いからお金かかるものね、帰るの。（やさしい）

夏川　鈍行で行けば、そうでもないけどな。

橘　ね、どんなところ？　夏川君の田舎って。

夏川　（余り気乗りせず）小さな村だよ。村の人間は、皆暗い顔をしている。時々、海の音が聴こえる……

橘　わたしの家も海の近く。海の匂いが、家《いえ》の中にまではいり込んでいるの。夏の朝がいいな……ひとりで歩いていくと、まだ浜辺には誰もいない。長い砂浜を風が渡って、こんな大きな波が、ザブーン！（笑）

夏川　俺のところは、海は見えない。海は近いんやけど、見えるのは山ばかりだな。家の裏手に、神山っていう名前の山がある。

橘　カミヤマ？

夏川　神の山って書くんだ。昔、神社があったから。

橘　いまはもうないの？

夏川　取り壊されちまった。壊された神社の跡に、いまは風だけが吹いている。

橘　……取り壊されたのか。

夏川　そのことを、今度の作品集に載せようと思って、少しだけ書いてみたんだ。ほら、ここのところ……

橘　（読む）「一九〇六年――天皇の暦でいえば明治三十九年――全国の神社を合併し、一つの村に一つの神社だけを許可するという命令が、天皇によって下された。一つの村に一つの神社だけを――つまり、それ以外のものは取り壊されなければならなかった。この結果、僅か十年ほどの間に、全国の名もない神社が、天皇の認めない神を祀っているという理由で、穢れたものとして、取り壊されていった。その数は、実に六万六千にものぼる。そして、取り壊された神社はといえば、いまはその跡を確かめる術《すべ》さえない」――（夏川に）どうしてこんなにたくさんの神社を壊したりしたのかな？

夏川　（熱心に）天皇にまつろわぬ神は、滅ぼされなければならなかったのさ。天皇がこの国の正統な神となるためには、ずっと昔から、風と森の中に棲んでいた神は、滅ぼされなければならなかった。いや、神だけじゃなくて、人も――

橘　人も？

夏川　うん。

橘　（あどけなく）ね、夏休みは、田舎へ帰る？

夏川　うん、多分な。

橘　途中下車して、わたしの家《うち》こない？　いっしょに、海見ようよ。（無心は、ときとして残酷である）

夏川　海か――。

岡田、帰って来た。

岡田　（汗をふきふき）ふう……めっかったよ、杉村の奴。すぐ来るってさ。

橘　先輩の下宿だった？

岡田　うん、やっぱりビラ刷ってた。（ママに）すみません、水だけ！……ところで、二年生の作品集はいいけど、題名はどうする？
橘　（乗らない）考えてないわ。岡田君、イメージ出してよ。
岡田　（まだ暑そう）俺だって考えてないよ。……そうだな、未完成、……なんてのはチンプだな。
橘　チンプチンプ。運命！って言うかと思った。（笑）
岡田　あ、ママにきいてみようか。
ママ　はい？（水を持って来たところだ）
岡田　あの、今度僕たちの作品集を作るんですけど、どんな題名にしたらいいかと思って――
ママ　（ちょっと困った）……さあ、皆さんの若い感じだと、どんなのがいいかしら。わたくしもね、昔――もう大昔ですのよ――お友達と同人誌のようなものを編もうとしたことがあって……結局は戦争のおかげで出来なかったんですけど……もし出来ていたら、題名は〝クロニクル〟って言いましたの。
夏川　クロニクル？
岡田　クロニクルっていうと？
橘　（少し気取って）年代記。幾つもの年代のちりばめられた物語。
ママ　そう。
岡田・夏川　へえ！
橘　（ぐっと気取って）マダーム。こちらのお二人、大学にご入学できて、幸運ですこと！
二人　（べェー、という感じ）
ママ　でも、もう、古いですわね。（去る）

短い間。

夏川　（何かを考えて）クロニクルか――
岡田　（まねをして）マダーム。逆さに読みますと、ロクロッ首……かしら。
橘　（フン！）
夏川　杉村だったら、どんな題名がいいって言うかな？
岡田　そうだな、多分……バルセロナ！
橘　うん。あの人好きだものね、スペイン。（杉村をまねて）――バルセロナに太陽が落ちた。カタロニアの空に夕暮がやってきた。ドゥルティは言った。あの屋根を越えて、地下室を抜けて行こう。朝までに、あの教会を取らねばならない！

一同　笑。

夏川　（時計を見て）だけど、遅いなあ。
岡田　すぐ来るって言ってたんだけどな。
橘　ビラの内容みてきた？
岡田　（ポケットから）あ、これ、二、三枚ひっこ抜いてきた。

夏川と岡田、ビラを読む。別に力を入れないで。ボソボソという感じの声が、かろうじて客席に届く程度。

途中から、〝インターナショナル〟が低く流れ始めなければならない。

同じく途中から、橘はビラを手にして、場面から脱け出る感じで、舞台鼻に立つであろう。

夏川　ええと、学友諸君……本日我々は……第二次学園闘争の開始をここに……すでに当局の大学支配体制の補完物と化した……当局との野合によって……学生会館の管理運営権は……欺瞞的な……

岡田　……絶対に許してはならない……産学協同路線の……全社会的な……大学の帝国主義的再編の一挙的推進は……我々は自らの存在を否定し……大学を否定し……

杉村が、幾人かと共に、ビラの束をかかえて荒々しく駆け込んで来る。

以下は、背景風に。

照明は次第に暗く。

杉村　待ったかい！

夏川　やあ、遅いなあ！

岡田　遅刻、遅刻！　いまな、作品集の題名、考えていたんだ。

夏川　杉村なら〝バルセロナ〟って言うんじゃないかって——

杉村　ああ、俺たちのバルセロナが始まるよ。明日《あした》、学生会館に突入する！

既に舞台転換が開始されつつ、闇になる。

舞台鼻の橘だけが照明の中に残され、インターが低く続くなか——

橘　一八七一年パリ、一九一七年ペトログラード、一九三六年バルセロナ、そして、一九六九年東京——

風が、過ぎ去ったすべての年代を甦らせる。

風が、死んでいったすべての者たちを起ち上がらせる。

われわれは風の中で決議した。われわれは風の中で武装した。

これから始まるのは、真新しい、バリケードの年代記だ。

われわれのひとつひとつの手によって築かれるバリケードは、やがて太陽の熱を吸いこみ、月を廻らせ、夜風の中に星たちを煌めかせるだろう。

一八七一年パリ、一九一七年ペトログラード……
風が、過ぎ去ったすべての年代を甦らせる。
風よ、——風の中の首都よ！

音楽高まる。
ヘルメット姿の杉村、橘の横に現れて、ヘルメットを被せる。
二十歳の戴冠式であろうか。橘は瞳を輝かせる感じ。杉村、ぱっと消えると——
喊声。ウワァー。ガチャン！「学友諸君、われわれは学生会館を解放した！」
等々。騒然と。
天からは夥しいビラの舞い散るなか、立ち尽す橘もまた、闇。
乞食が、ふうっと現れ、闇の中のバリケードを見上げる風情。

乞食　（嬉しそうに）た……建物が、大きくなっていく。どんどん、どんどん、大きくなっていく！
乞食が退場していくなかで音楽が切れると、突如として——

リーダー　〔先輩B〕シュプレヒコール！　学生会館を解放したぞ！
群像　（同）
ひとこと言っておけば、このときの舞台は、リーダーの白い顔と、群像の突き上げる赤い旗だけが見えていたい。
群像は、出来れば高低の変化をもって、ダイナミックに散らばっていたい。
リーダー　当局のロックアウト攻撃粉砕！
群像　（同）
リーダー　全学バリケードストライキで闘うぞ！
群像　（同）
リーダー　全国の学友と連帯して闘うぞ！
群像　（同）
リーダー　産学協同路線粉砕！
群像　（同）
リーダー　大学の帝国主義的再編を許さないぞ！
群像　（同）
リーダー　全学共闘会議は闘うぞ！
群像　（同）
リーダー　われわれは最後まで闘うぞ！

群像　（同）
リーダー　最後の最後まで闘うぞ！
群像　（同）
リーダー　闘うぞ！（三回）
群像　（同）

ぱっと明るくなると、群像はざわざわとバリケードの中へ。

岡田　（部隊の最後尾あたりで）ああ、腹へったなあ！
橘　（隣で）さっき、カレーパン半分あげたじゃない！
岡田　朝からあれだけだもんなあ！
橘　朝ごはん、食べて来ないから悪いのよ。

とかなんとか言いながら、全員がバリケードの中へはいり、最終的にはサークルのメンバーだけが、客席から見える部分に残る。
バリケードの中では、杉村がひとり、壁に文字を書いていた。

１９６９
批判の武器を、武器の批判に転化せしめよ！

夏川　（杉村に）へえ、なかなか立派なソファーがあるじゃないか。
杉村　（皆を迎えて）いいだろう。
橘　こっちのテーブルも素敵ね。（この場面の橘は、杉村の横にいる場合は、かなり体を寄せていなければならない。その理由は、本人にもまだ十分に分からないであろう。無意識の coquetry）
岡田　こんな奴、きのうあったっけ？
杉村　きのうの夜、学部長室から運んで来たんだ。隣の部屋の連中に、半分取られちまった。
先輩A　お前ら、なんだかアナーキーだなあ。ま、いいけど。
杉村　（橘に）これ、立ててきてくれよ。（旗竿を渡す）
橘　うん。（うれしい）
岡田　こっちに移って来ちゃって、新入生はどうしようか？　きのうまで何人か登録したけど、元の部室を教えといたからなあ。
杉村　あとで貼紙でも出しとけばいいだろう。新入生諸君、バリケードへ来たれ！
岡田　びっくりしやしないかな、いきなりこんな所へ――
先輩B　びっくりしない奴だけが来ればいいさ。（岡田に）おい、ビラ刷るの手伝えよ。
岡田　はーい。

二人は奥の方でゴチャゴチャ始めるが、そこからは離れて——

夏川　なあ、杉村——

杉村　あ？

夏川　さっきシュプレヒコールで、最後の最後まで闘うぞ、って言ってたやろ。

杉村　ああ、言ってたみたいだ。（興味ない）

夏川　〝最後の最後まで闘うぞ！〟——だけど、最後まで闘うって、どういうことやろか？

杉村　最後まで闘うことさ。最後の最後まで——。

夏川　バリケードがなくなってもか？

杉村　おい、バリケードはきのう出来たばかりだぜ！（軽く受け流して、離れる）

乞食　（街路に現れて）

死んだ奴は死んだ

生きてる奴は生きてる……

誰もいない街に

今日も唄が聴こえる

死んだ奴は死んだ

生きてる奴は生きてる……

岡田　いやな唄だなあ。……なんでいつもあんな恰好してるんだろ？

先輩B　戦争、行って来たんだろ、この前の。（作業のことで）おい、気をつけろよ。

橘　（屋上から）ねえ、おじさん！（手を振って）わたしたちね、誰もはいれなかったところにはいっているの！誰もしなかったこと、始めているのよ！　こんな世界ではない、別の世界を創るの！（乞食、うなずく）おじさん！　その帽子と外套、もう暑くない？（首を振る）汗かくわ！　だって、もう、春よ！

乞食　む……娘さん！　も……もう一度春が来たら、いい赤ん坊を産みな！

橘　（笑って）ありがと、おじさん。でも、まだずっと、ずっと先のことよ！

乞食、去って行く。

先輩A　オーイ岡田。ちょっとこれ手伝えよ！

岡田　はーい。……忙しいなあ。（忙しそうに駆ける身振り）

と、突然、舞台裏からスピーカーで——

女子の声　〈暴力学生は出て行け！〉〈バリケード封鎖反

対！〉〈学園を民主化するぞ！〉

先輩Ｂ　うるせえなあ。

岡田　（夏川に）なんだい？

夏川　（舞台裏方向の窓から、外を見ている感じか）〈協力と賛成の党〉のデモだよ。三百くらいかなあ。

今度は少し違う方角から――

男子の声　〈極左妄想集団は出て行け！〉〈展望なきバリケード封鎖反対！〉〈小ブル急進主義を粉砕するぞ！〉

夏川　今度は、向こうから〈革命の葬儀屋〉の奴らが来たぜ。

先輩Ａ　ナンセーンス！

岡田　（ビビッて）せ、攻めて来るのかな？

杉村　大丈夫、大丈夫。

女子の声　〈トロツキストの挑発を許さないぞ！〉

男子の声　〈極左ブランキストを放逐するぞ！〉

女子の声　〈暴力学生は学園から出て行け！〉

男子の声　〈小ブル雑派を解体するぞ！〉

杉村　（屋上に上がって。少し離れた橘に）おい、爆弾くれよ！

橘　はい、行くわよ。（架空爆弾を杉村に投げ渡すまね。――杉村、受け取るまね）

女子の声　〈暴力絶対反対！〉

男子の声　〈武装峰起主義反対！〉

杉村　（階下へ）行くぞ！

爆弾を屋上から遠くへ投げるまね。階下の一同、いっせいに床に伏せたり、大袈裟に耳を塞いだり……

ドカーン‼

（このとき、岡田だけは伏せないで、慌ててヘルメットを被って窓から外を見ていたおかげで、ヒエーッとか言って吹きとばされたり――）

先輩Ｂ　（一同起き上がるなか）……てな具合にいけば、簡単なんだけどな。（笑）

岡田　（ヘルメットが頭の横にひっかかって）びっくりしたなあ！（爆笑）

先輩Ａ　いま何時ころかな？

先輩Ｂ　正午。バリケードの時計は正午で止まったままである！

岡田　ああ、腹へったなあ！

夏川　（手を挙げて）緊急動議！

橘　ハイ、夏川君！

夏川　提案します！　学生食堂の、五十五円のカレーライス食べに行こう！

岡田　行こう、行こう！

橘　可決されました。

一同　異議なし！

杉村　……俺、八十五円のランチにしようかなあ。

ナンセンス！　ブルジョア！　統一と団結を守れ！

ワイワイ、ガヤガヤ。

一同、バリケードを出て行くなか、ゆっくりと暗くなる。

〈5〉

薄暗い場所に、男と女が浮き上がる。

冷たい風——

男　いまは夜だ。——この場所から見上げる夜空の真中には、血の色のような赤い光が瞬いている。血の色の光——それは勿論、星の煌めきではなく、遠くの高層ビルディングの、その上につけられた点滅灯なのだが、それはちょうど、死んでゆく人間の脈拍ほどのゆっくりとした点滅を繰り返しながら、この時代のひとつひとつの夜を廻らせようとしている。

女　（比較的、男とは離れた場所で）楠——風が楠の葉を騒がせている。何千億もの楠の葉を騒がせている。風には海の匂いが充ち、繰り返されるとよめきは、まるで樹木の生命《いのち》そのものの音楽のように、山と森とを充たしている。風——この風の音を、ずっと昔にも聴いたことがあるわ。ずっと昔にも……

男　血の色の光——その不吉な光の下には、幾つもの高層ビルディングの影が、黒々とした姿で夜空に聳え立っている。それは、落ちてくる天を支えようとした古代の大遺跡の夜景のようでもあり、余りにも巨大な黒い墓標の集まりのようでもある。――僕はときどき夢の中で、幻のような一本の大きな樹木――この大都市を覆い尽すほどの大きな樹木を見ることがあるのだが、こうしてビルディングを見上げていると、僕は、幻の樹木が切り倒されたその切株の上に、人間たちが途方もなく奇怪な最後の都市を造り上げているというイメージにとらえられてならない……

女　（夏川の口調で）〝天皇にまつろわぬ神は、滅ぼされなければならなかったのさ。天皇がこの国の正統な神となるためには、ずっと昔から、風と森の中に棲んでいた神は、滅ぼされなければならなかった。いや、神だけじゃなくて、人も――〟

男　人も？（間）……少しずつ分かってきたような気がする……あいつが何故神山へ登って行くのか。何故、治り始めたばかりの両脚で、神山への秘密の道を登って行くのか。……ずっと前の時代に、誰かがそこで死んだのかも知れない。神山というのは、そういう場所なのかも知れない……そうだ、〝生きた者と死んだ者とが言葉を交しあえる場所〟――あいつはそう言ったことがあったな。〝生きた者と死んだ者とが言葉を交しあえる場所〟……あれは夏――夏の夜明けを孕みながら、世界が僕たちの傍でおののきふるえていた。いや、おののきふるえていたのは僕たち自身であったかも知れないのだが、そんな夏の夜明けがバリケードに忍びこむ。到る処が美しく破壊された階段を昇って屋上に出れば、まだ眠っている街は不思議な静けさではるばると広がり、汗の臭いのするTシャツを、風が旗のようにひるがえらせるかも知れない……

科白の途中から、背後のバリケードに夜明けが訪れ、二人は消えてゆく。

〈6〉

蟬の声。

夜明けの青い光のなか、バリケードの屋上で、夏川のシルエットがゆっくりと伸び、外のベンチ（もしくは石垣）には、乞食が眠っている。

その横で、一人の学生がギターを調整している様子。

夏川、屋上で旗を打ち振る。「オーイ」

舞台脇から杉村の声。「オーイ」

以下の会話は、健康なアンニュイに充ちていなければならない。

夏休みなのだ。

杉村　（バリケードの中にはいって）やあ。

夏川　（既に屋上から降りていて）おお、どうやった？　親父さんの具合。

杉村　うん、何とか手術は終った。だけど、歳だからな……。いまは眠っているよ。麻酔が、まだ効いているんだ。

夏川　いいのか、病院にいなくて。

杉村　急に死ぬこともないだろうって、医者も言っているしな——

夏川　戻っていろよ。ここに居ても、何もある訳じゃなし。

杉村　うん、何もないな。秋までは。

夏川　ああ、秋まではな。

学生　（隣の部屋から顔を出す感じで）オイ、反帝定食、食うか？

杉村　何だ？　ハンテイテイショクって。

夏川　飯《めし》の上に、鰹のフレークの乗っかった奴。

杉村　ああ、猫の飯か。——俺、食うよ。

夏川　俺もだ。

学生　ＯＫ。五十円な。

杉村　早くしろよ。

学生　すぐ出来る。

夏川、何か口笛を吹いているうちに。

学生　オイ、出来たぜ。（持って来た。金を受け取って去る）

夏川　よし、食うか。

杉村　きのうの昼から何も食ってないぜ。

夏川　ほら、水——

杉村　サンキュー。

二人、黙々と食う。
蟬の声、ひときわ近くで。

杉村 （頰ばりながら）このフレーク、少し苦いみたいだな。
夏川 うん。
杉村 （隣室の学生に）おい、これ、古いんじゃないのか？
この前、猫にやった奴の残りか？
学生 （声だけ）大丈夫、大丈夫、――俺が食ってる！

二人、また黙々と食う。
ギター。何か気怠いメロディー。（〝ドンナ・ドンナ〟か？）

夏川 沖縄にニガウリっていうのがあってよ――
杉村 ニガウリ？
夏川 ウリの一種。肉なんかといっしょに炒めて食うとうまいって、本に書いてあった。
杉村 （顔をしかめて）苦いのか？
夏川 うん。そこがいいらしいよ。

ギター。
この間に、光は朝から午後への変化を告げたい。

夏川 （相変らず食べながら）沖縄に、神社があるの知ってるかい？
杉村 神社？　知らねえ。米軍基地があるのは知ってる。
（食べ終った）
夏川 ウタキっていうんだ。本土みたいに、天皇につらなる神が祀られているんじゃなくて、生きた者と死んだ者とが言葉を交しあえる場所なんだってさ。
杉村 へえ。
夏川 この国にも、そういう場所がないものかな。生きた者と死んだ者とが言葉を交しあえる場所――。

岡田が登場。
ヨォという感じ。

岡田 暑いなあ！　あんまり暑いもんだから、そこのところで、猫が一匹死んでいた。
夏川 （皮肉でなく）めずらしいじゃないか。
岡田 うん。たまには来てみないとな。どうなってるかと思って。
杉村 どうなってるもこうなってるもないぜ。どうにかするのも俺たち、どうにかしないのも俺たち。（屋上へ行く）
岡田 ……（シュンとなった）

夏川　あいつ、ちょっと気嫌悪いんだ。フレークの腐った奴食わされたから。（笑）
岡田　帰らないのかい、田舎。
夏川　うん、金がないんだ。バイトさぼっているから。
岡田　あ、きのう、駅でひょっこり橘さんに会ったよ。ちょうど田舎へ帰るところだった。
夏川　へえ、元気だったかい？
岡田　うん。Gパンじゃなくて、ミニスカートなんかはいて、てんでかっこいいんでやんの。杉村に本を貸してもらったって、ニコニコしてたっけ。
夏川　へえ。
岡田　今夜もデモあるのか？
夏川　ああ、あるよ、来るか？
岡田　いや、ちょっとな……（弁解がましく）デモやバリケードもいいんだけど、何だかもったいないような気がしてな。
夏川　もったいないって、何が？
岡田　……その、時間だとか……
夏川　そうかな、俺はこの時間が好きだな。バリケードの中を流れていくこの時間。一秒また一秒、一分また一分。時間が、ざらざらとした手ざわりで、バリケードの中を流れていく。触ろうと思えば、こう、触ることだって出来るみたいだ……
岡田　一秒また一秒か。（時計を見て）あ、俺、ちょっとこの近くで約束があるんだ。
夏川　なんだ、デートか？
岡田　いや、まあ、ちょっとな。また来るよ。
夏川　ああ、また来いよ。

　岡田は去り、夏川は屋上へ。
　蟬。

夏川　風が、少し出たな。
杉村　（背中で）ああ、いい気持だ。

　間――

夏川　静かやなあ……
杉村　夏の真昼って、静かなんだよな。時間が暑さで死んじまったみたいに。
夏川　そうそう。太陽も、海も、時間も、すべてが動きを止めてしまうんだ。
杉村　見てみろよ、広い海に、ビルディングの死骸があんなにいっぱい浮かんでいる。
夏川　灰色の海だな。コンクリートの残骸でいっぱいになった、灰色の夏の海や……

間——

杉村　……長い夏だなあ。この夏が、俺の一生でいちばん長い夏かもな……あ、俺、きのうで二十歳だ。
夏川　俺は、あとちょっとだな、十一月。……なあ杉村、十年後の自分なんて、想像できるか？
杉村　三十歳か——。ふん、多分生きてねえだろ。
夏川　（仰向けになっている）はは、ここに横になっていると、もうずっと昔に死んだみたいな気分になるぜ。

間——

照明移る。

夏川　……橘さん、どうしているかなあ？
杉村　一週間くらい帰省してくるって言ってたな。海の近くだっけ？
夏川　ああ、（想いをこめて）長い砂浜があって、波がすごいんだってよ。サブーン！

蜩……蜩……

夏川　なあ、橘さんコンタクトレンズやってるの知ってるかい？
杉村　へえ、知らねえ。
夏川　大学にはいる前は眼鏡かけていたんだってさ。（想い出すように）この前のデモのとき、レンズはずしたから目が見えないって、俺の横でぼやいていたよ。星が十円玉くらいの大きさに見えるって——。
杉村　（半ば独語か）……惚れたな。
夏川　え？

階下にドタドタと、数名の部隊。
「オーイ、そろそろ行くぞ！」
夕暮が、急速に訪れている。

夏川　オーライ！
杉村　（夏川に）今夜のデモ、ちょっと荒れるかも知れないぜ。
夏川　うん、行ってくるよ。いつもバイトで日和ってるからな。杉村、病院にいた方がいいよ。
杉村　もう少ししたら帰る。——こっちの防衛隊は残してあるんだろうな。部隊編成、ちゃんとやってあるのか？
夏川　大丈夫だと思うけどな。（階段を降りつつ）それじゃ、親父さん大事にな。
杉村　ありがとう。

夏川を含めた部隊、バリケードから出て行く。

インターナショナルの口笛の断片。

赫く燃える屋上。下界はもはや闇。

二階に残された杉村のシルエットが、落日をみつめる如く立っていると、
海の音だ――

突然、闇の中に白く咲いた花のように、ミニスカートの橘素子が……海の空気をいっぱいに吸い込んで……

消える。

杉村、ゆっくりと伸び、
そのとき何かの壊れる音、ガチャン！

両手を上げたままの杉村、振り向くと同時に、闇。


〈7〉


オルゴールを横に置いて、男が眠っている。

風の音、遠く――

女が現れて来た。

男の横に膝をつき、オルゴールを手に取り、みつめ、そして――

女　一九六九年、夏、あなたはあの人といっしょにバリケードの中にいた。それから、七〇年代、あの人はクリスマス・イヴの、冷たい街路に倒れた。十年が過ぎ……そして、一週間前、あなたはあの人を訪ねて、神山の近くまで行った。あなたは、百年前の、あの事件のあった場所の近くまで行ったんだわ。（間）あの人は、わたしに話してくれたことがあった。〝僕の祖父は、楠という変わった名前だった。楠は、百年前、取り壊されようとする神社を守ろうとした。いや、楠だけじゃなく、彼の妻もいっしょに。どうしてそんなことをしたかって？　多分、天皇につらなる神が、森の支配者となることが許せなかったんだ。だが、最後まで闘ったのは二人きりだった。そして、村人たちの手によって、神社は取り壊され

ていった。楠は体じゅうの穴から血を流した姿とされ、楠の妻は……殺された！〃（激しい鳥の声。女、立ち上がって――）日本中で六万六千もの神社が取り壊されていったんだわ。そしてもしかすると、六万六千の楠とその妻が、倒されて行ったのかも知れない。天皇に叛逆したという理由で、村人たちの手によって。――（御霊の如く）神山！　その場所から始まるこの国の暗い年代記！　旅順陥落！（大勢の者たちの歓呼がその後に続く。以下も同じ）バルチック艦隊撃滅！　韓国併合！　南満州鉄道設立！　在郷軍人会発足！　幸徳秋水らに死刑！　幸徳秋水らに死刑！

科白に被さるように、
万歳、万歳の嵐――

激しい風の音。

屋上部分が、不吉な黄色い光の中に浮き上がると、そこは百年前の神社だ。

楠とその妻。

それを取り囲むように、仮面をつけた四人の村人が、腰を引いて、まるで奇怪な虫類のような感じの姿勢で。

鳥の叫び声――

妻　（ひとつの美しい意志の如く）鳥たちが叫び声を挙げている。樹木が――いえ、樹木で覆われたこの神山の全体が、闇の中でごうごうと吼え立てている。それは不吉な前兆、暗い何ごとかの起こる余りにも不吉な前兆のようだ。……石段を登って来る村人たちの松明が見える。血の流れのように赤い松明の列！　そして彼らのもう一方の手には、黒々とした武器が握られているだろう。……動《どよ》めきが近づいて来る。やがてこの神社は破壊され、わたしたちは夜の中に倒れるだろうか。そして、わたしたちの子供が絶対に生まれることのないように、彼らはわたしの体に、鋭い刃物を突き立てるかも知れない。――だが、幾年かのち、幾十年かのち、わたしたちは甦るだろう。わたしたちの意志が、土の中から起き上がってくるだろう。風が、死んでいったすべての者たちを甦らせる！

村人たちの手には武器。

包囲の輪がちぢまる。

武器をかまえる楠。

腹を両手で守るようにする妻。

激しい風・鳥の叫び声！

雅楽風（？）の不協和音の落下と共に、急に闇。

男　（眠りから覚め、ゆっくりと起き上がって）夢の中で、風が吹いていたみたいだったな……

――休憩――

休憩中は、先ほどのギター曲が、ロビーに流れていても良いかも知れない。
（休憩なき場合は、ギターを持った学生が、一曲披露すれば良いであろう）

〈8〉

さて――休憩が終って、客席がまだざわめいているうちに、やおら、機動隊のスピーカーの声。
（舞台は闇であるが、屋上の赤旗にだけ照明が当っている）

機動隊の声　（かん高く）「こちらはトッカ警察署、こちらはトッカ警察署、九月三日、午前六時三十分、学生会館を占拠している学生諸君に通告する。きみたちの占拠は不法行為である。ただちに退去しなさい。ただちに退去しなさい。ただいま午前六時三十一分、退去しなければ、これより警察は実力行使にはいる。こちらはトッカ警察署、ただいま午前六時三十二分、火焔瓶を投げるのは止めなさい……」

ガタガタ。ガシャン！（簡単に）
屋上に男（機動隊）のシルエットが現れ、赤旗を投げ捨てる。ゴトン。
風の音――
あたりはいつしか霧だ。

（壁の 1969 という文字だけが、浮き上がっていても良いかも知れない）

女　……冷たい九月だったわ。

男　一九六九年九月。バリケードは破壊され、僕たちは巣を失なった鳥たちのように、街頭へ散って行った。街頭だけが、闘いの場所となろうとしていた。死の街から、死の街へ――。幾本もの巨大な旗をひらめかせながら、僕たちは進んで行った。（地上に落下した旗を、自然な動作で拾い上げる）

女　その頃も、あなたは相変らず先頭に立っていた。あなたこそ最後の最後まで闘う人、昏い地平線のその果てまでも進んで行く人だと、誰もが感じていた。わたしは――わたしとあの人は、そんなあなたに、なんとかついて行こうとしていた。なんとかついて行こうとする者の気持を、あなたは考えたことがあったかしら？　あなたは言った――〝いまこそ街頭が、街頭だけが闘いの場所だ！　死を怖れてはならない、死を怖れることは許されない！〟……そう言われたとき、わたしはなんだか悲しかった。自分というものがあなたに否定されたような気がして。……遅れてはいけない、遅れてはいけない――。そして、十一月の大きな闘いが近づいて来ると、わたしは、あなたの後を追っている自分自身の脚が、急に怖くなったの……。（小さく）まるで何年か先の時間を見てしまったみたいに――

男　（呟く。半ば呆然と）〝死を怖れることは許されない〟……僕の口がそう言ったのか――

女　言ったわ。あなたの口は、はっきりとそう言った――

男、急に舞台奥を振り返って。

男　（そのときのように。手には赤旗）いまこそ街頭が、街頭だけが闘いの場所だ！　死を怖れてはならない、死を怖れることは許されない！

若き橘が、舞台裏から照明の中に駆け現れて――

橘　（「男」にではなく、十余年前にそこに存在した杉村に向かって）わたし、怖いわ……いいえ、闘いが怖いんじゃないの。逮捕されるとか、怪我をするとか、そういうことが怖いんじゃないの。この脚でもう一歩だけ踏み出すと、自分が何処へ行ってしまうのか、それが分からないから怖いの！　ねえ、杉村君、わたしたちいったい何処へ行こうとしているの？　十一月という季節の向こう側には、いったいどんな世界が広がっているの？……見えない……ああ、見えないわ！（膝をついて、顔を両手

で覆う）

夏川　（橘の横に現れて）俺はね、橘さんの言うことが分かるような気がするんだ。――いや、ちがうよ。十一月闘争に展望がないとか、そんなことを言ってるわけじゃないんだ。方針がどうだとか、そういうこととは、違うんだ……

岡田　（橘の後に。つまり三人は、密集した一団の如く見えなければならない）俺は……そう、何て言ったらいいかな、（気楽に）つまり、これが決戦だというリアリティーがないんだな。うん。だから……そうだな、べ平連にでもついて行ってみるよ。行かないよりはいいだろう？ともかく、行くことは行くよ。（去る）

橘　（悲しみと怯えの表情をあらわにして）見えない……見えないわ。……杉村君、いっしょに行きたい。あなたと、いっしょに行きたい。……でも、わたし、見えないわ！（消える）

夏川が、一人残った。

夏川　（うなずいて）わかった。……行くよ。……本当を言うと、俺も怖いんだ。いや、橘さんのように、見えないから怖いんじゃなくて、はっきりと見えているから怖いんだ。自分の行きつく場所というものが……。（明るく）だけど、バリケードの中で〝最後の最後まで闘うぞ〟って言ったんやからな。（うなずいて）行くよ。――橘さんにも、もう一度話してみる。

照明が消え全き闇となると、圧倒的なデモ隊の進む音。デモ指揮の笛。コールが聞こえるとすれば、〈安保粉砕！　訪米阻止！〉

スクリーンが下ろされ、次のような文字がやつぎばやに映し出される。

１９６９年
学生たちは武器を持って街頭へ進んだ
武器、そして炎
九月――
逮捕者　１０４７人
十月――
逮捕者　１７５２人
そして、十一月――

スライドが消え、淡い照明の中に、街路を疾駆する幾人かの群像。先頭に赤旗。舞台中央には杉村と夏川。ヘルメット。長い角材。

（巨大な部隊の中の二人である）

デモの音が低くなると――

夏川　（どなる）なあ、杉村！
杉村　あ？（よく聞こえない）
夏川　言っておきたいことがあるんや！
杉村　何だ？　遺言か？
夏川　秘密にするか？
杉村　もったいぶるなって！
夏川　俺なあ——
杉村　何だよ！
夏川　プロポーズしたんだ！
杉村　あ？
夏川　プロポーズしたんだ、橘さんに！
杉村　馬鹿言え！
夏川　本当なんだよ！
杉村　結婚するのか！
夏川　下を向いて、首を振っているだけやった！
杉村　（良く聴こえない）ええ？　首がどうした！
夏川　首を……いや、それより、親父さんの具合どうした！
杉村　危篤だよ！
夏川　ええ？（聴こえないのか）
杉村　危篤だよ！　今朝から！

杉村が火炎瓶を前方に投ずると、パッと炎が浮かび、部隊は突撃して消えて行く。

空の舞台にデモの声高まり、再びスライド——

十一月——
２３９７人が逮捕された

いつの間にか舞台中央の暗がりに、円を描いて歩いている乞食の姿。
さらにデモ隊の音が高まり、文字通り高まり、その頂点のところで突然止まると、スクリーンが降りおちる。
一人のヘルメットを被った少年が、小さな闇の塊りの如く駆け現れ、スクリーンを死せる巨大な旗のように拾って、「ア——」と声を曳きながら、駆け抜けて行く。
乞食は、きっとそれを見ているであろう。
パトカーの音。（この時代にあっては、それは〝ピポパポ〟でなく、〝ウー〟である）
パトカーが遠ざかって行くと——

乞食　ど……どうやら、祭りは終ったらしいな。……雨か。十一月の雨に濡れた者《もん》は、病人になる。

冷たい雨音のなか、溶暗。

〈9〉


ひきつづく雨音の中に、舞台が明るくなる。

閑散とした〝クレバス〟。

しかしその場所は、かつて春の中でゆらめいていたような明るさはない。ブラマンクの描く、荒れた空から洩れてくるような蒼ざめた光が、その空間を支配している。

席には橘が一人。

夕暮が近い。

同じ年の十二月。正確に言えば、十一月闘争から二十日ほどのち。

冬が、始まったのである。

やがて、杉村が傘をさして街路から登場。（杉村の着ているのは、「男」と同じコートであろうか）

店内には、当時の流行歌などが低く流れている。

例えば――

〝……黒猫のタンゴ　タンゴ　タンゴ　ぼくの恋人は黒い猫　黒猫のタンゴタンゴ……〟

ママ　いらっしゃいませ。（杉村だと気づいて）……本当に、ご愁傷様でございました。とんだことでしたね。
杉村　（黙礼。テーブルに着いて）……ホットミルクを。
ママ　はい。

間――

橘　……疲れた？（同情以上であろう）
杉村　……うん、ちょっと消耗したな。親戚とか、何とか……いやな国だよな、日本は。
橘　わたし、手伝いに行こうかと思ったんだけど――
杉村　いや、それほどでもないよ。
橘　おいくつだったの、お父様。
杉村　――父親の年、父親の生きた年数、若い頃の写真、戦争の思い出――忘れたな。私小説は豚の糞。……（努めて陽気に）いま講義ぶっ潰してきたよ。クラスの方のストライキは、まだ当分は持つかな。――時間の問題だけどね。
橘　……わたし、きのう初めて教室へ行ってみたわ。……変なものね、席に着くと、目の前に机があるの。この前までバリケードになっていた机よ。それから、いつも本部前に並んでいた椅子。――ふふ、〈協力と賛成の党〉の連中に言われたわ。大学解体って言っていた人が、教室なんかに来るんですかって。

杉村　答えてやればよかった。きみたちのおかげで大学が民主化されましたからって。

二人、静かに笑う。まるで幸せを語りあっている恋人同士のようだ。――

ママが飲物をはこんできた。

ママ　ごゆっくり。

杉村　ありがとう。――（声を低めて）夏川のはいっている所が分かったよ。町田だ。

橘　町田――。遠いのね。

杉村　きのう行って来たんだ、町田の救援会にね。果物を差し入れといたよ。下着やなんかは、救援会の方でやってくれたって。――あとは、起訴になるかどうかだけど。

橘　どうなの、起訴になりそう？

杉村　武器を持ったままパクられたっていうしな。ただ、数が多いから、そんなにも起訴できないような気もするし……

橘　千人以上が、まだはいったままなのね。……それでも大学では、何もなかったみたいに講義を再開している。

杉村　ふん。まだそんな幻想、持ってるのか？（憎しみをこめて）大学教授なんていう連中は、一人残らず最悪だよ。あいつらは、自分の特権さえ守られれば、それでいいんだ。いや、あいつらだけじゃない。この十一月に武器を持った者以外は、俺は死ぬまで誰も信じないよ。十一月にどんな行動をしたか、どんな武器を持ったか、――それがいっさいの基準なんだ。

橘　……わたし、お酒を飲んでいたわ……何度も吐いた。何度も何度も吐いて、自分というものが空っぽになってしまうほど――

杉村　いや、俺たちの持ったものが武器の一種だと考えればの話だけどね。（話題を変えて）ああ、そうだ、夏川が起訴された場合の拘置所の面会、一日に一回しか面会できないだろ。だから、重ならないように、党派の関係が月曜と水曜、救援会が火曜、こちらが木曜と金曜という具合に決めてきたけど、橘さんの専用の日を、どっちか取っておけよ。

橘　……（うつむいたままである）

杉村　どうしたんだい？

橘　……夏川君との特別な関係、ないわ。

杉村　ああ、まあ、そんなふうにつれなくしないでくれよ。夏川だって……

橘　おかしいわ、それ。

杉村　（事務的に）ああ、夏川から話は聞いたよ。あいつ、――申込んだんだってな。下を向いたままだったとか、言っていたけど――だけどな、一人の人間との関係が、そいつの最後の支えになることだってあるんだ。(少し、淋しげに) 橘さんなら、支えられるよ。

橘　(感情を抑えて) わたしを、そんなことに利用しないでよ。

杉村　(鋭く) 誰も利用するなんて言ってやしない!

橘　(そのときと同じように、下を向いて、首を振って、そして) ……あの最後の晩……十一月十五日の晩、夏川君はわたしの部屋に泊っていったわ。冷たい雨が、窓を打っていた。……わたしたち、夜どおし話をしたわ。……闘争のこと、方針のこと、武器を持つということ、最後まで闘うとはどういうことか……それから、お酒を飲んで、窓の外が白くなってきて……(混乱したように) 夏川君のくちびる、冷たかったわ。それから――

杉村　ああ、ともかく行ってやってくれよ、面会。

橘　(宙をみつめて) あのとき、わたしね――

杉村　(さらに事務的に) 木曜日で、いいかい?

橘　あのとき、わたし……杉村君のことしか考えていなかった――

音楽大きく。

〝……明日という字は明るい日とかくのね
あなたとわたしの明日は明るい日ね……悲しい唄は知らない……………………〟

暗い街路を、乞食が、外套の襟を立てて通りすぎて行くであろう。

ママ、ドアのところまで行き、スイッチを押して外の灯を点す。そのような時刻であるのだ。

なにげなく、ドアを開けてみると――

ママ　雪になったわ……

二人、席を立つ。

ママ　(金を払おうとする杉村に) 今夜はごちそうさせて下さいな。本当に、お弔いにも行けませんで。どうぞお気を落さずに。(凍りついたような橘に) 今夜は寒くなりますわ。気を付けて――。(もう一度、杉村に) これ、少しですけど、夏川さんのために……

杉村　すみません。(受け取る)

二人、外へ出る。

ママがドアを閉めると、

激しい風、暗く舞い散る雪の中、

突然、獣のように接吻する二人。

橘　（長い接吻のあとで）杉村君！　わたし——

杉村、怯えたように背を向け、両手で耳を覆い、そして小さな石のように蹲っていく。

風と雪、また激しく——

橘　（客席に向かって。つまり、哀れな恋人はその場から立ち去ってしまったものと了解したい）……（もしかすると、泣きながら）これが、わたしたちの一九六〇年代の終りでした。既に二千人の者たちが逮捕され、残されたわたしたちは、暗い冬の夜の中で、ほんの一時しのぎのように蹲っていました。ほんの一時しのぎ……運動の退潮期の、次の高揚期へ向けての、ほんの一時しのぎのように……。この冬の時間をやりすごしさえすれば、再び運動は前進を始める……新しい隊列が、新しい部隊が、再び前進を始める——誰もがそう信じようとしていました。

女、客席から現れ、幾歩か歩み寄って——

女　（少女に語りかける如く）でも、わたしたちの敗北は、次の高揚期を簡単にたぐり寄せることが出来るほど、さやかなものではなかったわ。冬の中で、人と人とは、お互いの間の言葉を失なって、ばらばらになっていった。杉村君は、この日を境にして、大学をやめると、余りにも急に、みんなの前から姿を消してしまった。みんなの前から、正確に言えば、あなたの前から——

橘　だからわたしは、この日から初めて、自分自身の脚で歩き出しました。杉村君と離れて……

女　そうして、見えてきたのね。

橘　（女から視線をはずして、夜の世界へ語りかけるように——）見えてきた……。前へ前へ進んで行けば、自分がいったい何処へ行きつくかということが。……最初は怖かった。でも、しばらくして拘置所に面会に行ったとき、夏川君がガラスの向こうで言っていたの。〝俺たちの時代の、もっと前の時代にも、最後まで闘った女や男がいたんだ〟って。〝どの時代にも、この国そのものに叛逆した者がいたんだ〟って。……。だから、わたし怖くなくなったわ。百年前に、神山で倒れた一人の女の力が、わたしを背中の方から守っていてくれるような気がして。（少し歩きつつ）杉村君は、こんなちっちゃな女の子が怖くて逃げ出しちゃったけど、わたし、もう怖くなくなったんだわ。……（美しく）「二十世紀よ、私はおまえの混乱の中に生まれ、生きそして死んでいくこの栄光のみが喜びだ。素知らぬ顔で築かれてゆくおまえの歴史は、やがて遠い世紀からの夢の誕生を、夢のままには終らせないだろう」（長沢延子である）……（夜空を見上げて）雪！　あしたの朝までに、どんなに積もるかしら！　杉村君、サヨナラ。……それから、一九六〇年代、いい時代だったわ。サヨナラ！（駆け去る）

風。

〈10〉

立ち尽している「女」の背中だけが残されている。

風の音――

男　（客席から現れて）「僕は二十歳だった。それが人生のいちばん美しい時だなどと、誰にも言わせまい。一歩足を踏みはずせば、いっさいが若者をだめにしてしまうのだ。恋愛も、思想も、家族を亡くすことも――」（ポール・ニザンの文章である）

女　（背中のまま）冷たい雪が降っていたわ。凍りつくように、暗く、冷たい――（この場面の彼女は、表情にも、身振りにも、はっきりと死者の姿を現わしているであろう）

男　……一九七〇年代。いやな時代が始まっていた。僕たちが街頭から消えてしまうと、街はだんだんと華やかになっていったが、目に見えない壁の裏側では、夥しい血が流されていた。血の色に染まってゆく世界……。あいつは二年間の獄中生活を終えると、見違えるほどの断乎たる活動家として、新しい力を持ったものとして、壁の裏側の世界へとはいって行った。最後まで闘ったのは、僕ではなく、あいつだったんだ。一九七〇年代、それは《困難な闘いの時代》として、記しとどめられるだろう。闘いの潮が引いた後の、幾つもの暗い穴ぼこの中の《困難な時代》。――そして、そんな時だ、〈革命の葬儀屋〉が登場して来たのは。（風の音――）この国の歴史の中では、それぞれの時代に、それぞれの暗黒が口を開いている。〈革命の葬儀屋〉――彼らこそは僕たちの時代の暗黒、この国そのものの黒い衣装を身に纏って、闘う者たちに襲いかかって来た。世間では、それを〝内ゲバ〟だと言っていたが、本当は、この国そのものと、この国を否定しようとする者たちとの闘いだったんだ――

女　風の音が聴こえるわ。あんなに木の葉を舞い散らせて……神山の森に風が吹いている……

男　あいつが倒される直前、あいつと僕が最後に会った夜も、暗い街角に風が吹いていた。クリスマス・イヴ……二千年も前に、処女が子供を産み落したという、聖なる日の前夜だ。処女が処女のまま子供を産み落すなんて、そんな有りもしない話を、いったい誰が考え出したのか――

女　子供をみごもったまま、殺された女がいたのよ。子供をみごもったまま――

男　十年前のクリスマス・イヴ……そう、僕はこんなふうにあいつと会ったんだ。

高い場所に、いつの間にか夏川。
そこは、人気のない街角か、もしくは陸橋の上のようだ。
風――
「男」は、それまでと違った二十代の動きで、高い場所へ登って行く。

男　（少し息を切らして）や、ずいぶん待ったかい？

夏川　（後を気にして）いや、いま来たところだ。

男　久しぶりだな。

夏川　うん、久しぶりや。

男　そうそう、ボーナスが出たよ。カンパだ、少しだけどな。

夏川　悪いな。（受け取って）元気かい？

男　何だか、良く分からねえよ。（微笑）

夏川　俺、このあいだ二十五歳になったぜ。二十歳過ぎると早いって、本当だよな。

男　少年易レ老学難レ成。（笑）……橘さん、元気でやってるか？

夏川　うん、元気だ。実はな、……秘密にするか？（微笑）

男　もったいぶるなって。（微笑）

夏川　赤ん坊、いるんや。彼女のお腹《なか》の中に。まだ、こんなに小さい。
男　そうか！
夏川　そうそう。二人でいっしょに、こんなものを書いてみたんだ。最初にきみに読んでもらいたいと思って……まだ、未完成やけど。
男　（紙片を受け取って）「首都の街区に……」散文詩かい、これ？
夏川　うん。本当は、きみに書いてもらいたいんだ。誰かが書かなくちゃならない、俺たちの時代のことを。
男　俺には、もう何も書けんよ。（周囲を確認して）そろそろ、行った方がいいな。また、連絡してくれ。
夏川　きみなら書けるって、彼女も言ってる。——じゃ、また今度。
男　（紙片を手に持って）気を付けろよ！
夏川　ああ、きみも元気で！

風の音と共に、夏川はシルエットとなる。

男　（階段を下りて来て）こんなふうだった、あいつと最後に会ったのは。そして、何時間かあと、あいつは〈革命の葬儀屋〉に倒された。
女　十年が、過ぎたのね。
男　時間というものは、どんな闇の中でも、過ぎていくものだな……
女　十年前に二人の者が倒れ、そして百年前にも、二人の者が倒れたのよ。男の方は体じゅうの穴から血を流した姿となり、女の方は……死んだわ！（間）そのことを、語り伝えなければならない。誰かが！

女は弧を描くようにして階段に近づき、そして階段を昇って行く。
（この女の動きは、明らかに異界のものであることが示されねばならない。これまで存在していたものが、女の霊魂そのものであることが、理解されねばならない。夢幻能——）

男　（階段を昇っていく女に気づいて）どこへ行くんだい？きみ。（叫ぶ）きみ！（一瞬振り向いた女の胸には、血の染があるであろうか？）（杉村、ハッと驚いたように客席の方へ向きかえり、そして夢から醒めた狂人の如くに……呟く）記憶というものが、この頭の中からなくなってしまえばいい……そうだ、彼女は、あのとき、彼女は、あのとき——

天空に浮かんだ二人に対して、いっせいに四人の男たちが襲いかかる。

武器をかまえる夏川。

おなかを守ろうとする女。

激しい風――

（確実に、この芝居のプロローグが想起されるであろう）

凶器が幾度も振り上げられ、打ち下ろされる。

例の雅楽風の不協和音が（前回よりも激しく）落下し、その場所がぱっと明るくなると、黄色い光の中に、倒れている者は楠とその妻であり、囲んでいるのは、面をつけた四人の村人である。

（もしも、必要であれば、女は処刑された聖母の如く、首を吊るされ、凶器を突き立てられた、無惨な姿であるかも知れない）

一瞬の静寂ののちに、〈鳥のような叫び声〉を挙げて倒れこむ、男。

風の音と奇怪な鳥の声が、すべてを幻のように消し去っていく。

僅かに、乞食の姿が、舞台のどこかに認められるかも知れない――。

ややあって、薄暗い光があてられると、男はいつの間にか体を起こしていて、客席を向いて、膝をついたまま、死体をなでる仕草。その手を自分の顔になすりつければ、顔は血の色に染まるであろう――。

そして男は、両方の手でオルゴールをかかえる。

狂える者の悲しみの表情。

声なき慟哭。

消える。

〈11〉


〝きよしこの夜〟のゆるやかな旋律。

ゆっくり舞台が明るくなると、そこは喫茶店。

〈PRESENT〉

〈メリー・クリスマス！〉

〈1985年〉

幾人かの若者たちが賑やかに。

（この騒がしさは、「ウッソー」「ホントー」「カワイイ！」とかの言葉のとびかう〝リアリズム〟であって良い。それでも古いか？　ともかく、内容については作者は関知しないが、要するに、若き観客に親近感をもってもらいたい）

その横、かつて杉村と橘のみつめあった席に、すっかり恰幅の良くなった岡田とその妻。

騒ぎがやや静まると――

岡田　（学生たちを眺めながら）相変らずだねえ、学生時代という奴は、賑やかで、エネルギーがあって、勉強をし、恋をし、友達をつくり……そして皆卒業していくんだ。（少し酔っている）
妻　そうね……わたしは卒業してからもう十年。あなたは何年になるかしら？
岡田　そうだな――もう随分昔のことのような気がする。……そうそう、こんなことがあったな。大学にはいった年の、サークルの新入生歓迎コンパのあった夜だった。新入生ばかりが四人、この店に集まってね、ほら、いま学生たちがいるだろう、丁度あそこに座ったんだ。――春だったよ。皆、若かった。そこで、自分の好きな作家や詩人は誰かという話になってね、ひとりはポール・ニザンだと言う。もうひとりは――そう、これはなかなか素敵な女の子だったけどね――たしか、長沢延子が好きだと言っていたな。
妻　で、あなたは？
岡田　僕はT・S・エリオット！　そう言ったね。
妻　気取ったのね、随分。
岡田　（気取って）「四月は残酷な季節――」（笑）ところが、傑作なのがもうひとりの奴なんだ。こいつがね、文学なんて退屈なものは読んだことない、と言うんだな。皆驚いて訊き返したよ。それじゃ、きみはどうしてこんなサークルに来たんだい、ってね。そしたら、その答えが奮っているんだな。こうなんだ――彼は、違うサークルにいたのだけれど、あるとき、こっちのサークルの先輩に、おい、こっちのサークルの方が可愛い女の子がいるぞ、って誘われて、それでこっちへ来ちまったという訳なんだな。いや、皆笑ったね、これには。本当に楽しかったよ、あの頃は――

妻　で、いまはどうしてらっしゃるの、皆さん。

岡田　（身を乗り出す感じ）そうそう、それがね、大変な話なんだ。まだ、きみには話したことがないかな。いま言った女の子――長沢延子が好きだと言っていた子ね、彼女は、その後、内ゲバでやられて殺されちまったのさ！

妻　（眉をひそめて）内ゲバ？

岡田　（いかにも深刻ぶって）いや、びっくりしたよ、新聞で名前を見たとき。救急車で病院へ運ばれて、そこで息を引き取ったらしい。……いっしょに住んでいた男も重体だというんだが、まさか連中の一人じゃあるまいな……。いまはどうしているか……ま、余りいい生活はしていないだろう。学生運動の後遺症……連中は、暗闇ばかりを見つめ続けたために、明るい光が見えなくなってしまったんだ。（警句をひとつ、言ったつもりである）

若者A　（横から）先輩！　学生運動やってたんですか⁉

岡田　ん？　ああ、そうさ！（胸を張って）きみたち知っているか？　全共闘世代。

若者B　あ、聞いたことあります！（仲間に）ほら、安田講堂とか……

少女　（負けずと）わたしも知ってます！『僕って何』っていう小説、読みました！

若者C　（仲間に）すごい、イベントだったんだろうなあ！（皆、うん、という感じ）

岡田　（朗々と）赤旗を先頭にして進んで行くデモ隊。催涙弾！　火焔瓶！……きみたちには分からんだろうなあ――バリケードの中を流れていくあの時間。輝ける青春の時！

少女　スッゴイ！

岡田　（ちがうちがう、という手振り）そういうときは、異議なし、って言うんだ。いいか――（何か恰好をつけて）わが全共闘世代と若き世代との連帯のために！

一同　異議なし！

ワッと笑いが広がると、若者たちはまた仲間同士で、岡田は妻に向かって――

岡田　いや、愉快だねえ。……まあ、そんな訳だから、きみが僕という男と結婚したのは、一定程度目が高かった訳だよ。学生時代の連中は、皆舞台から消えちまったけれど、この僕はといえば、こうしてちゃんと生き続けている。来年は……（嬉しそうに）いよいよ課長補佐だ！

妻　（乾杯の手つき）課長補佐殿のために。

若者A　（また横から）先輩！　乾杯！

岡田　（紳士ぶって）おお、乾杯！
妻　メリー・クリスマス！
一同　メリー・クリスマス！

笑。

岡田　（宙に向かって）……いまの学生たちは平和だ。この平和な時代がいつまでも続けばいいと、本当にそう思うようになったよ。過去とか、歴史とか、国家とか、そういうことは問題じゃないんだ……（このとき〝乞食の歌〟の旋律が短く流れ、岡田は体をビクリとさせる。だが、すぐに幻聴であることに気づいて――）いや、何だか今夜はずいぶん酔っちまったな。久しぶりに大学の近くへ来て、いい気持なんだ。さあ、そろそろ帰ろうか。（立ち上がる）
妻　あなた、今夜はとても楽しそうだわ。若い頃のこと、思い出したからなのね。
岡田　ああ、あの頃は若かった。輝いていた！　いやいや（妻の腰に手を回して）、いまだって若いさ。

二人が店を出て行くと、若者たちの喧噪は、急激に昂まっていく。グロテスクな動き――
そして、杉村たち四人がかつてそうしたように、四人の若者たちが立ち現れ、彼らのマニュフェストを発するであろう。
このとき、彼らは既に、村人の仮面をつけ始めているかも知れない……

若者A　昭和六十年、この時代のために、乾杯！　いま、古めかしくて薄汚い、すべての時代が終ったから！
若者B　昭和六十年、この時代のために、乾杯！　いまや世界も歴史も存在しない。ただ現在だけが存在しているから！
少女　昭和六十年、この時代のために、乾杯！　歴史も、政治も、卒業したわ！　笑える場所なら、どこへでも行く。夢のような街にわたしたちは生きているから！
若者C　昭和六十年、この時代のために、乾杯！　死んだ者は絶対に甦らない。生きている僕たちが楽しくて仕方ないのだから！

若者たち、哄笑の爆発の中で、「死んだ者は絶対に甦らない！」「いまや世界も歴史も存在しない！」等々の叫びを交錯させつつ、次第に、奇怪なオブジェを造りあげていく。照明は異様に。

（言うまでもなく、この芝居のプロローグにおいて、〈鳥のような叫び声〉が発せられる、その直前の舞台が再現されるわけだ）

突然、若者たちが凍りつくと、明りが暗くなり、遠くの空にパトカーの音が聴こえ、そして……

あたりは霧だ。

男　（この芝居の最初と同じ雰囲気で現れながら）……若者たちの笑い声、グロテスクなまでの笑い声が、喫茶店を満たす。かつての喫茶店〝クレバス〟――だが、いまは店の名前も変わってしまっている。一九八五年……ここまで書き進めてきて、僕の物語は、先へ行くことが出来ないでいる。（少し歩くか）……もうじき、夜明けだな。朝が来れば――そうだ、Nよ、きみは神山の細い道を辿って、百年前に神社の在った場所へ行くだろう。百年前に、若い男が体じゅうの穴から血を流した姿となり、若い女が死者となった場所へ――。その場所こそ、まつろわぬ者たちの集う場所、それぞれの時代に、この国に叛逆して死んだ者たちが甦る場所であると、きみは考えているのかも知れない。洞窟のような神山の森の奥から、はるかな海のざわめきのように、幾人もの死者が、幾つもの言葉が、甦って来る……。（間）だが、僕がいま、こうして書き続けている物語は、エピローグの手前まで来て、どうしても先へ進むことが出来ない。いやな笑い声だけが、この時代を覆っている。一九八五年……この時代の中で、いったいどんなエピローグが可能だというのか。

海の音。

幻の如く、海辺に立つ若き橘。

女の声　〈誰かが語り伝えなければならない、書き伝えなければならないわ。叫ぶことの代りに、言葉を！〉

消える。

今度は、蟬の声。

屋上で旗を振っている夏川。

夏川の声　〈本当はきみに書いてもらいたいんだ。誰かが書かなくちゃならない、俺たちの時代のことを〉

消える。

男、オルゴールの蓋を開き、誰にも聴こえない音に耳を澄ます。（つまり、やはりこの芝居の最初と同じ所作）……そして、オルゴールの中から、

紙片を取り出して、

男　（読む）「首都の街区に、もう幾度目か分からなくなった冬が来ている。街路のプラタナスは、葉を散らせ尽して、既に久しい。かつて夜の中でゆらめいていた十字路に立てば、炎は地下深く埋葬され、その上を窓のない車が通り過ぎるばかりだ」

（風の音、短く）Nよ、十年前のクリスマス・イヴ、きみから僕へと手渡された未完成の散文詩は、このように書き出されていた。幾つもの年代の列・燦然たる言葉の群れ――この時代の中で、もしもそれをひき継ぐことが出来たとしたら――僕の書く物語に、もしもエピローグが与えられるとしたら、僕はその作品の題名を、きみたちの未完成の散文詩から譲り受けたいと思っている。この小さな紙切れの、既に破れてしまった題名のところには、彼女の伸びやかな文字で、たしか〈風のクロニクル〉と書かれてあった――

空が、紅に染まってきた。

男　……朝の匂いがするな。今日からは、太陽が少しずつ早く昇り始めるだろう。やがて神山の森の中に、きみの足音が聴こえるかも知れない。生きた者と、死んだ者とが言葉を交しあえる場所に向かって、きみの足音が近づいて行く。一週間前――僕がきみを訪ねたとき――播巻の奥の暗い洞穴《ほらあな》の中からきみが語ろうとしたことが、僕にはようやく分かったような気がする。……（はっきりと）だが、まだまだ夜だ。夏の朝の光を纏って、僕たちの時代の言葉が甦ってくるまでには、まだ幾つもの夜が、僕たちを苦しめるだろう。

男が、ゆっくりと去って行く。インターナショナルの口笛を、かすかに吹きながら。

松葉杖の乞食が、同じ道を、舞台へ進む。（乞食の服は、いまや異様なほど破れ果てている）

乞食　（すれちがってから。振り向いて）……久しぶりだな。この街では、ずっと見かけなかった。

男　ああ、還って来たよ。

乞食　あんたの仲間は、皆元気かね？　む……娘さんが、一人いたな。気立てのいい、娘さんだった……。（独語のように）もう、赤ん坊がいるかもしれん……

男　……

乞食　どうした？　む……娘さんは元気かね？

男　生きているよ、彼女は。

風の音、いまひとたび強く。

（幕）

乞食　（はっきりとうなずく）

二人は別れ、男が去って行くと、喫茶店に明りがつき、凍りついていた若者たちが、グロテスクな生き物のように、いっせいに舞台へ溢れ出る。

その中へ進んで行く乞食。

乱舞と哄笑！

若者たちは、勿論、いまや全員が村人の仮面をつけているのである。


舞台の中央、殺意に充ちた乱舞の渦の中で、乞食が倒され、若者たちは幾重にもその上へ覆いかぶさる——と、乞食そのものが一個の爆弾ででもあったかのように、
大爆発——

一瞬の静寂ののち、甦った風の音が舞台を制圧する。

インターの口笛の断片が、遠くに、だがはっきりと聴こえる。

赤い旗をかかげる幾人もの群像と、そして天空近くには二人の男女の立ち姿が浮き上がって……

男の声　シュプレヒコール！……

旅芸人

一九六〇年四月十九日　旅芸人の一座に双子の男児が生まれる　兄とも弟とも知れぬその片方は生まれて三月目に死ぬ　赤児のための白衣を持っていなかった父母はその死骸を繃帯で巻いて洞窟に葬る　そして兄とも弟とも知れぬもう片方は生まれてから二十年後に死ぬだろう

団長

団長は疲れ切っていた。

長い旅の歳月の雨と風のせいで、いまや巨大なボロ布と化そうとしている彼のテントと同じくらいに、疲れ切っていた。

慶州《キョンジュ》郊外の邑で目を覚ましたのが紫色の夜明けの四時、大きなテントを畳み始めたのが朝六時、トラックにすべての荷物を積んで出発したのが十時、それから埃っぽい真昼の街道を直進し、幾つかの衰えた邑を通り過ぎ、ようやくこの町、P町のはずれに着いたのが午後二時半、そしてひどい暑さの中で、すぐにテントの設営を団員たちに指示すると共に、自分は自転車で役場と警察へ行って興行の許可を取り、その足で町中に「旅芸人が来たよ!」と流して回り、まるで一日の仕事を終ったように疲れ果てて戻って来たいまは、既に夕方の六時近くになろうとしていた。

七月の黄昏は憂鬱だ。

夕暮が近づいて来ると、この半島ではどの町でも風が止まる。雨期の明けたばかりのまだ湿っている空気が、死んだように動かなくなって、その中をただ太陽だけが、ゆっくりと遠い大地に落ちて行くのだ。夜気があたりを包み、風が星々と共に甦るには、まだ時がかかる。秋であれば青いガラスのように澄んでいる半島の空は、昼間の日射で完全に力を失ない、病気の水母《くらげ》のような淡い色のまま、気怠く衰えてしまっている。一キロメートルほど先に打ち寄せているはずの海も、きっと、波を失なって死んだように黙ったままだろう。

テントの中は既に完全に準備が整っている。もう幾十年も旅を続けてきたテント。——それは内側から見ると、巨大なままに老いた古い帆船の帆のようでもあり、夕暮に飛びたった大きな蝙蝠の翼のようにも見える。かつては真白だった布地は、長い歳月の雨と埃を吸いこんで茶色く変色し、到る処に継接《つぎはぎ》の補修が施されている。幾世紀にも亙る旅の時間によって染めあげられたもののように、或いはずっと昔に死んだ人間の血がしみついてしまったもののように、それはいまや、全体が巨大な滅びゆく布だ。草の葉先さえも眠っている夜更に、もしも一陣の風が吹き抜ければ、この古代の伽藍は細かな霧となって吹き消えてゆき、わずかな布の切れ端だけが広びろとした朝の土の上に残されているかも知れない。いや、もしかすると、このテントは遥かな過去に消えてしまったものであり、その中でただ死者たちだけが、深夜の舞台の上にさまよい出て、夜毎の妖しい祭りを繰り返しているのであるのかも知れない。……

団長は憂鬱そうにテントの天井を見上げた。

テントを支えている二本のアルミ製の支柱のすぐ脇に、小さな鏡のように白く光っているものが見える。それは空――テントの丸い破れ目から覗いている、まだ暮れることのない七月の空の断片だ。そのテントの破れ目は、誰も補修することのないまま、一週間ほど前から放置され、おかげで遥かな天上の光が、小さな丸窓を通って一座の者たちに祝福を与えている。余程ひどい雨でも降り出さない限り、客席で傘が開かれるような不様なことも起こらないだろう――。

かつてはこの古いテントも、いっぱいの観客を呑み込んだことがあった。――筵《むしろ》を敷いた客席に百人、折りたたみ椅子の特別席に二十人、その後の立見席に五十人以上が詰めかけたこともあった。良く笑う子供たち、ふくらんだ二つの乳をもった母親《オモニ》、白いチョゴリの老婆、男工、女工たちや、秘密の恋人たち、入れ歯を忘れて来たと言って騒いでいる老人……。だが、それはもう十年かそれ以上も昔、自分の手下に銃殺されることとなる大統領が、自信たっぷりで国を治めていた頃の話だ。

観客が目に見えて減り始めたのは、いつの頃からだろうか？　客といっしょに、かつては十二人いた座員たちも、いまではその半分以下になってしまった。――だがそれにしても、このところの客の入りはひどい。慶州《キョンジュ》の郊外では初日が十人、二日目は七人だった。その前の大邱《テーグ》市では、三日間あわせて二十人だった。大田《テーヂョン》の隣の村では、初日に十五人が集まったものの、次の日は子供が二人きりだった。……

団長は舞台の上から、まだ誰もいない筵の茶色い広がりと、その後に二列に並べられている折りたたみ椅子を見渡した。それは彼の眼には、夜の土に掘られた憂鬱な穴ぼこと、その中へ沈み込んでいくスクラップの列のように見える。まるで前世紀の時間の中で朽ち果てた遺物のように、何もかもが昏く、そして遠い。夕暮の不安定な時間の中で、ひとつひとつの物が形を失なって、団長の前から消え去ろうとしている……。

勿論、それは彼の眼――病んで視力の弱くなった彼の左眼のせいだ。三十年以上も前、内戦の泥水の戦場で、彼は二十歳の兵隊として右の眼を銃弾に横切られていたのだが、何年か前から、今度は無傷な方の左眼に白い膜のようなものがかぶさって、ただでさえ普通の人間よりも一個少ない彼の眼の力を、日一日と奪い去ってきたのだった。最初のうち、それはいくらこすっても取れない薄い眠りの膜のようだった。年のせいだろうと、彼は思っていた。だが、腐った玉子の白味のようなものは、ゆっくりと彼の瞳を覆い、ようやく彼は自分の眼が病んでいること、もはや回復不能なまでに病んでいることに気づいたのだった。ゆっくりと光が奪われていくのを、彼は感じた。普通の者の二十パーセントほどの光線だけが、いまでは彼の一個の瞳孔に届けられているばかりだった。つまり世界の八十パーセントほどが、彼には喪われていた。——とくに夕刻、ひともし前の時刻が、彼にとっては最悪だった。光と影とが向こう側の世界で混じりあい、さまざまな色が溶け流れ、物という物がはっきりとした輪郭を失なって世界の向こう側へ沈み込んでいく……。

暗い洞窟のように見えるテントの中は、相変らず静まり返っていた。客席で波のようにゆらめいている大勢の子供たちの笑い声と、突然湧き起こってくる拍手の嵐を、一瞬彼の耳は聴いたような気がしたが、それは勿論、彼の古い記憶・懐かしい想い出であるにすぎなかった。

(客が目立って減り始めたのは、そういえば、俺の眼に白い膜がかかり始めた頃からだった……)

団長は不幸なカーテンを取り払うように、思いきり眼を大きくあけ、舞台の袖に置かれている丸い鏡に自分の顔を映した。眼球を失なって老婆の口のように落ち窪んだ片方の眼がある。痰を吐きかけられたように濁っているもう片方の眼がある。それはどちらも最悪の風景だ。

団長は化粧箱を鏡の横に置いて、ゆっくりとメーキャップに取りかかった。タオルで顔じゅうの汗を拭い取って、少し清潔になった顔を鏡に近づけると、まるで冷たい水に触れたように、背筋に悪寒が走った。それでいて体じゅうから厭な汗が吹き出していた。手足から力が奪い取られて、鏡をみつめているのさえひどい努力が要るくらいだったが、彼は最後の一日の力を振りしぼる者のように、自分の化粧箱の蓋を開けた。最後の一日——実際、それは団長の最後の日の、最後の化粧であった訳だが、勿論彼がそのことを知るはずはなかった。そして真白な液体を指で捏ねると、まず額から、その冷たい液体を塗り始めた。

……やがて団長はピエロに近づいていった。いちばん鮮やかな赤は、鼻の上に、これ以上ないほど正確に丸く塗られた。二つの頬の上には、頬骨を柔らかくするために淡いピンクが使われた。明るい紅が口を実際の三倍にも引き伸ばし、まだ光を失なっていない片方の目蓋の上には、五月の葉のような緑色が、不吉な十文字の線を描いた。あとは星——金と銀との星のマークを頬に貼りつければ、片眼のピエロは生まれたときからそのような姿であったかのように、生き生きと舞台の上に踊り出て行くのにちがいなかった。……

団長は、しかし本当のピエロではなかった。芸人としての彼の本業は、奇術師だった。ぴったりとした燕尾服に身をつつみ、口先で軽やかな言葉をころがしながら、粋なシルクハットの中から色とりどりのハンカチーフや、水のはいったままのコップ、子供たちの喜ぶ万国旗や、果ては生きたままの鳩さえ取り出して見せる、……往年の彼の芸には、大人たちまでが目玉を魚のように丸くさせて、子供たちに負けないくらいの惜しみない喝采を送ったものだった。ワン・ツウ・スリィ――シルクハットから白い鳥がとび出すその瞬間の、息を殺したテントの中に響き渡る自分の声を、団長はまだ微かに憶えていた。

勿論、かつては一座にも本当のピエロがいたことがあった。

だのピエロは――独身男だったが――まるで昼顔の花のような柔らかな体と、繊細な指先と、女のような白い肌と、本物の長い睫毛をもっていた。甘い口元から溢れ出てくる阿呆の言葉、恋の旋律の断片、突然の哄笑と意味ありげな沈黙、そして謎を含んだ眼差――首を少し傾《かし》げながら、口元には微笑を残しつつ、遠い夏の日の哀しみを宿しているあの眼差を客席に向けるときの……それは、誰にもまねることの出来ない絶品ともいうべき芸だった。幻想的な踊りの最後のところで、客席が美しい絵に魅せられたようにうっとりと夢見はじめ、やがて夢から醒めたように大きな拍手に包まれてゆく、――彼こそは本当のピエロ、ピエロの中のピエロだった。

そのピエロが、不可解な事故によって一座から消えてしまったのは、もう十数年も昔のことだった。

或る秋の夜更に、テントの向こうの原っぱで、まるで砲弾の炸裂したような大きな音がした。テントの布が、樹木の葉のように一分間も震え続けていたほどだった。そのとき一座の者たちは――誰もが深夜の泥のように疲れ果てていたから――百メートルほど向こう側の出来事のために、ひとりとして起き上がってみようとはしなかった。

そして翌朝――それは乳色の霧がまだ草の葉の先を眠らせている冷たい秋の朝だったが――団長がテントから出てゆっくりと原っぱを横切って行くと、そこでピエロが粉々になっていたのだった。爆心地の周りには、丁度直径十メートルほどの円を描いて、ピエロの細かくなった衣裳と彼自身の内臓が飛び散っていた。もう少し先に行くと、真黒に焼けた一個の頭が在った。そして百メートルも離れた所には、根本から切り取られたピエロの腕が一本、全く無傷のままに朝の霧の中に眠り込んでいたのだった。――

いったいどのような不幸な事故によってピエロの体が粉々になってしまったのか、一座の者たちには全く見当がつかなかった。ただ、途方もなく大きな威力をもった爆発物が、彼の足下で、もしくは腹のあたりで、爆発したことだけは確かだった。それが何であるかは、軍隊の調べによってもつきとめることは出来なかった。それは完全に誤って埋められた地雷の爆発、或いは、ピエロが非合法に隠し持っていたものの不幸な誤爆であるようにも考えられた。それとも、不意に訪れた新しい秋が、夜更にテントの外へとさまよい出たピエロの余りに美しい姿に触れて、月と星々の光を呼び集め、その光の力によって爆発が起こされたのかも知れなかった……。

こうして、一座にはピエロがいなくなった。そしてしばらくして、団長は燕尾服とシルクハットを売りに出し、自分の誇るべき芸に永遠の訣れを告げて、自らが新しいピエロとなる覚悟を固めたのだった。何といっても、ピエロは幕と幕とを繋げる重要な役であったし、燕尾服の男よりは金と銀の星の衣裳を纏った者の方を、子供たちは喜んでくれた。——

だが、団長はいつも自分が本当のピエロではないと感じていた。彼にはピエロの第一の条件ともいうべき柔らかな体の動きがなかった。頤は逞しく、胸板は鋼鉄のように頑丈だった。流れるような諧謔の言葉、甘い恋の旋律もなかった。それに何よりも眼差——すべての観客を蠱惑するあの謎を含んだような哀しい眼差が、片眼のピエロには欠如していた。

(あいつは本当のピエロだった。ピエロの中のピエロだった。ピエロというものは、哀しくなくてはいけない——)

団長は鏡の中の自分の顔に、金と銀との星を貼り付けると、やはり星のいっぱい煌めいている白い服を、疲れ切った体の上に被せた。燕尾服とは正反対のだぶだぶの服は、いつまでたっても彼には馴染めないものだった。

(女房《マヌラ》がこの姿を見たとしたら、声を立てて笑うことだろうよ!)

団長はそう思った。いつも陽気だった彼の女房は、あの秋の日——つまりピエロが朝の原っぱで粉々になった日から半狂乱となり、まるで誰も知らない情夫の後を追いかけて行くかのように、一座から姿をくらましてしまったのだった。何故彼女が半狂乱となり、そして一人の狂える女として秋のテントから消えて行ってしまったのか、夫たる団長には皆目見当がつかなかった。そして息子《アドゥル》も、——団長は鏡の中にもう一度ピエロの顔を映しながら、彼の一人息子のことを想った。

息子は一九六〇年の四月十九日、ソウルの街全体が沸き立っていたあの記念すべき蜂起の日に生まれたのだった。

その日——団長はソウルから少し離れた、川の流れている小さな町にテントを張っていたのだが、ソウルからのニュースは飛礫のようにその小さな町にもとびこんで来た。やがて幾人かの学生たちが町に現れ、血に染まったシャツを四月の旗のように振り回しながら、ソウルへ!　ソウルへ!　と叫んで駆けて行った。そしてその叫び声に導かれるように、大勢の娘や青年たちが、新しい生命を産みだすために彼の妻の苦しんでいるテントの脇を通り抜けて、ソウルへ向かって進んで行ったのだった。そして——短い悲鳴と共に妻が双子の男の子を産み落したとき、テントの中からは座員がひとり残らずいなくなっていた。やがて幾日かして、芸人たちは火の匂いを服に纏いつかせて帰還して来たが、出て行った丁度半分の者たちが、何週間待っても戻って来なかったのだった。……

記念すべき日に生まれた双子の息子はといえば、しかし生まれてから丁度三月目に、彼らにとっての第一の不幸が待ちかまえていた。つまり生まれてから丁度三月目の夏の朝に、兄とも弟とも知れぬその片方が、僅かな不注意によって川に流されてしまったのだった。水から引き出された赤ん坊の顔を、夫婦は丸二日間みつめ続けていた。それは余りにも小さな死骸だったから、夫婦にはそれが赤ん坊の死を意味するとは考えられなかった。そして赤児に着せるべき白衣を持っていなかったために、夫婦は息子の全身を繃帯で巻いて、その小さな肉の塊まりが異臭を放ち始める前に、山裾に在る昏い洞窟の中に葬った。団長の生まれた島の習慣に従えば、死者は七日間洞窟に入れられたのち、土に埋められて葬られなければならなかったのだが、新しい町へ向けて旅を続けて行かなければならない一座のために、赤児は正式に葬られることなく、洞窟の中に残したままにされたのだった。

——こうして、兄とも弟とも知れぬただひとりの息子だけが、テントの中で幾つもの季節を送った。彼は旅の中でさまざまな街や村の空気を吸って成長した。そして、やがて独学で高等学校の修了資格を得ると、〈歴史哲学〉という父にはまるで理解できない奇妙な名前の学問を修めるために、ただひとりテントから離れ、全羅南道の〝K〟という都市の大学に入学していった。その都市——それは緑の街路樹の美しい街だったが——その五月の光の美しい都市が、途方もない叛乱に立ち上がり、そして敗北していったのは、一九八〇年、つまり息子の二十歳のときだった。そして、その叛乱から一年ほどして、団長のトラックが全州《チョンチュ》から裡里《ソムニー》を回ってその敗北した都市に停まったとき、団長は市の警察署長から呼び出しを受けたのだった。

——久しぶりだな！　おまえは、少しも変わらない！

警察署長は大きな机の向こう側から言った。

二人は同郷だった。

済州《チェジュ》島の東端の村——そこは、海に没しようとする岬の先端に巨大な奇岩が空を覆って聳え立ち、その周りには幾つかの草葺き屋根の家が、まるで畏るべき神を仰ぐ原始の住居のように集まっている村だったが——その貧しい海辺の村で、団長と署長とは生まれたのだった。村はずれの巨大な岩石の奇蹟のような風景・三百人の海女たちの潜る濃い青をたたえた外海・夕映の中に浮き上がる遠い漢拏《ハンナ》山の緩やかな稜線。村はずれの短い草の繁った牧場には、古い時代からのパルチザンたちの土饅頭の墓があって、子供たちは日が暮れるまで、その上でぴょんぴょん跳びはねて遊び続けたものだった。

その村の出身としては、警察署長といえば並ぶ者のない大出世だった。だから団長は、以前から相当の貨幣と引きかえに署長の御墨付をもらって、全羅南道でテントを立てるときは様々な便宜を受けてもいたのだった。

——ところで、と署長は相変らず机の向こう側から言った、——おまえの息子のことだがな、実に可哀相なことをしたよ！

——俺の息子のこと？

——ああ、おまえの息子のことだよ。本当に可哀相なことをした。ほら。

そう言って署長は、机の引出しの中から白い布のかたまりを取り出し、それをほぐすようにして武骨な掌の上に広げた。布の中から、何か干からびたような黒いものが現れた。それは掌の上で死んだ黒い魚のようでもあり、天空の果てから落下してきた奇妙な生きものの化石のようにも見えた。

団長は首を伸ばし、目を瞬《しばた》かせながら、その奇妙な生きものの死骸を見つめた。男根だった。ずいぶんと干からびて、黒く縮んでしまった男根だった。

——息子を亡くしたとなれば、おまえが悲しむだろうと思って、こうしておまえが訪ねて来る日のために、取っておいてやったよ。海兵隊の奴らには内緒で、こうして記念に取っておいてやったんだ。

署長はそう言うと、まるで贈り物でもするように、その品物を不幸な父親に差し出した。

思わず前へ出そうになった両方の手を、団長は慌ててひっこめた。

——犬野郎《ケーノムセッキ》め！

そしてそう叫ぶと、署長の掌の上に黒い魚の死骸を残したまま、部屋を出て行った。長い廊下を思いきり力を入れて歩き、玄関のドアに拳を叩きつけ、陰鬱な建物から外にとび出すと、街の緑がおどろくほどに鮮やかだった。青葉を滴らせているその街路樹に向かって、十字路の自動車の群れに向かって、そして銃弾の痕をとどめている灰色の建物の壁に向かって、息子を亡くした片眼の男は何回もどなり散らした。——犬野郎《ケーノムセッキ》め！

だが、それから二三日後——つまり団長のテントがまだK市から出ないうちに——二人の大学生が別々に団長を訪ねて来た。彼らは息子の友人だった。そして団長のトラックが必ずこの都市に回って来るであろうということを、息子から教えられていたのだった。

最初に現れた一人の学生は、一年前の恐るべき事態を団長に語った。そして息子は、武装した街が軍隊によって制圧された後も、二千人の仲間と共に銃を持って深い山にはいって行ったという秘密の情報を伝えた。

後から来たもう一人の学生は、悲しいことですが、と前置きしたのち、息子が夥しい死骸の中の一つとして、軍隊のトラックに詰め込まれて運ばれて行った一部始終を話してきかせた。子供や老人もいました、娘や青年もいました、すべての者が額にひとつずつの銃弾の穴をあけられていました、額に黒い穴をあけられた二千人の者たちが、軍隊のトラックで街の外へ運ばれて行きました……。

二つの情報は全く混乱していると、団長には思えた。片方は息子が生きていると言い、もう片方は息子が死んでしまったと言うのであるから、それらは完全に矛盾していた。しかし、二つの情報を共に信じるとするならば、それは相前後して起こった二つの事実であるようにも考えられた。つまり――銃を持って深い山にはいって行った二千人の者たちが、やがて軍隊によって滅ぼされてトラックで運ばれて行った、――或いは、一旦は死骸として街の外へ運ばれて行った息子が、そこから甦って、二千人の者たちと共に山にはいって行った、それとも――生まれて三月のときに川で溺れ死んだ息子が、洞窟の暗がりに守られながら生き延びていて、自分の兄弟が銃殺された後に、新たな武器を手にして山に籠っていった？……

孰れにしても、二人の学生によってもたらされた情報は定かであるとは言い難かった。そして孰れにせよ、と団長は思った、息子が二千人の者たちと共に在ったのならば、額を撃ち抜かれた二千人の死骸の中から、たった一つの男根だけを切り取ることなど出来ようはずがない。そうであるによって、署長室に在った物体は、断じて息子のものなどではない、あの犬野郎《ケーノムセッキ》め！

……七月の暗さが増してきたテントの中で、団長は自分のピエロの姿を、もう一度鏡に映してみた。長い睫毛を付けられ、白く塗られたために若がえったその顔は、二十歳の息子に似ているようにも思えた。

テントの入口が開かれるには、まだ半時間ほど間があった。

小人

団長は丸い鏡からピエロの姿を離すと、客席よりも少し高く造られている舞台の板の上を、ゆっくりと踏んで行った。

舞台の中央には汚れた毛布のような幕がだらしなくぶら下がり、舞台の左手の端には、踏み台やロープ、赤いアコーデオン、黄色い鸚鵡のはいった鳥籠、緑色の仮面、古い椅子やテーブルなどが、まるで火事場から持ち出されたように積み上げられていた。そしてそのテーブル――小道具として使われる茶色いテーブルの下に、ぼんやりとした丸い翳のように蹲っている塊まりが在った。それは、まだ電灯の點《とも》される前のテントの中の全部の闇を、テーブルの下に集めて来て固めたもののように、そこに眠っていた。それが形の定かでない〈闇自体〉のように見えたのは、勿論、団長の病んだ眼のせいであるのにちがいなかった。だが、たとえ健康な二つの眼を持っている者であったとしても、余程注意していなければ、テーブルの下に何か不吉な翳を感じただけで、その前を通り過ぎてしまったかも知れない。

団長は丸いテーブルの前に立ち止まって、自分の視力を確かめてみるように、その下で眠っている闇の塊まりをみつめた。手を伸ばしてそれに触れようとすれば、団長の手はテーブルの下の夜の世界に吸い込まれて、手首から先が消えて行ってしまうようにも思われた。――

実際、小人はよく眠る男だった。

トラックの荷台の隅で、樹木の幹の裏側で、小休止した街角の壁の凹みで、彼はいつも眠った。まるで、彼の目には世界の表面の欠如ともいうべき穴ぼこが到る処に見えていて、その穴ぼこに自分の体を具合良く埋めこんで消えてしまうという特別な才能を、生まれつき持っているかのようだった。彼の小さな肉体が世界の凹んだ部分にはいり込むと、少なくともそこの処だけは、世界の傷口が治癒したように軟らかくなって、幽かな翳だけが残される……。

そして、眠っていないときの小人はといえば――彼は、睡眠中と正反対の活発さで、まるでアメリカの野球選手のようにガムを嚙みながら、不均衡に筋肉の付いた腕を運動のために振り回し、短い脚で一瞬の休みもなしに歩き回っているのだった。彼はいつも小さな丸い円を描いて歩き回っていたが、自分では地球の上に引かれた一本の線の上を無限に歩き続けていると考えているのかも知れなかった。そして独り言――一座の者たちが既に一万回以上も聴かされた孤独な演説とでもいうべき独り言を、彼はペパーミントの匂いのする大量の唾と一緒に、見事な乱杙歯の隙間から吐き出し続けているのだった。

小さき者の孤独な演説――それは、小人自身の空想的な・且つ挫折した自伝ともいうべき物語の断片だった。

――俺はサーカスの猛獣使いだった、と彼は繰り返して語った、幾つもの夜が密林を包んでいるアフリカの奥地から連れて来られた宝石のような黒豹、水の匂いのする森の中にまるで樹木の王のように生きていた巨大な虎、砂漠からの風を黄金色の鬣に受けながら広大な草原を支配し続けていたライオン、アマゾンの果ての黒い月の光を浴びて眠っていた名も知れぬ奇怪な肉食獣……それらありとあらゆる兇暴な生き物を、俺は相手にしてきた。俺は日が落ちる度に生命《いのち》を捨てていく者、恐怖というものを知ることのない一人の男として、世界中から集められた鋭い牙と爪とを相手にしてきた。――

小人の話はいつも同じだった。それは勿論、誰ひとりとして信じる者のない小人自身の夢の世界の出来事であるにすぎなかった。

――えっ、小人よ！　おまえは本当は猛獣使いではなくて、猛獣使いの助手であったのではないか？　ほら、短い脚でチョコチョコとライオンの前へ出て行って、ライオンが飛びかかりそうになるや否や、慌てて本物の猛獣使いの背中に隠れてしまう、あの限りなく勇敢な猛獣使いの小さな助手！

一座の誰かがそのように混ぜ返すのも、もう何百回も繰り返されたことだった。しかし、小人の雄弁はいかなる妨害にも屈することがなかった。それどころか、幾つもの口腔から放たれるあからさまな野次や嘲笑こそが、彼には歓声と聴こえたのかも知れない。

――恐るべき人喰い虎と呼ばれた奴がいた。赤道の向こう側の小さな貧しい村で、幾人もの女や子供たちを喰い殺したところを、麻酔銃で撃ちとられてサーカスに運ばれて来た奴だった。尾っぽの長さだけでも二メートルもあるような、見たこともない巨大な虎だった。その世界一兇暴な殺し屋に挑戦しようとした幾人ものヴェテランの猛獣使いたちが、鉄の檻の中に片足を入れかけただけで、次から次へと回復不能の大怪我をさせられていた。幾人ものヴェテランが血だらけになった後で、とうとう俺の番が回って来た。――俺は鉄の檻の中に片方の足を入れた。虎は飛びかかって来なかった。多分、俺の小さな体を見縊っていたのだろう。或いは、俺の小さな体をひと呑みにすることが出来るかどうか、頭の中で計算していたのかも知れない。奴は幾人もの血を吸ってきた大きな口を半分だけ開いて、暗く兇暴な二つの眼でじっと俺を睨んでいた。俺は両足を檻の中に入れ、それから一歩だけ前へ出た。人間を一瞬のうちに八つ裂きに出来る鋭い牙を前にして、俺は弱々しい武器しか持っていなかった。俺はもう一歩だけ前へ進もうとした。だが、恐るべき唸り声を挙げて猛獣が飛びかかってくる気配を感じた俺は、思わず入口の方へ逃げ出そうとした。――鋭い爪に背中を切り裂かれながら俺は前へ倒れたが、その瞬間、巨大な虎はきっと相手が余りにも不様に逃げ出したために戦意を失なってしまったのだろう、俺の背中に軽い追加の一撃を加えただけで攻撃を止めてしまった。……傷口は三箇月ほどで良くなったが、俺は背中に傷をつけられたことを深く恥じた男として、そのときから猛獣使いであることを止めてしまったのだ……

一座の者の誰も、小人の本当の前歴を知らなかった。いや、彼の生まれた土地、彼の正確な年齢さえも、ひとりとして知る者がなかった。

ときおり小人が意味もなく発する甲高い叫び声は、彼がまだ十四歳の少年であるようにも思えたし、不均衡に筋肉の盛り上がった腕は、彼がまさしく壮年であるようにも見えた。そして、彼の首筋や額に刻まれている汚れた水路のような幾本もの皺は、彼が既に六十年を生きてきた奇蹟的に長寿の小人であるようにも思えるのだった。――

だが、謎に包まれているのは小人の年齢だけではなかった。その出生もまた、何ひとつ知られていなかった。ただ小人自身は、自分のことを、イルボンの国の軍人を父として生まれたと語っていた。その軍人というのは、時として軍曹であったり、少佐であったり、或いは陸軍大臣であったりしたのだが、中程の階級がいちばん収まりが良いのであろうか、小人はもっぱら自分を、イルボンの陸軍中尉の落し胤であると語っていた。

一体にこの国の小人というものは、自分をイルボンの貴種と結びつけたがる特異な虚言癖があるようだ。かつての日帝統治時代、さまざまな旅芸人の一座に加わっていた小人たちが、それぞれ自分のことをイルボンの王族の末裔であると主張していたという話を、団長は幾度も聞いたことがあった。そしてその集団的な不敬故に、夥しい数の小さき者たちが、総督府《チョンドクブ》の手によって彼らの身の丈に合った特別製の檻の中に入れられ、毎日水だけを与えられながら、本物の赤ん坊のように小さくなって死んでいったのだった。

――この話は旅芸人仲間から繰り返し聞かされていたから、団長にはまごうことのない真実であるように思えた。……そういえば確かに、解放後のこの国では小人というものを見なくなったような気がした。日帝統治時代が終ってみれば、半島には小人がいなくなっていた。だからこの小人――一座に属している陸軍中尉を父とすると主張し続けているこの小人は、総督府による途方もない殺戮を受けた彼ら一族の中の、絶滅をまぬがれた数少ない一人であるのかも知れなかった。

しかし――小人の出生に纏わる秘密などは、一座の者たちにとって大した関心事ではなかった。観客を一人残らず感嘆させる軽業——その芸だけで、彼の口から吐き出される大量の唾や幾千回も繰り返される孤独な演説にもかかわらず、彼の一座での地位は安定したものだった。その小さな体のつくりあげる幾多の美技には、まことに端倪すべからざるものがあった。母親《オモニ》が俺をあと三センチ小さく産んでくれていたら、と小人はいつも嘆いていた、俺は世界で最高の軽業師になれただろうに！

舞台に上がると、普段は鈍重の標本であるような彼の肉体は、見違えるほど鋭角的な動きの線を作りあげた。テントの天井から吊るされた黄色いスポットライトの中で、ひとつひとつの筋肉がまるで幾つもの生き物のように解き放たれて、夜を妖しくする天才的な舞踏を繰り広げた。普段は蟹股の、歩くだけでも大きな音を立てる両脚は、まるで小さな突風のように、幾度もの美しい宙返りと着地とを繰り返した。そして綱渡り——舞台の上の、普通の人間の肩ほどの高さに張られた一本のロープの上を、彼は湖の上を歩く者のように静やかに渡った。一本の細い道の上を、彼は少しも怖れることなく、深い威厳ともいうべきものを湛えて進んだ。その眼は決して下の世界を見ることなく、時としてテントの暗がりだけを見つめ続け、それは観客たちに、受難した救国者の崇高な眼差さえも連想させたのだった。深い感銘を与える演説に聞きいっているように、客席はいつも静まり返っていた。それはまこと、至宝の芸であった。そして小人は、その素晴しい綱渡りの術を可能にするものは、彼自身の絶望のせいであると——つまり、背中を虎に傷つけられた挫折した猛獣使いとしての彼が、彼の背丈よりもずっと大きな絶望の中で、幾度も幾度も断崖の上を歩いたせいであると、説明していた。

……小人は相変らずテーブルの下で、ぼんやりとした翳のように眠り続けていた。そのままにして置けば、彼はいつまでも目醒めることなく、夕べの闇を次第々々に自分の体の上に降り積もらせながら、そのまま夜気となって何処かへ消えて行ってしまうようにも思えた。

団長はテーブルの下の小さな夜に腕を伸ばして、余り温もりを感じさせない翳の塊まりを揺り起こした。

テントの洞窟には強いコーヒーの香りが立ちこめていた。

占い女

天井の破れ目から覗かれる小さな夕空は、遠くの海を反射したようにまだ青々と霞んでいたが、テントの内側は、まるでコーヒーの香りに誘われるように、地面から湧きあがる夕暮の暗さが増して来ていた。

幾つもの道具が洪水の後のように積み重ねられている舞台の脇の裏側に回ると、その辺りは空気が淀みのようになって、閉ざされた一画を少し重苦しくさせていた。その陰鬱な場所のいちばん隅の処で、黒いマントを着た女が火の前に蹲りながら、大きな平鍋の中の液体を煮え立たせているのだった。

携帯用のガスコンロを使って、開演前に濃すぎるほど濃いコーヒーを淹れるのが、占い女の夕べの習慣だった。その黒い飲物の力によって、一座の者たちは旅から旅への疲れを払いながら、古ぼけたテントを輝ける場所とすることが出来るのだった。

——一杯もらおうか、眠気と疲れとが、俺の体から逃げ出してしまうような強い奴を！

団長は幾千日もの間繰り返してきた科白を、黒いマントの女に向けて言った。濃いコーヒーだけが、ピエロの衣裳の内側で完全に疲れ果てている彼の肉体を甦らせてくれるように感じられた。

——今夜の奴は、おまえの血よりも濃いかも知れない……

占い女は低い声でそう言うと、体の半分だけ振り返りながら、処々に傷の付いている金属製のコップを団長にさし出した。

コップを摑んでいる女の指の爪は、野苺の色に塗られていた。彼女の爪は長く伸ばされ、その先端を鋭く切り揃えられていたから、それは指先に付けられた幾つもの鋭い嘴のようにも見えた。野苺の色をした幾つもの兇暴な嘴——。いや、野苺色に塗られているのは、彼女の指先ばかりではなかった。年をとって薄くなったその唇もまた、同じ色によってまるで細い血の筋のように線を引かれていた。それは枯れ枝のように痩せ細っている彼女の顔と体の中の、僅かないのちのしるしのようでもあった。彼女の乾ききった肉体の中で、ただ野苺色に塗られた部分だけが、その色の不思議な力によって生気を保ち、それを落してしまえば、まるで彼女が遠い昔に死んだ死者の姿となってしまうかのように——。

実際、彼女はいつも化粧を落したことがなかった。

トが開かれる前ばかりでなく、幕が下りた後も、トラックで移動する時も、いや、団長が夜明け前に不吉な夢で目醒めた時でさえ、彼女はまるで一晩中眠らなかった夜の使いのように、既に野苺色の唇をして、テントの隅に坐って目を開いていた。

それに衣裳――彼女の舞台衣裳たる黒いマントを、彼女は体から離したことがなかった。その化粧と同じように、旅立ちの朝も、全員が筵の上に横たわる夜も、彼女は自分の衣裳を着けたままだった。春の街道でも、夏の夜明けの村でも、秋の陽ざしの丘でも……。だから、幾つもの季節を走り抜けて行く一座のトラックの、その荷台の上で風に吹かれている彼女のマントは、まるで彼ら一座の紋章とする黒い旗のようでもあった。

――おまえは生き返るよ。濃いコーヒーには、人を生き返らせる力がある。

彼女は細い眉で団長に言った。ほとんど黒に近いような暗い頬紅で隈取られたその顔は、遠い時代から夜と樹木の中に生き続けてきた陰鬱な伝説の女を連想させた。だから、もしも早く来すぎた客がテントの中にはいり込み、道具の蔭から舞台裏を覗いたとしたら、彼はそこに、哀れな片眼のピエロが夜と死の化生から秘密の液体を飲まされているところを見たと思ったかも知れなかった。

夜と死の化生――実際に、彼女は夜と死に憑かれた妖女であるという噂が、かつては存在したことがあった。

彼女の演《だ》し物は、いまでこそ観客の幾人かの運勢を占うことであったが、幾年か前までは、観客を前にして行なわれるいささか神秘的な祈禱こそが、彼女の天職であったのだった。

蠟燭の一本だけ燃やされている舞台の上で、闇の中の筵に坐った大勢の客たちを前にしながら、植物の枝を手に持った彼女は、地上と天空にかんする様々な予言を行ない、深い魂のような祈りを捧げた。その予言は、全世界の破滅のことであったり、半島を覆う怖るべき炎のことであったり、この国の指導者が当然にも蒙るであろう災厄のことであったり、大彗星のことであったり、街と村に流される夥しい血の量にかんすることであったりした。そして、それらの暗澹たる未来・逃れることの出来ない破局を前にして彼女が祈りを捧げ始めると、闇の中に坐っているひとびとの口からは、彼女の呟くのと同じ祈りの言葉が、まるで夜更の浜を浸す潮のようにゆっくりと溢れ出て来るのだった。小さな妖しい炎を囲みながら、土色の祈禱の声が次第にテントの中に渦巻いていく……。それは名も知れぬ異教徒たちの深夜に行なわれる秘密のミサ、第一の曙光をまちのぞむ熱い救済の儀式であるようにも感じられた。

だから国家は、この深夜の祭儀を伴った妖しい宗教・もしくは非合法の結社の誕生を、見逃すことがなかった。

幾年か前の或る夜――星さえもが夜空で凍えていた十二月の或る夜――二人の見知らぬ男が占い女をテントから連れ去った。そして三日三晩ののちに、細い血の筋を顔じゅうに刻み込まれた占い女を、ボロ布のようになった黒いマントと一緒に送り帰してよこしたのだった。……

このときから、彼女は祈禱を行なわなくなった。世界にかんするいかなる予言も、彼女の口からは聞かれなくなった。そしてその代りに、観客の幾人かの運勢だけが、彼女の予言の許可された範囲となったのだった。

舞台から暗い客席へと降りて行き、額と額が触れあうほどに顔を近づけて瞳を覗きこむと、彼女には相手の瞳の中に、その者を支配している星の瞬きが視えるのだった。黯い虚空の中に瞬いている星の名前によって、彼女は相手の者の一切を知ることができた。悲しみの過去・失なわれた希望・夥しい不運・待ちうけている暗澹・死……。

彼女が瞳を覗きこむ者たちの運勢は、一人の例外もなく余りにも救いのないものであったために、彼女は自分の視たすべてを相手に語ることが出来なかった。だから彼女の占いの言葉は、そのほとんどが偽りだった。星が不幸の徴しで煌めいている者には、明日の幸福が約束されていると告げた。永遠に希望のない者には、必ず救いが現れるであろうと伝えた。石女にはやがて受胎するであろうと、聾者には風の音が耳を醒まさせるであろうと、目の見えない者には暗闇の中に一条の光がすぐそこまで来ていると……。

予言者から堕ちた女は、こうして、ただ嘘の言葉だけを積み重ねた。真実の希望、真実の救済を告げることの出来る者が、半島にはただの一人も見当たらなかった。占いを開始するようになってから彼女の語った幸福の量は、丁度この国のひとびとの不幸の総量に等しいものだった。彼女が舞台から客席へと降りて行き、最前列に坐っている者の瞳を覗きこんで幸福を告げる度に、半島の不幸がひとつひとつ増殖していくのだった。幸いと喜びに満ちた彼女の託宣は、すぐさまその反対物へと転化し、半島の到る処で黒く凝固しながら、まるで活動を休止している黒死病の病原菌のような執拗さで、未来の時間の中にひとびとを待ちうけているのだった。

だから――彼女もまた幸福ではなかった。唇から洩れることのなかった幾多の不吉な言葉が、世界への出口を失なって彼女の内側に集積され、その結果彼女の二つの瞳を、百年間絶望し続けた百歳の老婆のように暗いものにさせていたのだった。

しかし一座の者たちは、いつも陰鬱な彼女の表情を、彼女がまだ結婚したことのないせいであると考えていた。実際、彼女は既に半世紀以上を生きているにもかかわらず、まだ完全な処女だった。二十歳の彼女が自分の若い体を許すはずだった相手の男は、内戦の最中《さなか》、名前も聞いたことのない土地の泥の穴ぼこの中で、幾人もの仲間と一緒に死骸となっていた。

――婚約者が戦場に赴く前、二人が最後に想いをたしかめあったのは、ポプラの葉が軽い金属的な音を立てていた秋の朝だった。風が微かに冷たかった。まだ二十代だった二人の口は、ただ未来にかんする言葉だけを語った。彼女は肩を抱かれながら、少し不安そうに相手の目をみつめた。そしてそのとき、彼女は男の瞳の奥に、泥の穴ぼこの中で既に死骸となって横たわっている彼自身の姿を視たのだった。

哀号！　――このときから、彼女は自分の能力に目醒めた。未来を見透すことのできる自分の能力、いかなる不幸の徴しも見逃すことのない自分の呪われた才能に、彼女は深い確信を持った。――処女であり続ける限り、自分は遠い星々の生と死の瞬間さえも見定めることができるだろう……。

勿論、半島に散らばっている幾つかの旅芸人の仲間たちは、占い女が処女であるとは考えていなかった。芸人たちは彼女が、団長の妻が出奔した後の、その後釜に収まっているに違いないと噂しあっていた。年をとって唇の薄くなる女というものは――と彼らは囁いていた――あそこの唇が反対に厚くなっている！

――その噂に、彼女は反駁しようとはしなかった。だが彼女は依然として完璧な処女だった。実際、半島には彼女のような処女が幾万となく存在した。あらゆる街の壁の裏側、あらゆる建物の窓の向こう側に、彼女の姉妹たちは生きていた。まるでそれら幾万とも知れぬ老いた処女の力が彼女の瞳の奥に寄り集まって、彼女に遠い時間を視ることのできる才能を与えているかのようだった。そして、そのような聖なる女たちの一人として、自分は処女のまま死ぬであろうと、彼女は考えていた。……

――うまいコーヒーだったよ。体が少し軽くなったようだ。

団長は金属製のコップを占い女に返しながら言った、――ところで、今夜の客の入りはどうかね？

――おまえに教えてやろうと思っていたところだ。わたしの占いによれば、今夜はテントが客でいっぱいになるよ。この十年の間、見たこともないような大勢の客が来る！

――ほう、有難くて涙が出るな。ついでに占ってほしいものだね。これから先、俺の人生に良いことが在るかどうか、それから、俺のこの腐った眼玉は、いつになったら見えなくなるのかね？

――本当のことを教えてやろう。おまえの眼は、じきに見えなくなるよ。だが、落胆しなくてもいい。おまえの眼の代りをする者が、必ずやって来る。

黒衣を纏った聖なる処女は、そのように予言した。

火男

ピエロは——いや、団長は——世界の裏側からもう一度舞台の上に戻って、ゆっくりと場内を見まわした。少し雨の匂いの残っているテントの中には、先程から小鳥の声が聴こえてきていた。短い、途切れ途切れの、抑揚をもたない鳥の声は、遠く暮れていく夏の夕空の破片をちりばめたように、がらんとした布製の籠の中に囀り続けていた。

それは火男の吹く口笛だった。

暗闇の舞台の上で、口から火を吹き出すという危険きわまりない業を演し物としている火男は、おそらくは火を吹き出すための唇のトレーニングのために、暇さえあれば口笛を吹き続けているのだった。彼の口から霧となって吹き出されるアルコールの量は、多すぎても、また少なすぎてもいけなかった。ひとつ間違えれば、口の中に含んだアルコールにまで炎が溯り、彼は舞台の上で炎上する一本の壮絶な肉の蠟燭になってしまう——。そうならないために、彼の唇のトレーニングは欠かすことの出来ないものだった。古代の美しい竜のように、もしくはこの国の原始の危険な種族のように、一個の兇暴な武器である彼の唇は、世界へ向けて炎を産み出さなければならなかった……。

従って、不断のトレーニングである彼の口笛は、他の者たちが慰みに吹く哀愁に満ちた小曲とは、全く様相を異にしていた。彼の創りだす音はいかなる旋律ももたず、それ故いかなる哀愁とも無関係だった。ただ、断片的な乾いた空気の震えだけが、まるで瀕死の小鳥の舌の震えそのもののように、彼の唇と歯の間から吹き出されてくるばかりだった。それは音楽以前の音の破片のようでもあり、いっさいの感情を抹殺した言葉の祖型のようでもあった。

言葉——そう言えば、火男は言葉を話さなかった。つまり〈唖〉だった。それが生来のものであるのか、或いは彼の人生の中途に起こった事故によるものであるのかは、誰も知らなかった。孰れにせよ、彼は言葉のない世界で生きており、言葉の代用品ででもあるかのように、或いは、彼の仲間に対する一種の暗号ででもあるかのように、乾いた口笛だけを何年も何年も繰り返しているのだった。

団長はテントの中に火男の姿を探した。しかし人よりも早く夕闇の訪れて来る彼の一個の眼の力によっては、火男の影を捉えることは出来なかった。口笛は客席の後方の、テントの隅にある入口のあたりから聴こえてくるようでもあり、また夕空の覗いている天井の、小さな穴から降ってくるようにも思えた。或いは、テントの継ぎ目という継ぎ目、破れ目という破れ目から、半島の山脈を渡ってきた幻の風《パラム》が、声を立てているのかも知れなかった。孰れにしても、火男の姿は見定めることが出来なかった。団長は、自分の眼から光が完全に失なわれる時が意外に近いかも知れないと考えて、ピエロの顔を少し無愛想にした。

しかし、火男の姿を発見できないのは、必ずしも団長の衰えゆく視力のせいばかりとはいえなかった。なぜなら、火男は暗闇の世界の保護色ともいうべき黝い顔を――黝い塗料でメーキャップされた仮面のような顔を、もっていたからだった。

勿論、その異様なメーキャップは、舞台の上で彼の口から吹き出される炎を、いっそう際立たせるための演出であるのにちがいなかった。テントの中のすべての照明が落され、闇が観客たちの鼻先までも呑み込んでしまうと、小さな燐寸の火が舞台の上を赤い蝶のように舞い、突然火男の口から猛烈な炎が吹き出される――。そのとき、黝いメーキャップは絶大な効果を発揮した。そして実際、彼の仮面のような黝い顔は、半島の遠い原始に棲んでいた異形な一種族の姿をも、観客たちに想い起こさせたのだった。――

（あの火男は、三人目の火男だ）

団長は黝い顔の男を探し続けながら思った。

いままでに三人の火男が順番に一座に加わり、そしてそのうちの二人までが、何処へともなく姿を消して行った。三人とも、ただ口笛だけを吹く〈唖〉だった……。

第一の火男が姿を消したのは、もうどれくらい前になるか、団長には思い出すことさえ出来なかった。第二の火男は、第一の火男と入れ替るようにして現れ、十年くらい前に、やはり姿を消していた。だから現在の火男――つまり第三番目の火男は、この一座に加わるようになってから、もう十年を越すヴェテランと言わなければならなかった。

火男がテントからいなくなるのには、決ってひとつの兆しがあった。――最初一座に加わった頃、彼らはまだ白いままの顔に黝いメーキャップを施すのだが、まるで毎晩塗られる塗料が段々と顔の皮膚にしみこんでいくかのように、その顔は年を経るごとに黝ずみを増し、終いにはメーキャップをしているのかどうかさえ識別できないものになってしまう……。そして、そのように何年もかかって黝い顔を完成させた火男は、もはやメーキャップの必要のなくなったことをひとつの合図とするかのように、何処へともなく姿を消してしまうのだった。

そして、姿が見えなくなって幾週間かが過ぎると、これまでの火男と似たような体つきの、しかしまだ顔の白いままの〈唖〉の男が、必ず一座に現れて来るのだった。新しい男は、まるでずっと以前から星によって定められていたことでもあるかのように、自然に一座の旅に加わり、最初は雑用やらトラックの運転やらを助けたりしながら、いつの間にか自分の顔を黝く塗り始め、新しい火男として無言の舞台に立って行くのだった。

　この幾人もの分身をもった黝い顔の男は、当然にも警察の注意を惹かずにはおかなかった。火男が舞台に立つようになって幾年かが過ぎ、その黝い顔がメーキャップによるものであるかどうか識別できなくなってくると、警察は執拗に彼の身辺に付きまとい始めた。もっとも、警察の怖れたのは彼の顔ではなく、舞台の上の彼の芸そのもの――非公然の炎を産み出すという彼の兇暴な芸そのものであるのかも知れなかった。臆病な犬の群れは、闇の世界に燃える赤い炎を恐怖する――。そして、警察の包囲が一座の者の誰にでも感じ取れるほどに狭まってくると、火男は百年のあいだ地下活動を続けているヴェテランの潜行者のように、半島の地下の迷宮へと姿を消してしまうのだった。第一の火男もそうだった。第二の火男も同じだった。そして第三の火男も？　――団長はもう一度、テントの中の夕闇の海に眼を放った。第三の火男が姿を消して行く日も、そう遠いことではないように団長には思えた。……

　小鳥の声は続いていた。

　テントの外では、その小鳥の声に伴奏するかのように、夕暮を告げる蟬が啼き始めていた。開演まで、もうしばらくだった。

　やがて火男はテントの闇の中から姿を現わして来るだろう。黝く塗られた表情のない顔を団長に向け、そして何も見なかったように舞台の端へ行き、口に含むアルコールの準備に取りかかるだろう。火男の表情が動くことはめったになかった。まるで黝い塗料が感情の動きを沈み込めてしまったかのように、彼は表情を変えることがなかった。それは四季をもたない顔だった。ただ僅かに――彼が舞台の上で自分の芸を終えて、次の出番である双子の歌手の手をとって舞台に導くときにだけ――そのときにだけ、彼の黝い顔に微かな青年の表情がいつも浮かび上がってくるのを、団長は見逃してはいなかった。

歌手

双子の歌手は鏡の前――先ほど団長がピエロのメーキャップをした舞台の袖の鏡の前で、互いの長い髪を梳かしあっていた。

その場所の横のテントの一部は、外への出口のためにめくり上げられてあったから、そこからまだ明るさを残している七月の夕べの光が射しこんで、姉と妹の二つの丸い横顔を、明るい柔らかさで照らしだしていた。二つの横顔は完全にそっくりだったから、それは一人の娘が、夕暮の鏡に向かって丁寧に髪を梳かしている姿のようにも見えた。二人が青と赤の衣裳を着けていることだけが、辛うじてどちらかが虚像ではないことを証明していたが、横から射してくる淡い光の中で、それは鏡の向こう側でゆらめいている異国の青と赤の花のようでもあった。

――綺麗にしておけよ。占い女によれば、今夜は見たこともないような大勢の客が来るそうだ。

団長はズボンのポケットに両手を突っこんだまま言った。

双子は一緒にピエロを見つめ、それから互いに目を見あわせると、その目を生まれたばかりの月のように細くして笑った。

双子は美しかった。

その美しさは、小人や老婆や黝い顔をした男の中で、充分すぎるくらいに観客の目を惹いた。だから、荒くれた港町でテントを開くときなどは、舞台の上に何人もの若い男たちが殺到して来るのを防ぐために、ピエロたる団長は、舞台の上にとび出そうとする男たちの頭を、まるで一列に並んだ南瓜のように蹴とばして歩かなければならないほどだった。また或る晩などは、興行が終ってからもテントの隅に隠れていた執念深い男が、青と赤の衣裳を脱ごうとしていた姉妹に飛びかかったこともあった。奇妙な声を挙げて暗闇の中からとび出して来た動物のために、団長はまだ半分以上も中味の残っていた麦酒《メクチュ》の瓶を、得体の知れない動物の脳天で割らなければならなかった。

(そんなことをしながら、もう十五年になるか――)

団長は呟いた。まだ十歳だった姉妹が一座に加わるようになってから、もう十五年が過ぎたのだった。

十五年前――団長が双子を初めて見たのは、或る郊外の丘の上の、孤児院の講堂の中でだった。キリスト者が僅かばかりの政府の援助を受けて経営しているその孤児院には、百人を超える子供たちが生活していた。

その丘の上の講堂で、悪くない金をもらって一座が芸を披露したとき、団長は姉妹を発見したのだった。一座の芸がひととおり終ると、団長に花束が手渡され、ちっちゃなスカートを着けた双子の少女《チョニョ》が、子供たちの中から選ばれて、舞台の上でお礼の歌をうたった。それは愚にもつかない天上の神を讃える歌だったが、秋の講堂の中に、二つの澄んだ声が幼い細波のように広がっていくのを聴いたとき、団長はまごうことない未来の才能を発見したのだった。

双子を自分たちの一座に加えるために、団長は年をとったキリスト者の前で、百回も頭を下げた。自分という人間を信用してもらうために、ありとあらゆる書類を手文庫の中から引きずり出して見せた。ありとあらゆる書類——それは主に、幾つもの町の警察の興行許可証であったり、団長の息子の出生証明書であったり、トラックの保証書であったり、失踪した妻のボロボロになった写真であったりしたが、それ以外に一枚だけ、団長が内戦中の勇気ある兵士であったことを証明する文書も含まれていた。

そして団長は、丸二日に亘る忍耐にみちた悲願の結果、双子の姉妹を彼自身の養女として貰い受けることに成功したのだった。勿論、それには幾つかの条件が付けられていた。——第一の条件は、姉妹に決していかがわしい仕事をさせないということであった。第二の条件は、必ず月に一度、孤児院の院長あてに手紙を書かせるということであった。そして第三の条件は、もしも一座が崩壊したときには、責任をもって姉妹を再び孤児院に送り帰すということであった。

——神にかけて、誓います！

誓約書にうやうやしく署名したのち、団長は姉妹をトラックの助手席に乗せて、孤児院の丘を下りた。丘の上では大勢の子供たちが、未知の国へと向かう幼い双子を送り出すために、たくさんの小さな掌をいつまでも振り続けていた。……

団長が姉妹を自分の養女にしたのは、しかし、その才能に魅いられたためばかりではなかった。

双子の芸人のいる一座は絶対に滅びることがないという言い伝え——それが団長の心を動かしていた。旅芸人の世界の観念によれば、二つの魂をもってこの世に生まれてきた者は、一方の者が現世を、他方の者が来世を、同時に生きているのであった。つまり双子には永遠の生が約束されているのであり、双子が一座に加わっているかぎり、その一座は現世と来世の境界を幾度も越えて旅を続けて行くことができる……。

だから団長は、まるで永いこと探し続けていた金羊毛でも手にしたかのように、丘の上の聖なる双子を自分のトラックの助手席に乗せて出発したのだった。

それに、彼女たちの出身が団長と同じ済州島《チエジユ》であるということ、つまり二人は済州島の捨子であり、そこから孤児院に貰われた者であるということ、そのことが妙に団長の心を惹いていた。

――済州島は石と女と双子の多い島だった。いや、済州島で多くの双子が生まれたという訳ではない。済州島から船で半日も行った南の方の小島――その小島は双子を不吉のしるしとして、生まれて間もないうちに捨ててしまうという習慣をもっているのだった。それが男の子であれ女の子であれ、二つの不吉な赤ん坊は黒い帆を立てた船に乗せられ、月明りの海を北上し、済州島のどこかの海岸に捨てられる――。しかも、まるで運命の島でもあるかのように、その小島はよく双子を産した。だから済州島では、双子といえば大部分がその小島からの捨子であるといっても良いくらいだった。かつて内戦が始まる前、済州島の漢拏山にたてこもったパルチザンの有名な指導者たる双子の兄弟もまた、南の小島から流れ着いた捨子であると伝えられていた。そういえば、そのパルチザンの兄弟は不死身だった。当時政府は、兄弟の両方を殺害したと発表したが、やがて噂が――殺されたのは兄だけであり、弟の方はいまもパルチザンを率いて漢拏山の奥地にたてこもっているという噂が、ひとびとの間に広がった。政府はその噂を打ち消すために、幾度かの山狩りの末、とうとう弟の方も殺害したと公表したが、今度は兄の方が生き残って、山岳地帯で戦闘を継続しているという噂が流された。それに対して政府は、真の首領たる兄を銃殺したというニュースを、大々的に発表した。顔の潰れた死骸の写っている写真入りのビラが、三日間続けて飛行機で空から撒かれたほどだった。つまり政府は――かつて日帝の軍隊が金日成《キムイルスン》を幾度も殺害したと公表したのと同様に――双子の兄弟の双方を、二回か三回に亙って死亡させたのだった。……だが、繰り返される政府声明にもかかわらず、兄弟のどちらかが生きているという噂――生きてパルチザンを率いているという噂が、島のひとびとの口から消え去ることはなかった。……

ところで、双子の姉妹が一座に加わったとき、それをいちばん喜んだのは、まだ少年だった団長の息子だった。

息子は姉妹と同い年だったから、彼は二人を区別するために、それぞれ〈姉《ヌ》さん《ナ》〉〈妹《ヨドンセン》〉と呼び分けた。実際息子だけが、双子のどちらが姉であり妹であるかを判別することができた。息子以外の者は、養父たる団長も含めて、二人の区別が全くつかなかった。このため団長は、姉の方にはいつも青い服を、妹の方には赤い服を着せておくという妙案を考えついたのだったが、息子と共謀した姉妹は、知らぬ振りをして時々自分たちの服を取り替えていたから、息子以外の者には、どちらがどちらだか余計分からなくなってしまっていたのだった。

何故息子が姉妹を区別することが出来たのか、それはいまに至るまで団長にも分からなかった。もしかすると、双子として生まれた息子の二個の魂が、その片方を生まれてすぐに失なったのちも、何処かで生き延びながら、姉妹の二個の魂と交感しているのかも知れなかった。

それに息子は、人よりも並はずれて優しいところがあった。孤児である二人の養女を、彼は少しも自分と区別しなかった。幼い三人は、まるで聖なる家族のように、同じものを食べ、同じ筵の上で眠った。そして成長していくにつれて、息子は自分が独学で修めた知識を、少しずつ姉妹に分けてやってもいた。興行が終って客が去り、皆が酒を飲んでいるテントの片隅で、暗いランプの明りを若い額のところに集めながら、息子は姉と妹に、世界中のたくさんの国の様子を話して聞かせていた。——戦争が行なわれている国・飢えた子供たちが毎日死んでいく国・子供たちまでが銃を取っている国・金持のいない国・残虐な皇帝が生き延びている国・ずっと昔に皇帝をギロチンにかけた国……。ランプの黄色い輪の中に、青年となった息子の横顔と、真剣な表情をした双子の二つの丸い顔が浮かび上がっていた。息子の語る世界中の国々の話は、実に分かり易く、本当に教えられることの多いものであったから、一座の者たちは酒に酔い痴れながらも、耳だけは若い賢者の話し声に傾けていたのだった。……

いまから思えば、それは一座にとっての〈至福〉とも呼ぶべき時代にちがいなかった。息子が大学にはいって一座から離れてしまうと、テントの中はひどく荒寥としたものとなった。いや、寒々しい風景が一座の中に忍び込んだのは、その前からであったかも知れない。——息子が大学にはいる直前、その入学試験を受けるためにK市まで行っていた夜、団長はひとつの決意の下に、はるか以前孤児院の院長との間に交した聖なる誓いを破ったのだった。団長は双子の姉の方を、旅館《ヨクアン》の主人の斡旋で、イルボン人の観光客に一晩だけ貸し与えた。その次の晩は妹の方を……。

それは、一座の者たちを養っていかねばならない団長として、止むを得ないことであると彼は考えていた。その頃——客の入りは現在ほどひどくはなかったものの、既に月のうちの幾日かは、木戸銭によって食糧とガソリンを賄うには足りなくなっていた。特に大都市の周辺では、客の入りは最悪だった。だから団長は、なるべく貧しそうな村・魚の群れに見放された海湾の町・火山の麓の離れ里・疲れ切った工員たちの寮の在る場所などを回るようにしたのだが、彼らは拍手だけは惜しみなく送ってくれたものの、舞台に投ずるべき余分な貨幣を持っていなかったから、一座の経済は一向に好転することがなかった。テントの中は、舞台の上も下も、貧しき者だけしか集まらなかった……。こうして団長は、自分ひとりで永いこと考え、幾つかの不眠の夜を持った末に、孤児院の院長と交した十字架の上の誓いを破ったのだった。

三日間の試験を終えて息子がテントに戻って来たとき、

彼は自分の留守の間に起こった出来事を、稲妻のように素早く理解した。二つの影を一つに重ねあわせるようにして泣いている双子の姿が、何よりも雄弁に彼女たちの運命を語っていた。そして、団長が自分の考えと自分の行ないを静かに息子に語ったとき、息子は、「倭人《ウェノム》！」と激しく叫んで、客席の筵の上に頭からころげ込んだのだった。まるで胃痙攣で苦しんでいる者のように、息子は汚れた筵の上をころげ回り、そして叫び続けた。彼はウェノムの「エ」の音を長く響かせたために、それはまるで、生きたまま内臓を抉り取られた者の断末魔の叫びのようにも聞こえたのだった。**ウェエ・エ・ノム！……ウェエ・エ・エ・エ・ノム！……**

　息子の叫び声が聞こえなくなるまでには、永い時間がかかった。まるでその叫び声の中を、幾つもの時代が通り過ぎて行ったかのようだった。やがて息子は、叫ぶことを止めた男として、汚れた筵の上から起き上がり、テントの隅へ行って静かに泣いていた。声を洩らさず、涙さえ流さないその睫毛の長い横顔を見て、団長はそのとき、息子なら本物のピエロになることが出来るにちがいないと考えていた。そして同時に、美しい双子は息子にとって姉と妹であったばかりでなく、その密やかな〈恋人《エイン》〉であったのかも知れないと考えていた。——

　孰れにしても、姉妹はそのときから一座にとっての経済的な救世主となった。そして息子が大学に入学してしまうと、姉妹が旅館へ赴く夜は、段々と増えていった。最初の頃は月に一度、そして週に一度、いまでは三日に一度という具合に……。それは勿論、この数年間のテントの客の減り加減に、正確に比例しているのにちがいなかった。

　姉妹を貨幣の力で呼び寄せる客は、イルボンの男ばかりだった。彼らは自由貿易地域でひと儲けしようと計算している工場主であったり、売り上げ倍増の褒美として二泊三日の旅行をプレゼントされた会社員であったり、半島の「民俗芸能」を研究したいという大学生であったり、修学旅行の下見に来たという高等学校の教頭であったり、ボーナスを貯めこんだ警察官であったりした。

　これらイルボンの男たちの話によれば、姉妹は花びらのように白い肌と、海綿のように柔らかな体と、金木犀の匂いのする淡い森をもっているということであった。その肌を一晩中愛撫し、金木犀の森の中に死ぬほど顔を埋めこむのが、イルボンの男たちの願いだった。やがて美しい姉妹の噂は広まり、多くの町で、幾人ものイルボンの男たちが二人の若い女のために順番を争うようになった。イルボンの髪の短い男たちは、半島の女の前に長い行列を作るという昔からの習性を、まだ失なっていないのだった——。

　イルボンの男の中には様々な変わり者がいた。姉の白い胸を蠟燭の燭台にしようとして、逆に火傷を負った男がいた。そうかと思うと、まるで皺くちゃな赤ん坊のように、一晩中妹の小さな乳首を吸い続けていたという老人もいた。ほとんどの男が、布団の中で震えている美しい娼婦の姿を写真に収めようとした。彼らはまた、教育熱心な民族であったから、幾つかの色情的なイルボン語を姉妹に教えこもうとした。テントの移動に合わせて、七日間も後を追って来た男もいた。姉妹の美しい裸を見て発狂しかけた男もいた。そして或る男――母国で大きな商店を経営しているという或る男は、姉妹のどちらか片方を、イルボンに連れて帰りたいと団長に申し出て来たのだった。

――充分すぎるほどの金をやろう！　新しいテントと、新しい筵が買えるくらいの金を！

その男は言った。

勿論、団長は簡単には誘いに乗らなかった。しかし――もしも姉妹がイルボンでの生活を望んでいるとしたならば、もしも双子のどちらかが海の向こうの幸福を夢みているとしたならば――そう考えた団長は、姉妹にイルボンの商人の申し出を伝え、二人の考えを聞いておくべきだと決断した。

そして、団長が彼の人生でめったにないような陰鬱な気分でイルボンの商人の申し出を伝え、彼女たちの本当の気持を尋ねたとき、双子は同時に顔を上げ、二つの唇を激しく突き出しながら、吐き捨てるように言ったのだった、

……………「倭人《ウエノム》！」……………

七月の夕べの聖なる光の中で、姉妹はいつまでも髪を梳かしあっていた。夕暮の最後のオレンジ色の光の粒が美しい髪の中にまぎれこんで、梳かれていく髪のひとすじひとすじを、不思議な明るさの中で輝かせていた。

――綺麗にしておけよ。占い女が言っていた、今夜は見たこともないくらいの大勢の客が来るかも知れない！

ピエロが先ほどと同じ科白を繰り返すと、双子はやはり先ほどと同じように、美しく笑った。

息子

夕暮は海の匂いがした。

暗いテントから外に出ると、まるで永いこと閉じこめられていた袋の中から放り出されたように、夕空が意外なほど高く感じられた。

原っぱの向こうに並んでいるP町の家並の、その向こうに、海は打ち寄せているはずだった。雨期の明けた七月の、青みがかった大気が暮れ沈んでいくざわめきでもあるかのように、幽かな海の音が聴こえてきていた。

テントの横の原っぱには、一座の古ぼけた大きなトラックが、まるで何年も前からそこに在るように停められている。荷台の側面には〈4・19〉という息子の誕生日の日付が、白いペンキで大きく描かれている。それはかつて息子が、大学に入学していく前に自分で描いた唯一の彼の記念だ。

トラックの運転席の上に取り付けられたスピーカーからは、テープに吹き込まれた双子の歌手の伸びやかな歌声が流れ出ている。昨日までは、流行歌手のカセットテープが客を呼んでいたのだけれど、一座の花形歌手の歌声を開演前に流しておくという名案を、団長は今日から実行に移していたのだった。

（この歌声を聴けば、誰もがテントに来たくなるのにちがいない――）

姉妹が歌っているのは、十年以上も前に若者たちの間で流行した他愛もない恋の歌だった。それは同じ歌詞を何回も繰り返すだけの単純な歌だったが、夏の哀しみにゆらめいているようなその甘い旋律には、聴く者の誰をも夢見ごこちにさせるところがあった。姉妹の美しい声は二つの幻のように重なり合いながら、十年も前の恋歌を繰り返していた。

あなたを想っています
くる日も　くる日も
あなたを想っています
去って行ったあなたを

原っぱの向こうに広がっている町は、夕暮の不安定な光のせいで――もしくは団長の腐りゆく眼のせいで――気怠く霞みながら、凹凸のある汚れた地平線を形づくっていた。幾つもの二階建ての建物が、七月の埃っぽい街道に沿って、不揃いな燐寸箱の列のように連なっていた。それは右手へ行くに従って歯の抜けたように疎らになり、やがて松林へと呑み込まれていったが、その松林の上には、余りにも巨大な製鉄所の煙突が、先端部分を赤と白の縞模様に塗り分けられながら、夕べの天へ向けて聳え立っていた。――製鉄所の建物は松林に隠れて見えなかった。ただ巨大な煙突だけが、まるで一夜のうちに建造された奇蹟のように屹立し、それは街道沿いに連なっているこの町の建物の全部を、いっぺんに燃やし尽すことが出来るほどにも思えるのだった。――幾度もこの町を訪れ、幾度もこの原っぱにテントを張ったことのある団長にとって、この新しい光景は全く馴染めないものだった。いや、この町ばかりではない、半島のありとあらゆる都市、ありとあらゆる邑が、団長の記憶にある旧い風景を失なって、空と海とに不吉な裂け目を作っているのだった。

　過ぎ去った遠い昔を想い出した老人のように、団長はピエロの顔を少し歪ませた。そして病んでいる眼を松林から左手に戻して、町並の向こうに広がっている遠方の丘と、その丘の上に林立している新しい高層住宅の群れをみつめた。遠い夏の廃墟のようなコンクリートの群れは、僅かに頭のところだけを、落ちていく最後の陽の光の力で輝かせていた。

　それら幾つもの輝ける建物は、貧窮者たちをバラックから自由にさせるために、政府がわざわざ外国の援助を受けて建てたものだった。ソウル・仁川《インチョン》・大邱《テーグ》・釜山《プサン》……ありとあらゆる大都会の裏側の、暗い川の流れに沿うようにして、夥しいバラックが生きもののように連なっていたのは、もう幾年も前の風景だった。闇の中で一つの窓に一つの灯りだけを點《とも》しながら、長い廻廊のように連なっていた夥しい黒いバラック――。川と雨の匂いのするその夜の廻廊を、政府は〝都市美化〟のためにブルドーザーを使って押し壊し、その結果としてバラックから解放された難民たちのために、コンクリート造りの高層住宅を貸し与えたのだった。新聞はその恩恵について、連日のように書き立てていた。政府の熱心さはとどまるところを知らなかった。家というものを必要としない団長のところにまでも、新しく建築された高層住宅に入居を希望するや否やの連絡が届いたほどだった。――

　遥かなるコンクリートの群れは、まだ微かな余光によって貧しい頭部のところだけを輝かせていた。光が残っている屋上には、黒く縮れた陰毛のようなものが不潔に絡まりあっているのが見えた。黒く縮れたビルの上の陰毛――それは勿論、TVのアンテナの林であるのにちがいなかった。高層住宅の中で重なりあって生きている家族の数だけ、TVのアンテナが屋上に犇きあっているのだった。

　それは団長にとって、充分に敵対的な風景だった。なぜなら――一座の客の入りが急激に落ち込んでいった元凶は、この十年間のTVの勢力の拡大にあると、団長は分析していたからだった。白い光を発する小さな箱が、父と息子を、母と娘を、閉ざされた窓の向こう側の世界に釘づけにしていた。——夏の涼しい夜を、星明りの道を辿りながら、原っぱを横切ってテントの光の中にやって来た家族たちは、いまではコンクリートの壁の内側に体を押しつけたまま、小さな四角い箱をみつめ続けているだけだった。驚嘆すべき小人の軽業も、占い女の救済の言葉も、火男の吹く兇暴な炎も、そして双子の姉妹たちの夏の夜の肉声も、その箱の中には在るはずもなかった。ただ騒々しいだけの小窓の向こうで、小人よりももっと小さな体をした人間たちが跳ね回っているばかりだった。そんな面白くもない機械のために、どうして全国民が夢中になっているのか、団長には全く理解できなかった。——わが民族は、と団長は思った、小さな機械ばかりをみつめ続けた結果、本当の人生というものを見失なってしまった！

——まるでイルボンと同じだな！

今年の春、釜山タワーの近くで旧友とばったり出逢ったとき、旧友は団長にそう言ったことがあった。

——何が同じだと言うんだね、イルボンと。

団長は路上の友に訊き返した。

——何もかもが同じだ。いっさいが同じだ。窓の開かない建物、敷石のない舗道、疲れ切った街路樹、風のない空と希薄な空気——俺は息ができないくらいだよ。春だというのに鳥さえも啼きやしない。こんな国は、世界中探したって来たから知っている、俺は二〇〇個の港を廻ってイルボンのほかには在りやしない！

何年かぶりで故国の土を踏んだその男は、舗道の上に唾を吐きながらそう言った。

団長は春の街の中で、失なわれていない片方の眼を瞬《しばたた》かせて、ヴェテランの船乗りの話に聞き入るばかりだった。イルボンというのは——団長の知識によれば——半島にまで女を買いに来るほど貧しい島国であったから、自分の国がイルボンと同じだという新しい意見は、充分に彼の理解を超えていたのだった。

(イルボンと、同じか……)

団長はピエロの眼を細めるようにしながら、原っぱの向こうの遠い高層住宅の群れをみつめて呟いた。

(だが、あの建物の砂は、俺の島から取っていった砂だからな。俺の島の海の匂いのする砂だからな。いや、あの建物ばかりじゃない、この国の新しい建物という建物は、俺の生まれた島を小さくして造られた建物だからな)

実際、団長の生まれた海辺の村は、何年も前からその全体が大規模な砂利採取場と化していたのだった。三百人の海女たちが潜っていた古代の入江は、抉り取られた土砂が流れ出て灰色の腐った水溜りになっていた。岬の東端に聳えている神の如き奇岩は、その付け根の部分がはっきりと細く見えるほどに削り取られて、大きな風が吹けばゆっくりと倒れ、大音響と共に丁度村全体を押し潰すようにも思われた。パルチザンたちの土饅頭の並んでいた丘には、新しい道路が通され、その砂煙の中を幾台ものトラックが一日中往来していた。……

そのようにして、彼の村は半島の建物という建物を賄っていた。そして村人たちは、トラックの砂煙で白っぽくなった顔を寄せあって、まるで呪術の言葉を口にするように、密かに呟き続けていたのだった。――この村の砂は潮を含んでいるからな、遠い時代に南の海から吹き寄せられてきた潮の力を含んだ砂だからな、幾年かするうちに鉄をぼろぼろに腐らせて、この国の建物という建物を、ひとつ残らず砂に戻してしまうに違いないのさ。

……遠い丘の上の高層住宅の群れが、白っぽく煙りながら、まるで砂山のように頽れ落ちて、空から消え去ってしまう姿を団長は視た。実際、太陽の最後の光の一滴までも消え果てたために、遥かな丘陵の遺跡は、白い冥さの中でゆらめきながら、急速に暮れて行く天空の中に消え沈もうとしているのだった。だが団長の眼には、本当にそれらの建物が頽れ落ちて消えてしまったように視えた。そしてそう思うと、遠い丘の上の建物ばかりでなく、自分が背にしている一座の大きなテントもまた、本当はずっと昔に滅び去ったものであり、後を振り向けば、かつて実在したテントの大きな影だけが、辛うじて土の上に残されているようにも感じられた。

団長は夕暮の中で不確かな眩暈のようなものを感じた。大地が足元で水のように揺れた。――そういえばこの原っぱは、十数年も前の秋の夜に、一座のピエロが粉々になった場所だった。一座のテントがこの場所に戻って来るのはそのとき以来のことだったが、十数年前と同じ原っぱに立ってみると、その間の時間がまるで小さな夢の顆のように消え散って行ったような気がした。

……俺はいったい何処を旅して来たのだろう？　そして、たしかにテントの中に居た芸人たちは、あれはいったい何だったのだろう？　彼らは、テーブルの下の単なる翳と、とうの昔に主人を喪った黒いマントと、口笛のようにも聴こえる風の音と、鏡の向こう側にだけ存在する双子の姉妹の幻だったとでもいうのだろうか？

団長はまるで自分が、幾世紀も前の夕暮の原っぱに、たった一人で立っている者のような気がした。

あなたを想っています
くる日も　くる日も
あなたを想っています
去って行ったあなたを

団長は疲れ切っていた。

慶州《キョンジュ》郊外の邑で目を覚ましたのが紫色の夜明けの四時、大きなテントを畳み始めたのが朝六時、トラックにすべての荷物を積んで出発したのが十時……いや、一日の疲れだけではなかった。旅から旅へ、街から街へ、幾十年も続いてきた茶色い時間が、原っぱに一人佇んでいる白い顔のピエロの、最後の時を刻んでいるのだった。

（おまえの眼は、じきに見えなくなるよ）

団長は占い女の予言を想い出した。だがその予言は、単に彼の病んだ眼球から光が奪われるという意味ではなく、彼の生命《いのち》そのものの光が消えて行くという意味であったのだった。（おまえの眼は、じきに見えなくなるよ）――占い女のその第一の予言が、幾十秒かのうちに現実のものとなることを、そのとき団長はまだ知らなかった。ただ病んでいる一個の眼が、心臓よりも一足先に死に始めたために、眼球が顔の中で少し小さくなったような感じがしただけだった。……

二度目の眩暈がピエロを襲った。まるで少年の日のような姿で、彼は原っぱの草の上に腰を下ろした。彼はようやく占い女の予言の意味を理解し始めていた。そしてゆっくりと体を倒して仰向けになると、土の感触が疲れた背中を柔らかくした。目を開いていても、目を閉じていても、最早同じような夕空が広がっているばかりだった。

だが――と、彼は顔を天に向けたまま、まるで天上の者に呼びかけるように呟いた――もしも俺が死んでしまったとしたら、いったい誰が、芸人たちを率いて旅を続けて行くというのだろう。大人の半分しか背丈のない者や、老いて気の狂った処女、言葉をもたない男、娼婦となってしまった双子を、いったい誰が助けていくというのだろう。もしも俺が死んだら、俺は死者の世界から、彼らがまるで遠い時代に敗れ去った異形な者たちの旅団のように、半島の風の中に散りぢりになっていくのを視なければならないのではないか。それとも、芸人たちの中の誰かが、俺の知らない間に成長して、俺が死んでからも、新しい一座を引きつれて行くとでもいうのだろうか。テントをトラックに積み込み、占い女の黒いマントを旗のようにひるがえらせながら、半島の乾いた空気の中を、新しい季節へ向けて旅を続けて行くとでもいうのだろうか。……
最後の言葉を言い終えた者のように、団長は小さく息を吐いた。それは本当に僅かな空気の量だったから、小さな虫さえも風の動きを知ることがないほどだった。どこかで銃声が聴こえたような気がした。夕空が自分の顔の上に急速に降りかかって来るのを感じながら、ピエロは白い目蓋を閉じた。

あなたを想っています

　くる日も　くる日も
　去って行ったあなたは
　かならず帰って来るだろうと

団長は草の上からゆっくりと起き上がった。浅瀬の藻のようにゆらめいている草の上を幾歩か歩むと、そこはもうテントの中なのだ。

舞台は、まだ照明が點されていないために、ただ茶色っぽい闇だけが広がっている。……団長はいつもと同じように舞台の袖のポジションに着く。ここならば舞台と客席の両方に目をくばることが出来るのだ。

……開幕のベルが鳴っている。

それは随分と遠い場所で鳴っているように団長には聴こえる。

そして、目がゆっくりと暗がりに慣れていき、物の形がそれぞれ独立した姿となりながら、洞窟にも似た空間の感覚がはっきりと甦ったとき、彼はそこに視たのだった。

大勢の子供たち——敷いてある筵が見えないくらいに大勢の子供たちが、客席を埋めていた。赤ん坊を胸の中に抱いている女たちもいた。白い夏服の老人たちもいた。仕事を終えたばかりの女工、笑いあっている幼い車掌たちもいた。二列に並べられた折りたたみ椅子の特別席は、自慢の恋人《エイン》を連れた青年たちで満員になっていた。その後には、筵から溢れ出てしまった娘や青年たちが、まるで夏の夜の甘い森の樹木のように、若い体を押しつけあうのを楽しんでいた。そしてよく見ると、子供や老人や娘や青年たちは、ひとりがひとつずつ、額の真中に小さな黒い傷痕をもっているのだった。

（いつの間にこんなに集まったのだろう！　占い女の予言した通りだ！）

幕の隙間からいっぱいの観客を覗きながら、彼は右手を上げて美しい姉妹に合図を送る。だがその合図は、何故か姉妹のいる処にまでは届かない。二人はいつの間にか成長した大人の横顔を見せて、小人や占い女や火男を従えながら、幕の上がるのを静かに待っている。それはまるで旅芸人の一座を率いていく姉妹——美しくも威厳にみちた二つの若い魂のようだ。

客席はざわめきでいっぱいになっている。子供を呼んでいる母親《オモニ》の声がする。幼い車掌《チャジャン》たちの幾つもの笑い声がする。小さな女の子たちが声を合わせて幕の上がるのを催促している。早く《パリ》！　早く《パリ》！

そしてそのざわめきの奥の、大勢の立見客たちの後に、一人の不思議な青年の立っているのを団長は発見した。それは人の姿をした白い昼顔のようでもあり、洞窟のいちばん奥でゆらめいている仄かな光のようにも見えた。

ピエロだった。——白い服を着け、白く顔を塗った夏の夜のピエロが、どこからかテントの中に紛れ込んで、そこに立っているのだった。その顔立はぼんやりとしか見えなかったが、団長にはそれが誰であるか分かっていた。
音楽が流れ出る、姉妹が恋歌をうたい始める、舞台に灯が點され、幕がゆっくりと上がって行く――

あなたを想っています
くる日も　くる日も
去って行ったあなたは
かならず帰って来るだろうと

子供たちの歓声・湧き起こる拍手・音楽の爆発……幾度も幾度も繰り返されてきた開幕の聖なる響《とよ》めきの中を、白い服のピエロは、大勢の肩の間を縫いながらゆっくりと進んで来た。まるで双子の姉と妹の声に導かれるように、青年はゆっくりと舞台に近づいて来た。――

テントの外では、風《パラム》が吹き始めていた。
風が強くなり、嵐となり、その嵐の中を黒い旗をひるがえしながら走り続けていく4・19のトラックを、団長は視たと思った。

地下鉄の昭和

昭和六十X年……

（そうよ、そう。……そうでしょう、ええ、そうなのよ……）

女は先刻から喋り続けていた。電車の座席のいちばん隅に腰を掛け、他人に聴かれては損をするかのように掌で口元を隠しながら、年を取って干からびてしまった穴ぼこから、呪文のように連なった言葉を吐き出し続けていた。そして言葉の合い間に、しきりと頷いたり、笑ったり、大仰に驚いてみせたりしていた。

八月の真昼の、冷房のない電車の中は、一輛に数人の乗客しか数えることが出来なかったから、女の声は電車の走る汚れた音の中に混じりこんで、他人に聴かれる心配はなかった。それでも彼女は、自分が慎みというものを知っている人間であることを証明しようとするかのように、用心深く掌で口元を押さえながら、少し嗄れた声で喋り続けていた。

（ええ、そう。……そうでしょう……）

女の乗った電車は、N駅を過ぎると地下に潜った。

東京をほぼ東西に横ぎっているこの路線は、西の始点であるM駅を出発してから二十分ほど地上を走ったのち、N駅で小休止し、そこから急に地下へ潜って行くのである。

それまで汚れた街並を見せていた窓の向こう側が、急に暗幕を引かれたように光を失なった。ところどころ開けられている窓からは、かえって温度の高い、湿った地下の風が吹き込んできた。網棚に捨てられた新聞紙が、人気のない車内でぱたぱたと音を立てた。天井の幾本もの蛍光灯が、白じろとした病気の光を撒きちらしていた。

女は――しかし、外界の変化とは関係なく、相変らず喋り続けていた。向かい側の座席には一人の乗客も座っていなかったから、暗い鏡となった窓ガラスに、彼女の半身がぼんやりと映し出されていた。

……それはいかにも異様な姿だった。

彼女の身に着けているのは上品な小豆色の御召――一つ紋の無地の御召だった。彼女が嫁入りしたのは東京の街に爆弾の雨の降り始める直前のことだったが、その御召は実家が相当な無理をして持たせてくれた唯一の彼女の嫁入り道具だった。着物の裾にちりばめられている小梅の地紋は、当時としてはなかなか粋なものだったから、彼女はそれを初めて着たとき、何だか自分が立派なお屋敷の奥様にでもなったような気がしたものだった。小梅の地紋はそれから四十年以上を経た現在でも、上品すぎるくらいにひっそりと花を咲かせていた。しかし言うまでもなく、その御召は夏場に着るにはいささか暑すぎるものだったから、着物から覗いている半襟にまで、びっしょりと汗がたまっていたのだった。それに帯――鳳凰の舞っている山吹色の腹合《はらあわせ》が、いまでは痩せてしまった彼女の体を、いやがうえにも貧しいものに見せていた。余りに胸が締めつけられたために、彼女は帯に親指を突っこんだり、襟に手を当てて引っぱったりしたから、帯揚げは少しはずれ加減になり、出し襟は波打ったようになってしまった。それは少々着くずれしたと言うより、端《はな》から着付に失敗したような絶望的な印象を与えた。

勿論――女の身形《みなり》はかくの如く季節はずれであったとはいえ――それはとりたてて「異様」という程のものではない。それは何処にでもいる女、疲れ果てて六十歳を越えた一人の女が、自分の一番上等な物を着こんで外出しているという情景であるにすぎなかった。だが、――だがもしも彼女が、向かい側の窓ガラスに目を向ける余裕があったとしたら、彼女はそこに映し出されている情景に、少なからぬ奇異の念を抱いたにちがいない。なぜなら、その黒い地下の鏡には、先刻から喋り続けている彼女の姿だけがぼんやりと浮かび上がり、彼女の話し相手は何処にも映ってはいなかったのだから――。

（そう……そうなのよ。ええ、ええ、……）

O駅を過ぎても、女はひとりで喋り続けていた。彼女の横には、濃紺のシートの上に薄暗い蛍光灯の光が落ちているだけだった。彼女の声に答える者はいなかった。しかし彼女の二つの眼には、そこに腰掛けている者の姿が確かに視えているのだった。

それは彼女の夫――戦争で死んだ夫だった。……誰も姿を見ることの出来ない、しかし彼女にははっきりと見える〈永遠の良人〉とも呼ぶべき者に向かって、彼女は休みなしに話しかけているのだった。それは敗戦の年から現在に至るまでずっと続いている彼女の生活の一部、いや彼女の生活そのものだった。つまり彼女は、戦争が終ってから四十年という時間の半ば以上を、目に見えない夫との会話のために費してきたのだった。……

先刻からの夫婦の話題は、彼女の棲んでいるボロアパートの管理人のことだった。

その管理人というのは――彼女と同年配の、やはり彼女と同じ後家暮らしをしている女だったが――その管理人が、いかに救い難い狂信者であり、いかに途方もない妄想にとりつかれており、それ故いかにアパートの住人たちの静穏な日々を攪乱しているかということを、彼女は夫に訴えているのであった。

実際、その管理人は、一晩も欠かすことなく、彼女の四畳半の部屋を訪ねて来た。アパートには風呂がなかったから、管理人は必ず風呂の道具をかかえて、まるで銭湯で一日の汗を流す前の最後の仕事のように、彼女の部屋を訪ねて来るのだった。管理人はアパートの住人たちを満遍なく神の道にみちびこうとしていたが、就中彼女の部屋を訪ねる回数は群を抜いていた。何故管理人が彼女にことさら白羽の矢を立てたのか、彼女にはよく分からなかった。しかし、二人はどことなく似た処があった。勿論、彼女の肉体は骨が透けて見えるほど痩せ細っており、管理人の方はまるで女相撲のように立派な体格をしていたから、外見的には全く異なっていた訳だが、それでも二人はどことなく似た処があった。アパートの住人はよく二人を呼び間違えることがあったし、それに管理人の郵便物が彼女の郵便受に入れられていることも幾度かあったのだった……。

管理人のオルグの眼目は、〈不信心は不幸の源である〉ということだった。つまり彼女が正しい信仰を持っていないことが、様々な不幸の淵源となっているというのであった。たしかに、そう言われてみれば、彼女にはこのところ様々な災厄が続いていた。一年前には仕事中に腰を痛め、半年前には足首を痛めていた。さらに、ひと月ほど前からは背中の筋肉がひどい炎症を起こしていたし、つい先日は、貰ったばかりの給料九万八千円のはいった手提袋を商店街の雑踏の中で奪われたばかりだった。

これら夥しい不幸は、心を神様の方へ向けていないためにもたらされたものだというのが、敬虔な管理人の考えなのであった。

——そんな災いは、すべて消えてなくなるだろう。もしもあんたが、あたしと一緒に道場へ行き、導師様の有難い話を聞き、掌を天に向けてお祈りを捧げ、そして月づきの会費を道場に納めさえするならば！

しかし——彼女の考えによれば——自分の度重なる不幸は、決して不信心のせいなどではなく、すべて彼女自身の責任なのであった。仕事中に足首や腰を痛めたことも、背中に炎症を起こしたことも、みんな彼女自身の不注意のせいなのであった。だから彼女は、管理人の百回のオルグを、百遍の否《いな》をもって退けた。そんな信仰など一文の得にもならないというのが、彼女の哲学なのであった。——ただし、唯一度だけ、彼女が信仰というものに心を開きそうになったことはあった。それはつい先日、商店街の雑踏の中でまるまる一月分の給料を盗まれた折のことだったが、自分の蓄えというものが極めて少ないことを改めて知った彼女は、ほとんど藁をもつかむ気分になっていたのだった。その夜、彼女はいつもとは違う趣きで管理人を迎えた。そして、風呂の道具をかかえている信心深い女に向かって、もしも自分が道場へ行けば、導師様は少しばかりの金を自分に貸してくれるだろうかと尋ねてみたのだが、管理人が呆れはてたという顔をして、大きな体を震わせながら、

——道場は質屋ではない！

と叫んだことによって、信仰へと通ずるすべての門は閉ざ

されてしまったのだった。

……この不愉快な出来事を、彼女は夫に報告しているところだった。報告するだけではなく、いかに自分が正しく、いかに隣人が誤っているかについて、ひとつひとつ、夫の同意をもとめているのだった。

（そうでしょう……そうですとも。ええ……）

彼女の夫は、四十年以上も前に溺死していた。フィリピンへ向かう輸送船が敵潜水艦の魚雷攻撃を受け、乗っていた兵隊の大部分が夜の海に呑み込まれてしまったのだった。その知らせは、戦争の終る半年ほど前に彼女のもとへ届けられた。自分が後家になったことを告げる一枚の紙切れが送られて来ただけで、夫の形見と呼ぶべきものは何ひとつ返されることがなかった。彼女が自分の母から聞かされていた話によれば、戦争で死んだ者は切り取られた髪の一束となって妻のもとへ帰って来るはずなのであったが、夫の場合は一本の髪の毛すらも戻って来なかったから、何だかあっけないような気がした。後家になることは簡単なことなのだと、彼女は思った。まだ若かったせいか、涙さえこぼれてこなかった。髪の毛の一本だけでも自分のもとへ帰って来たのならば、自分はその形見を前にして心ゆくまで泣くことが出来るだろうにと、彼女は恨んだ。

こうして一滴の涙もこぼさなかったために、（実にそのために）彼女の内なる夫はなかなか死ぬことがなかった。

実際、夫が死んだという確証が、彼女には何もないのだった。夫は海に呑まれて魚の餌になったのではなく、板切れにつかまって黒い海をさまよい、何処かの小さな島に流れ着いているのかも知れなかった。それはきっと、見たこともないような深い密林に覆われた南洋の島であるのにちがいなかった。しかしその希望の島がいったいどの辺に在るものなのか、南は静岡くらいまでしか行ったことのない彼女には、まるで見当がつかなかった。それでも、夫の死骸を見たという者が誰もいない以上、夫が生き続けていることは充分にあり得ると、彼女は考えていた。

だから、敗戦から二十年以上もたって、南洋の小島で〈元日本兵〉が発見されたという大ニュースが伝えられたとき、彼女は新聞を摑んでいる両方の手が自然に震えだすのを止めることが出来なかった。〈元日本兵〉は、しばらくして母国に帰還して来た。ＴＶに映し出されたその兵隊の顔を、彼女は喰いいるように見つめた。〈元日本兵〉は、夫に似ているようでもあり、全く似ていないようでもあった。つまり、彼女は自分の夫の顔を完全に忘れていたのだった。しかし、自分が近づいていけば、彼は帰りが遅くなったことを詫びながら、自分を妻としてやさしく迎えてくれるようにも思えた。勿論、〈元日本兵〉は彼女とは全く違う姓を名乗っていたから、彼女はその男を敢て訪ねてみようとはしなかった。そして、それから幾年もしないうちに、〈元日本兵〉が結婚したというニュースを、新聞が夫婦の幸せそうな写真入りで大々的に報じたとき、彼女は人生というものにすっかり絶望してしまったのだった。

いや、彼女が絶望的な気分になったのは、そのときが最初という訳ではない。

敗戦から丁度一年後の夏――つまり彼女がまだ二十代の後家として、夫の死を信ずるべきかどうか迷っていた頃――夫の〈戦友〉だと名乗る男が彼女の守っている家を訪ねて来たことがあった。その男はまだ兵隊の服を着て、何も手土産のないことを幾度も詫びながら、少しおどおどした眼付で彼女の前に坐った。その頃彼女の借りていた家はなかなか立派な座敷を持っていたから、男は何やら正式な客という風情で、彼女の前に坐ったのだった。

――自分は古兵でありました。つまりご主人より二年ばかり早く入営したのであります、と男は若い後家の前で語り始めた。自分たちの輸送船団がL水道を通過しようとしていた夜のことであります。その日の昼間は、敵機の機影ひとつ現れなかったために自分たちは安心していたのでありますが、月が真赤に燃えながら水平線から顔を出したそのとき、突然左舷に二発の雷撃を受けたのであります。夜の海の中に二本の高い水柱が上がり、船は一瞬のうちに傾きました。それから船が沈没するまでの時間は、二分もかからなかったでありましょう。尖った舳先を夜空に突きさすようにして、船は海の中へ吸い込まれて行ったのであります。自分はたまたま甲板におったために海へ飛びこむことが出来たのでありますが、戦友はすべて船室に閉じ込められたまま、輸送船と運命を共にしたのであります！

そう言って、男は首筋の汗を手拭でぬぐった。彼女の出した熱い茶を、男は一気に飲み干した。

彼女は夫の最期の様子こそを聞いておきたかったのだが、夫が船室にいたらしいということ以外、その男の話は余り収穫のないものだった。その運命の夜に、夫がどんなことを話していたか、どんな顔をしていたかという具体的な問題について、男の記憶はひどく頼りないものだった。――しかし、その代りに、男は彼女のことについて詳しく知っていた。男は戦友たる夫から、彼女の写真を見せてもらったことがあると言った。のみならず、夫と彼女とのなれそめさえも、詳しく聞かされたと言っていた。

――だから、さっき玄関であんたをひと目見たとき、すぐに写真の人だと分かったよ！

その男は、急にくだけた口調になって言った。

つまり男は、（まだ輸送船が順調に航海している頃）ささやかな、しかし専制的な権力を有する古兵として、彼女の夫が大切に保管していた妻の写真を取り上げ、彼女の容姿について様々な評定を行なったのみならず、その貴重な写真を返すことの条件として、二人の夫婦としてのなれそめから、二人の生物学的な問題に至るまで、要するに夫が自分で知っている限りの何から何までを、詳細に聞き出していたのだった。――兵隊によって語られるそのようなロマーンは、長く退屈な航海の中で、下士官や古兵たちのほとんど唯一の娯楽だった。就中その男は、兵隊を扱うことに関してはきわめて優秀な古兵であったから、彼女の夫を日常的に威嚇することによって、彼女が閨房の中でどのような恰好をしたことがあるかの細密画まで、実に丹念に描き得るほどになっていたのだった。

おどおどとしていた男の眼付が、妙な光を蓄えてくるのを彼女は感じた。――風は真昼の中で止まり、座敷の簾は動こうともしなかった。油蟬が啼いていた……。

そして、彼女が茶を入れかえるためにふっと男の方へ手を伸ばした瞬間、男は彼女の手首を摑み、まるで柔道の固《かた》め技《わざ》か何かのように彼女の上にのしかかった。男は片方の手で彼女の口を押さえながら、もう一方の手を器用に使って、彼女の下穿を脱がそうとしたのだった。

……この直接的な求愛を、結局彼女は退けた。汗だらけになって両手と両足をばたばたさせているうちに、何故か男は、敗戦のときと同じように、急に戦意を喪ってしまったのだった――。

しかし、いまから考えるならば、彼女がその男を拒まねばならない理由はほとんど見出せなかった。男は頼りがいがありそうに見えたし、悪くない商売を始める準備をしていると語っていた。長い人生を女ひとりで生きて行くことを思えば、それは玉の輿というほどではないにしても、それほど悪い縁談ではなかったはずだった。少なくとも下穿に手を掛けられているとき、彼女は夫のことなどまるで思い出しもしなかった。もしも、あと三十秒早く彼女の抵抗が終るか、あと三十秒長く男の戦意が持続していたら、婚約はたちまちのうちに調っていたのにちがいなかった……。

こうして、僅か三十秒という誤差によって戦後における唯一度の愛のチャンスを逃した女は、艱難に充ちた人生を歩まなければならなかった。

彼女はさまざまな職業に就いた。彼女の履歴書は絢爛たるものであった。二十五歳・工場の事務員、二十七歳・資格のない電話交換手、二十九歳・デパートの売子、三十二歳・結婚式場の配膳係、四十歳・家政婦、四十五歳・深夜工場の食堂の賄婦、そして十年ほど前から現在の仕事――養老院の作業婦を続けているのだった。

――それは彼女の棲む郊外のアパートから、バスで四十分ほど行った丘の上に在る、古い養老院だった。その洋風の建物の中には、丁度二百人の老人たちが暮らしていた。彼女はその大きな建物の中で、二百人の老人たちの二百個の便器の始末、一日に三度の食事の運搬、迷路のような古い廊下の清掃、食事のときに老人たちがつけるヨダレカケの洗濯、そして死体となった者のための最後の化粧などを受け持っていた。丘の上の灰色の建物の中で、彼女は既に十年間も、死を待っている二百人の者たちと暮らしを共にしてきた。いや、「死を待っている」という表現は老人たちにはふさわしくない。たとえば水平線に現れてくる帆船のマストのように、死というものは段々と近づいて来るものではない。それは急に、ほとんど何の前触れもなく、老人たちを訪れて来た。夜中に降った微かな雪や、春を予感させる小さな風の動き、夜明けの朝顔の開花する気配や、丘の向こうの川辺を掠める夕立の匂いさえも、老人たちの生を終らせるのに充分な威力を有っているのだった。――しかし、毎週のように死者が出ても、老人たちは次から次へと補充されたから、二百人という人数は全く変化することがなかった。それは不動の員数だった。本当は、彼女がそこに勤めるようになってからどれほどの老人が死んでいったか数えることも出来ないくらいだったが、生きている者たちの総量が変化しなかったために、彼女には段々と〈時間〉というものが感じられなくなっていったのだった。

このような死に近い丘の上で働いたせいであろうか、いつの間にか、彼女は自分自身が死者となることを怖れなくなっていた。自分が老人たちと近い年齢になっていっても、彼女は一向に死を怖れることがなかった。怖るべきは死ではなく、〈時間〉というものを失なっていつ果てるともなく続いている自分の生だった。一日の仕事を終り、養老院の丘を降り、自分のアパートへと帰って行くバスの中の黄昏、彼女はいつも窓の外の河原の風景を眺めながら、まるで自分が永遠に死者となることから拒まれた者であるような、暗然たる気分に襲われるのだった。

――そんなとき、彼女はいつも、輸送船と一緒に夜の海に呑まれてしまったという夫のことを想った。そのようなとき、夫は必ず結婚したての姿のままで彼女の前に現れて来た。それは現在の彼女とはずいぶん不釣合な恰好だったが、彼女はそのことを余り気にはとめなかった。その若き日の夫に向かって、彼女は喋り続けた。一日の休みもなく喋り続けた。つまり彼女は、道場の神様などによっては絶対に埋められることのない痩せた腋の下のような空隙を、夫と一日中喋り続けることによって埋めようとしているのだった。そして年に一度、夫の死んだ霊魂と出逢うために、若き日の小豆色の御召を纏い、腹合の帯を締め、汗をびっしょりかきながら地下鉄に揺られて、道場よりも百倍も尊い場所――夥しい死者たちの霊魂の棲む場所へと出向いて行くのだった。

(そうでしょう。……ええ、ええ……そうですよ)

地下鉄は相変らず蒸暑かった。長いこと喋り続けたことに自足して、彼女はようやく口を閉じた。そしてハンドバッグから娘時代の桜色の手巾を取り出し、汗を吸いとるように乱れた半襟の中へはさみ込んだ。

そのとき、窓の向こう側が急に明るくなって、ガラスに映っていた彼女の姿を消し去った。地下鉄がT駅に着いたのだった。ドアが開き、数少ない乗客が乗りこみ、またドアが閉じる……。

地下鉄はもはや地下から出ることがなかった。


T駅を過ぎて、車内は再び昏くなった。目がひとたび駅の明るさに触れたためか、天井の蛍光灯は前よりも少し光を失ない、弱々しいものになったようにも感じられた。

扇風機が、相変らず乗客の少ない車内に、地下の熱い空気を送り続けている。その腐った人工の風をズボンの膝のあたりに受けながら、座席には一人の男が腰を掛けている。先程の女の居る場所から、そこは三つほど後方の車輛である。

T駅で乗った二人の若い娘が、薄暗く揺れている通路を歩いてきて、男の前の座席に腰を掛けた。だが、亜熱帯の花をシャツの胸のあたりにちりばめた娘たちは、ものの十秒もしないうちに、妙な顔をして目配せをすると、少し離れた後部の座席へ行ってしまった。というのも男――彼女たちの前に座っていた一人の男が、何ともいえぬ陰気な目付で彼女たちを見据えたのみならず、誰かの声に応えるかのように、ひとりでしきりに頷いていたからだった。まるで誰かがその男の前に立っていて、耳に聴くことの出来ない声で男に向かって何かを語り続けているかのように……。

男はひどく年を取ってみえた。少なくとも、この地の底を走っている電車の乗客の誰よりも、年を取ってみえた。実際、彼は八十歳を越えようとしていたのだが、しっかり伸ばされた背筋と、その年配にはめずらしい広い肩幅のために、それでも本当の年齢よりは少しだけ若く見えた。

彼の着ているのは枯葉色の背広だった。それは真珠湾攻撃の始まる前に仕立てられた、英国地を使ったなかなか上等のダブルだったが、それはけして夏物という訳ではなく、むしろその色の季節にこそふさわしい代物だったから、もしも誰かが彼の横に座ったとしたら、隣にいるだけで充分に暑苦しい気分になったのにちがいなかった。しかし、彼本人には季節というものは存在しなかった。正確に言うならば、彼の目と耳と口と皮膚に附着している一個の季節だけしか存在しなかった。つまり彼は、いま八月十五日の炎天の下に立って、幾度も頷きながら、彼の部下である下士官の報告を受けているところなのであった。

(そうか、うむ。よし、……そうか……)

めくるめく太陽が、天空の頂点に停止していた。南の海の方からは、純白に輝く巨大な積乱雲が最後の夏空の中へ湧き上がっていた。垂直に落ちてくる強い日射が、彼の帽子の庇を掠めて、地面をぢりぢりと灼きつけていた。広場には幾本かの椰子の樹が植わり、葉のつくる影が点々とした不吉なしみのように広場の土の上に連なっていた。その小さな避難所にはいろうともせず、まばゆい世界の中点に立ち尽したまま、彼は下士官の報告を受けているのだった。

天皇の放送が、先程終ったばかりだった。

勿論、それは天皇がすべての臣民に向かって戦争を止めたことを告知するための放送だったが、灼熱の広場に直立した者たちは、士官から兵隊に至るまで、誰ひとりとして放送の真の内容を理解することが出来なかった。部隊の所有するラジオは——部隊の他のすべての機械と同じように——本来の機能など疾うに忘れてしまっているやくざな代物だったから、妙にゆったりとした午睡の夢のような声の断片が、スピーカーの中の激しいスコールの向こう側で、幽かに揺れているだけだったのだった。——いよいよ決戦が近づいた、と誰かが言った。敵機動艦隊と上陸用船団が接近しているのであろう、と隊長が解説を加えた。そして、士官の一人たる彼自身はといえば、いよいよさし迫った決戦に備えるために、壕の点検と、一台しかない高射機関銃の整備と、最高級の暗号書の焼却と、攻撃もしくは自決のための手榴弾の員数確認とを部下に命じ、いま下士官からその報告を受けているところなのであった。

(そうか、うむ。よし、分かった……)

戦争が終ったということが彼の部隊に明らかとなったのは、それから二時間ほどのち、巨大な積乱雲が天の半ばを覆い、急に訪れた不吉な日蝕のようにあたりが昏くざわめいたときのことだった。敗戦を伝える簡単な電文が、日本軍の存在している地球上のすべての地域にばら撒かれていた。それは電文の洪水ともいうべきものだった。電文は余りにも繰り返し流されたから、まるでここ数年間の日本軍の夥しい敗北をいっぺんに伝達しようとしているかの如き印象を与えた。

隊長室に士官たちが集められた。改めてそこで、士官たちは隊長から玉音の意味を教えられたのだが、急にざわめき立つ部屋の中で、彼ひとりだけは異様な沈黙を守り続けていた。周囲の世界が急に遠ざかり、音のない深い穴ぼこに彼は呑みこまれていった。このとき彼の顔を見た者がいたとしたら、それは物置の奥で間違って保存されていた古い死面《マスク》のような印象を与えたかも知れない。——つまり彼は、とりわけ責任感の強い軍人であったために、国家の敗北と共に自決しようと決断するその一歩手前のところで、危うく時間を停止させてしまったのだった。そして先程までのめくるめく時間——決戦を目前にし、聖なる死を目前にしていた濃密な正午の時間が、彼のいっさいの感覚の内部に附着してしまったのだった。

川の水が突然止まってしまったように、このときから、彼にとってはいっさいの時間の流れが存在しなくなった。彼はただひとり終戦を告げられることなく、灼熱の広場に取り残されたままだった。八月の垂直の日射……積乱雲のなまなましい純白……海からの微風……汗……下士官の報告……。

だから——敗戦の日から半年ほどして、彼が多くの仲間と一緒に復員船に積み込まれ、ようやく東京に帰還して来てからも、祖国における彼の生活は順調という訳にはいかなかった。

妻は運良く焼け残された山の手の家で彼を迎えたが、妻も、そして既に六歳になっていた息子も、祖国の敗北を背負って帰還してきた男の、二つの瞳に宿っている鈍い光を感じ取って、一様に表情を堅くした。男はたしかに妻の方を見ていたが、その瞳に妻の姿は映ることなく、目に見えない誰かに向かって、しきりに頷きつづけているだけなのだった。……

こうして、彼が家に戻った最初の瞬間を除けば、妻は夫の前では笑顔をつくることが出来なくなった。二人の視線は永久に出逢うことがなくなった。それは実に荒寥とした風景であった。そして息子もまた、突然家の中に現れてきた見知らぬ男になつくことはなかった。

従って、それから四年ほどして妻が隣家の若い男と「不貞事件」を起こしたのは、いわば自然の法則ともいうべきことであった。少なくとも道徳的責任は彼女の側には存在しなかった。夫が帰ってからの四年間という凍りつくような時間を忍耐しただけでも、彼女の情状は充分すぎるくらいだった。そして彼女は、自分の新しい保護者となった若い男を通じて、絶対に夫と別れたいと伝達してきたのだった。

このあからさまな通告は、彼にとって破滅的ともいうべきものであった。なぜならば、彼は妻という便利な道具がなければ米ひとつ研《と》ぐことのできない男であったのみならず、復員してからの四年間という歳月を、自分からは勤めに出ようともせず、ただ妻の実家の仕送りだけを頼りに生活してきたからだった。

愛妻のこの暴力的な通告に対して、彼は三日間ほど思案した末、一つの条件を提示することにした。つまり、離婚するに当っては、父である自分が息子を引きとるという絶対の条件を示したのだった。——彼の考えによれば、母親たる者はわが子を手離すことなど出来ようはずがないのであるから、この条件を突きつけたならば、妻は否応なく家に戻り、従前通り彼の食事を作らざるを得ないのであった。この戦略を、彼はなかなか高級なものだと自分自身で満足した。だが——幾日もしないうちに若い情夫の持ってきた返事は、いささか彼の予想に反していた。妻は何の註釈もなく、彼の示した困難きわまりない条件をすべて受け入れると回答してきたのだった。——

　こうして、彼にとっての真に惨憺たる時代が開始された。まず何よりも、これまで妻の実家に頼ってきた生活費の問題を何とかしなければならなかった。これまでの半生の経験からして、彼は命令することはできても命令されることはできなかったから、会社勤めなどは到底不可能なのにちがいなかった。その頃、戦友たちはそれぞれ勤めについたり、自分で会社を興したりして、既に順調な生活を開始していたから、それらのつてを頼っていけば、彼が仕事をみつけるのはそれほど困難という訳ではなかった。だが彼の本質となった高貴な軍人精神は、かつての戦場の関係を戦後の世俗的な問題のために利用することを潔しとしなかったのだった。軍ハ畏クモ大元帥陛下ヲ頭首ト仰ギ奉ル。渥キ聖慮ヲ体シ忠誠ノ至情ニ和シ挙軍一心一体ノ実ヲ致サザルベカラズ……

　そこで、彼は自分の家で出来る商売を探した。まず最初に、これまで夫婦の寒々とした寝室であった二階の六畳間を下宿にすることを考案した。妻が出て行ってしまったのだから、これは大いに無駄のないことだった。そしてさらに、立派な床の間をもっている十畳の座敷を使って、近所の子供たちのための書道塾を開くことを考えついた。——この二つはなかなかの名案であった。学生の下宿人はすぐに見つかったし、それから書道塾の方も、彼の考えていた三倍もの子供たちが集まって来たのだった。久しぶりに、彼の古い家は賑やかさを取り戻した。……

　こうして平和な十年が過ぎていった。彼は十歳年を取り、息子は昔なら徴兵検査を受けられる年齢に達した。

　しかし、順調な時代というものは長続きするものではない。妻が家を出て行ってから丁度十回目の秋——その秋は彼の大嫌いな社会党の委員長が、忠勇義烈な青年によって成敗されたために彼は大いに陽気であったのだが——その秋、まるで予告なく訪れた台風のように、既に働き始めていた息子が家の中に見知らぬ女を連れ込んできたのだった。女は挨拶もそこそこに、散らかっている家の中の掃除を始め、彼の干しておいた洗濯物を取り込み、日が暮れるとかいがいしく夕飯の仕度に取りかかった。その晩、女は泊っていった。その次の晩も、その次の次の晩も、女は帰ることがなかった。つまり、息子は結婚したのだった。——朝早くから洗濯をしながら、甲高い声で島倉千代子の歌をうたっている見知らぬ女のために、彼は書道塾に使っていた十畳間の座敷を占領された。そしていつの間にか、これまで下宿人を置いていた二階の六畳間に、今度は彼自身が押し込まれてしまったのだった——。

　息子が早すぎるくらいの結婚生活を開始した背景には、彼にも心あたりがない訳ではなかった。というのは、十年前に妻と別れて以来、彼はそれまで一度もはいったことのない台所に立って、自分と息子の食事を作り続けてきたのだが、彼の作るものといえば、茹で玉子と、ホウレンソウの御浸《おひたし》と、豆腐の味噌汁に限られていたからだった。だから息子は、母なき子としての十年という歳月の中で、厳父の作る茹で玉子を三千個食べ、顔が緑色になるほどのホウレンソウを頬ばり、木綿豆腐のはいった味噌汁を一万杯以上飲んだ結果、そのままにしておけばこれから千年間も続きそうな単調な献立に飽きあきして、自分のために珍らしいものを作ってくれる女をもとめたのにちがいなかった。

実際、惨憺たる食生活を送ってきた父子のために、嫁は様々な料理を食卓に乗せた。ようやく厨房から解放された彼は――そのころ既に五十代の半ばに達していた訳だが――これまでの長い人生において一度も口にしたことのないようなものを玩味した。コンビーフに衣をつけて揚げたものだとか、滋養のために油を浮かべた味噌汁だとか、胡瓜を炒めてマヨネーズをかけたものだとか、砂糖を入れられた大根おろしだとか、バターの臭いのする豆腐のステーキだとか……。

次から次へと現れてくるそれら新式のメニューは、言うまでもないことだが、おおむね彼の口には合わなかった。のみならず、彼は息子夫婦の食卓から隔離されてもいた。夫婦は一階の茶の間で食事をした。そして嫁は、舅が一日中坐っている二階の薄暗い六畳間に、一日に三度、アルマイトの四角い盆に乗せられた食事を運んで来るのだった。

かくの如く一軒の家に二つの食卓が在ることを、彼はとりたてて非難しようとは思わなかった。それは若い二人が新婚生活というものを楽しむために講じられた、止むを得ぬ便法であろうと考えていた。実際、二階の汚れた部屋で一人きりの食事をしていると、階下からは和やかに食卓を囲んでいるらしい若い夫婦の話し声が聴こえ、笑い声が聴こえ、やがて嬌声となり、彼が茶を飲みたいと思っている時分には、何やらただならぬ押し殺した声が、春の家をゆするあからさまな振動と共に二階にまで伝わってくるのだった。

しかし、それから一年たっても、二年たっても、彼の隔離状態は解除されることがなかった。嫁は相変らず料理の乗ったアルマイトの盆を、二階の六畳間まで運び続けた。つまり、息子夫婦は親孝行という言葉の意味を知っていたから、父を精神病院に入れる代りに、階段の上の紙と木で出来た格子の中へと幽閉したのだった。そして――驚くべきことであるが――いつの間にか四半世紀が過ぎたのだった。大嫌いな社会党の委員長が刺殺されてから二十五年という歳月を、彼は高窓の在る部屋にひとり坐り、嫁の運んでくる複雑な食事を咀嚼しつづけたのだった。

こうして二十五回の四季が、古い家の古い部屋の中を過ぎていった。雪が幾度も屋根を覆い、嵐が幾度も雨戸を破損させた。壁は崩れかかっていた。冬の黒い風が、いまや隙間だらけとなった部屋のあちこちで声を立て、カーテンをもたない日本間の空気を凍えさせた。しかし、彼の二つの眼はもはや自然の移ろいを見ることがなかった。いかなる四季の変化も、彼にとっては意味がなかった。彼の眼にはただ炎天――八月十五日のめくるめく炎天と、灼熱の広場だけが広がっていた。

（そうか。うむ……よし、分かった……）

時間というものを失なった薄暗い六畳間に坐り続けて、彼は一日に幾度となくそう呟いた。彼の前には、決戦を前にして次の命令を待っている下士官が直立していた。下士官は一日に幾度となく現れた。その姿は夢というには余りになまなましく、手を伸ばせばたしかに触れることが出来るように感じられた。それが一日に三度、アルマイトの盆を持って訪れてくる嫁の姿であることに、彼はもはや気づかなくなっていた。……

――そのようにして、男は生き続けていた。いや、彼の精神と呼ぶべきものは疾うの昔に死んでしまっていたのかも知れないが、少なくとも医学的には、彼は生き続けていた。そして、毎年八月十五日という記念日がやって来ると、彼は枯葉色の背広を着、いちばん立派な黒い靴を履き、地下鉄に乗って英霊たちの棲む場所へと出向いて行くのだった。

（そうか、うむ。よし、……そうか……）

相変らず地下を走り続けている電車の中で、彼は幽かに唇を動かした。しかし、その唇は車内の熱い空気のために干からびたようになっていたから、いかなる声もそこから聴こえてくることはなかった。それは誰の耳にも届くことがないという点で、死者の唇から吐き出される最後の一息に似ていないこともなかった。

窓の向こう側が明るくなった。I駅だった。K駅までは、あと一つだった。

このようにして、二人の主人公を乗せた地下鉄は走って行った。八月の車内は蒸暑く、蛍光灯は饐えた光を放ち、そして床には微かな消毒液の臭いが残っていた。人気のない座席に腰を掛けている彼ら二人には、まるで自分たちが地下の冥界を走り続け、杳い時間へ向かって進んでいるように感じられた。遥かな時間のその果てに在る死者たちのまほろばへ向かって、彼らは進んでいた。太陽の光の絶えた地下道の中を、幾つもの歳月を突きぬけながら、驚くべき速さで進んでいると、彼らは感じた。だが勿論、実際は――当り前のことであるが――地下鉄が二人を空間的に移動させていたにすぎなかった。

そして地下鉄はK駅に停まった。

幾つかの人影がホームに散った。二人の主人公もまた、その中に混じっていた。彼らは――乗っていた車輛の関係で――女の方が先になりながら改札を出た。地下の汚れた廻廊を通り、エスカレーターに乗り、長い階段を踏んで行くと、階段のはるか上方に、四角く切り取られた八月の空が現れていた。冥い穴の中から脱け出てきた二人の頭上に、急に街路の騒音が降りかかってきた。

十字路を、夥しい自動車が往き来していた。

八月十五日の正午の空は、湿気を含んで気怠く澱んでいた。

二人は――やはり女の方が先になったまま――緩い上り坂になった歩道を踏んでいった。通りの向こう側には、古い石垣に守られた堀が、腐った緑色の水を湛え、その向こうの森の中には、怪鳥の翼のような屋根をもった建物が、頂点を鈍い金色に輝かせていた。そして坂道の前方には、彼ら二人の目差している黒ぐろとした巨大な鳥居が、騒音の中の異様な門のように聳え立っていた。

何故彼らがその鳥居の向こう側の世界へ赴こうとしているのか、それは彼ら自身にとっても充分に明らかであるとはいえなかった。そこはとりたてて自分たちの祖先と関係のある場所ではなく、まして自分の夫やら戦友やらの骨が納められている場所でもなかったから、その問題は彼らには解決困難な部類のものだった。だが二人は、たしかにその場所だけが、死者たちの霊魂の存在している場所であると感じていた。それというのも、天皇のために死んだ者たちは必ずその場所に集まるものであると、彼らが繰り返し教えられていたからだった。実際、もしも天皇が死者たちを祀らなかったならば、そこは首都の中の単に殺風景なだけの広場であるにすぎなかった。そしてもしもそうであったならば、その場所に閉じ込められている二百四十万の死者たちの霊魂は、狭い場所から解き放たれて、彼らが死んだときのそのままの場所で――つまり、深い海の底や、名も知れぬ南方の小島の密林の奥や、大陸の泥水の中や、日本中の街角という街角で、彼らが死んだときのそのままの姿で、永遠にこの国を呪い続けているのにちがいなかった……彼らが死んだときのそのままの場所で――つまり、深い海の底や、名も知れぬ南方の小島の密林の奥や、大陸の泥水の中や、日本中の街角という街角で、彼らが死んだときのそのままの姿で、永遠に……

汗がひどいので、女は桜色の手巾で首筋を拭った。そして、最後の信号を渡るところで、男と女は並んだ。勿論、二人は見ず知らずだったから、互いに注意を払うこともなかった。だが、もしもそのとき、彼らの後姿を見た者がいたとしたら、それは一対の老夫婦――〈昭和〉という時代の中で完璧に疲れ果てた一対の老夫婦のように見えたのにちがいなかった。

神社のアプローチの上り坂を、小豆色の着物を纏った老婆と、枯葉色の背広を着た老人は、ゆっくりと並んで昇って行った。

黒ぐろとした巨大な鳥居が、まるで夥しい死者たちのための陰鬱な凱旋門のように、いまや彼らの頭上に被さろうとしていた。

鳥居の向こうの、遥か遠方には、一個の黒い銅像が、汚れた夏空に漂うように浮かび上がっていた。それは勿論、この神社の創建人ともいうべき大村益次郎の銅像であるのにちがいなかったが、それは本当に天から降りて来たもののように——二百四十四万の死者たちの祭王の如くに、首都の白じろとした空に浮かび上がって見えたのだった。

何ともいえぬ有難い気分が、二人の胸を同時に満たした。汚れた街の騒音が、背中の方へと急に消え去っていった。

神社の奥の方で万歳の声が轟いていた。それは黒い制服を着て集まっている若者たちの集団の挙げる声であるのかも知れなかったし、この場所に閉じ込められた二百四十四万の死者たちの動《どよ》めきであるのかも知れなかった。……女と男を出迎えるように、もう一度万歳の声が響いた。二人は僅かに歩みを速めたが、最早その姿は生きている者の眼には見えなかった。木々の裏側で、蝉が腐った声で啼いていた。

〈昭和〉という年号の畢《おわ》る、最後の年の夏のことであった。

II　評論・エッセイほか

「パルチザン伝説」の海難

南島に棲みついて、半年が過ぎました。慣れない土地で労働を喰って生きる日々は、決して楽なものとは言えません。この半年の間、私は体重五キログラムと、中指の肉を一〇グラムほど失ないました。しかしそれでも、初めての土地の季節の移ろいには心ひかれるものがあります。初夏のような空に、今日も南風（ハエ）が吹いています。

さて、昨年の秋、「パルチザン伝説」が右翼団体の攻撃によって単行本化を中止されて以来、決して愉快ではない状況の中で、私はさまざまな検討を重ねてきました。つまり私は、何とかして私の最初の作品を生かしたいと、具体的に考え続けてきたのです。

ところが――藪から棒とはこのことでしょうか、私の作品が東京で出版されたというではありませんか。作者のあずかり知らぬ所で、このようなことが起こり得るとは、なるほどこの国は〝出版の自由〟が保障されていると、そんな風流を言っている訳にも行かないようです。

『天皇アンソロジー』と銘打たれたその本を手にしてみて、私がいちばん初めに感じたことは、私の作品がひどく傷つけられてしまったということです。

私の作品と共に収められているのは、「コペンハーゲン天尿粗仕末」という、朗らかなバブーフたちの座談会のようなものであったり、立川の天皇公園にかんする生真面目な政治的レポートであったりという具合で、それらはそれぞれに意味のあるものなのでしょうが、私の作品と並べるには余りにも性格の異なったものであることも、また事実のようです。

そして、それらの政治的諸文書といっしょに収められ、しかも〝最後のタブー＝天皇に挑戦!!〟という宣伝文句を付けられた結果、私の作品は素材だけを取り出された形となり、いちばん大切なものを奪われてしまったように見受けられます。これは作者として、やはり認められないことなのです。

というのは、私の作品が「文藝」に発表されて以来、その文学性を否定し、単なる〈不敬譚〉へと貶めようとする宣伝が続けられて来たからです。例の著名な出版社の週刊誌記事などは、その最たるものです。そして、そのような宣伝と連動して、右翼団体による攻撃があったことは、既にご承知の通りでしょう。「天皇暗殺」を扱った小説の「発表」、という週刊誌の宣伝と、最後のタブー＝天皇に挑戦!!、という今回の宣伝とは、その政治的意図は正反対のものであったとしても、同じ水準に立っていると言うことは出来ないでしょうか。

残念ながら、「パルチザン伝説」は単なる〈不敬譚〉として読まれるならば、その衝撃力はさほどのものではありません。大いに読者の期待を裏切ってしまうことでしょう。したがって、今回のような出版の形式は、「パルチザン伝説」の勝利ではなく、その敗北の一形態であると、私には考えられるのです。

賊には賊の論理があるとは申せ、作者との意志一致もないまま出版を行なったのみならず、文学性に損傷を与えるようなやり方で作品を扱い、おまけに「無断転載」の但書さえ付けないというのは、いささか賊の道義に反することであるのにちがいありません。

なるほど発行者は、「政治的に圧殺されたものである以上、いかなる形であれ出版することに意義がある」と言うかも知れません。しかし私には、現在東京の書店に並べられているという私の作品が、私の中指から切り取られた一〇グラムほどの肉片に似ているように思えてならないのです。

さてしかし――私の作品が単なる〈不敬譚〉であるのか、或いは真の文学的破壊力を有したものであるのかは、読者の判断を待つべきものなのでありましょう。もしかすると、私の今後の作品によって、ことの決議は明らかにされて行くのかも知れません。

福田善之さんの『白樺の林に友が消えた』の中の科白を借りれば、「ま、いいや、つづきを書けば、おれは」ということになりましょうか。

――いささか複雑な気分を整理するために、次の日曜日には、釣に行こうかと思っています。戸村一作さんの作った彫刻に、〈吠える魚〉というのがありましたが、そんな形をした魚が南の海の底には眠っているのです。凪の音だけが聴こえる突堤に立てば、夏を予感させる水平線に、古代の難破船が見えるかも知れません。（一九八四年三月二六日、記）

死者と共に提出した〈戦後の総括〉――『白樺の林に友が消えた』

『白樺の林に友が消えた』――福田演劇にめぐりあえたのは幸運だった。「めぐりあえた」というのは、この新作が福田善之さんの長い長い沈黙の後に現れてきたものだからであり、「幸運だった」というのは、私がたまたま上京した日が楽日の前日だったからだった。

一九七二年のように小雪の舞っている代々木八幡、青年座の地下のスタジオは暗く狭く、私は芝居のあいだじゅう、隣に座っている中年男と足をぶつけあうという、いわば〈靴先の戦争〉を貫徹しなければならなかった。

さて――舞台は千田演出の『桜の園』を想い出させるような白い霧につつまれて始まる。

白樺の林の中の山荘、そこには、或る人格主義者の未亡人〈レディ〉がひとり棲まっている。彼女の息子は三〇年前に謎の死を遂げたのだが、いま、三〇年という時間を経て、息子の同世代の者たちがひとりひとり山荘に集まって来る。かつてはパルタイのリーダーであり、いまは保守政治屋の側近となっている〈級長〉がいる。パルタイの第二列として苦闘した〈医者〉がいる。パルタイの時代から新左翼の時代へ飛翔し、その後もアルコールの中で夢を見つづけている〈のん兵衛〉がいる。誰ぞの妾のようなものになっているらしい〈彼女〉がいる。それに、二〇年前に終ってしまった〈劇作家〉。彼の連れている何やら騒々しい〈若い女優〉。いや、もう一人いた。レディの世話をしながら山荘に棲まっている一寸薄ぎたない感じの〈若い男〉

――

レディの息子は、三〇年前に何故死んだのか？

その謎解きの中心に座るのは〈彼女〉だ。彼女と彼らとは、どうもヤヤコシイ関係にあったのであるらしい。〈彼女〉はレディの息子と恋仲ではあったのだが、三〇年前に彼女が山荘で身をまかせたのは、どうも〈級長〉であったようだ。しかも〈級長〉は、自分のものとなった彼女の肉体を、パルタイの地区委員長に貢納したりする。そして〈のん兵衛〉はといえば、地区委員長の部屋から帰って来る彼女を、電信柱の陰で四時間も待っていたり、それに〈医者〉も……どうも、ヤヤコシイ。

山ほどもある息子の死の理由を、作者は特定していない。

作者はただ、死んだ者と生きている者を共に語らせることによって、〈あの時代〉と〈この時代〉を舞台の上に浮き上がらせるのだ。パルタイの火焔瓶が飛んでいた一九五〇年代とまるでＳＦの中の時代であるような一九八〇年代――。勿論その間には、過去と現在とを厳然として峻別する一九六〇年代末期のバリケードが聳え立っている。そして、その三〇年という時間を射程に入れることによって、作者は『長き墓標の列』の続篇ともいうべきこの作品において、自身にとっての〈戦後の総括〉を、舞台に乗せることに成功したようだ。

しかし、と言うべきか――それ故に、と言うべきか――芝居は息子の死をめぐる物語だけにはとどまらなかった。もしもそれが白い過去への追憶にとどまっていたならば、作者は〈この時代のチェーホフ〉たり得たかも知れなかった。だが、いっさいのチェーホフ的なものを粉砕するかのように、突如としてブロークンな関西弁が登場する。一〇〇％の冤罪によって警察からの逃亡を続けているあの元大学助手が登場する。〈レディ〉の世話をしていた若い男がそれだ。彼は〝人民の冷汗の海〟を泳いで、白樺の林の中の山荘に――三〇年前にひとりの息子が死んだ山荘に――たどり着いていたのだ。そして最後は、訪れた嵐のなか、〈劇作家〉を先導者とする一団が、白樺につつまれた山荘から外の世界へと脱出して行く……。

かつて『オッペケペ』の中で、渡辺美佐子演ずるお芳さんは、「二つの瞳を本当にきらめかせながら「みんな……ちがってきちゃっているじゃない……おかしいんじゃない」と言った。そしてそのお芳さんの言葉から、作者はただの一歩も誤つことなく、困難な時間を死者と共に歩み続け、いま戦後過程の全総括を提出したといえよう。

――しかしそれにしても、この芝居に劇場が与えられず、地下のスタジオしか確保されないというのは、いったい何という国、何という時代なのだろうか。だがそのことを最も良く知っていたのは、作者そのひとであったかも知れない。芝居のなかで、実に愛嬌のあるヒゲをはやした〈劇作家〉は、「ま、いいや、つづきを書けば、おれは」としたたかに言っていたではなかったか――。

そうそう、幕が下りる前、白樺の林には〈のん兵衛〉の首吊り死体がぶらさがっていた。彼の遺書を、〈彼女〉が悲しいほど良く通る声で読みあげた。――「革命は、その後にベターな社会が約束されているから、やるのではない。革命はそれ自体がいいものだから、素晴しいものだから、やるんだ」

そのとき私の耳には、一九六〇年代初頭の、あの真田隊のマーチが、消えることなく鳴り響いていた。

わッわッわッ　ずんぱぱッ

やりてえことを　やりてえな
わッ
てンで　カッコよく　死にてえな　ぱッ
んぱ　んぱ　んぱ　ずんぱぱッ

幕が下り、客席が明るくなった。観客の中で、私は下手をすると最年少だったかも知れない。私の隣に座り、私と〈靴先戦争〉をやっていた相手は、小松方正さんだった。

消えた喫茶店

喫茶店がない。

絶望的なほど、喫茶店がない。

久しぶりに早稲田の街を歩きながら考えていた。

キャンパスのほとりの、「クレバス」とか「モズ」とか、私になじみのある店は、跡形もなかった。高田馬場の駅の近くの「ラビアンローズ」とか「テラスローリエ」とかも、違うものになってしまっていた。

いや、姿を変えたのは店ばかりではない。店内の雰囲気、集まっている人々の表情も、わずか十余年の間に、余りにも様変わりしてしまった。

思えば私が学生のころ、喫茶店はいわば〈政治と文化の場所〉であった。そこは情報の集積所であり、議論のかまどであり、何ごとかが開始される場所であった。喜安朗氏は、一八四八年のパリの酒場を「民衆の自律的なサロン」であったと言い、「人と人との関係が生み出される四つ辻（カルフール）であった」と書いているが、たしかにそのような趣が、六〇年代末までの東京の喫茶店にはあった。

のみならず、そこには、ある〈静けさ〉さえもがあった。暗い店の隅でロートレアモンを読んでいる者や、ノートに細かな文字を書き連ねている者たち……。つまり喫茶店は、〈ざわめき〉と〈静けさ〉の共棲（きょうせい）した不思議な空間であったようだ。

一九八四年――東京の喫茶店は騒々しさでみちあふれている。しかし、その騒々しさは、時代の〈ざわめき〉とは、全く異なったもののようである。なぜなら、そこはすでに「自律的な生活圏」ではなく、仕事場の単なる延長でしかないように見うけられるからである。時代の〈ざわめき〉が消え去ったあと、街にはただ騒々しさだけが残されたとでも言えるのであろうか。

　しかし〈静けさ〉の方は、奇跡的ともいえる形で、かすかに生き残っている。

　国電K駅にある「ネルケン」という名の喫茶店は、そのような静けさの残された場所だ。暗い店内には、いつも古めかしいLPが回り、品の良い奥さんがコーヒーをいれてくれる。私は自分の最初の小説の中に、この店の名前を使わせてもらった。

　それから、国電O駅近くの「ミニヨン」。ここにはモーツァルト好きのおばあさんと、アルバイトで来ている美しい女優さんがいる。日本フィルのメンバーが、ときどき四重奏のコンサートを開いたりもする。

　もう一軒、「アランフェス」という名のギター音楽を聴かせる店があった。だがこちらの方は、八〇年代の初めころに、〝ノーパン喫茶〟へと衣がえし、またたく間につぶれ、別の純喫茶にかわったが、それもつぶれてしまった。私はそこを通りかかるたびに、かつてヴィラ・ロボスの旋律の流れていた二階の窓を見上げるのであるが、もう何年も、その窓は開かれたことがない。

声明

　六月二五日、警視庁は第三書館に対して、わたしの作品にかんする著作権法違反を理由として、強制捜索を行なった。

　第三書館が、作者に無断で作品を刊行したことに対しては、既に「読書新聞」紙上及び著書の「あとがき」において、作者の見解を明らかにし、第三書館に対する抗議を表明したところである。

　しかし、第三書館の独走行為に対して、わたしが官憲の手を借りようなどと考えるはずもなく、当然告訴等も行なっていない。

　したがって、今回の捜索は、作者の告訴等にもとづくものではなく、著作権を口実とした第三書館関係者への弾圧である。作者と第三書館の問題にかんして、官憲を介入させないという作者の立場を、ここに表明するものである。

　　一九八四年六月三〇日

〈雪穴〉の向こうに――森恒夫『銃撃戦と粛清』／植垣康博『兵士たちの連合赤軍』

「連合赤軍事件」から、一二年という歳月が過ぎた。しかしあの日、最後の銃声が消えてから幾日か後の、TVの画面に映し出された〈雪穴〉を、わたしは忘れることができない。そのとき、それを見つめていた多くの者は、雪の山岳地帯において、何ごとか途方もなく暗い行ないがあったことを、直観したのだった。

多くの者は、その暗い行ないが、政治そのものを越えたような未踏の場所における行ないであること、自分たちの保有している政治の言語によっては十分に解ききることのできない問題であることを、直観していた。そうであればこそ、その「事件」を大きな契機として、多くの者の永い沈黙の過程が始まらざるを得なかったのだった。〈雪穴〉の中に埋められたものは、まるで〈言葉〉そのものででもあるかのように……。

つまり、一九七二年の〈雪穴〉は、未来へと向けて継承されるはずだった幾つもの言葉を埋めこむことによって、それまでこの国に存在していた戦後民主主義と新左翼運動の思想的力を、社会から根こそぎにしてしまうほどの決定的な威力を発揮したのだった。そして、そのような沈黙の上に、丸ごと一世代にわたる思考の脱落・精神の退行が全面化した。わずか一二年の間に、ほとんど一世紀もが過ぎたのだった。……

連合赤軍は、飛翔した党派だった。どの組織よりも飛翔した党派だった。だからこそ彼らは、いかなる組織もかつて経験したことのない未知の領野に踏みこみ、そこにあらわれた幾多の巨大な矛盾に直面し、そして結果としては、その圧力に抗しきることができずに、自壊して行かざるを得なかった。つまり彼らは、雪と、警官隊の重包囲下の山岳地帯で、夥しい矛盾をそれぞれの個体へと集中させ、「主体の共産主義化」という方針の下に、個体の内面そのものを一挙的に変革しようとしたために、数多くの兵士を死に至らしめていったのだった。それは「主体の共産主義化」という名前の死の舞踏――死に至る共同の自傷行為ともいうべきものだった。

共同の自傷行為――とわたしは書いたが、それが一方的な「殺人」や「処刑」ではあり得ないことを、当初からわたしたちは直観していた。

もしもそれが、単なる「粛清」であったり、「スパイ・リンチ殺人」であったり、「指導者の狂気」であったなら、事態はどれほど容易だったことだろう。もしもそうであったなら、多くの者は、連合赤軍の行ないを、「政治路線の破産」とか「建党建軍方針の誤り」とか「無原則な新党結成」とか「指導部の未熟」とかによって、簡単に過去のものとすることができたはずだ。

しかし、幾つかの資料から明らかにされたことは、それはやはり共同の行ないであったということだった。死に至った者たちもまた、半ば自らの意志と自らの力によって、死の世界へ向かって歩んで行ったのだった。

多くの者が、彼らの行ないに深い異和を感じつつも、それを〝我がこと〟として受けとめた理由は、おそらくはこの点にある。

というのは、多くの者は「連合赤軍事件」に先立つ全共闘運動の中で、「武器を取ることによって自分自身が変革され得る、それ故、全世界もまた変革され得る」という、熱く且つ爽やかな想いを抱いたのだったが、その想いこそは、山岳地帯において、最後まで自分たちを変革しようとした兵士たちの、死に至る共同の自傷行為と、たしかに通底しているのにちがいなかったからだ。――かつて高橋和巳は、「わが解体」と題された生涯の最後の文章の中で、全共闘運動を評して、「こうした徹底した精神のいとなみは、従来は、表現を通じて文学の中で試みられてきたものである」と言ったが、自らの変革という徹底した精神において、全共闘運動と連合赤軍とは、確実に一本の糸で結ばれていた。もしもそうでなかったとしたら――一九六〇年代の〈叛乱〉と、一九七二年の〈雪穴〉とが、完全に別個の精神に由来しているのであるとしたら――どうしてかくも永く、かくも厖大な沈黙が、現に存在しなければならなかっただろうか。

――そしていま、ようやくと言うべきか、あらためてと言うべきか、当事者による二つの資料が公表された。

一つは、指導者であった故森恒夫氏の「自己批判書」であり、もう一つは、獄中にある植垣康博氏の手記である。

前者は、主に「共産主義化」の問題を中心とした政治理論の記述と、その自己批判であり、後者は、自分の生い立ちから逮捕に至るまでの詳細な記録であって、その性格は異なったものであるが、それらはそれぞれに、一九七二年の問題を、考えさせずにはおかないだろう。

一九八四年――「連合赤軍事件」は、葬送されることを拒否して、依然として多くの者にとって〝我がこと〟である。悪戦は、まだ続くだろう。

勿論、国家が彼らの行ないを「審判」することなど、許されようはずがない。

バリケードの喪失と持続

私は出会ったことはないが道浦母都子という歌人がいる。『無援の抒情』（雁書館）という一冊の歌集を出していて、そこにはおそらく一九七〇年代の十年間に詠まれたのであろう三百首余りの歌が収められている。

岸上大作の影響をとどめつつ、しかし平明な言葉で成りたっているそれらの歌は、〈バリケードの時代〉への哀惜と喪失感に充たされていた。

「あてどなく街さまよいぬデモ指揮の笛の音のごと風の鳴る日は」

このようなことを私が書き出したのは、その一冊の歌集に触れたことが、いまから考えるならば、〃書くこと〃を開始したきっかけであったからにほかならない。そのナイーヴな歌の響きに触れたとき、私はこのようにならば「書くことが許されるかも知れない」と感じたようである。

道浦氏と私とは、同年代にちがいない。同年代とは、バリケードの年代であるという意味である。歴史の中には、そこに生きる者をして〈真の世界〉とも呼ぶべきものを垣間見させる時間があるのだが、道浦氏も私も、一九六〇年代のバリケードの中に、そのような世界の姿を垣間見た同時代人であるといえよう。

しかし、〈真の世界〉を見た者にとっては、〃書く〃ということは決して容易ではない。というのは、一九七〇年代の初頭には、すべてのバリケードがうち壊され異和に充ちた時代が始まっていたのだから、そのような厖大（ぼうだい）な喪失感の中で、世界と自己とを対象化するためには、既成の文学の秩序は役に立たないからである。「全共闘体験」なるものを一個の風俗として小説の中に流しこむのならばともかく、バリケードの喪失と持続とをトータルに表出しようとすれば、市民的な表現様式はことごとく廃するしかないのである。

私が最初の作品を「伝説」と名づけたのは、おそらくはこの辺の理由によっている。案の定、「寓話」とか「奇譚」とかの評価が下された。作品の中にやたらと〈異形の者たち〉が登場することが、そのような評価を導いたのであろう。しかし私からみるならば、バリケード以降のこの国の歴史の中では、死んだ者や傷ついた者や、獄の中に在る者こそが最も現実的な存在なのであり、一九八〇年代という この国の現在を地の底の方から照らし出している光源にほかならないのである。「奇譚」は非歴史的なものであるが、「伝説」は明確な歴史意識の所産ともいえよう。

ここで思い出されるのは、いささか唐突なようだが、イエス・グループの存在を記した四つの伝説である。それらは決まって、処女が孕《はら》むことに始まり、処刑された死者がよみがえることに終わるのだから、奇想天外といえば、これほど奇想天外な話はないであろう。しかし私はそれらが「奇譚」であるとは考えない。私は信仰とは縁なき衆生であるが、イエス・グループを取りまく貧しき群れの中に一度〈真の世界〉を垣間見た者が、やがて処女を孕ませ死者を復活させずにはおかないその想像力の道すじだけは信ずることができるからである。

虹の力にみちびかれながら

一九七二年の春は、暗い春であった。

その頃わたしは、首都から遠く離れた、陽光だけはまぶしい、人口五千人ほどの小さな海辺の町に働きながら、暗澹たる春の日々を送っていた。

自分の体の中に、暗い巣のようなものが作られていた。勿論、生身の人間であるのだから、穴ぼこの中に閉じこもっているという訳でもなく、三つほどの労働組合が集まって、その町はじまって以来の「春闘共闘会議」を作ってみたり、バス会社のストライキの支援に出かけたりという具合に、表面上はいかにも労働者らしく生きていたのであるが、それらのことによっては取り払われることのない何かが、たしかに体の中に巣くっていた。

なんでこんな
暗いねんやろ
暗い、暗い、暗い。

どこかで読んだそんな詩(?)が、ほどよく身に纏わりついている。そんな日々であった。海辺の陽光はたしかに肌に感じられるのだが、春の中で青さをました海も、そして入江の土手に咲いていた桜も、黒々とした陰画のような印象でしか記憶に残っていない。たしかに黒かった。黒い海に、黒い微細な花びらが舞い散っていた――。

この暗い日めくりの一枚前には、雪の山岳地帯で写された一枚の画像がある。

一九七二年二月、連合赤軍――彼らが雪の山岳ベースの中で死に至らしめた者たちの死骸が発掘されたとき――そのときの暗澹たる衝激は、それから十余年を経た現在においても、十分に伝え得る言葉を見出すことがきわめて困難なほどである。

彼らの銃声が最初に響きわたったのは、二月十九日夕刻のことであった。それ以降十日間にわたる雪の中の攻囲戦、首都を覆い尽した異様な厳戒状態――しかし、五人の兵士たちの闘いが終ったとき、多くの者にとって救いであったのは、兵士たちと共に山荘の中に在った管理人の妻が、兵士たちによって何ひとつ傷つけられることなく、たしかに兵士たちとの心の交流を保ったまま、TVを通じてわたしたちの前に現れたことであった。彼女は、兵士たちのやさしさについて語り、「だいじにされていた」と語った。怖かったかという質問には、「ガス弾が怖かった」と答え、犯人たちが憎いかという質問には、ただ静かな無言を貫いたのだった。彼女が兵士たちと共に在ったただ一人の〈人民〉であったとするならば、兵士と人民との回路は決して断ち切られてはいなかったのだった。だが――

その直後の兵士たちの全面自供、次から次へと掘りおこされる雪穴、幾つもの黒い死骸……

その凍てた画像を、TVはこれみよがしに一日中流し続けた。そのとき、TVや新聞から目をそむけようとする多くの者たちを支配していた感情は、怒りであったろうか、絶望であったろうか、悲しさであったろうか――わたしには、〈くやしさ〉であったように思えてならない。

雪穴は、春になっても消えることがなかった。一九七二年の春は、こうして、暗い春であった。

いや、連合赤軍だけではなかった。それまで出会ったことのないような不可解な事件が続いていた。

朝霞事件が起こったのは、七一年の秋であったが、七二年にはいるや否や、あろうことか京大の滝田修氏がその事件の黒幕ということで全国指名手配された。

朝霞事件――これほど不可解な事件はなかった。自衛隊朝霞基地に侵入した何者かによって自衛隊員一名が刺殺されたのであるが、そこには「赤衛軍」と書かれた旗とヘルメットが残されていたというのである。

（おかしいんじゃねえのか、これは――）

多くの者がそのように直観した。もしも武器の奪取や自衛隊員殺害が目的であるなら、旗を持ったり、組織名のはいったヘルメットをかぶって行くなどということがあるはずがない。また、一定のカンパニアであったというなら、夜中に刃物をもって、というのはいかにもおかしい。何かがおかしい……。

異様な事件はさらに続いた。

その頃、首都における爆弾闘争は散発的に続いていたのであるが、まるでそれを〝総括〟しようとするかのように、「法大レーニン研」グループが、土田邸などの爆破容疑によって逮捕されたというのである。わたしは人からの噂によって、彼らがそのような路線とは無縁な存在であることを聞き知っていた。勿論このことは、逮捕した側も十分に承知の上であったのであろう。全く何の関係もない者が、爆取という恐るべき法律で逮捕される……どのような小さなグループであれ、根こそぎに壊滅させられて行く……。恐怖はとどまることなく増幅した。この頃ほど、権力というものが巨大なものに見えたことはなかったであろう。そしてこの頃、首都において、少なくない数の者たちが、爆弾とは全く関係のない者たちの氏名の記された名簿・住所録・手帖などを、ばくぜんとした恐怖感におそわれながら、次から次へと焼いていたはずである。まるで、一九六〇年代末期の高揚した日付の一つ一つを焼いていくように——。

(なんでこんな、暗いねんやろ)

このような年が幾年か続いた。そして——その頃もなおわたしは小さな海辺の町で働らいていたのであるが——突如として三菱重工の爆破が起こったのであった。

それはまさしく突如としてというものであった。

わたしは幾人かの友人とこの事件を話しあったのであるが、それを遂行した組織の輪郭、具体的なイメージを、誰ひとりとして思い描くことができなかった。そして、続いて三井——。

(反日武装戦線って、いったい何なんだ？　意味ないじゃないか、企業なんかばっかやって——)

正直に言って、当時の反応はかくの如くであった。それに〝狼〟とか〝さそり〟とかの名前が、(当時の感覚としては)いかにも〝うさんくさい〟と感じられたのだった。

そのようなわたしが、東アジア反日武装戦線にあらためて注目するのは、兵士たちが一斉逮捕されたのち、七五年の夏の終りころであったと思う。朝日新聞に「虹作戦」というものが存在したというスクープが載った。そしてそれを追いかけるように、事態を明らかにした『救援』が届いた。六月中に虹作戦に関する取り調べを終っていたという司法は、おそらくは、九月の天皇訪欧の時点まで、この途方もないニュースを隠しておきたかったのであろう。いや、隠せるものならば、永久にそれを隠し、その事実そのものを存在しなかったことにしたかったのにちがいない。

この「事件」の存在を知ったときの驚きは、一種異様なものであった。単に絶望したテロリストの行動とは受け取れないものがあった。実際、その頃『救援』によって伝えられた兵士たちの姿——分離公判を拒否して、激烈な獄内闘争をくりひろげている兵士たちの姿は、深い信念と、まごうことない真実を自らの個体に宿している者たちの姿として、多くの者にただならぬ感銘を与えていたのである。わたしは、（うさんくさい）という当初の判断を全否定しなければならなかった。（彼らはもしかすると、バリケードから生まれた者たちの中で、もっとも遠くまで行ったのかも知れない……）

わたしは「虹作戦」というものを、どのように受け取めたらよいのか考え続けた。当時はまだ『反日革命宣言』（鹿砦社）も出版されておらず、わたしは情報の絶えた海辺の町にとどまっていたから、それは文字通り暗中模索というものであった。

「虹作戦」は、それを一個の政治戦術としてみるならば、きわめて理解し難いところがあった。最初に日本帝国主義打倒なり、帝国主義ブルジョア政府打倒なりの政治目標を掲げ、そこへ至る諸闘争の一環として位置づけるには、それは余りにも異質でありすぎた。後に兵士の一人が意見陳述の中で述べているように、「もし虹作戦が成功していたならば、そのあとに吹きあれる右翼のテロと弾圧の嵐、そしてファシズムの到来」ということが予料されないはずはないのであるから、それは一個の戦術としてはきわめて立て難い性格のものであるはずであった。

また、単なる政治宣伝として計画されたと考えるには、それは余りにも本格的でありすぎるように思えた。——およそ政治宣伝というものは——それがいかに衝激的な方法をとろうとも——どこかに啓蒙主義的な色彩が残されているはずである。つまり、未だ目を開いていない民衆、その民衆全体に対する根底における信頼ともいうべきものが不可欠なものとして在らねばならない。この国には生まれることの少ない真実の哲学者の一人である森有正氏は「民衆が真面目に生活しようとしていれば、民衆は起つものである」と述べているが、そのような自国民衆への信頼というものが、存在しているはずである。

ところが「虹作戦」は、全く異なった思考から導き出されているようにわたしには思えた。兵士たちが民衆不信を基礎にしているというのではない、そうではなくて、そのような民衆も何も、すべてを取り払った果てにあらわれる〈己れ自身〉の問題として——最終的には厳しい自己倫理に帰属する問題として——それは存在しているように思えた。

〈己れ自身〉の問題、とわたしは書いたが、全世界を己れ一個の在り方にまでひき絞っていくそのような精神の姿は、言うまでもなくかつての全共闘運動の中で、〈自己否定〉の論理として、深く且つ広い共感性をかちとり得たものであった。多くの者は、そのような〈自己否定〉から〈大学解体〉に至りつき、しかしそこからは、新左翼党派の政治スローガンへと自らの論理を接合させていったのであったが、そのような接合を拒否し、〈己れ自身〉の問題をその極北にまで延長させて行ったとするならば、それは「虹作戦」という一個のめくるめく地平に到達して行くであろうことが、おぼろげながら了解できるのであった。

わたしが後になって読み、あらためて深い揺さぶりを受けることとなる『反日革命宣言』は、自らの精神の出発点を次のように描いている。

「われわれ日本人は、アイヌモシリ、朝鮮、中国に対して侵略を行なってきた帝国主義本国人であり、現在もその生活は被植民地人民の生活を犠牲にして成り立っている。それゆえ、自らを世界革命の主体として形成していくためには、まず何よりも、日帝本国人たるオノレ自身へオトシマエをつけることが問われている」

この文章の異様なまでの高揚感は何であろうか。これはアジテーションではない。強いてアジテーションであるというならば、自らの魂へ向けてのアジテーションである。「政治プログラム」も「自国民衆」も、すべてを無化するような、世界と己れ一個の関係の中に、いっさいの思考と実践をつなぎとめたとき、バリケードの中から産まれた〈自己否定〉の論理は、〈反日〉という頂点へと登りつめたと見ることができよう。

ここで、大逆罪のフレームアップによって収監され、且つ処刑を拒否して自らの手によって縊死した金子ふみ子をもち出すことは、いささか時代が違いすぎているかも知れない。しかし、先に引用した〈反日〉の原点ともいうべき思考と、次の金子ふみ子の思考とは、まごうことのない暗合を果たしているようである。

「……私も同じやうに、別にこれと云ふ理想を持つことが出来なかつた。けれど私には一つ、初代さんと違つた考へがあつた。それは、たとひ私達が社会に理想を持てないとしても、私達自身には私達自身の真の仕事と云ふものがあり得ると考へたことだ。それが成就しやうとしまいと私達の関したことではない。私達はただそれが真の仕事だと思ふことをすればよい。それが、さう云ふ仕事をする事が、私達自身の真の生活である」（傍点、桐山）

真の生活――それを「オノレ自身へオトシマエをつけること」と言いかえても良いであろう。いずれにしても、両者は〈断固たる求道者〉ともいうべき色彩を帯びているはずである。

勿論、それまでにも、天皇の戦争責任・戦後責任を追求し、その欺瞞の象徴をもって飾られた欺瞞の国家に鋭い矢を放った者はいる。たとえば、故渡辺清氏の戦後における苦渋にみちた歩みの一歩一歩は、そのことの激しい証しである。

また、この国の近代を暗黒ととらえ、地の底から絞り出される言葉によって、その暗黒を撃とうとした者はいる。たとえば北村透谷は、この国そのものを体現しかつ君臨する者を「大魔王」として表出し、自らが狂気となって斃れるまで、それとの闘いを止めることがなかった。

しかし、この国の問題を、自らの在り方を問うことから開始し、それを集団的な〈思想〉にまで高めあげ、〈真の仕事〉と呼ぶべきことに具体的に着手し得たのは、反日武装戦線の兵士たちが最初であった。兵士たちは金子ふみ子のなまなましい夢と屍を背負い、渡辺清のくやしさをひきつぎ、そして透谷の熱情にみちびかれながら、この国の精神の系譜にひとつの頂点をつくりあげたと言うことができるであろう。

——一九七〇年代の最後の年、『反日革命宣言』が出版される頃、「虹作戦」という一個の事実にみちびかれながら、わたしはようやくこの程度の認識に達することができたようである。兵士たちはなお獄中に捕えられているのであるから、本来なら獄外者が獄中者をはげますべきであるのであろうが、逆にわたしは、「虹作戦」にまで辿りついた兵士たちの精神の軌跡にはげまされるようにしながら、七〇年代後半の暗澹たる時代を生き伸びてきたように思える。沖縄には〈セジ〉という観念があって、それは〝万物の霊の力〟とでも言ったら良いのであろうが——そしてその〈セジ〉は、高く盛り上がったムイ（森）に降りて来るものでもあるのだが——現在もなお獄中に在る兵士たちを想うと、わたしには彼らが、天からの〈セジ〉を地上へと受けとめる、かけがえのない〈ムイ〉のように感じられてならないのである。

しかし、兵士たちにかんして、わたしに分からないことがひとつ在る。

公判での彼らの姿を伝える記事の中から垣間みられる明るさ——彼らのささいな仕草や、ちょっとした言葉の中から吹きこぼれるように現れてくる明るさ——あれはいったい、何なのであろうか？　彼らは少なくとも、透谷の闘いに纏いついているような、狂気を予感させるような暗さとは無縁である。あの明るさ、ナイーヴなまでの明るさ……それが何であるか、わたしにはまだ十分に理解できない。三菱で死者を出したことに対する深い自己批判をくぐり抜けてきたことが、彼らにあのようなやさしさを付与しているのであろうか。それとも、彼らの思考の根底に横たわっているアジアの夥しい死者たちが、彼らひとりひとりを守り、彼らの姿をしなやかなものにしているのであろうか。——わたしは公判に出向いたことがないから、兵士たちの瞳を覗きこんだことがない。だが、兵士たちの顔は見たことがなくとも、たしかにわたしは、彼らに幾度も出会ったことがあるような気がしているのである。

（まるで、バリケードの中に吹いていた凪みたいだな——）

わたしには分からない。しかし、わたしは分かりたいと考えている。思えば、分かりたいと考えるそのような心の傾斜こそが、わたしが長い洞穴を通って自分の最初の作品を書き始めるにあたって、彼らの闘いの事実を選び取らせたのであるのかも知れない。そして、それが活字になった後も、わたしは自分の作品が兵士たちを辱しめるものであったか・なかったか——幾度も考え続けている。虹の力にみちびかれながら、わたしはいま、一九七二年の暗い穴ぼこの中から、ようやく這い出し始めたところである。

（注）

・渡辺清の著書には、「砕かれた神」「海の城」「戦艦武蔵の最期」（以上、朝日選書）「私の天皇観」（辺境社）がある。

・金子ふみ子の引用は「何がわたしをかうさせたか」（黒色戦線社）によった。なお、朴烈・金子ふみ子事件を素材とした小説としては、瀬戸内晴美「余白の春」（中公文庫）がある。

想像力は何を変革しうるか？（インタビュー）

——〈ミクロ・ファシズムvs文化＝闘争〉という特集を組んだわけですが、今日は、『パルチザン伝説』以降、きわめてアクチュアルな作品を発表されている桐山さんに、文学の分野からの話を聞きたいと思います。それで、先ほどの雑談の中で、〈文化＝闘争〉というのはまいったな、という話が出ていたんですが（笑）、まずその辺のところから……

はい。〈文化＝闘争〉というのを、まず私の領野に限定して〈文学＝政治〉と言いかえたいと思いますが、その〈政治と文学問題〉というのは、歴史的に、実に歪んだ形で論じられてきたという経緯があるわけですね。というのは、〈政治と文学〉と言いながら、それが実は〈党と文学〉にすりかえられるということがあったからなんです。つまり、純粋に〈政治と文学〉の関係が論じられるのではなくて、その中のきわめて特異かつ局地的な問題としての〈党と文学〉というものが、〈政治と文学〉の問題にすりかえられて、歪められて、論争されてきたんですね、これは、言うまでもなく、一九二〇年代前後のプロレタリア文学運動の興隆というのが背景にあったわけで、たとえば、「芸術の役目は労働者農民に対する党の思想的・政治的影響の確保・拡大にある」というような言説が、中心部にデンと存在していたわけです。それに対して、プロレタリア文学運動の内部で、或いはその外部の芸術派と呼ばれるような部分から、「芸術に政治的価値なんてものはない」とか、「文学を政治から防衛しなければならない」とか、さまざまな論争が続けられてきたんですが、〈党〉と〈政治〉とを混同してしまっていたために、真に〈政治と文学〉の問題には切りこむことが出来なかったわけですね。勿論、はるか以前にも、「透谷・愛山論争」みたいなものはあったんですけど、そこで蒔かれた論争の種は、豊かな実りをもたらしたとは言えないのが実状なんです。ええと、前置きが長くなりましたけど（笑）、そんなわけで、〈政治と文学〉というのはやっかいな話だなと（笑）。

——桐山さんとしては、プロレタリア文学みたいなものには否定的なわけですか？

いま言ったように、〈政治と文学〉というとき、どうしてもそれが〈党と文学〉にすりかわってしまうというこの国の風土があるわけですから、その点をふまえて言えば、私の場合も、政治と文学との分離、文学作品はプロパガンダではないんだというのが、大前提になっていますね。プロレタリア文学は「政治の優位性」ということを掲げるんだけど、それは実は「党の優位性」にほかならないわけですから、そういうものに対しては否定的ですね。

——そうすると、政治的行動と文化の創造（桐山さんの場合は文学ですが）とは、全く別個の活動であるという考えですか？

政治的行為というのは、主に複数の個人が現に在る諸制度・諸勢力にはたらきかけて、それを強化または弱化しようとする活動、そのために他者を自分たちのスローガンの下に動員することですよね。文学というのは、主に単数の個人が言葉によって自らの世界像を産出し、それを他者に伝達しようとする活動ですね。どちらか片方の活動を行なっている個人もあれば、両方を行なっている個人もあるでしょう。しかし、たとえ個人が両方の活動を行なっていたとしても、政治的行為と作品の産出とを混同してはならないと思います。

——そうすると、政治は現実の変革をめざすわけですが、文学の方は現実とは全くかかわらないことになっちゃって、逃避的というか、非常に消極的な……

政治的行為と混同されるような形では、文学は現実を変革するものではないと断言すべきでしょうね。透谷が「空の空なる事業」と言ったようにです。しかし、よく聞いてほしいのですが、文学は作者の想像力が他者の想像力にはたらきかけることによって、既に社会的に存在している世界像――いわば様々な虚偽意識によって構成されている世界像――に変革をくわだてるという回路を持っているわけです。一人の人間の持っている世界像というのは、明らかに現実の一部――きわめて重要な一部――であるのですから、そのような意味に限定して言うならば、文学もまた〈現実の変革〉に参与すると言うことが出来ます。チェコの哲学者であるカレル・コシークは、『具体性の弁証法』というすぐれた本の中で、たしかこう言っていますね、「詩《ポエジー》は、経済とくらべてより低次の秩序の実現ではない。それは、たとえちがった種類と形態をもち、別の課題と意義をともなうとしても、同じように人間的な現実である。」――だから、プロパガンダが情勢を説明し、スローガンを提出し、行動をみちびきだすことによって現実の変革をくわだてるものだとするならば、文学は、そのようなプロパガンダを受けたり発したりする主体という現実にはたらきかけることによって、その主体の産出する世界像そのものを変革しようとしているといえます。誰でも自分のことを考えれば分かるように、一人の人間が政治的行為に起ち上がるのは、単にプロパガンダを読んで理解したからというだけではないでしょう？　彼という主体の持っているさまざまな感情、感覚、想念、世界了解があるわけです。文学はそこのところで他者と結ばれようとしているわけで、つまり、現実を変革しようとする回路が、政治的行為とは異なったものだと言えば良いでしょうか。

――いまの話ですと、桐山さんの考えというのは、非常に古典的というか、市民的というか（笑）、ともかく、政治と文学との近代主義的な二元論みたいなものに立脚していると見えるのですが、その二元論的な構造（つまり、政治と文学とのあらかじめの分離）を打ち破るところにしか、僕たちの新しい文化も創造しえないと思うんですが。

たしかに、政治と文学を越境するような展開というものは、歴史的には存在しうると思います。たとえば、全共闘運動の中で、或いはそれに先駆する形で、「想像力が世界を変革する」とか「抑圧の鉄鎖をたち切り、感性の無限の解放を！」とか言われましたよね。そのような言葉が広い共感性をかちえたこと自体、一九六〇年代後半の学生運動の中には、近代のわく組を突破し、政治と文学の分裂を止揚するような可能性が垣間みられたと思います。しかも素晴しいことは、四畳半の下宿で小説を書いている学生が「想像力は世界を変革する」と言ったのではなくて、武器を握った者がそう言ったのですから、これは本物であったわけです。それから、ドイツ占領下のフランスでは、エリュアールなんかが地下出版の形でレジスタンス文学をやっていましたよね。「自由」というような素晴しい詩が書かれていて、日本のプロレタリア文学とはまるで水準のちがうものだったわけです。そういうふうに、全共闘の時代でいえば、闘うことが主体の想像力を拡大する。レジスタンスでいえば、書くこと自体が闘いになる。そういうことは、歴史的な可能性としてはたしかにあったのですけど、しかし現在の日本の中で、たとえば一人の作家が「小説を書くことでファシズムを阻止する」みたいなことを言ったら、それはダメなわけです。ファシズムを阻止するのはあくまで政治闘争だと言いきらなくてはいけない。その点は、最低限明確にしておいて、そこから出発すべきだと思います。

――桐山さんは、まあそういう二元論を強調するんですけど、僕の考えでは、それは既に崩れているのじゃないか。たとえば桐山さんの『パルチザン伝説』ですね、あれをいくら文学だと言ってみても、現実に政治の方からその領域に踏みこんできて、出版を不可能にする、そういうことがあるわけですね。だから、既に敵の側から、政治と文学の分離みたいなものは崩されていると見るべきじゃないでしょうか。

急に話がなまなましくなってきた（笑）。しかしね、『パルチザン伝説』の場合、やはり端的に政治の問題として考えるべきだと思いますよ。新潮社と右翼の政治的な攻撃があった、それに対してこちらは防衛しきる陣型がなかった、という具合にね。そのように、ひとまず政治のレベルで考えるべきだと思います。そしてそのことと、作品の独立性とを安易に混同してはならないと思います。ただ、先ほど言われたように、既に敵の側から越境が行なわれているという面は、たとえば、山谷における佐藤満夫さんの場合にみられるように、現実化されているといえるかも知れません。新聞なんかは、佐藤さんは活動家と人違いされて刺されたなんて言ってますが、それは明らかに公安と新聞による情報操作なんであって、佐藤さんは一個の活動家でありかつ山谷の闘いを表現しようとした表現者であったが故に、殺害されたのだと思います。彼が泪橋に据えたカメラこそが、一個の暴力性を持っていたのですね。だから、「政治と文学の分離」などということを言っていられないのがファシズム期だとするならば、たしかに向こう側からの第一弾は放たれたと言うべきでしょう。ただし、じゃあそれに対抗しようということで、〈文化＝闘争〉みたいな作品を書こうと言っても、題目だけでは出来ないわけで、その辺が、私が二元論みたいなものを前提にしなければならないと言っている理由なのです。

――しかし、桐山さんの作品は明らかに文学と政治の境界を突破している面があると、僕は理解してるんですけど、褒めすぎかな……

褒めすぎですね、勿論。（笑）政治ときりむすぶ表現、ということで言えば、先ほど触れた佐藤さんの映像、まだ胎児のうちに虐殺された佐藤さんの映像こそが、その可能性を孕んでいたのではないかと思います。『第一の敵』みたいなすばらしい映像が産まれてくる可能性……。佐藤さんの遺された文章（註）の中に、「この映画に取り組むことによって、十五年続けた稼業の垢を洗い落とし、生まれ変わりたいわけです。しかし、反面では下品なことをやっているという意識にとらわれているわけで……」というところがありますね。表現することによって「生まれ変わりたい」ということ、同時に、それは「下品なことをやっている」という意識――何だか、胸をトンと突かれたような気がしましたね、その文章を読んだとき。……高橋和巳なら、どんなふうに受けとめたでしょうね。

（編集部註＝パンフ「反撃への葬列・佐藤満夫追悼集」に収録）

――いま高橋和巳の名前が出ましたが、桐山さんとしては、高橋和巳の後継という意識があるんですか？

それは読者が決めることだと思います。余り自己批評みたいなことはしたくないんで……。ただ、高橋和巳の死んだのは、一九七一年でしたよね。彼の方は、暗澹たるものの予感の洪水の中で死んだんだけども、こちらの方は、彼が見なくてすんだものをずいぶん見てしまったという意識はありますね。

全く話は変わりますけど、先ほど近代主義的な二元論みたいな話がありましたけど、最近、「近代的な知の組みかえ」だとか「ポスト・モダン」だとかが流行していて――

賃労働と資本の関係に指一本触れないで、ポスト・モダンも糞もないじゃありませんか。（笑）

――いや、これから質問なんですけど（笑）、一方文学の方でいえば、先端的だと言われる若い作家がいますね、高橋源一郎とか村上春樹とか、それから、ええと田中康夫ですか……「若者たちの神々」なんて言われて（笑）。あの辺はどうですか？

あいにく、その辺はまるで読んでないんですよね。読まなくても分かるんですけどね（笑）。文学の流れでいえば、やはり七〇年代の初頭くらいになりますが、その頃に一つの変化があったと思います。戦後文学の最も良質な一部分を継承してきた高橋和巳が死んで、その代りに村上龍の『限りなく透明に近いブルー』がベストセラーになる。その辺から、戦後文学がかろうじて支えていた想像力の根幹みたいなものが急速に衰えて、その上に、いまのポップ文学というか、ミーハー文学というか（笑）、思考することを止めて幼児化したような精神の発生があると思います。それから、現在の若者文化みたいなもの、あれは文化として分析するよりも、やはり経済学から見るべきじゃないでしょうか。つまり、七〇年代初頭のスタグフレーションを、徹底した合理化によって「乗り切っ」た日本資本主義が、先進国間競争には一定勝ち抜きつつ、第三世界からは厖大な富を収奪してくる。実際、いま最悪の形でブームになっている「韓国」では、月給十万ウォン（三万円）以下の労働者が、三十万人以上はいるわけですね。そのように収奪してきた厖大な富の、そのささやかな一部が、帝国主義本国の大衆レベルでどのように現出してくるかといえば、非労働若年層の膨張という形で出ていると思います。〈貨幣を持った若者〉ですね。そして、彼らのつくりだす需用に対応する経済部門の拡大という形で現れてきますよね。半年くらい前、長野県でスキーバスが湖に落ちましたね。あれなんか実に象徴的なわけです。あの学生たちというのは、それほど豊かな層ではないんですが、それでも学校の正課でスキーに行く、で、その深夜バスを運転しているのは、年齢的にも階層的にも、彼らの親父くらいの運転手なわけですね。勿論、運転手だって深夜バスなんてやりたいはずはない。だけど、ともかく深夜の需用がある。それから、家のローンやら何やらで、基本給だけでは暮せない構造になってる。それで、あの事故みたいに、一見すると、若者の享楽のために労働者が死んでしまうみたいな現象があるわけです。しかも、あの学生たちはつつましい方なんだから、全体としてみれば、現在の日本は、歴史の中でかつてないくらいに、若年層が消費のヘゲモニーを握っている時代といえるんですね。つまり、でかい顔をしているわけだよ。その若年層の所有している貨幣の力が、享楽的な〝感覚〟を表現する文化的なヘゲモニーを産み出しているわけですね。現在、若者の感覚だとして宣伝されているのは、ひとことで言えば、〈国家独占資本主義を享楽しよう……〉ということですから。

――たしかに、TVのCMなんかそうですね。なんか非常に感覚的というか……

TV持ってないんですよね、悪いけど。（笑）ただ、商品広告が感覚的なものになっているというのは、やはり国独資の現象なんですよ。だって、自動車にしたって、コーラにしたって、ビール、複写機、ステレオ、飛行機旅行……みんなムチャクチャな寡占状態でしょ。独禁法なんかとっくにどこかへふっ飛んじゃって、二十も三十もの企業が競争しているなんてことじゃないわけですよ。おまけにビールや飛行機なんか合法的なカルテルまで結んでいる。そういう極限的な寡占状態の下では、この商品の使用価値は他社のものとこんなにちがうなんて言う必要はないのであって、ただ商品名を印象づけておきさえすれば良い。だから、商品広告が少しばかり詩的な手法（笑）も使ったりするわけです。勿論、これは言葉が資本主義を乗りこえたわけではなくて、資本が言葉までも独占しているにすぎないですね。

――そうすると、桐山さんは、吉本隆明なんかは？

興味ないですね。『アンアン』読むほど暇じゃないし。（笑）

――話が面白くなってきたところで、残念ながら時間が来てしまいました。最後に一つだけ。桐山さんは単に過去の

時代のことを書いているだけじゃなくて、常に〈現在〉というものが問題になっていますね、「最悪の国の最悪の時代」というふうに。その辺についてひとこと。

現在というこの最悪の時代が、六〇年代末期の闘いの敗北の上に、その敗北の直接的な結果として、現れているというのが私の視点です。〈言葉が扼殺された世界〉と私は小説の中に書きましたが、そのような時代の中で、想像力が何に対峙し何を変革しうるか、その可能性をもとめていきたいと思っています。

——お忙しいところ、ありがとうございました。（85・4・26録）

風のクロニクル

かつて〝全共闘ブーム〟というものがあったようです。いろいろな人たちが顔を出し、資本家のために商品広告を書いている人間が、自分はゲバ棒を持ったことがあるとか、どこぞの〝作家〟が、自分は○×大学の全共闘であったとか、あの時代は自分たちの原点であったとか、なかったとか、それはもう、この世の醜悪をすべて寄せ集めたような風景ではありました。

そのような騒ぎから遠く離れて、多くの者たちは、ひとつひとつの沈黙を守り続けてきました。ただ沈黙によってのみ、獄中に在る者や、傷ついた者や、死んだ者たちと語り合うことが出来るかのように——。

わたしたちの舞台は、そのような多くの者たちの沈黙に、はっきりとした加担を宣言するところから開始されます。バリケードの中から生まれた夢と屍は、いったいどのような姿を取って、青年座の空間に甦ることが出来るでしょうか。ブームなるものの終ったところから、あの時代の言葉を復権させる試みが、いまようやく、一九八五年という「この時代」の中に、幕を上げようとしているのです。

32人が選んだ85年のベスト3＋1

文化にかかわる様々な活動のなかから、特にすぐれていたと思われるもの（作品または個人・団体）を三つ、特に腹立たしいとお考えのもの一つをあげて下さい。また、その理由を各五〇字前後でお書き下さい。ご専門の分野にとらわれず、文化シーン全体を見渡されたクロスオーバー的なご回答をお願いします。＝回答は50音順。●は特に腹立たしいと考えるもの。

※松下竜一『記憶の闇――甲山事件』　無知と非合理とが支配的なこの時代にあって、松下氏の澄んだ眼差しはきわめて貴重なものです。

※良知力『青きドナウの乱痴気――ウィーン１８４８年』　今年もまたすぐれた学究の一人を亡くしました。名著『向こう岸からの世界史』に続く遺作です。

※映画『山谷』制作上映委員会　映画監督・佐藤満夫氏が殺されたのは昨年ですが、彼の遺志をひきつぐ人々がいます。その映像の現れるのを待ちのぞみます。

●〈文化〉には、腹を立てません。

大江健三郎『河馬に噛まれる』

この文章を書いている時点は一九八五年であるが、雑誌が発売される頃は一九八六年になっているであろう。八五年でも、八六年でも、それはまだ救いがある。もう一年廻って、一九八七年になれば、おそらく〃養老の瀧〃かどこかのテーブルで、「うわあ！　じゅっぱちから二十年かあ！」などというつまらぬ溜め息を、わたしか、わたしでなければその辺の連中が、吐き出さざるを得ないからである。「十・八」から二十年ということは、その頃に生まれた者が二十歳になるということであり、おそらく彼らにとっては、「十・八」というようなものは、日清戦争か日露戦争の一部、ということになるであろう。

さて、「十・八」から二十年ということは、大江健三郎氏の最高傑作『万延元年のフットボール』から二十年ということであるが、当の大江氏は、「十・八」に羽田で殺害された一人の学生について、たしかこう書いていた。

「ひとりの若者の死について、首相は想像力を働かせることがない。想像力を働かせるとは、首相が、死んだ学生の内面にはいりこんで、あらためてこの事件をめぐる国内・国際状況の全体を展望しなおしてみることである。すくなくともそれだけの想像力の行使を首相に強いるだけの重みを、惨めに死んだひとりの学生の死体が持っているような体制をこそ、民主政治というのではないか?」(「死んだ学生への想像力」)

――冗談じゃないぜ、とさすがに当時でも感じたものであるが、このような信じられないほど甘ちゃんな政治思考と、『万延元年のフットボール』にみられるような強烈な想像力の噴出とのギャップを、わたしは非難するのではなく、むしろほほえましいものとして眺めてきたのを覚えている。ケタはずれに陳腐な政治発言にもかかわらず、ともかくにも、大江氏の文学世界のエネルギーは、多くの者たちを圧倒しきっていたのである。

だが――明らかに何かが変わったようである。新作『河馬に嚙まれる』を手に取ってみると、『万延元年のフットボール』以降、二つの長篇による困難な後退戦を闘い、そして〈静やかな祈りの世界〉ともいうべき場所へと進んで行った大江氏の足跡が、はっきりとした一筋の道をつくっているのが視えるのである。

その変化がいつ頃のことであるか――その時期はかなりはっきりしている。大江氏における政治思考と文学世界のギャップということを先に書いたが、一方の「戦後民主主義的」政治思考の有効性が、七〇年前後の学生叛乱によって最終的に破棄されたように、他方の文学世界のもっていた途方もない暴力性は、やはり同じ時期の学園と、街頭と、そして雪の山岳地帯において、充分に消費され尽してしまったのである。政治思考が空無化し、想像力が生身の人間によって消費されてしまったとき、大江氏に残されたものは――余りあるほどの文学的資質はいうまでもないこととして――氏の〈文化人類学的嗜好〉と〈私〉の領域であったのではなかったろうか。

『同時代ゲーム』という最後の偉大な後退戦ののち、つまり一九八〇年代にはいって、大江氏の作品が、記号論的視点からひどく風通しの良いものとなり、かつまた、従来の私的生活の極限的なデフォルメとは異なった形で、〈私〉的な領域の精神性がきわめて美しい姿で表出され始めたのは、この辺に由来しているように思われる。

だから、この十年余り、わたしは大江氏の良き読者であったとは言い難い。少なくとも、体育クラブに通って一〇〇〇メートル泳ぐことを日課にしているなどという記述に出会うと、始業ベルから終業ベルまでを埃っぽい場所で働き、それから組合の会議などに顔を出し、夜中の十一時に帰ってから洗濯などを始めたりするおかげで、プールならぬ風呂にさえ行きそびれてしまうという当方の〈私生活〉が引きあいに出て来てしまって、残念ながら低いレベルでの反発を催さざるを得なかったからである。

しかし、そのような反発をすべて差し引いたとしても、『河馬に噛まれる』は大江氏の想像力の一大達成とは言い難い面が残る。作品は「左派赤軍」に関係した者のその後の生活にかかわる八個の短篇から成り立っていて、勿論、八個の作品を貫いている作者の祈りの声は痛切であり、就中、「四万年前のタチアオイ」という作品などは、それこそ一行ごとに繰り返して読まざるを得ないほどに美しいのだが、だがしかし、それら八個の作品は、最も兇暴なものを最も美しい事象に変えてしまうという点において、対象への距離《ディスタンス》そのものの生みだす悲傷とやさしさの感情において、また暴力性を抜き取られたあとの軽やかなフットワークにおいて、実は、若い世代の新しい風俗派とも呼ぶべき文学への水路を拓いているようにさえ思えるのである。

実際、冒頭の「河馬に噛まれる」という短篇は、かつて「左派赤軍」の一員であった少年がウガンダで河馬に噛まれたというニュースを目にしたところから、その少年は「川を汚染させるのではなく豊かにする装置」について思考していたのではないかと推測するという話であるが、〈エコロジー〉という言葉を想起してしまうのはさて置くとしても、その作品の構図は村上春樹氏のものであってもおかしくないであろうし、また、最も長い「死に先だつ苦痛について」――これは、或る「武闘計画」を考案した「タケチャン」がもう一人の人物を処刑してしまうという話を「左派赤軍」の事件に重ね合わせながら、「なにごとかを実際にやろうとして、やりとげられないで死んだ人たちのかわりに、小説でそのつづきを実現しなければならない……」という言葉をみちびくものであって、そのようにあからさまに言われてしまうと、「小説家というのは、楽でいいなあ！」などと半畳を入れたくなってしまうのであるが、それはともかく、最後の数頁にみちあふれる作者の誠実さを除外するとすれば、三田誠広氏の作品世界と共通点がないわけでもない。さらに「浅間山荘のトリックスター」という作品の持ち味は、村上氏や三田氏よりもさらに若い、パロディを得意とする作家たちの食欲をさえそそりそうである。

このように、新しい風俗派とたしかに通底するものが、大江氏の新作には含まれていると言わざるを得ないのである。たとえそこに、余りにも美しく、余りにも誠実な祈りの声が聴かれるとしても、兇暴な〈事件〉を静やかな〈祈り〉へと組みかえることこそが、この時代の中で、ひとつの装置としての役割を与えられていると言わなければならないのである。

——「十・八」から二十年。『万延元年のフットボール』から二十年。わたしは〈新しい十・八〉を待つことはしないが、大江氏の作品だけは待ちつづけているのである。

『山谷—やられたらやりかえせ』

佐藤満夫監督のシナリオ（案）が残されている。それによると、映画のプロローグは白昼の山谷風景が予定されている。泪橋、センター前、ドヤ街、玉姫公園、職安、西戸組事務所……。だが、完成された映画のプロローグは全く別のものだ。——舗道の血痕。それをカメラが追ってゆくと、路上に倒れているのは佐藤監督自身である。路上すれすれにまで下ろされたカメラが、まるで何かを語りかけようとするかのように、仰向けになった佐藤氏の横顔をとらえる。閉じられた眼、まだ微かに息をしている喉。救急車、病院。そして白布をかけられて出て来る遺体——。

つまりこの映画は、一九八四年十二月二十二日、日本国粋会金町一家西戸組組員によって佐藤監督が刺殺された場面をもって開始されるのである。映画監督自身が、自分の撮ろうとする映画の冒頭に、既に死者となって登場してくる映画——。これはいったい、何という映画であろうか。だがこのことこそが、この映画を取りまいている状況を明瞭に差し示しているのみならず、この映画が創られねばならなかった激しい必然性をもまた、私たちに語りかけているのである。

死んだ監督へのはなむけでもあるかのように、カメラは次々と山谷の闘いを映し出す。それは一九八四年から八五年にかけての闘いである。西戸組との闘い、警察との闘い、春闘、越冬……。だが、映画を観た者は誰しも気付いたであろうように、これは単に山谷の闘いのドキュメントではない。なぜならば、ニュースフィルムの寄せ集めのように、デモや暴動や〝浮浪者〟が映し出されているのではないからだ。例えば、朝の雑貨屋の店先で、おそらく仕事に出る前なのであろう、幾度も手袋を脱いだり嵌めたりして商品を選んでいる手の映像がある。ただそれだけの映像で、私たちは、彼の労働というものを了解することが出来るのである。手袋を嵌めている手、語りかけてくる声、ひとつひとつの眼差――それらを単なるドキュメントの対象から区別しているものは何であろうか？　私はそれを〈やさしさ〉であると表現したい。

写される者の眼の位置と同じ低さに置かれたカメラの〈やさしさ〉。勿論それは、写す者と写される者との関係性に支えられていることは明らかであろう。だが、やがて私たちは、そのカメラの眼差が、実は、死んだ佐藤監督の眼差そのもののように存在していることに気付くのである。死んだ映画監督が、〈路上の眼〉となって、ひとりひとりの山谷の仲間をみつめている……。非業の死を死んだ者の眼差がカメラの眼差と重なったとき、この映画は単なる闘いのドキュメントや、ヒューマン・ドキュメントであることを越えて、生き働きそして闘う山谷の人間の姿を、仲間としてのやさしさをもって映し出すことに成功したのである。

しかし――最も注目すべきは――この映画が山谷を捉えきっただけにとどまることなく、寄せ場そのものを成立させている根拠にまで届いているという点であろう。――一九八五年の山谷を映していたカメラは一転して〝新橋事件〟を語る台湾出身者を映し出し、さらに今度は筑豊へと飛んで、コスモスの咲き乱れる炭坑地帯の廃墟の中へと進み、かつてそこで強制労働をさせられた朝鮮人鉱夫の墓を映し出す。〝新橋事件〟とは、言うまでもなく、敗戦直後、新橋一帯のヤミ市を支配下に置こうとした松田組を先頭とする暴力団が、警察と一体となりつつ、機関銃・ピストル・日本刀によって台湾人を放逐したという戦後暴力団の原点であり、また朝鮮人強制連行こそは、流動労働力の創出から廃棄に至るまでの総過程の原型である。つまりこの映画は、山谷の現在からその歴史的根拠へと突き進むことによって、寄せ場という日本資本主義の〈現罪〉を、その歴史的〈原罪〉と共に撃つという、いわば歴史的モンタージュともいうべき方法を成功させているのである。

実際、〈山谷〉の映画は、〈山谷〉で終息することは出来ないのである。なぜならば、そこは単に下層労働者が多く住む町ではなく、単に労働予備軍の吹きだまりでもなく、また単に熾烈な闘争が行なわれている場所でもなく、資本主義というものが不可欠に持っている秘密の場所、その兇々しい根源ともいうべき場所であるからである。もしも、単に下層労働者の多い町であったなら、日雇いもまた人間であるという調子で、映画はヒューマニズムで済んだであろう。またもしも、単に熾烈な闘争の区域であったなら、映画は記録と煽動だけで充分であったであろう。だが、〈山谷〉のもつ非和解的な根源性そのものが、映画をして一個の論理を——資本主義というものの総体を批判する論理を——必要不可欠なものにさせたのである。だから、この映画に登場する人々の言葉は、そのひとつひとつが、“Das Kapital”とも題すべき性格をもたざるを得ない。資本主義の原理論と段階論と現状分析とを、分離するのではなく、現状批判それ自体が原理論たりえているという点にこそ、寄せ場の根源性——そこに生きる人々の根源性——が存在しているのである。

若きエンゲルスがロンドンにおいて『イギリスにおける労働者階級の状態』を書き、資本の発展と共に発展するプロレタリアの概念を定立させていた頃、若きマルクスはシュレージェンの叛乱の中に自らのプロレタリアを直観していた。ラインラントや南ドイツの発展する綿工業の中にではなく、衰退する麻織物の地・シュレージェンに、マルクスがプロレタリアを発見したという点は重要である。資本の発展と共に発展する工場法の内側の労働者ではなく、逆に、主要な生産関係から放逐された労働者、世界的な資本の破壊作用の集約点であるが故に自らの中に世界全体を抱えざるを得ないような労働者、「従来の世界の解体を告知する者」、そのようなマルクスの〈プロレタリア〉の根源性をこそ、この映画は映し出そうとしたのであるのかも知れない。

暴力飯場を語ることが資本主義の本質的な無法性を語ることになるという根源性、西戸組を映し出すカメラが資本主義の本質的な暴力性を映してしまうという根源性——実は、この点にこそ、暴力団がこの映画を恐れ、憎悪した理由があるのにちがいない。この映画を撮り始めたという罪によって、佐藤満夫氏は刺殺され、この映画を完成させたという罪によって、山岡強一氏は射殺された。——いや、闘って死んだのは彼らばかりではない。この映画の最も印象的な場面の一つ、玉姫公園の越冬場面で、何やらムチャクチャに演奏されるワルシャワ労働歌の舞台の傍ら、一人の労働者が三つの遺影をみつめて涙していた。佐藤満夫氏の横に並んでいたのは、沖縄で焼身決起した船本洲治氏と、大阪拘置所当局によって虐殺された鈴木国男氏の写真だった。その横に、今年は山岡強一氏の写真が並ぶだろう。彼らの遺影の中の瞳が——つまりこの映画が——みつめているのは、私たち自身でもあるのだ。彼らの眼差と彼らの名前を忘れないこと、記憶しつづけること、それくらいのことは、私にも出来るはずである。

この映画が全国の到る処で上映され、数千、数万、数十万の人々が、あらためて「虐殺糾弾」の声を挙げるとき、そのとき、私たちの〈摂理の暴力〉は、新しい段階を迎えるはずである。——この映画を一人でも多くの人に、そう願わずにはいられない。

二つの死の間で――『山谷―やられたらやりかえせ』

途中で監督が姿をくらましてしまうという筋立の映画が、たしか在った。また、監督がやたらと顔を出す映画も、たくさん在った。だが映画の冒頭に、監督自身が、既に死者となって、登場して来る映画――そんな作品がかつて在ったろうか？　『山谷――やられたらやりかえせ』は、まさしくそのようにして始まる。これは悪いジョークなのだろうか。それとも下手なパロディなのだろうか。いや、これこそが現実、私たちの住むこの国の、この時代の現実というものなのである。

一九八四年十二月二十二日、映画監督・佐藤満夫氏は、日本国粋会金町一家西戸組組員によって刺殺された。享年三十七歳。理由は言うまでもなく、佐藤氏が山谷でカメラを回し始めたことである。佐藤氏がカメラを回していた期間は、わずか十二日間にすぎない。まだ彼の掌の熱の残っているカメラが、路上に倒れた監督自身の横顔を写し続ける。目蓋は既に閉じられている。だが、喉が微かに息をしているのを、私たちは視る。つまり私たちは、いやおうなく、佐藤氏の臨終に立ち合わされるのである。

勿論、かつての自然主義作家のように、私たちは「頼む、いまどんな気持か教えてくれ」などと、スクリーンに向かって問い掛ける必要はない。なぜならば、この途方もないプロローグに続く映画の全体が、佐藤氏の気持を、佐藤氏の意志を、そして佐藤氏の末期の眼の視たものを、映し出すことに成功しているからである。あたかも、最後の一秒まで持続されたこの映画への執念が、残された者をしてそれを完成せしめたかのように――。

実際、路上に倒れた佐藤氏の眼差そのもののように、アングルは低い。その低い位置から、カメラは、山谷の人々の生と死と闘いを映し出す。つまり私たちは、佐藤氏の末期の眼を通して、世界を視るのである。いや、それだけではない。この映画は――驚くべきことであるが――山谷という一つの場所から、日本資本主義の根源ともいうべきものへ向かって、一個の論理を提出しさえしているのである。だからこれは、単なるアジ・プロではない。希有なまでの〈思考する映画〉だと言わなければならない。そして、この映画の獲得したそのような根源性――批判の武器としての根源性――こそを、〈天皇〉の旗をかかげたゴロツキどもは怖れていたのではなかったか。

その怖れがどれほど大きなものであったか、その大きさを、私たちは既に視てしまっている。佐藤監督の遺志を継ぎ、この映画を完成させたということによって、山谷争議団の山岡強一氏は射殺された。一九八六年一月一三日。享年四十五歳。――だからこの映画は、現実として、一人の死をもって始まり、もう一人の死をもって終る。二つの死の間で問い掛けられているのは、私たち自身なのである。

佐藤満夫氏が書き記していた。

映画で腹はふくれないが、敵への憎悪をかきたてることはできる。

わざをきびと

芝居を、勉強させてもらった。

昨年のことである。青年座の越光照文という若い演出家が、私の小説『風のクロニクル』を舞台に載せて下さると言ってきて、芝居になるだろうか、脚本化の引き受け手がいるだろうか、などと思案しているうちに、いつの間にやら私自身が脚本化することになってしまっていた。

勿論、芝居の基本的な約束ごとさえも承知していなかったから、原案ともいうべきものを演出家に見て頂き、半ば協作という形で進めていったのであるが、奇特な方というのは少なくないもので、そのうち今度は、冬芽社という出来たての出版社が、台本を『戯曲風のクロニクル』として出して下さるという話がもち上がって、ずいぶんと大がかりなことになってしまった。

曲がりなりにも台本が出来上がると、次は稽古。論理なき言葉と根拠なき情念だけが浮游している昨今の〝演劇ブーム〟にはうんざりしているものの、芝居を観るのは元来嫌いな方ではないし、その形成過程をまのあたりに出来るというのも一生に一度のことであろうから、連日連夜という訳にはゆかなかったが、幾度か稽古場に足を運んで見学させて頂いた。

自分の書いた言葉を役者が声に出しているというのは、有難いような、気恥ずかしいような、実に不思議な心持ちのするものであるが、文章を推敲するのとはまた違った点で、矢鱈と瑕の目につくものでもあったから、そのつど台本に手を入れ、大幅な手直しをさせてもらった。従って、私が稽古場に顔を出す度に、折角覚えた科白が激変すると いった塩梅で、役者たちにとっては頗る剣呑な見学者であった訳だが、それは素人故の無調法と、陰で手を合わせつつ手直しを続けさせてもらった。

ところで、そのように稽古場に顔を出してみて気づいたことは、稽古が「台本《ほん》読み」から「立稽古」へ移ったときの、そのときの役者の変り様ということであった。

台本から手を離して、役者が両方の脚で立ち上がる瞬間。——実際、青年座員以外の若い客演が多かったせいで、台本読みの段階では、何やらいまふうの演劇青年と演劇少女の集団という風情であったのだが、彼らが立ち上がったとき、彼らの内側から溢れ出てくる異様に張りつめたものが、のんびりと見学している私にも、たしかに感じ取れたのであった。

例えば、「劇団・座座座」から客演してくれた水木容子という若い女優である。百年前に《東方の祭王》の命令によって殺害されるという美しい女の役を演ずる彼女が、舞台のいちだんと高くなった場所で、衣裳こそ稽古着のトレーナー姿ながら、自らの死を予感しかつ再生を確信する科白をことあげしつつ、迫り上がるようにして立ち上がったとき、もはやそこに居るのは若い女優ではなく、遠い時代から存在しつづけた無数の巫女たちの一人であるように、私には感じられたのであった。

勿論それは、彼女ひとりの力という訳でなく、熱心な演出家や、芸達者な青年座の役者たちや、そして何よりも彼女と同年代の若い役者たちの力に援けられてのことではあろうが、しかしそれだけでなく、彼女の姿を下の方から支えているものが一瞬そこに存在していたと、たしかに思えたのである。

芝居の理論に疎い私には、役者の立つ瞬間というものが、役者にどのような変化をもたらすものであるか、或いはどのような心理状態をもたらすものであるかということを知らない。しかし、桶を踏み鳴らしてわざをきしたというアメノウズメノミコトの例をもちだすまでもなく、役者が役へと転化するその瞬間には、両脚で立つということが深くかかわっているのではないだろうか。

わざをき（業招き）が、神の力の一部を自らの内に招き寄せることによって日常の人格を離れ、一個の芸をつくり上げることであるとするならば、その力は役者の頭の中から生まれてくるのではなく、どうやら両脚のいちばん下のあたりから浸み入ってくるもののようなのである。

——立稽古に接したときのこの感銘は実に異様なものであったので、実際の公演が終ってしばらくしてからも、私はまだ微熱が残っているという状態であった。

もしかすると、私は軽率にも芝居などとかかわったおかげで、表現ということにかんして、自分の手強いライヴァルを生み出してしまったのではあるまいか？　あのように強い表現というものは、一人きりで原稿用紙に向かうという作業からは、生まれてこないのではあるまいか？　――そんなふうなことを考えながら、つい先日、例の若い女優と下北沢の芝居小屋で久しぶりに出会ったのであったが、彼女の方は、とっくに元の状態に戻っていて、「ウッソー！」とか何とか言って騒いでいた。

役者は、やはり化け物である。

沖縄

「沖縄は、長く苦しかった試練を乗り越え、いまここにその夜明けを迎えました。復帰は、まさしく沖縄という新しい永遠の生命の誕生でありますし、私ども県民は、これまでの基地の島という暗いイメージを払拭し、新たな自覚に立って……国家繁栄のため貢献する決意であります。」

　巨大な日の丸を背にして、このように**屋良朝苗**は言った。一九七二年五月一五日、「沖縄復帰記念式典」でのことである。式典は、東京・那覇の両会場をＴＶで結ぶという〝画期的〟な方法によって進行した。二つの会場を結んで「君が代」が流れ、「天皇陛下のおことば」があり、屋良知事のあいさつがあり、そして最後は、日本国首相・佐藤栄作の音頭による「天皇陛下万歳」が、巨大な首都と亜熱帯の島々とを結びつけたのである。

　屋良朝苗。琉球政府行政主席から、一夜にして沖縄県知事に生まれ変わった人物――この人物を「思想家」と呼ぶのは、いささか奇妙であるかもしれない。しかし、彼が沖縄教職員会会長を出発点として〈祖国復帰運動〉の象徴たり続けた以上、彼の存在そのものが〈祖国復帰思想〉の一個の実現であったとみることができるであろう。

　実際、屋良朝苗という名前は、沖縄の〈戦後〉から〈復帰〉までを、見事に貫いたのであった。屋良を代表とする「沖縄諸島祖国復帰期成会」は一九五三年に結成され、それは米民政府の徹底した反共攻撃によって消滅したものの、六〇年には、あらためて「沖縄県祖国復帰協議会」となって甦る。そのスローガンは一貫して「民族的悲願としての祖国復帰」であり、その人格的表現は一貫して屋良朝苗であった。

いうまでもなく、この〈復帰思想〉の末路を、われわれはすでに視てしまっている。〝復帰〟から十年ののち、かつての沖縄人民党の輝ける委員長・**瀬長亀次郎**が、「北方領土の日」の集会で、自民党並びに全野党議員たちを前にして〝日本国万歳〟の音頭をとったとき、〈復帰思想〉は、帝国主義ナショナリズムの単なる補完物ではなく、帝国主義ナショナリズムの具体的かつ現実的な推進力として、自らの完成形態を獲得したのであった。

このようにして、〈復帰思想〉は戦後沖縄に生まれ、その基軸思想となり、いまやこれ以上ないほど無惨な姿をさらしているわけであるが、しかし、焼跡の沖縄に生まれた思想が、すべて日本国への帰属を指向していたというわけではない。**徳田球一**は、実質的な沖縄独立論を表明していたし、徳田球一指導下の日本共産党は、「沖縄民族の独立を祝うメッセージ」（一九四六年）において、沖縄人を「少数民族」であると規定し、その任務として「日本の天皇制国家主義との闘い」を挙げていた。

だから、戦後の沖縄にかかげられた最初の旗は〈沖縄独立〉であったと考えるのが正確であり、その短命な思想の墓掘人として、〈復帰思想〉は登場したというべきなのである。比嘉春潮・霜多正次・新里恵二の愚かな言葉を借りるならば、「しかし、このような混乱は長くはつづかなかった。情勢の発展は、アメリカの支配からぬけでて日本に復帰し、日本国民と連帯して解放のたたかいをすすめることこそが、沖縄県民にしあわせをもたらすことを、しだいに明らかにしていった」（『沖縄』岩波新書）のである！

しかし、〈復帰思想〉の末路がすでに明らかになっているからといって、それを否定しうるものとして、かつての〈独立論〉の中に、見果てぬ夢を追うとしたら、それはやはり錯誤といわねばならないであろう。

なぜならば、〈独立論〉と〈復帰思想〉とは、それらの指向するものが沖縄国であるか日本国であるかという相違は存在するにせよ、その思想の中に何ひとつ国家を対象化する契機を含んでいないという点において、つまり、近代民族国家の地平を絶対に越えることができないという点において、実はメダルの裏と表にすぎないからである。かつて、沖縄人であるという複合感情が、逆に強烈な皇民意識となってアジア人を排斥したように、焼跡に生まれた〈独立論〉は、ひとたび国家という現実の求心力に触れるや否や、たちまちのうちに〈祖国復帰〉のエネルギーへと転化されてしまったのである。

したがって、〈復帰思想〉の反対物はかつての〈独立論〉とは別のところに求められねばならない。屋良朝苗と徳田球一とを対立としてとらえるのではなく、両者を一対のものとしてとらえ、両者をともに否定する真の反対物は、一九七〇年という時代の中で、〈反復帰〉という旗をかかげることによって、ようやく姿を現わしてきたのである。

いかなる民族国家にも帰属することなく、国家に対する否定を、ただ否定のみを貫くこと、つまり――「普通の人間（大和人）たちのうかがい知れぬ、花という武器をもった乞食たちの群れが棲んでいる兇区」という牧港篤三の言葉をうけて、**新川明**が「反国家の兇区としての沖縄」という言葉を書きつけたとき、〈復帰〉でもなく〈独立〉でもない未踏の場所へ、沖縄の思想は初めて足をふみ入れることができたのである。

わたしのいう、日本相対化のための沖縄の異質性＝異族性の主張が、それらのひとびとにみられた退行的な独立論発想の琉球ナショナリズムと無縁であることはいうまでもない。それは〈国家としての日本〉を破砕するための思想的拠点として……日本との決定的な異質性＝異族性をつき出していくことによって同化思想で培養される国家幻想を打ちすえるという意味においていっているのである。しかも沖縄は、その歴史的、地理的条件によって、日本列島国家の中にあって、右のような可能性を所有している唯一の地域として稀有の幸運を所有している、ということなのである。（『反国家の兇区』）

〝地理的条件〟という言葉を新川明が使っていることに、あらためて注目しなければならない。というのは、琉球諸島の地理上の位置は、〈反国家〉の思想の母体として、きわめて重要な意味を持っていると考えられるからである。沖縄人という存在が、「日本人」というには異質でありすぎ、「少数民族」と呼ぶには異質でなさすぎるという、いわば《不定の位置》におかれているように、亜熱帯の海に浮き出た琉球諸島は、どのようにしても〝一国的完結性〟を幻想することができないという《不定の位置》をもっているように思われるのである。例えば沖縄のどこかの島に立って、「一国革命」などという言葉を口にしてみるがよい。その響きの非現実性は、たちまちのうちに一個の影となって灼熱の地面に落下してしまうであろう。亜熱帯の島々からは、「琉球人民共和国」も「日本人民共和国」も、すべてが非現実的であり、ただ全世界だけが、全世界の国家の廃絶ということだけが、たしかな現実性をもちえているのである。だから小さな島々の《不定の位置》は、そこに思想が生まれるとすれば、その初発から全世界を自らの内部に孕まざるをえないという根源的な宿命をもたされているのである。

このような〈反復帰〉＝〈反国家〉の思想は、いうまでもなく新川明ひとりにとどまるものではない。**川満信一**・

いれいたかし・金城朝夫……これら綺羅星の如く並ぶ思想者の名前を見ただけでも、〈反復帰〉の思想的豊饒は明らかであろう。日本国にあっては、ついにポツダム民主制の壁を越えることができなかった戦後思想は、沖縄という土地で、奇跡にも似た爆発力を獲得したのである。『沖縄にとって天皇制とは何か』**（沖縄タイムス社編、同社刊）**という論集は、七〇年代における沖縄の思想的爆発力の、見事な実現であり、また新たな出発点でもあったといわなければならない。

この思想的豊饒にも、もちろん前史は存在した。きわめて少数の者たちが、自らの途方もない孤立とひきかえに、たしかな前史を切り拓いたことを忘れてはならない。

森秀人が「甘蔗伐採期の思想」という先駆的な文章を発表したのは一九六二年であったし、その数年後には、**中屋幸吉**という一人の沖縄青年が、自死へと至る道程の中で、〈復帰〉にたいする根源的な否定を表出していた。そして七〇年、**富村順一**が、自分の着ているシャツに「アメリカは沖縄よりゴーホーム」「日本人は沖縄のことに口を出すな」「天皇ヒロヒトを絞首刑にせよ」「美智子も売春婦になってその罪をつぐなえ」などと書いて東京タワーを占拠したとき、そのたったひとりの反乱は、その後の〈反復帰〉の思想と行動への、最後の引き金を引いたのであった。

——一九七〇年、それは沖縄が迫りくる〈復帰〉を目前にして、稀有の自由と美しい混乱の中にゆらめいていた年であった。その年に沖縄を訪れた村瀬春樹（村上春樹ではない！）は、そのすぐれた沖縄ルポ**（『誰か沖縄を知らないか』三一新書）**の最初の一行に、「僕はいま沖縄にいない」と記し、最後の一行に、「僕は沖縄のように自由だろうか」と書いた。

「僕はいま沖縄にいない」——この言葉こそ、七〇年の沖縄に触れた本土人の——つまり、日本と第三世界と亜熱帯とが交錯する《不定の位置》としての沖縄に触れた者の——共通の感覚ともいうべきものであった。そして今、復帰後十余年、より深く大きくなった困難の中で、われわれは〈沖縄〉と自らの距離を測りながら、私たちはあらためて言わなければならないようである。——われわれはいま沖縄にいない。

●屋良朝苗（やら・ちょうびょう）　一九〇二年読谷村生まれ。沖縄教職員会会長を経て、六八年、琉球政府行政主席。七二年、沖縄県知事。

●瀬長亀次郎（せなが・かめじろう）　一九〇七年豊見城村生まれ。四七年沖縄人民党を結成し書記長に就任。七〇年衆議院議員に当選。復帰に伴う日本共産党への併合により、同党副委員長に。

●徳田球一（とくだ・きゅういち）　一八九四〜一九五三年。名護生まれ。入獄一八年。四五年、日本共産党書記長。レッドパージで中国に追われ、客死。著書に『徳田球一全集』全六巻（五月書房）。

●新川明（あらかわ・あきら）　一九三一年沖縄生まれ。琉球大学文理学部国文科中退。沖縄タイムス社勤務。著書に『反国家の兇区』（現代評論社）、『異族と天皇の国家』（二月社）、『新南島風土記』（大和書房）など。

●川満信一（かわみつ・しんいち）　一九三二年宮古島生まれ。琉球大学国文科卒。沖縄タイムス社勤務。著書に『沖縄・根からの問い』（泰流社）など。

●いれいたかし　一九三五年沖縄生まれ。著書に『沖縄人にとっての戦後』（朝日選書）など。

●金城朝夫（きんじょう・あさお）　一九三八年石垣島生まれ。東洋大学社会学部卒。著書に『沖縄処分――日本の呪縛から解放せよ』（三一書房）。

●森秀人（もり・ひでと）　一九三三年東京生まれ。月刊「七宝芸術」編集長、思想の科学会員。著書に『沖縄怨歌・崩壊への出発――甘蔗伐採期の思想』（現代思潮社）、『古代史論争』（朝日新聞社）など。

●中屋幸吉（なかや・こうきち）　一九三九〜六六年。石川市生まれ。琉球大学に入学。六四年、立法院議場を占拠、起訴。六六年、知花城で自死。著書に『名前よ立って歩け』（三一書房）。

●富村順一（とみむら・じゅんいち）　一九三〇年本部町生まれ。七〇年七月八日、東京タワー展望台で決起。著書に『わんが生まりあ沖縄』（柘植書房）など。

極寒に拮抗する紅い花

冬芽舎は京都の劇団である。

京都の、とわざわざ記したのは、昨年末、京都の無門館で、冬芽舎公演「風のクロニクル」（武田哲平脚本）を観た折の、それはもう凄まじいまでの寒さが思い出されたからであるが、舞台の方は、まるでその極寒と拮抗するかのような、烈しい熱と輝きに満ちたものであった。ピンと張りつめた舞台空間の、象徴と幻想とが交錯する異様な緊張を、私ははっきりと憶えている。

それもそのはず、冬芽舎は既に十余年の実績をもつ西国の実力者であり、演出家粟田倘右のもと、数多くの作品を、実に魅力ある役者たちによって手がけている。

昨年までは「カオス」と名乗っていたから、まだそちらの名前の方が通りが良いかも知れない。改名は何ごとかの意志の表われと思うが、「冬の芽」というのはもちろん謙遜であろう。なぜなら彼らは、そのめくるめく舞台の上に、兇暴な紅い花を開かせているからである。

脅迫状に書かれている幾つかのこと

ずいぶん昔のことである。私が小学生だった頃、クラスに何人かの朝鮮人や中国人がいた。「林」とか「柯」とか「姜」とかいう名前だったと思う。

彼らは私にとって何だったのだろうか。小学校の低学年のころであるから、〝民族〟だとか〝国家〟だとかいう言葉は知らなかった訳だが、それでも自分と何か違うという意識はもっていたようである。しかし、そうだからといって、私の中にも、またクラスの中にも、彼らを差別視したり、異端視したりするような傾向はなかった。〝いじめ〟というようなこともなかった。教育監獄と呼ぶのが正確であるような現在の学校の状態に比べれば、当時はやはり、教師にも生徒にも抑圧は少なかったのであろう。それに一九五〇年代というのは、つい昨日まで戦争があったという雰囲気が濃密に漂っていた時代であったから、〝民主教育〟という輝ける言葉が、たしかに教室を下のほうから支えているようでもあった。

実際、私の担任の教師の口癖は「人間はみんな同じだ」というものだったから、外国籍の生徒たちと私たちの間には、排外的と呼ばれるような雰囲気はなかった。「人間はみんな同じだ」――この言葉は余程担任の気に入っていたとみえて、繰り返し私たちの前で語られた。だからその言葉は、静かなる外部注入といった風情で幼い私の頭の中にまではいり込んでいたにちがいない。というのは、或る日、下校してから、私は何げなしにその言葉を母の前で言ったようだからである。どのような話の中で私がその言葉を口にしたかは良く憶えていない。だがともかく、私はその言葉を言ったようである。すると、私の話を聞いていた母は、かなりはっきりとした口調で、次のように言ったのであった。

「人間はみんな同じではありません。いいですか、人間はひとりひとり違っているのです。ひとりひとり違っているからこそ、誰もがみんな大切なのです」

――メソジストであった母が、どのような道すじを通ってこのような考えにたどりついたものであるのか、いまとなっては確かめる術はない。だがその母の言葉は、実に静かな、深い影響を私に与えてくれたようである。

そして、歴史的にみるならば、その後のこの国の歩んだ道程というものは、私が教師と母から聞かされた二種類の言葉が、共に勝利し得なかった歴史であると言えるのではないだろうか。「人間はみんな同じだ」という普遍の原理は、実はそれ自体が「日本人はみんな同じだ」という旧い言葉の同心円的拡大にすぎなかったという弱点も手伝って、みるも無惨に打ちこわされ、現在では単なるタテマエとしてすら姿を保てなくなっている。そして、私の母が示した個別の原理はといえば――少数の、実に少数の者たちだけに受け継がれながら、この国の人びとの精神に甚だしく反する言葉として、細々と伝えられているにすぎない。

数年前、林賢一君という在日朝鮮人の中学生が、同級生や教師たちによって文字通りなぶり殺しのようにされて自死していったが、それはかつての私のクラスの二十余年後の風景であり、同時にまた、かつて私の聞いた二種類の言葉の敗北のしるしであるようにも思えてならない。……

こんな昔のことを思い出したのは、ほかでもない。『指紋押捺拒否者への「脅迫状」を読む』という題名の本を手にして、変ることのないこの国の人びとの精神の在り方に、あらためて暗然たる想いを抱かざるを得なかったからである。

　その小さな本は、李相鎬《イサンホ》さんという在日韓国人の指紋押捺拒否者にあてて送られてきた六十一通の脅迫状を収録したものである。差出人はすべて無署名であるか偽名かであるが、そのすべてが日本人によって書かれたものであることは言うまでもない。たとえばその中の一通は次のように書き出されている。


貴男も法治国家の人なら、自分の国の法律に文句を言ふ外国の方によい感情は有りません。親の代からなら、なんで我が国の人にならないか。自分の国のほこりがあるれば、私達も同じ気持だ、無理におして下さいとは言いません。遠慮なくお帰り下さい。お互ひに自分の国の立場から考へ様では有りませんか。


　この混乱した文章から読みとれることは、第一に、何はともあれ「帰れ」という意思表示であろう。実際、六十一通の脅迫状は、ことごとく「帰れ」という言葉に満ち溢れている。――「それ程いやなら、自分の国へ帰られる事が一番よいとおもふ」「そんなに日本の法律にさからうのでしたら、さっさと日本から出ていって下さい」「押なついやなら自分の国を帰れ」「自分の国へどうぞ帰って下さいね。外人なんだから」「君は朝鮮に帰りなさい」「日本の法で決められた事を守れない奴は日本に居て貰ひたくない」「即刻退去を命ず。日本人の命には絶対服従を要求する」「反対の人全部朝鮮に帰りな」「いやなら朝鮮へ帰れ」「泥坊やろ、二度と日本に来るな」「もんくばつかゆうて、きにいらなければちょうせんへかへれ」等々、等々。

　悪罵は繰り返せば繰り返すほど単純になる。「帰れ」という単純な言葉は、数十年に亙って浴びせられてきた無数の悪罵の中で、その単純さ故に最も大量に使用されたものであることを、私たちは知っている。

　勿論、これら脅迫状の作者たちは、押捺拒否者の闘っている対象が、外国人に対しては子々孫々しかも五年ごとに押捺させるというきわめて特異な制度であるということ、また、その背景に存在しているものが数百万人にのぼる朝鮮人強制連行であるということなどは考えていない。さらに、彼らの好きな国であるらしい米国においては、二世三世は〝出生地主義〟によって米国籍となり、「日系米国人」「スペイン系米国人」等として、自らの民族性を消すことなく生活しているという事実などは考えていない。彼らは考える能力がないのであろうか？　少なくとも彼らは、考えようとすることを拒否している。なぜならば、考えようとしはじめるや否や、「帰れ」という悪罵はとりあえず口にすることが出来なくなるからである。だから、これらの思考拒否者は、思考の代償として「帰れ」という言葉を手に入れる。そして、その言葉の意味によって、彼らはようやく自分たちが〈日本人〉であるという確認に到達することが出来るのである。

この確認は言うまでもなく錯倒している。〝奴らは奴らだ、奴らでない者は俺たちだ〟という頼りない論理だけが、彼らの確認のすべてだからである。彼らはただ、排外の言葉によってのみ、自分自身を確認する。〈日本〉があって排外があるのではない。排外によって〈日本〉というものが浮かび上がってくるのである。それ以外には、彼らは〈日本〉というものを説明しようとはしていない。六十一通の脅迫状の中に、「日本」という言葉は実に二百四十五回も登場するが、その言葉の意味は回数の多さによって鮮明にされてはいない。それでは、彼らの〈日本〉とは、いったい何であるのか？

拒否するなら朝鮮に帰えろ、馬鹿野呂。他国に来て大きな顔をするなこの朝鮮人。日本の血が汚れる。
君は外国人である。日本を馬鹿にしている。

これは奇妙な表現である。ここに書かれている「日本」というのは、あたかも一個の人格であるかのようである。たとえば、「米国の威信が傷つけられた」という言い方はあり得るが、その場合は、当事国と他の国とが近代国家としてとりあえず対等の関係に在るということが前提となっている。ところが「日本を馬鹿にしている」と言うときは、そこで言われている「日本」は、諸外国との関係の下にある近代国家であるとは了解されていない。それは、その言葉を書いた者の頭の中だけに存在している共同体――情義的な共同体ともいうべきものとしての〈日本〉である。ここでは日本人が情義的な共同体を形成しているのではない。情義的な共同体に属している者が日本人なのである。

この奇妙な共同体の内部においては、「人間はみんな同じだ」という普遍の原理も、また「ひとりひとりが違うものだ」という個別の原理も、共に生棲する余地がない。その内部においては、論理や原理の以前に、すべての人間が〈日本人〉として同一化されていなければならない。だから、その共同体をはみ出ようとする者は、よく言われるように〝お前は本当は朝鮮人だろ〟ということになる。そして、共同体は心情的にも道徳的にも一体のものでなければならないから、社会的関係はあたかも家族関係であるかのように捉えられる。社会的に何ごとかの反抗を企てることは、「甘え」であり「我まま」であると意識されるのである。

――「何事も日本に文句言い過ぎます。甘えは止めて下さい」「全て甘えから来ているのです」「素直でない人は本当に困り者でこの事を日本が負けて通したら、又他にも何かを見付けて我ままな事を言い出すかも知れません」等々。

この共同体の内部に在りつづけることは、内部の者にとってもきわめて特殊な意識を強制する。彼が異端者とならないためには、彼はすべてが同一化された〝感性的自然としての日本〟の中に沈み込まなければならない。「保護者・被保護者の温情ある関係」（伊藤博文）の型《フォルム》に、自らの心情の型を同一化させせなければならないのである。

指紋押なつ拒否、それを支持する極少数の日本人、哀れに思えてなりません。良く考へて見て下さい。日本に住み日本の法律に従わないあなたはまちがっています。そう思います。日本の法律が嫌で従えないのなら法律のない自分の意志通りになる他の国に移られたら如何ですか。私は日本が大好きです。実に住み良い国です。法に従い毎日楽しくすごさせて頂いています。

私は、日本人でありながら、指紋をとられているが、当然のことと考え、別に不思議では無い。

私は日本に生れまして、永い間日本の法律に従順にしたがつて参りました。戦争中の苦しい時期も東京で頑張って参りました。

なにごとのおはしますとはしらねどもかたじけなさになみだこぼるる――。事態は相変らずトートロジーである。諸外国に比べて日本が素晴しいのは、日本が日本であるからである。――だが、ここで公平を期しておけば、脅迫状の作者たちの幾人かは、トートロジー以外の言葉をもって、日本というものを説明しようと試みている。そしてそこに現れてくる言葉が、「民主」であり、「自由」であるということに、私はグロテスクなものを感じない訳にはゆかない。

日本に住むなら外国人登録・指紋押なつするのが当然だろう。日本程住み良い、自由に物の云える国は世界にないだろう。

世界的に見て、日本程自由民主的な国はありません。貴男の祖国はいかがですか。私は〔そうは〕思いません。

なるほど韓国は「自由な国」とは言えないであろう。「民主的な国」とは言えないであろう。だが、そのような韓国の「非自由」と「非民主」を支えている国はいったい何であるのか。そして、外国人に五年ごとの指紋押捺を強制するという万邦無比の抑圧的な制度を有している国家が、「自由民主の国」なのであろうか、脅迫状の作者たちは、彼ら自身が擁護しようとしている当の制度について、何ら国際的な比較作業を行なっていないのみならず、〈民主的〉という言葉の原理的な検討さえ行なっていない。つまり彼らは、「民主主義とは制度的概念でなく、制度を制御する運動」であるという政治学の常識さえ弁えていない。そして

「民主的」という言葉を、何やら不平を言ってはならないことの恫喝の手段としてさえ使っているのである。しかし、最もおぞましいのは、このような言葉の使い方が脅迫状の作者たちばかりでなく、小説の作者などにまで及んでいるということの国の実状であろう。小林恭二という小説家は、憲法記念日にかんする文章（**東京新聞　86・5・2**）の中で、「無論、ぼくたちは革命なんぞ起こさない。何故って、ぼくたちは世界で最も進んだ民主主義国家に生きているんだから」という幼児語による政治発言を行なっている。言っていることは脅迫状の作者たちと同じ水準であるが、幼児語を使っていない分だけ、無名の者たちのほうがマシであるとさえ言えるのである。

ところで、これら夥しい無名の作者たちは、いかなる情熱によって文章というものを書いたのであろうか。彼らは一貫した排外主義の宣伝家なのだろうか。朝鮮人への憎悪の火を一日も休まず燃やし続けている偏執者なのだろうか。私はそのようには思わない。彼らは日常生活の中では、在日朝鮮人のことなどは考えてもみないであろう。彼らは日々なる憎悪によってではなく、たまたま存在した一つのきっかけによって、自分の精神の底に在るものを突き動かされ、浮上させ、そして洪水のような脅迫状を送りつけてきたのである。

このことは、脅迫状の消印が、大阪府警外事課長富田五郎のTV発言のあった五月十日以降に集中していることから明らかである。脅迫状の作者たちは、TVによって富田発言に接し、突如として排外の言葉を書き始めたのである。その非論理において、その精神において、その限られた語彙において、富田発言と脅迫状とは〈父と子〉である。

「新聞、その他の情報によれば、かなり世論に左右されて各行政機関が弱気になっています。日本の法治体制に対して外国人になめられている、これ私の個人の考えですけれどそういう気がしてならない。やはり日本に居住したいと思えば、法律が現存する以上、守ってもらわなければならない。そういう体制がいやであれば自分の国にお帰りになればいいわけですね。また、日本で生まれ、日本人と同じように育っているという方は日本に帰化すればいいんです。そういう方法があるわけですからね。だから法をないがしろにする行為は厳として、我々は法の定めるところに従って措置していく、こういう考えでございます」

この国の〝民主的〟な国民は、号令がなければ動かない。彼らは号令に反応し、権威に反応する。それは〈権威主義的性格〉というよりは、〈感応性精神病〉と呼ばれているものに近いものであるが、情義的な共同体に限りなく同調しようとするその心性は、自分たちの外部に敵をつくり出したときにこそ、きわめて大きなエネルギーを噴出させるのである。富田発言に触発された脅迫状の自然発生という構造は、関東大震災における朝鮮人大虐殺の自然発生という構造の、現在における禍々しい再生であるように、私には考えられるのである。いや、再生という言い方は適切でないかも知れない。朝鮮人虐殺をやりすぎて官憲に逮捕された自警団の男の「同じ日本人であるのに悪いことをしました」という反省の弁からも分かるように、彼らの大衆武装は、ただの一度も解除されていないのではないか。

　われ朝鮮人やろ、朝鮮人なら朝鮮人らしくせんかい。なにが外国人や、朝鮮は朝鮮や、指紋を押さんか。日本におれて仕事に有りついただけでも有難うと思へ。朝鮮人は昔からつひらいやか土方ときまつて居る。日本におらして思うなら指紋おすのが当り前。嫌なら朝鮮に一日も早く帰れくされ。

　朝鮮人が何を偉そうに一人前の事ういうのか、ぽそやろう。字を書くだけでも胸が悪くなる。朝鮮人きさまが行って居る保育所は朝鮮人ばかりで解のわからい奴馬鹿りだろう。ぽそはぽそだ、このやろう。

　関東大震災から六十余年。「人間はみんな同じだ」という普遍の原理も、「人間はひとりひとり違っている」という個別の原理も、この国のひとびとの内面には定着することがなかった。十年前に哲学者・花崎皋平氏が指摘したように、日本人には、「最後には他者への加害をつうじて自己破壊にゆきつく滅びの未来図」しかないのであろうか。〈朝鮮人問題〉などという問題は存在しない。在るのは〈日本人問題〉である。

（註）文中の「脅迫状」は、すべて、民族差別と闘う関東交流集会実行委員会編『指紋押捺拒否者への「脅迫状」を読む』（明石書店）より引用した。また、散見される個々の差別的言辞は、敢て原文のままとした。なお、いかなる意思表示であろうか、脅迫状の幾通かには裸の女性の写真が同封されていたという。

魂を売り渡さない者たちの深く静かな怒り——四十四篇の手記を読んで

深い怒りは、もの静かである。

ここに集められた全国の国鉄労働者とその家族の手記を読んで、何よりもまずそう感じた。ここに集められた四十四篇の手記は、国鉄分割・民営化の渦中にある者たちの、余りにも深い——深いが故に静けささえも感じさせる四十四個の怒りの表明である。

勿論、四十四篇の手記の書き手たちは、思想信条を共にしている者たちではない。同じ労働組合に所属している者たちでさえない。「国労」と「全動労」と「動労千葉」という名前を見ただけでも、いかなる事前の統一もないことは明らかであろう。これは統一戦線ではない。統一戦線の萌芽ですらない。しかし、ここに集められた手記を読む者は、ひとつの深く静かな怒りが、幾つもの発言を貫いて流れていることを感じないわけにはゆかないであろう。だから、この本はいかなる統一戦線の準備でもないが、しかしなお、そこには労働者としての〈魂の統一戦線〉が存在しているように、私には感じられてならないのである。

その中の一人、四十六歳の機関士はこう書いている。

私は「労働力」は売っても「魂」までは売らない。

この言葉はアジテーションではない。組合や政党のスローガンではない。余りにも強大な攻撃を前にした一人の労働者が、自らの人生をみつめ、仲間の存在をみつめ、そして当局への深い怒りをもう一度確認することの中から、しぼり出されるようにして発せられた言葉である。そして、この一行の言葉の中に、手記を寄せてくれた四十四人の人の、いや分割・民営化に抗して闘っている無数の国鉄労働者たちの、満腔の想いがこめられていると、私には感じられるのである。

労働力は売っても魂までは売らない。——この労働者階級の古典古代に属する言葉、とっくに滅び去ったと資本家たちが思いこんでいる言葉は、静かな尊厳を伴いつつ、分割・民営化という途方もない攻撃の中で、いま、ここに甦っているのである。

だから、ここに寄せられた四十四篇の手記は、そのひとつひとつが、労働者であることの尊厳の証明であると言わなくてはならない。そしてその対極に、分割・民営化を押し進める者たちと、それに積極的に加担する者たちの余りにも醜悪な姿を映し出して余すところがないのである。

言うまでもなく、国鉄分割・民営化については、すでに多方面から数多くの矛盾が指摘されている。その矛盾は余りにも巨大すぎて隠しようがないために、私のような一介の小説家でさえも、幾つかの問題点を数え上げるのに苦労することはない。

第一に、その手続き上の非民主的なやり方である。

分割・民営化の金科玉条となっているのは、「国鉄再建監理委員会」の答申であるが、その「委員会」なるもののメンバーは、公正中立を旨とする公務員でもなければ、国民によって選出された代表でもない。そのような「委員会」が議会に先んじて国家の基本にかんする方針を決定し、国鉄当局がそれに基づいて先行的に動き出しているというのであるから、それは〝ブルジョア議会主義〟さえも逸脱していると言うことが出来よう。しかも、その「委員会」のメンバーはわずか五人である。亀井正夫という住友独占資本のボスやら、加藤寛という誰も名前すら知らない〝経済学者〟やら、住田正二という札付きの元運輸事務次官やらである。だが、注目すべきは、「委員会」のメンバーとして顔を出しているそのような〝小物〟たちではない。「裏の委員長」と呼ばれている瀬島龍三という人物である。この瀬島龍三こそは、八三年中曽根訪韓の段取りを整え、臨調を実質的に取りしきった男として、自民党政府の黒幕中の黒幕である。それだけではない。瀬島龍三こそは、大本営参謀として開戦命令書を起案した人物であり、「東京裁判」の証言台においては、天皇を戦争責任から守りきった男でもある。このことを見るならば、「再建委員会」は単に非民主的なばかりでなく、その裏に正真正銘の軍国主義の影が存在していることが明らかであろう。かつて瀬島龍三は、恩賜の軍刀を天皇から直々に受け取ったはずであるが、その軍刀はいま国鉄を切るために使われようとしているのである。

第二に、「再建委員会」という名称にもかかわらず、その答申に沿って進められていることは、「国鉄」の再建でも何でもない。

答申を読めば明らかなように、国鉄は解体され、廃止されるのであって、再建されるのではない。「国鉄」がなくなって、私的利益を追求する私企業としての「私鉄」が営業を始めるのである。これは余りにも明らかなことである。にもかかわらず、「国鉄再建」という言葉を一貫して使い、何も考えていないタレントなどを登場させて「国鉄は民営化で元気になります」などと言うのは、デマゴーギー以外の何ものでもない。

第三に、国鉄は赤字であると宣伝されているが、赤字でも何でもない。

答申は国鉄の借金についてはくどくどと述べているが、その資産についてはほとんど口を閉ざしている。ところが、国鉄の保有している土地は六億七千三百万平方メートル。琵琶湖にほぼ等しい面積であり、その時価は七〇兆円ともそれ以上とも言われている。その上に土地以外の資産を加えるならば、百兆円は突破するであろう。それに対して国鉄の赤字は二十三兆円である。つまり、私たちの感覚で言えば、百万円以上の財産のある者が二十三万円の借金をしているにすぎない。答申は、「国鉄は民間でいえばすでに倒産した状態である」などと言っているが、このような状態のどこが「倒産」なのであろうか。あえて「倒産」という言葉を使うとするならば、「偽装倒産」という言葉こそが最もふさわしいのではないか。

第四に、この百兆円以上といわれる厖大な資産が、財界によって食い荒されようとしていることである。

答申によれば、分割・民営化によって作られる二十四の私企業（中心となるのは旅客六社）には、国鉄の資産が「帳簿価格」によって譲渡されることとなっている。しかしこの「帳簿価格」というのは、実際の時価よりもきわめて低く設定されている。時価では七〇兆円以上といわれている国鉄の土地は、「帳簿価格」では五千七百八十六億円であるにすぎない。つまり、七〇〇〇万円の土地を五万円とちょっとで払い下げるようなものである。これはもう、誰が考えても濡れ手で粟以上のものと言わなければならない。

しかも、新会社に譲渡される分とは別に、国鉄は民営化に伴って二千六百万平方メートルの土地を売却しようとしている。答申によれば、売却される二千六百万平方メートルの土地は「昭和六十二年度価額で、五兆八千億円と推計」されている。だが、この「推計」は全くのデタラメである。朝日新聞によれば、汐留貨物跡地など首都圏の百六十万平方メートルだけでも五兆円を越えることが判明している。これはまさしく、財界の・財界による・財界のための国鉄解体としか言いようがないのではないか。

第五に、国鉄の借金だけはしっかりと国民に押しつけられるということである。

新会社の引き受ける負債とは別に、十六兆円が「国民負担」となる。これは赤ん坊まで入れて国民一人当り十数万円という大変な金額である。しかも、その負債の主要なものは、青函トンネル、成田新幹線、本四架橋などという、これまで鉄建公団が勝手に造ってきたものの建設費である。私たちはそんなものを要求した覚えはない。成田新幹線は途中で工事がストップしている無用の長物であるし、青函トンネルなどは使いみちがないからシメジの栽培でもやったらどうかなどと言われている。建設資本と政治屋が甘い汁をさんざん吸ったあとで、その建設費が国民負担であるなどという話があるだろうか。だいたい政府は、国鉄は独立採算だと言い続けてきたではないか。これまでビタ一文出さなかったではないか。そのようにして借金をふくらませておいて、今回、財界のための国鉄解体にあたっては、国民に借金を引き受けろという。こんな理不尽な話があるであろうか。

第六に、全国の「赤字ローカル線」が片っ端から廃止されることである。

民営化されたあとの会社は、現在ある路線を存続させる義務を負っていない。新会社は営利企業であるから、赤字線は次々と廃止されるであろう。しかし「赤字ローカル線」と呼ばれているものは、地方の住民にとっては生活手段そのものである。生徒にとっては通学の足であり、お年寄りたちの唯一の交通手段である。これは赤字だからといって廃止されて良いものではない。国民の基本的な生活手段を守るためには、地域的な赤字は当然発生するものなのである。もしも政府が、赤字のものは全部やめたいと言うのであれば、一〇〇%の赤字団体である自衛隊のようなものから、民営でも分割でもやってなくしてしまえば良いではないか。

第七に、民営化では乗客の安全は守れないということである。

日航機が墜落して五二〇人の生命を奪ったことは記憶に新しい。だが、その大事故の本質的な原因が、日航地上職場の徹底的な荒廃にあることはあまり報道されていない。日航の荒廃が始まったのは一九六五年からである。この年、財界のボス植村甲五郎を迎えた日航資本は、日航の労働組合に襲いかかった。乗員組合はなんとかストライキを打てる質を維持できたものの、地上の整備部門では完全に労働者が分断され、会社に忠誠だけを誓う労働者がつくり出された。職場では昇給査定の嵐が吹き荒れた。エンジニアとして確実な仕事を行なうことではなく、会社の合理化に協力し、上司にゴマをすり、忠誠心を示すことが現場労働者の行動原理となったのである。ここからは事故の多発は不可避である。営利主義が支配的となり、職場が競争と分断にさらされるようになったとき、〝墜ちない鶴〟は墜ちるようになったと言わなければならない。日航の現在は国鉄の未来だと言えるのではないだろうか。

いや、その恐るべき事態はすでに目に見える形で始まっている。民営化を前提とした大合理化によって、東京の飯田橋のホームは無人となってしまった。だが飯田橋駅といえば、多くの人が知っているように、列車とホームの間が広くあいている。いや〝広くあいている〟などというものでなく、〝穴があいている〟という方が正確であろう。そのような危険なホームに駅員がいなくなることが民営化の第一歩であるとするならば、分割・民営化こそは利用者の最低の安全さえ無視することの上に進められようとしているのではないか。幾つもの手記は、その危険性を具体的に、なまなましく指摘している。

第八に、民営化によってはサービスは向上しないということである。

この間、国鉄労働者の働き方に対して、文字通り中傷としか言いようのないキャンペーンが、「国民」の名を騙ったマスコミによって、猛烈に繰り広げられてきた。曰く「たるんでいる」、曰く「ヤル気がない」、曰く「ストばかりやる」、曰く「愛想が悪い」、曰く「切符を買ってもありがとうと言わない」等々である。分割・民営化になれば、職員は愛想が良くなるのだと言う。だが、職員がニコニコと笑っていることが「サービスの向上」なのであろうか。だいたい鉄道員などというものは、どこの国へ行ってもニコニコなどしていない。鉄道員ばかりでなく、郵便局でも銀行でも、とりたてて愛想が良いわけではない。意味もないのに笑顔をつくって、それがサービスだなどと言っているのは日本だけである。勿論、外国にも愛想の良い従業員はいるが、そういう職種の者に対しては必ずチップを払わなければならないのである。チップももらわないのに、大の大人がニコニコしているとしたら、それこそ気味が悪いではないか。人間は意味もなく笑うものではない。これは基本的なことである。天地真理は、無理に笑顔をつくりすぎたせいでノイローゼになったではないか。改札の職員に毎朝「おはようございます」などと言われるよりは、私としては、飯田橋のホームでころんだときに駅員に駆けつけてきてもらいたいのである。そういうことこそが、本当の乗客サービスではないのか。盆も正月もなく、夜明け前の始発から深夜の終電まで、秒刻みのダイヤを正確に運転しつづけてきた世界無比の国鉄労働者のサービスが悪いなどと、誰が言うことが出来るだろうか。

最後に、分割・民営化は利用者の側の平等性をそこなうということである。

現在は国鉄であるから、フリーパスを持っている者は、国会議員とかマスコミとか、その辺の限られた部分であって、一般の国民には運賃の平等が保障されている。これはあまり気付かないことだが、とても大切なことだと私は思う。しかし民営化となれば、フリーパスを発行することは「会社の営業政策」にすぎなくなる。おそらく、多種多様なフリーパスや割引券が発行されることとなるであろう。そして一般国民には、それをチェックする手段は全くないのである。たとえば、デパートは割引きしないなどと言われているが、ほとんどのデパートは五％引きの優待券を相当大量に発行している。また「大磯ロングビーチ」などは、それこそさまざまな割引券が出されていて、窓口で正価の入場料を払うのは余程の〝貧乏人〟であるという現象が存在している。これを見れば、民営化された鉄道もまた、〝正式の運賃を払って乗るのは貧乏人だけ〟ということになるのではあるまいか。現に、分割・民営の答申が出されて以降、東京都の教員は、全国に散在する教員保養所へ行くという名目を立てさえすれば、旅行代理店を通じて、国鉄の切符を二割引で買うことができる仕組みになっている。このようなことは、これまでなかったことである。教員如きでも二割引きであるのだから、利権をもつ者にはフリーパスや割引券が乱発されるであろう。分割民営となれば、経済力のある者ほど安い運賃ですむ、ということになるのは必至である。

　このように、分割・民営化をめぐる問題点は数え上げればきりがない。私のような一市民でさえ、これだけの問題に気付いているのであるから、現場や専門家から見ればさらに数多くの疑惑が存在しているであろう。

　だが、私は、以上のようなさまざまな問題点にもかかわらず、分割・民営化の最高最大の問題は、何よりもまず、現場で働いている国鉄労働者が首を切られ、人格をも否定される形で屈伏を迫られていることであると考えている。

　実際、いま国鉄の職場は、当局によるファッショ的としか言いようのない攻撃にさらされている。当局は民営化への準備と称して、厖大な数の「余剰人員」を、無理矢理つくり出そうとしている。**「十人でやっていた仕事を今日から三人でやれ、残りの二人は他の会社の応援に行け、二人はコーヒーを売れ、最後の三人は草むしりをせよ、従わなければやめてもらう」**――このようなあからさまな攻撃がかけられてきている。当局は労働者にドレイになれと言っている。彼らは古代のドレイ使いのような鞭は持っていないが、「鞭のかわりに監督の処罰簿を手にしている」（『資本論』）のである。

国鉄を代表する東京駅。管理者は、労働者のネクタイのデザインにまで口を出し、ラッシュ帯の改札では立って「おはようございます」と言わない労働者に「作文を書け」と強制する。他職場の仲間が休憩中の友達を訪れて来ても、「この人は勤務中ですから」と言って会わせない。これが国労の役員でもあろうものなら体当りで事務室への入室を拒否する。

現在国鉄の職場の大半が、上司には絶対服従であり、上司が白のものでも黒と言えば、「ハイ、黒です」と言わざるを得ない状態になっております。

「白」のことを「黒」と言わないとどうなるのか？　当局

は「人材活用センター」なるものを設置し、既に二千四百人を強制的に配置している。十一月までに八万人を送り込むのだという。そして労働者に「草刈りをしろ」「花壇をつくれ」と命令し、労働者が本来の業務をさせるように要求すると**「業務命令違反、何時何分否認」**と繰り返すのだという。これはもはや職場というよりは、ラーゲリと呼ぶ方が正確であろう。

当局のもくろみははっきりしている。彼らは十万人を選別しようとしているだけでなく、残る者に対しても、去る者に対しても、一人一人の労働者としての誇りを踏みにじり、完全に屈伏させ、いかなることがあろうとも国鉄労働者が二度と立ち上がることのないよう、その最後の精神のひとかけらまでも打ち壊してしまおうとしているのである。

当局の攻撃がどれほど非人間的なものであるかは、「昨年と今年で自殺者六十四人」という異常な数字を見れば明らかであろう。管理者の日常的な脅迫や、生活を無視した不当な配転によって労働者が次から次へと自殺する――こんな企業がどこにあるだろうか。

たとえば今年の二月二十一日、新宿駅のTさん（五十九歳）は、助役室に呼び出されて退職強要を受け、その日の勤務を終った夜の十時すぎ、職員用トイレで首をくくって死んだ。Tさんのロッカーには「退職の強要には応じない」という国労のステッカーが貼られていた。そしてそれに対して、新宿駅当局（後藤新八駅長、田籠忠男出札助役）は、Tさんの自殺は「家庭不和」「内向的な性格」が原因だと発表したのである！

そして、さらに許されないことは、当局がこのような自殺者の多発をなんら反省することなく、今後もさらに続発するであろうことを念頭において、「自殺発生速報」なるものを現場に求める通達まで出していることである。

次ページの文書は、国鉄職場がいまどのような状態にあるかということを、象徴的に示している。しかし読んでみれば分かる通り、この文書はいかにもデタラメである。第一に、発信者は「厚生課長」と記されているだけで、氏名もなければ職印もない。さらに文書番号がはいっておらず、その部分には「事務連絡」と書かれている。つまりこれは、国鉄当局の正式の公文書ではないのである。「事務連絡」という体裁は、内部に対してはあくまで正式の通達として、外部に対しては「単なるメモ」としてすますことのできる、いわば公文書の抜け穴である。このような姑息なやり方こそ、当局の姿勢を良く表わしているではないか。当局は一人の人間の生死にかかわる問題を、「事務連絡」ですませておこうというのである。外部に対しては、いつでも「何もなかった」と言うことが出来るようにしておこうというのである。人間に対する、そして死者に対する、これほどの冒瀆があるであろうか。

事　務　連　絡
昭和61年５月15日

厚　生　課　長

職員の自殺発生報告方について

自殺を未然に防止するなど、職員の精神衛生の向上を図るため、健康管理業務の一環として、その対策に万全を期しているところでありますが、今後、職員（派遣者、出向者、休職者を含む,）の自殺が発生した場合は、その都度書面報告とは別に、下記により電話速報で連絡願います。

なお、今後とも精神衛生管理対策に一層の万全を期すようお願いします。

記

1．所属・職名・氏名・年令

2．就職・現職拝命

3．死亡日時

4．死亡場所

5．死因

6．概況

7．その他

このような状況の中でこそ、労働者の「団結」という言葉は輝きを増さなければならないであろう。だが、残念なことに、国鉄の現場は分裂にさらされている。当局の選別攻撃にみあった形で、それにぴったりと対応して、労働者を分断し競争に駆り立てようという勢力が存在しているからである。ここに集められた手記の多くは、そのような勢力――「動労」と「真国労」と「鉄労」――に、激しい怒りの言葉を投げつけている。

動労は労使共同宣言の上に立ち、組合員を職場から追い出す、退職させるためのオルグを行ない、支部の組合事務所は、職安なみの就職、派遣、出向の斡旋所となっています。そしていくつかの職場では、支部の委員長とその職場のボスが、当局の代理人となり、説得活動をくり広げると共に、組合員に順番をつけ、当局からの提示に対し次々と職場から労働者を追い出しています。

仕事明け、公休、さらには年休をも使い、増収活動と称するオレンジカードの販売を、組合指示のもとに実施しています。聞くところによると、この様な販売活動や提案制度、当局主催の取り組みに参加すると点数が上がり、新会社へのパスポートとなると云うのです。動勤労組合員は労働者としてのほこりも、権利も捨てさり、労働者としての物の見方・考え方等はもつなと動労指導部は云っているのです。

動労、鉄労、真国労の組合員が国労組合員の悪口やスパイ報告をする。

そういう彼らだからこそ、国鉄当局にとっては、国労つぶしにふさわしい人材と思ったのかもしれません。……彼らを育て、国労組合員を分裂させる。そう考えているのかもしれません。彼らの属する組織の名前を、革マルといいます。

私は労働運動の内情には詳しくないから、当初、動労が当局と「労使共同宣言」を結んだということを新聞で知ったとき、これは組合を守るための功妙な妥協であるのかも知れないと考えていた。情勢が不利なときには、いったん後退するのも一つの闘い方であろうと考えていた。労働運動にはそのような手練手管も必要なのであろう、と。――だが、これは大変な思いちがいだったと言わなければならない。なぜならば、手記にもある通り、動労や真国労のやっていることは、「全員を守るための最低限の妥協」ではなく、「自分だけ助かりたいための権力への迎合」でしかないからである。彼らの方針の中には、自分たちだけが助かろうということはあっても、十万人の首を守ることは含まれていない。彼らの目標は、来たるべき〝新会社〟において、そこの労働組合の主導権を握ることにあるようである。だが、当局に迎合し、仲間を売り渡したあとにつくられる労働組合とは、「産業報国会」以外の何ものでもないではないか。そのような「産業報国会」の主導権を握ろうとする者たちは、いったい何と呼ぶべきであろうか。

もっとも、人間は弱いものであるから、荒れ狂う嵐の海にほうり出されれば、自分だけは救命ボートに乗りたいと思うであろう。他人を蹴落しても自分だけは、と考えるかも知れない。しかし、労働者階級が真に偉大な階級であるのは、「自分だけは」という原理のかわりに、「一人は万人のために、万人は一人のために」という原理を掲げうるからではないのか。「たった一人の首切りも許さない」と言うことのできる唯一の階級だからではないのか。そうであればこそ、労働者階級は〈未来〉というものを建設しうる〈未来の階級〉としての資格を持ちうるのではないか。

私は本当に力のない一機関士ですが、私にも小さいながら「魂」はあります。動労のように「魂」まで国鉄当局に売るつもりはありません。最後まで闘い抜くつもりであります。

このように一人の機関士は書いている。

だから、一方に、オレンジカードを売ることに血まなこになり、『自由新報』などでブルジョアにオベンチャラを言っている動労幹部を置き、もう一方に、「魂までは売らない」と書き記す一人の労働者を置いてみるとき、そこで闘われているものは、〈人間の愚劣〉と〈労働者の尊厳〉であるように、私には考えられるのである。ここに集められた手記を書いた者たちは、一人一人が普通の労働者であるにすぎないが、彼らは〈愚劣〉を拒否したことによって労働者階級の階級としての尊厳を守り抜き、そしてそのことによって、まぎれもなく一人一人の中に〈未来〉の種子を孕ませているのである。

私は一人になっても国労に残ろうと腹をくくったのです。いまさらがたがたしても始まらないのです。

この無謀な改革のため、自ら命を断たなければならなかった人、不幸になった人のことを考えると、このまま黙っているわけにはいきません。だから私は、国鉄労働組合の組合員としてはもちろん、一人の人間として恥かしくないようがんばりたいと思うんです。

僕がこれからどういう生き方をするのか、そしてそれが正しいかどうかということに対し、答えは出ないし、僕たちの闘いが勝てるという確信はない。だけど、人間が人間として、人をふみ台に自分がのし上ったり、人を差別したりすることがなく、自分の言いたいことを正直に言える今の生き方が決して誤っているとは思わない。

このように、いま全国の国鉄の職場は、当局のすさまじい攻撃にもかかわらず、いや当局のすさまじい攻撃の故にこそ、労働者としての深い尊厳と、そして深い怒りとに満たされている。そして、そうであればこそ、国鉄における最大の組織である「国労」の責務は重いと言わなければならない。手記の中にも、断固たる闘いをもとめる声は充満している。――**「闘う以外に首は守れない」「国労本部よ、今闘う時だ。労働運動史に国労として汚点を残すな。職場労働者は本部の闘う指令を待っている」「闘ってこそ展望は開ける」**等々。

これらは国労組合員の声である。そして、公安と機動隊の包囲下、二度にわたる不屈のストライキを打ち抜いた動労千葉の労働者もまた、新たな闘いを呼びかけている。

私たちは負けないという自負があります。職場が底ぬけに明るいのも、闘って当局を押しているからです。みんな家族をかかえ、生活をかかえている。だからこそ闘わねばならないのです。

これら数多くの声に、国労の指導部はどのように答えるのであろうか。七月の大会で問題にされた「大胆な妥協」は、日夜現場で闘っている労働者の怒りに答えうるものなのであろうか。

真国労の分裂の中で、「**一人になっても国労に残ろう**」と書き記した労働者の声を、国労の最後の美談として終らせるのでなく、その声を力に――強大な力に変えていかなければならないであろう。なぜならば、それは国鉄労働者だけの問題でなく、私たち全体の問題にほかならないからである。

――深い怒りは、もの静かである。始発列車が走り始める前のように、もの静かである。だが、魂を売り渡さない者たちがいるかぎり、闘いは必至であろう。やがて朝の霧の向こうから、静かな怒りは闘いとなって、轟々たる音を響かせながら、巨大な機関車のように姿を現わして来るであろう。そしてそのとき、誰もそれをはばむことは出来ないのである。

天皇制をめぐるスリリングな批評──池田浩士『文化の顔をした天皇制』

先ごろフィリピンのアキノ大統領が来日した際、ちょっとばかり変ったニュースが流れた。アキノ大統領と会見した天皇ヒロヒトが、「大戦中にフィリピンにかけた迷惑についておわびを言い続けた」というのである。このニュースはフィリピンの報道官からAP電に流れた。これが明らかになるや日本政府は、「戦争責任に関する話はいっさい出なかった」（宮内庁）と言ってみたり、会見の内容は公表しないのが慣例であると言ってみたり、二日ほどして、「フィリピン側に注意をうながす」というところに落ちついたようである。

してみると、これはどうも、本当にヒロヒトがアキノ氏に謝罪の言葉を述べたようなのである。「平和天皇」を演出するために、宮内庁がフィリピン側をまきこんでひと芝居うったとは考えにくいから、どうやら、本当にヒロヒトが謝罪したのであろう。

ここで注目しなければならないことは、ヒロヒトが公式には「戦争責任のような文学方面のことは分からない」などと完全黙否を決めこんでいながら、フィリピンの新しい大統領にはコソコソと謝罪しているというデタラメさであるとか、天皇のナマの声をひたすら外部に洩らさないようにしている政府の小役人的性向であるとか、そういうことではない。何よりも注目すべきは、天皇がそのような発言をしたということを耳にしたとき、この国の人びとの心の内側に起こる何とも微妙な変化である。それはひとことでいうならば、「天皇はやはりおやさしい」から「個人としてはやはり一応はリベラルなんだよな」までを貫く、〈人間としての天皇〉に関する微妙な感情である。

そして、そのように、「やはり」と言って人間として現れる天皇を想い描くとき──つまり、途中にある中曽根やら自民党政府やらをすべてブッとばして、天皇と自分との心理的な二項関係を結び、有難いとか、感謝したいとか、言葉では言えないほど尊いとか、そういう古代的な感情に包まれるとき──どうやらこの国の人びとは、きわめて安定的な精神状態を獲得することが出来るようなのである。

哲学者の森有正氏は、日本人にとっての〈自分〉は〈我〉ではなく、相手の位置に規定されたものとしての〈汝の汝〉であること、そのような〈二項方式〉が日本人の発語形式から社会的関係までを規定していること、そして〈二項方式〉の最高のものは〈天皇と自分〉の関係であることを解明したが、そうした日本人の古代的な在り方は、資本主義の発展によって消滅するどころでなく、いまや基礎的な人間関係にまで及んでいる資本の破壊作用の中で、ますます強固なものとして生み直されているようなのである。こんなことを考えたのは、池田浩士氏の新著『文化の顔をした天皇制』を読んだからにほかならない。

池田氏はこの本の中で、天皇が「人間」として日本人の前に現れたこと、現れ続けていることを力説している。ともすれば私たちは、明治期から敗戦までの間にあっては、天皇は「神」として突き出されたのであって、「人間」として描かれることはなかったと考えがちである。だが、文学などからはいっさいの天皇表現が排除されたのと並行して、尋常小学校の教科書などには「人間としての天皇」が繰り返しあらわれたことを池田氏は指摘している。「人間」としてあらわれたからこそ、天皇制は人びとの心の内側に根を下ろすことが出来たのである。そのように、天皇制というものは〈見せられる〉ことによって〈見えなくされている〉のであるが、象徴天皇制下においてこそこの構造は強力に作用しているともいえるのである。

考えてみれば、ここで池田氏の言っていることは、恐らく一〇年前までは充分に自覚されなかったことである。

天皇制と天皇個人とを分離して考えよという有難い提言、天皇制には反対だが天皇個人には責任はないというもっともらしい見解、天皇の政治的利用はよろしくないが人間天皇の姿は悪くないという御託宣――これら雑多なお喋べりが、どれほど戦線を混乱させてきただろうか。神と人とをめぐるこの長かった混乱に、池田氏のスリリングな批評は一個の終止符を打とうとしているかのようである。

しかし、この本が何よりも刺激的であるのは、巻頭に置かれた「それぞれの反天皇制を！」という文章の中に、池田氏のただいま現在の思考が一一個のテーゼの姿をとって提出されていることであろう。つまりこの本は、読み進んでいくうちに巻頭の一一個のテーゼがひとつひとつ浮かび上がってくるという仕掛になっているのであり、それゆえ、読者は、一一個の〈池田テーゼ〉のひとつひとつについてイエスとノーを言うことによって、現在の反天皇制運動と共に在ろうとする「生きられた思想」と、直接に対話することが出来るのである。

反天皇制の運動にかかわっている人はもちろんのこと、天皇制は課題になりえないと考えている人、課題としてはきわめて困難だと思っている人にこそ、是非とも読んでもらいたい本である。難点は値段が高すぎることであるが、そこに埋蔵されている使用価値の量を考えるならば、酒代とコーヒー代を節約するだけのことはある。

歴史の闇を切り開く表現の不在――東アジア反日武装戦線のこと

本紙（「文学時標」）創刊号の「〝暴力〟と〝反暴力〟」という文章の中で、小田実氏は、「一群の若い人たちの〝暴力〟根絶を目的にしたはずの〝暴力〟は、人びとの支持を得られないままに自滅する」と書いている。

小田氏の言っているのは西ドイツのことであり、「一群の若い人たち」というのは西ドイツ赤軍、バーダー・マインホーフ・グループあたりのことにちがいない。ところが、そのバーダー・マインホーフらは、西ドイツ国家権力のそれこそ剝き出しの暴力によって、獄中において虐殺されたのであるから、「自滅」などと簡単に言ってもらっては困るのであるが、いまはそのことに触れない。

問題は日本である。日本の一九七〇年代において、最も〝暴力的〟な闘争を行ったのは、東アジア反日武装戦線というグループであった。一九七四年、彼らは天皇特別列車を荒川鉄橋上で爆破しようとして果たせず、その後、幾つかのアジア進出企業の爆破を行った。三菱重工の本社ビル爆破によって、数多くの死傷者を出したことは記憶されているであろう。いま彼らは、来年にも予定されている口頭弁論＝最高裁判決を前にしている。二審判決は二名が死刑であり、最高裁が同様の判決を出すとするならば、戦後になって初めての〝政治犯〟に対する死刑確定判決となるのである。

小田氏によれば、彼らもまた「人びとの支持を得られないまま自滅する」ということになるであろう。だが私は、そのように考えることは出来ない。私は彼ら兵士たちのことを考えるとき、この国の持っている途方もなく厖大な歴史の闇ともいうべきものの重量と、彼らの孤立した行いとを、ひきくらべてみない訳にはゆかないのである。

歴史の闇――と私は書いたが、彼ら東アジア反日武装戦線の行いこそは、この国がこの国であろうとする限りかかえている歴史の暗部を、あたかも爆弾の閃光によって照らし出そうとしたもののように、私には思えるのである。例えば彼らは、「間組」に対する爆破闘争を「キソダニ・テメンゴール作戦」と名づけているが、それは間組によって破壊されようとしているマレーシア・テメンゴール峡谷の樹木たちに連帯するものであると同時に、戦争中間組によって虐殺された木曽谷に眠る、いや安らかに眠ることさえ出来ないでいる、夥しい中国人の死者たちの遺志を継承する闘いであった。そして、彼らが「虹作戦」と名づけた天皇特別列車爆破未遂こそは、言うまでもなく、天皇ヒロヒトの戦争責任を追及するものであった。

戦争中に虐殺されたアジアの人民・戦争責任を問われぬまま生き続ける天皇制・現在直下の日本企業によるアジア支配——これらの根源的な問題を、支配階級は、歴史の闇の中へと押しやってきた。いや、支配階級ばかりではなく、〝戦後民主主義〟こそが、その問題を系統的に追及することを拒んできた。アジアの死者はヒロシマ・ナガサキにすりかえられ、大元帥は象徴にすりかえられ、企業進出は平和と繁栄にすりかえられてきた。〝戦後民主主義〟の中にこそ、ぽっかりとした歴史の闇はつくられてきたのである。

そして、そのように歴史の闇がつくられてゆくとしたら、それを切り裂くべき第一の責務を負っている者こそは表現者——ペンという批判の武器をもった表現者でなければならなかったはずである。勿論、戦後過程の中で、苦闘した表現者がいなかったという訳ではない。だが、それこそ「西ドイツ」に比べてさえ、戦争中の行いが若年層に伝えられていない現状を見るならば、やはり表現の不在の大きさこそに、目を向けなければならないであろう。今年あらわれた〝藤尾発言〟は、明らかに日本人の平均的認識を代弁したものではなかったろうか。

だから、東アジア反日武装戦線の兵士たちは、本来は表現者が行うべき仕事をさえも、自分たちの爆弾によって代行しなければならなかったのである。もしも彼らの爆弾の威力が大きすぎたとするならば、それはこの国の歴史の闇の大きさ——歴史の闇を切り開くべき表現の不在の大きさにこそ、実は対応していたのである。

爆弾の閃光によって暗闇を照らし出したという罪によって、東アジア反日武装戦線の兵士たちは、いま厚い壁の内側に在る。そして、彼らのことを「自滅した」などと言わせないために、私は少なくとも、彼らのことを考え続けたいと思っている。一群の若者たちがこの国の歴史の闇を切り裂こうとした以上、それが世界にとって、文学にとって、無縁であろうはずがないのである。

樹木たちと、死者たちが……

「密林の闇は、緑なのだろうか。深紅なのだろうか」

金子光晴は、若き日の旅行記『マレー蘭印紀行』の中に、このように書いた。

だが、いま全世界的規模で、そして恐るべき速度で、熱帯樹林が破壊されている。マレーシアで、フィリピンで、インドネシアで、パプアニューギニアで、そしてアマゾンの奥地で……。去年の九月に開かれた「第三回世界森林資源危機地域会議」の報告によれば、一年間に二百万ヘクタールの熱帯樹林が破壊されているのだという。二百万ヘクタールというのは、東京都の面積のほぼ十倍に近い——。

破壊の第一の原因は、言うまでもなく木材の伐採である。そして、そのように伐採された木材の最大の輸入国が日本であるということ、いや、最大などというものでなく、日本を除いた全世界の輸入量よりも日本一国の輸入量の方が上まっていること、日本一国が世界の熱帯樹林の半分以上を消費していることを考えるとき、わたしたちの前には、〈日本〉というもののきわめて特異な、奇怪な位置が改めて浮かび上がってくる。フィリピンのデルフィン・ガナピン氏は、「マルコス政権下に日本などへの木材の大量密輸が続き、木材を供給しうる熱帯樹林はもはやなくなってしまった」と述べているが、それは多かれ少なかれ東南アジア全域の実状でもあろう。

勿論、木材の伐採だけが樹木を破壊しているのではない。円借款の資金によって、そして日本企業の請負いによって行われるさまざまな〝開発〟もまた、夥しい樹木たちを死滅させつつある。かつて金子光晴の見た熱帯樹林の深い闇は、いま〝ミツビシ〟のブルドーザーによって切り拓かれ、幾千種類の樹木のみならず、その中に棲む無数の鳥類や、甲殻類の動物や、蝶や、そしてゲリラ兵士たちを確実に滅ぼそうとしているのである。

一九八〇年代——この全世界規模にまで及んだ資本の破壊作用をまのあたりにするとき、やはりわたしは、十年以上前、東アジア反日武装戦線の兵士たちが行ったこと・行おうとしたことを、改めて考えない訳にはゆかない。

一九七五年二月二八日、東アジア反日武装戦線の兵士たちは、のちに彼らが「最も成功した闘い」と総括することとなる闘争を行った。間組本社・並びに大宮工場の爆破である。そして兵士たちが、メッセージの中で単に「帝国主義打倒」とだけ叫ぶのでなく、その作戦に〈キソダニ・テメンゴール〉という二つの峡谷の名前を付与したとき、彼らの世界了解と世界批判とは、最も完全な形でわたしたちの前に姿を現したのである。

テメンゴールとは何か？

それは東南アジア最大のダム建設によって水没させられようとする土地であり、広大な樹木たちの王国であり、そして武装ゲリラたちの根拠地である。

キソダニとは何か？

それは戦時中に千余名の中国人捕虜が強制労働をさせられていた峡谷であり、数多くの中国人が飢えと寒さと重労働とリンチによって虐殺された場所であり、いまもなお谷間の到る処で日本というものを呪い続けている土地である。

このようにして、東アジア反日武装戦線の間組爆破は、わたしたちの前に〈キソダニ・テメンゴール〉という二つの峡谷の名前を提出した。兵士たちは、何一つ決着のつけられていないこの国の〈戦後〉の時間を遡ることによってキソダニへと行き着き、そして同時に、現在直下の空間をどこまでも進んで行くことによってテメンゴールへと行き着いたのであろう。かつて虐殺された中国人と、現に切り倒されようとする熱帯樹が、兵士たちの中で結び合わされた。そして、爆弾が間組本社で炸裂したとき、その閃光の中に照らし出されたものは、わたしたちだったのである。

わたしたちはどこに立っているのか。どのような空間の、どのような歴史の中に立っているのか。――そのことを、わたしたちは閃光の中で問い直された。兵士たちの闘いは、彼らが幾度も否定しているように《象徴主義的》なものではなく、資本中枢に実体的な打撃を与えるためのものであったとしても、しかしなお、その闘いの《象徴主義的側面》においてさえ――或いは《象徴主義的側面》によってこそ――わたしたちに言い知れぬ衝撃を与えたのである。

しかし、考えてみるならば、そのように時空を自由に往還し、歴史の闇の中から幾多の死者を呼び起こし、そのことによって世界を批判しかつ一人一人の人間の存在の根拠を問うてゆく――そういう作業というものは、本来は〈表現〉と呼ばれる領域だったのではないだろうか。たとえば映画『山谷』は、現地の熾烈な闘争の映像の中に、音の絶えたような朝鮮人坑夫の墓群の映像をモンタージュさせることに成功したが、そのような〈表現〉の領域までをも、彼らは闘いの中に包摂しようとしたのではなかったろうか。かつて高橋和巳は、全共闘運動を評して「こうした徹底した精神のいとなみは、従来は、表現を通じて文学の中で試みられてきたのである」と言ったが、全共闘運動のただなかから生まれたそのような徹底した精神こそが、そして徹底した表現の不在という戦後的現実こそが、兵士たちの闘いを〈政治〉と呼ぶには余りにも極限的な地平にまでみちびいて行ったのではあるまいか。そしてそうであったとするならば、兵士たちの精神の在り方は、ささやかな表現者であるわたしにも、いや世界をみつめようとするすべての者たちにも、無縁であろうはずがないのである。

　一九八七年――年頭に最高裁判決が予定されているという。裁判官は兵士たちが行ったこと・行おうとしたことを、口をきわめてののしるにちがいない。兵士たちの〝非現実性〟と、〝反社会性〟と、〝凶暴性〟とを言いたてるのにちがいない。だが、裁判官がどのような作文を読みあげようとも、いま全世界で破壊されようとしている熱帯樹林と、かつて無念にも虐殺されたアジアの夥しい死者たちとが、兵士たちの正当性を明らかにしていると、わたしは考えている。緑色の闇の中から、そして深紅の闇の中から、樹木たちと、死者たちとが、東アジア反日武装戦線の無罪を叫んでやまないであろう。その声に、わたしもまた加わりたいと思う。

下北下風呂

本州の、果ての温泉まで行った。

下北半島、下風呂である。

宿からちょっと港へ下りかけた途中、急な道をまたぐ格好で、陸橋のようになった場所がある。別に道が通っているわけではないから、どうしてそんなものを造ったのかわからない。全くの無用の長物である。

　私は無用の長物は大好きだから、その場所へ行ってみた。たしかに陸橋のようになっているが、誰も通らないせいで、あたりは草だらけだ。

　眺めは良い。海峡の向こうに、雪をかぶった北海道が、ずいぶん大きく見える。いちばん手前は恵山岬だろうか。陸地は穏やかに広がっているのだが、海峡は荒涼として暗い。海面がすべての光を吸い込んでしまったみたいに、まるで輝きというものがない。荒れた海の上を、荒れた風だけが吹いている。なんだか陰惨な気分になってくるような、そんな暗いパノラマだ。――どうも北国の風景は性に合わない。本当に気が滅入ってきそうなので、早々と宿に引きあげて風呂にはいった。安宿だから、食事は貧しい。

ところで、わざわざ北の果てまでやって来たのにはわけがある。昨年、全国の国鉄労働者の手記を集めて、『国鉄を殺すな』という本を出した。そのおかげで、ずいぶんたくさんの人たちと知り合いになれて、これまで知らなかった幾つものことを教えていただいた。私は子供の頃から機関車などにはとんと興味がなかったから、「車輪のフランジ」だとか、「動輪タイヤ」だとか、そんな名前を教えてもらうだけでも物珍しく、鉄道に関してはずいぶん物知りになったような気がした。

そして、何よりも感動したのは、一人ひとりの国鉄労働者が、鉄道というものに心の底からの愛着をもっているということだった。機関士はハンドルのことを、保線係はレールのことを、それこそ恋人のことを話すように話してくれるのだった。

そんなわけで、なるべく長い鉄道の旅をしようと思った。国鉄が国鉄であるうちに——そう思いながら列車に乗った。東京から野辺地へ、野辺地から下北へ、下北から大畑へ、そして大畑から下風呂まではバスしかない。どれほどの数のレールの上を走ってきたのかと考え、そのレールの一本一本に、どれほどの愛着がしみ込んでいるだろうかと考えずにはいられなかった。——

翌朝、宿を出ると粉雪だった。急な道は凍っていて危い。粉雪は海の上にも降っている。海の上に雪が積もるはずはないのだが、それでも、粉雪はひたすらに降っている。

きのうの陸橋のような場所に、老人が立っている。もう一度海峡を眺めておこうと思って、その場所まで行った。雪が降るとバスが大変でしょう、と私が言うと、全くだ、鉄道さえあったら、と老人は答える。ずっと昔、下風呂にも大畑からの線路が延ばされる予定だったのだと言う。ずっと昔というのが、戦争中のことなのか、それよりも前のことなのか、それとも老人の夢の中の話であるのか、よくわからない。それでも、レールが敷かれるまでになっていたのだと言う。

こんなに山の迫っている土地に、線路を通すのは無理でしょう——私がそう言うと老人は激しく首を振った。

「この場所、この陸橋の上を、汽車が走って行くはずだった」

陸橋の横手は、荒れ果てた草むらだけが続いている。幻の機関車が、幾度も幾度もその草むらの中から現れ、この陸橋の上を通って行ったのかもしれない。機関車の車輪のきしむ音が聞こえる。海の上には、ひたすらに粉雪。

〝冤罪〟づくりに加担する新聞報道

「中核派ゲリラ事件で高校教諭逮捕――自宅に散弾、火薬」

こんな新聞の見出しが目にはいった。二月一五日、全国百数十カ所に家宅捜索があり、火薬等を隠し持っていた静岡県の高校教諭松田公一さん（五〇）が逮捕されたというのである。

その松田さんと、一度だけ会ったことがある。以前、静岡の友人を訪ねていったとき、そこに先客としていたのが松田さんだった。夏の夜だったから、二人ともパンツひとつでテレビを見ているところで、なんだか「夏の夜の独身男の風物詩」といった感じだったのを覚えている。それから、私が女連れだったせいで、二人ともずいぶん慌ててズボンをはいた様子がおかしかった――。

「あのパンツの松田先生が、ホントに中核派なのかねえ？」

どうも腑におちない。友人の話を聞いても、中核派の線はまったく浮かんでこない。現地で松田さんの救援にあたっている「松田さんを守る友人の会」の人たちも、中核派とは何の関係もない人たちばかりだ。そこでいろいろ調べてみると、どうやらこれは、大変な冤罪であることがわかってきた。

第一に、押収された「火薬類」は、なんと十数年前のものだった。松田さんはクレー射撃を趣味にしていて、散弾なども合法的に製作していた。一五年前にクレーをやめて、銃は磐田署に提出して処分してもらったのだが、その際、残火薬については何も指示がなかったのだという。したがって、やたらな場所に捨てるわけにもゆかず、押し入れの奥で眠っていたのである。

第二に、中核派の『前進』が押収されたらしいのだが、それは一番新しいものでも一〇年以上前の号だというから、一種の古文書である。

ところが、マスコミによって、事態は思わぬ方向に発展した。いちばんひどかったのは『静岡新聞』で「昨年五月四日の中核派による」迎賓館を狙ったサミット迫撃弾事件」の犯人に仕立て上げてしまった。『週刊新潮』は「中核派教師」と、きめつけた。

そのほかのマスコミも似たようなものだった。しかも、そのやり方は、松田さんの私生活のささいな点をほじくり出して、いかにも異様な人間であるかのように印象づけ、それが「過激派」の証拠ででもあるかのように扱うという、報道というよりは扇動に近いものであった。

　実際、「町内会には顔を出さない」（『静岡新聞』）とか「週末はほとんど家にいることがなかった」（『週刊新潮』）とかは別に不思議なことではないし、「決められた時間に普通の授業をするだけ」（『毎日新聞・静岡版』）とか「有給休暇はフルに消化」（同）とかも悪いことではない。ましてて、「離婚してずいぶん時間もたつのに一人で暮らしている」（『静岡新聞』）などは大きなお世話である。

　なかでも傑作なのは服装についての描写で、『読売新聞・静岡版』が「ピンクのシャツに真っ白なズボンを愛用」かと思えば、『毎日新聞・静岡版』は「服装はパリッとした背広」だったりする。

　こんなふうにマスコミが大騒ぎすれば、警察や検察も引くにひけなくなってしまうのではないか。案の定、三月七日、松田さんは火薬取締法二一条違反（不法所持）で起訴されてしまった。クレー射撃の火薬を残していただけなのだから、本当は同法二二条（残火薬の措置違反）という微罪にすぎないのだが、検察はメンツもあって罪の重い二一条を適用したのであろう。

　検察の準抗告が棄却されて松田氏は一二日保釈されたが、ここで心配されるのは、松田さんの教師としての人生である。聞けば、松田さんはピアノや俳句が趣味で、なかなか楽しい先生だという。県の教育委員会が、マスコミに煽られて冷静さを失い、懲戒処分などを行うとすれば、問題はずいぶんこじれるであろう。

　ことは、十数年前のクレー射撃のタマを捨て残していたというだけの話である。私なども、図書館から本を借りっぱなしにして、催促の葉書が来て慌てたりする。よいことだとはいわないが、まあ誰にでもあることであろう。松田先生が、早く教壇に復帰できることを願っている。

イーグルトン『マルクス主義と文芸批評』『批評の政治学』

『マルクス主義と文芸批評』は、一九七〇年代前半の、ヨーロッパ社会がまだ変革への熱を孕んでいた時代に書かれたマルクス主義批評への入門書です。同時に、芸術論というマルクス主義の最弱の環における、マルクス主義自身の

「苦難の物語」でもあります。

ここでは、美の歴史性と永遠性の問題、作品の階級性や作者の政治参加の問題――つまり「ギリシア時代は経済的に末発達であったのに、何故永遠の芸術を産み出したのか」とか、「バルザックは反革命だったのに、何故作品の深部では作者を裏切っているのか」といった、ロシアや代々木の文化官僚が扱うとすれば、それこそウンザリするような諸問題が、一貫した「反・反映論」の立場から取り扱われています。それを可能にしたのは、アルチュセールの「上部構造の相対的自律性」という便利な論理であると共に、一九七〇年代前半という時代そのものの力にほかなりません。

一方『批評の政治学』に収められているのは、一九七五年から八五年にかけての評論です。

顕著なことに、ここではもはやアルチュセールは万能神として認められておらず、逆に、ポスト構造主義をはじめとする反マルクス主義の諸思想の発生源の一つとして捉え返され、半ば自己批判を含んだアルチュセールへの批判の上に、改めて批評におけるマルクス主義が構築されようとしている点です。

つまり、「科学主義」と「反ヒューマニズム」というアルチュセール派の方法は、旧来の「歴史主義」やら「マルクス主義ヒューマニズム」やらを断固として廃棄したと同時に、主体と階級闘争とをテクストの彼方へ追いやり、それ自体一個の超越的な理論主義へと道を開いたという点で、重大な陥穽を持っていたのです。

ここでイーグルトンと私たちの前に広がっているのは、アルチュセールが迷宮の中で行方不明となり、プーランツァスが大学の屋上から身を投げ、フーコーがNATOを擁護し、「テル・ケル」派が神秘主義に転向し、多元性を物神化するポストモダンが現状肯定の風俗になっているという、一九七〇年代後半から現在にかけての風景です。「なににも増して、アルチュセール主義のポスト・マルクス主義的派生物から、マルクス主義を守り抜くのが必要だと」イーグルトンは判断したのです。

従って、本書の冒頭に、アルチュセール派のマシュレに対する批評が置かれているのは、偶然ではありません。けれども、断っておけば、本書はマルクス主義内部の論争の書ではないのです。ソシュール、フーコー、デリダ、リオタール、ドゥルーズといった、この国でもおなじみの面々を、イーグルトンは相手にしています。そして、彼らの思想の発生する根拠とそのラディカルな側面を受けとめながら、それによってマルクス主義を強化するという、興味津々のディアレクティークを行なっているのです。

もっとも、イーグルトンは、『デリダとマルクス』のライアンのように、脱構築の哲学とマルクス主義とを「批判的に接合」しようとしているのではありません。ライアンの言うように、デリダとニューレフトとは共にパリの五月から生まれたものであったとしても――共に「あらゆる形態における権力と支配との論理の拒絶」であったとしても――両者の重大な違いこそが明らかにされねばならないのです。

だから、この本は、一九八〇年代に書かれた新しい『聖家族――批判的の批評』であるとも言えます。

なかでも傑作なのは「ウィトゲンシュタインの友人たち」という一章で、ここではウィトゲンシュタインとデリダという年の離れた異母兄弟に、ミハイル・バフチンが対置されています。つまり、日常言語へと撤退したウィトゲンシュタインと、日常言語という「外部」さえも形而上学を支えている対立項にすぎないと考えるデリダが、無限の脱構築の果てに、「世界はあるがままのものでしかない」という新しい形而上学へと頽落して行くその瞬間に、日常言語に代って民衆の言語＝カーニバルが導入されるのです。カーニバルの言説と実践こそは、固定化された社会という形而上学を解体＝異化するものにほかならないという訳です。

こんなふうに書くと、イーグルトンというのは、まるでどこぞの国の記号論者のようにさえ思えてきます。しかし、彼は民衆運動の記号論を企てているのでもなければ、民衆意識の神秘化を行なおうとしているのでもありません。喜安朗氏の指摘する如く、「民衆蜂起＝カーニバルといった短絡的な図柄を」描いてはならないのです。ここで必要とされるのは、民衆的ドクサを超える、それと矛盾した民衆的知にほかなりません。ですからイーグルトンはバフチンへの修正案として、「潜勢的知」と「顕在的知」の弁証法を追求したグラムシを提出することによって、支配者階級の文化的ヘゲモニーを越え出て行く政治的な道すじを示そうとするのです。

このように、イーグルトンの論調は、ことごとく諧謔的かつ根源的です。本書の原題――AGAINST THE GRAIN――が示すように、それは「ポスト構造主義に特有のペシミズムと幸福感の入りまじった状態」に対して、政治的現在という冷や水を浴せずにはおきません。

マルクス主義は、なによりもまず政治的な蜂起の理論であり、実践である。

この当り前の一行は、ガタリのような最新式の蜂起反対派の言説と比べられるとき、いっそう輝きを増します。まこと、マルクス主義者にとって、文体は諧謔、目標は蜂起でなければなりません。

ですから、イーグルトンが複雑な愛し方で愛しているべンヤミンが、ゆっくりとした――きわめてゆっくりとした遊歩者であるのに比べて、イーグルトンはスケルツォの遊歩者であると言えます。彼の歩くパサージュのショーウインドーには、ポストモダンのきらびやかな商品が並んでいます。それを眺める遊歩者の目付は、キョロキョロとしてブレヒト的です。そして、彼の通り過ぎて行った後には、一つ一つのショーウインドーのすべてに、ヒビがはいっているのです。

思想の仲買人は、慌ててシャッターを降ろした方がよいでしょう。

南島の死者と生者

無実の石川一雄氏が、現在もなお懲役刑を受けている狭山事件――正確にいえば、中田善枝さん誘拐殺人事件において、きわめて強く印象に残っている事実がある。

それは、農道に埋められていた被害者・中田善枝さんの死体の状況である。死体は首と足首を縛られ、荒縄で体を巻かれ、頭を南向きにしてうつぶせに寝かせられていた。また、頭の部分には丸い枕石が置かれ、そして二〇メートル離れたコンクリートの芋穴の底には、祝い用のビニールふろしきと、長さ一メートルほどの棍棒が発見された。

この状況は、「死体遺棄」などと呼ぶには、余りにも念が入りすぎている。死体をうつぶせにしたり、南向きにしたり、祝い用（婚礼用）の小道具を使ったりするのは、被害者もしくは中田家に対する犯人のなみなみならぬ悪意を表現している。この事実だけでも、中田家と一面識もない石川一雄氏を犯人と考えるには無理があるのだが、ここで私は、犯人の悪意についてではなく、その埋葬方法にあらわされた民俗について、しばらく考えてみたいと思う。

第一に、死体の頭の部分には枕石が置かれていたということ。第二に、芋穴の底には棍棒が発見されたということ。――この二つの事実は、既に裁判の過程でも弁護人の側から明らかにされたように、両墓制と呼ばれる葬法をあらわしている。

本州（特に関東）に現在もなお少なからず見られる両墓制は、死骸を土中に埋める「埋め墓」と、死者の霊をまつる「詣り墓」という、二つの墓を同時にもつ葬法である。つまり、死体の肉体は「埋め墓」に、死者の霊魂は「詣り墓」に葬られる。

「埋め墓」の多くは、死者の枕として石を置くことを特徴としている。これは『万葉集』においても、「鴨山の磐根《いわね》しまける吾をかも知らにと妹が待ちつつあるらむ」という具合に、「磐根しまける（岩を枕にする）」ことが死ぬことの喩となっているのを見ても、相当に古い葬法だと考えることが出来よう。死者は、何よりも石を枕にしなければならないのである。（ちなみに、土中に埋められていた枕石が、ゆっくりと浮かび上がり、遂に地表に姿をあらわし、その上に花が飾られたり、文字が刻まれたりするとき、両墓制は単墓制へと移行していくようなのである。）

「埋め墓」のもうひとつの特徴は、死骸の穢れを押し込めるための、何らかの措置がなされていることである。例えば、死骸の首から膝までを縄で縛って埋める方法（青森県野辺地、石川県鹿島郡）や、埋葬した土の上に割竹を曲げて立てたり、竹籠をかぶせたり、垣根を造るなどの方法である。この場合の竹は、死骸が狼や犬に荒らされるのを防ぐためというよりは、死骸の穢れの流出を防ぐための精の強い植物として用いられたのであろう。

こうしてみると、中田善枝さんの死骸の状況は、明らかに両墓制の「埋め墓」の形式にのっとったものであることが分かる。近くにあった棍棒も、一方の先が裂かれ、土中にさし込んだ形跡があったというから、割竹の代用品と考えられよう。実際、狭山地方には両墓制の残っている村落が多く、枕石と割竹――「犬はじき」と呼ばれる――が使用されている。つまり、善枝さん殺しの犯人は、両墓制の葬法を熟知している人物でなければならないのである。

石川氏の出身部落が単墓制であったことは、警察にとっては不幸なことであった。取調官もまた両墓制の知識をもっていなかったことは、それ以上に不幸なことであった。この二重の不幸の結果、あのすべてがデッチ上げられた「自白調書」においてさえ、枕石の意味や、荒縄の意味や、棍棒の意味が、何ひとつ説明されることなく、ただ兇々しい印象だけを残して放置されたのである。


ところで、南島にも両墓制と呼ばれる葬法が存在している。

南島の多くの土地では、風葬によって死骸が白骨化するまでの第一次墓を「シルヒラシ」「カイバカ」「グショー」などと呼び、洗骨の後に納められる第二次墓を「トーシー」「ウフシンジョ」「ウフバカ」などと呼んでいる。死者は第一次墓においてゆっくりと白骨化し、一定の歳月ののち、別の場所に納骨されるのである。第一次墓は、遺体のあるうちは拝まれるが、改葬ののちは拝まれることはない。

この南島における葬法は、二つの墓をもっているとはいっても、しかし明らかに本州の両墓制とは異なっている。

本州の両墓制は、死者が「穢れた肉体」と「尊い霊魂」に分離することによって、同時に二種類の墓が存在しているのであるが、南島においては、死者は死者であるがままで白骨化し、静かに肉体を脱ぎ捨てていくのである。だから、南島における葬法は、厳密には両墓制と呼ばれるべきではなく、「複葬制」とでも呼ぶべきであるように思える。

　南島の複葬制と、本州の両墓制とは、全く異なった民俗として存在しているのか、それとも、後者は前者の移行形態であるのかという点については、原田敏明氏と国分直一氏との間に論争があったが、いまはそのことには触れない。問題は、生者の死者に対する関係性において、二つの葬法の間にはきわめて大きな隔たりがあるということである。

　両墓制の根底にあるのは、何より死者への恐怖、死骸に対する汚穢観であろう。死者の肉体は穢れたものとして「埋め墓」に埋められ、死者に死者であることを悟らしめるために枕石が置かれ、荒縄で巻かれ、そして土の上には穢れが流出することのないように竹の囲いが造られる。死者の霊魂をまつるためには、別の場所に、別の墓が造られなければならない。

　この死者に対する穢れの感覚は、単に仏教思想の影響というよりは、それよりももっとはるかなこの国の古層に起源をもっているようである。例えば『古事記』は、伊邪那美の全身が腐れるという兇々しい世界を描き出している。たしかに「我々の祖先の死霊に対する畏怖戒慎は、今よりも遙かに甚だしいものがあった」（柳田国男『葬制の沿革について』）といえるのである。

　一方、複葬制にみられるのは、肉体をもつものとしての死者への愛慕であろう。ここでは、死者は生者に見守られながら――つまり生者の人生と同じくらいの時間をかけながら――ゆっくりと白骨となっていく。どうやらそこには、〈死者と生者が共にある時間〉とでもいうべきものが流れているようである。

　南島において、死者への怖れの感覚が薄いことは、伊波普猷『南島古代の葬制』以来、さまざまに指摘されている。就中、『おもろ』における古代の色彩感覚を分析するなかから、死者の世界を「青《おう》の世界」として表現した仲松弥秀氏の仕事は、高く評価されなければならない。――「青《おう》の世界」――それは、亜熱帯の太陽に照らされた白く灼けるような場所でもなく、また、いっさいの光の奪われた暗黒の場所でもなく、どこから射してくるのか知れぬ淡い光と、遠く伝わってくる海の轟きの中で、すべてがうっすらとゆらめいているような場所であろう。それは、言うまでもなく、死者を風葬する洞窟の表象にほかならないのだが、その場所では、死者は生者と時を共にし、生者は死者と共に生きることが出来るのである。

　琉球処分以降、大日本帝国は島々の御嶽《ウタキ》の入口に鳥居を建て、南島の言葉を禁圧し、ひとり残らずの人間を「皇民化」しようとした。また、一九七二年の沖縄の政治的＝文化的併合は、南島の文物のすべてを「本土化」しようとしている。だが、それらの「皇民化」や「本土化」の中でも、複葬制にみられるような死者と生者との関係性だけは、破砕されることがなかったのである。

けれども、ここで考えてみなければならないことは、そのような南島の民俗的独自性は、大和の文化支配に対する永遠の批判の武器たり得るのだろうかということである。──その保障は、実はどこにもないと私は考えている。死者と生者とが時間を共にする〈南島のやさしさ〉とでも呼ぶべきものが、「皇民化」と「本土化」の過程に横たわっている幾多の死者たちを敢て呼び起こすことがないとしたならば、その〈南島のやさしさ〉は、他のすべての南島の文物と同じように、一方では荒縄で巻かれた無惨な死骸となり、一方では大和の辺境文化の陳列品の一部分と化してしまうのにちがいないのである。

実際、大和の文化支配は、常に異族の肉体を土中に埋め、その霊魂を自らの祭壇にまつり上げてきた。一方では兇々しい暴力によって、他方では広大なる慈愛によって、まつろわぬ者たちを解体し包摂してきた。これこそ、大和の文化支配の「両墓制的性格」とも呼ぶべきものであるのかも知れない。

一九八七年──天皇が南島を訪れようとしている。〈死者と生者が共にある時間〉が、いまもなお南島の人びとの心の奥底に流れているとするならば、死者の呟きはどのような言葉となって洞窟の壁にこだまし、生者の耳に達するのであろうか。生者は死者の声を聞いて、その言葉をどのように自分の口に移しかえるのであろうか。生者が死者の骨のかけらを口にふくみ、その小さな骨の力に励まされるようにしながら、一個の武器となって洞窟から地上へと出て行く物語を、私は『聖なる夜聖なる穴』として試みた。一九八七年──この年の秋を、南島の死者と生者は、どのように迎えるのであろうか。

「パルチザン伝説」事件

まえがき

小説「パルチザン伝説」は、一九八三年秋、右翼の圧力により、単行本化を中止された。その後、わたしたちは、八四年六月、『パルチザン伝説　桐山襲作品集』の刊行を果たした。以来三年余、その間、同書の刊行をめぐって様々な揣摩臆測が為されてきた。多くの同様の事件がそうであるように、時の経過とともにその意味が歪曲され、歴史の闇の中に葬り去られてしまう。故に、現時点において広く公けの場で全経過の真実を明らかにすることは、わたしたちの責務であると考える。

ここに、若き読者の協力を得て、作者との対話というかたちで、この事件の経緯を記録することができた。本書が、真の〈表現の自由〉の形成という長い里程の中で、ささやかな一歩となれば幸いである。

尚、作品の発表や一連の事件に関して、それぞれどのような報道、発言が行なわれたかという叙述を補助するため、当時の新聞記事、批評、コラムなどを、別途に資料として収録させていただいた。

一九八七年七月

刊行委員会記

第一章　前史

――「パルチザン伝説」が雑誌に掲載され、右翼の攻撃を受けたのは、一九八三年のことです。現在はそれから三年以上過ぎているわけですが、ひと言で〈「パルチザン伝説」事件〉といっても、表現の自由の問題、天皇制の問題、暴力の問題、ジャーナリズムの問題等、さまざまな問題を含んでいると思います。そこで、今回は事件から三年余りという時点での、作者である桐山さんの総括を聞かせてもらうということにしました。この間、桐山さんは対談や座談会などで事件について部分的に触れる発言をされていますが、今回は全体の経過も含めつつ、お話しいただければと思います。

〈「パルチザン伝説」出版抑圧事件〉といっても、いま言われたように、さまざまな局面があり、その局面ごとに、性格の異なる幾つもの問題を孕んでいると思います。従って、今回は事件の経過を追うなかから、どのような問題があったかということを知ってもらうと共に、今後〈表現と抑圧〉ということを考える上での、ひとつの資料を提出できればと考えています。事件の総括を出すというよりは、総括のための素材を出せればと考えています。

それで、経過にはいっていく前に、まず「パルチザン伝説」という小説はどのようなものであるのか――お読みになっていない方も多いと思うので――その辺を、前置きということでお話ししたいと思いますが、私が要約するよりも、発表当時の文芸時評がありますから、それをちょっと読んでいただきたいと思います。

「これは一九七〇年代の後半、〈M企業〉爆破事件で地下に潜り、その後爆弾製造に失敗し、アパートから逃げ、片目片手を失って亜熱帯の島にひそみ、死を待っているという男の、兄にあてた手紙形式によって書かれた物語である。この男の父という穂積一作は、戦前、某新聞社につとめながら、終戦直前、日本に敗北を早くもたらそうと、やはり爆弾をつくり、又、皇居の叛乱軍の行動に乗じて皇居に入ったものの失敗して、かたり手と同じく片目片手をうしない、大井聖という仮名で生きながらえるが、やがて一九五一年に失踪する。その父の戦前の行動をつづったのが、途中に挿入されている、穂積から爆弾製造を依頼された、Sという反体制派の画家の「手記」であり、この手記は、かたり手の男に母からわたされたものである。一方、かたり手の男の兄も一九七二年の山岳アジトにおける銃撃戦を行なった党派に属し、仲間同士の処刑に恋人を失って以後〈唖〉の人間となり、もう一人の異父妹は自ら志願して娼婦となっているという設定である」（『文學界』八三年十一月号饗庭孝男）

大体このような粗筋なわけです。それから、後に、「亡命地にて」というエッセイの中で、私は自分の作品のことを「東アジア反日武装戦線がかつて企図した現実の事件の衝撃力を受けとめ、そこから、この国の〈戦後〉というもの、また一九六八年から現在に至る〈この時代〉というものを考察し、文学的に表出しようとした作品であった」と書いています。勿論、この作品は、全共闘運動の告発したものはいったい何であったかという問題意識の下に書かれたものであることは、言うまでもありません。ですから、「パルチザン伝説」という作品は、単に天皇制批判のアジテーションといったものではなく、私たちの生きているこの時代というものを表出しようとした作品だったといえるわけです。

――作品を書かれたのはいつ頃でしょうか。

一九八〇年代にはいってからですね。

――それまでは何も書かれなかった？

ええ。全共闘運動が解体し、その社会的影響力が失われていった時点――つまり一九七〇年代の初頭からずっと何も書かないでいたわけです。

――何かを書き始めるときの、心の変化というようなものがあったわけですか？

自分でもはっきりとは言えませんが、ただ一九七〇年代というのは、とても何かを書く気になるような時代じゃなかった。連合赤軍とか、いわゆる「内ゲバ」とか、死者累々で、すべて我が事なわけですね。上手に書けないというよりは、書いてはいけない、今はそんなことをする時代ではないという、そういう思いが強い時代でした。勿論、一九八〇年代にはいっても、書けない、書いてはいけないということはあるわけですけど、七〇年代とは、ちょっと感じが違ってきた。書くことが赦される、と言ってしまうとちがうんですが。……この辺のきっかけといえるかも知れないのは、私が道浦母都子さんの処女歌集『無援の抒情』（雁書館）を読んだことが影響しているかも知れない。

――八〇年代の初めですか？

そうですね。道浦さんの歌集を読んだときに、こんなふうになら書くことが赦されるかも知れないという、そんな気持がしたのを確かに覚えています。

――それで、作品を書かれて、まず『文藝』に投稿するわけですね。

はい。ちょっとそのことの前に、この事件の全体を幾つかの時期に分けて考えた方がよいかと思うので、時代区分というと大げさですけど、そちらの方を先にお話ししたいと思います。

経過の全体を四つの時期に分けたいと思います。

第一期は、私が作品を書いてから八三年九月の『文藝』十月号に掲載されるまで。

第二期は、雑誌が発売されてから約一ヶ月間で、新潮社と右翼の攻撃を受けて、単行本化が中止されるまで。

第三期は、それから約八ヶ月後、八四年六月に作品社版が刊行されるまで。

第四期は、それ以降の総括の時期。

こんなふうに分けた上で、まず第一期からはいっていきたいと思いますが。

――はい。それで作品を書かれたのが八〇年代の初めでしたね。

書き上げたのは八二年で、五月に文藝賞に応募しています。文藝賞というのは、河出書房新社の主催している新人賞です。

――他の発表手段ではなくて、文藝賞に応募されたというのは？

いまの時代、新人が自分の作品を社会化しようと思えば、幾つかの文芸雑誌のやっている新人賞に応募するしかないというのが実状なんですね。昔は編集部に持ち込んで、読んでもらって、返されて、なんてことがあったわけですが、いまはその機能が新人賞というシステムに変わってしまっているんですね。良いかどうかはともかくとして、そういうシステムしかないわけです。それで、文藝賞というのは、第一回の受賞作が高橋和巳の『悲の器』ですから、私としては実に懐かしいような思いもあって、応募したわけです。『なんとなくクリスタル』なんていうのも文藝賞でしたけど（笑）。

――それで、その年の文藝賞の最終選考まで残ったわけですね。

はい。一九八二年の十一月ですね。『文藝』十二月号に発表がありました。最終選考に四つの作品が残りまして、そこで落っこったわけですね。受賞作は、平野純という人の「日曜日には愛の胡瓜を」という作品です。選評が載っていますので、それを資料として出しておきましょう。［資料1］

――選考委員は江藤淳、小島信夫、島尾敏雄、野間宏の四氏ですが、これを読みますと、余り肯定的な評価は出されていませんね。選考委員がビビったということはあるんでしょうか？

その辺は、具体的には分かりませんね。ともかく、この段階で、文壇の大御所が四人集まって、「こういう作品は出させない、こういう作者は出させない」ということを意志一致したわけです。その中で小島信夫氏が、右翼に攻撃されることの怯えのようなことを正直に言っていますね。いってみれば、この小島氏の選評が活字になった時点で、この作品は危険なものだというレッテルを貼られたわけです。しかも作品は発表されていないですから、レッテルだけが大きくなっていくということはあったと思います。

――編集部として、危険なものであるから最終選考以前に落しておくという考えはなかったんでしょうか？

それはなかったと思います。その辺が『文藝』の独特なところですね。河出書房新社（以下、「河出」と略）というのは、いままで右翼の攻撃の洗礼を受けていませんから、過剰な自主規制ということと無縁だったわけですね。ですから、編集部で作品を読んで、これは良いということで最終選考に残したわけですが、危険性ということはそれほど問題にはならなかったようです。

実際、作品を普通に読んでみれば、右翼が即座にカッとするようなものではないですね。「風流夢譚」のように痛快性のあるものではないですから、危険性などということは余り考えなかったんだと思います。警戒がないと言われればそれまでですけど、そのように警戒して自主規制しなかったことは、ある意味では、むしろ河出が健全な神経をしていたとも言えるんじゃないかと思います。

――編集部としては、「パルチザン伝説」は文藝賞の本命であると考えていたんでしょうか？

さあ、どうでしょうね（笑）。

――落選したことに対して、通知のようなものはあったんですか？

ありません。『文藝』の誌面で見て知ったわけです。最終選考まで残っていたということも、そこで初めて知りました。それで、しばらくしてから編集者が一度会おうと言ってきまして、最初にお会いしたのが十一月の半ば頃かと思います。河出の本社で会いました。

――そこで雑誌掲載の話が出たわけですか？

そのときだったか、その次にお会いしたときだったか忘れましたが、雑誌掲載も検討しているので手を入れてくれという話がありました。それから、何か新しいものが出来たら見せてくれというような話ですね。まあ、編集者が新人に対して一般的に言う内容です。

――手を入れてくれ、というのは？

新人の作品ですから、文章上の瑕があるわけですね。同じ形容詞が使われすぎているとか……

――手を入れるということで、天皇制にかかわる部分の表現を削ってくれとか、変えてくれとかいうような話はなかったんですか？

全くありませんでした。『文藝』編集部を私が評価しているのは、そういう話を全く出さなかったということなんですね。つまり、作者に対して自主規制めいた話は、ひと言もなかったわけです。あくまで文章上の注意だけですね。

ですから、のちに『週刊新潮』が〝ある作家〟の話として、「僕はあの小説のモトの作品を読んだんですよ。……地下出版されかかったことがあるんです。……ゲラを手に入れた人が見せてくれましてね。……天皇に関する表現は、かなりヒドいものでした」なんて書いていますけど、完全な嘘ですね。候補作になった段階と雑誌掲載された段階とでは、文章上の推敲はあっても、天皇制にかんする表現はほとんど変わっていません。

――そうすると、そのように作品に手を入れて、雑誌掲載になるのが一年後くらいですね。

八三年の八月一日に、雑誌掲載が決まったという連絡があって、実際に発表されたのが『文藝』十月号（九月七日発売）ですね。

――八月一日の通知は突然あったんですか？

六月くらいに一度編集者と会っていて、そのときは「風のクロニクル」という私の第二作が完成していたのですね。それで、編集者から、どちらにしようかという話がありました。第二作の方が文章は完成しているが、第一作も捨てがたいので迷っているということでした。そこで作者の意向をきかれましたので、どれをどう出すかは勿論編集部におまかせするが、第一作には非常に強い愛着があるので、できればそれを処女作としたいというようなことを話しました。

――その時点で、二つの作品が出来ていたわけですか？　そうすると、編集部としては、「パルチザン伝説」を捨てることも出来たわけですね。

そうです。

――それにもかかわらず出したということは、やはり作者の意向を尊重した……

私はそう思っています。それから、やはり編集部としても、文藝賞をああいう形で落ちたものだから、敢て出したいという、まあ意地のようなものがあったんではないでしょうか。

――作品の発表までの時期のことを話していただきましたが、この期間の問題点を出すとすれば、河出が非常に不用意だったのではないかという印象を受けます。つまり、右翼の攻撃の可能性のある作品に対して、明確な認識が欠けていたのではないかと思います。この辺の準備というか、社内的な意志一致というか、それがしっかりと出来ていれば、〈事件〉はずいぶん違ったものになったのではないかという気がします。そのあたり、いかがでしょうか？

位相の違った二つの問題が存在していると思います。第一は、私の作品自体が、先程も触れたように必ずしもティピカルな不敬譚ではなかったということがあります。その程度の作品ですから、それを改めて警戒しなかったというのは、ある意味では出版社として自然なことともいえるわけです。それから第二には、仮りに作品が危険なものであったとしても、その辺のことについては河出が非常にナイーヴであったということがあります。

　そして、ここが重要なところなのですが、河出がそのようにナイーヴもしくはイノセントであったということが、作品の発表される第一の条件になっていたということなんですね。というのは、天皇制にかんする表現について、十分な警戒心を持っているような出版社ならば、十分に警戒し準備をした上で出そうというふうにはならずに、やはり危いからボツにしちまおうというのが大勢だからです。だから、河出がナイーヴであったということは、作品が公表される条件だったのであり、それが同時に、あなたの言われたような警戒心の欠如の根源でもあったのだと、そのように押さえなければならないと思います。

　——作品の危険性を考えるような出版社であれば、出されることはなかったと。

そうです。そこが微妙なところで、河出がナイーヴであったということは、自主規制をしなかったというプラスの面と、事前準備に欠けていたというマイナスの面と、二つを合わせ持っているんです。

　——そうすると、右翼の攻撃の可能性について、作者と編集部との話し合いは全くなかったのですか？

それはありましたよ。何しろ一年前に小島信夫氏があああう選評を書いているわけですから。ただし、その話し合いは、具体的に攻撃のあったときどのような戦術で臨むかという点までは絞りきれないで、出版社側は「確信を持って出すものだから攻撃があっても大丈夫だ」というあたりで止まっていたわけです。

　私の側からは、雑誌掲載が決定されてのちに、「週刊誌などが煽ることがなければ、右翼が動くような作品ではない」という情勢認識を伝え、「⑴悪質なジャーナリズムのフレームアップは警戒すること、⑵作者は非公然とすること」という二点を編集者に申し入れたにとどまりました。この点、明らかに作者の側からのオルグが弱かったと思います。作者のヘゲモニーにおいて、十分な協議を尽し、対応を確定しておくべきだったと思います。

　しかし、実際上は、作者の側からのはたらきかけは、出来にくいという事情もあったわけです。といいますのは、ひとつには、こちらが完全な新人であったということですね。河出に対する遠慮があった。非常に心理的なものなんですけど、立派な出版社が出すと言っている以上、子供でもあるまいし、それなりの対応は考えているだろう、という思い込みもあったわけです。

　それから、もうひとつには、作者の側から「あぶない、あぶない」と危機アジリをやると（笑）、「そんなにあぶないなら、やめとこうか」という具合になってゆくわけです。その辺のことがあって、私の側からは余り強いオルグは出来なかったんですね。もっとも、八月一日には掲載が決定されていたわけですから、その時点から九月七日の発売までの約一ヶ月間は、オルグは可能だったわけで、その期間に作者が十分に力を尽さなかったということは、私自身の自己批判すべき最大の問題点だと考えています。

――作者からのはたらきかけがなかったとしても、編集部として全社的な態勢を作るということは、出来なかったんでしょうか？

編集部としても、作者と同じことが言えると思うんですね。つまり、全社的な問題として危険性を強調すれば、会社としては当然「じゃあ、やめとけ」ということになると思うんです。だから、編集部なり担当者としても、危険性を声高に述べるようなことは出来ない。それで、態勢は整わないながらも、ともかく出して行こうということだったのだと思います。

だから、常にジレンマなわけですね。全社的な態勢を整えようとすれば「自主規制」が待っている。態勢を整えないで突っ込めば「敗北」が待っている。――この二つの道を越える方策というのは、やはり作者の側からの精力的なオルグ以外にはないんですね。掲載決定後、もしくは入稿後のオルグが、絶対に不可欠だというのが教訓だと思います。

――この事件は、『週刊新潮』が右翼を煽ったという面が大きいわけですが、発表までは、新潮社の動きはなかったんですか？

私は全く聞いていませんでした。だから、発表されれば何らかの動きがあるかも知れないと思って、「悪質な週刊誌によるフレームアップには警戒してほしい」と編集者に申し入れたんですね。ところが、そのずっと前から新潮社が動いていたという話を、後になって聞いたんです。文藝賞に落選したのは前年――八二年――の十一月ですが、その直後に、新潮社で出している『週刊新潮』の記者から『文藝』編集部に取材があったそうです。取材の内容は「作者は誰か？　出す予定があるのか？」というようなことで、編集部は「近いうちに出したい」と答えたということです。ただし、編集部の中の取材を受けた人が、それほど重大なことであると考えずに、私の担当編集者に言ってなくて、従って私にも伝わっていなかったわけです。

この辺は、新潮社がいかなる形でフレームアップを行なうかということを知っている者にとっては、すぐに危険だと分かるんですけど、普通の人はなかなかそうはいかないんですね。たしかに、この事実がもっと早く分かっていれば、こちらとしては手の打ちようがいろいろあったと思います。

――これまでお話をうかがって、既に発表されるまでの時点で、作者と編集部は幾つかのケアレス・ミスを犯していたということでしょうか？

いや、ケアレス・ミスというよりは、きわめて重大なミスですね。特に作者自身のミスです。この期間というのは、私は作品の完成に没入していたわけですが、明らかに河出に対するオルグを怠っていた。雑誌掲載が決定されてから、発表されるまでの期間、作者側からのオルグが浸透していれば、緒戦での対応はもう少しちがうものになっていたかも知れないと思います。

後に述べますように、『週刊新潮』の記事で、河出側がかなり新潮社側の思うようなふうに喋らされているわけですけれど、作者のオルグが貫徹してさえいれば、そういう発言もなく、『週刊新潮』もあそこまでフレームアップすることは出来なかっただろうと思います。ですから、この8・1以降の〈作者のオルグ〉という問題こそが、敗北の最大の原因なのであって、この点はいくら強調してもしすぎるということはないと思います。ひと言でいうならば、作者が、自分の産んだ作品に対する政治的責務を果たしきっていなかったということです。

第二章　83・9・29

——雑誌掲載の時点までをお話ししていただきましたが、いよいよ『文藝』十月号が、八三年九月七日に発売されます。そして攻撃が開始されるわけですね。

その前に、「パルチザン伝説」が社会的にどのように受けとめられたかということをお話ししておきたいと思います。九月七日に雑誌が発売されまして、幾つかの新聞に文芸時評が出ました。素早かったのは『赤旗』ですね（笑）。九月二十八日です。「反動化のつよまりの他方で今日、権力に泳がされた存在であるニセ『左翼』暴力集団の所業への肯定が文学の名をもっておこなわれることの危険と有害さをきびしく指摘しておきたい」なんて言ってます。［資料2］

それから、九月二十四日の『サンケイ新聞』夕刊では、奥野健男氏が「国家体制への深層意識的批判がはじめて文学作品として表現されて来たことに大きな感慨を抱かざるを得なかった」と書いています。［資料3］同じく九月二十四日、『東京新聞』の文芸時評では、菅野昭正氏が「天皇制という思想問題の重さと、物語的な面白さを持続させるエンターテインメントを結びつけようとする野心が、ここには感じとれる」と書いていますし［資料4］、それから九月二十八日の『毎日新聞』夕刊では、篠田一士氏が、「日本という国を外側から見据えようと、懸命に努力している」と評しています［資料5］。

——かなり紹介がされているわけですね。

はい。そこで注目すべきは、作品が自然に読まれていて、不敬譚として面白いとか、衝撃的であるとか、そのような受け取られかたは全くされていないということです。これは作品の性格からして当然のことなのですが、やはり重要なこととして押さえておかなければならないと思います。

——新聞の時評が出た時点で、右翼の動きとか、河出への電話とか、そういうことはなかったわけですね。

はい、全くありません。時評で「天皇制打倒をめざすパルチザンの真情を吐露した小説」と紹介されていますが、電話一本ありません。

——そうすると、やはり新潮社ですね。

明らかにそうですね。九月二十六日に『週刊新潮』の記者が『文藝』編集部を取材しています。その時点で、『週刊新潮』が作者の談話をもとめているというので、「スキャンダル雑誌の取材には応じない。いっさいノーコメントである」と私は『文藝』編集部に伝えています。しかし、九月二十六日という段階は、新潮社は河出以外の取材を全部終わっていて、既に記事をつくりつつあった時点なんですね。河出にいちばん最後に来たんです。

それで、作者と『文藝』編集部とで、今後のことにかんする協議を持ちました。九月二十七日です。私の方から、「これで右翼は動かざるを得なくなるだろう。万全の態勢を整えてもらいたい」という内容の話をしました。『文藝』の方は、「文学作品として自信を持って出したものであるから、外部の圧力に屈することはない」というようなことだったと思います。

それから、『文藝』編集部の「パルチザン伝説」の受け取りかたを示すという意味で、『文藝』の編集後記を［資料6］として、収めておきたいと思います。

――そして、『週刊新潮』が発売される。

はい。九月二十九日に『週刊新潮』（十月六日号）が発売になります。各新聞紙に大きな広告が載りますね。「おっかなビックリ落選させた『天皇暗殺』を扱った小説の『発表』」。電車の中にも、同じ広告が出されます。そしてその日のうちに、右翼の宣伝車が河出の前に停まって激烈な放送を行なうという形で第一波の攻撃が開始されますから、新潮社と右翼の動きは文字通り連動していたと言うことが出来ます。

――右翼の動きにはいる前に、『週刊新潮』の記事の内容を分析したいと思いますが。

はい。まず［資料7］を読んでいただきたいと思います。

この記事の第一の問題は、「第二の『風流夢譚』事件か――」という書き出しですね。右翼の動きが全く存在していないにもかかわらず、このような書き方をすること自体、明らかに一つの煽動になっているわけです。そして「風流夢譚」の痛快性のある文体を引用した上で、「第二の『風流夢譚』事件を誘発しかねない題材」であると決めつけているわけですね。「誘発しかねない」などと実にイヤらしい書き方をしていますが、誘発させたくてしかたがないという新潮社側の劣情が、非常に露骨にあらわれています。

第二の問題は、「天皇暗殺」という、小説の中には全く存在しない言葉を使って、しかもそれを大きな見出にして、煽動していることですね。このようにすれば、「パルチザン伝説」＝「天皇暗殺」ということになってしまうわけですね。別にそういう作品が存在してもかまわないですけど、「パルチザン伝説」は暗殺のスリルで読ませるような小説ではないわけです。だいたい「天皇」なる人物が登場してこないわけですから。それに、これは作者と言葉との関係ですけど、一人の作者には、その作者が思想的・感覚的に使わない言葉というのがあるんですね。私の文体でいえば、「暗殺」という言葉はまず出てこない。そういう言葉は、感性的に非常に遠いわけです。

そのことを、私はのちに、「亡命地にて」という作品の中で次のように書いています。――『天皇暗殺』という、わたしの文体には紛れ込みようのない、字面も響きも薄汚ない言葉が、大きな見出しとなって印刷されている」。つまり新潮社は、私の作品に「天皇暗殺」というレッテルを貼ることによって、そのレッテルの衝撃力によって、右翼の動きをみちびき出そうとしたわけです。しかも悪質なことには、「天皇暗殺」という言葉に、わざわざカギカッコをつけて、いかにも私の作品の中から抜き出した言葉であるかのように見せてもいます。

第三の問題は、「覆面を脱がない作者」という二段ヌキの見出を掲げて、作者追及の煽動を行なっていることです。この配事の中の人名は、「深沢七郎氏」とか「野間宏氏」とか、すべて敬称が付けられているんですが、私の場合だけは「気になるのはやはり桐山襲なる作家の正体だ」という具合に、意識的に呼び捨てにして、あたかも「犯罪者」であるかのような形にして、煽動しているわけですね。

第四の問題は、これは先程ちょっと触れたことですが、「ある作家がいうには」という形で、どこの誰とも知れない人物を登場させて、全くのデタラメを述べさせ、その言葉によって煽動している点です。「実は、僕はあの小説のモトの作品を読んだんですよ。去年、文藝賞に落ちてすぐのころだったと思うんですが、地下出版されかかったことがあるんです。このまま日の目を見ないのは惜しいという誰かの意思があったようで、とにかくそのゲラを手に入れた人が見せてくれましてね。まあ、構成などの点では現在発表されているのと大して変らないんですが、ただ、天皇に関する表現は、かなりヒドいものでした。それにしても、ああいう内容のものをよく書いたなあ、と思いましたよ」――という調子ですね。

「地下出版されかかった」とか、「そのゲラ」とか、全くのデタラメであるわけです。つまり、新潮社は、現にある「パルチザン伝説」だけではどうも右翼が怒りそうにないから、その「モトの作品」をデッチ上げて、それでフレームアップしようとしているのですね。

こういうふうに、匿名の人物を最後に登場させて、その言葉によって疑惑をかき立てるというのは、新潮社のいつものやり方なんですね。作者の匿名が気になるなんて言いながら、自分の方はいつも架空の人物を登場させて、全く事実に反することを言わせて、フレームアップしているんです。これは明らかに「報道」というよりは「煽動」と呼ぶべきで、新潮社というのは、第一級の「煽動機関」であると言えると思います。

以上がだいたい新潮社の記事の問題点ですが、このことから分かるのは、記事がたまたま右翼の動きを誘発させてしまったなどというものではなくて、最初から右翼を煽動して騒ぎを起こすことを目的として書かれた記事だということです。最初から右翼を煽動し、「第二の『風流夢譚』事件」をつくり出す意図が存在していたわけです。そういう点で、「パルチザン伝説」事件を考えるとき、この新潮社の問題が一番大きいと言えます。

——新潮社がこういう書き方をしなければ、騒ぎにならなかった可能性が大きいと思いますね。作品の質からみても、右翼が読んですぐに激昂するというタイプのものでもありませんし。

それはそうです。『週刊新潮』以前に幾つもの新聞が紹介していても、何の動きもなかったわけですからね。しかし、そういう仮定の問題は余り意味がないんです。問題は、新潮社が明らかに「第二の『風流夢譚』事件」を煽動する記事を書いた、そして現実に右翼が動いたという、この歴史的な事実なんですね。だから、極言するならば、「パルチザン伝説」事件というのは、〈右翼と表現〉の問題というよりは、〈新潮社と表現〉の問題だとさえ言うことが出来ると思います。

——そうすると、新潮社の果たした役割というのは、明らかに〈検閲官〉ですね。

その通りです。まさしく〈検閲官〉ですね。メジャーの出版界にあっては、天皇制に批判的な発言というのは、あらかじめ自主規制されて表へ出てこないわけですけど、今回の「パルチザン伝説」のように、良心的な編集部によって、自主規制を受けることなくたまたま表に出てきた作品があれば、それに目を光らせて検閲し、摘発し、葬っていく——そういう役割を新潮社が果たしているわけです。

どういう形で葬っていくかというと、右翼を煽動して、右翼の力を借りて葬っていく。たいしたことのない表現でも、大々的にフレームアップすることによって葬っていく。つまり、報道界や出版界全体が自主規制という形で言葉を幽閉しているわけですけど、その自主規制の網の目からたまたま洩れて出てきたものがあれば、それを新潮社が叩く。要するに、新潮社は〈最後の検閲官〉の役割を果たしているんですね。

それから、ついでに言っておけば、先に［資料2］として出した『赤旗』も、「こうしたものを『新人の力作』ともてはやすのは、文学に携わるものとしての見識が問われるといえよう」と述べて、こういう「有害な」ものは活字にするなと言っているわけですね。新潮社と代々木の意見が、奇しくも一致した(笑)。そして、その意見を物質化したのが、右翼であったわけですね。

――さて、それで、いよいよ九月二十九日から右翼の行動が開始されるわけですが、順を追って話していただけますか。

まず九月二十九日、右翼の街頭宣伝車一台が河出のビルの前に停まります。かなりの音量で河出と作者を攻撃する放送を続けます。この日には、公安がいち早く河出に来ています。公安が河出に言ったことは――あくまで伝聞ですけど――「右翼が責任者に会わせろと言ってきたら、会ったほうが良いよ」というようなことを言ったらしいです。それから、公安とは別に、原宿署から河出に電話があって、右翼の車がそちらに向かっている、という情報が伝えられています。

ここで言えることは、ひとつには、既に述べたことですが、右翼が『週刊新潮』と連動したということ、もうひとつは、警察の動きがきわめて早いということですね。新潮社＝右翼＝公安の間で事前の意志一致があったかどうかは知る術もありませんが、早くも九月二十九日の時点で、その三者が文字通り三位一体の如くに登場しています。新潮社が「第二の『風流夢譚』事件か」と言って大々的に煽動し、その煽動を大義名分として右翼が突撃し、公安がそれをフォローする、そういう構造になっています。

そして、土曜と日曜は河出は休みですから、月曜日の十月三日から右翼の攻撃は再開されます。十月三日はいちばん激しい動きのあった日で、宣伝車も四台くらいに増えます。右翼の十人ほどが、ガードマンを無視して社内にはいります。そして、そのうちの三人と、河出の代表が会見します。会見の内容は――これも伝聞なので正確なことは分かりませんが――右翼が相当に激昂した態度を示したようです。それから、この日であるかどうかは分かりませんが、右翼はこの段階で、①雑誌の回収、②作者を明らかにすること、③河出の謝罪、④単行本化中止、という四項目要求を出すことになります。

この日の会見にかんしても、公安が来ているのが現認されています。ただし、会議室の中には、いっしょにはいらなかったようです。

――右翼の攻撃はいつまで続くわけですか?

十月七日までです。

――そうすると、九月二十九日から始まって、約一週間とみていいですね。その結果として、単行本化が中止される――

私が単行本化中止の通告を受けるのが、十月七日の夜ですね。河出の幾人かと喫茶店で会っています。私は電話だけで結構だと言ったのですが、事情を説明したいということで、喫茶店でお会いしています。そこであらためて、単行本化中止を通告されたわけですね。経過からいえば、ここまでが第二期ということになります。

――十月七日の話の中で、右翼が四項目要求を出していて、その中の単行本化中止を入れるという説明があったわけですか？

そうです。河出としては、作者の安全を第一に考えて対応したという説明だったと思います。

――十月七日の夜に、作者にそういう通告があったということは、それ以前に、河出と右翼との間で、単行本化中止で手を打つという合意があったと考えてよいのでしょうか？

その辺はね、河出の内部の問題ですから、河出自身が、この事件全体の総括を含めて明らかにしていくべきことだと思います。私としては、河出内部のことにかんしては、実際に聞いてないことも多いし、聞いていても私の側から公表すべきでないこともあるわけです。ただ、十月七日の夜に作者に単行本化中止を通告したということは、それよりも前の時点で、何らかの決着があったと考えることが自然だと思います。

――その通告に対して、桐山さんの対応はどうだったんですか。河出に抗議するということはあったんですか？

いや、抗議はすることなく了承しました。これには幾つかの理由がありますが、ひとつには、状況からみてこれ以上河出に戦争を継続させるのは無理であると、判断したことがあります。特に私の作風として、戦線離脱者は自由に去らせるということがあるんですね。それから、もうひとつの理由としては、右翼の恫喝に屈伏した河出の問題よりも、それを煽動した新潮社の問題の方が、比較にならないくらい大きいと考えたことがあります。そういう、主に二つの理由から、河出に対しては抗議することなく、通告を了承しました。

ただし、この問題は闇から闇へと葬られてはならないと考えましたから、敗けたなら敗けたでよいから、その事実を公表すべきであると河出に伝えました。社告か何かの形で、単行本化を中止せざるを得なかったということを公表してほしい、という要望を出したわけです。この要望は、結局は河出の事情で実現されなかったわけですが、私としては、それは最低限行なっておくべきことだと考えていました。

――この間、桐山さんのほうには、右翼や公安の攻撃はあったんですか？

ありません。それは、私が全くの新人で、河出が洩らさないかぎり作者をつきとめることは出来なかったからです。勿論、私の非公然が崩れていれば、当然この段階で右翼の攻撃があったでしょうから、私としても社会的反撃に出ざるを得なかったでしょう。一九八二年に、森村誠一氏が『悪魔の飽食』を出版して右翼の攻撃を受けたときは、警察に守ってもらっていたわけですが、こちらの場合は、それとは問題がちがうわけですから、それ以上の社会的反撃に出ていたと思います。しかし、非公然が守られていましたから、そういう段階にはなかったわけです。

――この期間の問題としては、勿論第一に新潮社であるわけですが、新潮社の問題にかんしては、後で総括の中で十分に語っていただくとして、もうひとつ、河出が右翼に簡単に屈伏してしまったという事実、そこのところの問題の所在を、はっきりさせておかなければならないと思います。この間、多くの出版社が自主規制をしてきたわけですが、河出も自主規制の道に踏み込んだということですね。

いや、それはちがいます。自主規制ということでは、全くないですね。

――勿論、作品を発表するまでは、河出に自主規制というものはなかったと、そういう話はうかがいましたが、単行本化を中止したということは、これは明らかに自主規制でしょう。

自主規制という言葉で表現すべきじゃないんですね。いいですか、河出としては何の自主規制もなく私の作品を出した。その結果、新潮社と右翼の攻撃があって、「単行本化中止」という部分で屈伏しなければならなかった。こういうことでしょ。だからこれは、自主規制というようなことではなくて、明らかに一個の敗北形態なんですよ。河出としては、出版を抑圧から守りきることが出来ずに、右翼の圧力の前に敗北した、そういう敗北形態としてとらえるべきなんです。最初から自主規制したのではなくて、小なりといえども、一個の闘いの結果として敗北したんです。その敗北が早すぎるとか簡単すぎるとかいうのは別の問題であって、自主規制ということとは全くちがうんです。

――なるほど、しかし逆からみれば、自主規制も何も考えていなかったはど、無防備な状態のまま闘いに突入してしまったということになるわけですね。他の出版社であれば、それこそ自主規制して、作品が活字になるようなことはなかったと思います。

――河出の長所が、闘いの中では同時に弱点にもなっていったわけですが、その辺を越える視点というものは、どこにもとめられるでしょうか？

回答になっているかどうか分かりませんが、出版界全体の問題として――勿論、河出も含めて――やはり「風流夢譚」の総括がきちっとされていなかったこと、そこのところの問題が非常に大きかったと思います。

といいますのは、右翼が社前に来たとき、河出としてはやはり「風流夢譚」を思い浮かべたんだろうと思うんです。あのときのようになるんじゃないか、ということがすぐに連想されてしまって、非常にビビったと思います。明らかに、「風流夢譚」が河出にパニックをひきおこして、その結果が早期の敗北につながっていったと考えられます。

しかし、注意すべきは、「風流夢譚」が一個のパニックとなりえたのは、河出＝出版界がそれを総括していたからではなくて、逆に全く総括していなかったからなのではないか、私はそう考えています。

そこで、まず〈「風流夢譚」事件〉とはいったい何であったか、ということを考えてみますと、単に、「風流夢譚」という反天皇小説があって、それが右翼のテロルにあったというだけの話ではないわけですね。たしかに、きっかけは深沢七郎氏の小説の反天皇的な表現だった。しかし、最終的には、リベラルな編集方針を貫いていた雑誌『中央公論』の右転回というところに右翼の攻撃目標がしぼられていったわけです。

事件の経過を見ても、「不敬な小説である」ということで右翼が騒ぐんだけれども、その動きは、一応は一九六〇年十二月の段階で休止している。年が明けて、再び攻撃が激しくなって二月一日の嶋中宅のテロルに進んでいくのですが、この時には、『中央公論』の編集姿勢自体が中心問題になっている。だから、「風流夢譚」事件というのは、小説の内容に右翼が憤激した第一段階と、右翼を尖兵とした支配者階級総体がジャーナリズムを右転回させようとした第二段階という、二つの事件に分かれるわけです。

この辺のことは、中村智子さんが『「風流夢譚」事件以後』（田畑書店）という本で、また京谷秀夫さんが『一九六一年冬』（晩聲社）という本で、それぞれ丁寧に総括されていて、共に必読書ですね。

――その「風流夢譚」の総括が、十分に継承されていなかったということですね。

そうです。総括がされていれば、「風流夢譚」事件と、「パルチザン伝説」事件のちがいというものは、余りにもはっきりしているわけですから、単に「反天皇小説→右翼テロ」という図式的な発想に陥ることもなくて、パニックも少しは排除されたのではないかと思います。

——日本のジャーナリズムでは、そういう教訓を蓄積するという面が、非常に弱いですね。

その通りで、本当に蓄積されてきていないわけです。そのためには、一つ一つの事件の構造をはっきりと把握し、客観的に分析するという作業が必要なわけですね。その作業があって、一個の敗北もそのまま消え去ってしまうのでなく、次の時代への教訓となっていくのだと思います。

——その辺のことは、京谷秀夫さんと桐山さんの対談の中でも話されていますね。

はい。［資料8］として出しておきますので、読んでいただきたいと思います。「風流夢譚」事件以後、天皇制をめぐる表現は常に〝過剰恐怖〟ともいうべきものに支配されてきたわけですが、その〝過剰恐怖〟を少しでも取り除く方策というのは、過去の事件に対する客観的な総括以外にはないんですね。何よりもまず当事者が、敗北を敗北として認め、その過程を明らかにすることが必要です。ことは紛争である以上、勝ち敗けはつきものであるし、敗北したということはそれだけで恥かしいことではないんですね。「風流夢譚」事件以降の幾つかの事件は、敗北を敗北として語らなかったことによって、いっそう状況を困難なものにしてきたと言えると思います。

第三章　後退、そして六月

――単行本化が中止になるまでをお話しいただきましたが、いよいよ第三期、作品社版が刊行されるまでの時期にはいっていきたいと思います。この時期は、単行本化中止という事件が社会的にどのように受けとめられていったかということ、もうひとつは、作品社版がどのような困難を越えて現実化されていったかということ、その二つの面があると思いますが。

はい。その前にまず、単行本化が中止された時点で、私が作者として何を考え、今後の方針をどのように立てていったかということをお話ししたいと思います。この時点で、作者として取りうる態度はいくつかありました。例えば、ひとつは、いちばん簡単な方法ですけど、泣き寝入りすること（笑）。もうひとつは、作者が社会的に登場して、新潮社・右翼・公安の出版抑圧に抗議すること。すぐ思いつくのは、この二つだったと思います。実際、これまで出版抑圧された小説の作者は、「風流夢譚」の深沢七郎氏にしても、「政治少年死す」の大江健三郎氏にしても、第一の泣き寝入りの道を選んできたと思います。それには、勿論テロルという現実の問題があったからで、それだけを取り出して云々することは出来ないんですが、歴史的な事実として、そういうことがあったと思います。

それで、二番目の方の方針ですが、記者会見か何かで抗議声明を読み上げて、事件を明るみに出し、新潮社・右翼・公安を糾弾するという形になると思います。しかし、それをやった場合、現在のジャーナリズムの状況、政治的諸勢力の状況から考えて、きわめて小さな影響力しか持つことが出来ないのではないか――私はそう判断したわけです。多少こちらが騒いでみても、犬の遠吠えみたいな感じで、泣き寝入りとたいして変わらない状態に落ちついてしまうだろう、そのように考えました。

で、どのような方針を立てたかというと、社会的に抗議をしないかわりに、『パルチザン伝説』を出す、絶対に出す、という方針を立てたわけです。これまで右翼の攻撃を受けた小説というのは、「風流夢譚」以降、幾つかあるわけですが、それらはひとつも出版されていませんね。そういう状況というものを、なんとか一つだけでも打ち破りたい、そう考えたわけです。これが、一九八三年十月の時点での私の方針でした。

――その方針がどのように実現されていったか、そのことはゆっくりうかがうとして、その前に、先程触れた、出版抑圧がどのように社会的に受けとめられていったのかということ、その辺を明確化しておきたいと思いますが、幾つかの報道がされていますね――

はい。一番早かったのは『東京新聞』でした。〔資料9〕これは十月十七日夕刊の社会面トップ扱いで、「右翼圧力で単行本化中止」という大見出を掲げています。この記事は、「問題の小説は、専門家の間でそれなりの評価を受けている文学作品であるだけに『表現の自由』をめぐって、今後、論議を呼ぶものとみられる」というリードの書き方からも分かるように、冷静な態度で事件の存在を明らかにしたものです。

――作者の側から、新聞にレクするということはあったのですか？

ありません。先程言いましたように、そういう方針ではなかったのです。『東京新聞』が河出に取材に来ているということは、編集者から聞いていました。『東京新聞』の記事が出た直後、幾つかの新聞が河出に取材したようですが、記事にはなりませんでした。

――その後、右翼を批判するもの、新潮社を批判するもの、河出や作者をチャカしたものと、幾つかの発言や報道がありましたが。

記名入りで右翼の動きを批判したのは、松本健一氏と菅孝行氏の二人だけでした。松本健一氏のものは、『図書新聞』（十一月五日号）の文芸時評です。〔資料10〕新右翼の論客の科白を借りて、今回の右翼の動きを批判するという手のこんだものでした。それから、菅孝行氏のものは、十二月二十三日の『社会新報』マスコミ時評です。〔資料11〕ともかく、記名入りで右翼を批判することが出来たのは、この二人だけであったということは、記録しておくに価すると思います。

それから、新潮社に対する批判ですが、順番に挙げて行くと、①『新雑誌X』十二月号の猪野健治氏の文章〔資料12〕、②『東京新聞』十一月十一日夕刊の「大波小波」〔資料13〕、③『週刊読書人』十二月十九日号の文芸記者座談会〔資料14〕、それから、④先の『社会新報』の菅孝行氏、これくらいですね。

まず①の猪野健治氏は、「『週刊新潮』が、この作品をニュースとして取りあげ、大きくあつかった。右翼団体が担当責任者に面会を求めて、抗議に押しかけてきたのはそれからだという。（中略）問題はやはり取りあげる角度であろう」と前置きした上で、新潮のような書き方をすれば、右翼少年に「『黙っていちゃまずいんじゃないか』という気分にさせることはたしかである」と書いています。

次に②の「大波小波」は、「表現の自由」という題で、新潮の記事は「いささかセンセーショナルな筆法のもので、作品中には具体的に登場しない事件名や団体名を直接作品に結びつけて紹介するといった文章だった。仄聞するところでは、右翼のスピーカー攻勢は『文藝』の発売直後ではなく、『週刊新潮』の発売の後であったらしい」と述べ、その上で、「出版の自由は出版界の共同課題であるはずだ」としめくくっています。

また、③の中では、「あれは、『週刊新潮』があおったという側面もあったね。発売日に電車の中吊りを派手にやったわけで、それを右翼が見て、それっとばかり、その日の午後河出書房にかけつけたということがあったんですね」という発言があります。

それから、先に触れた④は、「『週刊新潮』は、脅迫を誘発するための、言論摘発者の役割を積極的に果たそうとつとめているのだ」と述べています。

――新潮社を批判した発言はそれだけですか?

それだけです。

――新潮社から作品を出している作家なり批評家なりが、新潮社の行為にかんして何も発言しなかったということは実に大きな問題だと思いますが、その点は後で触れるとして、右翼批判、新潮批判以外にも、事件に触れた発言・報道というのが幾つかありましたね。

河出の問題点を糺そうとしたものとしては、『文藝』一月号の正津勉氏の発言［費料15］、『朝日新聞』十二月十三日の記事［資料16］、などがあります。そのほかにも、事件の存在を伝えたものとして、『週刊読書人』十一月十四日号の記事［資料17］、『東京新聞』十二月二十一日夕刊「大波小波」［資料18］があります。それから、河出や作者をチャカしたようなものとして、『噂の真相』十二月号の記事と『新雑誌X』一月号の岡庭昇氏の文章があります。『噂の真相』は、「(作者は) せっかくの勇断の上で掲載にふみきった出版元共々、小説の内容ほどのカゲキさに欠けて、幕は閉じたのである」と書いています。『新雑誌X』の岡庭昇氏は、「何ほどか真剣に論ぜられるほどの作品ではないのだ。だいたいわたしは、天皇制批判のこころみを、天皇さん個人にカリカチュアライズ（あるいは〝襲撃〟）ではたそうというような文学や思想が好きではない。認めない」と述べた上で、「そんなもので主調《ママ》されたり、擁護されたりする言論の自由などにたいして関心がもてない」と言っています。［資料19］それから、同じ雑誌の中島誠氏の文章――文章になっていませんが――も同じような調子ですね。

　これくらいが、一九八三年内の報道・発言であるといってよいでしょう。ここでの問題点は、やはり、新潮社に対する批判がきわめて弱いこと、それから、「風流夢譚」からの類推で事件を考えるという安易な思考が主流となって、個別の問題点が深められていないこと、などがあげられるでしょう。「風流夢譚」の時点に比較してさえ、ジャーナリズムと知識人が、問題を基本的に考えるという能力を喪ってきているということが明らかになったと言えますし、こういう文化状況こそが、真に危機的なのだと言えます。また、そういう状況であったればこそ、私は、抗議声明を一発出して終わるという形を取らずに、単行本化への出口をもとめていったわけです。

――マスコミなどの関係を全体的に話してもらいましたが、新潮社にかんする問題に戻りたいと思います。新潮社への批判は、いま言われたように数少なかったわけですが、実はこれは大変な問題だと思うんです。どこかの四流出版社があゝいう形で右翼を煽動したのならともかく、新潮社というのは、多くの作家や批評家が本を出している大出版社なわけですね。そういうところが、表現の自由・出版の自由を圧殺するようなことをやって、作家や批評家たちが何も声を挙げない。これは世界的にみても、類例のないことだと思うんですよ。

顔廃、ですね、ひと言で言えば。例えばヨーロッパなんかで、ガリマールがああいうことをやったら、それこそ大変な騒ぎになりますよ。むこうの作家は、物を考えますからね（笑）。

――そういう状況であれば、新潮社は最初からああいう記事は書かなかったわけですね。

それはそうです。日本の出版界というのは、きわめて特殊なんですよ。

――いま、頽廃と言われましたが、出版弾圧をまのあたりにして、新潮社から本を出している人たちが頬かむりしているということは、頽廃と言っただけでは済まないような気がしますが。

その辺は、日本の文筆家の下部構造から見なければいけないと思います。本当に書きたい小説だけ書いて喰っている作家というのは、数多いようでいて、実は少ないんじゃないでしょうか。そのほかの人たちは――大学の特権的なポストに安住しているような連中は論外として――ジャーナリズムのさまざまな場所に雑文を書いて喰っている、喰っているというよりは金を蓄めているという雰囲気もありますけど。中曽根内閣の文化庁長官だった三浦朱門氏なんかは、長官時代に「強姦する体力がないのは男として恥ずべきことだ」とかなんとか、スポーツ誌の『シティーランナー』とか『SAY』とかにまで書いているでしょう。大そうな月給もらって、その上そんなにまでして金が欲しいのかと思うけど、まあ、そうやって皆さん生活しているわけです。だから、彼らにしてみれば、大新潮社を批判するなどということは、平社員が社長を殴るみたいなもので、とても怖くて出来ないんだと思いますね。そういうふうに、日本の文筆家というのは、知識人である前に売文奴隷みたいなところがありますから、新潮社が何をやろうと、自分とは関係ない、自分だけ喰えればいいということになるんじゃないでしょうか。

非常に貧しい話ですが、「社会的責務」という言葉ほど、日本の作家に遠いものはないんですね。それでいて、国家が戦争でも始めれば、昔みたいに「従軍記」みたいなものを皆書くようになるのでしょうから、「社会的責務」には関係なくても、「国家的責務」には敏感なんですね。

――新潮社の看板作家である大江健三郎さんなど、発言があってもよかったと思いますが。

四半世紀前の「政治少年死す」が総括できていませんからね。大江氏の僚友ともいうべき山口昌男氏は「天皇とはパフォーマンスである」みたいな発言をしていますけど、「政治少年死す」の問題が踏まえられていれば、そういうことは口が裂けても言えないはずなんですけどね。

――個々の作家は無理だとして、日本ペンクラブなどは対応すべきだったんじゃないでしょうか。

日本ペンクラブというのは、よく知らないけど、全民労協みたいなものでしょう（笑）。天皇から年金をもらっている芸術院会員がペンクラブの会長をやっているんだから、翼賛なんてものじゃありませんよ。

――新日本文学会なんかは、何か発言がありましたか？

「このダメな一冊」というタイトルで、「パルチザン伝説」は「愚作映画以下のストーリー」だという批評が載っていました（笑）。これは批評ですから別にかまわないですけど、それ以外の事件にかんする発言はなかったようですね。会員の作品だったら、評価もちがうし、対応もちがうんでしょうけど、その辺はセクト主義というか仲間主義というか、つまり代々木の体質と余り変わりないみたいですね。

――以上からひき出されることは、日本の作家なり文筆家なりが、〈表現の自由〉を守るなどということとはほど遠い、きわめて絶望的な状態にあるということですね。

それは絶望的ですよ。そんなことは、分かりきったことです。しかも、こういう時代の中で、ますます絶望的になっていっている。本当の売文奴隷だけが生き残っていくと、私は考えています。しかし、重要なことは、そのような中にも、今回私を支えてくれた人たちは陰に陽に存在したわけで、全体としていくら絶望的であっても、そこのところは忘れてはならないと思います。

――ある意味でいえば、「パルチザン伝説」事件が、日本の作家やジャーナリズムにとって、試金石だったわけですね。

小なりといえども、「最後の審判」だったんですよ（笑）。

――事件が社会的にどのように受け止められたかという話が長くなりましたが、右翼の方の動きは、単行本化が中止されてから、全くなかったわけですか？

一つだけありました。十月段階の右翼の動きは単行本化中止で止まったんですが、それとは別の右翼組織の代表者が十二月に河出に来て、抗議文を手渡しています。河出によると、対応は「紳士的」だったそうですね。向こうは既に勝利しているわけですから、当然紳士的で、文書の形でダメを押すということだったと思います。

――抗議文の内容というのは？

私は見ていないんです。あくまで噂として聞いていることで正確ではないかも知れませんが、まず、表現の自由をみだりに侵すつもりはない、と前置きした上で、しかし許されぬものもあると言っているそうです。「パルチザン伝説」のどこが許されないかというと、第一に、天皇のことを「あの男」と表現している。第二に、荒川鉄橋上の列車爆破計画が詳細に述べられている。この二つがけしからんということです。

しかし、第一の点についていえば、小説の中で天皇を「あの男」と言っているのは左翼の青年ですからね、それを「あの人」だとか「あの方」だとかにしたんでは、文学的リアリティーが全くなくなるわけです。これはもう、小説である以上当然なことですね。それから、第二点の列車爆破の方は、小説の末尾に「使用した資料」として掲げているように、東アジア反日武装戦線の兵士の手記を使わせてもらったものなわけですね。しかも、その手記は、既に一九七九年に『反日革命宣言』（鹿砦社）という本の中に収められて、一般書店でも販売されている。

一応論理づけておかなくてはいかんということで、十二月の抗議文になったんじゃないかと思います。

――河出の方は、抗議文を受け取っただけなんでしょうか？

どういう話があったかは聞いていません。ただ、『文藝』二月号（一月七日発売）の編集後記が、そのことについて触れていますね。［資料20］考えてみれば、この編集後記が、事件にかんして河出が公式に発言した唯一のものですが、この内容にかんしては、「よく踏んばった」という見方と、「単行本化中止の事実も言わないでなんだ」という受けとめ方と、二つあると思います。

――桐山さんはどちらの方なんですか？

私の思いは複雑なんです（笑）。

――右翼の動きとしては、十二月の抗議文が最後になるわけですか？

そうですね。一応しめくくったということだと思います。それから、これは右翼じゃなくて、左翼というか、市民団体の方なんですけど、東アジア反日武装戦線の死刑に反対している救援団体があるんですが――「東アジア反日武装戦線への死刑・重刑攻撃とたたかう支援連絡会議」という非常に長い名前なんですが――その団体が河出に対して公開質問状を出しています。［資料21］十一月二十四日付ですね。事実経過を明らかにさせるという点に重点が置かれていて、マスコミのひどい報道ぶりに比べれば、きわめて良識的な内容だといえます。その後、この「支援連」が十二月二十八日に河出と会見していますが、河出の方は、経過はまだ公表出来ないという立場であったようです。この会見の内容は、「河出書房会見記」［資料22］としてまとめられていて、後に「反天皇制運動連絡会」というところが編んだ『『パルチザン伝説』出版弾圧事件』（八四年四月二十日）というパンフレットに収められています。

――桐山さんと、その「支援連」なり「反天連」なりとの連絡は、当初からあったんですか？

いや、面識はありませんでした。単行本化が中止されて以降、たしか年末だったと思いますが、向こうから私に連絡をつけてきて、その後も幾度か会って、さまざまな局面で側面から支援していただいたわけです。「支援連」とか「反天連」とかいう団体として支援したというより、その中の個人が動いてくれたということかと思いますが。

――それはやはり、桐山さんの作品を支持して動いてくれたということですね。

いや、それは違うんですね。私に対する彼らの評価というのは、「文壇への足がかりを得るために、東アジア反日武装戦線を題材にした」(反天連)という一〇〇パーセント否定的なものです。作者に対しては一〇〇パーセント否定的、作品については一二〇パーセントくらい否定的ですね(笑)。しかし、そういう人格評価や作品評価とは別に、出版妨害に抗するという、そういう原則的な立場で支援してくれたわけですね。これはまあ、彼らが市民団体としてまっとうな神経をもっていたということです。

それから、私の作品に対して、東アジア反日武装戦線の兵士たちが、獄中で私の作品を読んで批評を書いてくれています。現在死刑判決を受けている大道寺将司氏と、無期懲役を受けている黒川芳正氏のものを資料として出しておきます。［資料23・24］

――八三年内に、そういう様々な動きがあって、いよいよ単行本化へ向かって進んでいくわけですね。

はい。それで、私としては、単行本化の準備に先立って、一個の予備作業を行ないました。

――といいますのは?

「亡命地にて」という作品を発表したわけですね。その作品を書き始めたのは、単行本化中止が決定された直後、『東京新聞』の記事がまだ出ない前のことでしたが、この時点で、単行本化へ進んで行く前に、私としては幾つかの予備作業が必要でした。

第一は、河出の単行本化中止ということについて、その事実だけは何らかの形で明らかにしておかねばならない。第二に、事件後のホットな情勢の中で、作者に対するマスコミの追撃を振り切ってしまわねばならない。第三に、公安がどうやら「桐山=爆弾関係」と考えているらしいことから、その「誤解」を公然と指摘しておかなければならない。第四に、新潮社による第二波攻撃を防止するために、新潮社に対する一定の突さつけを行なわなければならない。そして第五に、深沢七郎氏が「風流夢譚」以後、長期にわたって沈黙を強いられたのとは違う状況を切り拓かなくてはならない。

だいたい、以上の五つの課題があったわけです。そして、それらのすべてを充たすために、予備作業としての「亡命地にて」が書かれたわけですね。

――桐山さんが、沖縄かどこかに逃げて行くという話でしたね。

はい。例の事件のあったあと、沖縄まで逃げて行く途中に、さまざまな歴史上の亡命者のことを考えたり、外国へ本当に亡命したらどうなるだろうかということを夢想したり……要するに威勢の悪い話ですね。作品社版に収録されています。「一種のセンチメンタル・ジャーニーだ」という評価もあったようです（笑）。

――発表されたのは『早稲田文学』でしたね。八四年の一月号（十二月発売）でしたか。

そうですね。十月いっぱいで書き上げて、原稿を渡したのが十一月の初め頃だったかと思います。『早稲田文学』が引き受けてくれたということは、この時点できわめて大きな支援であったわけですから、私としては思想信条の違いを越えて（笑）、非常に有難かったですね。

――「亡命地にて」の反応はどうだったでしょう。センセーショナルな形にならずに、しかも私としては先の五つの課題を実現したわけですから、だいたいこちらの思い通りにいったと思います。この時点では、単行本化というこちらの最終目標を隠して、一定のマヌーヴァを使ったわけですが、かなりうまくいったと思います。『東京新聞』十二月十七日夕刊の「大波小波」では、早くも反応が出ています。［資料25］ちょっと引用しますと、「この文章で桐山という人間が分かる。はじめは情況に匕首《あいくち》を突きつける革命的無名作家かと思っていた。だが現実はそれしきのことで沖縄に『亡命』する臆病者であった」という具合ですね。

――そういう形で、マヌーヴァを張りめぐらしながら、極秘のうちに単行本化が進められていくわけですね。

はい。それはもう、完全に極秘ですね。

――河出も知らなかったわけですか？

河出は一応右翼の問題を収めたわけですから、これ以上河出をまきこむということは考えませんでした。それで、河出に洩れれば困惑するだろうからということで、河出にも洩らさない形で進めたわけですね。

――そうすると、〈刊行委員会〉というものが中心となって進めたということですか？

そうです。作者が動くことはほとんどなくて、すべて刊行委員会のほうでやってくれました。

――この〈刊行委員会〉というのが大きな力を発揮したと思いますが、メンバーについては言えないでしょうねえ。

言えませんねえ（笑）。少なくとも私よりは著名な方々だということだけです。

――刊行委員会が出来たのはいつ頃ですか？

だいたい十二月頃です。政治組織じゃないから、結成集会みたいなものはなかったですけど。

——最初から作品社で出すということは決まっていたんですか？

最初から候補には挙がっていました。しかし、作品社に決定したのは、年を越して一月にはいってからです。そういう形で作品社から出すということが決まって、次に刊行時期が問題となりました。私としては、9・29の事件から一年以上では遅すぎる、半年以内では早すぎるということで、半年から一年の間という意見を述べて、最終的にその線で行くことになりました。それで、二月頃だったと思いますが、刊行は「八月十五日」と決定されたんです。

——83・9・29から一年弱ということですね。

そうです。

——作品社以外の出版社にも、あれこれ声を掛けたということはあったんですか？

いや、こちらから声を掛けてまわるということはありませんでした。いろいろな条件から、かなりすんなり作品社に決まりましたね。それから、これは刊行委員会とは別のルートなんですが、例の東アジア反日武装戦線の「支援連」の人から、ある出版社を紹介しようという話はありました。比較的大きな思想系の出版社でしたね。

——それは断ったわけですね。

はい。その時点では、刊行委員会側が作品社に固まりつつあったということがありましたから。それに、私としても、単行本を出す場合、右翼の妨害に反撥して左翼系なり思想系の出版社から出すという形にはしたくなかった、ということがありました。そういう形だと、どうしても政治資料として読まれてしまって、作品としての使用価値を非常に限定してしまうと考えたわけですね。

反撃の材料として出されたということは、出されないよりは良いに決まっているんだけど、依然として、右翼の攻撃があったために普通の文芸作品としては出せなかったということですからね。それは攻撃的なようでいて、やはり一個の敗北形態にほかならないと判断したわけです。それで、「支援連」の人から紹介された出版社というのは、十分に信頼の置けるところだったんですが、やはり思想系統というイメージが強かったんですね。

——そこで作品社ということになったわけですね。

看板としては文芸書が中心ですし、『日本の名随筆』というような評判の良い企画も持っている、それに作品社側も

「文芸作品として出したい。それ以上でも以下でもない」という姿勢を持っていましたから、作者としては異存ありませんでした。

――そのようにして、出版社と出版時期が決まったわけですが、もう一度確認しておくと、決まったのは二月頃ですか？

作品社に決まったのが八四年の一月、「八月十五日刊行」が決まったのが二月ですね。それで、私としては、三月の時点で、この間の中間総括を出して、刊行へ向けた準備を開始していきます。中間総括というのは、B5用紙十五枚ほどのものですが、かなり内部的なことも書いてあるんで、ここで資料として目次だけ掲げておきたいと思います。［資料26］

――この三月の時点では、単行本化ということは相変わらず極秘ですね。

そうです。前宣伝するようなことではありませんから（笑）。

――それで、この三月の時点で、きわめて大きなハプニングがひとつありましたね（笑）。第三書館という出版社から「パルチザン伝説」を収録した『天皇アンソロジーⅠ』という本が出されました。勿論、作者の意向を無視してですね。発行日は三月二十日です。この問題は、いろいろと噂が飛びかっていて、話が非常に複雑になっているので、順を追って話を聞きたいと思いますが、まず最初に、刊行される前、第三書館から作者にアプローチがあったということですね。

はい。まず、第三書館から河出を通じて単行本化したいという申し入れがあって、そのことを河出が私に伝えてきたのが一月下旬です。それで、この時点では、既に作品社から刊行するということが刊行委員会で決まっていましたから、私は河出を通じて、「作品を捨てるつもりはないが、現時点では刊行は考えていない」と伝えてくれるよう頼みました。作品社からの刊行ということは、河出に対しても秘密になっていたので、こういう答え方になったんです。

――それは電話ですか？

はい。電話で河出から話をきき、その場で河出に答えています。そして、それから一週間後くらいだったと思いますが、河出が会って協議したいと言ってきたんで、河出と会っています。そこでの河出側の話というのは、「第三書館に作者の意向を伝えたが、その後、あらためて内容証明による単行本化申し入れがあった。このため第三書館の代表者と会い、作者の意向を伝えると共に、こちらからも内容証明で拒否回答を発送した」という報告でした。

ここで、私としては、第三書館がずいぶん強硬だと判断しましたから、河出だけにまかせるのでなく、作者自身が拒否の書簡を送ってケリをつけたほうが良いと考えました。そしてそのことを、河出と意志一致したわけです。

――その書簡の時期と内容は？

一月下旬だったと思いますが、もしかすると二月初めだったかも知れません。なにしろ、大事件になるとは思ってはいなかったんで、メモは残していないんです。それで、内容ですけれども、「①貴社の志は評価する、②しかし、作者側の刊行委員会で出版準備中であるので手を引いてもらいたい、③準備中ということは、河出を含めて公表しないでもらいたい、④刊行の際は支援してもらいたい」というものです。まあ、①と④は外交辞礼のようなものですから、内容としては、②と③ですね。

――そこで初めて、第三書館に対して、刊行準備中であるということを明らかにしたわけですね。

そうです。それまでは河出を通じての話でしたから、単に「お断りする」というだけの内容ですね。まあ、普通であれば、それだけの内容で十分なんですけど。

――それで、書簡を送った後ですが。

第三書館から河出を通じて、あらためて連絡があって、「書簡は読んだが納得できないので、直接会いたい」と言ってきたわけですね。それで、会うよりも電話で話そうと思って、これは二月七日の夜だったと思いますが、第三書館にこちらから電話しました。約三十分くらいだったかと思いますが、だいたい次のような内容でした。

第三書館　河出による単行本化中止によって、きわめてまずい状況がつくられている。これは出版界全体の問題だ。反撃のために単行本として出したい。

筆者　書簡に書いたとおり、当方で準備中である。そちらはお断りする。

第三書館　いつ出すのか？

筆者　事件から遅くとも一年以内に必ず出す。

第三書館　どこからか？

筆者　言えない。

第三書館　いま出さなければまずい。出版界全体にかかわる問題だ。

筆者　一年以内なら遅くないというのが、こちらの判断だ。

第三書館　何故第三書館ではいけないのか？

筆者　既に出版社は決定している。具体的な準備にはいっている。

第三書館　様々な形で出されても良いではないか。単行本があったり、アンソロジーがあったりということでも良いだろう。
筆者　それは作者が決めることだ。作者は現在準備中のところでやるという考えだ。
第三書館　こちらで独自に進めた場合、作者は関係ないと言っておけば無事だろう。
筆者　私は著作権主義者ではないから、告訴をするとか著作権をふりかざそうとは思わない。例えば「風流夢譚」のように、作者が実質的に作品を放棄したようなものなら、そういうやりかたも良いかも知れない。だが、私の作品は現にこちらで準備中だ。そちらの企画は中止してもらいたい。
第三書館　どうしていますぐ出さないのか？
筆者　複雑な問題がいろいろある。その辺の事情も考慮しつつ、時期はこちらで決める。一年以内に必ず出す。
第三書館　どうしても了承してもらえないか。
筆者　こちらで準備中である。こちらにまかせてもらいたい。再度話をしたければ、今回と同じように河出を通じて連絡をくれれば、こちらから電話する。
第三書館　考えてみる。

――桐山さんとしては、この電話で、第三書館が納得したと考えたわけですか？

納得したかどうかはともかく、こちら側で刊行するという ことを明確に肉声で伝えたわけですから、そういう作者の意志を無視して、第三書館が独走するということは考えられませんでした。こちらとしては誠実に対応したわけで、電話の感触としても、最後は一応こちらの姿勢を理解したという感じでしたから。

――電話以外には、第三書館とのコンタクトはなかったんですか？

一月下旬だったと思いますが、信頼できる知人で第三書館の代表者を知っているという人がいて、その人に、こちらの意志を伝えてもらえるよう、依頼しました。こちらの意志というのは、勿論「刊行準備中であるので手を引くように」ということです。

――電話のあった以後は、どうだったんでしょう？

何もありませんね。二月七日に電話して、その後は向こうから何も言ってきませんでしたから、私としては、二月上旬の段階で、第三書館からのアプローチは終わったという判断をしていました。

――そうすると、二月七日の電話から、三月二十日の発売までは、完全に何もなしということですね。何もなしです。こちらとしては、第三書館の問題は終わったものとして気にもしていなかった。それだけに、三月二十日の出版はびっくりしたわけですね。

――そのときは、どういう感情だったんですか？　どういう感情といったって（笑）、ともかく、作者と刊行委員会が必死になって準備しているときに、無責任なことをしてくれたということですね。私が知ったのは、三月二十二日、刊行委員会のメンバーからの電話で知らされました。それで、その日の夜と翌日の夜に、急遽刊行委員会と会って対策を協議しています。

そこで決められたことは、大綱方針として、「著作権侵害という形でスキャンダルにすれば、週刊誌が再び騒ぐことによって、右翼＝警察の動きを導くことになるだろう。そうなれば、第三書館も危険になるし、こちら側の刊行も不可能になる。従って、スキャンダルにしない形で第三書館に抗議し、絶版にさせることを追求する」というものでした。

このときの状況というのは、ともかく、ひとつ対応を間違えれば完全に火がつくというきわめて危険なものでしたから、こちら側としては、ともかく事態を鎮静化させようとしたわけです。同時に、こちら側の対応が大々的でなかった分だけ、第三書館がこの過程で言いたいことを言うという状況があったと思います。つまり、こちらが、第三書館への右翼＝警察の攻撃ということを考えて、手びかえているその分だけ、第三書館が大きく振舞うみたいな、ヘンな感じになっていったわけです。

――第三書館へ絶版をはたらきかけたわけですが、その辺はどんなふうだったんでしょうか？

まず最初に、第三書館の代表と直接会って話をつけようと思いました。それで、三月二十三日に電話して、抗議の意志を示すと共に、会うための時間と場所を決めようとしたんです。ところが、向こうは、場所を決める段になって、「こっちは常時公安がくっついてるよ、それでもいいのかい」と言うわけですね。こちらは、第三書館というのは、暴走族の本なんか出していましたから、左翼くずれだろうくらいに考えていて、いつも公安がくっついているような立派な人とは思ってなかったんですね（笑）。だから、電話口でそれを聞いて、「エーッ！」というようなわけでね（笑）、まあ、その辺のことを知らなかったのは、こちらがボケていたわけですから仕方ないですけど、それで、会う話はヤメにしちゃったわけなんです。

ともかく、第三書館からのアプローチは、簡単に拒絶したつもりでいましたから、相手について何も調べていなくて——

——それでは、その時点では第三書館とは会わずに……

現在に至るまで一度も会ってないんですね。電話も、いま言った三月二十三日のが最後です。それで、会うことがダメになったわけですから、抗議の意志を伝達するために、三月二十八日に、「絶版要求書」を送付しています。

——文字通り絶版を要求するというものですね。返事はあったんですか？

いや、現在に至るまで何もありません。その代りに、三月三十日『毎日新聞』に、かなり大きな広告が載りましたね。これが返事といえば、返事でしょうかね（笑）。

——第三書館をめぐる三月中の動きはだいたい分かりましたが、四月にはいって、桐山さんは『日本読書新聞』に「『パルチザン伝説』の海難」という文章を発表されていますね。［資料27］四月十六日号ですから、四月九日発売のものですね。

はい。こちらの方針というのは、先程も言ったようにこの問題をスキャンダルにしないということでしたから、マスコミがいろいろと動きまわって作者のコメントをもとめていましたが、それは全部はずしたわけです。それをはずしておいて、『日本読書新聞』というスキャンダルにならない場所で、こちらの見解を出したわけですね。

勿論、見解を出すといっても、「第三書館は許せない……」と威勢よくやってしまったのでは、やはり火がついてしまいますから、曖昧模糊とした調子で、「第三書館は作品の文学性を傷つけてしまった」という論調にしたわけです。つまり、国法レベルの問題をはずして、「政治と文学問題」みたいなものにスリカエて幕を引こうとしたわけですね。それで、ああいう形の、実に不思議な文章が出来上がったということです。

——この時期は、やはりスキャンダルになって火がつくということをいちばん恐れていたわけですね。

それはもう、恰好の事件ですからね。海賊出版なんてめったにありませんから、作者が抗議したといってもニュースになるし、泣き寝入りしたといってもニュースになる。

——だから、この時期というのは、作品社版の刊行にとって、いちばん危機的であったと思います。こちらが騒げば、週刊誌なんかが再び右翼に火をつけるというのが目に見えていましたから。それに、実は作品社から刊行準備中であるなんてことは、言いたくても言えませんから、この時期というのはじっとガマンの子で、本当に苦しい思いをしました。

――マスコミでこの事件を扱ったのは、『毎日新聞』でしたね。［資料28］四月六日付、社会面四段ヌキの見出で「『パルチザン伝説』ゲリラ単行本」というものです。記事の中に第三書館のコメントがあって、「筆者との交渉については、今は了解したともしないともいえない」という具合に、うまく立ちまわっていますね。

こちらの沈黙を利用しているんですね。この記事の中で、私が「追って見解を発表する」と言っていますが、その見解というのが、先に触れた四月九日に出る『日本読書新聞』の文章なわけですね。それで、四月九日にそれが出て、事件としては鎮静化の方向に進んでいくわけです。だから、『「パルチザン伝説」の海難』というのは、実に奇妙な文章なんだけど、スキャンダルへの方向を阻止したという点で、きわめて大きな役割を果たしたと思っています。

――メジャーの動きとしては『毎日』だけで済んで、その後、さまざまな小メディアで、作者と第三書館に対する支持・不支持が表明されますね。

いちばん早かったのは『図書新聞』四月七日号で、これは四月二日発売ですから『毎日』よりも早かったわけですね。時期的にみて、第三書館の動きを事前に知っていたと思われますが、編集部の記事として、「（第三書館の行為は）スキャンダルの種まきになりかねない」と正確なことを述べつつ、同じ紙面で、高橋敏夫氏の第三書館支持の文章を載せています。［資料29］この文章というのは、自分の主体的かかわりも何もヌキにして、第三書館は「果敢な行為である」というような、典型的に無責任な文章です。

それから、この文章の中で、河出が作者に身を隠せと言ったとか、そういうことが書かれていますけど、そういう事実は全くありませんから、いかに取材をしていないかが暴露されてしまうんですね。第三書館に関するこの高橋氏の文章と、右翼が動いたときの先の岡庭氏の文章とは、この事件全体を通じて、無責任さの双璧ですね。

――岡庭氏とか高橋氏というのは、一部では「左翼」だと言われていますが。

聞いたことないですね。つまり、彼らはジャーナリズムの中で、何か自分は左翼だという超主観的な思い込みみたいなものがあって――運動してない左翼なんてありえないんですけど――ともかくそういう思い込みがあって、それで私の作品なんかが出たりすると、自分たちのテリトリーを侵されたみたいな、そんな感じがあるんじゃないでしょうか。文章の中にも、実に苛立った感情が現れていますね。

ある意味では、非常に傲慢なわけです。自分の文章が活字になるということは、これは現在の社会では大変な特権であるわけですから、常に、自分は特権を行使しているんだという意識、しかもそれは少々下品なことなのだという意識を持っていないかぎり、どうしても傲慢なところに立ってしまうと思います。これは勿論、高橋氏や岡庭氏だけに言っているのではなくて、私自身に対しても言っているんですが。

――岡庭氏や高橋氏の書いたものを読むと、どうも人脈的につながっている相手しか信用できないという感じが非常に強いようですね。

自分の身の丈でしか世界を見ることが出来ないんでしょうね。この点、正反対なのは「支援連」や「反天連」の諸君でしたね。彼らは人脈で動いたのでなく、運動の原則で動いた。作者の人格に対しては否定的な評価をもっていても、運動の原則を優先させたわけですね。

――『図書新聞』の次に、今度は第三書館を批判したコラムが、『朝日ジャーナル』に載りますね。［資料30］四月十三日号ですね。そして、その次に、今度は第三書館からの反批判［資料31］が載るわけですが……

『朝日ジャーナル』のコラムは、作者が第三書館からの刊行を拒否していたという事実を正確に踏まえ、第三書館の行為は「単なる商道徳の退廃である」と批判したものです。状況から見て、少々調子が高すぎるような感じもあるんですが、事実を踏まえた正論であると言ってよいと思います。

これに対して、第三書館の反論というのは、署名が「ＮＲ出版協同組合、小汀良久」となっていて、これは何かの間違いだったらしいんですけど――署名のない原稿というのも変なもんなんですけど――それはともかくとして、ある意味では、非常に巧妙に書かれたもんなんです。つまり、「著者はこの作品の刊行には『関与していない』」と表明すればするほど安全なのです」と書いて、あたかも、本当は作者が第三書館にＧＯを出しているのだけども、表面上はＮＯであることになってる、最初から第三書館と作者は話がついているんだ、みたいな、そういう文章になっています。

つまり、作者が、第三書館をあからさまに攻撃しないことを逆に利用して、自分の立場を正当化しようとしているわけですね。ところが、作者は、刊行委員会との共同で自らの刊行を準備中であり、しかも第三書館はそのことを熟知していたわけですから、こういうマヌーヴァ、やはりアン・フェアだと言わざるを得ないと思います。『朝日ジャーナル』のコラムが、「モラルの退廃」という言葉を使ったのは、この点で当っていると思います。

そのほかの報道では、『東京新聞』(四月七日)「大波小波」[資料32]が第三書館を支持していますが、その後、無断出版が明らかになると、『週刊読書人』(四月十六日号)[資料33]、同(四月三十日号)[資料34]、「大波小波」(五月二日)[資料35]という具合に、批判的なものが出ます。大体において、事態を冷静に分析し、問題点を明らかにしようという姿勢になっています。特に『週刊読書人』のコラムは出色でしたね。

――ジャーナリズムの動きについて、かなり長く話してもらいましたが、第三書館をめぐって、スキャンダルにはしないという作者側の意図は、ある程度実現されたわけですね。この間、右翼の動きというのはなかったわけですか?

第三書館に対して何らかの動きがあったかどうかは聞いていませんが、大きな騒ぎがあれば伝わるはずですから、宣伝車がくり出すというようなことはなかったと思います。

――ここで、第三書館の問題を総括しておきたいと思いますが、まず第三書館の立脚点が問題になりますね。

はい。第三書館としては、私の書いた「亡命地にて」を読んで、それで、作者は逃げ出しちゃってる、こりゃだめだ、何とかしなくてはいけない、よしオレのところでやろう――そういうことだったと思います。そこのところまでの意識はまともなんでしょうが、ところが作者と連絡がついてみると、作者は自分の力で断固やると言っている。ここで予想が狂っちゃったんだと思います。

しかも、それは二月上旬の時点ですから、その時点では、既に第三書館の活字は組まれ始めていたんだと思います。そこで止めてしまうと、第三書館としては大損になってしまうわけですね。小さな出版社ですから、とてもそれだけの負担はできなくて、それで「いいや、やっちゃえ!」ということだったんだと思います。

ですから、第三書館の立脚点というのは、当初は政治学だったけど、途中から経済学になったのではないかというのが私の判断です。実際、私が自分の方で準備中だということを伝達した時点で、もしも活字が動いていなかったら、第三書館はあそこまで強行する必要は何もないわけですから、簡単に手を引いていたと思います。

――第三書館は、前半は「政治学」、後半は「経済学」ということですけど、そう考えるのは桐山さんが人が好いからだという説もありますね(笑)。つまり、第三書館は、最初から「経済学オンリー」でやったのだという……

たしかにそういう説の方が圧倒的ですね（笑）。私はどうも、人を攻撃するのが得意じゃなくて（笑）。

——第三書館の行為は、一種のゲリラ戦であるという評価もありますが、その辺はどうですか？

いや、それは全く違いますね。本隊が正規戦をかまえているその前夜に、それを知りつつ、本隊の武器をもち出してやっちゃったわけですから、ゲリラ戦でもなんでもないんですよ。本当なら、作者が「こっちでやる」といった時点で動きを止めるのが当り前なんですけど、先程言った経済的理由で突っ走ったんだと思います。だから、ゲリラと言うなら、経済的なゲリラだ（笑）。

——作者側で出すことを知っているのに出しちゃうというのは、やはりどう考えてもムチャクチャですね。道義を踏みにじっているというか……

第三書館に電話したときに話したことなんだけど、「風流夢譚」とか「政治少年死す」とか、作者が出そうにも出せなくて放り出しちゃっている作品であるならば、それを出版するということは、ある意味では「果敢な行為」だし、海賊は海賊なりに道義は立つと思うんですよ。

しかし、「パルチザン伝説」の場合は、全く別で、作者がこちらで出すから余計なことはするなと言っているのに出しちゃったわけですから、道義にはずれているわけですね。孟子曰く（笑）「仁なきは賊、義なきは残」——だから第三書館は、「賊」というよりは、明らかに「残」ですね。

——これは噂なんですが、第三書館が作者に印税を払ったという話も流れているそうですが、その辺は？

私もその話は聞きました。しかし金銭的な関係はいっさいありません。一度だけ、ある人を通じて、金を払いたいという申し出はありました。しかし、こちらとしては、絶版要求書を送って、それに対する回答は何もないわけですから、その辺の問題をヌキにして、金だけやろうというのはデタラメすぎると思いますね。金よりも、自己批判こそが先だと思っています。

それで、作者に金を払ったという噂ですが、どこから出たものか知りませんが、もしも第三書館自身が自己正当化のためにそういう噂をばらまいたのだとしたら、これはもう完全に救い難いですね。デマに頼るようになったら、何ごとも終わりです。

——そうすると、第三書館としては、作者から告訴もされず、印税も払わなくてすんだわけですから、大勝利というわけですね（笑）。

余り感心しない勝利ですけどね（笑）。こちらが告訴もしない、スキャンダルにするようなこともしない、それから作者が姿を現わさない、そういうことを全部見こして振舞っているわけですから、その点では実に狡猾ですね。まあ、ブルジョア社会の中では成功するんじゃないですか（笑）。

——桐山さんとしては、告訴ということは全く考えていなかったわけですか？

全く考えませんでした。勿論、単純に、私の小説を勝手に出版したということなら、それは市民法に訴えるということもあるかと思います。しかし、今回の場合は一定の事情があるわけですよね。新潮社＝右翼によって出版を妨害されたという。だから、告訴するならば、新潮社と右翼を告訴すべきなんだろうけど、それは力関係で出来ない。だから、新潮社と右翼を告訴していない以上、第三書館だけを告訴するというのは、因果関係からいってもおかしいわけです。「パルチザン伝説」は、その初発において、いかなる市民法によっても守られなかったわけですから。

それから、ひとつ言い忘れていましたが、海賊版は第三書館だけじゃなくて、その前に、別の形でもう一個出ているんですね。これは、『文藝』十月号をゼロックスか何かでコピーしたもので、模索舎なんかに置かれていたらしいです。

——これはいつ頃出されたんでしょう？

八三年十一月頃だと言われています。『東京新聞』なんかで出版抑圧のあったことが報じられて、それを見てすぐにやったんじゃないでしょうか。表紙の裏に、「故なく埋もれた本作品の文学的価値をおしみ、著作権者に無断で微力ながらここに全文を掲載する」と書いてありますから、「賊」としての志は第三書館より立派ですね（笑）。

——これに対しては、作者として抗議するとか、そういうことはあったんですか？

いや、そういうことはありません。第三書館の場合は明らかにこちらの計画に対する妨害であったわけですが、これは単なる個人的趣味みたいなものですから。——ただ、内容から言うと、『週刊新潮』の記事のコピーが、何の解説もないまま、本文の附録みたいにして収められているんですね。それから、表紙に、「文藝賞受賞作品」とあるのはご愛嬌としても、「第二の風流夢譚」とか「噂の天皇暗殺小説」とか書いてあるんですね。これを作った人は、たしかに出版抑圧に憤って作ったのかも知れませんけど、その内容は逆に、新潮社によるフレームアップをささやかながらも拡大してしまうような形になっているわけです。この辺が、問題の所在を踏まえていないというか、実に安易なんですね。

それから、これは重要な点なんだけど、こんな子供だましみたいなものにも、公安が介入しているらしいんですね。『こおろぎ』というミニコミみたいなパンフにそのことが触れられていて、「詳しい経過はわからないが警察からの圧力で販売を中止したという」と書かれていますね。

――こんな、オモチャみたいなものにも、警察が介入するんですかねえ？

いまのあなたの言葉は、「パルチザン伝説」そのものについても、言えるんですよね（笑）。全くこれは、笑いごとじゃなくて、そういう時代なんだという、正確な認識が必要だと思います。

――海賊版のまきおこした問題をあれこれ話してもらいましたが、その辺の騒動が一応四月段階で終わって、いよいよ作品社からの刊行へと進んでいくわけですが、第三書館版が出てしまったということで、作品社としての動揺というか、方針変更というか、そういうことはなかったんでしょうか？

勿論、先に出版されていれば後から出す方は売れっこないのは分かりきったことですから、作品社サイドで検討してもらいました。で、作品社としては、売れないことは分かりきっているけれども、当初から文芸書として出したいということだったわけですから、第三書館版があってもやはり文芸書として出して行こうと、そういう決断をしてくれました。そこで、余り時期が遅くなっても意味がありませんから、八月十五日刊行という当初の予定を、極力早めるという決定をしました。

――作品社として、逡巡というのは一応あったわけですね。

それは勿論経営体ですからね。だから刊行委員会としては、作品社の判断を尊重することにしたわけです。ですから、この段階で作品社が出版を中止するということは、可能性としてはあったわけで、第三書館の行為によって「パルチザン伝説」が単行本としては葬られるという可能性も十分あったわけです。

――しかし、そうはならなかった。で、刊行が二ヶ月くらい早まったということになりますか？

そうですね、当初の予定が八月十五日で、それが六月十日になりましたから、約二ヶ月です。

――そうすると、三月末に第三書館版が出て、四月はそのことでゴタゴタして、六月の刊行までは順調に進んでいったわけですね。

いや、順調というわけではありませんね。公安が介入してきましたから。

——あ、そのことがありましたね。いよいよ話が複雑怪奇になってきましたが、公安が桐山さんのところに来た——

はい。

——最初はいつですか。

五月十六日ですね。

——それまでは公安の動きというのは、全くなかったわけですか？

八三年十月に、河出が右翼の攻撃を受けた段階で、当然河出には来ていますね。しかしその後は、表立った動きというのはなくて、私や作品社もフリーであったわけです。まあ内偵を進めるという期間だったんじゃないかと思います。

——そうすると、五月十六日ですか、その日に突然、作者の方へ来た。

はい、まったく突然ですね。

——所属はどこですか？

警視庁公安部公安第一課の警部と、もう一人の刑事の、二名です。公安一課というのは、言うまでもなく新左翼関係の担当ですね。で、私のところに来た警部は、これは後から人に聞いたことなんですけど、爆弾とか、反日とか、そういう方の担当らしいです。

——それで、そのときはどういう具合だったんでしょう？

まず一人が名刺を出して、ちょっとお話ししたいということでしたね。手帳ではなくて名刺を出されたんで、こちらとしては、あ、これは第二書館の著作権関係でやって来たなと、すぐに判断できたわけです。それで、五月十六日という日が、いかなる時点であるかということを先に説明しておかなければなりませんが、こちらとしては、六月十日の刊行に向けて、極秘で進んでいるという刊行直前の段階だったわけです。

それで、少なくとも刊行の日までは、作者は非公然の態勢を守りつづけたい、非公然のまま刊行に突っこんでいきたいという、そういうことがありました。それで、名刺を出されたときに、「話すことは何もない」と言って追っぱらってしまうと、私が桐山であるということが特定されちゃってまずいわけです。その方向は何とか揺るがせておきたかった。それで、「私は桐山じゃないよ」という路線で対応することに決めました。決めたといっても、名刺を受けとってから一秒くらいの間の判断ですけど。

――桐山ではないと、まず最初に言ったわけですか？

いや、のっけからそう言ったら白状しちゃっているようなものですよ。だから、まず、「はあ、警視庁ですか。まあ、どうぞ」という感じですね。

――その辺のやりとりは、実に興味がありますけど（笑）。

ちょっと長くなりますけど、再現してみましょうか。勿論、テープに取ってあるわけじゃないですから、話の前後は正確じゃない所もありますけど。それから、公安は二人で来ましたけど、喋っているのは名刺をくれた警部の方で、もう一人の方は、じっと私の表情をうかがっているという調子でした。

筆者　まあ、どうぞ、お掛け下さい。
公安　きのうは、前にお仕事されていた所へ行ったんですけど、移ったと聞きましたから。
筆者　ええ、こっちへ替ったばかりです。
公安　いつからですか？
筆者　ええと、×月×日からだったかな。ずいぶんと調べているんですね。
公安　（挑発的に）ええ、ご家族とか、逮捕歴とか、その辺も分かってます。
筆者　はあ、そうですか。
公安　さっそくですが、今日来たのは、例の「パルチザン伝説」の件で――
筆者　なるほど。
公安　新聞にも載ってますが、第三書館が桐山さんの同意を得ないで、出したわけですね――
筆者　ああ、桐山はそんなふうに言ってますね。
公安　そう言っているというと――
筆者　『毎日新聞』だったかな。直接話をきいたわけじゃないですけど。
公安　だって、あなた桐山さんでしょ！
筆者　私が？　いや、何言ってるんですか（笑）。
公安　（いかにも信じないというふうに）だって、こっちは本人だと思って来たんだがなあ。
筆者　おかしいねえ。どこでそんなふうになったんですか。
公安　こちらはちゃんと調べてね、『週刊新潮』で。昭和二十四年生まれ、川崎在住。それから、『早稲田文学』に書いているから、早大にちがいないと。そういう人を調べれば、あなたしか出てこないですよ。

筆者　それはね、『週刊新潮』に載っていたのは私のことですよ。当時は一応桐山の窓口ということになっていたわけですから。それは年齢にしても何にしても、私のことに決まってますよ。……ああ、そうか、そこのところで、まだ取りちがえている人がいるんだな。
公安　（少しあわてて）いや、こちらは本人だと思っているんですよね。……別にいるわけですか？
筆者　そりゃ、いますよ。だけど、情報なんて、どこでどうこんがらかるか、分からないもんだなあ。
公安　いや、こちらはあなたが桐山さんだと……
筆者　私のことは小説にも出てくるじゃないですか。
公安　小説？
筆者　ほら、『早稲田文学』の奴ですよ。
公安　（アタッシュケースの中から、小説のコピーをさがし出して）これですか？（ケースの中は、関係コピーの山）
筆者　そうそう、それ。その中に出てくるでしょう、桐山の友人というのが。
公安　しかし、これはフィクションじゃあ？
筆者　それは事実そのものというわけでもないですよ。小説ですから。
公安　そうすると、作者との連絡をやっていたとか、そういうことですか？
筆者　投稿したときの窓口ですよ。そのときだけだったんですけどね。まあ、金の受けわたしなんかは、後になってからもやりましたが。
公安　……（このとき、あっ、という表情をしたので、稿料の金融ルートで私をさがし出してきたということが分かった）
筆者　まあ、そういうことはやってきたけど、警察に間違えられるとは思ってなかったなあ。こんなに迷惑するとは思ってなかった――
公安　桐山さんはどこにいるんですか？
筆者　そのことは、雑誌なんかからも聞かれるんだけど、ちょっと言えませんね。
公安　沖縄ですか？
筆者　（言いよどんで）ああ、まあ、そっち方面ですかね。まあ、海の向こうですよ。
もう一人の公安　（すかさず）海外ですか？
筆者　うむ、まあ、何ともね――
公安　で、作者は、第三書館のことは怒っているわけですね。
筆者　怒っているというか、まあ、私は、新聞に出たことと同じことしか聞かされてないですけどね。
公安　非常に怒っているわけでしょ。無断出版されたんだから。これ、知ってますか？（『パルチザン伝説』の海難」のコピーを取り出す）

筆者　ああ、これね。これは原稿のときに私の手元を通っていますから。——ただ、これもちょっと分からないところがあるね。表面ではたしかに海賊されたと言っているんだけど、裏では気脈を通じて出させたとか、そんな感じがないでもない。

公安　いや、そんなことはないでしょう。無断で出されたと、はっきり書いてあるんだから。

筆者　うん、その辺がどうもね。会って話をすれば、本当はどうなんだよって、聞けるんだけど、ちょっと裏があるような気がしないでもないですね。

公安　いや、これはやっぱり無断ですよ。

筆者　まあ、表面的にはね。

公安　桐山さんと会わせてもらえませんか？

筆者　いや、そのことはね、ジャーナリズムなんかに、連絡先は知らさないと約束してあるしね。警察のことまでは聞いてないけど——

公安　こちらとしては、著作権法違反ということで不法状態があるわけですから、作者から話をきいて、なんとか著作権を守りたいと——

筆者　うん、困ったな。

公安　あなたとしても、不法状態があるということは、良くないと思うでしょう。桐山さんをどうこうしようとか、そういうことじゃないんだから。

筆者　うーん、しかし遠いからなあ。

公安　いや、どこへでも行きますよ。

筆者　どんな遠くてもですか？

公安　沖縄ですか？

筆者　しかし、あれでしょう、警視庁というのは東京だから、それ以外だと、管轄がちがっちゃって——

公安　いや、そんなことないです。

筆者　東京の警察が、例えば沖縄だとか、そんな所まで行けるんですか？　旅費だってかかるでしょう？

公安　いや、そういうことは、大丈夫なんです。

（この辺のやりとりが、しばらく続く）

公安　どこへでも行きますよ。

筆者　……いや、やっぱり教えられないな。

公安　それじゃあ、あなたの調書でいいですから、ひとつ取らせてくれますか？

筆者　チョウショっていうと？

公安　友人として、作者が無断出版を怒っているということだけでいいです。

筆者　調書っていうと、裁判所か何かで作る奴ですか？

公安　いや、そういうことじゃなくて、捜査の資料なんです。不法状態があるわけですから。

筆者　調書を裁判官が読むわけですか？

公安　いや、著作権侵害というのは、親告罪といいましてね、告訴がないと――

筆者 ああ、警察が告訴するのに必要なわけですか。

（この辺のムチャクチャなやりとり、しばらく続く）

筆者 やっぱり、桐山とちょっと相談させて下さいよ。調書とか何とか、私の一存ではどうも――

公安 いや、あなたが聞いたということだけなんだから、作者に迷惑がかかるとか、そんなことは絶対にないですよ。あなたが自分で判断すればいいことなんです。いま、ちょっと車の中で書いてきますから。

筆者 ダメだよねえ、そういうのは。まあ、私の身にもなって下さいよ。友人が困るようなことも出来ないし。桐山と相談してみましょう。そうだな……二週間待って下さい。

公安 二週間ですか。（二人でちょっと相談。捜査期限か何かがあるのであろう）もっと早くなりませんか。電話とか、何とか。

筆者 そうもいかないんですよね。いろいろこっちの事情もあって。桐山に、あなたがたが会いたいと言って来たことをちゃんと伝えますよ。それから、私が調書を書いて良いかどうかも、相談します。桐山が書いて良いと言ったら書きましょう。

公安 それじゃあ、二週間後におうかがいします。どうも、お忙しいところを。

筆者 いや、どうもご苦労さまでした。

まあ、だいたいこんな調子でした。時間的には、三十分以上だったかと思います。

――一応、はぐらかしたというか。

そうですね。先程も言いましたように、こちらとしては、六月十日の刊行までは、どうしても非公然の形でいきたかった。それまで何とか引きのばしたかったわけですね。勿論、警察だってこちらの言うことをそのまま信じちゃいないでしょうけど、〝もしかすると別人かも知れない〟という一点だけは残せたと思います。その一点さえ残せればこちらの目的としてはＯＫですから、だいたいうまく芝居がうてたと思っています。「亡命地にて」が、大いに役に立ちましたね。

――しかし、作家というのは虚言癖があるんですね（笑）。

いや、かなり緊張しましたね。そのときは、細心の注意を払いつつもかなり余裕をもって喋っていたと思っていたんですが、翌日になったら、首筋が木でできたみたいに堅くなっちゃって（笑）。

――相手が警察だということで、カッとするようなことはなかったですか？

それが、しないんだね（笑）。話の初めの方で、「自分は反日の誰々を自白させて落した」なんてことを、自慢半分、挑発半分で言うんだけど、こちらは「はあ？」ってな具合でね。二十歳のときだったら、こうはいかないよね（笑）。それで、カッとするかわりに、相手の出身階層やら、性格形成やら、現在の家庭生活なんかが、実によく見えちゃうんですね。本当によく見えちゃう。別に見えたからどうってことはないんだけど（笑）。

――それで、二週間後に会うという約束をしたわけですね。

そうです。『毎日新聞』がずっと後になって記事にしたことの中に、警察のコメントがのっていますね。［資料36］この中で、警察は、「第三書館から本が出たあと著作権法違反の疑いがあり、著者の代理人と称する人と接触。一カ月後、あるいは二週間後に著者に会わせるというので、告訴があった場合に備えて家宅捜索を行った」と言っています。しかし、私が言ったことは、「桐山と相談するのに二週間かかる。二週間後に来てもよい」と言ったのであって、「著者に会わせる」なんていうことは、全くデタラメですね。だいたい、私が、「桐山に会わせる」なんて、言えるわけないんですよね（笑）。

――警察が作者のところへ来た目的ですが、著作権ということよりも、やはり作者を洗うということでしょうね。

それはもう、はっきりしています。なんといっても、公安一課のバリバリが来ちゃうんですから。勿論、口実としては著作権を侵害された被害者に聴取したいということで、態度も一応は丁寧なんだけど、目付きはそうじゃなくてね（笑）。だから警察としては、ああいう素材の小説を書いた奴がいる、しかも作者ははっきりしていない、これはひょっとすると――いや、ひょっとしなくても作者の実体だけは洗い出しておいた方が良い、ということだったんだと思います。

そこへもってきて、渡りに船とばかりに、第三書館が事件を起こしてくれたもんだから、これは被害者として堂々と捜査できるというわけで、それで追いかけてきたんじゃないでしょうか。東アジア反日武装戦線の中で、Ｋ氏というのが指名手配になっているでしょう。ひょっとしてその線が出てくるかも知れないなんて、甘い夢を見たのかもしれません。そんなのが出てきたら大手柄もいいところだからね。――警察というのは、やっぱり手柄社会なんだな。それから、いま言ったＫ氏――これが私の桐山襲という名前と実に良く似ているんですよね。そんなことも、警察としては気になったんじゃないかと思います。

――桐山さんの名前は、そのK氏の名前から取ったのかと思ってましたが（笑）。

とんでもない（笑）。反日のK氏があゝいう形で有名になる遙か以前、私の高校生の頃から使っていて、ガリ版で下手な詩なんか書いていました。――それから、高校ということで思い出しましたけど、私の出た高校というのは、爆弾事件の冤罪の被告を出している高校なんですよ。その事件は、言うまでもなく完全なフレームアップで、既に無罪判決も出ているんですけど、公安としてはやはり「あの高校か」ということで、何かあるような気がしたんじゃないでしょうか。

私の方は、自分の出た高校にかんしたことですから、何か支援の手伝いでもしたいとは思いながら何も出来なくて、本当に恥かしい生き方をしているわけですけど、公安としては、何か線で結べるんじゃないかというようなこともあったと思います。

――第三書館ではなくて、作者をフレームアップする可能性ですね。

ええ。ここで考えさせられるのは、警察の現場というのは、先程も言ったようにやはり手柄社会ですから、個々の刑事が自分の手柄を作るためにかなり強引なことをやって、それ自体はてんでんばらばらなんですけど、それが大きく体系づけられると、驚くほど巨大なフレームアップと化していくという点ですね。

例の爆弾事件のフレームアップというのも、個々の刑事には壮大な構図というのは最初からはないんだろうけれど、それが合わさったときには、きわめて大きな構図が浮き上がってくるわけですね。――私の場合は、バックに文学関係者がいるとか、私自身が一定のメディアで発言できるとか、どう見てもつまらない生活しかしてないとか（笑）、まあそういうことで、フレームアップの攻撃は来ませんでしたけど、一市民をでっちあげで逮捕するなんていうのは簡単なことなのであって、これはやはり警察の怖ろしいところだと思います。

――爆弾犯人にされた人の手記なんか読んでも、そういう気がしますね。

しかも我々の税金でそういう仕事をしているんだからね。

――いま、五月十六日の公安の来訪のところから話を進めてもらったわけですが、そうすると、二度目の来訪というのは？

五月三十日です。この日というのは、先の五月十六日にこちらから約束したというか、そういう形で来たわけです。この日の対応はきわめて短くて、「桐山と連絡したが警察とは会わないと言っている。私も調書は書かない。これ以上つきまとうのは脅迫とみなす」という科白をリハーサルしておいて、それを一方的に喋って終わりました。

――それで引き下がったんですか？

私が席を立ったら、「待ってよ！」なんて言ってましたけど。

――桐山ではないという線を守ったわけですね。

はい。前回で目的は達しているわけですから、今回はちゃんとテープレコーダーを準備して、拒否だけを伝達したわけですね。ただ、前回の場合は、ぶっつけ本番だったことが幸いしてか、かなり上手に芝居が打てたと思うんですけど、この日はわざわざリハーサルなんかやってみたのが災いして、本番で少し声が上ずったりしちゃってね（笑）。刑事の前で上がっていても仕方ないんだけどね（笑）。それで、私に尾行がついたのはその日からです。

――尾行が？　桐山さんにですか？

ええ。その前からついていたかも知れませんけど、現認できたのはその日からです。

――どういう目的なんでしょう？　逃げ出すとでも思ったのかな？

いや、やはり作者じゃないと言っているわけだから、その辺をどうしても確認して、作者が別にいれば探し出したい、そのためにはこの男の動きをマークするのが良い――ということだと思います。要するに警察というのは、何もかもはっきりさせないと気が済まないというところがあるんですよね。

――尾行は何日か続いたわけですか？

確実に現認できた日は、五月三十日、五月三十一日、六月一日、六月五日、六月六日、六月十一日――これだけですね。勿論、それ以外の日も、尾行かも知れないというのはいましたけど。

――かなり執拗ですね。どういう形の尾行ですか？

オーソドックスな奴ですね。尾行といってもピンからキリまであって、活動家にベッタリくっついて「過激派！　死ね！」とか何とか叫び散らすような、ムチャクチャなのもあるそうですけど、私の場合は上品な方で、尾行しているのを気づかれてはまずいというおとなしい形の奴ですね。

――どんな風に尾行してくるんですか？

私の仕事の終わるのを待っていて、こちらの乗る電車の一輛隣りに乗るとか、それから、私の降りる駅の改札近くで待っているとか、そういうオーソドックスな形です。

――目付きで尾行だと分かるわけですか？

まさか（笑）。こちらもやはりオーソドックスな方法で、電車が発車しそうになったとき急にとび降りるとか、とび降りてからまたとび乗るとか、そういうことをやっていると、どれが尾行か分かるんですよね。

それから、一度は、仕事を休んだ日だったんだけど、こちらも退屈なもんだから、自分がいつも帰るくらいの時刻をみはからって駅まで行ってみたんです。そうしたら、やはり改札から少し離れたところにいてね。一時間くらいいたかな。改札をじっと見つめていて、体格がいいからすぐ分かっちゃう。

――改札口で一時間も待っているなんて、警察もずいぶん暇ですね。

こちらも五メートルくらい後で一時間突っ立っていたわけですから、暇といえば両方暇ですけどね（笑）。

――尾行は必ずまいていたわけですか？

気のついた限りはね。私もスーパーマーケットでおかずを買って帰るだけですから、ついて来てもらってもいいんだけど、やはり気持悪いしね。気分的にも面白くないわけですよ。

――しかし、考えてみればひどい話ですね。右翼が出版社に押しかけて来ても、警察は何ひとつしないで、逆に作者の方を尾行するというんだから。

考えてみなくてもひどい話だよね（笑）。この公安の動きというのは、今回の事件のきわめて大きな特徴のひとつだと思います。

――右翼に甘いということですね。

いや、甘いとかそういうことじゃなくて、警察とファシストが補完関係にあるということですね。山谷争議団などに対する動きなどをみても、そのことは実にはっきりとしていますね。

――それでは、警察の動きはまた後で触れるとして、そういう形で、尾行につきまとわれたりしながら、六月十日の刊行にはいっていくわけですね。

はい。その直前に、「スターバト・マーテル」という小説を発表していますね。そのことをお話ししておきたいと思います。

――「スターバト・マーテル」というのは、『文藝』の八四年六月号、つまり五月七日発売号に掲載された作品ですね。

はい。「スターバト・マーテル」を出したということは、この事件の関連ではまだ誰も触れていないんですけど、これは本当に大きな意味があったんですね。つまり、「パルチザン伝説」の出版抑圧が八三年秋にあって、それから半年後くらいの時期に、同じ作者の作品が同じ文芸誌に載ったわけです。

これは従来の自主規制型の出版社では、全く考えられないことですね。一度ああいう事件を起こせば、当分はどこも手をつけないわけです。特に私の場合は全き新人なわけですから、当分出ないどころじゃなくて、完全に抹殺されちゃうのが通常であるわけですね。実際、「ペンネームを変えて書かせてやったらどうか」みたいな意見も――それ自体は好意的なんですけど――外部にはあったようです。

――ところがちゃんとペンネームを守って出した。

はい。名前を捨ててしまったら、今後何を書こうと敗けだと思いましたから。――実際、あそこで私が消えるということは、右翼の力で消されたということになりますから、非常にまずかったわけです。だから、私の場合、遠からず文学の世界から消えていくでしょうけど、それは才能がなかったとか、時流に合わなかったとか、余計なことを喋りすぎたとか（笑）、いろいろ解釈があるでしょうけど、そのように消えることについては一向にかまわないわけです。

しかし、あの時点で第二作を出せないということは、明らかに右翼の圧力で消されたということですから、何としてもそういう実績は作りたくなかった。だから、『文藝』が「スターバト・マーテル」を載せてくれたことは、とても大きな意味があるんですね。

――その辺が、桐山さんが現在も『文藝』にだけ書いている理由ですか？

いや、ほかからは注文が来ないだけですけど（笑）。それはともかく、私の持ち込んだ「スターバト・マーテル」を載せてくれたということでは、『文藝』編集部は評価しなければならないと思います。普通なら、捨ててかえりみないところでしょうからね。「早く忘れてしまいたい」とか何とか言って――。この辺が、河出が最初の時点で自主規制路線ではなかったということ、同時に全面敗北ではなかったということの、ひとつの結果が出てきたと思います。

――しかし、『文藝』としては、話題の作者でもあり、載せることについては商売上悪くなかったんじゃありませんか？

いや、そんな状況じゃないですよ。「パルチザン伝説」の大騒ぎから、半年くらいの時点ですからね。『文藝』がまた出したということになれば、また何か対応があるかも知れない――そういう危険性をかかえながら、それでも載せてくれたわけですから、やはり編集部の志を高く評価しなければいけないと思います。それから、この作品が出ることによって、「パルチザン伝説」の単行本も、文芸書として出されて当然であるという流れが、はっきりしてきたことも確かです。

――一応、その辺までが六月十日刊行直前の状況ということになりましょうか。第三書館・公安と、いろいろありましたね。

本当にいろいろありました。疲れましたね（笑）。

第四章　幕のおりてから

――それで、いよいよ六月十日、作品社から『パルチザン伝説』が刊行される。

東京の書店に出たのは、六月七日くらいだそうです。

――そのときは、やはり、幾多の試練をのりこえ感慨無量という感じですか（笑）。

いや、それがね（笑）、刊行委員会で集まったんですが、私以外の人は、装丁が良かったとか、帯の色がいまいちだったとか、誤植がなくて良かったとか、緊張の余り躁状態になってるんだけど（笑）、こっちは毎日尾行をまいたりしていて、丁度疲労の極でね。手渡されても、「はあ、どうも、ご苦労さんでした」なんて、余り締らなくて（笑）。これから闘いが始まるというよりも、これで一応終止符を打ったなという、そういう感じでしたね。

――発行部数はどれぐらいですか？

それはちょっと。企業秘密かと思いますので。ただ、私の他の小説は、売れても二千部か三千部なんですね。だから、

「パルチザン伝説」も、何の騒ぎもなくて河出から出ていれば、せいぜい三千部どまりだったと思うんですが、結果としては、それより少し出ましたね。

――この作品社版には、刊行委員会の「刊行の辞」［資料37］と、作者の「あとがき」［資料38］と、二つ載っていますね。それで、この作者の「あとがき」を読むと、当初から刊行準備していたとは書いてなくて、第三書館によって文学性を傷つけられたから、改めて文芸書として出すんだというふうに読めますが。

ええ、そこでは勿論そういう表現になっているんです。こちらとしては、天候が悪いのだからなるたけ安全な山道を行こうというわけで、そのために、第三書館が文学性を傷つけたから出したんだということを強調したわけです。まあ、第三書館が勝手なことをしてくれたんだから、こちらも少しは利用させてもらおうというところです。

――刊行委員会の「刊行の辞」は、空気がはいっていて良い文章になっていますね。

ちょっと空気がはいりすぎじゃないかと思ったんだけど（笑）。それから、本の帯に篠田一士氏と奥野健男氏の文芸時評の文章を使わせてもらいました。お二人とも快く承諾して下さって、本当に有難かったですね。そういう様々な形で後から支えてくれる人たちがいたから、刊行できたんですね。

――文芸書として出たことによって、幾つかの書評が出ましたね。

はい。私の気のついたものは、三つです。『朝日ジャーナル』（菅孝行氏）、『読売新聞』、『日本読書新聞』（高野斗志美氏）。三者三様の読み方ですが、「パルチザン伝説論」ともいえますので、資料の最後に三つまとめて出しておきましょう。［資料50・51・52］

――作品社版が出たことによって、右翼、公安、ジャーナリズム、第三書館と、それぞれ対応があったと思いますが。

そうですね。どこからはいりましょうか？

――まず右翼は？

そちらの方は特に何もありませんでした。こちらの予想としては、何もないという可能性がひとつ、あるとすれば徹底的にあるという可能性がひとつ。そういうふうに踏んでいたんですが、何もありませんでした。これには幾つかの理由が考えられます。ひとつには、作品社というのは河出に比較すれば、小さな出版社ですから、そんなものまで相手にしなかったということですね。それに河出のときの場合は、新潮社に煽られて動いたというか、右翼としては何かやらざるを得なかったというところがあったと思うんです。

それともうひとつは、発行が刊行委員会であることからも分かるように、一定の社会的バックアップがあるわけです。この辺は当然右翼にも分かるわけで、ヘタに動けば社会的反撃をくらって孤立するということが見えていたと思います。

ともかく、河出のときに右翼が動いたというのは新潮社と連動するという条件の下であったわけですから、今回の場合は、新潮社が動けなかったということが一番大きいと思います。

――この時点で、新潮社が第二波攻撃をかけるという可能性もあったわけでしょうね。

本来なら、「〝天皇暗殺小説〟を出版した二つの出版社の〝勇気〟」なんて感じでやりたいんでしょうけど、向こうも状況を見ますからね。こちらの社会的反撃態勢も整っているわけですから、今度やったら社名に傷がつくと、そういう判断もあってやれなかったんだろうと思います。それに、こっちは、かなりダメージを与えるような戦術も準備していましたから。

――刊行後のジャーナリズムの動きはどうだったでしょう？

六月二十三日『朝日新聞』夕刊に、かなり好意的な記事が出ました。［資料39］そういう形で、かなりバックアップが広がっていきましたね。

――第三書館のその後の動きは？

先程ちょっと言ったと思いましたが、ある人を通じて印税を払っても良いと言ってきました。しかし、こちらとしては絶版要求が先ですから、自己批判もしないで金だけやろうというのでは納得できないわけです。だから、会ってもいないですね。

それから、作品社版が出た直後に、第三書館の行為を正当化するような幾つかの言説がありました。いちばん典型的なのは、『新文化』のコラムで、「第三書館版がなければ、はたして作品社版があり得たのか、ということである」というものです。しかし、これは全く事実に反しているわけですね。第三書館から話のあった時点では、作品社から出すということは既に決定されていて、第三書館に対しても、作品社という名前は言わなかったけど、作者の側で出すということは明言して、それを理由にして断っているわけですから、「第三書館が出したからこそ作品社版も出た」などというのは、完全に事実誤認なわけですね。この辺は、『新文化』のコラムを書いた人が、思い込みだけで勝手に書いちゃってますからね。

――その辺は、やはり第三書館側の宣伝というか、クチコミがきいているわけでしょうね。

そうですね、こちらが第三書館の独走に対して告訴も何もしないことを逆手に取っているようなところがありますね。アン・フェアですね。

――刊行後、そういう形で、状況は一応鎮静化したわけですが、残るところは警察ですね。

はい。先程述べたように、刊行前後まで、私に尾行がついていますね。それから、刊行の直後、公安が、都内の幾つかの大型書店をまわって、どこから出ているのかとか、売れているのかとかの、聞き込みをやっていたそうです。

――それはどういう意図なんでしょう？

調べられるものは何でも調べておくということなんじゃないでしょうか。それから、同じ頃に、作品社に制服の警官が来ています。例の住民台帳みたいな厚ぼったい奴を持って回ってくる形ですね。作品社の社員を調べています。

――世帯別カードみたいな奴ですか？

そうそう。生年月日とか、本籍とか、そういうのですね。それを、「パルチザン伝説」の関係だということではなく、あくまでルーティンの警察活動だということを装って、記入してくれと言ってきたわけです。

――拒否したんですか？

しなかったんですね（笑）。ちゃんと記入して渡しちゃった。

――拒否することも出来たんじゃないんですか？

それは勿論そうでしょうけど、まあ〝普通の出版社〟ですからね、作者が拒否しろと言う筋あいでもないし。それ以上のことでしたら、別ですけどね。

――しかし、それは非常に大きな問題ですね。小説をひとつ出しただけで、出版社の社員全員を調べるというのですから。

それはそうだけど、現在の状況はみんなそうでしょ。本当に小さな市民運動の内情まで、警察はみんな洗っているわけです。一九八〇年代というのは、そういう時代なんですよ。だから、これほど警察の抑圧が強化されている時代に、「東京は素晴しい」とか「知の戯れ」だとか「神秘主義」

だとか言っている連中というのは、本当のアホですね。

……ええと、何の話だったっけ（笑）。

――刊行後の状況だと思いました（笑）。警察の動きを話してもらっていたんですが、刊行から二週間後くらいに、第三書館への家宅捜索がありますね。

六月二十五日ですね。ガサ入れの場所は、令状請求人は私のところへ来た警部です。ガサ入れの場所は、第三書館の本社兼代表者の自宅と、それから法人に名前を連ねている二名の人の自宅です。押収物としては、「パルチザン伝説」を収録した『天皇アンソロジーI』が一冊だか二冊だかだときいています。

――伝票類なんかは？

いや、本だけだときいています。

――ガサ入れの名目は？

「著作権法違反容疑」ですね、勿論。

――目的としては、やはり第三書館を洗いたいということなんでしょうか？

その辺はね、良く分からないところがあるんですよ。第三書館をたたいておきたいということなら、いつも第三書館をマークしている担当の公安が来るはずでしょ。ところが、実際にやったのは、令状請求人からみても、反日担当というか、爆弾担当というか、そっちの方で、同じ公安一課でも第三書館の担当とは違うんですね。

だから、考えられることとしては、これまで公安は金も時間も使っていろいろ洗ってきたわけだけれど、何も事件になるようなものは出なかった、桐山もどうもパッとしない（笑）、それで、何もありませんでしたじゃ面子も立たないわけで、一応ガサをやったということで、実績づくりというか、仕事をしましたという、そういう形にしたかったんじゃないかと思います。警察も役所ですから、実績は残さなきゃ予算も取れなくなるわけで、まあガサをやって収めようという、いわば報告書づくりのための作業みたいなものだと思います。だから、ガサに来た連中は、何だかヤル気がないみたいで、第三書館を全力で潰そうという、そういう気迫はなかったそうです。

要するに、公安一課というのは、最近はデモも少ないもんだから、暇でしょうがないんじゃないかな。それでも実績を作らないと人員も予算も減らされちゃうから、何か仕事をするという……これは別に、警察を甘くみているわけではなくて、末端というものは常にそういうことで動いているんだと思うんです。ただ、そういう個々の末端の動きを、警察というものは常に体系化しようとするわけで、そのところで、大きな戦略的な弾圧の一部分という性格をもってくる、その点が非常に危険だと思います。現に、今回の事件でも、公安が著作権法違反でガサをやるという実績が出来たわけですから。

――反日担当の刑事が第三書館関係にも手を伸ばすという、そういうナワバリ争いみたいなこともあるんでしょうか？

さあ、そこまでは分かりませんね、関係者じゃないんで（笑）。

――作者なり刊行委員会なりの方では、六月二十五日のガサは予測していたわけですか？

当初は、著作権法違反というのは親告罪ですから、被害者が告訴をしなければ、逮捕もガサもないと考えていました。しかしその後、弁護士にきいてみると、捜査の一環ということで、ガサくらいならやれるかも知れないということなんですね。それで、私としては、五月十六日に公安が初めて私のところに来た時点で、「公安がかなり動いている」という情報を、人を通じて第三書館に入れています。

――第三書館にわざわざ教えてやったわけですか？

ええ、第三書館は、それこそ道義も何も踏みにじっていて、許せないとは思うんだけど、だからといって、この種の問題に公安が介入して良いとは思いませんから、そういう動きがあるということを情報として入れています。

――そういう話を聞きますと、第三書館の方はかなりアコギに振舞っているんだけど、桐山さんの方は人がいいというか、何というか……

ナイーヴなんですよ、河出と同じで（笑）。そういう点では、河出にしても、作品社にしても、ヘンに政治ずれしていなくて、たしかにその点が弱点でもあったんだけど、やはり作品を出していくという意味では、主体的な拠り処になっていたということがあると思います。

たしか「風流夢譚」事件の後に起った『思想の科学』事件の総括論議の中で、日高六郎氏が「〝卑怯者去らば去れ〞でなく、〝臆病者よ集い来たれ〞という形が必要だ」という意味のことを言っていて、その時は日和見主義だということで評判が悪かったんだけど、いま考えてみると、今回の場合は、〝臆病者よ集い来たれ〞というのを物質化したようなところがありますね。

――臆病者同盟（笑）。

そうそう（笑）。ゴリの左翼出版が、断固かまえきって『パルチザン伝説』を出したんじゃ、やはり勝利とはいえないんですよ。普通の、右翼が来ればオタオタするような、そういうところが、「やっぱり良い作品だと思うから出しました」と言って出す、それではじめて意味があると思います。

——ガサの話に戻りますと、その後、桐山さんが抗議の声明を出していますね。

はい。七月十日号の『救援』と、七月十六日発売の『日本読書新聞』です。［資料40］それから、ガサの問題をとり上げたものとしては、『新文化』（七月五日号）のコラム「パルチザン伝説事件での倒錯」［資料41］というのがあって、それに対して、『日本読書新聞』（七月二十三日号）が「著作権法違反で公安登場！」［資料42］という記事で批判し、さらにもう一度『新文化』（八月九日号）に「介入を招く状況こそが問題」［資料43］というコラムが載るというやりとりがあります。

——『新文化』の二つのコラムは、第三書館の正当性をうち出したものですね。

そうですね。このコラムの問題点は、第三書館が、作者に刊行の意志のあることを熟知していたという点に頬かむりして、何やら英雄的な海賊出版であるかのように持ち上げている点です。そして、第三書館がガサを受けたことを武器にして、第三書館を批判する者はみんな「弾圧の口実を与える」ものだと居直っています。のみならず、先程ちょっと触れたように、「第三書館版がなければ、はたして作品社版があり得たのか」という具合に、自分たちを正当化するために、完全に事実を逆転させています。これこそ、「倒錯」ですね。

——『新文化』のコラムの水準は、『日本読書新聞』や『週刊読書人』などに比べて、ずいぶん低いという気がしますね。特にこの二つのコラムは、論旨はムチャクチャなんですが、文体は左翼的というか、妙にいきがっているというか……

若い頃に吉本隆明でも読んだんじゃないかな（笑）。それから、ガサの問題をマスコミで扱ったものとしては、大分遅くなりますけど、先程［資料36］として触れた、『毎日新聞』（八五年一月十七日）があります。

——本当に、ずいぶん遅いですね。

これはガサの記事というよりも、私の「風のクロニクル」という作品が芥川賞の候補になりまして、それで、記事の出た日というのは、芥川賞の選考会のある日なんですね。そういうふうにひっかけて、記事をつくるわけです。新聞としては、ずいぶん邪道だと思いますけど。

——そうすると、ガサがあって、作者の抗議声明が七月上旬に出て、それで一応すべての動きが終わったというふうに考えてよいでしょうか？

いや、公安の動きがまだ残っていますね。あと二回、私のところへ来ています。

――ええと、最初が五月十六日で、二度目が五月三十日、そこで「何も話すことはない」と言ったわけですね、そのあと二回ということですか？

はい。第三回目が七月六日ですね。これは話がちょっと複雑なんですが、七月五日の『読売新聞』の夕刊に、私の写真が初めて載ったんですね。顔写真を出すのが目的で、エッセイを載せてもらったんです。どうしてそうしたかというと、これまでは、私の写真というのはどこにも出ていないわけです。だから、文芸関係のジャーナリズムとは連絡がついていて〝覆面作家〟ということはないんだけど、写真は出す機会がなかったわけです。

それで、その頃、「スターバト・マーテル」という私の作品――前にお話ししましたね――それが芥川賞候補になっていて、七月六日が候補作のプレス発表の日だったんです。だから、七月六日という時点で写真が出ていないと、またぞろ「覆面作家が芥川賞候補に！」とかなんとか、変な騒ぎ方をされる恐れがあったんです。そうなると面倒ですから、こちらとしては、その前日つまり七月五日に、さりげなく写真を出しちゃう。〝きのうでは早すぎる、明日では遅すぎる〟という奴でね。それで、公安が七月五日の写真を見て、翌六日に私のところへ来たわけです。

――人物確認というわけですか？

そうですね。「いやあ、ご本人じゃないですか」なんて、ニヤニヤしながら来て、「告訴しないか」と打診して来ました。で、「する気はない」とひと言だけ言って、その日はそれで終わりでしたね。

――そうすると、公安の側では、新聞で写真をみるまでは、作者を確認しきっていなかったということですね。

かなりの割合で「あいつに決まってる」とは思っていても、完全には特定しきれなかったということでしょうね。こちらがいろいろとマヌーヴァを使ったもんだから、「ちがうかも知れない」という線が、少しだけ残っていたんだと思います。それに、彼らも活字の物神性にとらわれていて、こんなヘナヘナした男があんな小説書くわけないと(笑)。

――それが三回目で、四回目はいつですか？

ずっと後になって、九月二十日です。九月二十日というのは、第三書館版が出てからちょうど六ヶ月目にあたるわけです。それで、私は知らなかったんですけど、六ヶ月間というのが告訴のできる期間なんだそうで、「最終的に告訴するかしないか聞かせてくれ」と言ってきました。仕事の仕上げみたいなものなんでしょうね。こちらとしては、「活字になって発表ずみである」と言って終わりです。帰りがけに、「度々おじゃましてどうも。ご活躍を祈ります」なんて言ってましたね。

――励まされたわけですね（笑）。

何だったんでしょうね（笑）。

――四回を通じて、むこうの対応は丁寧だったわけですね。

丁寧でしたね。尾行も丁寧でしたよ（笑）。しかし、丁寧だとはいっても、ああいう素材の小説を書けば、作者の前歴から家族から、何から何まで洗っちゃうわけですから、根本のところで、市民的自由すら存在してないわけですよ。で、もし私が反日の運動とつながっている線でもあったとしたら、あっという間に別件逮捕でしょうから、まあ、ひどい国なわけです。

――公安が来たのは、それが最後だったわけですね。

そうです。ただし、それから大分たって、十二月八日付で、検察庁から呼び出しが来ていますね。

――検察の公安部の呼び出しですね。これはずいぶん時期はずれですね。

検察の方としても、警視庁から報告書みたいなものが上がって来て、告訴はなかったけれども、一応書類を完結させなけりゃならない、それで、こういう呼び出し状を出したんだと思います。第三書館の方にも、同じ時期に同じようなものが来ていると聞きました。

――対応としては？

無視ですね。弁護士とも協議した上で、完全無視です。

――しかし、この葉書はひどいものですね。被害者に対して、「出頭できない場合は理由を述べよ」なんて書いてありますね。

そうそう、ひどい文章なんですよ。これじゃ、普通の市民だったら、出頭しなけりゃ悪いみたいな気分になって、何はさて置いても出て行っちゃうんじゃないかな。「お上」意識の典型で、本当に、吐き気のするような文章です。

――その後は、警察の動きはない。

ええ、直接的にはね。尾行らしいのは見かけることもありますが——。ただ、その後も、私の勤め先の職制、それから労務の課長とは定期的に連絡をとっていて、スパイ活動をさせていますね。

——それはちょっとひどいですね。人権も何もない。勿論ないですよ、そんなものは。それに、これは私だけの問題じゃなくて、左翼の活動家は勿論、ちょっとでも体制に批判的な考えをもったり、集会に参加したりという人間は、犯罪行為とは全く関係なくても、みんな警察に見張られているわけですよ。それから在日朝鮮人の扱いなど、もっとひどいでしょう。だから、ソ連に思想の自由がないなんて言うけど、日本の方が余程進んでいるわけですね。

特に、左翼担当の公安は中曽根政権下で大膨張したわけで、左翼の数よりも公安の数の方が多いというのが、一九八〇年代じゃないでしょうか。もはや戦前の比ではないところまで行っているんですね。

第五章　結果と展望

——ここまで経過を中心にしながら話をしていただきました。それを踏まえながら、総括をしていきたいと思いますが、これまで、作者や刊行委員会の側からではなく、一定の総括の論議が出ていますね。

はい、幾つか出ています。一番最初は、『インパクション』という隔月刊の雑誌の二十七号（八四年一月十五日）ですね。その中に、「天皇制をめぐる今日的情況——『パルチザン伝説』出版弾圧問題を中心に」というタイトルで、粉川哲夫氏と天野恵一氏の対談が載っています。［資料44］これは主に天皇制をめぐる政治弾圧という側面から考察されたものですが、時期が早い割には経過も丁寧に押さえられています。

ただ、その中で河出の事前準備の有無ということが一つのポイントになっていて、『『パルチザン伝説』の発表のされ方というのは、うかつに出させる、ひっかける、『週刊新潮』で騒ぎを大きくして第二の『風流夢譚』事件へもっていこうというシナリオを考えた奴がいるんじゃないかって気がする」という部分がありますが、これはやはりうがちすぎで、事実としてはそういうことはないわけですね。河出の準備の不足ということと、新潮社の攻撃ということとは、直接事前のシナリオがあったわけじゃないですね。こういう〝謀略史観〟みたいなものは、余り生産的じゃないな。

――言論人、出版人の側からちゃんとした論議が出てこなくて、『インパクション』という、どちらかといえば左翼的な、マイナーなメディアが総括を出すということ、これはなんだか、今回の事件を取りまく状況を照らし出しているような気がしますね。

その通りですね。マイナーといえば、『インパクション』に続いて、「反天皇制運動連絡会」という運動体が、パンフレットの形で、『『パルチザン伝説』出版弾圧事件」という題名の資料集を出しています。八四年四月二十日づけですね。このパンフレットは、その時点までの新聞記事などを網羅的に収集していて、事件の経過が浮きぼりにされるようになっています。

――そのパンフレットの中に、京大の池田浩士氏が作品の批評を書いていますね。

ええ、全面否定みたいな批評で（笑）。

――作者として言いたいことはあるわけでしょう（笑）。

相手はルカーチだから（笑）。この批評は池田浩士氏の『文化の顔をした天皇制』（社会評論社）という本に収められていて、全体が非常に面白いものですから是非読んでもらいたいですね。もっとも、私からみると、「文化の顔もした天皇制」なんですけど。……ええと、その池田浩士氏の批評の載ったパンフレットの出た後に、『創』という雑誌が二度にわたって事件を扱っています。黒川龍一氏というジャーナリストの文章で、第一回が八四年五月号で、第二回が八月号です。第一回の記事は「河出書房新社、講談社と相次ぐ右翼のメディア攻撃」という表題で、新潮社が右翼を煽動したことなどが正確にリポートされています。ただし、これは、黒川氏の文章なのか、雑誌編集者の文章なのか分かりませんが、リードの部分で、「〝昭和の終わり〟に向けて『天皇報道を封じ込めよ』の大号令がかかった。……次の攻撃目標ももう決められているという」というような調子のところがあって、全体として野次馬的な印象を拭えません。

次の八月号のものは、「幻の書になりそこねた『パルチザン伝説』の顚末」という表題からも分かるとおり、いっそう野次馬的なものになっています。従来の〝慣行〟を踏みこえて、こちらがなんとかして〝幻の書〟にしないように努力しているというのに、「興ざめに終った結末」というような調子で、ドラスチックな事件の展開がなかったことを残念がっているわけです。

それから、作者から第三書館に対して、「『文学作品としてそれにふさわしい出版社から出したい』といったこと以上は伝えられなかったと思われる」と書いていますが、それは勝手な思い込みというもので、事実は、先に述べたとおり、「こちらで準備中だから止めろ」ということだったわけです。——全体としてみて、よく取材はしているんですが、この事件の中からどのような一歩前進を勝ち取るのかという、そういう視点がないために、「興ざめ」だとか「白けた」というような、野次馬の言葉でしか語られていないように思われます。

それから、もう一つ、事件の総括を企図したものとして、『こおろぎNo.4』〔資料45〕というのがあります。

——ミニコミですね、それは。

はい。どういう人かは知りませんが、中田龍介氏という人が編集人になっている、六十頁ほどのタイプ印刷のものです。その中に、中田氏本人の書いた「検証『パルチザン伝説』出版弾圧事件」という文章があります。総括の部分については、作者として言いたいこともありますが、経過もよく押さえられています。

——総括的な発言としては、それくらいでしょうか？

もうひとつ、挙げておきましょう。天野恵一氏の「天皇と表現—出版の現在」と題する文章で、『日本読書新聞』（八月十三日号）に載ったものです。〔資料46〕「この出版弾圧事件は、現在という時代にみあったグロテスクさを映し出す鏡としての機能を果した」と書かれていて、短い文章ですが、これからの総括へ向けての筋道が引かれたものになっています。

それから〈天皇制と表現〉という視角からは、栗原幸夫氏が鋭い問題提起をしていますので、〔資料47〕を読んで下さい。

——当事者の書かれたものは、まだないですね。

いや、ありますよ。事件当時『文藝』の発行者（つまり河出の重役）で、現在、他の出版社に移っている方が、『創』（八六年四月号）に簡単な報告を書いています。〔資料48〕これはまあ、内側から書かれたというよりは、河出を離れた後に書かれたという性格のものですが。

——そのほか、作者としては、たしか二度、座談会に出ていますね。

はい。最初が、反天連の出している『反天皇制運動連絡会機関誌 Vol.8』（八七年二月十一日）に載っている『『パルチザン伝説』をめぐって」という座談会です。［資料49］これは初めて、事件の経過を明らかにしたものですね。経過を報告しろというから出ていって喋ったんですが、その後、小説の中身の話になっちゃって、面と向かって自分の小説のことが話されるんだから、照れくさくて仕方なかったですね。実は小説を書いてますなんて、それだけで恥かしいのにね（笑）。

――その辺は、桐山さんがちょっと古風すぎるんで、いま小説を書くというのは、非常にメジャーなことなんですよ（笑）。

そうらしいね。新人賞の受賞パーティーで、Vサインなんか出すような感じで（笑）。アホじゃないかと思うけど（笑）。

――アホですよ（笑）。だけど、桐山さんの態度は、やはりちょっと古風すぎるんじゃないかな、書くということに対して。

だけど、時代の中で死んだ人間とか、沈黙を余儀なくされながら日々働いて生きている人間とか、そういう人間がいっぱいいるわけですよね。そういう人間の声を伝えたいという想いが一方にあって、同時に、書いちゃいけないんじゃないかとか、俺なんかに書く資格はないとか、いろいろ複雑な想いがあるわけです。だから、明るくなんかなれるわけがないよね。『戯曲 風のクロニクル』（冬芽社）で使った科白ですけど、「ものを書くときだけは、自分自身に誠実でありたい」――そういうことですね。

――その辺の話は、また別の機会に是非うかがいたいですね。ええと、それで、桐山さんが事件について語った座談会のことですけど、二度目は確か『朝日ジャーナル』でしたね。

はい。京谷秀夫さんとの対談です。発売日は八七年五月二十二日、つまり、朝日新聞阪神支局で小尻知博さんが白色テロルに斃れた直後です。［資料8］

――この対談の中では、桐山さんは、「パルチザン伝説」は、俗にいう反天皇小説ではないんだということを、非常に強調されていますね。

はい。それはもう、白い猫は猫じゃありませんから。「風流夢譚」事件のときは、臼井吉見氏などが「これは革命への恐怖を語った作品だ」と言って、攻撃への防御線を造ったわけですが、今回は、そういう気のきいたことをしてくれる人はいなかったから、みんな作者がやらなければならなかった。だからここでは、非常に抽象的な言い方ですが、かつての事件の〈判例の縮小化〉ですね。判例を拡大させないようにすること、それをめざしたわけです。

――幾つかの総括論議を紹介してもらいましたが、作者の側から振り返ってみて、この事件というのは、ひと言でいうとどういうことだったのでしょう？

ひと言でいえば、「新潮社」ですね。新潮社によってすべてがひき起こされた事件だったと思います。しかも問題は、新潮社というのが単なる赤新聞でなく、日本で一、二を争う文芸出版社であるという点ですね。そういう出版社が、文芸作品を圧殺するような煽動を、自分の手でやったわけです。しかも、新潮社から作品を出版している作家や評論家は、すべて沈黙をきめこむ、そういう言論界全体のとめどもない腐敗に支えられた事件だったと思います。

ですから、「風流夢譚」事件との比較が問題にされますけど、今回の事件はかなりちがっているわけですね。一九六一年の事件は、前にも述べたように、ジャーナリズム総体を射程に入れた上での、中央公論に対する一点突破であったわけですが、今回の場合はそれとはちがっている。敢て極端な言い方をするならば、今回の事件は、「風流夢譚」に近いのではなくて、新潮社の雑誌などがやっている「弱い者いじめ」ですね、あちらに似ている。

――新潮社というのは、たしかに、弱くて無防備なものを文字通り蹂躙して、そのことによって快感を得ているような、非常に陰湿なところがありますね。サディズムなんですよね。小ファシストの、基本的な心性です。

――そうすると、総括としては、やはり新潮社が第一ですね。

そうです。その上で、フレームアップが、いったい何を浮上させたのかという点が重要です。浮上してきたもの――それは言うまでもなく、最も強力な反革命の戦線ですね。その戦線のすべてが浮上してきたわけです。新潮社がフレームアップする、右翼がそれを突破口として突撃する、公安が公然と乗り出してくる。つまり、「パルチザン伝説」という一篇の小説は、数十万の発行部数をもつ悪質な出版資本と、数百人の突撃隊と、全都四万人の暴力装置とを、一瞬にして反革命へと密集させたわけです。

そして重要なことは、この三者の戦線というのは、言うまでもなく、現在におけるレッドパージの戦線であるし、一定の流動期にあっては、最も暴力的な反革命の戦線となるものだということなんですね。だから〈刊行委員会〉は、現代のこの国における最も巨大な敵と対峙しなければならなかったんです。

――そういう重包囲網の中で、刊行を実現することが出来たわけですが、これはやはり勝利と総括できるでしょうね。

とんでもありません。勝利ではなくて、明らかに、依然として敗北です。というのは、勝利か敗北かを考える基準は、「パルチザン伝説」という一篇の物語がどうなったかという点にとどまらず、その事件が現在どのような社会的作用を有しているかという点に置かねばならないからです。

新潮社があのような煽動を行ない、右翼が攻撃をかけた――そのことの社会的作用は何なのか？　それは明らかに、多くの表現者たちが、もはや天皇制を批判するような表現は行なうまいと考えている、また、出版社が天皇批判はやめた方が良いと考えている、という状況を生んだということ……

いう形で、向こう側の攻撃は、ひとつの重大な結果をもたらしたんです。中曽根内閣の期間というのは、天皇制が全面的に浮上してきた時期、ブルジョアジーの政治委員会が、国民の反革命的統合のためには天皇しかないんだということを改めて意志一致し、行動にのり出してきた時期であるわけですが、「パルチザン伝説」事件は、その時期の初発に、きわめて大きな得点を支配者階級にあげさせたわけです。

つまり、状況としては、百メートル後退したわけです。その中で、作品社から『パルチザン伝説』を出したことによって、まあ一メートルくらいは前に進んだ。だから、状況としては、一メートルの勝利ではなくて、九十九メートルの敗北であると考えねばならないんです。とても勝利とか、引きわけとか言えるようなものじゃありません。

――そうすると、状況としては、依然として九十九メートルの敗北であると。

そうです。だから、桐山のおかげで状況が悪くなった、ああいう作品を書くのは悪質な挑発だ、という説もあるそうです。

――そういう評価というのは、作者としてはどうなんですか？

観客席からみれば、たしかに状況は後退しているでしょう。しかし、重要なことは、百メートルという距離は、「パルチザン伝説」があってもなくても後退した距離だということなんです。何も書かなければ何も攻撃がなくて後退しないなんて考えるのは、全くの夢想なんですね。そんなものは、何もなくてもどんどん後退するんです。だから、「パルチザン伝説」事件によって、たしかに状況は百メートル後退したけれども、その中で、なんとか一メートルくらいは前進することが出来た、その点に注目すべきだと私は考えています。

たしかに、事前準備やら何やらで、百メートルも後退しなくて良い対応が出来れば良かったと思います。それらは、この経過を踏まえた上で総括を深めるべきだと思っています。百メートルも後退しなければ、それはそれでいちばん良いに決まっているんです。

――いま一メートルの前進と言われましたが、そのように限定的ではあれ、これまで弾圧された作品とは違って、ひとつの前進をかちとれたわけですが、それが出来たことの要因というと、どういう点になるでしょうか？

それはひと言ではとても言えません。さまざまな要因が、複雑に作用しあっていると思います。思いつくままに挙げてみても――①河出の敗北が完全敗北でなかったこと、②作者と作品を支える〈刊行委員会〉が存在したこと、③作品が文芸作品として比較的高い評価を得たこと、④新潮社の第二波攻撃を封殺したこと、⑤公安のフレームアップを許さなかったこと、⑥ひき受けてくれる出版社が存在したこと、⑦〈刊行委員会〉以外に、さまざまな支援が存在したこと――等々が考えられます。

しかし、それらの中で一番大きな要因といえば、やはり新潮社の第二波攻撃を封殺したことではなかったかと思います。刊行に至るまでの戦術の半ば以上は、第二波攻撃を封殺するために組まれたといっても過言ではありません。

――第二波攻撃の可能性として、一番危機的であったのは、どの時点でしょう？

やはり第三書館版が出されたときだと思います。今どき珍しい海賊出版ですから、これはもう恰好の週刊誌ネタですね。そうすれば、右翼がもう一度動かざるを得なくなって、第三書館にも被害が出るし、こちらの刊行計画も危うくなる――そういう一番危険な状態だったと思います。

――そこのところを回避することの出来た要因というと？

第一に、「亡命地にて」の中で、先行的に新潮社に対して一定の突きつけを行なっていたこと、それから第二に、作者が「泥棒だ！」と大騒ぎせずに、『日本読書新聞』の文章で鎮静化させてしまったこと――その二点があったと思います。

――長いこと話していただいたわけですが、刻々と移っていく情勢の中で、そのときどきの微妙な判断がきわめて重要だったという印象を受けます。本当にご苦労が多かったことと思います。白毛も大分増えたようで（笑）。

いや、これは前からですけどね（笑）。振り返ってみて、やはり綱渡りでしたね。しかし、新潮社＝右翼＝公安という巨大な戦線を相手にして普通の人間が戦い、曲りなりにも一メートルの前進を実現するためには、現在のところ、そういう形しかないんだと思います。このような形のマヌーヴァを使った後退戦が良かったのかどうかということは、やがて他の人が総括してくれるでしょう。

——いま「普通の人間」と言われましたけど、刊行を実現していくためには、やはり相当な決意が必要だったと思うんですが。

いや、作者も刊行委員会も、みんな普通の人間ですよ。普通の人間が、オタオタしながら、それでも何とか智恵と力を集めて進めていったわけですね。だから、『パルチザン伝説』が出されたことに意味があるとすれば、それは普通の人間がここまでやったということ、その点にあるんじゃないでしょうか？　普通の人間でも、巨大な戦線の前に立つことが出来たんですね。

　だから、この事件から何らかの教訓を得ようとするならば、一篇の小説を不当な圧力によって消してはならないという当り前のことを実現するためには、ただ普通の人間のささやかな勇気と智恵があれば十分なんだということだと思います。そういう普通の人間の力によって、〈表現の自由〉というものは築き上げていくことが出来るんですね。勿論、そのためには十分な情勢判断と、的確な戦術が必要とされるでしょう。しかし、それを行なうのは普通の人間なんですね。そういう人間たちの力が蓄積されて——今後の歴史の中でさまざまな情勢が現れて来ると思いますが——やがてもっと大きな〈共同の手〉に、手渡されなければならないと思います。〈表現の自由〉というのは、守るべきものとしてあるのではなくて、ひとつひとつの妨害の中から築き上げていくものなんですね。『パルチザン伝説』の刊行が、そのことの一里塚になれば幸いだと思っています。

——桐山さんは、先程から「敗北」という言葉を使われていますが、一個の作品からみるならば、やはり「表現の自由」が守られたとも考えられますが。

いや、その「表現の自由を守る」という言葉が、どうも好きじゃないんですね。第一、労働者階級から見るならば、「表現の自由」などというものはもともと存在していないわけです。「表現」というのは、〈蓄積された自由時間〉プラス〈巨大な印刷機〉であるわけでしょう。労働者階級はそのどちらも持っていない。だから本質的に表現から見放された、表現から自由にさせられている存在であるわけです。

例えば私自身も、仕事を終わった後というのは疲れていてとても書けないし、週休二日なんてどこの国の話かと思う。だから昼休みが唯一書ける時間だったんですが、仕事を移った関係で、いま昼休みも満足に使えなくて、それでこの本も、自分で書くんじゃなくて、こうして対話の形になっているわけです。まあ、昼休みに喫茶店でのんびり小説なんか書いていられたというのは、山谷の労働者なんかに比べて、ずいぶん特権的だったたと思うんです。だから、労働者階級にはもともと守るべき「表現の自由」なんてないんであって、それは造り上げていくもの、形成していくものとしてあるわけですね。

天皇表現の問題にしても、それは様々な紛争の中から形成されていくものだと思っています。だからこそ、最低限、紛争の経過を明らかにすること――今回の事件でいえば、敗北したという事実をはっきりと認め、その原因を明らかにしていくことということのは、表現者の義務でもあると思っています。

それから、先程の問題のからみで言えば、労働者階級の表現ですね――つまり、「ビラ」とか「ステッカー」とか――そういう「表現の自由」との社会的政治的関連の中でしか、小説などの「表現の自由」ということも、正確には位置づかないと思います。一枚のビラ、一枚のステッカーをめぐって、全国の労働者は苦闘しているわけで、そういう本質的な問題を抜きにして、小説の「表現」だけが特権的に守られていいわけはない。それに、「ビラ」や「ステッカー」をめぐる労働者階級の階級的力こそが、最終的には、小説を含めた「表現の自由」の大きさを規定していくんですね。

――最後になりますが、これまで語られてきた中で、〈天皇制をめぐる表現〉という視角、もしくは、表現を弾圧する〈天皇制という暴力〉という視角、そういうものが欠落していたと思うんですが、その辺について作者からひと言。

その点の総括まで作者に要求するというのは、はっきり言って荷が重すぎるんですね。勿論、「パルチザン伝説」の事件以降、山谷の闘いを映そうとしていた映画監督・佐藤満夫氏が日本国粋会金町一家のファシストに刺殺され、それをひきついで映画『山谷』を完成させた山谷争議団の山岡強一氏が射殺されるという事件があったことを見ても分かるように、天皇制の暴力の問題を抜きにしては、総括を語ることは出来ないんです。

しかし、総括と言っても、「パルチザン伝説」が圧殺された、やはり天皇制はタブーである、今の状況はこんなにヒドイ……というような、一般的情勢確認をするだけでは、余り意味がないんですね。その辺を越えて、全面的な総括を語るということは、現在の私の力量を越えているんです。ですから、ここで私の話したひとつの事件の経過を素材にしてもらって、天皇制という視角からの総括を深めてもらえればと思っています。

ただ、ひとつだけ言えることは、今後、「日本人にとって最も固有なものとしての天皇制」ということがどうやらブームになりそうな勢いですけれど、今回の事件に見られたような、右翼・公安という官民の反革命的暴力の問題を抜きにして天皇制を論ずることは、全く非現実的な言葉の遊びにすぎないということですね。「パルチザン伝説」事件が忘れられてはならないとするならば、それは、〈天皇制とは暴力である〉というテーゼを改めて浮き立たせたという、その点においてであろうと思います。

それからもうひとつ、この本を出したことで、表現者としての私の仕事はほぼ終了したと思いますので、今後、私と同じ世代か、それよりも若い人が、本当に新しく力のある作品を書いて登場してもらいたいですね。

――それでは、こうして「パルチザン伝説」の総括は多くのひとびとの手に手渡されたということで、終わっていきたいと思いますが、最後にひとつ、出版弾圧の中でここまで進んで来られた桐山さんのパトスというのは、ひと言で言えば何だったのでしょう？

一寸の虫にも五分の魂、ですかね（笑）。私自身、本当に恥かしい生き方しか出来ていないんですが、それでも、最後の五分の魂だけは捨てたくないと思っています。正しいことは正しいと言い、不当なことは不当だと言う、そういう五分の魂が多くのひとびとの内側に存在しているということ、そのひとびとに何かを伝えていくのは可能なんだということ、そういうことを信じていきたいと思っています。

――どうも有難うございました。これで終わらせていただきます。

［日誌］

年	月日	作品をめぐる動き	月日	報道・批評等
●1982	5・	「パルチザン伝説」文藝賞に応募。		
	11・7	文藝賞発表（『文藝』12月号）小島信夫評「天皇という実名」【資料1】 この直後『週刊新潮』記者が『文藝』編集部を取材。発表の予定、作者などについてきく。		
●1983	6・	「パルチザン伝説」もしくは「風のクロニクル」の掲載について、作者と担当編集者協議。	9・24	『サンケイ新聞』文芸時評（奥野健男）【資料3】
	8・1	「パルチザン伝説」を『文藝』10月号に掲載すること、作者に通知。	9・24	『東京新聞』文芸時評（菅野昭正）【資料4】
	9・7	『文藝』10月号発売。【資料6】	9・28	『赤旗』文芸時評【資料2】 『毎日新聞』文芸時評（篠田一士）【資料5】
	9・13	作者と河出出版部、単行本の体裁等で協議。		
	9・26	『週刊新潮』記者、河出を取材。		
	9・27	作者と編集部、右翼への対応等で協議。		
	9・29	『週刊新潮』（10月6日号）発売。【資料7】 右翼一団体、河出社前行動。／公安来社。／原宿署より河出に電話。		

10・3	右翼10名ほど社内へ。３名と河出会見。
〜7	連日、数団体が社前行動。
10・7	夜、河出より作者に、単行本化中止の通告。作者了承。
11・24	「東アジア反日武装戦線への死刑・重刑攻撃とたたかう支援連絡会議」が、河出に公開質問状（『支援連ニュース28号』【資料21】）
12・10	「亡命地にて」を掲載した『早稲田文学』１月号発売。
12・	「パルチザン伝説」を単行本として刊行することで、作者と刊行委員会、意志一致。
12・	大日本愛国団体時局対策協議会が、河出に抗議文。

10・7	『東京新聞』夕刊「右翼圧力で単行本化中止」【資料９】
10・30	『図書新聞』（11月5日号）「思想には思想を…」（松本健一）【資料10】
11・7	『週刊読書人』（11月14日号）「『パルチザン伝説』の波紋」【資料17】
11・10	『新雑誌X』12月号「小説『パルチザン伝説』と大嘗祭」（猪野健治）【資料12】
11・11	『東京新聞』大波小波「表現の自由」【資料13】
11・	コピー版、幾つかの書店に置かれる。
12・7	『文藝』１月号、アンケート「一九八三年の成果」【資料15】
12・10	『新雑誌X』１月号「小説よ、お前はただの情報にすぎない」（岡庭昇）【資料19】
12・11	『週刊ポストカード』「フィクション『パルチザン伝説』をめぐる問題の意味するもの」（栗原幸夫）【資料47】
12・12	『週刊読書人』（12月19日号）「文芸記者座談会」【資料14】
12・13	『朝日新聞』「'83回顧〈文学〉」（由里記者）【資料16】
12・15	『新日本文学』「このだめな一冊」（内田栄一）

12・28	「支援連」、河出と会見。【資料22】
●1984	
1・7	『文藝』2月号、編集後記【資料20】
1・中旬	刊行委員会、作品社よりの刊行を決定。刊行時期は、遅くとも事件から一年以内とする。
1・下旬	河出を通じて第三書館より作者に単行本化の申し入れ。作者は、①河出を通じて、②知人を通じて、③書簡によって、拒否を伝達。
2・上旬	第三書館より再々度の申し入れ。
2・7	作者が第三書館に電話。「すでにこちらで準備中である」
2・中旬	刊行委員会、8・15刊行を決定。
3・上旬	作者「中間総括」【資料26】
3・20	第三書館より、「パルチザン伝説」を収録した『天皇アソソロジーI』刊行。

12・17	『東京新聞』大波小波「パルチザンの素顔」【資料25】
12・21	『東京新聞』大波小波「パルティザン伝説」【資料18】
12・23	『社会新報』「右翼を挑発しデマをたれ流す『週刊新潮』」（菅孝行）【資料11】
1・1	『同時代』大道寺将司「やりきれない暗さ……」【資料23】
1・15	『インパクション』27号「天皇制をめぐる今日的情況」（粉川哲夫・天野恵一）【資料44】
1・23	『日本読書新聞』（1月30日号）「圧殺される〈反天皇〉表現」
1・25	『新日本文学』2月号「いま文学に問われているもの」（小田実・栗原幸夫・野間宏・針生一郎）
3・30	『図書新聞』（4月7日号）「自主規制による〝伝説〟化」（高橋敏夫）【資料29】

3・22～23	作者と刊行委員会、対策を協議。「スキャンダルにしないように対応する」
3・28	作者より第三書館に「絶版要求書」送付。
4・9	『日本読書新聞』（4月16日号）作者の手記「『パルチザン伝説』の海難」**【資料27】**
4・上旬	刊行委員会、作品社より刊行時期を早めて出すことを決定。
5・7	『文藝』6月号「スターバト・マーテル」
5・16	警視庁公安部公安一課警部他一名、作者を来訪。（第一回）／第三書館に情報を提供。
5・30	公安来訪。（第二回）／この頃から、作者に対して公安の尾行。

4・5	『朝日ジャーナル』（4月13日号）「ＢＯＯＫ」第三書館を批判。**【資料30】**
4・6	『毎日新聞』「『パルチザン伝説』ゲリラ単行本」**【資料28】**
4・7	『東京新聞』大波小波「パルチザン伝説」**【資料32】**
4・9	『週刊読書人』（4月16日号）コラム「桐山襲『パルチザン伝説』の刊行」**【資料33】**
4・10	『創』5月号「河出書房新社、講談社と相次ぐ右翼のメディア攻撃」（黒川龍一）
4・20	『反天皇制運動資料 Vol.1』黒川芳正「フィクションは現実を超えたか」**【資料24】**
4・23	『週刊読書人』（4月30日号）コラム「意外な力を発揮した匿名小説」**【資料34】**
4・27	『朝日ジャーナル』（5月4日号）「『パルチザン伝説』の出版社として」**【資料31】**
5・2	『東京新聞』大波小波「再説・パルチザン伝説」**【資料35】**

6・10	作品社より『パルチザン伝説 桐山襲作品集』刊行。[資料37・38]
6・中旬	警視庁、都内大型書店を調査。／制服警官が、作品社を調査。
6・25	公安一課、第三書館を著作権法違反で家宅捜索。
7・5	『読売新聞』に作者の顔写真付きエッセイ。
7・6	公安来訪。（第三回）
7・10	『救援』作者声明。（6月30日付）
7・16	『日本読書新聞』（7月23日号）作者声明。[資料40]
9・20	公安来訪。（第四回）
12・8	東京地検公安部より、作者に呼び出し状。

6・23	『朝日新聞』「桐山襲の『パルチザン伝説』ようやく単行本に」[資料39]
7・5	『新文化』コラム「パルチザン伝説事件での倒錯」[資料41]
7・10	『創』8月号「幻の書になりそこねた『パルチザン伝説』の顚末」（黒川龍一）
7・13	『朝日ジャーナル』（7月20日号）書評（菅孝行）[資料50]
7・16	『日本読書新聞』（7月23日号）「著作権法違反で公安登場！」[資料42]
7・23	『読売新聞』書評[資料51]
8・6	『日本読書新聞』（8月13日号）「天皇と表現―出版の現在」（天野恵一）[資料46]
	同右・書評（高野斗志美）[資料52]
8・9	『新文化』コラム「介入を招く状況こそが問題」[資料43]
9・20	ミニコミ『こおろぎ』№4「検証『パルチザン伝説』出版弾圧事件」（中田龍介）[資料45]

●1985

1・17　『毎日新聞』「出版社を〝告訴なし〟捜索」【資料36】

●1986

3・10　『創』4月号「内部の敵―『パルチザン伝説』に関わって」（金田太郎）【資料48】

12・19　『文芸家協会ニュース424』作者「入会挨拶」で新潮社を批判。

●1987

2・11　『反天皇制運動連絡会機関誌』Vol.8座談会「『パルチザン伝説』をめぐって」（天野恵一・池田浩士・太田昌国・菅孝行・桐山襲）【資料49】

5・22　『朝日ジャーナル』（5月29日号）対談「天皇表現の四半世紀」（京谷秀夫・桐山襲）【資料8】

［資料］

●［資料1］＝文藝賞選評『文藝』82年12月号―抄―

桐山襲氏『パルチザン伝説』は、文体の整い方と、一見端正な作品のたたずまいという点からいえば、候補作四篇中の随一といってもよいと思った。

しかし、問題は、その一見端正な文体が切り取って見せているものの真実味にある。その点、作中に提示されている戦時中の日本の姿は、誰の眼から見ても現在の通念を投影してつくり上げた虚像としか見えず、それが「伝説」の根柢に据えられている以上、「伝説」はなんら「伝説」とはなり得ず、ひとりよがりの自閉的幻想にしかならぬことになる。要するに、『パルチザン伝説』は、地声と見せて、実はかなりグロテスクな裏声で唄ってみせた、裏声文学の一変種に過ぎぬもののように思われた。

［江藤淳「消去法」］

私は四篇のうち、「パルチザン伝説」と「日曜日には……」の二つに興味をいだいた。この二作は、題材が似たところがあり、作者が作品あるいは主人公とのあいだに距離をおいて書いているところもそうである。

「パルチザン伝説」は、偶然であるが親子二代にわたって天皇を爆弾で殺害しようとして、タワイなく失敗する話を伝説と称している。といっても、息子は一九七二年だったかに実行しようとした。父は敗戦直前に記者として皇居へ入りこんだことになっている。この息子は今、沖縄のある島で、死のうとしでいる。天皇殺害を企てるようになった以前に、彼はわれわれの知っている爆弾事件で負傷したのが悪化した。息子は自分のことや、たまたま知った父の昔の事件（このとき父もまた負傷した）のいきさつを兄にあてて手紙で書いている。この手紙が、この小説そのものという仕組みである。兄は同志を十人殺したあの事件で恋人を失った。彼は、この事件直前に仲間から抜けた。兄はこの事件を知ってこの十年間（？）唖の状態になっている。(私はこの部分をあつかった山崎哲の芝居「砂の女」を思い出した。哲は「うお伝説」のような芝居もやっている)

私はこの作品の文体が、タテカンバンの檄文のようなものが小説の文体として生きた最初の例だと思った。ところが、実名である天皇の殺害という（天皇制とは直接かんけいはない。私はこのことが面白いと思う）このタワイなくも衝撃的な事件は、私には困ると思わせるものがあった。これは実名であることが必要な小説である。どこかの国のいつともしれぬことなのではない。

私自身がこのところ、実名ともいうべきものをワザと小説に取り入れている。この作者は、相当な配慮をしているともいえる。タワイなく失敗しているということや、この企ての、無意味さを、勘定に入れているらしく思われるからである。そしてこの小説は、作中人物の手紙そのものであり、この人物は、たぶんこの作品が私どもの眼にふれるときには、死んでいることになっているからである。

私はこのことは、この作品そのものの価値とかんけいがあることなのか、そうではないのかが、さだかにはわからなかった。それと同時に、私個人としては、この作品が受賞したときに、選考委員のひとりであるこの私にムヤミに脅迫の電話がかかってきて煩わされることは、避けた。何しろ、私はこれからまだ予定している仕事が色々とあって、時間がたいへん大切なのである。それに私は敢然と脅迫にたち向うということは、とても出来そうにない。

〔小島信夫「天皇という実名」〕

今年の四篇はいずれも私にとってその題材がいささか刺戟的であった。湯口拓美「カーラ」は胎内経験の記録、柳川春町「日曜日には愛の胡瓜を」は大学内右翼学生の分派争い、桐山襲「パルチザン伝説」は天皇襲撃計画の経緯、寺井澄「レーシングカーに乗った聖者」は刑事に追われている男と黒人混血娼婦との人情噺と、その奥まった所にわだかまる世界はすべておそろしげなものばかりであった。それがとにかく各自の文体の中で描き遂げられていたのだ。だからたとえばそのどの一篇が入選作に決まってもいいのではないか、と考えそうになった。しかしやがて私の消去法を苦痛と歎じつつ発動させなければならない。まず「パルチザン伝説」に取りかかろう。作者はこの危険な主題にどんな態度で迫ろうとしたのか。そこの所は私によくわからないのだが、暗い情熱に赴く主人公たちを存在させる理由が、甚しくひとり合点であるのにひっかかった。「父たちの穢れた血を浄めること」のようだが、根にある心情が周りへの侮蔑と嫌悪に傾いているようにしか書かれていないのが気になった。その辺から文体の中につじつまの合わぬ不審な気配が立ちのぼってくるのである。たとえば太平洋戦争の戦況の理解の仕方が戦争渦中では到底考えられぬ今日的理解の上に乗ってのみ展開されていることなどはあやしげである。

〔島尾敏雄「選考感」〕

次は、桐山襲の「パルチザン伝説」であるが、この恐るべき題材に強烈に迫っている作者に敬意を表するが、この作者は、戦争中の日本を、自己のものとしていず、そこからこの作品の破れ目があらわに見えてくるのである。私はこの作者が、戦争中の時代、人物と今日の時代、人物をいかに重ねあわせてしかもその差異を出しきるかについて、さらに全力をつくして、試み、すすんでほしいと考える。

〔野間宏「小説の新しい散文」〕

●〔資料2〕＝『赤旗』83・9・28「文芸時評」―抄―

「パルチザン…」は、一九七四年に〈M企業〉爆破事件を引きおこし、その数年後アパートで爆弾製造中そのさく裂によって片目と片手を失くした「僕」の、兄への手紙の形式をとっている。兄もまたトロツキスト『赤軍派』の一員で《決意した啞者》

と描かれている。

桐山はここで「〈父の時代〉と〈僕たちの時代〉——つまり、戦争の時代から戦争ののちの時代——を貫いて在るひとつのこと」「焼跡における可能性ともいうべきものから、僕たちが走り抜けたあの時代における可能性ともいうべきもの」をいいたいらしい。そのために、戦争末期に「国内から武装闘争」をおこす〝パルチザン〟たらんとして、一九四五年八月十四日に天皇の殺害をはかって果たせず、片目、片手を失い唖者となった父親を受けつぐ存在として、その身体的特徴を今では分けてもつ兄弟を設定し、「戦前が許せない以上に、いつわりの自由といつわりの平和でみたされた戦後こそが、僕たちには耐えることができなかった」と、父親と同様に、〈父たちの体系〉の全否定として「あの男」——天皇への襲撃を企てさせるのである。そして、この国の〝パルチザン〟の系譜が自身の父親から流れていることをいい、爆弾こそが時代の可能性をきりひらくものとして主張される。

ここからの結論は、せいぜい、もっと強力な爆弾をつくり、もっと〝有効〟にそれを使おうというものでしかない。

一九七四年の、八月からその年の暮れにかけての三菱重工本社、三井物産本館ビル、帝人中央研究所など連続した爆破事件は、八人の生命を奪い、二百七十四名に重軽傷を負わせた。何の関係もない労働者や、果ては一般の通行人をもまき添えにした反社会的な無差別殺人事件を、是として描くこの作品は、そこに「革命闘争」があるかのようにいまだに思っている主人公の幼児性をつうじて、作者の姿勢が今日もどこにあるかをしめしている。反動化のつよまりの他方で今日、権力に泳がされた存在であるニセ「左翼」暴力集団の所業への肯定が文学の名をもっておこなわれることの危険と有害さをきびしく指摘しておきたい。それにしても、こうしたものを「新人の力作」ともてはやすのは、文学に携わるものとしての見識が問われるといえよう。

●［資料3］＝『サンケイ新聞』83・9・24奥野健男「文芸時評」―抄―

同じく新人の桐山襲の『パルチザン伝説』（文芸）は、父、兄そして自分、妹とつながる暗い黒いパルチザン的反逆を、重く粘っこく追っている。兄は既成の革命党を排し真の前衛党たらんとして、仲間の粛清、そして初の銃撃戦を行った赤軍のリーダーであり、今は口がきけなくなり、弟の自分はM社爆弾襲撃グループ——今や党を否定し、個人参加である集まりで、自らの爆弾で片目片足の男となり南方の島に住みつき、妹は娼婦になる。その根源に戦争中、空襲下パルチザンを企て爆弾をなげた父の、戦後の黒い靴をのこしての失踪がある。つまり古い日本、その象徴である天皇を、敗戦によってもこわすことができず残している日本への、祖父・父・子、父・兄・弟の三代にわたる内面からの反逆、テロリズム的な破壊をテーマにしているのだ。ぼくはこの二作を読み、三代にわたる血のつながりにより、三代にわたる国家体制への深層意識的批判がはじめて文学作品として表現されて来たことに大きな感慨を抱かざるを得なかった。それが軽と重との両方からなされていることも妙である。

●［資料4］＝『東京新聞』83・9・24菅野昭正「文芸時評」――抄――

桐山襲「パルチザン伝説」（文芸）は、はじめて見る名前の新人作家の作だが、天皇制という思想問題の重さと、物語的な面白さを持続させるエンターテインメントを結びつけようとする野心が、ここには感じとれる。

一九七〇年代の過激派の運動に加わり、爆弾製作の事故で片手片足を失った人物が、やはりかつて闘争に参加し、いまは《決意した唖者》となった兄に手紙を書くという趣向にしたがって、ここには爆弾闘争の経過が語られる。さらに、彼らの父が第二次大戦末期、ひそかに爆弾によるテロを準備していた過去が推理されるが、このあたりはなかなか読みごたえがある。ただ思想的な問題をめぐる思考から、孤独なテロリズムの情熱が生まれてくる経過に、あまり筆が注がれていないのが残念である。思想的な主題とエンターテインメントの要素が、結局は乖離（かいり）してしまっているように感じられるのもそのためであろう。

●［資料5］＝『毎日新聞』83・9・28篠田一士「文芸時評」――抄――

つぎに、桐山襲氏の『パルチザン伝説』（文藝）は、七〇年代の新左翼系の爆弾闘争の戦士のひとりが同じく戦士で、いまは逼塞《ひっそく》してしまった兄に宛てた手紙という形で、天皇制打破を目指すパルチザンの真情を吐露した小説である。吐露などというと、一本調子の古めかしい情緒で塗りたくった、泥くさい独白調の作品を思いうかべ、読まないうちからうんざりする向きがあるかもしれないが、なかなかどうして、この小説は、きわめてクール、しかも、手紙のなかに手紙といったチャイニーズ・ボックスの手法を使い、七〇年代の爆弾闘争が空襲下の戦争末期にも行われたとする爆弾闘争に結びつき、さらに、明治末年の大逆事件をも記憶からよびおこすのである。

たわいもない、思いつき小説と一笑に付すひともいるだろうが、ぼくは、この種の劇画風の小説づくりを、それなりに評価する。ただし、もっと劇画的構成に徹し、デターユも、それにふさわしい書法を使えば、冗漫な叙述もひきしまり、主題も一層鮮烈に提示されたろう。今後を期待したい新人である。

新人といえば、すでに、一部で評価されはじめた島田雅彦氏の『亡命旅行者は叫び呟く』（海燕）は、ふたりの日本人の若者を主役、副役にしたソヴィエート旅行の物語だが、小説としては、まだまだ体をなさず、自分でもよくわからないまま、筆を動かしているといったあどけなさである。

しかし、桐山氏といい、島田氏といい、かなり高度な知性と教養を武器にして、日本という国を外側から見据えようと、懸命に努力しているのは、好感ももつし、末頼もしい。既往にとらわれないのは結構だが、無知、無教養は困る。さいわい、このふたりの新人は、そういう人たちではないようだ。教養なぞ糞くらえといった意気ごみで、新しい言語の富を掘りおこしてほしいものだ。

●［資料6］＝『文藝』83年10月号「編集後記」―抄―

一九六〇年代後半から始まった学生の社会的叛乱の波がすぎ去ってから、はや十年余の時が流れました。本号の「パルチザン伝説」は、当時のいわゆる全共闘世代に属する作者が、長い沈黙を破って発する重く熱いメッセージです。戦中の〈父の時代〉と戦後の〈僕たちの時代〉を貫くものを明らかにしようとする、文芸誌初登場の新人の力作に御注目下さい。

●［資料7］＝『週刊新潮』83・10・6号「おっかなビックリ落選させた『天皇暗殺』を扱った小説の『発表』」

「この恐るべき題材に強烈に迫っている作者に敬意を表する」――昨年秋の文藝賞選考の際、選者からこんな賛辞を呈されながらも、その内容があまりにも刺激的に過ぎたために、惜しくも受賞を逸した作品がある。桐山襲という無名の新人によって書かれた『パルチザン伝説』という小説で、革命への情熱に駆られた親子が二代にわたって天皇暗殺を企てるという筋立て。第二の『風流夢譚』事件を誘発しかねない題材だけに、『文藝』編集部もその発表に関しては慎重を期していたが、この十月号でやっと掲載に踏み切ったのである。

第二の『風流夢譚』事件か――といっても、二十三年も前に起きたそもそもの事件をご存じでない読者の方が多いかもしれない。日米安保条約をめぐって日本中が大揺れに揺れた昭和三十五年の秋、『楢山節考』の作者である深沢七郎氏のその小説が『中央公論』十二月号に発表されたのだが、これが皇室を侮辱したとして右翼から総攻撃を受けたのだ。

小説の内容は、夢の中で革命騒ぎに巻き込まれた作者の目の前で、皇太子殿下や美智子妃殿下が首を斬《き》られ、その首がスッテンコロコロと転がるという情景が繰り広げられるというものだったが、たったこれだけのことで、中央公論社の社長宅に右翼少年が押しかけ、お手伝いさんを刺殺し、社長夫人に大怪我をさせるという物騒な事件が持ち上ったのだ。以来、「天皇暗殺」を扱うことは、アングラ出版以外では、タブーであるかのような雰囲気が根強くあったが、『パルチザン伝説』は勇敢にもそのタブーを打ち破って見せたのである。

〈兄さん――。

僕たちが最後に出会った時からほとんど十年ののちに、こうして兄さんに手紙を書くことは、奇妙といえば奇妙なことなのだけれど、そして、この手紙が、アジアの果の最悪の国の首都に住む兄さんに届くかどうかも確かであるとはいえないのだけれど、どうしても書き伝えておかねばならない、そういうせきたてられた気分で、僕はいまペンを執っている〉

という冒頭の一節からも分るように、三章からなるこの小説の第一章と第三章は、弟である「僕」から兄に宛《あ》てた手紙の形で話が進められ、第二章には父の同志だった「Sさんの手記」が置かれている。

　弟は三菱重工本社ビルを爆破した『東アジア反日武装戦線・狼』グループの一員だったが、〈企業爆破作戦から××攻撃への再開〉を主張し、

〈それが否定されたことによってグループから離脱し、そのために一九七五年の一斉逮捕を免れながら、この国に残された唯一人の武装戦線兵士として、獄中のメンバーの闘いに拮抗すべく、唯一人の作戦計画に突入して行ったのだった〉

　ところが、五年前、手先が不器用だったために製造途中の爆弾が暴発し、この弟は片目、片腕を失って《昭和の丹下左膳》となり、一九八二年の今は南の孤島に流れとどまっている。

　一方、二つ年上の兄もまた、一九七二年に浅間山荘事件を起した《党派のなかの党派》に属していたが、彼自身はこの事件に先立つ一九六九年秋の佐藤訪米阻止闘争の際に逮捕され、拘置されていた。その結果、浅間山荘事件には連座することはなかったが、彼の恋人が仲間の手によって処刑されてしまう。

〈粉雪の舞い散る夜の山岳で、自分の爪で掘った暗い穴ぼこの中に埋め殺されていくという想いは、僕を苦しめたのとは比較にならないほど、兄さんの精神の最も深い所へ打撃を与えたのではなかったろうか?〉

　その事件以後、この兄は《決意した啞者》として首都の片隅に逼塞《ひっそく》している、という設定。

　残された片方の目の視力が日に日に衰え、自殺を決意した弟は、自らが闘ってきた人生の〝総括〟を兄に向けて書き綴《つづ》るが、彼が「一九七〇年代の唯　の正史」として何が何でも語り伝えなければならないと考えたのが、〈僕たちのグループが一九七四年八月の《M企業》爆破作戦を成功させる直前に為そうとしたあのこと〉なのである。

〈あのこととは、ほかでもないあの男——首都の真中にある奥深い森のなかに棲んでいるあの男への、大逆を行なうという計画だった〉

　なぜそんな大それたことをしなければならないかといえば、

〈僕たちの世代は、そのほとんどが、あの十五年戦争に多かれ少なかれ責任をもった者を父とすることによって産まれてきたのだが、中枢においてであれ末端においてであれ、手を汚すことによって生きてきた《父たちの体系》ともいうべきものは、僕たちの出生によって打砕かれねばならないと、僕たちは幼ない頃から考え続けてきた〉

　からでもあるし、

〈茶色い戦争の時代の大元帥から、戦後のものやさしげな家庭人へと、易々と退却していったあの男は、戦中と戦後を生きたすべての「大人たち」の最も見事なモデルとでもいうべきものにほかならなかったからである。あの男が日本国の象徴であるならば、反日であることを永遠の綱領とした僕たちのグループの闘いは、まずその象徴を攻撃することから開始されなくてはならなかった……〉

では、いったい、いつ、どのようにして実行に移そうとしたのか？

この『狼』グループは、天皇が皇居の外へ出る機会を窺《うかが》った。〈国会の開会式や終戦記念日の式典など、あの男が定例的に出席する場所はないではなかった〉し、また、〈大相撲見物に現れた時を狙うという案が、一時有力だった〉こともあったが、結局、〈警備が一番困難な状態――すなわち列車の走行中を狙うことに決定した〉のだ。

〈僕たちは夥しい資料の山の中で研究を重ねた末、列車が那須の黒磯から東京の原宿へ戻るときを狙うことに決定した。というのは、調査していくうちに、黒磯駅から原宿駅へ向う列車が確実に毎年同一の日――八月十四日に運行されていることを〝発見〟したからだった。つまり、あの男は八月十五日の「戦没者慰霊式典」なるものに出席しなければならないのだが、その前日の八月十四日に、列車は黒磯駅を出発していたのであり、次の日に延ばされることは絶対にあり得ないはずなのであった〉

列車を吹き飛ばす地点は荒川鉄橋上。御召列車がそこを通過するのは、八月十四日の午前十時五十八分から十一時二分の間である。爆弾の発火方式は種種検討の結果、「有線式」に決り、八月十二日の深夜、爆弾の敷設作業に取りかかった。ところが、鉄橋上での配線作業に手間どり、翌日に持ち越されることになる。いよいよ、八月十三日、最後の夜――。

〈三時間もあれば十分な作業だったから、僕たちは遅くとも午前三時には撤収を完了し、それぞれの栖に戻った上で、最後の夜明けを迎えることができるはずだった。だが――車から荷物をおろし終えてみると、どうも様子がおかしい。いつもとは明らかに雰囲気が違っている。……僕たちは誰が指示するともなく、その場で待機する姿勢になった。やがて、……少なくとも四人の男が、前方の叢の陰から僕たちの様子を窺っているらしいことがはっきりとしてきた〉

機動隊員による警備がすでに前の晩から始まったのである。息苦しい対峙《じ》が続くなかで、時間は刻々と過ぎて行く。

〈やがて、夜は草の葉の先や土の一摑みのなかにまで深まり、僕たちは最終的な決断を下さざるを得なくなった。数人の〝敵〟を一挙に打ち倒して、ただちに作業に取り掛り、無事爆弾を設置し終えるか、或いは――いっさいを中止するか……〉

翌日、天皇の乗った御召列車は予定通りに鉄橋の上を通過した。「僕たち」が一年近くかけて準備を進めてきた作戦計画は、あと一歩というところで空《むな》しく挫折してしまったのだ。

さて、この弟が兄に伝え残しておきたいと考えたことが、もうひとつあった。二人の父は、弟が二歳、兄が四歳の秋に、海辺に一足の靴だけを残して消息を絶ったのだが、父親がどんな人物であり、なぜ自殺しなければならなかったかについては、長い間の謎《なぞ》だった。

その謎を解く鍵《かぎ》は、母親が亡くなる直前、「僕」に与えた「小さな木の匣」の中にあった。そこには、「Ｓさんの手記」が納められていたのだ。

その手記によれば、二人の父親・穂積一作はＡ新聞の外信部の記者で、徴兵忌避のために自らの片目を潰《つぶ》してしまうほどの反戦主義者だった。彼は、T大の理学部に籍を置くSさんと、〈影男〉あるいは〈昭和の鼠小僧〉と呼ばれる人物を仲間に誘い、たったの三人で、「昭和十九年から二十年にかけての日本における唯一のパルチザン組織」を結成する。穂積記者の意図するところは、

〈自分たちの国に解放をもたらすためには、まず自分たちの国に戦争の敗北をもたらさなければいけない。そして、日本に敗戦をもたらすためには、間もなく開始されようとする米軍の焼土作戦に呼応して、日本国内から武装闘争が始められなければならない〉

というもので、彼の指揮の下、Sさんが爆弾を作り、〈影男〉がそれで工場や鉄道を爆破するという役割を分担しながら破壊工作を続ける。二十年八月、いよいよ敗戦を迎えるが、穂積記者はポツダム宣言受諾の際、天皇制が温存されることに激怒し、天皇暗殺を決意するのだ。

〈《そこへ行かねばならない》

記者は机の下に置かれた鞄（注＝爆弾が入っている）を靴の先で確かめながら、そう考えた。東亜の大地という大地、海という海を屍でいっぱいにし、なおかつこの国の敗戦に当って自ら生きのびようとしている男、地の底の王・或いはあの男に向けて、それは投ぜられねばならない〉

終戦の前日、徹底抗戦を叫ぶ近衛師団の将校たちが玉音放送の音盤を奪取しようとして決起したが、この混乱に乗じて穂積記者は宮城の中に潜り込み、天皇の住む御文庫をめざす。

〈堅牢な建物が目の前に在った。窓という窓には鉄の鎧戸が降ろされ、それは夜のなかの巨大な墳墓の如くにも見えた。このとき、兵の一人が御文庫の方を振り返った。その兵の眼には、闇の中を進んでいく侍従の二つの白い背中と、そして木立のなかへと駈け込んで行く若い記者の姿が映ったはずだ。御文庫の裏手で、鈍い爆発音が起ったのは、それからすぐのことだった……〉

この穂積記者の「たった一人の反乱」も失敗に終る。彼はこの爆発で片腕を失った上、言葉まで失って、生ける屍《しかばね》のごとき存在になり果てるのである。

とまあ、ストーリーは劇画タッチの展開を見せるが、その語り口のうまさに思わずひき込まれてしまう。終戦のドサクサに紛れて宮城の中にまで爆弾かかえて潜り込むなんてことは、いくら何でもできることではないだろうが、御召列車爆破計画のほうは『狼』グループがかつて実際に企てたことで、彼らは自分たちの手で詳細な記録（『虹作戦』）を残している。作者はそれを参考にして、事件を忠実に再現しているのだから、真に迫っているのも道理なのだ。

むろん、この作品が文藝賞を受賞できなかったのは、なにも「天皇暗殺」を扱っているという理由からだけではない。選後評では、四人の選考委員のうち三人までが同じ欠点を指摘しており、例えば「作者に敬意を表する」と書いた野間宏氏も、その褒め言葉のすぐあとに、

〈この作者は、戦争中の日本を、自己のものとしていず、そこからこの作品の破れ目があらわに見えてくるのである〉

と付け加えることを忘れない。落ちるべくして落ちたともいえるのだが、そうはいってもやはりこの小説は、その「恐るべき題材」ゆえに敬遠された気味がないとはいえない。小島信夫氏が率直に告白している。

〈私個人としては、この作品が受賞したときに、選考委員のひとりであるこの私にムヤミに脅迫の電話がかかってきて煩わされることは、避けた。何しろ、私はこれからまだ予定している仕事が色々とあって、時間がたいへん大切なのである。それに私は敢然と脅迫にたち向うということは、とても出来そうにない〉

このような問題作をあえて掲載に踏み切った『文藝』編集部の〝勇気〟は大いに評価されてしかるべきで、同誌の発行人である金田太郎氏（河出書房新社取締役）は、

「第二の『風流夢譚』事件になるんじゃないかという危惧《ぐ》は、ないことはないですよ。しかし、新人作品としてはかなりの完成度もあり、今後に実力を発揮する可能性を持った作家の作品ですから、世に出さないでいるのは、心が痛みます。……内容について自己規制するとか、チェックすることはしていません。書き直したりしたら、作品の態をなさないでしょう。一部、侮蔑《べつ》的な表現を変えただけです」

ただ、掲載までに一年近くもかかった背景には、それなりの紆《う》余曲折があったようで、ある作家がいうには、

「実は、僕はあの小説のモトの作品を読んだんですよ。去年、文藝賞に落ちてすぐのころだったと思うんですが、地下出版されかかったことがあるんです。このまま日の目を見ないのは惜しいという誰かの意思があったようで、とにかくそのゲラを手に入れた人が見せてくれましてね。まあ、構成などの点では現在発表されているのと大して変らないんですが、ただ、天皇に関する表現は、かなりヒドいものでした。それにしても、ああいう内容のものをよく書いたなあ、と思いましたよ。昔、活動に加わってた男の手記といった印象がありますね」

気になるのはやはり桐山襲なる作家の正体だが、それについては、「昭和二十四年生れの私大卒。横浜方面の公務員」という以外は、一切、公表していない。福島紀幸編集長によれば、

「表に出たくないという本人の意思は固いんです。〝作品がすべてだから、一個の独立作品として読んでもらえばそれでいい。できれば、これからも匿名のままでいきたい〟といっています。ただ、これから単行本になった時などの社会的反応を見て、事態が変るということは十分あり得ると思います」

その辺りが、もうひとつ腰が定まっていないようなのだ。

●［資料8］＝『朝日ジャーナル』87・5・29号京谷秀夫・桐山襲対談「天皇表現の四半世紀」

京谷　『パルチザン伝説』はおもしろく読みました。文体もすごくいい。特に戦前の昭和一九年ごろから二〇年ころを手紙の形で描写しているところは感心しました。若い方なのに、よく

あの時期をこんなにうまく書けたなあと思って。文学として天皇制を扱うということの難しさはあったと思いますが、この作品がちゃんとした出版社から本として出たということはやはり特筆すべきことです。桐山さんにとって処女作ですね。

桐山　そうです。作品を知らない方のためにちょっと説明しておきますと、『パルチザン伝説』は俗にいう反天皇小説じゃないですね。これがどういう小説であるかについては、私は後に「亡命地にて」というエッセーのなかで、『パルチザン伝説』は「東アジア反日武装戦線がかつて企図した現実の事件の衝撃力を受けとめ、そこから、この国の〈戦後〉というもの、また一九六八年から現在に至る〈この時代〉というものを考察し、文学的に表出しようとした作品であった」と書きましたように、反天皇小説を一つ書いたという印象はなかったわけです。それよりも全共闘運動の精神をあらわした作品がこの間全く出されていなかったが、その精神を初めてささやかではあるけれども表現しようとした作品が一つ出てよかった――活字になったときに私はそういう印象を持ちました。

それで話を戻せば、俗にいう反天皇小説というのはさまざまなものがでていますね。

京谷　戦後天皇を扱った小説の中でいままで比較的取り上げられてないものが一つあります。火野葦平の『天皇組合』という小説です。戦後、いろんなところから天皇がたくさん出てきました。一番有名なのは熊沢天皇ですね。そういう現象を取り上げて書いたものなんです。

今の天皇は北朝系だが、その皇統は極めてあいまいで、むしろ南朝系の天皇が正統なんだというのがこの小説に登場する天皇の言い分でした。彼らは南朝奉戴期成同盟という組合をつくって今の天皇に対して退位を迫るというなかなかおもしろいユーモア小説になっているんですが、一九五〇年時点でこの小説が右翼から攻撃を受けたり、出版妨害があったという形跡はないんです。一九六〇年代に出版されたとしたら、恐らく右翼からのものすごい攻撃を受けたでしょう。そうすると昭和二〇年代末から三〇年代にかけて、右翼の動きが変質してきたという感じがするんですね。右翼の出版妨害というと、例えば光文社の『三光』事件が昭和二〇年代末期に起こっております。そして一九六〇年に深沢七郎さんの「風流夢譚」があらわれてくる。その前後にも「御璽」という小説が出てきたり、一連の、天皇を取り上げた小説があらわれる。それから直接天皇を扱ってはおりませんけれども、大江健三郎さんの『セヴンティーン』という小説が出て、やはり右翼の攻撃を受ける。『セヴンティーン』の場合にはちゃんと単行本にもなり大江さんの全集に入っていますが、「風流夢譚」はそれ以後ノーブランドの海賊版以外には本になっていません。天皇についての取り上げ方にはいろいろなレベルがありますが、文学における天皇の扱いが一番右翼を触発しやすいようですね。

桐山　今、京谷さんから、この国の戦後過程のなかで反天皇小説と呼ばれるものがぽつりぽつりと出てきたというお話があったんですけれども、なぜそれらが出てこざるを得なかったのかということを考えてみたいと思います。ここで引用するのは石原慎太郎氏の若き日の意見で、彼は「風流夢譚」を評して「とてもおもしろかった。皇室は無責任きわまるものだったし、日本に何の役にも立たなかったのだ。そういう皇室に対するフラストレーションを我々庶民は持っている。庶民の意識としてはぜんぜんポピュラーだ」と言っているんですけれども、やはり庶民が持っている皇室に対するフラストレーションはあるでしょう。そういう点で一連の反天皇小説が出てこざるを得なかった必然性はあるだろうと思います。

で、せっかくきょうは京谷さんにお会いできましたので、「風流夢譚」のことでいくつかお聞きしたいのですけれども、私は「風流夢譚」の時期というのはまだ小さくて、六〇年安保の年に小学校の五年生でした。

京谷　ああ、そんなにお若いんですか（笑い）。

桐山　六〇年安保は記憶にありますが、それより強く印象に残っているのは浅沼事件なんですね。その前日に私の母親が亡くなりまして、葬式の準備をしている最中にあの映像を見ておりましたので非常に鮮明に記憶に残っています。

そのすぐ後に起こった「風流夢譚」事件に関しては、どうもはっきりした記憶がないんです。でも中学生、高校生ぐらいのころに、そういう事件があったことを漠然と知っていたと思います。作品を読んだのは大学生のころで、大江健三郎氏の「政治少年死す」や「風流夢譚」はコピーでいっぱい売られていましたから。

ところが一九七六年に中村智子さんの『「風流夢譚」事件以後』という本が出まして、これで私は初めて事件の全貌を知ったわけですね。それまでは「風流夢譚」事件というのは、そういう小説があって、それに対して右翼のテロがあったものと単純に理解をしていたわけですが、これを読んでみると、どうもそうじゃない。明らかに二つの段階に事件が区分される。一つは深沢七郎氏の小説に対して右翼が憤激して中央公論社に押しかけた段階。もう一つは、その翌月に当時の『中央公論』の編集姿勢自体に問題があるとして、つまり左側に寄り過ぎている編集姿勢であるということを問題にして、右翼総体が、ジャーナリズム総体の右傾化を画策すべく中央公論社にテロルを加えた。そういう後段の事件。その二つの接合した裏件であったんだと考えたわけです。

当時の社会情勢の中で、あるいは出版社を取り巻く情勢の中で、この「風流夢譚」事件は一体どういう構造にあったのか、そしてどういう原因によって敗北していったのかを明らかにしていく作業はどうしても必要だろうと私は思います。

その作業を京谷さんは既に『一九六一年冬』という本を出されておやりになっているわけですけれども、きょう私が改めてお聞きしたいと思いましたのは、中央公論社を右転回させるという右翼の攻撃意図はいったいいつごろ形成されてきたのかということなんです。深沢氏の小説を利用した形で、最初からその意図があったのか、それとも事件を経る中で徐々に形成されてきたのか。あるいは突如として一九六一年一月の段階で浮上したのか。そのへんがどうもお二人の本を読んでもいま一つはっきりしないんですね。

京谷　私は右翼じゃないからはっきりわからないんですが（笑い）……。右翼全般に最初から統一的な意思・戦略があったとは思えないんですね。当初は確かに天皇の問題であったんですが、最後に決着をつけるときには、編集を中正に戻す、いわば偏向是正というところに焦点がいってしまって、天皇の問題というのは完全に抜け落ちている。ただ中央公論社ではなくて岩波書店だったら、たとえあのような問題が起こっても右翼の対応は異なったでしょうし、純文学雑誌の『新潮』であの小説が発表されたら、また別な形になっていったんじゃないか。

桐山　深沢さんは「風流夢譚」の少し前にある純文学雑誌で「これがおいらの祖国だナの日記」という短文を書いていますね。

京谷　ああ、皇太子の結婚の半年くらい後ですね。僕は三島由紀夫から「これは最近の皇太子の結婚に関する評論の中では一番の傑作だ」といわれて読んだ記憶がありますよ。

桐山　この文章は、「皇室に対する庶民のフラストレーション」という面からみるならば、「風流夢譚」よりはよほど過激な内容を含んでいたと思います。ところが、その短文の方は何ら問題にならずに「風流夢譚」が問題になったということは、やはり当初から中央公論社に対する攻撃意図が何らかの形で、潜在的であれ、存在していたからではないでしょうか。

京谷　それはそうですね。ただ、こういうことはあると思うんです。桐山さんが反天皇の小説として書いたんじゃないと、今おっしゃいましたね。だけど右翼の側として、作者の意図というのはあまり関係ないんです。深沢さんにしましても、皇族の首を切って「スッテンコロコロ」ということが意図ではなかったでしょう。しかし革命が起こって皇族が首を切られる場面が出てくる小説ということで、彼らは来るわけでしょう。

桐山　そのへんで、右翼をあおりたてたものが一体何であったかということが非常に大きな問題ですね。「風流夢譚」の中には、確かに右翼が瞬間的にかっとするような描写というものがある（笑い）。『パルチザン伝説』は、そういうティピカルな小説ではない。にもかかわらず、なぜ『パルチザン伝説』があのような事件に巻き込まれたのか。やはりそこには仕掛けた者がいたからで、一言で言うならそれは『週刊新潮』であったと思います。

『週刊新潮』の記事は『パルチザン伝説』が発表されて三週間後に出されましたが、まず最初の一行が「第二の『風流夢譚』事件か」という形で、右翼をあおりたてています。それからある作家の言葉として、この作品は「地下出版されかかったことがあるんです」とか、「そのゲラを手に入れた人が見せてくれましてね。まあ、構成などの点では現在発表されているのと大して変わらないんですが、ただ、天皇に関する表現は、かなりヒドいものでした」とか、全く事実無根なことを記事の中に入れるという形であおってくる。また深沢七郎氏や野間宏氏には敬称をつけるが、作者はあたかも「犯罪者」であるかのように敬称抜きで報道する。

『週刊新潮』が発売されたのは九月二九日で、その日から右翼の街頭宣伝車が河出書房の前に来て抗議放送を始めています。

そこで新潮社というものが非常に大きな問題として浮かび上がってきます。新潮社は日本でも屈指の文芸出版社です。その文芸出版社が一個の作品を抹殺するために、右翼をあおり立てる記事をあからさまに載せるとは一体どういう問題を持っているのか。もしヨーロッパの、例えばガリマール社かなんかがそういうことをやったとしたら、向こうの文化人はみんな立ち上がります。ところが、日本の文筆家はそれに対しては全く立ち上がることをしなかった。

ですから、一言で言うならば、『パルチザン伝説』事件は日本の大部分の文学者の途方もない退廃と、その上に乗っかった新潮社の攻撃によってでっち上げられた事件である。ある点では、でっち上げられた反天皇小説であると言えるんじゃないかと思います。

京谷　その点で、六〇年の「風流夢譚」事件の場合と、かなり違いますね。例えば「風流夢譚」が発表された後、『女性自身』がいろんな人たちを取材してこの小説を特集しようとしましたが、これはついに行われなかった。それから問題の『中央公論』は六〇年一二月号ですから一一月一〇日には市場に出たわけですね。それ以降年内の間、右翼の動きが報道されている中で、文学者たちは非常に自制が働いていた。ジャーナリズムもそうです。

それと桐山さんの場合、文壇文学から少し離れていらっしゃるということもあるでしょう。新潮社にとってみれば、非文壇的作家の桐山さんに対してあのような記事を作っても商売にはなんらマイナスになる要素がないと判断したかもしれない。

桐山　おっしゃるとおりです。だから『パルチザン伝説』事件は「風流夢譚」事件に似ているというよりも、むしろ『週刊新潮』や、それから『フォーカス』などがやっている弱い者いじめですね（笑い）、あれに似ている。

京谷　そうでしょうね。

桐山　そんな気がします。それから「風流夢譚」事件との関係でお聞きしたいと思ったのは編集者側の問題です。『文藝』が私の作品を載せたということは、自主規制を全くしなかったということであって、一面では評価される点ですが、右翼の攻撃が始まるやいなや、やはり敗北を余儀なくされた。

どこかで京谷さんが「過剰恐怖」ということを書いていらっしゃいましたが、当事者に対して外側から「それは過剰恐怖である」と言うことはナンセンスなんですが。自主規制は常に過剰恐怖に支えられて成り立ってきているものですね。

京谷　はい。

桐山　その過剰恐怖は一体何によってつくられたのでしょうか。それは「風流夢譚」事件をきちっと総括したがゆえに作られたものではなく、逆に全く総括しなかったがゆえに作られてきたものだろうと思います。

「風流夢譚」事件を単に反天皇の表現と右翼テロという問題としてとらえるんではなくて、一九六〇年という時代の中で、ジャーナリズム全体とそのジャーナリズムを右転回させようとする勢力とのあいだに起きた問題だと総括していれば、その流れはずいぶん違ったのではないでしょうか。その作業はジャーナリズム全体として行われてこなかったんではないかと思うわけですね。

京谷　私も、それをひとつ総括しようと思って『一九六一年冬』を書いたんですけれども、出版社、ことに商業的な出版社になりますと、いろんな編集者がおりますしね。経営者となると、また一編集者とはまるっきり違った思考を行うでしょう。河出にしろ中央公論社にしろ、出版社としての統一した意思を形成するのは、ああいう時点では非常に難しいわけです。

恐怖を抱くというのも極めて人間的なことでありますから、恐怖が自己増殖して過剰恐怖に陥りがちです。また、経営者は、多少過剰恐怖をあおっていきながら社内の統合を確立しようとするという意図もありますしね。私は出版社にいた側、編集者の側ですから、やはり作家の方とは別なもって回ったような言い方をせざるをえませんが。ただ、そういうジャーナリズムの一つの経験が二〇年前に中央公論社でありながら、それが河出の場合にどうやって生かされていたのか。

桐山　『パルチザン伝説』に限って言えば、やはり「風流夢譚」での経験は残念ながら全くと言っていいほど生かされていませんね。まず『週刊新潮』などのマスコミのでっち上げに対する警戒心をきちっと持っていなかったことが、やはり敗北の一番大きな原因であっただろうと思います。私も編集者にただ一度だけ、週刊誌のフレームアップには警戒してくださいということを申し上げただけでとどまってしまいました。その結果、河出側が『週刊新潮』側にかなり相手の思うようなことをしゃべらされてしまい、あの記事ができ上がっていっただろうと思います。この責任はやはり一つは作者側にある。編集者に最初からそのような警戒心を求めるのは無理なのであって、作家がそういう作品を発表しようとする以上、それに対してきちっとしたオルグを編集部全体にしなければならなかったというふうに考えています。

表現の自由を形成していくという観点から何が重要かというならば、敗北したならなぜ敗北したのかということを社会的に明らかにしていくという作業なのではないか。外から傍観して、絶版にしたからだめだとか、謝ったからだめだとか、あるいは単行本にしなかったからだめだとかいうことではなくて、内側の人間が敗北したなら敗北したということをはっきりと認める。そして、その原因と構造を長い期間を通して総括していくという作業が、やはり必要なんじゃないかと思います。

京谷　全くおっしゃるとおりで、私もやっぱり経験として何らか蓄積できるような形で書きたいなあと思ったわけですよ。出版するまでに四半世紀近くかかってしまったのはまずいことですが、すぐあとに書いたらちゃんと書けたかなという気持ちもありましてね。

桐山　いつも二つに分かれてしまうわけですね。意識している人間は完全に自主規制してしまう。意識していない人間は、それこそぱっと出して、攻撃があったら総退却する。その二つの道とは違う三つ目の道を何とか探していければと思います。

京谷　そうですね。いっぺん負けたからといって坊主ざんげにならなくてもいいんじゃないかとは思うんですけれど、やはり人が殺されるというのは大きいですね。しかも、右翼というのは非常にうまくできていて、一番行動的なのは二〇歳未満の若い連中ですが、全愛会議のように政治的にすべての決着をつけようとするところもあり、全体の役割分担というのが、意識されなくても行われているという感じがするんですね。

天皇を扱った小説は、右翼の側からすれば、作者の意図はどうであれ、どうにでも理由はでっち上げることができるし、彼らがそこでジャーナリズムを失速させてポイントを稼げばそれで事は成ったと言えるんですね。向こうに点数を稼がせちゃならない。引き分けならまだいい。

桐山　京谷さんの言われたことを極論化していくと、自主規制がいいんだということにもつながってくるかと思うんですけども……。

京谷　ええ、そこは非常に難しいところで、考えあぐねるところです。僕は「風流夢譚」などを掲載するのには、条件が要ると思うんですね。さっきも桐山さんがおっしゃったように、編集部レベルではだめですね。とにかく全社的な態勢が整わなければ。

桐山　そういう全社的な態勢が整うことはまずあり得ないでしょうね。

京谷　そうなんです。それは編集部レベルでも難しい。じゃあ、どうやってやるかということになりますね。無印の出版をやっていく以外にないだろうなあという感じはするんです。

桐山　表現の自由は、ある意味ではあらかじめ存在するものではないですね。むしろ紛争のなかから形成されてくるものです。だから表現の自由が侵害されたというふうに一般論としてすべての事件を見てしまうのではなくて、先ほども言いましたように個別の事件の構造を一つ一つ解明していってきちっと総括をする。教訓を蓄積するということですね。

一九六一年四月号『世界』で日高六郎さんが「国民は右翼テロに対抗できるのは、『声の人海戦術』（中野好夫）だけであることを知り、各人ができるかぎりの範囲で『声』をあげ、『声』を組織していかなければならぬ」と書いていらっしゃるんです。六一年で言われたことがまだ残念ながら実現はできていませんが、しかし唯一の方策があるとすれば、ここで日高さんがおっしゃったこと以外にはないだろうと思います。

●［資料9］＝『東京新聞』83・10・17「右翼圧力で単行本化中止」

文芸図書出版の大手、河出書房新社（本社・東京、清水勝社長）がことし九月発売の月刊誌「文芸」十月号に掲載した小説について、右翼団体の求めに応じ「単行本としては出版しない」という念書を書いていたことが、警視庁など関係者の話から十七日までに明らかになった。新人の覆面作家によるこの小説は天皇暗殺をテーマにしており、河出側は「不必要なトラブルは避けたかったから」としているが、問題の小説は、専門家の間でそれなりの評価を受けている文学作品であるだけに「表現の自由」をめぐって、今後、論議を呼ぶものとみられる。

話題の小説は桐山襲氏の「パルチザン伝説」。文芸十月号に八十三ページにわたり、「新人の力作一挙掲載」のふれ込みで紹介された。

小説は、一九六〇年代後半から七〇年代初めの〝全共闘世代〟に属する主人公が、誤爆で重傷を負って地下に潜伏した五年後、同じくどこかに身をひそめた兄にあてた手紙の形で書き進められ、物語の中心に据えられた〈一九七四年八月十四日の伝説〉〈一九四五年八月十四日の伝説〉の二つの挿話によって作品の狙いを浮き彫りにしている。

第一の伝説は「あの男が日本国の象徴であるならば、反日であることを永遠の綱領とした僕たちのグループの闘いは、まずその象徴を攻撃することから開始されなくてはならなかった……」と書き出されており、あの男（天皇）を乗せたお召し列車を東京・荒川鉄橋で爆破しようとした連続企業爆破犯人グループの「虹作戦」をモデルにしていることは、筆者が末尾の（使用した資料）に、「東アジア反日武装戦線ＫＦ部隊（準）『反日革命宣言』鹿砦社１９７９」と書いていることでも明らか。

この「伝説」は「大相撲見物に現れたときを狙うという案が、一時有力だったこともあった」とも述べている。

第二の伝説では、主人公の父親である新聞社外信部員が太平洋戦争終結の前日に手製爆弾を持って皇居へ潜入し、天皇暗殺を企てて失敗する――。

この作品が発表されると、渋谷区千駄ケ谷二の河出書房新社へ、右翼団体が宣伝カーを繰り出して押しかけ①著者の実名を明らかにせよ②「文芸」十月号を回収しろ③作品の単行本化をやめよ――などを要求した。

河出側の説明では、「パルチザン伝説」は昨年、同社が募集した文芸新人賞の応募作品で、入選はしなかったものの、野間宏氏ら四人の審査員の間でかなり高い評価を受けたため、一部に物議をかもしかねない内容の刺激性を承知のうえで、今回、あえて公表に踏み切った。「桐山襲」はペンネームで、本人の希望で実名は伏せたという。

右翼団体の要求に対し、河出側は交渉に応じた結果、今月七日、本社で「作品は単行本として発行することはしない」との念書を書き、騒ぎを収めた。

これについて河出書房新社の因泰器・取締役総務部長は「単行本にするつもりは、当初からなかったが、余計なトラブルは避けたかった」とし、この件が明るみに出ることについては「先方を刺激することになっても困るので、全く困る」と語り、〝念書〟を否定したが、公安当局はこれが事実であることを確認している。

皇族を扱った小説をめぐるこの種の事件としては、天皇一家が革命軍に襲われるという夢を描いた深沢七郎氏の小説（中央公論に掲載）をきっかけに、右翼少年が中央公論社長宅へ押しかけ、社長夫人を刺したうえ、お手伝いさんを殺害した「風流夢譚」事件（三十五―三十六年）があった。

●［資料10］＝『図書新聞』83・11・5号松本健一「文芸時評」「思想には思想を…」―抄―

さて、今月はもう紙数がないが、ぜひふれておきたいことがある。それは、先月の桐山襲「パルチザン伝説」（『文芸』）が、右翼からの圧力によって単行本化をさしとめられた事件である（『東京新聞』による）。

この「パルチザン伝説」は、先月の時評でも詳しく扱っておいたように、「天皇暗殺」を一つの素材にしている。右翼がそれを問題にしたわけだが、かれらは小説の単行本化はさしとめることができたにしろ、現実にそういった計画が実行されようとしたこと（未遂）また同種の構想がいくつもあったこと、それらの事実を抹殺し去ることはできないのである。

もし、かれらが「天皇暗殺」の計画およびそういう計画を生む思想を根源的に消し去ろうとするなら、出版社への圧力などという暴力団まがいの方法ではなく、「天皇万歳」あるいは天皇制擁護の思想構築とその作品化しかないことを知るべきである。経団連事件（昭和五十二年）の刑期を終えて出獄した野村秋介は、その下獄の直前に、いまは「思想戦」のときだ、といったのではなかったか。思想には思想で、作品には作品で、それしか敵を倒す道はないのである。

●［資料11］＝『社会新報』83・12・23菅孝行「マスコミ時評」「右翼を挑発しデマをたれ流す『週刊新潮』」

やや旧聞に属するが、十月十七日の『東京新聞』夕刊には「右翼圧力で単行本化中止」「『天皇暗殺』テーマの小説、河出書房新社が念書」という見出しの記事が掲載された。「天皇暗殺」がテーマの小説とは、偽名の小説家桐山襲の「パルチザン伝説」（『文芸』10月号）である。この事実を報道したのは『東京新聞』だけで、朝、毎、読はじめ、他の新聞は一切黙殺した。ほとんどの新聞が、右翼による脅迫で小説の単行本化が阻止されたという事実を、とるに足らぬこととしたのである。もしくは、そういう事実は「存在しないこと」としたのである。

彼らにこのような態度をとらせた理由は河出書房新社の側にもあった。というのは、河出が「単行本にするつもりは、当初からなかった」と主張し、右翼に念書を書かされた事実を否定しているからである。だが、「公安当局はこれが事実であることを確認している」（『東京』）し、桐山氏と会って事実を確認した私の知人の話では、すでに単行本のゲラは組みあがっていたという。

河出は、桐山氏に対し、著者の実名を明らかにせよという右翼の要求をはねつけた代価として、単行本の話ははじめからなかったことにするよう求めたのであった。つまり、著者を右翼テロのさらしものにしないかわりに、出版社の屈服の事実をもみ消しにする、という取引である。

猪野健治がいうように、

「抗議を受ける前に〝自粛する〟というかたちが日常化することになれば、ジャーナリズムの終息である」。

「自粛」は、念書以上の言論の屈伏を意味するのだ。

だが、さらに重大なのは、この脅迫事件を誘導するような『週刊新潮』の挑発記事（十月六日号）が書かれたことであろう。『週刊新潮』は、文芸賞に落選した「パルチザン伝説」が『文芸』10月号に掲載されたとき、これを「第二の『風流夢譚』事件か――」と、いかにも右翼が河出書房新社を脅迫しないのはおかしいといわんばかりに「『天皇暗殺』を扱った小説」の存在を騒ぎ立てた。そして、「やはり気になるのは桐山襲なる作家の正体だ」と書き、覆面をとらないのは「腰が定まっていない」からだと、作者をテロの矢面に立たせたくて仕方がないといった風情で文章を結んでいる。

なるほど『週刊新潮』にも報道の自由はある。しかし、「問題はやはり取りあげる角度であろう」（猪野健治）。

「こういうふうに順序よくていねいに書かれると、『風流夢譚』事件を知らない右翼少年にもことのしだいがよくわかり、桐山襲の『パルチザン伝説』の場合も『黙っていちゃまずいんじゃないか』という気分にさせることはたしかである」（同）。

十一月十一日の『東京新聞』「大波小波」欄は「右翼のスピーカー攻撃は『文芸』の発売直後ではなく、『週刊新潮』の発売の後であったらしい。発行部数からみてもこのことは十分うなずける」と、『週刊新潮』の挑発機能がきわめて大きかったことを指摘している。

「大波小波」の匿名子（「不自由人」）のいう通り、「出版の自由は出版界の共同課題」であるはずなのに『週刊新潮』は、脅迫を誘発するための、言論摘発者の役割を積極的に果たそうとつとめているのだ。

『週刊新潮』の悪質きわまる役割はこれにとどまらない。右翼暴力団による労働者へのテロが原因でおきた十一月三日の山谷「暴動」についても、「新左翼『山谷争議団』の正体――過激派とヤクザの縄張り争い――」という、全く事実に反するデマ記事をのせている（十一月十七日号）。

山谷労働者の自衛組織である山谷争議団を、『週刊新潮』は「極左集団」の「勢力拡大」を目的とする「労働貴族」の集団であるという。『週刊新潮』によれば、山谷争議団は土木事業の親請けにデモをかけて「和解金」をとったり、労災事故の保険金や未払い賃金を「せしめる」ことによって闘争資金をあつめることを目的とした集団で、労働者（『週刊新潮』は、山谷の労働者のことをくりかえし「労務者」と呼んで差別している）にはろくにカネを渡さない、とデマを流している。

あげくに、自分たちのつくりあげた虚像の山谷争議団に対して、

「なんのことはない、これでは彼らが正義顔をして叫ぶピンハネ手配師と変らないではないか」と、いけしゃあしゃあと批判を加える始末である。右翼テロを挑発し、山谷労働者の闘争組織について侮辱的デマ記事を流し、厳正中立の「公器」づらをしている、この『週刊新潮』の「正体」は、いったい何と呼べ

ばよいのだろうか。

こうした手合いの「自由」な「言論」をのさばらせておくことは、権力と資本と右翼暴力団による大衆の自由の全面的圧殺に道をひらくことになるだろう。彼らを絶対に容認してはならない。

● [資料12] ＝『新雑誌X』83年12月号猪野健治「小説『パルチザン伝説』と大嘗祭」―抄―

河出書房新社の月刊誌『文藝』十月号に掲載された桐山襲の小説『パルチザン伝説』が、右翼団体の強硬な抗議を受けて、単行本化を断念した。

『パルチザン伝説』は、昨年、同社が募集した文芸新人賞の応募作品中の一篇で、入選はしなかったが、審査員の野間宏氏らの間でかなり高い評価を受けた。しかし、内容が天皇襲撃計画にふれているため、問題化するおそれがあり、内部で検討を加えていたもので、このまま読者の目にふれずにボツ原稿にしてしまうのはもったいないということになり、ようやく掲載にふみきった。

ところが、掲載誌が店頭に並ぶと間もなく『週刊新潮』(10月6日号)が、この作品をニュースとして取りあげ、大きくあつかった。右翼団体が担当責任者に面会を求めて、抗議に押しかけてきたのはそれからだという。

『文藝』は部数も少なく、『週刊新潮』が書かなかったら、見おとされていたという意見もある。この種のケースの場合、書いた方がいいのか、書かない方がベターなのかいちがいにはいえないが、問題はやはり取りあげる角度であろう。

『週刊新潮』の本文は、例によって「第二の『風流夢譚』事件か――といっても、二十三年も前に起きたそもそもの事件をご存じでない読者の方が多いかもしれない」と思わせぶりな書き出しではじまり、「日米安保条約をめぐって、日本中が大揺れに揺れた昭和三十五年秋、『楢山節考』の作者である深沢七郎氏のその小説が『中央公論』十二月号に発表されたのだが、これが皇室を侮辱したとして右翼から総攻撃を受けた……」とたたみかけている。

こういうふうに順序よくていねいに書かれると、『風流夢譚』事件を知らない右翼少年にもことのしだいがよくわかり、桐山襲の『パルチザン伝説』の場合も「黙っていちゃまずいんじゃないか」という気分にさせることはたしかである。

念のためにつけ加えれば、前記の引用文のあとには「小説の内容は、夢の中で革命騒ぎに巻き込まれた作者の目の前で、皇太子殿下や美智子妃殿下が首を斬られ、その首がスッテンコロコロと転がるという情景が繰り広げられる……たったこれだけのことで、中央公論社の社長宅に右翼少年が押しかけ、お手伝いさんを刺殺し、社長夫人に大怪我をさせるという物騒な事件が持ち上ったのだ」ときて、以来、「天皇暗殺」を扱うことは、アングラ出版以外では、タブーであるかのような雰囲気が根強くあったが、『パルチザン伝説』は勇敢にもそのタブーを打ち破って見せた……とつなぐのだ。そして、つぎにこの小説の内容が紹介される。それがすなわち天皇襲撃計画なのである。

ところで、河出書房新社は、数日間にわたって右翼団体の波状抗議を受けている。

右翼団体側は、①著者の実名を明らかにせよ②『文藝』十月号の書店からの回収③作品の単行本化をやめよ——の三点を要求した。①と②は、河出側ができないとことわり、単行本化しないことを約束して結着をつけたという。もともと単行本化する計画はなかったという河出側のコメントが本当なら、損害はなかったことになるが、実際はもっと重要な問題がこの〝事件〟には含まれている。

第一は、今後、天皇及び皇室を攻撃または批判した著作や小説の出版企画については、版元と著者が事前に対策を講じるか、実害を覚悟の上でなければ出版できなくなったということである。したがって新左翼系出版社はともかく、一般商業出版社は、現在以上にこの種の企画を敬遠するようになると見られる。抗議を受ける前に〝自粛する〟というかたちが日常化することになれば、ジャーナリズムの終息である。

われわれはこれまで、戦後民主主義の毒にあてられて、本はどこからでも自由に出せると錯覚してきたのではないか。出版とはまさにたたかいであることを、この際、歴史に照らして考えなおして見る必要がある。

第二に、体制はいま、天皇問題に非常に敏感になっていることをあげておかなくてはならない。近づきつつある昭和の〝終わり〟へ向けて、戦後象徴天皇制の見直しの時期がきており、その準備作業のさなかだからである。

当然、右翼側の対応の仕方も違ってくる。嶋中事件当時の右翼団体は、第一次安保闘争の強烈な余じんがくすぶる中で、左翼革命幻想にとりつかれて、危機感にさいなまれていた。これに対して現在は、戦後象徴天皇制が見直されるとすればどのようなかたちになるのか——といういらだちがあり、ことさらに天皇問題に神経質になっているということである。

●［資料13］＝『東京新聞』83・11・11「大波小波」「表現の自由」

河出書房新社が、『文藝』十月号に掲載した小説「パルチザン伝説」を「単行本としては出版しない」旨の念書を右翼団体の求めに応じて書いていた、との記事を東京新聞紙上で読んだ（十月十七日）。

理由は「天皇暗殺」をテーマにしているから、ということであったらしい。

右翼の圧力によって単行本化を見合わせる、といったケースは、出版社の自己規制も含めて、いろいろあるようである。通常は表面に現れないこの種の出来事を、あえて記事にして発表した東京新聞には敬意を表したい。他の新聞にはこれに関する記事は見られなかったように思う。ことは表現の自由にかかわる動きであるのに、なぜ言論機関はこの動きを正面からとりあげないのであろうか。

いや、東京新聞より先に「パルチザン伝説」の発表そのものを扱った週刊誌があった。『週刊新潮』十月六日号である。「第二の『風流夢譚』事件か――」と書き出されたこの記事は、いささかセンセーショナルな筆法のもので、作品中には具体的に登場しない事件名や団体名を直接作品に結びつけて紹介するといった文章だった。

仄聞するところでは、右翼のスピーカー攻勢は『文藝』の発売直後ではなく、『週刊新潮』の発売の後であったらしい。発行部数からみてもこのことは十分うなずける。出版の自由は出版界の共同課題であるはずだ。（不自由人）

●［資料14］＝『週刊読書人』83・12・19号「文芸記者座談会」―抄―

E　そこで昨年の文芸賞に選ばれるところだったと噂の高い桐山襲の「パルチザン伝説」にうつそう。

A　あれは選考委員がびびったのかね。

E　そうですね。それで十ヵ月たって、「文芸」の十月号に掲載になった。ところが、右翼のいやがらせが入って、住吉連合だったけど河出書房の前に四台も五台も宣伝カーもって抗議に来た。それで、ほんとのことはわからないけれども、本にはしないという念書をとりかわしたという形になったと「東京新聞」が特報したわけ。

B　念書というのはどうなの。あとで念書というほどのものではなく、あれは始めから単行本にする気はなかったのだと公式にはそういってましたね。

E　単行本にしたかったんだよ。

A　念書というのはまあ微妙なとこじゃないですか。お前一筆書けといったぐらいのことだったんじゃないか。だから念書という言葉に幅があるんじゃないかな。

C　あれは、「週刊新潮」があおったという側面もあったね。発売日に電車の中吊りを派手にやったわけで、それを右翼が見て、それっとばかり、その日の午後河出書房にかけつけたということがあったんですね。

D　この問題についていうと、同じ小説を書いている作家、評論家たちの発言があってよかったね。それと文芸家協会なり日本ペンクラブなりがバックアップすべきですよ。

B　まあ、文芸家協会は提訴があってやるわけだけれども、ペンクラブは言論の自由をまもるためにやってもらいたいね。

C　いわば、あそこで言論の自由をおさえられたわけだから、ペンクラブは言論の自由を守るために発言すべきだと思う。

●［資料15］＝『文藝』84年1月号アンケート・「一九八三年の成果」―抄―

小田切秀雄

1a桐山襲「パルチザン伝説」（「文藝」十月号）
b高野庸一『戦後転向論』（せきた書房）
c黒古一夫『原爆とことば』（三一書房）

2かつての全共闘の運動の魂が、しかるべき時間（十年余）を経て、ようやく文学的に結実しはじめたようで、右の小説と評論とはその現われと見られる。
3G・ガルシア＝マルケス（鼓直訳）『族長の秋』（集英社）
中野孝次

1a大江健三郎『新しい人よ眼ざめよ』
b金石範『火山島』
c桐山襲「パルチザン伝説」
2aは著者が長いあいだ共に苦しみつつ生きてきた「イーヨー」のついに自立する姿のみごとさ。bは、歴史にもまれる済州島民の運命を描きぬこうとする志にうたれて。cは、全共闘世代の心情を内側から書いた初めてのものとして。物語る才能あり。
阿嘉誠一郎

1a大江健三郎『新しい人よ眼ざめよ』
b島尾ミホ「海嘯」（「海」一・三・五・七月号）
c桐山襲「パルチザン伝説」
2a父と子の心のふれあいに胸を打たれました。b南の島の風物の描写はえがたいものです。c奇想天外、硬質な文体の手応えは格別でした。
3G・マルケス（鼓直訳）『族長の秋』
清水　昶

1a朝日奈宣英『クリフホテル』

b桐山襲「パルチザン伝説」

c田村隆一『奴隷の歓び』（「文藝」一月号〜）

2aは、中国大陸出兵という苛酷な体験を越えて在る硬質な抒情。bは世代を越えて情況を絞りこんでいる目。ただし構成に難あり。cは、のびやかなイロニー。

海老坂武

1a長田弘『詩人であること』（岩波書店）
b桐山襲「パルチザン伝説」
c森瑤子『夜ごとの揺り籠、舟、あるいは戦場』（講談社）
2a言葉の経験への執拗なアプローチ。b本当に書きたいことを持っている作家だと思う。c精神分析的言説をうまくこなしている。
梅田昌志郎

1a西倉一喜『中国・グラスルーツ』（めこん）
b桐山襲「パルチザン伝説」
c木村和史『青空』（近代文芸社）
2この一年に読み得た著作物のうちでは、aが最も印象に残っているし、レポートながら、私には文学的労作として読めたから。bはいろいろと首をかしげ、文章もまた最近の新人並みだったようだが、ただひとつ、ノン（否）の声だけはまだ忘れていない。これはめずらしいことだから。cは全く無名の書き手たちの仕事も、とふりかえった時、われわれの日常を、金しばりにして指一本動かせぬ悪夢のように表現することができそうだな、などと思ったりしたこの一本が最初に思い浮かんだから。
正津　勉

1桐山襲「パルチザン伝説」

2八三年度の「最良の作品」というわけではありませんが、低《ママ》滞しきった文学状況に一石を投じたという意味で最大の問題作であることは疑いえません。ただ当作品に関して、右翼の抗議で貴社が単行本化を見合わせる由の「念書」を交わしたとのこと、まことに由々しき事態ではあります。ここに文筆に携わるもののひとりとして、貴社に対してじゅうぶんに納得できる見解を求めます。

黒羽英二

1a干刈あがた「ウホッホ探険隊」
b桐山襲「パルチザン伝説」
c唐十郎「秘密の花園」（「海」五七年十二月号）
2いずれも描きにくい「今」と取り組み、それぞれ独特の味を出すのに成功している。
3金芝河（和田春樹ほか訳）「大説『南』」

小佐井伸二

1a中村真一郎『永遠の処女』
b桐山襲「パルチザン伝説」
c後藤明生『汝の隣人』（河出書房新社）
2それぞれ小説の仕掛に新しい工夫があっておもしろく。

黒田宏治郎

1a桐山襲「パルチザン伝説」
b大江健三郎『新しい人よ眼ざめよ』
2aは戦中戦後の怨念の伝説として典型がでたという思いがしました。bは生命内奥の息づきが感じられました。

加藤典洋

1a大江健三郎『新しい人よ眼ざめよ』
b吉本隆明『「反核」異論』（深夜叢書社）
c鮎川信夫『失われた街』（思潮社）
2小説、批評、詩の三つのジャンルから、最良の作品というより、それぞれ今年最も刺激を受けた作品をあげてみた。小説では、他に富岡多恵子『波うつ土地』、桐山襲「パルチザン伝説」に強い印象を得た。中上健次『地の果て　至上の時』、古井由吉『槿』は未読。
3金芝河（和田春樹ほか訳）「大説『南』」

夏堀正元

1桐山襲「パルチザン伝説」
2とくにめぼしいものをみかけず、といった感じの一年でしたね。また、反核＝反管理社会をモチーフとした新しい変革のための小説が創造されなかったのは残念。
3ザヴィア・ハーバート（越智道雄訳）『かわいそうな私の国』全十二巻（サイマル出版会）の重厚な、一筋縄でゆかぬ面白さ。

●［資料16］＝『朝日新聞』83・12・13由里幸子記者「’83回顧〈文学〉」—抄—

新人では島田雅彦氏の「亡命旅行者は叫び呟く」（「海燕」十月号）と桐山襲氏の「パルチザン伝説」（「文芸」十月号）が話題を呼んだ。後者は、天皇暗殺計画を扱ったため、右翼がおしかけ、発行元は「単行本にしない」旨を一筆書いたという。「文芸」一九八四年一月号のアンケート「一九八三年の成果」では回答者百十三人のうち、「パルチザン伝説」をあげている人が約一割いる。単行本になって当然の作品だろう。「風流夢譚」事件が尾を引いているのは分かるが、別の対処があるべきではなかったか。

●［資料17］＝『週刊読書人』83・11・14号「『パルチザン伝説』の波紋」

「文藝」10月号に掲載の新人作家・桐山襲の『パルチザン伝説』が右翼の圧力を受け発売元の河出書房が単行本化しないという念書を書いた、という記事が「東京新聞」10月17日夕刊に出た。この小説は昭和四十九年八月に三菱重工爆破事件などの一連の企業爆破事件を起こした、東アジア反日武装戦線「狼」グループが天皇暗殺を計画した「虹作戦」を一つの骨子にしており、発売直後から話題になったが、それを知った右翼が毎日のように河出書房前に宣伝カーで押しかけて来たため、余計なトラブルを避けるための措置をしたのだという。が、河出内部には念書を書いた事実はないという人もいて、その辺がどうなっているのか未だ分明ではないが、昭和三十五年には深沢七郎の『風流夢譚』がやはり「天皇暗殺」を扱って嶋中事件も起きており、「文藝」はあえて〝タブー〟に挑戦したことになる。

もともとこの作品は昨年の「文藝賞」候補になって惜しくも落選していたのだが、「文藝」編集部の強い意向でかなり手を加えた上で発表されたという事情がある。

作者・桐山襲は仮名であり、全共闘世代に属する「昭和二十四年生れの私大卒。横浜方面の公務員」（「週刊新潮」10月6日号）であるらしい。作品は、爆弾をつくっていて暴発させ、自分の片目と片腕を失って地下に潜った全共闘世代の主人公「僕」が、一九七二年浅間山荘事件を起した党派に属していた所在不明の二つ齢上の兄に向けて書かれた二つの書簡の形で物語の大筋が進められて行く。八月十四日、黒磯駅から原宿駅に向う御召列車を荒川鉄橋で爆破するという計画は小説の中では頓座するのだが、爆弾の敷設や配線の作業などは現実の記録を参考にしているだけに、とても迫力がある。全篇語りや手記で通しているために人物造型が平板になり、やや甘美な抒情に傾きがちな欠点はあるが、力作であることは認めたい。

それにしても、全共闘運動から十数年の時間が流れた現在まで、三田誠広『僕って何』、兵頭正俊『死閒山』をはじめ立松和平や増田みず子らの全共闘世代のさまざまな〝全共闘小説〟が書かれ続けて来たが、匿名でなければ発表できない尖鋭な小説は「パルチザン伝説」を嚆矢とする。あえて天皇制をストレートに問うという〝タブー〟に触れれば、こういう形態をとらざるを得ないというところに相も変らぬ日本の状況があろう。

知識人たちもこの〝タブー〟には容易にふれたがらない。小島信夫のつぎのような言葉にそうした知識人の心情が象徴的に出ていよう。「この作品が受賞したときに、選考委員のひとりであるこの私にムヤミに脅迫の電話がかかってきて煩わされることは、避けた」（「文藝」選評）。筆者の知る限り、今のところ文芸時評などでこの作品を正面から論じた文芸批評家はいない。故意にか無意識にか、「左翼知識人」たちの誰かがこの〝単行本化中止事件〟にコメントを出したという話も聞かない。触らぬ神にタタリなし。皆〝黙契〟に従っているのである。『パルチザン伝説』は、いろいろなレベルで、〝日本的禁忌・忌避の構造〟を浮彫りにしたのである。

●［資料18］＝『東京新聞』83・12・21「大波小波」「パルティザン伝説」

『週刊読書人』12月19日号の文芸記者座談会は、本年度の分断の内幕を語ったものとして例年どおりおもしろい。

記者たちはこのなかで、桐山襲「パルティザン伝説」（文藝・10月）の単行本化を河出書房が右翼の抗議で断念せざるを得なかった事件にふれて、ペンクラブあたりが言論の自由のために何かいうべきではないのか、と述べている。だがたんに抗議しただけでは意味がないのであり、むしろ「パルティザン伝説」を単行本化するのをバックアップするべきであろう。

内容がどうであれ、表現の自由は侵されてはならず、だからこそペンクラブや著作権保護同盟は、「パルティザン伝説」が不当に単行本化をこばまれたことを批判し、河出書房以外の出版社でもしこの小説の単行本化をこころみる出版社があったら、ふたたび右翼の圧力が加わらないようバックアップする姿勢を示してくれるといいのである。

いわゆる「右傾化」を批判する人は多いが、いよいよ本物の右翼があらわれると、相手のしつっこさに尻ごみしてしまい、とかく平静な解決を求めるようになりがちだ。むろんかつての「風流夢譚」事件のように、人命にかかわる犠牲者を出すのは慎むべきだが、河出書房が出版を断念したからといって、他の出版社が尻ごみすることもあるまい。表現の自由の問題だけでなく、ベストセラーになれば莫大な収益さえ見込まれる作品ではないか。（一石二鳥）

●［資料19］＝『新雑誌X』84年1月号岡庭昇「小説よ、お前はただの情報にすぎない」―抄―

いま文壇のもっとも騒然たる話題は、『文藝』10月号に掲載された新人・桐山襲の長篇『パルチザン伝説』であろう。逆にいえばもっとも文壇的ではない話題で、だから決して公に論ぜられることはないまま、例によって例の如くヒソヒソ噂話が横行するという、おなじみの文壇風景が見られるわけなのだが……。

『パルチザン伝説』は『文藝』新人賞の応募作品で、受賞はしなかったが、発表に遅れて掲載された。天皇襲撃計画を描いた、その限りでショッキングな小説である。題材ゆえに新人賞を落とされたのかもしれないし、逆に題材ゆえに掲載されることになったのかもしれない。その辺がいかにも文壇的な風景ではある。

話題を呼んだのは、発表後、右翼団体が大挙河出書房に抗議行動をかけ、第二の『風流夢譚』事件の可能性が出てきたからである。先号本誌で猪野健治氏がふれているように、右翼団体側は①著者の実名を明らかにせよ、②『文藝』10月号の回収、③単行本化をやめることの三点を要求、河出書房側が③だけをうけ入れることで話し合いがついたそうだ。ことのきっかけは、猪野氏が指摘するように『週刊新潮』の大々的な挑発キャンペーンにあるわけで、テロはおろか、みずからいかなる行動にも手を汚す気はないままあおりだけを行なう『週刊新潮』の、いつもながらのいじましい卑劣さには腹が立つが、事は要するにそれ以上でもそれ以下でもないように思われる。何ほどか真剣に論ぜられるほどの作品ではないのだ。

　だいたいわたしは、天皇制批判のこころみを、天皇さん個人に対するカリカチュアライズ（あるいは〝襲撃〟）ではたそうというような文学や思想が好きではない。認めない。それはむしろ代行主義だ。安直であるが、たんに安直であるばかりではなく、本質においてまちがっており、態度において甘えがある。そしてこの〝甘えの構造〟は、むしろ上御一人に対する全存在の委託の裏返しなのであり、明らかに天皇制主義者の心理構造にほかならないのである。親に対し依存しつつなされる親子ゲンカが、どうして家そのものの置かれた闇を説き明かし得ようか。いうまでもなく天皇さん個人は制度としての天皇制を象徴しているだけであり、思想や表現がとりくむべき対象としての天皇制とは、いつもおのれ自身に帰ってくる問い以外ではないはずである。

　かつてプロレタリア文学は、〝素材の積極性〟を提唱した。革命的に行動する人物を描けば革命的な文学たりうるという、かの悪名高い理論である。『風流夢譚』、『セブンティーン』、『パルチザン伝説』は、素材の積極性理論にもとづいたアクチュアルな文学なのだろうか？　わたしはそうは思わない。そんなもので主調《ママ》されたり、擁護されたりする言論の自由などにたいして関心がもてないのと同じ意味で、こういうアクチュアリティには基本的なうさんくささを感じずにはおられないのである。特にこんどの場合、素材の積極性どころか、むしろ素材への依存なのではないだろうか。先に両面あるといったように、これを文壇誌の側からいえば新人賞を授けるのに尻ごみする状況はたしかにあるが、逆にいえばたいした文学的水準でなくても、それゆえに掲載されるという事実もあろう。そうだとすれば、この素材の積極性は、じつは素材主義でしかないことを暴露するはずだ。つまり文学性などとまったく無縁な、かの〝盗作作家〟山崎豊子の水準である。いいかえるなら山崎は、表現と無縁に素材だけを提供しているのであり、であれば彼女に盗作の自覚などないのは当然なのだ。そして山崎豊子にだって、なにがしかのアクチュアリティはあるのである。

●［資料20］＝『文藝』84年2月号「編集後記」—抄—

　本誌昨年十月号掲載の桐山襲氏「パルチザン伝説」のなかに、国情にてらし適切でない表現がある旨の抗議が大日本愛国団体連合時局対策協議会よりありました。しかし、「パルチザン伝説」は一個の独立した文学作品であるとの編集部の考えがいささかもゆらぐものでないことは、あらためて申すまでもありません。

●［資料21］＝『支援連ニュース28号』83・11・24「公開質問状」

公開質問状

貴誌「文芸」本年十月号掲載の桐山襲作『パルチザン伝説』を、私たちは深い関心をもって読了いたしました。この作品はもちろんフィクションではありますが、作者が自ら挙げている〈参考文献〉からもわかるように、現実に存在した、東アジア反日武装戦線による天皇爆殺作戦計画が、作品を貫ぬく重い主題とされています。私たちは、その東アジア反日武装戦線の人々の救援活動に携わっている立場から、このフィクションに特別の関心をもって接した、とは言えると思います。〔なお、参考までに付け加えますと、現実の東アジア反日武装戦線の二人は、天皇暗殺計画をもひとつの重大な理由として、日本国家から殺人を予告（死刑）されており、現在、最高裁の上告審の段階です〕。

さて、現在の日本の社会情況のなかで、この作品を掲載されたのは貴誌の英断だったと思いますが、果せるかな、「週刊新潮」10月6日号が、まるで右翼テロを煽るかのような調子でこの作品掲載について書きたてました。そしてその後の報道によりますと（「東京新聞」10月17日付、「新雑誌X」12月号、「週刊読書人」11月14日付）、河出書房新社ならびに貴編集部は、「週刊新潮」に煽られた右翼団体の波状的な抗議行動をうけ、要求書を突きつけられたほか、公安警察による事情聴取があったとされています。

これらの報道はいずれも第三者によってなされているため、私たちには、いまひとつ全容がわからない点が残っています。私たちは、社会性のある形で刊行されている「文芸」誌の読者という立場から、社会的責任を負った出版という文化活動に関わっておられる貴編集部に対して、以下のことを求めることができると信じます。

記

『パルチザン伝説』掲載に関わって、右翼団体からの抗議および公安警察の事情聴取が実際にあったとすれば、

一、その全容を公表すること（抗議の主体、内容、事情聴取の主体、内容、それに対する貴編集部の対応いかんを日時を追って明らかにすること）

二、出版界のタブーとさえ言われている天皇制批判の言論（ましてや今回の作品は『風流夢譚』同様、フィクションです）がおかれている今日的状況を、貴編集部は、今回の経過を踏まえていかに捉えておられるかを、読者に広く報告されること。

以上の点に関し、一九八三年十二月六日までにご返答いただきたく、公開質問状の形態をとって申し入れます。

一九八三年十一月二四日

東アジア反日武装戦線への死刑・重刑攻撃とたたかう支援

連絡会議

河出書房新社

「文芸」編集長　福島紀幸様

●［資料22］＝『支援連ニュース29号』84・1・16「河出書房会見記」

河出書房新社および「文芸」編集部は、前回紹介した公開質問状に対し、昨年十二月六日までに回答を寄こさなかった。電話をかけると「質問については、答えられる部分と答えられない部分があり、いずれにせよ、文書での回答は避けたいので、話し合いにしたい」との意向であった。日程上の折り合いがつかず、会う日は年末ぎりぎりにすることになった。

その間、いくつかのことが起こった。「文芸」新年号は「一九八三年の成果」なるアンケートを百余名の著作家に送り、昨年度に発表された文学作品のうち秀れたものを挙げるよう依頼した。うち十人くらいが「パルチザン伝説」を挙げていた。正津勉という詩人は「当作品に関して、右翼の抗議で貴社が単行本化を見合せる由の『念書』を交わしたとのこと、まことに由々しき事態ではあります。ここに文筆に携わるもののひとりとして、貴社に対してじゅうぶんに納得できる見解を求めます」と但し書きしていた。また朝日新聞文芸部記者は十二月中旬夕刊紙上の文学回顧でこのアンケートの結果について触れ、十分の一もの人々が優秀作品に挙げているのに単行本にしないのはおかしいという意味のことを書いた。

私たちはこの二つの意見表明のいずれにも異和感を抱いた。私たちが河出に出した質問状は、再読していただければ分るように、経過説明は求めているが、単行本化断念云々についてはまだ批判していない。あの段階では、私たちはそこまで踏み込むことはできないだろうと判断したのだった。場合によっては、そこまでできる段階はいずれあるかもしれない。しかし、まだだ。ことは、「週刊新潮」が煽っている右翼テロの可能性にも関わる問題だ。事態の真相が当事者自らの手で明らかにされておらぬ段階で、単行本断念と断定して批判することはできぬ。正津勉の感想については、だから、その軽率さを思い、現実にある右翼テロの可能性に関してこの詩人はどこまで責任をもつのだろうと思った。また、朝日新聞記者については、同紙社会面における日頃の皇室関係記事の内容を知っている者として、右翼の動きに一言も触れずに文化欄の片隅で河出書房の軟弱ぶりを批判がましくいう口調に、安易なヤツめ、と不快感を抱いた。

十二月も暮れちかく、河出の人々に会った時にも私たちはこの立場を貫いた。私たちはあくまでも、右翼および公安警察との間での経過については読者に公表すべきである、ということだけを求めた。河出側は、現段階でのそのような行為は、右翼との間に新たな緊張関係を生み出すことになるのでできぬ、と答えた。その点に関する見解の相異については何度か応酬があったが、相互了解には至らなかった。

私たちは河出の人々に会う直前、「インパクション」27号に載った粉川哲夫氏と天野恵一氏の対談を読んでいた。ここで二人が推測している河出側がかかえる問題点はほぼ当っていると、話し合いながら思った。河出側の苦渋の深さは理解しつつも、「パルチザン伝説」掲載以前の態勢作りと、右翼による「抗議」以降の対応に関してやるべきこと、できることがあったのではないかという私たちの立場は変らない。

一月七日に発売されたばかりの「文芸」二月号の編集後記には、次のような旨が書いてある。――「パルチザン伝説」に関して国情に照らして適切でない表現があるとの抗議が大日本愛国団体連合時局対策協議会より寄せられたが、この作品が一個の独立した文学作品であるとの編集部の立場に変わりはない、と。

問題は、もちろん、まだ終っていない。私たちは河出側を一方的に批判・糾弾する立場からではなく、さらに激しく厳しいものにならざるを得ない反天皇制の闘いのために、今回の事態を有効に教訓化する立場から、志を同じくする人々と共に、さらに広範な運動をつくっていきたい。

●［資料23］＝『同時代』84・1・1号大道寺将司「やりきれない暗さ……」

唐突に、ぼくには荷が勝ちすぎる話が舞いこんできた。一晩で『パルチザン伝説』（桐山襲作）の書評を書けという依頼である。これはちょっと無理な話だ。「無理だ。書けない。」と断った。ぼくが断わったのには道理がある。一晩という時間の短かさのことだけではない。書評を書こうにも、いま手もとに、『パルチザン伝説』が掲載された『文芸』（一九八三年十月号）がないからである。ぼくは東京拘置所に拘禁されており、本を手もとに置くにも冊数の制限があるため、読み終えた本は、領置しなくてはならないのだ。『文芸』も領置しており、それを手もとに移すには三日も必要なのである。かって読んだ時のノートと記憶をもとにして書評を書くなどという芸当は、ぼくにはできない。無理なのである。しかも、そう云いながら、結局引き受けてしまった。「書けない」と云って依頼者を突き放すことができなかったのである。情ないことだ……と愚痴を云ってもしようがないか。

この小説は、多くの人に読まれるべきだとぼくは思う。そのためには単行本にする必要があるが、それは難しい、ということを聞いている。〝難しい〟というのは、採算がとれるか否かというレベルでのことではなくて、出版を右翼に妨害されているからだという。かっての『風流夢譚』の再現である。しかし、そうであればなおのこと、ぼくらは右翼の暴力に屈することなく、この小説の出版を実現しなくてはならない。多くの人々の力で。

前置きばかり長くて内容の紹介が遅くなった。

一九七四年八月十四日、東アジア反日武装戦線〝狼〟部隊は、荒川鉄橋上で、天皇の乗る特別列車を爆破しようとした。しかし、その作戦は挫折し、〝狼〟のメンバーであった〈僕〉は、一人「××攻撃への再開」を主張して〝狼〟から離脱し、一九七五年の逮捕を免れながら、唯一人作戦計画に突入していく。

しかし、手先の不器用な〈僕〉は、爆弾製造中に誤爆を起こし、「昭和の丹下左膳」となって南の島に逃げる。そして、日に日に衰えていく片目の視力の中で自殺を決意し、自らの闘いの総括を兄に書き送るのである。その兄は、拘置所の中で連合赤軍の同志殺害のニュースに接して衝撃を受け、「決意した啞者」となっている。また、妹もいるのだが、彼女は、〈僕〉の製造した爆弾を抱えて朝鮮の「光」市で、「志願した娼婦」になっている。

さて、兄に送った総括であるが、反日闘争の展開の中にこそ革命の可能性を見る者として、まずなによりも日本国の象徴である天皇をこそ攻撃しなくてはならないということで計画された荒川鉄橋上での天皇暗殺が詳細に語られる。さらに、父が、敗戦直前での「日本における唯一のパルチザン組織」を結成し、一九四五年八月十四日、天皇暗殺を企てたことが明らかにされるのである……。

このように緊張した思想性を孕んだ革命小説であるということができるであろう。

前記したように、この小説は、天皇暗殺をとりあげているためにへしかもリアルに)、右翼が騒いでいるのだが、作者がこの小説を通して表現しているのは、天皇の暗殺それ自体ではなくて、作者自身を含めた全共闘世代の総括ということであろう。作者は、共に天皇の暗殺を射程に入れることで、「日本における唯一のパルチザン組織」の一員であった父の真正な継承者こそ、全共闘世代である〈僕〉たちだと云っているのである。しかし作者は、そうでありながら、全共闘世代は父の世代と同様に革命を実現させることができなかったことで、〈僕〉を自殺させることに象徴されるように、敗北したと総括しているのであろう。わずかに、朝鮮の「光」市で「志願した娼婦」になっている妹に、反日革命の希望と可能性を託しながら。

ぼくは、作者の力量とこのように緊張した革命小説をものにした熱意に敬意を表しつつも、〈僕〉を自殺させてしまう暗さにはやりきれない思いがするのである。なぜ自殺させなくてはならないのか？　現実に、東アジア反日武装戦線〝狼〟の一員であったぼくとしては、不満なのである。こんなことでは困るのだ。

作者は、全共闘運動を敗北と総括し、反日革命の展望を見出せないが故に〈僕〉を自殺させたのであろう。

しかし、そう結論を急がれては困るのである。反日革命に展望はあるのか？　ないのか？　もちろん、あるのである。であるならば、あるという答えを実践的にも、理論的にも見出すことによって、この『パルチザン伝説』を超えていくこと、それがぼくたちに問われているのである。

一九八三年十二月六日記

補：東アジア反日武装戦線〝狼〟の天皇暗殺＝虹作戦については、『反日革命宣言』（鹿砦社）か『明けの星を見上げて』（れんが書房新社）を参照してほしい。

●〔資料24〕＝『反天皇制運動資料 Vol. 1』84・4・20黒川芳

正「フィクションは現実を超えたか」

日本人が韓国に来るとき、法律的に憲法でのシンボル・天皇を頭の上につけてやってきているのです。いいですか、天皇という、韓国人にとって骨の髄から嫌われている存在を今も頭にのっけて、「もう私たちは平和日本になった」といってても信用できますか。日本人は天皇を憎まないが韓国人は憎んでいるんですよ。……天皇制に反対する態度がハッキリしていると、植民地解放闘争にも比較的正しい態度をとることができる。だが、私は日本の社会主義者を信用していない。というのは、朝鮮問題に触れると、大部分のものは、差別をなくせとか、待遇をよくせよぐらいのことはいうが、日帝時代、朝鮮の植民地支配をやめろとはいわない。よしんばやめろといってもわれわれとともに死をかけて植民地反対闘争を闘った人がいない。もしいても、それこそ指でかぞえきれるくらいだろう。(『玄海』二号、ペク・ハングイル)

桐山襲作『パルチザン伝説』は、われわれ東アジア反日武装戦線三部隊(とりわけ〝狼〟)の戦いをモデルにしている。しかし言うまでもなく、『パルチザン伝説』は、ドキュメント作品でもなければ、プロパガンダ作品でもない。一個の独立したフィクションである。この作品は、作者自身の言によれば、「東アジア反日武装戦線がかつて企図した現実の事件の衝撃力を受けとめ、そこから、この国の〈戦後〉というもの、また一九七〇年代から現在に至る〈この時代〉というものを考察し、文学的に表出しようとした作品」(『早稲田文学』〝亡命地にて〟)である。天皇制を温存延命させることを担保として、戦前を地下的に継承している戦後、「平和と民主主義」に化粧直しされた戦前としての戦後、六〇年代末の大衆的実力叛乱によっても解体され得ず生き続けている戦後――この〈戦前―戦後〉に対する根底的な批判の文学的火箭を、〈反日〉サイドの視点に身を寄せて、射放たんとしている――作者のこの文学的意図には、ためらわず歓迎と共感の意を表したい。

とはいうものの、この『パルチザン伝説』に、モデル・サイドとしての、不満・疑問・批判が全くないわけではない。その第一点は、作中《僕》の死なせ方である。つまり、なぜ作中《僕》は、《父・穂積一作＝大井望》のそれに倣って、擬自然死的自死を遂げなければならなかったのか、納得がいかない。この点での説得力が欠けている。たとえ、作中《僕》が両眼失明にいたったからであったとしても。第二に、作中《僕》のM企業闘争総括も、説得力に欠けている。作中《僕》を、一斉逮捕から免がれさせるという、ストーリー展開上の必要性からであったにしろ、その論理性において薄弱だ、といわざるを得ない。第三に、作者は、実世界における〈反日〉の戦いとその思想を、作者なりにつかみとって想世界の反日パルチザンをつくり出しているのだが、しかしなお、〈反日〉をトータルにつかみ得ていないという難点がある。しかし、以上の、モデル・サイドからする、不満・疑問・批判のみをもって、『パルチザン伝説』の評価基軸たらしめようとは思わない。『パルチザン伝説』の文学的評価のレベルでの、つまりその文学性としての、最大のウィーク・ポイントは、次の点にあると、私は考えている。

『パルチザン伝説』の最も際立った構成上の特質は、父と子によって、別個に担われた二つの天皇暗殺作戦の設定という点にある。ところが、作者は、この構成上の特質を、文学的に最大限生かし切っているとは言えない。むしろ、この構成上の特質を無用のものたらしめるような展開に終わらせてしまっている。父の戦いとその思想の限界は、その息子の戦いとその思想によって乗り越えられてはいない。単純な繰り返しに終わっている。思想的な飛躍という内的なダイナミズムに欠けている。《父・穂積一作》を、絶望的反日論の袋小路に追い立て、その果てに擬自然死的自死へと追い込み、歴史の舞台から退場させたのならば、作中《僕》は、《父・穂積一作》が至らざるを得なかったこの地点から、絶望的反日論の袋小路を前望的に突き抜けるかたちで、登場させるべきであった。そのためには、作者自身が、勝利し得る反日革命論を、そのとっかかりであれ構想し得ていることが、前提されていなければならなかったのではあるが。

とはいえ、日帝本国内における戦時下の日本人パルチザンの設定というフィクションのもつラディカルな意義は、少しも減じない。ここに、作者の出色した創作魂が躍動している。われわれ戦後派世代にとっての他者とは、戦中派世代である。彼らは、十年前も今も、戦後日本を牛耳る世代である。侵略戦争を阻止し得ず、積極的であれ消極的であれそれに加担し、敗戦を革命に転化し得ずに流産せしめ、天皇ヒロヒトを延命させ、新植民地主義的再侵略の上に「平和と民主主義」の虚構をつくり上げ、「第三世界」への寄生構造を物質化してきた——この点で、彼らは、内部的な支配—被支配の区別はあれ、世代的共犯者であり、世代的連帯責任をもつものとして存在している。

この点に対するわれわれの糾弾に対して、彼ら戦中派世代はどう弁解してきたのか。「反対などできる時代じゃなかった」「生活のためには協力する以外なかった」「アカ紙が来た以上、どうにもならなかった」「上官に命令されてやったのであり、自分には責任はない」「天皇は絶対だと小さい時から教え込まされてきたのであり、それを疑うことなど夢にも考えられなかった」——だが果してそれですまされるのだろうか。もしこれらの弁解を認めてしまえば、「上部の命令に基づいて行なったものであるがゆえに、ユダヤ人大量虐殺に責任はない」という〝アイヒマンの論理〟も正当化されよう。

だがもし、一億日本人のなかに、体を張った事実行為で侵略を阻止せんとして日帝に武力で挑み、祖国敗北を革命的内乱に転化しようとした日本人が一人でもいたとしよう。そのように想定するならば、戦中派世代の弁解は、一切その根拠を失い、瓦解する。その可能性が限りなくゼロに近い確率であろうとも、たとえ不可能性に近い確率であろうとも、その可能性と不可能性の狭間に楔を打ち込み、こじあけ、そこから洩れ出てくる微光を、想像力によって増幅し、存在論的ドラマに織り上げるのが、創造魂というものではなかろうか。

戦中派世代の小説家や評論家が、『パルチザン伝説』を評して、やれ「戦争中の日本を、自己そのものとしていず」とか、やれ「戦時中の日本の姿は、誰の眼から見ても現在の通念を投影してつくり上げた虚像だ」とか、もの言いをつけるのも、わからないわけではない。つまり、彼らは、『パルチザン伝説』の出現によって、何ら戦争責任と自己対決し得てこれなかった、オノレらの戦後の文学的営為が総否定されていることを直観しているのだ。しかし、そのことを認めるわけにはいかない。なぜなら、それを認めてしまうことは、自らの「文学」生命を自己否定することになるからだ。それゆえ彼らは、そのことをゴマ化すために、戦時体験の当事者性という特権に胡坐をかいて、自己免罪的な開き直りをやっているのだ。戦時下日本の事実が描けていないということをもって、作品全体の評価基軸にするならば、それは、私小説的写実主義の瑣末拘泥主義というものだろう。

だが、『パルチザン伝説』が帯びている縞柄は、余りにも暗い。それは〈反日〉の本源的な明るさに反する。ではなぜ〈反日〉は本源的に明るいのか。日帝本国人の、侵略者・加害者としての本源的な暗さとの対比において、〈反日〉は、その本源的暗さからの自己解放であるがゆえに。なぜなら〈反日〉とは、自己浄化力であり、自己転生力であるがゆえに。では、その本源的明るさは、いかにして顕在化するのか。日帝本国人の総体的反革命性への絶望感を引き受け、その絶望感を突き抜け、その絶望感の向う側に、勝利し得る反日革命論を自己獲得することによって。だが、この絶望感を突き抜け得ず、絶望的反日論の袋小路に迷い込んでしまう時、その「反日」は暗みへと沈んでいく。その分岐点は、日帝本国人の反革命性を、〝永遠の相〟において固定化してしまう〈永久不変のメタフィジック〉か、それとも、〝可変の相〟において動態的に見る〈浄化転生の弁証的オントロギー〉か、いずれの立場に立つのか、ここにある。

フィクションは、現実をそのまま写し取っただけでは、現実を超え得ない。現実を想像力で超えるところに、フィクションの存在理由があるとしたら、フィクションが現実と拮抗し得る、その対抗軸とは何か。異化作用を通しての同化作用ということが、一つの解答たり得るかもしれない。ここでいう異化作用とは、一般通念の破壊作用としての真実開示という意味であり、同化作用とは、かくして開示された真実への共感・同調、そして自己獲得という意味である。

『パルチザン伝説』は、その作品で表出表現されている思想内容においては、実世界の〈反日〉を超えていない。だが、それが即、文学的評価になるというわけではない。では、その文学性において、『パルチザン伝説』というフィクションは、現実を超えているか？——この判定は読者諸氏に委ねたい。

八四・二・一一記

●［資料25］＝『東京新聞』83・12・17「大波小波」「パルチザンの素顔」

『文芸』の恒例アンケートのなかでひときわ目をひくのは、桐山襲の「パルチザン伝説」を十人以上の人があげていたことである。「全共闘運動がようやく文学的に結実」（小田切秀雄）、「本当に書きたいことを持っている」（海老坂武）、「ノン（否）の声だけはまだ忘れていない」（梅田昌志郎）、「低滞しきった文学状況に最大の問題作」（正津勉）といった評価のされ方である。

某週刊誌のやゆ的紹介によって右翼が騒いだことは聞いていたが、『早稲田文学』一月号に桐山が書いている「亡命地にて（一九八三年・秋）」によれば、危険を感じた桐山は荷物を処分し、ズボンの内側に五万円を縫いこみ、わずかな貯金、「パルチザン伝説」の稿料手つかずの二十万円、「単行本のために手を入れた抜刷」をもって沖縄へ「亡命」したそうである。

この文章で桐山という人間が分かる。はじめは情況に匕首（あいくち）を突きつける革命的無名作家かと思っていた。だが現実はそれしきのことで沖縄に「亡命」する臆病者であった。彼にとって亡命者はみな「同志」で、同志ブレヒト、同志コルシュと同志の名前をえんえんと数え立てるセンチメンタリストにすぎなかった。

桐山はこんなものを書くべきではなかった。殺人を犯した元歌手とか背任横領をやった元デパート社長があとで事件の告白をやっている（やらされている）のと同じところに桐山ははまりこんでしまった。

（島の人）

●［資料26］＝「中間総括」（目次）84・3

○はじめに
○経過
○総括
　1、事前準備
　　(1)対右翼ジャーナリズム
　　(2)対右翼
　　(3)退却線の検討
　2、対応
　　(1)現場対応
　　(2)（略）
　　(3)対権力
　3、戦後処理
　　(1)単行本問題
　　(2)「社告」
　4、（略）
　5、作者の問題点
　　(1)事前協議
　　(2)事後の河出との関係
　　(3)事後の社会的姿勢をめぐる問題
○情勢
　1、83～84年
　2、第二ラウンドをめぐって
○展望

1、出版形態
2、出版時期
3、出版社の態勢
(1)(略)
(2)(略)
(3)弁護士
(4)権力
(5)支援態勢
4、退却線
(1)(略)
(2)(略)
5、作者の態勢
6、本部の設置、連絡系統

●［資料27］＝『日本読書新聞』84・4・16号桐山襲「『パルチザン伝説』の海難」

南島に棲みついて、半年が過ぎました。慣れない土地で労働を喰って生きる日々は、決して楽なものとは言えません。この半年の間、私は体重五キログラムと、中指の肉を一〇グラムほど失ないました。しかしそれでも、初めての土地の季節の移ろいには心ひかれるものがあります。初夏のような空に、今日も南風（ハエ）が吹いています。

さて、昨年の秋、「パルチザン伝説」が右翼団体の攻撃によって単行本化を中止されて以来、決して愉快ではない状況の中で、私はさまざまな検討を重ねてきました。つまり私は、何とかして私の最初の作品を生かしたいと、具体的に考え続けてきたのです。

ところが――藪から棒とはこのことでしょうか、私の作品が東京で出版されたというではありませんか。作者のあずかり知らぬ所で、このようなことが起こり得るとは、なるほどこの国は〝出版の自由〟が保障されていると、そんな風流を言っている訳にも行かないようです。

『天皇アンソロジー』と銘打たれたその本を手にしてみて、私がいちばん初めに感じたことは、私の作品がひどく傷つけられてしまったということです。

私の作品と共に収められているのは、「コペンハーゲン天尿組始末」という、朗らかなバブーフたちの座談会のようなものであったり、立川の天皇公園にかんする生真面目な政治的レポートであったりという具合で、それらはそれぞれに意味のあるものなのでしょうが、私の作品と並べるには余りにも性格の異なったものであることも、また事実のようです。

そして、それらの政治的諸文書といっしょに収められ、しかも〝最後のタブー＝天皇に挑戦!!〟という宣伝文句を付けられた結果、私の作品は素材だけを取り出された形となり、いちばん大切なものを奪われてしまったように見受けられます。これは作者として、やはり認められないことなのです。

というのは、私の作品が「文藝」に発表されて以来、その文学性を否定し、単なる〈不敬譚〉へと貶めようとする宣伝が続けられて来たからです。例の著名な出版社の週刊誌記事などは、その最たるものです。そして、そのような宣伝と連動して、右翼団体による攻撃があったことは、既にご承知の通りでしょう。**「天皇暗殺」を扱った小説の「発表」**、という週刊誌の宣伝と、**最後のタブー＝天皇に挑戦!!**、という今回の宣伝とは、その政治的意図は正反対のものであったとしても、同じ水準に立っていると言うことは出来ないでしょうか。

残念ながら、「パルチザン伝説」は単なる〈不敬譚〉として読まれるならば、その衝撃力はさほどのものではありません。大いに読者の期待を裏切ってしまうことでしょう。したがって、今回のような出版の形式は、「パルチザン伝説」の勝利ではなく、その敗北の一形態であると、私には考えられるのです。

賊には賊の論理があるとは申せ、作者との意志一致もないまま出版を行なったのみならず、文学性に損傷を与えるようなやり方で作品を扱い、おまけに「無断転載」の但書さえ付けないというのは、いささか賊の道義に反することであるのにちがいありません。

なるほど発行者は、「政治的に圧殺されたものである以上、いかなる形であれ出版することに意義がある」と言うかも知れません。しかし私には、現在東京の書店に並べられているという私の作品が、私の中指から切り取られた一〇グラムほどの肉片に似ているように思えてならないのです。

さてしかし――私の作品が単なる〈不敬譚〉であるのか、或いは真の文学的破壊力を有したものであるのかは、読者の判断を待つべきものなのでありましょう。もしかすると、私の今後の作品によって、ことの決着は明らかにされて行くのかも知れません。

福田善之さんの『白樺の林に友が消えた』の中の科白を借りれば、「ま、いいや、つづきを書けば、おれは」ということになりましょうか。

――いささか複雑な気分を整理するために、次の日曜日には、釣に行こうかと思っています。戸村一作さんの作った彫刻に、〈吠える魚〉というのがありましたが、そんな形をした魚が南の海の底には眠っているのです。風の音だけが聴こえる突堤に立てば、夏を予感させる水平線に、古代の難破船が見えるかも知れません。（一九八四年三月二六日、記）

●［資料28］＝『毎日新聞』84・4・6「『パルチザン伝説』ゲリラ単行本」

天皇制の問題を扱ったため右翼団体の抗議を受けた小説「パルチザン伝説」（雑誌「文芸」八三年十月号掲載）が、筆者の作家・桐山襲氏と「文芸」発行の河出書房新社（清水勝社長、東京渋谷区千駄ケ谷）の同意を得ないまま他の出版社から単行本として〝ゲリラ出版〟されていたことが五日わかった。この出版社は「出版の自由を妨害した右翼の行動こそ問題」としているが、筆者と出版元の意向を無視したこのような出版はきわめて異例。河出書房新社はこの出版社に抗議、場合によっては出版差し止めの訴訟に持ち込むという。

「パルチザン伝説」は、十年前、一連の企業爆破事件を起こした過激派組織「東アジア反日武装戦線」の活動にヒントを得て、天皇特別列車爆破を図って失敗する青年の軌跡を、終戦目前、やはり反天皇制の行動に走った青年の父の破滅とだぶらせて描いた小説。この三月二十日に「第三書館」(東京新宿区)が〝天皇アンソロジー1〟として出版した単行本「パルチザン伝説・コペンハーゲン天尿組始末他」に、他のルポ、ドキュメントも合わせ一冊本として刊行した。

河出書房新社や出版関係者の話を総合すると、「パルチザン伝説」が「文芸」誌上に発表された昨年九月下旬以降、同社には複数の右翼団体からの抗議が連日相つぎ「天皇制を冒とくする作品だ」として謝罪公表と同誌の回収、さらに筆者の所在を明かすよう要求された。同社はこれら要求には応じなかったが、社内乱入などの抗議は十月末まで続き、同社が計画していた「パルチザン伝説」単行本出版は筆者と協議の上、断念。

この中止については、その後「東アジア反日武装戦線」の法廷闘争を支援するグループなどが同社に「右翼の圧力に屈するもの」と抗議の公開質問状を出すなど、出版界に大きな波紋を呼んだ。

今回「パルチザン伝説」を出版した第三書館は、一月末に河出書房新社に対し、「天皇アンソロジーに収録したい」との申し入れを行ったが、河出側は著作権者の桐山氏と連絡を取った上で「筆者は現時点での出版は同意できないと言っており、当社としても筆者に危害が及ぶ恐れがある段階ではお断りしたい」と出版拒否の文書を二月に第三書館に送付。しかし、これに対して返事がないまま三月二十日付で突然単行本は出版された。河出側は同二十九日「海賊行為に当たり承認出来ない」と文書を再送付。また桐山氏も出版後、「作品を捨てるつもりはないが、単行本化は断ったはず。近く私の見解を表明したい」と河出側に伝えている。

出版関係者によると、雑誌掲載作品の著作権は筆者にあり、筆者の同意を得ない出版は著作権侵害となる。また版元の河出書房新社の承認がないまま出版が強行されるのも異例のケースという。

一方、第三書館の代表者の話では、天皇アンソロジーの発行は、天皇制の問題を真っ正面からとらえる意図で企画され、今後もシリーズとして続けていく方針。「桐山氏とも直接折衝したが、同意を得たかどうかについてはノーコメントだ」としている。

河出書房新社の話　「パルチザン伝説」は特異な経過をたどった作品だけに、筆者の意向、および当社の考えを何より尊重してほしかった。出版権といった法的権利はないが、単行本の無断出版は出版界のルールを踏みにじる行為で憤りを覚える。対応次第では訴訟も考慮せざるを得ない。

第三書館の話　今回の本質的な問題点は右翼団体の抗議によって出版が中止されたという事実そのものにある。河出書房新社は単行本出版を断念した時点で、この小説に関する発言権を失っている。筆者との交渉については、今は了解したともしないともいえない。

●［資料29］＝『図書新聞』84・4・7号高橋敏夫「自主規制による〝伝説〟化」

昨秋、ひとつの〝伝説〟がひっそりと提出された。そして、それはまたたくまに、より巨大なる〝伝説〟を浮上せしめた。いうまでもなく、『パルチザン伝説』がまきおこした、天皇タブーの戦後いく度目かの顕在化である。

『文芸』10月号で、この作品に接したときわたしは、以後の事態をまったく予測しなかった。作者・桐山襲においても同じだったらしいことが、「亡命地にて（一九八三年・秋）」（『早稲田文学』・1月号）を読めばわかる。そこには、たとえば次のような文が挿入されている――「虚構のなんたるかを解さぬ不粋な官憲が、作者をパルチザンの一員と大錯誤する可能性はないでもなかったが、右翼団体が即自的な憤激を催す性格の作品であるとは、到底考えられなかった。『三島由紀夫が読めば、誉めてくれるのではないかな』わたしの友人は、そのようにも言っていた」。

とはいえ、そうした作者の衿持を作品のむこう側に認め、納得したからではなかった。端的にいえば、とるに足らない作品としか思えなかったからである。しかし、この「三島由紀夫」云々は、あながちはずれているともいえない。

『パルチザン伝説』は、敗戦前後におけるテロリストと、七〇年代テロリスト親子二代にわたる天皇爆殺計画を、きわめて心情的に謳いあげた作品である。濃い闇の気配をかもしだそうとする文体は、あきらかに埴谷雄高から学んだものだろうし、また、野間宏『暗い絵』等からのシチュエーションの〝引用〟が散見されるにもかかわらず、埴谷や野間と異なるのは、作品を貫くいささか歯の浮くような情念主義にほかならない。手紙―手記―手記のなかの想像譚―手紙という構成は、それぞれの語り手を明示し、それによる相対化と重層化を企図しているようでいて、じっさいはまったく果されず、むしろ情念による統括のみがきわだってしまっている。たとえば、七〇年代テロリストたる「僕」が仲間とともに爆弾設置に赴く際の、夜風の「ひとつの季節の終りを予感させるような甘い柔らかさ」、「首すじにささやかな秋を感じ」て、ブレヒトの一節を「ただわけもなく」呟く――といった図は、まことにただわけもなく、無際限に、心情・情念にすべてをかこいこんでいく右翼的感性とすらよんでもいいかもしれない。しかも、親子二代の〝血〟の因果譚めいてもいるのだ。

右翼における情念が〝天皇・国家〟に吸収されるとすれば、ここでは情念が〝天皇爆殺・反国家〟に向い、そのことによってだけ純粋性を保持しえているのである。いうまでもなく、これはパルチザン的横断性とは決定的に背反していよう。自称パルチザンと、右翼とは、その意味では天皇制の双生児いがいのなにものでもない。

だがしかし、わたしはここで、『パルチザン伝説』をそのように断ずることによって、右翼による攻撃を笑いたいわけでも、また、正当化したいわけでもない。むしろ、そうした作品であるにもかかわらず、右翼の攻撃がなされ、それに対する自主規制的対応が、当の出版社のみならず、ジャーナリズム全般においてはやばやと再確認されていったことこそ見なければならないと思うのである。

『文芸』新人賞の選考評における「この作品が受賞したときに、選考委員のひとりであるこの私にムヤミに脅迫の電話がかかってきて煩わされることは避けた」という小島信夫の発言もさることながら、「亡命地にて」に記されているような、右翼団体が騒ぎはじめるやいなやその情報が出版社から作者のもとに伝えられ、あげくに「早く身を隠したほうが良いというアドヴァイス」までなされているのには驚かざるをえない。ペンネームで登場した作者に身の危険が迫るとすれば、出版社（編集部）を通してしか考えられまい。それでいて、早く身を隠せとはいったいなんという対応であろうか。これは、文芸誌をはじめとする最近のセンセーショナリズムが、じつに無責任なものであることを如実に物語るとともに、自主規制をもあらかじめパックして作動していることを示している。

こうした事態に対してなされた、〝表現の自由〟の脅威という発言もまた、問題のありかを見えなくしていよう。〝表現の自由〟が戦後あたかも拡大していたかのような幻想があるとすれば、それは、天皇タブーを頂点とした自主規制の拡大が進行したうえでのことだからである。したがって、脅威をいいたてることだけでは、自主規制をいっそう促進することにしか帰結しえまい。

河出書房新社が投げだした『パルチザン伝説』が、「コペンハーゲン天尿組始末」等とともに第三書館から出版された。果敢な行為である。作品の評価はともかく、天皇タブーという、自主規制を介して意識下に〝伝説〟として棲みつき、それゆえさまざまな局面で強大な力を発揮し続けている枷（象徴天皇制！）を、〝伝説〟にとどめないためにも一読をすすめたい。

●［資料30］＝『朝日ジャーナル』84・4・13号「ＢＯＯＫ」

昨年秋、河出書房新社からの単行本化が中止された桐山襲の『パルチザン伝説』が、第三書館から三月二〇日に出版された。これが著者の意思に沿ったものであれば、ことさら問題にすることはないのだが、じつはこの出版物は、著者の同意を得ていないばかりか、再三の拒否と抗議を押し切って刊行が強行されたのである。

河出の出版中止以後、筆者の友人が桐山に会い、右翼の脅迫に強い某出版社からの刊行を仲介しようかと提案したが、『パルチザン伝説』が文芸作品として読まれることを強く希望している桐山は、その出版社が文芸作品専門でないことを理由に固辞した、という経緯がある。そういう希望をもっている以上、今回の出版に桐山が同意するわけがないのである。

なぜなら、第三書館は文芸図書の出版社ではないし、桐山との交渉の過程で、『パルチザン伝説』は現代の天皇制をめぐる情勢を把握するための資料であって文芸作品として出版するつもりはない、と明言している。当然、桐山は拒否した。第三書館はそれを無視して刊行した。

著作物の権利を保護する著作権法の思想に筆者は必ずしも無批判ではない。しかし、読み手が読み手の主体性において作品を意味づけたり、つくり直したりする権利は、出版社が著作者の意志を無視して商品化する権利とは次元を異にする。営利のために著者の同意なしに勝手に商品化することは、単なる商道徳の退廃である。

まして著者が右翼の脅迫を避けるために覆面であることを逆手にとって、抗議も訴訟もできっこないだろうと、タカをくくったようなやり方をすることは卑劣のきわみであろう。

右翼による脅迫によって、この作品と作者は奇妙な事態に遭遇しつづけてきたのであるが、ここに至って、一見「良心的」な小出版のモラルの退廃ぶりがはしなくも露呈されることとなった。　　　　（菅）

●［資料31］＝『朝日ジャーナル』84・5・4号「『パルチザン伝説』の出版社として」

四月一三日号「文化―BOOK」欄の記事に第三書館として反論します。

右の記事は桐山襲著『パルチザン伝説』を収録した第三書館発行『天皇アソソロジー〔1〕』を攻撃していますが、著者にも第三書館にも取材せず、一方的に書かれたものです。問題になっている『パルチザン伝説』は、既に報道されたように右翼団体がこの作品を発行すると「生命がないぞ」と脅迫して、河出書房新社からの単行本化を中止させたものです。著者は生命の危険を感じて「南島に亡命中」の境遇。この作品の出版同意表明と生命の危険がとなりあわせになったところに追いこまれています。著者はこの作品の刊行には「関与していない」と表明すればするほど安全なのです。

にもかかわらず、『天皇アンソロジー〔1〕』への同意表明だけを詮索した右の記事は、その意のあるところを疑わざるを得ません。糾弾されるべきは威力業務妨害を行った右翼団体であり、それを座視して著者と河出書房新社を孤立させたマスコミ言論出版界でありましょう。十分な取材もせずに「卑劣のきわみ」「小出版のモラルの退廃ぶり」と第三書館をあげつらうのに忙しく、右翼の犯罪とそれを許容する言論人に何ら言及しないとは、事の本質を見誤るのもほどがあります。

コラム筆者のアイマイさは短い記事の随所に見うけられます。「著作権法の思想に筆者は必ずしも無批判ではない」としながら出版同意表明の一点にこだわる。第三書館が文芸図書専門の出版社でないから『パルチザン伝説』は文芸作品としては読まれず、従って刊行資格はないと主張しながら、「読み手の主体性において作品を意味づけ」ることは可能とする。記事の前段で著者の「再三の拒否と抗議」があったと書きながら後段で「抗議もできっこない」と書く。

何よりも、「右翼の脅迫によってこの作品と作者は奇妙な事態に遭遇」と書くところに、コラム筆者の言論人としての責任無自覚体質がはしなくも露呈されることとなったのです。

●［資料32］＝『東京新聞』84・4・7「大波小波」「パルチザン伝説」

右翼の圧力で河出書房が出版を見あわせていた桐山襲『パルチザン伝説』が、第三書館から刊行された。

この問題を『図書新聞』四月七日号は第一面であつかい、高橋敏夫がこの作品の欠点をあげながらも、天皇制のタブーを既成事実にしなかった点に、今回の刊行の意味を認めている。おまけに今回の出版は「コペンハーゲン天尿組始末」という付録といっしょだからちょっとした冒険である。

河出書房が出版を断念したことについては、その気弱さを批判する声も一部にあったようだが、河出書房ばかりを責めてすむほど単純な問題ではないであろう。『図書新聞』が電話でコメントを求めたときの第三書館の答えは実にはっきりしていて気持ちがいい。

「今回にしてもじっさいに合法的なことをやっているわれわれに取材するのは、はなしが逆なんですね。本にしたくても本に出来なかった、そのことの方が問題なんですから、ジャーナリズムは出版社に取材するより、圧力をかけた右翼にこそ取材すべきでしょう。現実に不法、犯罪行為が行われている、そこにこそポイントをあて糾弾すべきじゃないですか」

まったく同感である。右翼に取材し、その取材の過程にあらわれる右翼の不合理を公開してこそ、表現の自由を守る報道といえるのである。ジャーナリズムの反省をうながす。（黒旗）

●［資料33］＝『週刊読書人』84・4・16号「紙てっぽう」「桐山襲『パルチザン伝説』の刊行」

桐山襲の「パルチザン伝説」（「文藝」83年10月号）が、過激派による天皇御召列車爆破計画を扱っていたため右翼の圧力を受け、河出書房新社側が単行本化を中止したのは記憶に新しい。トラブル直後、右翼が一札を取ったのは河出書房だけだから、どこか他の出版社が替って刊行してはどうか、といった〝提言〟もあったが、結局はうやむやのまま忘れ去られつつあった。

ところが、最近出た『天皇アンソロジー1』（第三書館）にこの「パルチザン伝説」が「『生き埋め』を拒否する問題作」として早々と収められた。〝提言〟通り「他の出版社」が替って刊行したわけで、この柔軟な戦略は痛快である。ただし、この作品が「コペンハーゲン天尿組始末」「天皇戒厳令の街から」「1945・8・15の天皇」などとコミで収録されていること。また、同書の帯に「最後のタブー＝天皇に挑戦!!」と挑発的なコピーが大きく刷り込まれていることにも明らかなように、「パルチザン伝説」が一個の小説作品というレベルを越えて、もろに〝反天皇制文書〟という明瞭なイデオロギーの衣裳を着せられてしまったことには、とまどいを覚える。

たしかに「パルチザン伝説」は、東アジア反日武装戦線の「虹作戦」をモデルにしている。が、それ以上に、ひたすらに生きる一つの青春を、時には危険なほどに抒情的な文体で描いたその〝殉教の精神〟に強く魅かれていたものには、何となく裏切られたような気がする。ヒステリックな「右翼」に好一対の「左翼」の対応といった、相も変わらぬ政治的対立構図の中に作品の意味がスライドされ、本質的価値がそれこそ「生き埋め」にされてしまったからだ。

桐山襲は匿名ネームであり、「風流夢譚」の深沢七郎や、「セブンティーン」「政治少年死す」の大江健三郎のケースと違って〝有名人〟ではないということもあり、本人の承諾によってこの「アンソロジー」への収録が可能になったのだろう。が、この措置が桐山と「パルチザン伝説」にとって本当にプラスなのか疑問だ。あくまでも、独立の単行本として世に問うための、非妥協の自立した闘いは続けられるべきであった。（死球）

●［資料34］＝『週刊読書人』84・4・30号「紙てっぽう」「意外な力を発揮した匿名小説」

右翼の圧力で単行本化が中止されていた桐山襲「パルチザン伝説」が、『天皇アンソロジー』（第三書館）に収録されたが、これが何と著者の再三にわたる抗議と拒否を無視した強引な出版だった。桐山は匿名のため法的手段に訴えることも出来ず泣き寝入りするしかないらしい（朝日ジャーナル4月13日号）。にわかに信じがたい話だが、作品の文学性に損傷を与えられ、〈不敬譚〉の形で勝手に出版されたことに桐山自身が〝亡命先〟の南島から抗議文を寄せている（読書新聞4月16日号）ほどだから、出版元の非は明らかだ。それにしても、このように作者まで完全に裏切って一人歩きする「パルチザン伝説」とは、何と人騒がせな小説であろう。

この出版を最も早く大きく扱ったのは図書新聞4月7日号だが、その中に第三書館側のコメントがある。曰く「合法的なことをやっているわれわれに取材するのは話が逆」「ジャーナリズムは出版社に取材するより、圧力をかけた右翼に取材すべき」「現に不法、犯罪行為が行なわれている、そこにこそポイントをあて糾弾すべき」。今となってはそらぞらしい〝正論〟だが、もっとおかしかったのは東京新聞4月7日の「大波小波」がこのコメントをひいた上で、「まったく同感」「ジャーナリズムの反省をうながす」と大見得を切っていたことだ。が、これらは〝無法出版〟が露呈する以前の記事だから、結果として滑稽に見えるのはやむをえないかもしれない。

このような飛び火じみた騒ぎの誘因はやはりその匿名性にあろう。その秘密性こそが週刊新潮を煽り、右翼を刺激し、良心を装う出版社につけ入らせ、左翼にその出版を「果敢な行為」と評価させ、大新聞に「反省をうながす」式の〝自己批判〟をさせることになったと思われる。

しかし同時に、「パルチザン伝説」はそれらの反応のすべてを脱臼させた。即ち、右翼の圧力をかいくぐって出版され、同伴者づらをしたその出版社や左翼にヒジテツを喰わせ、出版をうわべだけで支持するマスコミの偽善性を暴いたのだ。こうした喧騒の中でこの作品の「文学性」は埋没させられたが、結果として意想外の力を発揮したのは近来にない椿事である。（邪飛）

●［資料35］＝『東京新聞』84・5・2「大波小波」「再説・パルチザン伝説」

本欄四月七日付に桐山襲『パルチザン伝説』の出版を支持する文章が出ていたが、その後の事態によって、本欄の主張にズレが生じたことを『週刊読書人』四月三十日号の〝紙でっぽう〟が指摘している。

本欄の筆者どうしがケチをつけあうのは本意ではないが、その後の事実問題だけは明らかにしておくべきであろう。すなわち『パルチザン伝説』の作者桐山襲は『日本読書新聞』四月十六日号に「『パルチザン伝説』の海難」という文章を発表し、第三書館が作者の諒解を得ぬままに、作者に不本意な形で勝手に本を出したことを暴露したのである。『朝日ジャーナル』四月十三日号もこの問題にふれている。

事態がこうなれば、第三書館そのものが右翼と同質の〝左翼ゴロ〟にすぎないことは明白であり、ここからつぎの二つの問題が浮上してくる。

第一に、右翼の河出書房に対する出版妨害が〝表現の自由〟への侵害であったのと同等な意味で、桐山襲という筆名を持つ『パルチザン伝説』の作者本人の、自分の本をそれにふさわしい形で出すという〝表現の自由〟を、第三書館は不当に侵害したということである。こういう場合、筆名という匿名性は必ずしも〝表現の自由〟の壁とはならない。作者X氏がたとえば河出書房を代理人として第三書館を告訴し、法廷に持ち込む道は残されている。

第二に、天皇制問題を第三書館の編集者がもっぱら政治問題として利用することで、『パルチザン伝説』の文学性を不当に捨象したということだ。ここに古風な〝政治と文学〟理論がまたも再生したことになる。

そしてこの問題を本格的にあつかったのが書評紙と『朝日ジャーナル』であった点にも、マスコミの盲点がある。（地方判事）

●［資料36］＝『毎日新聞』85・1・17「出版社を〝告訴なし〟捜索」

第九十二回芥川賞は十七日発表されるが、小説「風のクロニクル」が同賞の候補にあげられている作家、桐山襲（きりやま・かさね）氏（三五）の小説「パルチザン伝説」の〝ゲリラ出版〟をめぐって、捜査当局が著者からの告訴がないにもかかわらず、親告罪の著作権法違反容疑で出版社を家宅捜索していたことが十六日までにわかった。「パルチザン伝説」は、天皇制の問題を扱ったため右翼団体の抗議を受けた作品だが、法曹界から「告訴なしの強制捜査は職権乱用では」との疑問の声が出ている。

捜索を受けたのは東京新宿区大久保一の一六の一五、第三書館（北川明代表）。

北川代表の話によると、同社が「パルチザン伝説」などを収めた単行本「パルチザン伝説・コペンハーゲン天尿組始末他」を出版したのは昨年三月。その三カ月後の六月二十五日朝、北川代表の自宅を兼ねた同社など三カ所が著作権法違反容疑で捜索を受け、同単行本一冊が押収された。そして五カ月後の十二月八日には、北川代表が捜査当局から「事情聴取のため」として同月十九日に出頭するよう求められた。同代表はこれを拒否、現在に至っている。

「パルチザン伝説」は一昨年秋、雑誌「文芸」誌上に発表されたが「天皇制を冒とくしている」との強い抗議が複数の右翼団体から相次いだため、同誌発行先の河出書房新社が桐山氏と協議の上、単行本出版は断念した作品。その後、第三書館が桐山氏の拒否にもかかわらず出版を強行していた。

桐山氏は身辺に危害が及ぶおそれがあるとして所在を明らかにしていないが、第三書館に対しては「海賊行為だ」と抗議を表明している。

しかし、捜索直後の六月三十日「著作権を口実にした第三書館関係者への弾圧」との声明を発表した。

文化庁著作権課は「著作権者の同意を得ていない出版は著作権法上の権利侵害となる。しかし同法は親告罪で、被害を受けた著作権者の告訴が必要。今回のようなケースは前例がない」という。

捜査当局は「捜査に行き過ぎはなかった。第三書館から本が出たあと著作権法違反の疑いがあり、著者の代理人と称する人と接触。一カ月後、あるいは二週間後に著者に会わせるというので、告訴があった場合に備えて家宅捜索を行った。実はその代理人が著者本人だったことがのちにわかったのだが、それなら初めから告訴の意思がないと言ってもらえば捜索はしなかった」と話している。

渥美東洋・中大教授（刑法）の話　将来、告訴を得られる見込みがあれば捜査を行うことは構わない。現在、捜査しておかないと告訴後に証拠を集めることが困難になる場合には、告訴権者が捜査を拒まない限り、告訴権者の財産権を保護するのがスジ。告訴権者が拒んでいるのに捜査したとすれば問題だが、確定的な告訴がないからと捜査を違法というのは理解不足だ。

●［資料37］＝『パルチザン伝説』（作品社）84・6・10「刊行の辞」

わたしたちは、雑誌「文藝」一九八三年十月号掲載の桐山襲作「パルチザン伝説」をめぐる一連の事態を、言論に携わるものにとって看過できない問題として注視してきた。

言論の自由に対する右からの攻撃に対して為すところなく蹂躙に委せたことは、共に遺憾とするところである。また、文芸作品をもっぱら興味本位に取り上げこれを挑発した週刊誌記事、攻撃の実態を明らかにすることなくひとり自主規制の道を選んだ版元の姿勢、そして著者の意志をふみにじり無断刊行した出版社、及び事態に対する無責任な発言、報道、これらはいずれも今時の言論表現の自由を守る上で出版人自らも大きな禍根を残したというべきであろう。

こうした気運を放置することは執筆者・版元間に一層の自主規制を強いる危険につながる。一篇の小説を現実に守りえずに如何なる言論の自由も存在しない。すべての言論人は己れ自身の問題としてこれを胆に銘ずべきである。

わたしたちはいっさいの表現の自由の侵犯に対する抗議の表明として、ここに桐山襲作品集を著者の望むかたちで刊行する。

一九八四年五月

刊行委員会記

● ［資料38］＝『パルチザン伝説』（作品社）84・6・10「作者あとがき」

「パルチザン伝説」は、予想だにしない数奇な運命を辿ってまいりました。

ことの始まりは、昨年の九月、文芸雑誌に掲載されてから三週間後に、〈S〉という著名な出版社の週刊誌が、「『天皇暗殺』を扱った小脱の『発表』」という兇々しい見出しを掲げて作品を取り扱い、「第二の風流夢譚事件か――」と、きわめて意図的な宣伝を展開したことに在ります。（この週刊誌の流儀に従えば、『源氏物語』などは、さしずめ「天皇家の姦通を扱った小説」という具合になってしまうことでしょう）。

週刊誌がこのような形で取り扱えば、たとえその作品がどのようなものであれ、結果は火を見るよりも明らかです。

案の定、その作品を単なる〈不敬譚〉であると取り違えた右翼団体の攻撃によって、単行本化は中止されました。

この辺の事情については、「亡命地にて」に書いた通りです。

さてしかし、「パルチザン伝説」の厄災は、それにとどまりませんでした。

というのは、単行本化が中止されてから半年後、つまり本年三月に、東京の或る出版社が、突如として作品を出版してしまったからです。

『天皇アンソロジー1』と銘打たれたその本は、様様な政治的文書といっしょに私の作品を収録していました。しかし、私の作品が政治的文書とは表現様式を異にする一個の文学作品であってみれば、そのような出版形態は作品としての自殺行為以外の何ものでもありません。その出版社の意図は、作品から単に素材だけを抜き取っているという点で、例の週刊誌記事と同様の水準に立っているということができます。

その出版社からの申出を二箇月ほど前に聞いていた私は、一度目は文芸雑誌の編集部を通じて、二度目は書簡によって、三度目は電話によって、そして四度目は信頼し得る知人を通じて、きわめて明確に申出をお断りしていました。しかしその後、その出版社からは何の連絡もないまま、先に述べた通り、略奪行為は現実のものとなったのです。

自分の作品が怪文書まがいの姿で書店に並べられていることは、表現者として耐え得ないものがありました。小説の「のざらし」は、余り風流なものとはいえません。

しかし今日、〈刊行委員会〉の皆さんの手によって、「パルチザン伝説」は私の作品集に収められ、最もふさわしい姿で出版していただけることとなりました。

私は推敲を重ね、作品の完成を期しました。

「パルチザン伝説」は、様々な試練に耐えて、後ればせながら、文学作品としての自らの正常な位置を回復することができたといえましょう。

　勿論、既に豪勢な海賊版が出されてしまっているために、この本はきわめてわずかな読者しか得ることが出来ないかも知れません。しかしこの間、海の向こうで作品を支えて下さった多くのひとびとの何本もの手を、私はまるで目の前に在るもののように感じています。一個の作品を誕生させるために払われた多くの方々の熱と力に比べれば、作者の果した役割は、実にわずかなものだと言うことができるほどです。——本当に、ありがとう。

「パルチザン伝説」はあなたがたと共に、いま、ここに在ります。

　一九八四年五月　南風《はえ》吹く島にて

桐山　襲

●［資料39］＝『朝日新聞』84・6・23「桐山襲の『パルチザン伝説』ようやく単行本に」

　一九八二年度文芸賞の候補作だった桐山襲『パルチザン伝説』が作品社から単行本になった。

「パルチザン伝説」は戦中と七〇年代、二つの時期を背景に、父親と二人の息子、それに妹の、父子二代の闘いの歴史を手記や手紙の形式で描いた。天皇の特別列車攻撃計画を素材の一つとしていたため、昨年「文芸」十月号に発表されたあと、右翼が出版元の河出書房新社におしかけ、同社は単行本化しないむね一筆書いた経緯がある。この時期のことを書いた「亡命地にて」も、今回の単行本には収録してある。

　事件後、雑誌コピーが出回ったが、今年三月になって、第三書館が「天皇アンソロジー1」として、この作品やほかの匿名座談会など一冊にまとめ刊行した。作品社刊の作者の「あとがき」によれば、第三書館には何度も明確に申し出を断ったという（第三書館は作家とのやりとりについてすべてノー・コメントとしている）。

「自分の作品が怪文書まがいの姿で書店に並べられていることは、表現者として耐え得ないものがありました。小説の『のざらし』は、余り風流なものとはいえません」（『パルチザン伝説』「あとがき」）

　作品社によればそんな作者の思いをくむとともに、「いっさいの表現の自由の侵犯に対する抗議の表明」（同「刊行の辞」）として、出版関係者や作家などによる刊行委員会が、刊行したという。

　苦い後味を残しつつも、ようやく普通の小説と同じ道にたどりついた訳である。

　また「文芸」六月号には、同じ作者の「スターバト・マーテル」が掲載されている。十二年前の連合赤軍事件をもとに、五人の友人と〈わたし〉が、旅先でひとりがひとつずつ、前の話とつながった物語を語っていく。

　姿を消したまま天井裏で十二年間を過ごした恋人たち、殺された十四人をもとめて死者の世界をさがし回る交霊術の老女、地中からのびてくる、戦争中に殺した中国人の手におびえる男——黝（くろ）い顔に象徴される死者たちのイメージの、いわば綺譚（きたん）を通して、「銃を手にすることによって自分たちが変革され得るという幻想によって滅んだ」人々の鎮魂と、情念の再生の願いが読みとれる。

前作の粗けずりな部分がより少なくなり、静かな叙情性までたたえた作品となり、この新人作家が、なみなみならぬ力をもつことを感じさせる。〝伝説〟といい〝綺譚〟といい、この作者には、ある神話世界を形づくろうとする意図がうかがえる。早い機会にごく普通の作家と同じく自由な執筆活動をしてほしいものである。（由）

●［資料40］＝『日本読書新聞』84・7・23号桐山襲「声明」

声　明

六月二五日、警視庁は第三書館に対して、わたしの作品にかんする著作権法違反を理由として、強制捜索を行なった。

第三書館が、作者に無断で作品を刊行したことに対しては、既に「読書新聞」紙上及び著書の「あとがき」において、作者の見解を明らかにし、第三書館に対する抗議を表明したところである。

しかし、第三書館の独走行為に対して、わたしが官憲の手を借りようなどと考えるはずもなく、当然告訴等も行なっていない。

したがって、今回の捜索は、作者の告訴等にもとづくものではなく、著作権を口実とした第三書館関係者への弾圧である。作者と第三書館の問題にかんして、官憲を介入させないという作者の立場を、ここに表明するものである。

一九八四年六月三〇日　　桐山　襲

●［資料41］＝『新文化』84・7・5号「黙示'84」「パルチザン伝説事件での倒錯」

いま筆者の手もとに「押収品目録交付書」なる一枚のコピーがある。本誌先週号で既報の「第三書館」に対する家宅捜査の際のものである。

「被疑者北川明に対する著作権法違反被疑事件につき、本職は、昭和五九年六月二五日、被疑者自宅において、左記目録の物を押収したので、この目録を交付する。警視庁公安部第一課司法警察員警部補伊藤善吾（品名）一、本（パルチザン伝説、天皇アンソロジー①）一冊」（傍点筆者）

もちろん「著作権法違反」などというのは口実にすぎないことは明らかであるが（著者が告訴などという行為に及んだのではないことも事実）、「公安」の出動を容易にしたのは、朝日ジャーナルのコラムによる第三書館の「無許可出版」糾弾、刊行委員会による「著者の望む形」での公刊、さらに、六月二十三日付朝日新聞夕刊の記事等々であることもまた確かなように思える。これらは総じて著作権擁護の主調音のなかにあり、岡庭昇氏の「その程度の事を言説の場で強調するとき、あらゆるゲリラ行動を法規制によって糺問する管理社会のお先棒にすりかえられかねない」（「新雑誌X」7月号「〃役割り〃と〃アリバイ〃のなかの『パルチザン伝説』）という危惧が見事に現実化した例だともいえる。

もちろん筆者は、遅ればせながらも正常な形で「パルチザン伝説」が刊行されたことを喜ぶものである。しかし、このことによって一連の事態に終止符が打たれたわけではないのだ。

例えば前記朝日新聞は、刊行委員会の刊行の辞から「いっさいの表現の自由の侵犯に対する抗議の表明」をひき「苦い後味を残しつつも、ようやく普通の小説と同じ道にたどりついた訳である」と記しているが、この全体の文脈では、右翼よりもむしろ第三書館が、表現の自由の侵犯者であるかのようにしか読めない。このような倒錯が一般的であるかぎり、出版妨害からの後退は依然として日常化されたまま続くだろう。

第三書館をダミーにしてことを終結させてはならない。——問題の根は何か。

● [資料42] ＝『日本読書新聞』84・7・23号「著作権法違反で公安登場！」

さる六月二五日早朝、第三書館およびその役員宅二ヶ所の計三ヶ所に対し、〃著作権法違反〃を理由とする家宅捜査が行なわれた。これは、昨年、右翼の脅迫によって単行本化が阻止された「パルチザン伝説」を、同書館が今年三月、『天皇アンソロジー・1』として刊行し、これが作者・桐山襲の同意によるものではないことに対するものと思われる。押収されたのは『天皇アンソロジー・1』のみだが、今回、出動したのが三森某という東アジア反日武装戦線担当はじめ公安一課のデカどもであることが重要視されよう。

この作品に関しては、右翼とともに早い段階から公安一課が動いていた。これは、〃作者をパルチザンの一員〃（「亡命地にて」）と見なすか或はその関連をさぐろうという意図によるものであったと思われる。公安は、その後第三書館と作者の対立が明らかになり、『パルチザン伝説―桐山襲作品集』（作品社）が出るに至って介入―分断をはかった。公安の側から作者に対して〃第三書館告訴〃を迫る攻撃もかけられたといわれている―本人自身の声明にある通りそれは拒否されている―。今回の強引な捜査は、法的根拠もうすく不当なものである。とまれ公安一課が著作権法のガサに登場するという前代未聞の弾圧のエスカレートを許してはならない。その反撃が注目されよう。

と同時に今回の弾圧に関わって出された左のような見解も検討されねばなるまい。

「もちろん『著作権法違反』などというのは口実にすぎないことは明らかであるが（著者が告訴などという行為に及んだのではないことも事実）、『公安』の出動を容易にしたのは、朝日ジャーナルのコラムによる第三書館の『無許可出版』糾弾、刊行委員会による『著者の望む形』での公刊、さらに、六月二十三日付朝日新聞夕刊の記事等々であることもまた確かであるように思える。これらは総じて著作権擁護の主調音のなかにあり…」

「第三書館をダミーにしてことを終結させてはならない」(「新文化」七月五日号、「黙示84―パルチザン伝説事件での倒錯」)。〝遅ればせながら正常な形で『パルチザン伝説』が刊行されたことを喜ぶ〟とも書くこのコラム子は、「ジャーナル」のコラムや「朝日新聞」記事が〝弾圧の口実〟を与えたとでもいいたげである。しかし作品社版の作者の後書きをみるなら、「ジャーナル」のコラムはごくまっとうな批判を行っていたにすぎないことは明らかであり、「朝日新聞」の当該記事も――このコラム子同様――ごく素直に作品社版の刊行を祝したものにすぎない。これらの主調音には、著作権擁護ではなく作者への〝気づかい〟しかよみとれない。逆に、第三書館が「ジャーナル」のコラムの反論(「朝日ジャーナル」5・4号)で示した「著者はこの作品の刊行には『関与していない』と表明すればするほど安全なのです」と著者を暗に気づかっているかの如きポーズがいかに白々しいものであったかも明らかであろう。ごく当り前の批判や感想の表明も封じられねばならないとしたらこれこそ〝倒錯〟ではないか。ここで問題となっているのは著作権法ではなく人と人との関係性である。その点に関し、まさに〝終結〟は依然として遠い。

第三書館の〝気づかい〟とは逆に、作者はあえて自ら関与したことをはっきり示して作品社版を刊行した。右翼との対峙の中で作者にとって自ら作品を刊行すること自体、ひとつの闘いであり、右翼の攻撃に対する最大の回答であった。『風流夢譚』が、『政治少年死す』が、未だに刊行されていない現実を見るとき、このことのもつ積極性は――単なる〝正常な刊行〟というレベルをこえてはっきりと確認されねばならない。――この点を抜きに右のような言説が流布する時〝ダミー〟は依然として作者の方であるといわざるをえないのだ。(Q)

第三書館・北川明氏の談話　著作権法にはふたつあってひとつは著者と出版社の契約に関わるもので、これは親告罪ですね。もうひとつは名前を騙った場合です。つまり例えば夏目漱石の新作が発表されたといったいい加減な本を出すような場合ですね。これは漱石が告訴することができないので勝手に捜査できる。今度の場合は著者が一応行方不明ということになっているから両方ともかかっちゃうんですね。

今後、いろいろな意見書、声明を出していきたい。著作権という民法的問題で公安一課がきたということに関しては例がないことなので法務委員会へもかけるようにしてきたい。

今回のガサの根拠は、いろいろな風聞というか「朝日ジャーナル」「朝日新聞」の記事なんかがあったと思います。論争する問題と警察の介入の問題を峻別するのはむづかしい問題ですが、著作権法がかかわる場合、論争が警察を介入させるということがあるんですね。

桐山さんが声明を出したそうですが、むしろ右翼による出版弾圧のこと全体に関する意見を表明してほしいと思いますね。

●［資料43］＝『新文化』84・8・9号「黙示'84」「介入を招く状況こそが問題」

日本読書新聞七月二十三日号の「著作権法違反で公安登場！」と題した記事は、「……公安一課が著作権法のガサに登場するという前代未聞の弾圧のエスカレートを許してはならない」としつつ、「と同時に今回の弾圧に関わって出された左のような『見解』も検討されねばなるまい」として、本欄七月五日号の拙稿をとりあげ「〝遅ればせながら正常な形で『パルチザン伝説』が刊行されたことを喜ぶ〟とも書くこのコラム子は、『ジャーナル』のコラムや『朝日新聞』記事が、〝弾圧の口実〟を与えたとでもいいたげである」と評している（傍点筆者）。

筆者は、ジャーナルのコラム等々が「『公安』の出動を容易にした」と書いたが、「口実を与えた」といっても、紋切形ではあるがこの場合意味にそれほどの差異はない。「いいたげ」であるなどという解説は無用なのである。

「公安」は、前記読書新聞の論者Q氏のいう「まっとうな批判」とか「素直に刊行を祝したにすぎない」記事、さらに「抗議」等々を、「著作権法違反」容疑を裏付けるものとしてのみ読んだのであって、問題なのは、それら言説が容易に「口実」として利用されてしまう状況ではないか。筆者はわずかにそのことを指摘しただけである。

口実を与えたことのみをもって批難するなら、その最たる対象は、「無許可出版」によって「前代未聞の弾圧」をひきだした第三書館である、というところに帰結してしまう。そのあとに続くのは、口実を与えないための自主規制という出版界おなじみのパターンにすぎない。「弾圧のエスカレートを許してはならない」ことは当然であるが、そのためには、この「無許可出版」が批判も含めて、今回の事態の内に正しく位置づけられなければならないと思う。筆者の疑問を率直に言えば、第三書館版がなければ、はたして作品社版『パルチザン伝説』があり得たのか、ということである。そしてまた、第三書館糾弾の諸論評は何故かくも同一であるのか、ということである。

●［資料44］＝『インパクション』27号84・1・15粉川哲夫・天野恵一「天皇制をめぐる今日的情況」——抄——

天野　「パルチザン伝説」については、右翼の脅迫で単行本化を断念したことについて、河出書房の方で発表する姿勢が全然ないというのも問題ですが、大きな新聞では東京新聞しかとりあげなかったという問題が一つと、またもや『週刊新潮』の記事をきっかけに右翼が動き出すという形で、言論弾圧が組織されたという意味が、わりと大きいんじゃないかと思います。

『マスコミと天皇』（松浦総三著、青木書店刊）は、大雑把に言論弾圧事件を概括するのに便利な本ですので、主にそれに依拠しながら整理して考えてみます。一九四六年に天皇が人間宣言をやり、戦後の天皇制の国民的な同意を上から組織しなおすわけですが、それを巡幸先の各地方新聞は全面的に書きたてる。京大生がインターナショナルで天皇をむかえた京大天皇行幸事件の五一年までが、ＧＨＱとのタイアップで日本の権力者がやってきた時期です。五二年に立太子令が出てアキヒトが皇太子となり、ヒロヒトのダーティなイメージから、スマートな皇太子を軸にした「国民の皇室」のPR路線があって、このころ大衆天皇制だとかいわれる論議があったりした。週刊誌ブームと重なり、大衆的な皇室というイメージをふりまいたのですが、その裏側にはGHQに代って宮内庁のハードな報道統制があった。六〇年安保闘争の高揚期に、岸首相が右翼を使うことを思いつき、新劇のデモ隊にぶっこませることがあって、右翼が戦後市民権をはっきり得てくる。それが、浅沼社会党委員長刺殺、六〇年十二月号の『中央公論』の風流夢譚事件へつながってくる。大江健三郎の「セブンティーン」が『文学界』六一年一月号、そのあとの「政治少年死す」は結局今、著作集などの単行本に収められない状態になっちゃうわけですね。細かいのでは「御璽」という日教組の『教師と文芸』に書いた作品に対する事件がありました。これはたいして天皇を批判したというものでもなかった。

粉川　同人誌でしたかね。

天野　同人誌ですね。これは六一年二月なんです。六二年一月に『思想の科学』の天皇制特集号を、右翼に怯えた中央公論社が断裁する。六三年には『週刊明星』に連載した小山いと子の「美智子さま」の事件。皇室バンザイという小説なんですが、あんまり細く皇族の人間像を書きすぎたというので、宮内庁がチェックしてきて連載中止、単行本にもできなくなった。それと『日本読書新聞』の皇室についてのコラム記事への右翼の抗議から始って執筆拒否のスッタモンダは『実録　我が草莽伝』（森秀人著、東京白川書院刊）に丁寧に書かれてますが、六四年なんです。

六〇年代の頭から集中しているのは、右翼の脅迫による会社の自主規制ですね。実際、中央公論社の場合、お手伝いさんが殺され、社長夫人が重態になっているようなところまで追い込まれている。それで七〇年代の頭まで、天皇タブーというか、マスコミでは天皇批判の言説はほとんど登場できない事態になってきていると思うんです。ところが六〇年代末から七〇年代初頭にかけての新左翼運動の高揚のなかで――このへんは松浦さんの総括では社会運動の文脈が全部抜け落ちちゃってるんですが――天皇批判ブームがミニコミ（三一書房位までをミニコミと言えば）のなかで起こる。マスコミでは沈黙の時代が続くのですが。そんななかで、新たに戦後天皇制、象徴天皇制自身の政治性とたたかわなければいけないという動きが発生し、天皇をターゲットに入れた政治闘争が出てくる。七四年に東アジア反日武装戦線の虹作戦（天皇暗殺計画）がある。七五年の皇太子の訪沖縄で火炎ビンが飛び、船本洲治が抗議の焼身自殺をする。また原理研や反憲学連といった右翼学生運動が登場し、日大文理を中心に全国的に反ファッショ学生闘争が現在まで闘かわれているわけです。一方、七〇年代末には、小メディアの天皇批判がある程度売れるということもあって、大メディアも天皇批判に手をつけだしたと思うんですよ。その象徴が光文社の『悪魔の飽食』だと思う。かって光文社は三光作戦をあつかった『三光』を、右翼の脅迫で絶版にしたのですが、『悪魔の飽食』は、どんどん売った。『三光』も新たに出版された。それに対し『正論』とか『諸君！』が、でたらめな写真を使った、というところから細菌作戦自体なかったかのようなキャンペーンを張って対抗しただけで、右翼は登場しなかった。現在、全体的な流れとしては、やはりマスコミのいわゆる営利主義みたいなところで野放図にやることをも、もう一回たたいちゃおうという時代が来てるんじゃないかと思うんです。その先端的な弾圧の形態として、驪團などの天皇を批判する劇団が右翼と公安の一体となった攻撃で上演できない状況があって、それから「パルチザン伝説」の弾圧へとつながってくるわけです。

粉川　驪團と風の旅団の段階では、主として公安なんですね。右翼がポチポチって感じですね。今度の「パルチザン伝説」の場合は全面的に出てくる。山谷争議団の場合は、確実に組織された形で出てくる。しかも警察と右翼がある種連帯した形で出てくるというところが、非常に象徴的だと思うんですね。

今の話を聞いて思ったんだけど、五〇年代に宮内庁主導の報道統制をしていて、メディア戦略における天皇制キャンペーンが出てくる。ところが五〇年代末から六〇年代になって安保闘争のなかで、そういうソフトな政策は成功せず、テロみたいなものが出てくる。このパターンというのは、ずーっと同じだと思うんですよ。国家が警察みたいな顕在的な暴力装置と同時に、右翼のようなアンダーグラウンドな暴力装置を、常にリザーブしとくわけです。それで、国家のソフトとハードおりまぜた管理がうまくいかなくなった段階で、こういうアンダーグラウンドな暴力装置を前面に出して来るというパターンですね。そしてその場合、必ずきっかけがある。天皇が渡米してから皇太子が訪沖した七五年から八〇年代というのは、天皇問題というのは表面に出なかったと思うんです。そして表面に一番大きい形で出たのが、天皇記念公園だった。天皇記念公園の場合、明らかに企業の都市戦略を国家側が巻き込んだ形で天皇問題を展開していく。つまり天皇を表面に出さないで、住民のレクリエーション・センターを作るという形で推進していくやり方は、明らかに企業のやり方を国家が模倣したと思う。ところがそれが、うまくいかなかった。いかないのはあたりまえで、基本的には天皇制国家なわけだから、絶対に企業の論理とはどこかでズレちゃうわけです。そういう段階になると結局、リザーブしといた暴力装置を引き出して使わざるをえないと思うんです。

だから今は五〇年代末とちょっと似たところもあるんだけれど、ただ既に、我々の側は七〇年代のミニコミレベルでの天皇制批判の蓄積というのがあるわけです。それから七〇年代中頃以降の、ある種の天皇制キャンペーンが空白化してしまったような時期の蓄積というのもあって、一般大衆の中に天皇制への思い入れ、ミッチーブームの中で出てきたような大衆天皇制といわれるような天皇家や天皇制への身近さというのが稀薄になっちゃってると思うんだ。

天野　民衆の天皇信仰の問題はいろいろあると思いますが、それなりに少数派とはいえ批判が蓄積されていることはまちがいないですね。

粉川　『週刊新潮』10月6日号に、「おっかなびっくり落選させた天皇暗殺を扱った小説の発表」って文章が載ってて、これの最初がすごいわけね。「第二の『風流夢譚』事件か――と言っても二十三年も前に起きたそもそもの事件をご存知ない読者の方が多いかもしれない」という書き出しなわけですよ。第二の「風流夢譚」事件かっていう言い方は、第二の「風流夢譚」事件を起したいって言わんばかりですね。で、このあと、右翼が河出書房へ行ってるわけです。ですからこれは、当然シナリオがあった。ところが結果的にこれは第二の「風流夢譚」事件にはならなかった。五〇年代末から六〇年にかけての状況と違って少し楽観できる面があるんじゃないか、下側から天皇制を批判していく蓄積が前よりあったんじゃないか、右翼を権力側が組織しようとしても、かつてのように脆くはいかない条件は、ある程度あるんじゃないかと思っています。

天野　確かに新左翼運動の系譜のなかで天皇問題がシビアに考えられるようになった。マイナーなメディアのなかでかつての戦前のみならず戦後の象徴天皇制自身がどんなにアジア侵略のシャッポとしてうまく機能してきたか、「平和国家」のイメージを演出するための装置としてどのようにフル活動してきたかということを丁寧に見るという時代が、七〇年代に開始されてるわけです。ただマスコミレベルを考えるとものすごく後退していると思うんですよ。

たとえば、中央公論に電通が介入して、メディアの右傾化を決めた事実がある。これも中村智子さんの『「風流夢譚」事件以後』（田畑書店）だとか京谷秀夫さんの『一九六一年冬』（晩聲社）を読むまではよくわからなかった。とにかく向う側のシナリオ、進歩的ジャーナリズム一つつぶすというそれが、見事に成功したという歴史過程だったということが、今、確認できるわけですよね。

今度の場合、河出書房が単行本にする意志はなかったので右翼と念書は取り交してないといっている。本当は事実を明らかにする姿勢が、怯えきって、ないという感じです。東アジア反日武装戦線の人々の死刑、重刑攻撃に反対している支援連絡会議が公開質問状出して、最低限の事実だけでも明らかにしろと要求しているのですが。やはり右翼の怖さというのがありまして、天皇タブーがそのまま通っちゃってる。反撃の態勢を今ここでちゃんととらないと、河出的対応が普通になっちゃうと、やっぱり今まで向っていなかったマイナーメディアに向っても、そういうことがありうると僕は思うんです。その意味で、河出の今度の件をこちらから反撃し、問題として公然化していくということをしないと、非常にまずい先例になるので、キチッと考えなければいけないと思う。

粉川　それは、マイナー・メディアでどんどんやるべきでね、メジャーであの問題を大きく取りあげると右翼の思う壺にはまる恐れはあるわけですね。

天野　むしろあまりそこで後退して考えない方がいいんではないか、という気がするんですがね。言論のレベルで皇室を批判するのは許されないわけはないという当然の事柄を、むしろマスの方へまで拡大していくということが、今の状況の中では必要なんじゃないかと思うんです。

京谷さんの本は、自分たちの出版社（中央公論社）の敗北を教訓化しようという姿勢があって素直に読めたんです。それでもすごく気になるのは、右翼が攻めてくると権力に守ってもらうというのが常識化していて、そのことの危惧が全然ない。結局、権力と右翼は同じ意志に立っていて別の機能を果している ところが公然とある。もちろん個別に出版社が右翼に襲撃されるというのは非常に悲惨な事態ですし、恐しく思うのはあたりまえですからあんまり大きなことは誰も言えないと思うんですけど、ただ少なくとも反撃していくという時に、おまわりさんに守ってもらうのが当然、という意識で問題をたてたら、もうとても闘える時代じゃないと思うんですよ。河出でも、逆に左翼関係の公安まで動いて調べに回ったという事態があると思うんですね。権力が言論統制を自覚的にやり出している時代になってくる場合、当然右翼を使ってくるという形になる。結果的であれ目的意識的であれ、権力との関係をどうするのかを、もっと真剣に考えなくちゃいけないと思うんですね。

京谷さんの本でも、右翼に怯えて編集部の団結がガタガタになっちゃったってことだけは、わりと真摯に総括されてるんです。だけどそれ以後の中央公論の動きをみたら（権力の意向だとか電通の意向だとかをくんじゃう形で編集方針を変えていくところまで全部見通したら）、右翼だけに眼をとらわれずにどことどう闘うのかという問題を考えないと全然やばいということが、はっきり総括されなければならない。この本にはそれがない。

山谷の件では、すぐ全国の寄せ場が動員されて反撃体制を組んでいる。出版社とか編集者が同じことをやれと言われても、無理かもしれませんが、実力で来たものに対しては実力で反撃していくって体制をつくる必要がある。具体的に支援の共闘を作って対峙していく中で初めていろんな問題が対抗的にできてくるってことを考えなければならない。出版社が現実の運動と結びつかずに文化啓蒙主義的な進歩的言論を総合雑誌を通して上から垂れ流すってスタイルで存在している限り、右翼の波状攻撃の前に、いっぺんに吹き飛んじゃう。だから営利主義的に団結しているにすぎない大きな企業体じゃないところの方が、むしろゲリラ的に闘えるんじゃないかと思います。

粉川　僕がマスじゃなくてマイナーじゃないとできない、とさっき言ったのは、まさにそういうことです。メジャーな出版社の場合はいろんな編集者もいるし、意見も統一されてないわけですね。それから読者ってのも『インパクション』や『日本読書新聞』の読者と違って、反権力とかそういう形でまとめることはむつかしい。ですから例えば天皇問題、それも天皇暗殺というテーマが問題になってる場合、その段階でアレルギーを起す読者、編集者ってのが、メジャーのメディアの場合いる。メジャーな出版社が反権力として闘っていく姿勢を出すってことは、非常にむつかしいですね。

そのへんの苦渋が京谷さんの本の中に、かなりはっきりでている。非常に印象的だったのは、まず「風流夢譚」の中で天皇と天皇家の人々を侮辱したという批判が右翼から出たわけだが、京谷氏によれば、天皇という制度の上の地位は個人としての具体的な人格を欠くものとして、名誉毀損は、そもそも成り立たない。これが原則論で、この原則論ではどうにもならなかったというのが、この「風流夢譚」事件だったと、彼は書いてるわけです。現実にそうだと思うんですよ。だから、今度の「パルチザン伝説」の場合でも、大きなメディアでセンセーショナルに取り上げられた場合に、その効果ってのは、かなり疑問だと思うんだな。

天野　実際問題として、取り上げるって姿勢がもうなくなってるだろうと思うんです。

粉川　基本的に、表現の自由ってのは現在のマスメディアでは全然貫徹されてないわけですから。そこで「パルチザン伝説」の問題が取り上げられた場合、明らかに不利な方向に向ったと思う。だからマスメディアにとりあげられず、ウヤムヤになればいいということじゃなくて、むしろマイナーメディアがどんどんこれを問題としていく必要があるんじゃないか。

天野　皮肉なのは、この京谷さんの本と、「パルチザン伝説」はほぼ相前後しているんです。京谷さんはこの本で、中央公論社の敗北の教訓として、少くともそういう言論を世に出す時の編集部の姿勢として、事前準備をおこたらないこと、あるいは様々な可能性を想定してキチッとした姿勢でちゃんと出さねばならないという趣旨のこと書いてるんですが、全然河出にはそういう準備もなかったんじゃないかと思うんです。そういう教訓が生きていない、悲劇的な事態だなァと思いました。

粉川　そういう意味で、「パルチザン伝説」の発表のされ方というのは、うかつに出させる、ひっかける、『週刊新潮』で騒ぎを大きくして第二の「風流夢譚」事件へもっていこうというシナリナを考えた奴がいるんじゃないかって気がする。

天野　『文芸』の新人賞の選考委員を江藤淳がやっていて、技巧的に誉め内容的にボロクソという論評を書いてましたね。

粉川　「戦時中の日本の姿は、誰の眼から見ても現在の通念を投影してつくり上げた虚像だ」という言い方をしてますね。「ひとりよがりの自閉的幻想」だとか「裏声文学の一変種」という言い方で、江藤ははっきりとこの作品を拒否してるわけですね（『文芸』）。

天野　小島信夫の発言も象徴的ですね。「私個人としては、この作品が受賞したときに、選考委員のひとりであるこの私にムヤミに脅迫の電話がかかってきて煩わされることは、避けた。何しろ、私はこれからまだ予定している仕事が色々とあって、時間がたいへん大切なのである。それに私は敢然と脅迫にたち向うということは、とても出来そうにない」と書いてるんです。正直と言えば正直なんだけど、はっきり自主規制宣言してる。この時点で右翼の動きを予測しているんですね。あと島尾敏雄も、戦中の理解の仕方がおかしいんじゃないか、と言っていますね。

松本健一が『図書新聞』で「『全共闘の世代』が思考し、行動したもののほとんど全てがここには投入されている」という、かなり大々的な誉め方をしていますが、僕自身はそうは受けとれない。親子二代の天皇へのテロリストの話なわけですが、父親がアメリカの空襲に合せて日本の公共施設に爆弾をしかけ、その後に本土決戦を叫ぶ右翼と合流してテロを考えるというプロセスによく示されているように日本の民衆をまるごと天皇信仰者のように一面化しちゃって、このイメージをテロリスト情念を美しく謳いあげていく装置に使っている。操作の対象として民衆を見ていて、民衆自体の時代の中で揺れ動く具体的な顔が見えない。反日思想自体の持っているマイナス、例えば太田竜以降いわれてきた、日本人をどんどん殺せといった類の論理を批判的に見ていく視点が全然入ってなくて、逆にそういう心情とか論理にどっぷり漬かってるって感じでまとめ上げられているんで、その点だけは僕は共感できない作品であると感じています。言論弾圧とは全く別の次元の話ですけどね。

粉川　そういう意味では松本健一が一番ひどいと思うんだけどね、その他リベラル派の評論家も、ベタ誉めしていますね。天野さんなんかだったら当然はっきり言えると思うんですけど、こういうものは何もやらないで左翼冒険主義みたいなものに想いを寄せる知識人の一番悪いとこだと思うのね。それと同時に、松本健一以下「パルチザン伝説」に対する評価っていうのは、特に東アジア反日武装戦線の人たちがやったことと、そのあとの永い時間をかけてやってきた反省や運動を、一切葬り去るようなところがあるんだな。この作品には反日武装戦線てことは出てこないんだけれど、最後にその資料を使ったということが書いてあり、当然反日武装戦線の問題がこの最初の方のストーリーの底にあるってことは、わかるわけです。センセーショナルな話題として反日武装戦線をもってきてるわけです。だからこれは決っして革命的な小説ではないし、逆の機能を果しちゃう要素が強いと思います。

天野　僕は、発表されて当然だと思いますし、こうした小説がどんどん出ることはかまわないんですが、内容がすべていいということではない。粉川さんがおっしゃったように、三菱爆破の問題を中心とした、逮捕されてからの反日運動全体のやり方についての東アジア反日武装戦線のグループの人々の様々な自己批判的総括が全然見えてないのは、何か悲しいっていうか、むつかしい問題だなって気がしますね。

粉川　そこが一番問題だと思うんですね。あれ以降蓄積された問題が、全然吸収されていない。しかも、一種のパルチザン伝説というか、それを継承していくのは、思想の連帯のなかでではなく、血の継承なんだよね。特にこれは、この小説は天皇制的な小説なんだ（笑）。

天野　その一面ではそう言えますね。

まあ、様々に論議されていいと思うし、『僕って何』ふうな全共闘小説みたいなものより、はるかに重量感ありますから、検討には値すると思います。ただそういう問題は当然あるっていうことは、本当に押えとかないとまずいと思います。

●［資料45］＝『こおろぎ』No.4　84・9・20中田龍介「検証『パルチザン伝説』出版弾圧事件」—抄—

事件の発端からはじめてみよう。事の起こりは、河出書房新社発行の「文芸」が昨年の一〇月号に無名の新人作家の作品を掲載したことに始まる。作者は桐山襲（きりやま・かさね）、「パルチザン伝説」は父子二代にわたる天皇暗殺未遂を〈僕〉から〈兄さん〉への手紙という形でつづられている小説である。

この小説はモデルがある。「東アジア反日武装戦線」の〝狼〟グループによる、一九七四年八月一四日に「天皇御用列車」を荒川鉄橋上で爆破しようとした事件がそれである。

ところが、「パルチザン伝説」が掲載された「文芸」一〇月号が発売され、三週間ほどすると「週刊新潮」がセンセーショナルに同作品を取りあげた。

「おっかなビックリ落選させた〝天皇暗殺〟を扱った小説の〝発表〟」と題した記事は、「第二の〝風流夢譚〟事件か—といっても、二十三年も前に起きたそもそもの事件をご存じでない読者の方が多いかもしれない。」という書き出しではじまっていた。

この記事に対し〝右翼を煽動するもの〟と発言する人々がいる。

粉川哲夫氏（批評家?）は「インパクション」27号誌上で「第二の〝風流夢譚〟事件かっていう言い方は、第二の〝風流夢譚〟事件を起したいって言わんばかり」といい、猪野健治氏（ルポライター）は「新雑誌X」83年12月号誌上で「（週刊新潮は先の記事に続いて〝風流夢譚〟事件をこと細かに説明している—引用者）〝風流夢譚〟事件を知らない右翼少年にもことのしだいがよくわかり、桐山襲の〝パルチザン伝説〟の場合も〝黙っていちゃまずいんじゃないか〟という気分にさせることはたしかである。」と言いきっている。

他にも黒川龍一氏（ジャーナリスト）は「創」84年5月号の誌上で「これで動かなかったら〝右翼の名折れ〟と読めるスタイルである。」と語り、菅孝行氏（評論家）は「社会新報」83年12月23日号で「いかにも右翼が河出書房新社を脅迫しないのはおかしいといわんばかりに〝天皇暗殺を扱った小説〟の存在を騒ぎ立てた。」等々、今回の「週刊新潮」の挑発キャンペーンに憤りを感じる人々は多い。

さて、「週刊新潮」にのせられた右翼団体は「週刊新潮」が発売された一九八三年九月二九日、まさにすばやい行動を起こした。右翼団体の要求は①著者の実名を明らかにせよ②「文芸」一〇月号の書店からの回収③作品の単行本化をやめよ、であった。右翼団体による抗議の模様は「河出書房新社へは、数日にわたって右翼団体の波状攻撃がかけられた。（中略）戦闘服に身を固めたいかつい男たちが、何人もで押しかけ、〝生命はないぞ！〟と恫喝する。編集部の業務は完全にストップせざるをえない状況だった（前出「創」）」という。これに対し河出側の金田太郎発行人と福島編集長は、右翼の要求の①と②は拒否したが、単行本化については「単行本にするつもりは、当初からなかったが、余計なトラブルは避けたかった」（83年10月

17日夕刊「東京新聞」）として、要求を入れてしまった。

　ところが、この河出側のコメントにはウソがあった。作者・桐山襲の「亡命地にて」と題した「早稲田文学」84年1月号を読むと「単行本のために手に入れた抜刷」と、はっきり単行本化の予定があったことを示唆している。要するに河出側は右翼の脅迫に屈服していないことを強調し、「文芸」84年2月号の編集後記でも「〝パルチザン伝説〟のなかに、国情にてらし適切でない表現がある旨の抗議が大日本愛国団体連合時局対策協議会よりありました。しかし、〝パルチザン伝説〟は一個の独立した文学作品であるとの編集部の考えがいささかもゆらぐものでないことは、あらためて申すまでもありません。」と何とか体面をとりつくろうとしている。

　右翼が「週刊新潮」に煽動されたことは今や明らかだ。「東アジア反日武装戦線への死刑・重刑攻撃とたたかう支援連絡会議のメンバーはこう言っている。

「大問題といえば、やはり〝週刊新潮〟でしょうね。吊り広告が出てすぐ、昼頃には河出に押しかけたらしいですから。—傍点引用者—」（前出「創」）

「週刊新潮」は例え意図的ではない、と弁明しようとも立派に犯罪者である。罪名は刑法第六一条の〝教唆罪〟—人を教唆して犯罪を実行せしめたる者は正犯に準ず—に該当する。本音はともかく〝公器〟としての週刊誌が公然と罪を犯し、しかも誰もとがめようとしない。右翼は右翼で〝教唆罪〟および〝威力業務妨害〟であるにもかかわらず、事情聴取さえされていない。黒川氏によれば「〝パルチザン伝説〟事件は、いきさつから明白なように出版妨害事件である。〝生命がないぞ〟といった脅迫を重ねた上での〝威力業務妨害〟なのだ。れっきとした犯罪要件を構成している。にもかかわらず〝事情聴取〟に出向いたのが、警視庁公安部だというのはどういうことだろうか。脅迫も威力業務妨害も、警視庁二課の仕事である。しかも、被害者側から話を聞いただけで、以後、何もしていない。加害者側を取り調べていなければツジツマが合わないのである。それが捜査権の行使というものではないのだろうか。」と、警視庁の不可解な事後処理を指摘する。

　被害者（河出書房新社）が告訴もせず、そればかりか、被害はなかったといい、教唆した「週刊新潮」がそ知らぬ顔を決めこむ。警察と右翼は結託し、マスコミは黙殺する（東京新聞が唯一報道）。これが「風流夢譚」以来の、言論弾圧の構図なのだ。

（中略）

　この事件がこれほどまでに無残な敗北の姿をさらしたのは、事件の初期段階での対応のまずさといえる。河出側は右翼の攻勢に早々と降参し、作者は作中人物の〈僕〉よろしく南島へ亡命（何と大げさな表現）した。文化人と称する者たちも、ごくごく少数を除いて完全に沈黙した。そして、何よりも「パルチザン伝説」を選考の段階で「私個人としては、この作品が受賞したときに、選考委員のひとりであるこの私にムヤミに脅迫の電話がかかってきて煩わされることは、避けた。—「文芸」83年12月号—」といった小島信夫氏の自己規制、事なかれ主義の姿勢に問題がある。

誰だって右翼テロは恐い。傍観者的立場で弱腰をなじることはたやすい。しかし、である。こうした姿勢が「天皇」問題をタブー化させ、右翼テロを増長させる。まして、近い将来、確実におとずれるヒロヒトの死と、アキヒト新天皇の誕生といった〝Xデー〟には、こうした言論封殺の嵐が吹き荒れる。言論人と称する者は、大きな過ちを再び繰り返すつもりなのだろうか。

かつて「風流夢譚」事件があった。この事件がその後の言論界に〝菊タブー〟を植えつけるのに十分すぎるほどの効果を上げた。松浦総三氏の「天皇とマスコミ」でも、中央公論社が右翼に狙われやすい体質を持っていたと指摘する。中公とともに狙われていた「世界」発行の岩波書店は、経営状態も方針もしっかりしており、へたに手を出すと反撃される恐れが強かったという。中公は当時の週刊誌ブームにのって、創刊した「週刊公論」が失敗し、大赤字を出した。権力に対しても闘いにくい体質があったと松浦氏はいう。

では、河出書房新社はどうだったのだろうか。

「河出書房新社は、もともと政治とは無関係でいられた〝坊ちゃん〟出版社です。社内的にも、何であんなものを載せたんだという声が強い。編集部としては突っぱりたくても、そういう社内事情からなし崩しに右翼に屈服する形を、不本意ながら選択しなければならなかったのだと思いますよ」（前出「創」84年5月号）とあるように、まさに中央公論社の二の舞いだった。

いや、これでは「風流夢譚」事件のさい、中公の組合員がわずかながらも抵抗の意志表明を行なった事実にさえ及ばない。

大手出版社が問題作を発表する。すると、右翼が騒ぎ、出版社が後退し、この場合単行本化中止となる。群小出版社から気骨のあるところが再出版する。これが出版弾圧の構図であることは前にも述べた。確かに「風流夢譚」や「政治少年死す」が、今だに刊行されていない状況とは違い、「パルチザン伝説」や「三光」「悪魔の飽食」といった右翼の餌食にあった出版物が刊行している事実は明るい材料といえる。とはいえ、同じ出版物が河出書房と第三書館・作品社から出た場合、一般読者の目に触れる機会はどちらが多いかは多くを語る必要はない。大都市圏ならともかく、地方へ行けば中小出版社の刊行物がどんな目にあっているか。

大手出版社は、問題作を発表するために、あらかじめ予防策をたて、守りを固める知恵を絞るべきだろう。大手のミスを中小出版社が尻拭いする構図は、出版界の発展のためにもよくない現象ではないのか。

● ［資料46］＝『日本読書新聞』84・8・13号天野恵一「天皇と表現―出版の現在」―抄―

現在の「パルチザン伝説」出版弾圧をめぐる状勢は、右翼の河出書房新社への介入時から著者を公安のデカが捜しまくり、追いまわしているという事実、著作権を名目とする「第三書館」（三ヵ所）への公安によるガサなどによく示されるように、公安による弾圧という側面が再び露出しだしていることを告げている（「週刊新潮」の右翼への犬的役割は一貫している）。

公安の暴力（弾圧）の再度の突出の時代ともいうべき現在の状況下での、この出版弾圧事件は、現在という時代にみあったグロテスクさを映し出す鏡としての機能を果した。「中央公論」の敗北の教訓をまったくいかせなかった「河出書房新社」、なんと、他で出版の準備をしていた著者の何度かのストップの要請を無視した「第三書館」（ガサに対する権力への抗議は当然だが、今にいたるまで著者に公的にわびようとする姿勢を示さない傲慢さにはあきれるほかない。ここにも、あきらかに奇妙な倒錯がある。「出版する」という行為は無条件にそんなに御立派なことなのかね）。右翼の暴力的介入、つきまとい追いまわす公安という条件下で、とにかく単行本化（作品社）を実現するといった著者の孤独な「闘い」を、ヤジ馬的に嘲笑しているとしか思えない右翼や公安の介入をたのしんでいるかのごとき無責任な評論の乱舞（作品の批判が許されないわけではないし、すぐれた批評が存在しなかったわけではもちろんない）。

一九六四年、「日本読書新聞」のコラム記事への右翼の抗議を受け入れた編集部を批判して少なからぬライターたちが執筆拒否をした。この程度の闘いも、今のもの書きの世界では不可能になっているという状況をそれは示している。

インチキなものを引きずり出し、その愚劣さを白日のもとにさらすということを実現したのが、この事件の意図せぬ成果といえるかもしれない。

表現弾圧への闘いは、こうした奇妙な倒錯をかかえこんだ文化人（出版人）の世界以外にその根拠をおいた時、はじめてまともに成立するという事実を、それは私たちに告げ知らせてくれているといえよう。

●［資料47］＝『週刊ポストカード』83・12・11栗原幸夫「フィクション『パルチザン伝説』をめぐる問題の意味するもの」

桐山襲の「パルチザン伝説」をめぐる問題については、いくつかの角度から考えをすすめることができる。たとえば言論・表現の自由という角度から、あるいは天皇の戦争責任という角度から、また文学の問題としては事実とフィクションの関係という角度からという具合に。ただいずれの角度から入ってみても、すぐに同じ状況にぶつかる。それは、言論の自由とか戦争責任とかフィクションの恣意性とかいう、〝戦後〟に形成された自明の地平が、ほとんど完全に形骸化しているという状況である。

この作品には、作者自身が「使用した資料」の一つとして明記しているように、反日武装戦線による「虹作戦」がほぼそのままの姿で描かれている。ここで私の抱く問題は、現実の実行行為としての「虹作戦」とフィクションとして描かれた小説作品とをくらべた場合、権力の側はフィクションの方により過敏に反応したのではないか、そしてそれは何故なのか、という問題にほかならない。

なぜフィクションによる天皇批判が、現実の実行為による天皇批判と同じか、あるいはそれ以上の危機感を権力にあたえるのかという問題は、なぜ天皇制はいまもなお存続しているのかという問題を解く一つのカギである。

かつて天皇が記者会見で戦争責任について問われた時、自分は文学のアヤについては分らないと答え、人びとは失笑した。あまりに奇想天外な答えに呆れたのである。しかし私はずっと後になって、あれは奇想天外でもなんでもなく、天皇の論理をもっとも忠実かつ正確に表現したのではないか、と考えるようになった。

なぜなら伊藤博文の「憲法義解」に明らかなように、旧憲法によれば、天皇は一切の法律から独立して自由であり、法律は天皇の責任を問うことができない、とされているだけでなく、法以外の領域においても天皇は「指斥言議の外にある」存在とされた。つまり天皇は、たんに法律にしばられないだけでなく、名ざしで議論したり評議してはならない存在だったのである。そしてこのような現世から超越した天皇の祭司的性格は、現憲法下でも象徴という形でつづいている。

この歴史の連続性のなかに生きている天皇にとって、戦争責任がフィクション＝文学のアヤだというのは論理的なのではないか。これを逆にわれわれの側から言えば、それだからこそわれわれはその文学のアヤの領域で、もっとたくさんやることがある、ということではないか。

天皇を天皇たらしめているもの、天皇制を今日に存続させているものは、言うまでもなく日本人の共同幻想である。この共同幻想に裂け目を入れ、ゆさぶり、解体する作業においては、実行者と表現者の間にはさして違いはない。なぜなら、生活者の幻想構造を変革することなしにはこの問題は決着がつかないからである。

即位式のほかに大嘗祭をやるのかやらないのか、権力の演出者が最終的に決断しなければならない時は刻々と近づいている。それは戦後天皇制の最大の転機であると同時に、天皇制の幻想構造が大衆的に暴露される瞬間でもあるだろう。その時に向ってわれわれは、もっと深く自己点検をする必要があるだろう。敵についても味方についても、一切のヴェールがはぎとられなければならない。

●［資料48］＝『創』86年4月号金田太郎「内部の敵—『パルチザン伝説』に関わって」—抄—

桐山襲氏の「パルチザン伝説」を『文藝』誌上に掲載した時に起った〝事件〟について書けという依頼である。記憶を手繰りよせながら、現在もっとも不愉快に思われてならないのは、右翼の連中が引き起した率直きわまりのないアクションではなく、正直いって、内側の、左がかったと思っているもしくはリベラルと称している人々の、事件最中あるいは直後の私達に向けられた〈批評〉である。

桐山襲作「パルチザン伝説」は、昭和五十七年度文藝賞に応募された作品で、最終候補作四篇の内の一篇となったが、選考委員会で惜しくも落選した（ちなみに、この年の当選作は平野純氏の「日曜日には愛の胡瓜を」である）。しかし、編集部のこの作品を惜しむ声は強くて、若干の手直しを経て、翌年の九月、『文藝』十月号に掲載することとなった。当然のことだが、天皇制云々のテーマに特に執着したというよりも、その、物語を創り上げる才能、いささか過剰ではあるがパセティックな抒情表現を評価していたのである。仮りに、これが天皇にまつわるストーリーでなくとも、スターリニズム党の党首を殺害しようとして失敗するといった筋立てであったとしても、私としては、文学的に優れたものでさえあれば全く同じ扱いをしたと思われる。その点はしっかりと明記しておく必要がある。

文芸雑誌は月の初めの七日に発売される。しかし、いわゆる右翼の側からは初め何の反応もなくて、『週刊新潮』にかなり露骨な煽動記事（まるで、これを放っておいたら右翼の名折れだといった風な）が掲載された当日（確か九月半ばかそれ似後）、彼等は、いわゆる街宣車に乗って現れたのだった。午前中いっぱいを使って編集部の管理職会議を開いている最中だった。いきなり、社屋の隣りに駐った車が、最大限のスピーカーの音量で叫び始めた。

〈国賊・〇〇〇〇、〇〇〇〇……〉

〇〇〇〇は私の名前と当時の編集長であった福島紀幸君である。自分の名前を見も知らぬ他人に大声で連呼される気恥かしさと圧迫感……。そして、続いて著者・桐山襲氏への弾劾が始まる。

〈桐山襲は謝罪せよ!!　編集部は国賊・桐山の本名と居処を明らかにせよ!!〉

当時の『文藝』発行者であった私並びに福島編集長そして著者・桐山氏へのこうした弾劾は、連日社屋前で続けられ、日々街宣車の数も増え、その大音量の言葉も目を追ってエスカレートして、最後には「カネダ、フクシマを殺す」、次いで「何月何日迄に殺す」とはね上がり、社内への乱入も数回行なわれるまでに至ったのだった。

彼等の要求は、おおむね（団体が新左翼以上に複雑に分かれていて、一本化するのは仲々難しかったが）、①三大紙その他公けの場所で、このような作品を掲載したことを謝罪する②著者桐山襲の本名、並びに住所を明かす③『文藝』十月号を直ちに回収する④「パルチザン伝説」の単行本刊行は断固阻止する等々であったと記憶している。

言うまでもないことだが、①の謝罪文②の著者の身の安全確保は、たといどのような状況下であろうとも、まっとうな編集者の出来る筈もないことであり、③については、時間的にも事実上不可能ということで押し切ったのであった。

当時の河出書房の実態は、右翼の連中が〝乱入〟しようとすれば何処までも、何処へでも出入り出来る（最初は、ガードマンはもちろん省力化で受付けさえいないという具合で）、名指しで〈殺す〉といわれた事実は、こちらをあまり悠然と構えさせてはくれなかった。〈何月何日迄に殺す〉と脅す声をテープにとって、原宿署に連絡したが、当局の扱いは、まるでこちらが本当に刺されでもしなければ相手にしないというものだった。それに、十年も前なら元気で、出版労連反主流派の威勢の良かった組合も、直後は何の反応もみせないで傍観し、恥ずかしいことだが、経営の最高責任者たる社長は会議の席で赤くなったり青くなったり、まともに意見も述べられないようなうろたえ方で、街宣車のやってくる時刻になると何処へとも知れず雲がくれする体たらくだった。

この〝事件〟の推移のなかで、私達が一番気遣ったのは、著者・桐山氏の実際の身の安全、そして将来にかけての作家生命の維持ということであった。右翼の人達がたとい何をしようと、著者のその点に関しては妥協も何もあるわけはなかった。〝事件〟直後から終息に至るまで、編集部と桐山氏とは密接に連絡を取り合い、話し合いのもとにことを進めてきたが、終始一貫著者の態度は冷静で理知的だった。しかも、その進退については、いささかも高ぶることのない現実的なものだったと思う。たとえば、右翼の側の数度の乱入に耐えきれず、この状態で単行本を刊行するならば何が起るか分らない、残念ながら単行本化に関しては断念せざるを得ないと判断して、桐山氏に相談にいった際もそうだったと記憶している。

事態を説明する私達の言葉を冷静に聞きながら、要点のメモを取り、的確な判断を簡潔できわめて客観的に述べる桐山氏の姿には、こちらを自然に編集者に戻る心持にさせて、「あ、これは並の新人ではないぞ、この人は大きくなるぞ」と思わせるものがあった。私としては、彼に煽動文・ビラの文章を書いて貰うつもりはさらさらなかったし、あくまでも自立した文学作品を希むのは当り前で、その意味で、将来に向けての作家生命がますます大事に思えたのだった。そして、残念ながら、目下の状態では河出書房から単行本を出すのは不可能だ、自社の『文藝』に掲載した以上、当然河出から本を出すつもりでいたのだが、この状態でもし全面衝突したとしたら何が起るか分らない……といったことどもを話し終える当方に、桐山氏は「いや、文藝に掲載して頂いただけで嬉しく思っています。単行本に関しては、ここは一度退きましょう」と答えてくれたことをはっきりと記憶している。

作品「パルチザン伝説」の評価について、あるいはその直後の〝事件〟への対応についても、当初は、文壇はほとんど黙殺あるいは無視といった態度だった。まるで、都市の公衆の面前で時に見受けられる酷薄な風景のように、見て見ぬ振りをする、あるいは臭いもののフタを開けた人間を見るように、ちょっと非難がましく眉をひそめて一瞥する、といった扱いだった。

そのくせ、ジャーナリズムの後の反応にみられるように、実は噂話としては興味津々、恐いものに直接近づきたくはないが、もし仮に建て前に反することでもあれば、絶対に許さないという小姑根性があったのも事実である。少なくともそう当事者に受けとられても致し方のない言論が多かったのである。当事者としては、まるで荒野に一人裸で突っ立っているような状態でいたのだが……、何ともはや口惜しいかぎりであった。

たとえば、その年の暮れに掲載された次のような新聞記事は、そうした心性の普遍的な一つの典型である。

〈(前略) 新人では島田雅彦氏の「亡命者は叫び呟く」(「海燕」十月号) と桐山襲氏の「パルチザン伝説」(「文藝」十月号) が話題を呼んだ。後者は天皇暗殺計画を扱ったため、右翼が押しかけ、発行元は「単行本にしない」旨を一筆書いたという。「文藝」一九八四年一月号のアンケート〝一九八三年の成果〟では、回答者百十三人のうち「パルチザン伝説」をあげている人が約一割いる。単行本になって当然の作品だろう。「風流夢譚」事件が尾を引いているのは分かるが、別の対処があるべきではなかったか〉(83年12月13日付「朝日新聞」夕刊――由里幸子記者)。

〝事件〟発生から数ヵ月目に約一割の誌面上の支援者がいたというのは、時間の経過に伴うある種の社会心理の波を思わせて興味深いが、それにしても、〝別の対処があるべきではなかったか〟とは、現実的に何を指すのか、誠に分り難い表現ではある。

この記事が掲載された直後、その社会的影響力を無視するわけにもいかず、また無念といった心持ででもあったので、由里記者に当方から連絡を取った。抗議というよりも、事実を知って貰いたかったのである。結果、由里氏はわざわざ河出書房まで出向かれ、社屋からそう遠くない喫茶店で二時間ばかり話し合うことになった。

その席で、経緯のおおよそ、あるいは建て前を守り切れない現実のありのままの姿を説明し、次いで、単行本化を断念させたもの達への肝腎の批判が先の引用文から全く欠落していることを問うたのであった。言うまでもないことだが、好んで、単行本化を諦めたわけではないからである。

結論的にいえば、この話し合いの場での由里氏の態度はきわめてフェアーだった。自らに非があったとすれば、その非も率直に認められたのだったと記憶している。それにしても、直接取材を何故されなかったのか、その点は今に至る迄残念ではある。が、ことは朝日の記者一人の問題ではないのだ。建て前だけで、遠くから嘶す、体制であろうと、反体制と呼ばれるものであろうと、実はいつも魚のように群れて泳がないと不安な、この心性にこそ、天皇制からスターリニズムにまで通底して、それを誰持しようとする、ぶよぶよしたものが潜んでいると思われてならないのである。といっても、かく言う私もそして誰もが魚群にも似た心性を隠し持つわけで、そういう意味では、絶えず〝おまえの敵はおまえだ〟といえることを忘れるわけにはいかないだろう。

●[資料49] =『反天皇制運動連絡会機関誌 Vol8』87・2・11天野恵一・池田浩士・太田昌国・菅孝行・桐山襲「『パルチザン伝説』をめぐって」—抄—

天野　特徴的なのは、『風流夢譚』の時なんかと比べると、公安は裏でごちゃごちゃやっていて、作者を追いかけまわしていたのは右翼のみならず公安であったというのが時代的特徴ですね。それから第三書館という「ユニーク」な出版社の存在が、いろんなおもしろい事態をひきおこしたというのが二つめの特徴だと思うんです（笑）。作品を読んだ時に、こんな本がスンナリ出ていいんだろうかと思った（笑）。否定的な意味じゃなくて、何かあるんじゃないかなァという予感はあった。それからすぐ単行本化中止のニュースがあって「東アジア反日武装戦線への死刑・重刑攻撃とたたかう支援連絡会議」を中心にやる集会の実行委の席で「支援連」としても抗議していったら、事実を明らかにしていくように働きかけていってはどうかという話を太田さんなんかを含めてしていた。そして、太田さんを中心に「支援連」の抗議声明がつくられていく過程があったと記憶している。

「反天連」としては、「反天連」をつくるきっかけになった集会、立川の記念公園反対の集会の総括会議で、山谷の大量逮捕があって大騒ぎがあった日なんですが、そこに粉川哲夫さんが来て、『パルチザン伝説』出版妨害の話しを報告した。とにかく「知らない作家」ではあっても、なんとか協力したいと思っていた。多少とも事後のことについて協力できることは協力した方がいいんじゃないかということで、とりあえず「支援連」を中心に働きかけていって、河出書房が事実を隠蔽しちゃって終わりにしちゃう形にせずに右翼の脅迫があった事実だけでももっと明らかにできる回路をつくらなきゃいけないだろうと考えていた。それから単行本化できないなら、どっかですぐ作ってしまえばいい話なんだから、本人と話をして、僕が初めに考えたのは三一書房なんですね。三一でOKをとった。多少なんかトラブルがあったってやりたいということだった。でも桐山さんに話した時に、他で作る意志があって進行しているということで、それはそれでいいじゃないかということで、出版協力についてはやめてもっぱら「支援連」を軸にした抗議ということになった。太田さんそこらへんの事実関係をふまえてどうですか。

太田　今、あらためて桐山さんの話しを聞いて、はるけくも三年たってるので、すごい年月だなと思って聞いていました。三年前という時期は、僕がもう文芸雑誌をほとんど手にとらない時期に入って久しい時でしたが、『パルチザン伝説』は、文芸時評が出る前だったから割と早めに気がついて読んだ記憶があります。作品論は後まわしにするとして、当然にも、主題の積極性というなつかしくも歪められた非文学的なモチーフで近づいて、非常におもしろく読み、「支援連」の中でもみんなで読んでいたわけです。ところが、今の説明にあったような経過で右翼が動き始めるわけですね。そこでこれも非常に非文学的なアプローチではあるけれど、具体的にモデルになっている人々の救援をやっているわれわれとしては、河出書房に対して、単行本として出せとかまでは言えないにしても、少なくとも事実経過を明らかにしろという最低限の要求くらいは、公けの活動体たる出版社に対してできるだろう、ここらへんが一切ふせられたまま、事態だけが単行本の中止ということで進むのでは困る、と考えたわけです。そこで、事実経過をまず明らかにせよと言いたいと思って、一二月のほとんどギリギリ、クリスマスの後、二八日くらいだったと思いますが、河出書房の二人にお会いしました。そこでのやりとりというのは、一時間半か二時間くらい話しまして、結局、今の段階で右翼とのやりとりを明らかにするわけにいかない、それを明らかにしたら自分たちにどんな危険があるかわからないというようなことを彼らは言うばかりで、それ以上の話しにはぜんぜん進展しない。さっきも言ったように、単行本として出せとか、あるいは雑誌の回収をするなとか——もうこれは時期が遅いわけだけど——そういう要求をしているのではなくて、少なくとも一〇月段階で動き始めた右翼がどのような具体的な要求を河出書房に対して行い、それに対して河出がどのような手のうち方をしたのか、その程度のことは明らかにされるべきであるということの限りで動いていたんですが、それがぜんぜんラチがあかなかったということが、桐山さんがいっている第Ⅲ期に相当する一二月末段階の『文芸』に掲載されてから約四ヶ月後の中での動きですね。

その後は、第三書館との間に立って、調整した唯一の人間が僕だったので、実に変な役回りだなァ、どうしてこんな文学の香り高い作品にかかわるのに、非文学的な動きを心ならずもせざるを得ないのか、内心ジクジたるものがあったんですが……。

天野　第三書館の責任者と知り合いだったのは、太田さんだったからね。経過について僕が補足しておかなければいけないことをいくらかつけ加えておくと、何度か僕らは桐山君に会う機会をもっていたので、『パルチザン伝説』の第三書館版が出版されてくる過程での話しをだいたい知っていたということと、むしろ公安が動き出したんで、第三書館もヤバいんじゃないかということを、太田さんを通して警告した記憶もありますね。

桐山　最初に公安が来た五月の一六日ですね。その夜にたまたま太田さんと会っている。

天野　その後にガサが入っている構造だと思うんですがね。僕らは気分としては第三書館はひどいと思った割には原則的に動いた。一応権力に対しては仲間として対応する節度はこちらが通したと思っている。そういうこともあって菅さんの第三書館批判の文章に対するまったくデマゴギッシュな対応を含めて、いくらなんでもこの出版社ヒドすぎないかという怒りを持ったわけですよね。『社会新報』での発言は、そんなに早かったですかね。

菅　それでも遅いよね。あの時、僕が『社会新報』のマスコミ時評欄を月に一回書く機会があって、一一月のにまにあわなかったんで、一二月のに書いた。桐山さんから指摘があったように、『週刊新潮』の突き出し、右翼の前に作家を突き出す運動というのをたたいておかなきゃいけない、ただひたすらそれで書いたということだったんですね。

ところが今の話にも出てきたように、その後いろんな不思議な事態が起こって、なんだかわからないことになってきた。一つは事実経過を今の桐山さんの話しからすると、おそらく桐山さんなり作品社から本を出そうということで桐山さんのまわりで動いていた人たちにはやや不本意ということだったかもしれないけど、事情が「支援連」あるいは天野個人経由でどんどん

「反天連」に流れてくる。いい加減にしろという、無断出版に対する個人的な怒りというようなものもあって、ちょうど『朝日ジャーナル』の匿名コラム欄が再編成される時期で、僕はそこで第三書館を批判した。それに対してすぐにでてきた批判の一つは、「作者がどう思っていようが、それは関係ない。著作権などというのはブルジョア的な観念で云々」という左翼ブリっ子の批判だった。さっきの桐山さんの経過説明にも出てくるんですが、それと第三書館をなにかと弁護する方にまわった人人ですね。「NR系」の小出版で何とか良心的な出版活動を進めていこうということで、大きな枠での一致をしながら動いている人々の中の一部です。そういう集団の利害もからまったところからいいかげんな情報に依拠した批判が出てきたわけです。言説の上では左翼的に、こちらをブルジョア的著作権主義者にする形ででてきてた。

それと呼応する形で、評論家の中からも本人が望む形であるかないかということは問題ではないという岡庭昇氏とかその一派の批判がたくさん出てくる。それともう一つは非常におかしいんですけども、著者などというものはいないのだ、著作権云々という一般論ではなくて、この問題については著者はもう本を出す気がないんだというデマが、実際に作品社版の準備が進んでいる段階で、そのことが公にされていないということを利用して、バンバン流されて、われわれの方は、そういうものについて著作権を云云するトンマなやつということになっていったんですね。

それからもう一つ、もっと「革命的言辞」として出てきたのには、自分達は作者と気脈を通じているんだ、作者を防衛せんがために無断出版にするんだ、印税も払っている、にもかかわらずそんなことを知らないやつがとやかく言うのは何事かというようなことも、公にされた形をふくめていろいろ流された。こちらが、事実を明らかにできない段階だったので、作者の意向や具体的動きがタイムリーには明らかにされてこないということを利用してインチキなデマをいっぱいふりまかれた。公的にならない部分については、もっといろいろある。もう太田さんがおっしゃるようにはるけくも三年たっていますから、今から言ったって、俺はそんなこと言ったことないよ、といわれればそれまでなんですね。そういう意味ではブンなぐってやりたいというような話がいっぱいある。

やっぱり、このごろは藤尾発言の盗賊の論理が話題になってますけども、勝手に出しておいて、『新文化』のコラムなんかでも「第三書館をダミーにしてことを終結してはならない」、なんていっているのはやっぱり盗っ人の居直りですよね。ダミーにしてっていうけど、自分から進んでドツボにはまりに出て来たのは誰だっていうんだ。第三書館をダミーにおし出すために後ろでアドバイスした人々の側がこういうことを書いていていいのか。

それから第三書館版があったからこそ作品社版が出たんだという夜郎自大、これはもう人間じゃないよと。ただひたすらあきれているんです。でも僕はもうほとぼりがさめたからめんどうくさいと思っていたら、天野君がもう一度事実を明るみに出すというから……。

天野　きっとそういう主張をした人もちがった事実を報告されているんだと思うんですね。僕が知っている範囲では原稿料の問題ですとかなんですとかについては払ったというような話、桐山君と話しがついているという話しが相当横行していて、それを前提にすると、菅さんが書いたことはトンマな話しになるでしょう。

少なくとも僕らが桐山君と何度か会い続けたので作品社版が準備されていく経過、桐山さんが第三書館に何度も出版をヤメてくれと意思表示しているそれを無視していく経過は知っていたわけです。原稿料を払っているわけがない、右翼と公安、とくに公安の動きがありましたからどこまで本当のことを言っていいのかわかんない。事実は絶対こうだなんてあんまり言えないので、非常に不愉快な事態に対して対応しきれなかった。一度、時間がたって、桐山さんに直接危害が及ばない時間幅になったら、やっぱり絶対明らかにしておきたいと思ったものですから、一応そういうわけで今日の座談会ももったわけです。

池田さんには「反天連」のパンフで『パルチザン伝説』の内容批評をやっていただいたという関係で出席していただいてるわけですが。

桐山　その前に、第三書館のことがかなり話題になっているんですが、その辺の事実をもう一回明らかにしておくと、責任者とは会ったことがないんですね。三月二〇日にむこうのが出た時点であわてふためいていて、会おうとした。それまで私は彼をまったく知らなくて、電話してみたら、「俺にはいつも公安がついているよ、会っていいのか」という言い方なんで、そんな偉い人だったの！と初めて驚いた（笑）。それであわてて会うのをやめて、そのかわり絶版要求書を出したという経緯があります。

印税については、後になって人を通じて払いたいという話しがあったんですが、それに対しては、こちらは絶版要求書をすでに送っているんですから、それに対して回答がない状態では、印税など受けられるはずはないですね。だから印税に関してはもらってもいない、会ってもいない。

後、あんまり作者が出すというのが伝わっていないという話しですが、私の書いた文章はそれなりに行間を読んでもらえば、出すというのはわかるようになっていて、例えば「『パルチザン伝説』の海難」という文章にしても、「私はなんとかして私の最初の作品を生かしたいと具体的に考えつづけてきたのです」という形で、読む人が読めばわかる形にはなっているんですけど、まァ作者がシッポまいているという形になっているから、第三書館側が作者が隠れていることをいいように利用する土壌はあったと思います。

太田　それについては、僕も話しておかなけりゃいけないのかなァ。河出書房が単行本化を断念して以降、「支援連」が事実経過を明らかにせよと動いているし、その事実経過もニュースにのせたというようなことから、単行本化を考えた第三書館の責任者が連絡してきた。それで「天皇アンソロジー」の中の一篇として載せたいので、もし作者と連絡があるというのであれば、間をとりもってくれないかというような申し入れがあったんですよね。それで桐山さんに聞いたところが「いや、これは河出はダメになったけれども、自分たちの手で独自の単行本化の考えがあるから、待ってくれ、第三書館の考えは断念してほしい」とうかがったので、作者の意志としてそれを第三書館の責任者に伝えたし、僕の考えとしても「作者がこのように、あきらめているのではなくて、独自のルートでの出版を考えているし、僕が判断したところ、それは言葉としてではなくて実際にそれをやる方針で言っていると判断する。だから第三書館が作者の許可を得ずに刊行するのはやめた方がいい。第三書館のためにもやめた方がいい」とこの間、いろんな経過の中でずっと言ってきたことですね。いま思ってみるとずい分時間がないうちに、三月二〇日に第三書館版は出版されているわけですから、ふり返ってみればずい分短い時間の間でのやり取りだったんだけど、僕としては何回も会って時間かけて説得していた気もするんですよね。そのとき彼が言っていたのは、僕の懸命の説得にもかかわらず、「いや『亡命地にて』とかああいう文章を見ても作者はやる気がないんだ。そう言って口先で逃げているんだろう」という。僕の判断は、彼とは逆だから、自分としては説得にこれつとめたつもりだったけれど、情況判断のちがいはいかんともしがたく、あのような結果になってしまった。好漢、自重せよ、の思いで、僕は彼の動きを見ていたというのが、ほんとうのところかな。

天野　僕があの件で感じたのは、先ほど桐山さんが「最初は政治学で後は経済学になった」といったわけだけど、僕は初めから終わりまで第三書館は経済学だったと思いますね（笑）。一山当てようというような話しだったんだと。僕は「ヤクザ」な出版一般を批難する気はないが、大義をかざしすぎで不愉快でしたね。後、事実関係でちょっとつけ加えておきたいことは、僕が『読書新聞』で第三書館の批判を書く前に、人を介して彼が「『反天連』と和解したい」みたいな話しがあった。「和解とかなんとかのレベルではない。話すことはない」と断ったんですが、その時「やるべきなのは、手続きとしては桐山に謝ったらどうか」、誰がホラを吹いているかは自分がよく知っているわけだからね。「その前提がなければ、会ったってしょうがないだろう、謝るべきである」というニュアンスの対話をその時人を介してちょっとしたというのを今、思い出しました。

菅　最初から「あれをやれば売れるぜ、君」ってところから始まっているんですよね。とっても安易だ。だから、そんなに深く憎んだり、うらんだりするほどのこともないだろうと思うんですね。第三書館は当事者だから一番最初にしまったという風に気がついたわけだと思う。ただ、後押しした人の方がひっこみがつかなくなって、絶対にまちがえたことを認めないということになっているわけです。

当事者は、ちょっとまずかったかなという判断はもち始めていたという側面はあったと思う。それに比べるととりまきはひどい。まったく反省していない。事実が明らかにならなかったから、ああいうことになったのではというのは、あまりにも天野君がまっとうすぎるのであって、事実がどうであれ、著者がどう思っていようが自分たちが正しいんだというふうに言いつづける人たちじゃないですか。

天野　基本事実だけは明らかになってきたと思います。「反天連」の最初のパンフレットで一応事実関係だけを明らかにするために素材だけ全部出したんですが、その時、いくらなんでもこちらの主張、文学作品としての内容評価がなんにもないのはへんだろうということで池田さんに一文書いてもらったんですが、話しをちょっとうつして、池田さんの方からどんなふうに読んで、この経過をどんなふうに感じたのかを少し話してもらいたいと思います。

池田　あの作品を初めて読んだ時期というのは、ちょうどその直前まで『新日本文学』の文芸時評をやっていて、それが終わったところで、ほとんど雑誌を読んでいない時期だった。それで、掲載された『文芸』も、買おうとした時はすでに書店には売り切れてしまってなかったため、京都でいろんな人が廻し読みをしているのを借りて読んで「アッこれは」と思っていたわけです。しばらくして天野さんから経過の幾分かを聞いて、この作品をめぐってどのような事態が進行しているのかは当時ある程度把握していたんです。

作品そのものの評価以前に、まず一つ――。先ほどからの話しをうかがっていて、その当時の自分が考えていたことを思い出して、あらためてそのことを自分なりに確認しなおしていたわけですが、僕は原則として、著者がどういう考えであれ、作品、しかもあのようなテーマをもっている作品は自立して作品そのものとしてあるわけだから、「重要だ」「これは社会化すべきだ」と思った人間が、とにかくそれを本にするなり、海賊版を出すなりという発想が出てくるのは当然だという気がするんですね。僕自身も、もちろん、菅さん自身がそうであるように、別に著作権主義者じゃないわけね。桐山さん自身もそうだと思うんです。むしろ場合によっては、自分の手を離れた作品がいろんなところで引用されたり、盗用されたりすることの方が、作者にとって、名誉であるわけです。桐山さんの場合にも、外面だけを見てみれば、ある人が「これは海賊版を出すべきである」、あるいは「著作権云々ということではなく、作品がみんなに伝わるようなことが大事だ」と言ったのは、表面だけみれば正しいと思うわけ。

ただ、今、話しをうかがっていると、「あ、そうだったんだなァ」と色々なことがわかってきたんだけど、あの当時も、もし天野さんからいろんな状況や、ある出版社から出す計画が桐山さんにあるということなどを聞いていなかったら、海賊版がなぜ悪いか、作者はけしからんじゃないか、と考えただろうし、いまでもあの第三書館の出版は断固として正しいと言いつづけるかも知れないわけね。ところが、桐山さんの場合には、何が特殊だったか、何が初めてだったかというと、それまでの天皇制を直接とりあげた作者たちというのは、あとからみんな逃げたわけ。深沢七郎にしろ、大江健三郎にしろ。奥月宴はああいう形を自分で選んでやったわけだから別として。それに対して、作者がある程度、自分の作品のこれからの運命というか、社会化していく過程というのを見定めて、自分なりに対応をたてたり、あるいは、これは、僕はどの程度のかかわりがあったのか今の話でしかわからないんですが、いろんな運動をやっている人との通路をもつことができたということ、それからそのためにまた今後の自分の作品の歩き方みたいなものを自分である程度、戦略目標を絞って現実化していくということができたのは、初めてなわけね。あの当時、例えば岡庭昇氏なんか「主題の積極性」を批判するということをやったわけだけど、この批判なんかも、その「積極的」な「主題」と取り組んだとき作者がどういう決意を実行していこうとしているか——までは、まったく視野におさめていない。今までと同じように、天皇制をあつかったらこうなるというわれわれの例のパターン化された固定観念が、あるだけだ。これははっきり言えば敗北主義だけども、われわれの側がそういう風な土壌の上でしか考えられなかったと思うわけ。問題がものすごく変なことに、今言われていたようなところへ展開していってしまった原因の一つが、そこにあったんだなァというふうに思うわけ。

僕自身は、『反天皇制運動機関誌』の第一号に書評めいたものを書かせてもらったので重複しないようにしたいんだけど、松本健一氏だったかが『図書新聞』の書評で言っていたことというのは、あの時点での読み方としては、ある水準をいっていると思うんです。松本氏は、ある一世代の問題というか、むしろ戦後民主主義の中での問題というものが全部この中にぶち込まれている、と言う。それは僕もそうだと思ったわけ。問題はさらに、「全共闘世代のモチーフ云々」ということだけに限定できるものではなくて、これは桐山氏自身が書いているわけだけれども「父たち」の時代、父たちがやったことに対する自分たち子供の世代の決着のつけ方がテーマになっている点が、僕はもっとも重要だと当時思ったんです。つまり限定された現在というものが、どういうふうな歴史的な根をもっているかということを、あの時点ではじめて天皇制の問題を軸に書くことができた。これは深沢七郎や大江健三郎なんかの場合に完全に欠落していたテーマの設定だと思うんですね。それが決定的に新しかったわけ。その場合に、戦前あるいは戦中の父親たちの天皇制に対する闘いと、さらにはその前にあった秩父困民党から「大逆事件」に到る前史をその父親たちと結び、さらに父親たちと今の主人公自身へ結ぶ、その結びつける道具立てというか、その手法はまだまだむつかしいなというのがその当時の僕の感想だったんです。僕自身が一番感じたのは、作品と現実のギャップの大きさです。これはものすごくむつかしいと思ったのは、東アジア反日武装戦線の闘いというか虹作戦というのがもっている現実的重みというものを、どうやって父親、大井聖の天皇暗殺未遂と結びつけるかというところ。現実の東アジア反日武装戦線の虹作戦や三菱重工爆破等々の一連の爆弾闘争をもしももう一度フィクションとしてとらえなおすとすれば、過去の中絶した闘いとの虚構的な結合が彼らのやったことを歴史化し社会化していただ一つの通路だと思うわけね。過去の闘いにとってては何が不可能のままだったか、今は何が見えるようになっているか――あるいはその逆もまたあるだろう。これを描くとで、父親たちの時代、さらにはその先の時代、それから今「昭和の丹下左膳」の闘いを、別の闘いとして、しかし同じ一連の未完の闘いとして、結びつけていく、そのへんのところが充分なリアリティをもって描き出されていない。そのことが一つと、もう一つこれは単に小説上の問題ではなくて、今日是非うかがいたいと思った問題、つまり最後に南の島へ行くことですね。これがあの小説に対する僕自身の疑問なのです。主人公が南の島に死に場所を求めて、巫女のようなおばあさんの通訳をつとめるわけですね。そういうふうな最後というのがフィクションとして設定されていることの意味というのかな、これを僕は自分でも考えたいし、桐山さんは作家だから必ずしも今言葉で語ってもらうのではなくて、今後、作品の中で書いてもらいたいと思っているわけです。なぜそういうことを言うかというと、その後の桐山さんの作品の中にも同じ問題が繰り返し出てくるわけね。『風のクロニクル』では主人公の出自にかかわる過去以外にも、娘の葬式にやってきた南の島のおばあさんがでてきますね。杉村が行ってみるともう死んでいるおばあさん。それから『スターバト・マーテル』の中にもおばあさんが出てくるわけね。一四人の殺された赤軍兵士たちのおばあさんになっていくあのおばあさん。そのおばあさんも、実際生きているわけではないんだけれど、ずっと何年も座りつづけて死者たちと語る言葉というか通路を身につけるわけね。そういういわば巫術というのか巫女のような働き、つまり生者と死者と共に語ることができ、両者の通路になることができる存在ね、そういうものに目をむけていくことが天皇制と対決していく時にどういう意味をもってくるのか。この問題が、桐山さんの作品の中で、ずっと一貫して重要なテーマとしてあると思うんですが。そのへんのところが実は僕はわからないんですよね。何でこれに僕がこだわるかというと、やっぱり天皇制というのを考える場合に、相手方が出してくる連綿とつづいてくる歴史性なるものに対して、われわれの歴史性というものを復権させていく、あるいは再構築していくということが不可欠なわけで、それは先ほどの『パルチザン伝説』に出てきた明治以後の、そして父親たちの時代、そして戦後の――全共闘の時代、あるいは今だったら、さらにその後の時代という、その歴史というものをわれわれが発見し直さなければならないのと同じ課題であるわけ。だから、さらにもっとその先の、天皇制によってむしろ抑圧されてきた歴史をわれわれが発見して再構成していかなければならないというのはわかるんだけれども、それをあのような巫術というようなものとのかかわりで描くことができるのか、あるいはわれわれ自身がそれを現実の中で発見していくことができるのかという問題、この問題は、いま浮上してきている天皇制と密着した「日本文化」であるとか「民族のルーツ」であるとか、あるいは近々、中国と日本の民族の「源流」をたどるというようなシンポジウムをやるらしいけれど、そういうものとわれわれがこれから対決していく上でも重要な鍵になっていくと思うんですね。そこまで桐山さんの作品というのは、本人を前にして言うのはなんだけど、そこまで踏み込もうとしているというのは、すごくわかって、それだけに僕自身、実は『パルチザン伝説』一作読んだ時に、次の作品どうなるんだろうというのがすごく不安だったわけ。多くの人が文芸賞の選考委員のうち三人までが「今後が楽しみだ」みたいなこと言っているわけ。僕はむしろ今後大変だなァと思ったんだけれども、それから次に『スターバト・マーテル』が雑誌に出たのを読んで、ああこれはもうダメだと思ったの、正直言って……。本当に神話の世界にいってしまった。最初は東アジア反日武装戦線を、こんどは赤軍を伝説じゃなくて神話化させてしまったんじゃないか。そう感じたんですが、そのあと『風のクロニクル』を読んだ時、成立年代的には逆らしいですけど、これはいい、すごく解放された、開かれたという気がしてね。それから『地下鉄の昭和』という良い小品があったし。今後もちろん大変だと思うんだけれども、問題を一緒に考えていきたいと思うので――桐山さんはもちろんフィクションで書いていかれるわけですけれど、やっぱり僕自身はこのことを考えつづけたいと思うので――そのへんのところを、もちろんいま語りたくなければ、言わなくていいんですけれど、もしできたら、どういうふうに思ってらっしゃるのかなァと……。

桐山　友人からもよく言われるんだけれど、お前ヤバイもの書いてるなァと、そういうことはあるわけですよ。そのヤバさというのは、天皇に関わる事のヤバさっていうことじゃなくて、いま池田さんがふれられたような日本の根源みたいなところで、紙一重間違えると天皇制に行っちゃうところで書いているという、その事を指してそう言われるわけです。本人は全然、そっちに行きっこないと思っているからヤバくもなんともない。本人はそう思っているんですが、ハタからみるとヤバイ。ひとつ間違うと日本浪漫派というような印象を与えているようです。あんまり語っちゃうと小説がますます薄っぺらくなってしまって……。言わなくたって薄っぺらなんですけど（笑）。天皇制にならなかった祖霊信仰、もしくは天皇制にならなかった共同体、天皇制にならなかった巫術というもの、そういったものを歴史的事実としてではなく、現にある歴史に対して、なんらかの形で拮抗させるもの、それがまさしくフィクションという作業だと思うんですけれど。そういうものを出して行きたいという思いはある。それがハタから見て非常にヤバイところにたっていると受けとられるんだけれども、本人はそっちに行きっこないから大丈夫、と思っているんですけどね。

池田　僕が言ったのは、ヤバイとか、向うの側にからめとられるとかいうことじゃないんです。むしろ桐山さんの小説を読むと、からめとられてゆくことができないような布石、テーマの設定があるわけね。それが連合赤軍であり、東アジア反日武装戦線であり、あるいは六九年のバリケード――『風のクロニクル』であるという、そういうものを場として設定しながら、そこからとらえなおしてゆこうとする。もちろん、桐山さんとしてはフィクションなのかもしれないけど、予め足かせがはめられているわけね。まあ、これを「主題の積極性」だと非難する人もいるわけだけど。だから、もしもそれが天皇制にからめとられていくとすれば、要するにそういう現実の運動そのものを含めて、全部向う側に持っていかねばならない。それは現実の運動がある以上、当然無理なわけね。だからその点僕は心配ないけれど、ただそのとき、現実の運動と共に、あるいはそれをもう一ぺん自分でえぐりなおしながら天皇制と対峙してゆこうとするとき、果して民間の巫術、民間の信仰というものが、天皇制信仰に対して、武器の一つたりうるかどうかが不安なんですね。

●［資料50］＝『朝日ジャーナル』84・7・20号「批評と紹介」
菅孝行『パルチザン伝説』

雑誌発表以来、これほど「話題」にされた「新人」の作品は珍しいのではないだろうか。その理由の過半は、天皇暗殺をねらう親子二代のテロリストを描いているという素材の特異性による。だが、この、素材の特異性のゆえにこの作品は実に「数奇な運命」を辿らなければならなかった。右翼が『文藝』の版元である河出書房新社を脅迫し、河出は単行本化を中止した。その上、著者の再三、再四にわたる拒否にもかかわらず、今年三月、第三書館が無断出版を行い、それから三カ月たって、ようやく著者は自分の意志に沿う形で作品社から出版することができたのである。なにはともあれ障害をのりこえて本書が出版されたことを喜びたい。

だが、この作品それ自体の評価については、複雑な思いにかられざるをえない。というのは、桐山襲がもし天皇及び天皇制的なるものと文学の次元で対決しようとしてこの小説を書いたとすれば、この作品の文体や、この作品にみなぎっている情念は、主題を裏切っているといわざるをえないからである。

作者は、天皇暗殺に命を賭ける父子二代のテロリストを、きわめて情緒的な筆致で、熱い想いを込めて描いている。だが、その想いは熱いと同時に暗い。その暗さは、われわれの現実をおおっている暗さをいやが上にもつのらせ、絶望を強いてくる奇妙な力をもっている。しかもその絶望は、陰湿で甘美でさえある。本書所収の短編「亡命地にて」に作者自身が作中人物の言として書いているように、「三島由紀夫が読めば、誉めてくれるのではないかな」と思わせるような、倒錯した陶酔感がただよっていさえする。親子二代の血縁による天皇暗殺の継承のされ方といい、兄や妹との血族による盟約といい、天皇制的な美学とでもいうべきものに依拠して書かれた反天皇制小説という、矛盾した性格をこの小説は示しているように思えてならないのである。

ただ、荒川鉄橋における天皇暗殺の遂行過程には、計画の細部への偏執的とでもいうべきこだわりが示されていて、それなりに見事な緊迫感がかもし出されるのであるが、これは東アジア反日武装戦線ＫＦ部隊（準）『反日革命宣言』の記述を下敷きにしたものであって、桐山のオリジナルとはいえない。主人公の心情、思想、テロへの動機づけなど桐山のオリジナルな記述には、明快で美しくはあるがやや通り一ぺんな反日の論理の展開があるだけであり、しかもそこには、企業爆破で大量の死傷者を出してしまったことへの当事者たちの痛恨の反省も反映されていない。事実そのものや事実についての当事者の記述が、中途半端に作品に転用され、その上に作者の情緒がぬりこめられているだけのように思えるのだ。

職前・戦中の記述についても、多くの年長者たちが指摘したような、事実としてのあの時代とのへだたりなどは実はどうでもよいのであって、事実らしく体裁をととのえようとする配慮が、読む者にもどかしさを感じさせてしまうことが問題なのである。

では『パルチザン伝説』はつまらぬ小説か、というと必ずしもそうではない。どちらかといえば流麗であり、筋立ても飽きさせない。問題はひたすら、その流麗さが、おそらく作者がひそかに意図したであろう志の高さとチグハグの関係になっているところにあるのではなかろうか。池田浩士は、「かれの主人公は、大東亜侵略の浪人や壮士よろしく、アジアに、……死に場所を求めてヤニさがっている」（『『パルチザン伝説』出版弾圧事件』『反天皇制運動・資料』ＶＯＬＩ）と致命的に近い批判を加えている。その批判に筆者も反対というわけではない。

だが、にもかかわらず、このようなテーマの小説が書かれ出版されたことの意義は小さくない。大道寺将司（東拘在監）もいうように、「この小説は、多くの人に読まれるべきだ」。そして遊び半分でなく批判されるべきである。

●［資料51］＝『読売新聞』84・7・23「書評」

寓話（ぐうわ）のようなかたちでしか扱えない題材、というか、寓話ふうに書くことによって、より効果的に表現できる題材がある。この小説で扱われているのは、まさしくそういう種類の題材である。作者はそのことをよく知っている。実際にあった事件を枠組みとして利用しながら、しかしそれを奔放な想像でつつみこみ、ときおり誇張や戯画をまじえた変形の手法によって、なかなか巧妙に組みたてられた物語をつくりあげている。小説というものは、いかにも実際にありそうな話を提示するのが普通だが、ここではありそうにない話が繰りひろげられる。そしてこの実際にありそうにない話のなかに、思想的な主題を溶かしこもうとするのである。

この小説は、「最も根柢的な叛逆者のグループ」の一員として、七〇年代の爆弾闘争に加わった人物が、兄に宛てて書いた手紙という形をとっている。兄のほうも闘士として活動、逮捕されたあと、闘争の過激化とともに「殺し殺される者としての絶望」に落ちこみ、一九七二年以降、「決意した唖者」になったという。兄にたいし、弟は爆弾闘争の敗北の経過をつたえ、また自分が爆弾製造に失敗、片手片足を失った顛末（てんまつ）を語る。弟が「昭和の丹下左膳」になった事故の場面は、劇画のようなタッチでユーモラスに描かれ、この小説の優れた部分のひとつになっている。

　後半は、太平洋戦争中、兄弟の父が自称パルチザンとして、空襲下の東京で爆弾を仕掛け、戦争の終結を早めようとした経緯を語る手記の形をとっている。父も片手片足を失い、戦後はなにも語らぬ唖者としてすごした人物なのだ……空襲下に爆弾を持ち歩くとか、南方から兵士が内地に密入国するとか、現実性の乏しい部分が見受けられるが、もともと寓話として語られているのだから、それを大きな傷と見るのは当たらない。

　こうして、ありもしない寓話ふうの物語のなかに、国家というものに疑いをもち、過激に反逆して失敗した父子の悲哀、多分に滑稽さをともなう悲哀が、しだいに濃密にかもしだされる。そのあたりの話の運びは、新人作家として水準を越えている。ただ、作者の筆は、失敗したパルチザンの情念の重苦しさのほうに、傾きがちなふしが見えるが、戯画やユーモアをもっと思いきって使ったほうが、作者の書きたかった主題も、より鮮明にうかびあがったかもしれない。

●［資料52］＝『日本読書新聞』84・8・13号高野斗志美「書評」

　否定においてしか生を語りえない、そういう意識の季節がある。そして、すくなくとも、ひとの一生がふりかえられるとき、否定が生の形をきわめて純粋に語っている季節は青春にほかならないこと、そのこともあきらかである。

　同時に、わたしたちによく理解されていることは、自己否定によって語られるような青春がいまはどこにもない、ということである。つまり、〈わたし〉をあかしたてる場面はすべてとりはらわれているのだから、〈わたし〉が否定すべき自己もまたどこにも在るはずがない。たたかうべき自己がどこにも居ない以上、なにを語る権利が〈わたし〉にはあるだろう？〈わたし〉を語るための契機がすべて幻想と化しさっているいま。

『パルチザン伝説』が衝撃的でありえたのは、天皇暗殺をイメージするテロリストを素材にあつかったという点にあるのではなく、自己否定の極点をつかむことで辛うじて生をあかしたてる者となりえたという、その逆倒の鮮烈な形象の一点にある。

　いうまでもなく、こういう生の逆証は、石川啄木いらい、日本の近代をくぐりぬけて来たあらゆる青春の宿命を暗示しているし、その宿命の行きつくはてに確認されるであろう〈わたし〉の解体をわたしたちに読みとらせるだろう。濃密なロマンティシズムの過激なイメージの形をつかみとることで、桐山襲は、その美しい情念のリズムのうちに確実に消えさっていくヒューマニズムの姿を確認しているといわなければならない。このとき、『パルチザン伝説』は、自己の不可能を、――どんな理念によっても救われることのない〈わたし〉の状況をほとんど無限の哀惜をもって語りつくしているといってよいだろう。

『パルチザン伝説』の作者は、テロの対象をいいふらしているのでもなければ、テロリズムの効用を説いているのでもない。制度の変革と、変革のあらゆる思想が、ついに〈わたし〉を救いえないという意識の極北を語っているにすぎない。これはたぶん、あらゆる種類の革命にたいする自己拒絶であろう。かりに一つの革命が行なわれ、その成就に参加することがあっても、まさにそのことによって自分は否定されるであろうという、生の逆説を語ろうとしているにすぎないのだ。

自己救済のあらゆる理念から隔離されていながら、なおあえてそれに賭けてしまう二律背反のところにしか、みずからの生をたしかめるほかはない青春の形を作者はあきらかにしようとしている。そうわたしは読む。ここには、ひとつの幻想に憑かれ、そこに賭け、それによって裏切られた者の、いわば世界の解体を見てしまった者の、もうどこにも居場所を持たぬ意識の風景が語られているのだといってよい。

現実にたいする関係を既成の政治の論理を突破しつつ問うとき、それは〈わたし〉が真の自己を選ぶことだが、思想のその選択によって〈わたし〉が直面するのは、いつも、あらゆる思想から救済をこばまれているものとしての自己だ。〈わたし〉のそういう分裂と矛盾をふんで思想が動きはじめる。つまり〈わたし〉は、自分に固有な思想によっても自分を救うことはできない。あきらかに〈わたし〉は決定的に解体の感情へ追いこまれ、そこにとじこめられ、凍結されるのだ。そして、死のイメージを強化する実験だけが残されてしまう。むしろ、自己壊滅の予感が〈わたし〉に政治の思想をえらばせているというべきだ。これが、わたしたちの社会の、明治から現在までにいたる時間のなかでひそかに演じられてきたドラマではなかったろうか。

『パルチザン伝説』は、父子二代にわたる天皇暗殺のこころみをフィクションの軸に設定し、その枠組みを存分に活用しながら、思想によって、その選択への責任において、ついに自己を処罰し壊滅させていく〈わたし〉の日本的な系譜にせまりえている。そのアプローチの足どりこそがこの小説の思想性なのであり、テーマであり、そして芸術的な価値なのだ。

一九八三年の「文藝」一〇月号に発表されてから、この小説は一種の反社会的な危険思想の見本みたいに、スキャンダラスに扱われてきた。それがいま、作品社から、「亡命地にて」という一篇（作者の経過報告として読んでいいだろう）を添えて正式に単行本となった。

かっちりとした構成力をそなえたこの小説はまた、イメージの光彩にみちており、生の風景を明晰な輪郭で実在させるおどろくほどの透視力にささえられている。抒情に配置されているやわらかな抑制力がかもしだす感覚の美しい形。文体が、ひとつの実に喚起的な文体の世界が、わたしたちの前に確在していることをわたしはよろこびたい。

七〇年代の現実を生の基本的状況として苦悩した者が、別れていくべきものとしての〈わたし〉を、ここに告げた。一九八四年の「文藝」六月号の「スターバト・マーテル」と改めて併読し、新しい表現者の出現をたしかめた思いである。

解説

白井聡

現在に対する憎しみ

私の中の二十五年間を考へると、その空虚に今さらびつくりする。私はほとんど「生きた」とはいへない。鼻をつまみながら通りすぎたのだ。（中略）二十五年間に希望を一つ一つ失つて、もはや行き着く先が見えてしまつたやうな今日では、その幾多の希望がいかに空疎で、いかに俗悪で、しかも希望に要したエネルギーがいかに厖大であつたかに啞然とする。これだけのエネルギーを絶望に使つてゐたら、もう少しどうにかなつてゐたのではないか。

右の文章は、一九七〇年七月七日、すなわち衝撃的な自死を遂げるおよそ四カ月前に、三島由紀夫が『産経新聞』に寄せたエッセイ、「果たし得ていない約束」の一節である。

断固として左翼の立場を生涯貫いた桐山襲を論ずるにあたって、三島の引用から始めるのは場違いに感ぜられるかもしれない。しかし、富岡幸一郎のインタビュー（一九八九年）に答えて、桐山は次のように述べている。

現在の思考の流れは、世界にかかわる根源的な思考を形而上学だとする余り、無知と無思考こそが美しいというような、ある意味ではポストモダン的な思考の形態が、主流を占めていますね。

そういう中でどういうふうに現在を捉えるかというならば、まず初めに「現在に対する憎しみありき」を表出せざるを得ない。それを表出しないことには、現在を分析的に語れといっても、それは無理な話です。

「現在に対する憎しみ」――この強烈な言葉は、桐山が自身の文学の根源的な動機を自ら言い当てたものであるように、筆者には感じられる。そしてそれは、行動への途上にあった三島の胸中に渦巻いていたものでもあっただろう。さらには、富岡の「その現在に対する憎しみという時の「現在」というのは、『パルチザン伝説』を書かれた八三年あたりから今日、八九年までを指すのでしょうか」という問いに答えて、桐山は「はい。現在に近づくほど、それはイエスです」と断言している。

かくも激しく桐山が憎悪した「現在」とは、三島が「鼻をつまみながら通りすぎ」、そしてついにはもう我慢がならなくなって自ら退場した「現在」と地続きにつながったものにほかならない。三島は、自らの憎悪の対象を「戦後民主主義とそこから生ずる偽善」に同定し、劇的な憤死を遂げた。そして、それからおよそ一年の後、連合赤軍事件が発生し、六八年以来の、否、六〇年安保闘争以来の、いや一九四五年八月以来の、革命的な社会変革のヴィジョンは、最終的な崩壊の局面に入ってゆく。それは、「戦後民主主義とそこから生ずる偽善」を突破する試みが決定的に行き詰り、自壊することによって、欺瞞の体系としての戦後民主主義が完成を迎えた瞬間であったとも言える。

その後の時代、すなわち三島が「現在に対する憎しみ」の嵩ずるあまりもはや生きることができないと判断した時代を生きるとは、そして書くとは、いかなる体験であったのか。『風のクロニクル』の登場人物の言葉を借りるならば、一九七〇年代は「これほど不愉快なものになるとは」「誰にも予測できなかった」ほど不愉快なものとして、桐山にとって経験されたという。先に参照した富岡との対談で、桐山は「七二年の連合赤軍事件、あれ以降の時代というものは、表現してはならない、もしくは表現することはできないという倫理規約のようなものが自らの内に非常に強くありました。あるいは今でも」と語っている。桐山にとっての連合赤軍事件以降の七〇年代は、あたかもその不愉快さと拮抗するために、表現することの手前で耐えなければならない時間であったかのようだ。

そうしたなかで、桐山が自らに許した表現の中核が「現在に対する憎しみ」であり、それに基づいて反逆者の系譜を想像力を交えて描き出すことだった。

『パルチザン伝説』

かくして世に問われたのが、一九八三年の『パルチザン伝説』である。本作品は、書簡形式によって過去と現在を往き来しながら、実際に起きた三つの事件を主なモチーフとしている。その三つの事件とは、時系列順に言えば、一九四五年八月の敗戦時に発生した宮城《きゅうじょう》事件、一九七一～七二年の連合赤軍事件、そして一九七四から七五年にかけての東アジア反日武装戦線による連続企業爆破テロ、およびそれに先立ち未遂に終わった、「虹作戦＝昭和天皇暗殺未遂事件」である。

一九七〇年代の沈黙を破って書くことへと踏み出すにあたって、東アジア反日武装戦線の存在は、桐山にとって決定的であったと推測される。桐山は、彼らの闘争、とりわけ虹作戦の存在を知ったときの衝撃を、後に次のように述懐している。

この「事件」の存在を知ったときの驚きは、一種異様なものであった。単に絶望したテロリストの行動とは受け取れないものがあった。実際、その頃『救援』によって伝えられた兵士たちの姿――分離公判を拒否して、激烈な獄内闘争をくりひろげている兵士たちの姿は、深い信念と、まごうことない真実を自らの個体に宿している者たちの姿として、多くの者にただならぬ感銘を与えていたのである。わたしは、（うさんくさい）という当初の判断を全否定しなければならなかった。

（「虹の力にみちびかれながら」）

桐山は「彼らはもしかすると、バリケードから生まれた者たちの中で、もっとも遠くまで行ったのかも知れない」、とまで述べる。ゆえにこそ、桐山の処女作は、虹作戦および連続企業爆破事件を題材とするものとなった。ただし、それらはあくまで素材として取り扱われている。実際の事件をモチーフとしつつ、そこに虚構を絡ませて物語を構成する手法を、桐山は好んで用いた。『パルチザン伝説』は、実在の東アジア反日武装戦線に虚構上のもう一人の逃亡中のメンバーを設定し、そのメンバーからの書簡のかたちを採っている。そして、その書簡は、メンバーの兄に宛てられているが、その「兄」なる人物は、連合赤軍に属し、山岳ベース事件・あさま山荘事件以前に逮捕・勾留され、その恋人を山岳ベース事件で殺害されたと思しき人物として設定される。さらに、この「兄弟」の子供時代に失踪したとされる謎に満ちた父は、大戦末期において大日本帝国に対するパルチザン闘争を試みた人物として設定されている。

書簡のなかでは、虹作戦の未遂に終わった経過と顚末が語られ、そのことがいわゆる「パルチザン伝説事件」に作者を巻き込むことになるのだが、その詳細は本全集に収められた『「パルチザン伝説」事件』等を参照いただきたい。

筆者が着目したいのは、『パルチザン伝説』において、桐山が現実の出来事に付け加えた——時に事実に反してまで——虚構部分のディティールである。

第一に、「兄」＝連合赤軍、「弟」＝東アジア反日武装戦線のメンバーという設定である。両組織は新左翼運動から発生したという一般的な意味では共通の出自を持っているが、後者はパンフレット『腹腹時計』等において新左翼を含めた既成左翼を徹底的に批判しており、両者の間には組織的にも内面的にもつながりはなかった。彼らからすれば敵への攻撃以前に杜撰な計画によって一網打尽式に検挙され（大菩薩峠事件）、その挙句に壮絶な同士討ちに至った連合赤軍は、「左翼的粋がり」の極みであっただろう。にもかかわらず、桐山は、両者の間に兄弟の関係をアナロジーとして敢えて設定している。その必然性については、後述する。

第二に、物語の語り手たる「弟」の連続企業爆破事件に関する態度である。東アジア反日武装戦線は、昭和天皇の乗ったお召し列車を爆破する計画（虹作戦）が未遂に終わったために、そのために準備された爆弾を東京丸の内の三菱重工本社ビルの爆破に転用し、死者八名、負傷者三百七十六名を数える凄惨なテロ事件を引き起こした（一九七四年八月三十日）。

だが、このように甚大な人的被害を出すことを、メンバーたちは意図的に狙っていたわけではなかった。爆薬の威力が彼らが考えたよりも強力であったこと、三菱重工への犯行予告電話が単なるいたずらと見なされて何の対策もとられなかったことなどによって、被害は巨大なものとなった。

この結果に内心当惑した東アジア反日武装戦線のメンバーであったが、逡巡・論争の末、九月二十三日に公表した犯行声明にて多くの一般人に犠牲が出たことを次のように正当化した。

一九七四年八月三〇日三菱爆破＝ダイヤモンド作戦を決行したのは、東アジア反日武装戦線〝狼〟である。三菱は、旧植民地主義時代から現在に至るまで、一貫して日帝中枢として機能し、商売の仮面の陰で死肉をくらう日帝の大黒柱である。今回のダイヤモンド作戦は、三菱をボスとする日帝の侵略企業・植民者に対する攻撃である。〝狼〟の爆弾に依り、爆死し、あるいは負傷した人間は、『同じ労働者』でも『無関係の一般市民』でもない。彼らは、日帝中枢に寄生し、植民地主義に参画し、植民地人民の血で肥え太る植民者である。〝狼〟は、日帝中枢地区を間断なき戦場と化す。戦死を恐れぬ日帝の寄生虫以外は速やかに同地区より撤退せよ。〝狼〟は、日帝本国内、及び世界の反日帝闘争に起ち上がっている人民に依拠し、日帝の政治・経済の中枢部を徐々に侵食し、破壊する。また『新大東亜共栄圏』に向かって再び策動する帝国主義者＝植民地主義者を処刑する。最後に三菱をボスとする日帝の侵略企業・植民者に警告する。海外での活動を全て停止せよ。海外資産を整理し、『発展途上国』に於ける資産は全て放棄せよ。この警告に従うことが、これ以上に戦死者を増やさぬ唯一の道である。

要するに、彼らの爆弾による死者や負傷者は自業自得だ、と宣言したのである。この宣言について、桐山襲について の唯一のモノグラフを著した陣野俊史は次のように述べている。

三菱重工爆破事件はその爆弾の規模と死傷者によって社会に大きな衝撃を与えたが、一般市民も殺されてよしとする「狼」によって出された声明文は、それ以上の衝撃だった。この声明は、旧左翼はもちろん新左翼にも激しく拒絶されただけではなく、本人たち自身にも大きな悔恨を残し、逮捕後、大道寺らはこれを自己批判し続けることになる。

（『テロルの伝説——桐山襲烈伝』）

つまり、犯行声明文の宣言は彼らの「本心」ではなく、実際のところ彼らは予期せぬ大量流血に動揺していた。ゆえに、その後の連続企業爆破事件においては、彼らは爆弾の威力を減じ、一般人への被害を出さないよう配慮することとなる。そして、一九七五年五月十九日、大道寺将司をはじめとした主要メンバーが一斉逮捕。メンバーの一人、齋藤和《のどか》は、連行中に青酸カリを仰いで自決した。
右のような歴史上の事実に対し、桐山は次のような重要な設定をしている。すなわち、語り部であり主人公である、虚構上のもう一人の東アジア反日武装戦線のメンバーは、大量の「一般人」犠牲者を出したことをめぐって実際に起きたメンバーたちの方針変更を斥けているのである。三菱重工爆破の後の状況を主人公は次のように述べる。

市民社会全体の敵意と、開始された公安の追跡の中で、僕たちは幾晩にもわたって、この事態をめぐる総括討議を続けた。そして、その結果はといえば、七人のグループのうち僕ひとりを除くメンバーの全員が、死傷者を出したことへの自己批判という方針をうち出すことに賛成したのだった。もっとも、死傷者が多ければ多いほど良いと僕が考えたのでもないことは言うまでもないのだが、彼我の力関係と、ここに至る自分たちの情念ともいうべきものの出発点を考えるならば、死傷者に目を奪われての作戦計画はきわめて危険が大きいことを、僕としては主張し続けたのだった。しかし、僕たちのグループは、僕ひとりを除いて、爆発物の小規模化及び分散設置という今後の戦術方針を決定し、それ以降、周知のとおり一九七五年の警察による一斉逮捕に至るまで、〈H企業〉コンピューター室爆破の勝利を頂点とする連続企業爆破戦闘を闘っていくことになるのだった。

（強調原文）

そして、「僕」は、「次の三項目、すなわち――①小規模爆発物の分散設置反対②声明文の中止（戦闘のみがわれわれのメッセージである）③企業爆破戦から××攻撃の再開――ということをメンバーに訴え、そしてそれが否定されたことによってグループから離脱し、そのために一九七五年の一斉逮捕を免れながら、この国に残された唯一人の武装戦線兵士として、獄中のメンバーの闘いに拮抗すべく、唯一人の作戦計画に突入して行ったのだった」（強調原文）とされている。

この設定は何を意味するのか。それは、東アジア反日武装戦線が当初採った大量殺戮肯定の思想を擁護し、彼らによるこの思想の取り下げを批判するものであるようにも見える。しかし、「もっとも、死傷者が多ければ多いほど良いと僕が考えたのでもないことは言うまでもないのだが、彼我の力関係と、ここに至る自分たちの情念ともいうべきものの出発点を考えるならば、死傷者に目を奪われての作戦計画はきわめて危険が大きい」と主人公（＝「弟」）に語らせる桐山の理由づけは、一見不明瞭である。

他方、犯行声明文に現れた、一般市民の殺戮を肯定する思想は、東アジア反日武装戦線の中核的な発想である血債主義から論理的に一貫して導出されたものではなかったか。彼らによれば、当時の日本は、過去の帝国主義の罪悪について頬かむりしつつ、自前の帝国主義を再建し、再びかつて甚大な被害を与えた地域の人民を搾取・抑圧しているのであって、すべての日本人は、完全に自立した帝国主義の「本国人」として、その搾取・抑圧の分け前に与っている。してみれば、完全に「無罪」の「無辜の一般市民」など存在しない。偶々《たまたま》の通行人まで含めて「日帝中枢に寄生し、植民地主義に参画し、植民地人民の血で肥え太る植民者」と見なして殺傷するという宣言は、論理的には首尾一貫し、したがって明快なものであった。

ただ、こうした無差別的な大量殺人を肯定する論理は、ある意味でありふれている。例えば、オウム真理教の麻原彰晃は、サリンをぶちまけて人を殺すことが殺される当人のためにもなると、同教団の教義に基づいて弟子たちに説いた。あるいは現在、世界の此処彼処《ここかしこ》で「アッラー、アクバル」と叫びながら無差別殺人に及んでいる人々も、それを正当化できる彼ら独自の論理を築き、それを突き詰めた上で行なっている。

ナチズムにせよスターリンのマルクス主義にせよ事情は同様である。逆に言えば、論理的な正当化がなくして、組織的・連続的な大量殺戮を行なうことは不可能であり、いかなる宗教思想も政治イデオロギーも、それが体系的な世界観を具えたものであれば、論理的に突き詰めることで大量殺人を正当化する教義へと展開しうる。

桐山は、実際の東アジア反日武装戦線の方針転換を斥けつつ、かの声明文の明快なイデオロギーを復権させることをも避ける。そのとき、桐山は、「無辜の一般人」など本当にいるのか、という問題をすり抜けているのだろうか。というのは、この問題は、三島由紀夫が「鼻をつまみながら通りすぎた」と言い、さらには桐山が「現在に対する憎しみ」を語ってから現時点で三十年が過ぎたいま、避けようもないものとして現れている。それこそ「現在に近づくほど」、「戦後」は腐朽し、いまやそこから漂ってくる腐臭は加速度的に耐え難いものとなっているが、その悲惨な状況を支えているのは、結局は「日本人一般」である。原発の問題にせよ、沖縄の米軍基地の問題にせよ、「無辜の一般国民」など存在しない。これらの問題について、主観的には誠意ある考えを持ったとしても、われわれが日本人として日本国内に暮らす限り、誰かを犠牲とする構造から受益している。かつ、その構造への無関心、そしてさらには居直り——それが今日横行しているものだ。それらへの罰は、裁きは、どうなるのだ？

この問いは、いったん開いたままのものとしておこう。ここで桐山は、「ここに至る自分たちの情念ともいうべきものの出発点」を引き合いに出すが、それが具体的に指すのは、虹作戦に表れたもの、つまりは大逆に関わる問題である。

そこから、登場人物の「兄弟」の「父」が、大戦末期に日本の敗戦を早めるためのパルチザン闘争（空襲の混乱に乗じた破壊工作）を行なったというフィクションが物語に導入される。そして、この虚構のパルチザン闘争は、一九四五年八月十四日から十五日にかけての敗戦プロセス（ポツダム宣言受諾の決定と連合国への通告から「玉音」の録音と放送）を阻止しようと一部軍人たちが起こした実際の事件（＝宮城事件）に絡めて、頂点を迎える。「兄弟」の「父」は、宮城事件のどさくさに紛れて皇居に忍び込み、天皇を狙って爆弾を投ずるが、威力不足のため目的は果たせず、当人が重傷を負う。

この「父」の思想は作中で詳しく物語られるが、そこで展開されているのは、本土決戦（その回避）の問題である。「父」が宮城事件に加担し、大逆を狙うのも、つまるところは、戦争指導層による本土決戦回避の決定を覆すためである。無論、本土決戦の実行は、空襲とは比較にならない惨禍をもたらすに違いないことを「父」は確信している。しかし、天皇制国家の臣民に特有の怯懦と卑小性ゆえに始まり、その終え方がわからなくなってしまった戦争から、何か肯定的なものを生み出すためには、天皇主導による「終戦」ではなく、壊滅的な敗戦が必要である、と。

この思想的結論に至った戦後知識人は、桐山襲ひとりでは全くない。例えば、小松左京は、その処女作の題材に本土決戦が行なわれた反実仮想世界の物語を選び（『地には平和を』）、後には『日本沈没』を書くことによって、単純素朴な人道主義の価値観に安住して本土決戦を回避したことの意味を問いつめようとしない戦後日本を海中に沈めてみせた。「沈没」は、遅れてきた本土決戦の瞬間なのである。

そして、問題を最も端的に定式化してみせたのは、吉本隆明であっただろう。天皇が終戦を宣言したとき、日本の民衆は、自分たちを恐るべき悲惨と苦境に追い込んだ権力に対して起ち上がることもしなければ、天皇の命に逆らって徹底抗戦することによって「終戦」を「敗戦」にまで転化する」（『丸山真男論』）こともなかった。「天皇陛下の赤子たち」は、敗戦することすらできなかった。「わたしたちは、このとき絶望的な大衆のイメージをみたのであり、そのイメージをどう理解するかは、戦後のすべてにかかわりをもったはずである」(同前)。してみれば、桐山襲が虚構内で夢想したのは、この「絶望的な大衆のイメージ」を粉々にしうる爆弾であったのだろうか。おそらくそうではない。自作を振り返ったエッセイ、「虹の力にみちびかれながら」において、桐山は虹作戦に関して次のような解釈を語っている。

［虹作戦の昭和天皇暗殺計画は］単なる政治宣伝として計画されたと考えるには、それは余りにも本格的でありすぎるように思えた。――およそ政治宣伝というものは――それがいかに衝撃的な方法をとろうとも――どこかに啓蒙主義的な色彩が残されているはずである。つまり、未だ目を開いていない民衆、その民衆全体に対する根底における信頼ともいうべきものが不可欠なものとして在らねばならない。

ここで言う「啓蒙主義」とは、吉本の言う「絶望的な大衆」に明らかに関わっている。この「絶望」には、おそらく二重の意味がある。すなわち、大衆が自らが何かをなしうる力量についてあらかじめ絶望していることを指すと同時に、知識人吉本が主体性を根源的に欠いた大衆に絶望していることを指している。桐山が指摘しているのは、大衆への絶望とは、その裏返しであるところの期待・信頼がなければ、発生し得ない、ということだ。ゆえに、桐山の考えでは、大逆も、三菱重工の爆破も、本土決戦も、その意図するところが啓蒙であるならば、そこに根本的な質的差異はない。大逆とは大衆の崇拝対象に対する究極の侵犯であり、一般人を巻き込むこともやむなしとする企業への爆弾テロも、それによって何かが変わりうるという期待によって動機づけられるものであり、本土決戦の想定もまた、大衆が「敗戦」へと到達し、その極限的な惨禍を通して――言い換えれば、惨禍によって啓蒙され――変容しうることへの、少なくとも観念的な期待がなければ意味を持ち得ない。

だが、桐山は「ところが「虹作戦」は、全く異なった思考から導き出されているようにわたしには思えた」と述べている。桐山の言う「全く異なった思考」とは、彼の考える「68年の思想」の核心、すなわち〈自己否定〉

の論理」である。それは、革命とは、世界を（また、大衆を）変える以前に、差別者であり搾取者でありブルジョワ的である「自己」をまず否定し尽くさねば可能にはならない、という論理であった。この論理が極限的に突き詰められることから、東アジア反日武装戦線の思想と実践が生まれたのだ、と桐山は分析する。確かに、東アジア反日武装戦線メンバーたちの革命家としてのストイシズムはその徹底性において際立っていたが、それは自己否定の徹底に基づいていたはずである。

そして周知のように、自己否定の論理とは、連合赤軍事件を貫くものでもあった。桐山は、連合赤軍の場合には集団内部へと向かい自己破壊に帰着した自己否定の作用が、権力との直接的闘争へと、つまりは外へと向かって弾け出たものとして、東アジア反日武装戦線の闘争を評価しているように思われる。

そして、重要なことには、こうした桐山の見解が形成されるきっかけは、企業爆破事件ではなく、その前に失敗に終わった虹作戦（＝大逆）の存在を知ったことだった。つまり、桐山にあっては、自己否定の論理を貫徹することが大逆の意思へと直結されている、あるいは言い換えれば、東アジア反日武装戦線が大逆を真剣に企んだことが彼らの自己否定の論理の徹底性の証しである、という議論の道筋を見て取ることができる。

それは何を含意するだろうか。自己否定の論理を貫くこと、すなわち自己滅却が大逆と等しくなるのだとすれば、虹作戦は政治宣伝であるよりも一種の自殺、より正確に言えば、無理心中であったはずだ。革命家たちは、腐朽を深める戦後日本の申し子として、その腐朽の体現者＝象徴である昭和天皇を討たねばならぬという論理がそこに現れる。大逆をはたらき、それにより自らの身をも滅ぼすことは、戦後日本総体の自殺・自裁となる。そこにあるのは、天皇・日本・革命家自身のラディカルな同一視である。

そして、この点においても、桐山襲の立場は、三島由紀夫に近似してくる。鈴木宏三の仮説によれば、三島がその生涯を締めくくる「行為」として本来望んでいたのは、皇居に乱入して昭和天皇を殺害することだった。その望みが絶たれたために、代償としてあの市ヶ谷での自決が決行されたのではないかという（『三島由紀夫――幻の皇居突入計画』）。天皇への激しい愛憎の想いは三島の種々の発言と作品に色濃く表れているが、鈴木の解釈に依拠するならば、三島がやりたかった（現実には象徴的にしか行なえなかったが）ことは、天皇との無理心中であったと形容できるだろう。三島と東アジア反日武装戦線（桐山が理解する限りでの）を行為へと駆り立てたのは、現在への憎悪――その現在を生きざるを得ない自己への憎悪――それらすべてを象徴的に統べる存在としての天皇に対する憎悪であった。

散文的抵抗

先にも触れたように、三島由紀夫の死、連合赤軍事件、東アジア反日武装戦線のテロリズムは、ひとつの時代の終焉を印していた。それはすなわち、一九四五年八月の敗戦以来の革命的な民主化の展望の終焉であり、拙著『国体論――菊と星条旗』に書いたように、「政治的ユートピア」の終焉であったが、それはまた、民主化の同伴者たる「戦後啓蒙」の時代の終わりがもたらした状況でもあっただろう。なぜなら、先に見た桐山の言葉にあったように、大衆への信頼あるいはその裏返しとしての絶望を前提とするものが「啓蒙主義」であり、それを突き抜けたところに、「自己否定の論理」の特徴があったからである。

啓蒙主義の終焉を政治のレベルで表現していたのが、前衛党の終焉であった。個人的な印象から言えば、全共闘運動の当事者たちが語る「あの時代」の最大の特徴、そして彼らの心を高揚させた最大の事柄は、あらゆる媒介性を廃して直接に大衆が現れたことだった。群衆、野次馬まで含めた有象無象（＝大衆）が、誰からも指図（＝啓蒙）されることなく動いた、つまりそこで党なるものは乗り越えられたのだ、と。三島由紀夫の場合でも、彼は楯の会の若いメンバーたちに同じようなものを見ていたのかもしれない。

だがしかし、大衆のカオティックな高揚は、持続可能なものではない。高揚の潮が引けて行ったとき、革命の主体は再び前衛党に求められたが、すでに啓蒙主義は機能しなくなっている以上、『真の前衛党』「真の前衛党を可能にする真の共産主義者」という観念は、それが働き掛ける対象を失って、党員同士の陰惨な相互破壊をもたらしたのだった。

桐山襲は、連合赤軍のかかる帰結をもたらした理路を東アジア反日武装戦線にあえてつないでいる。連赤事件においては仲間同士に向けられた暴力が敵へ向かって放たれたものとして、東アジア反日武装戦線をとらえる。ただし、見てきたように、それは――大逆であれ、企業爆破であれ――奇妙なほど無理心中に似ていた。

先に触れた小松左京の『日本沈没』が完結して大ベストセラーとなるのは一九七三年のことである。あのユーミンでさえも、この時代（一九七五年）に『「いちご白書」をもう一度』を作詞・作曲している。オイルショックが高度成長を終わらせたとはいえ、フォーディズム的な経済発展は順調に継続していた。その果実を享受しつつ、この繁栄が何らかの裏切り、誤魔化しの上に成り立っていることへの自覚、あるいは少なくともそこはかとない後ろめたさは、この時期の社会にはまだ共有されていたはずである。

桐山の言う「現在に対する憎しみ」とは、その自覚が社会から姿を消してゆくことへの憤りであったように、筆者には思える。そうした激しい情念を懐いた桐山が選んだのは、小説を書くという手段だった――三島由紀夫のように、あるいは東アジア反日武装戦線のように、決起することではなく。大衆の波長に合わせて期待を高めたり、また絶望することから身を退き、八〇年代以降の桐山は、現実の歴史と想像上の歴史を組み合わせて、過去に見られた夢を掘り起こし、未来に向かって解き放つことを、その文学的実践の中核に据えた。

そして、桐山の沖縄への着目は、そのような想像力の展開において中心を占めると同時に、大逆の問題系とともに、東アジア反日武装戦略が暴力的な決起によって提起した問題を引き継ぐものでもあっただろう。東アジア反日武装戦略のイデオロギーが形成されるにあたっては辺境革命論の影響が多大であったとされる。辺境革命論も窮民革命論も語られなくなってからすでに久しいように一見見えながら、同じ発想は、九〇年代以降「最先端の」横文字思想として輸入され、流行した（サバルタン研究等々）。言うまでもなく、それは、「いつでもどこでも絶対に正しい立場」を求めるスターリン主義の亡霊と絶望せる啓蒙主義の陳腐なアマルガムにすぎない。

桐山の沖縄への並大抵ではないこだわりは、かかるものとは異なったかたちでの問題継承の試みであったように思われる。それは、本土の犠牲にされ続けてきた沖縄に言及せねばならないという政治的義務感以上に、想像力を展開させるにあたって沖縄からインスピレーションを得ていることから生じたものであっただろう。それは、桐山が沖縄の風土全体からほとんど本能的に感じ取った一種の解放感抜きにはあり得なかった。桐山にとっての「沖縄なるもの」は、憎悪するほかない現在（天皇制国家の成れの果てとしての現在）を解毒するものとして現れているかのようだ。そして、その解毒作用は、人間の想像力に働きかけるものであり、緩やかなものだ。

してみれば、高揚せる（あるいは、深く絶望せる）決起が詩的であるとすれば、桐山の散文は粘り強い抵抗ではなかったか。「現在に対する憎しみ」に身を焦がしながら、来たるべきものを忍耐強く準備すること――桐山の体現した姿勢は、「現在」の不愉快さが極限に達した今日にあってこそ、求められている。本全集は、われわれが引き継ぐべきものの全容を余すところなく示してくれるであろう。

【初出一覧】

Ⅰ　小説・戯曲

祭りの準備　未発表（完成稿が書かれたのは一九八四年夏頃と思われる）
パルチザン伝説　「文藝」一九八三年一〇月号（単行本、一九八四年六月、作品社刊）
亡命地にて　「早稲田文学」一九八四年一月号（同右に収録）
スターバト・マーテル　「文藝」一九八四年六月号
凪のクロニクル　「文藝」一九八四年一一月号
戯曲　凪のクロニクル　単行本　一九八五年一一月　冬芽社刊
旅芸人　「文藝」一九八五年四月号
地下鉄の昭和　「文藝」一九八五年九月号

Ⅱ　評論・エッセイほか

「パルチザン伝説」の海難　「日本読書新聞」一九八四年四月一六日
死者と共に提出した〈戦後の総括〉――『白樺の林に友が消えた』　「日本読書新聞」一九八四年三月一二日
消えた喫茶店　「読売新聞」一九八四年七月五日
声明　「日本読書新聞」一九八四年七月二三日
〈雪穴〉の向うに――森恒夫『銃撃戦と粛清』／植垣康博『兵士たちの連合赤軍』　「日本読書新聞」一九八四年九月二四日
バリケードの喪失と持続　「東京新聞」一九八五年二月六日
虹の力にみちびかれながら　「インパクション」三四号　一九八五年三月

想像力は何を変革しうるか？　「インパクション」四六号　一九八五年七月
風のクロニクル　「劇団青年座」一八七号　一九八五年一〇月一〇日
32人が選んだ85年のベスト3＋1　「朝日ジャーナル」一九八六年一月三日・一〇日合併増大号
大江健三郎『河馬に噛まれる』　「文藝」一九八六年春季号　一九八六年一月
『山谷―やられたらやりかえせ』　「インパクション」四〇号　一九八六年三月
二つの死の間で――『山谷―やられたらやりかえせ』　「現代詩手帖」一九八六年五月号
わざをきびと　「文藝」一九八六年夏季号
沖縄　『思想のポリティクス』所収（粉川哲夫・高橋敏夫・平井玄共編　一九八六年六月　亜紀書房刊）
極寒に拮抗する紅い花　「ALICE新聞」一九八六年六月
脅迫状に書かれている幾つかのこと　「文藝」一九八六年秋季号　（一九八六年七月）
魂を売り渡さない者たちの深く静かな怒り　『国鉄を殺すな』所収（桐山襲編　一九八六年九月　冬芽社刊）
天皇制をめぐるスリリングな批評――池田浩二『文化の顔をした天皇制』　「新地平」一九八七年一月号
歴史の闇を切り開く表現の不在――東アジア反日武装戦線のこと　「文学時標」第二号　一九八六年一二月一〇日
樹木たちと、死者たちが……　「反天皇制運動」18号　一九八七年二月
下北下風呂　「旅」一九八七年四月号
〝冤罪〟づくりに加担する新聞報道　「朝日ジャーナル」一九八七年三月二七日号
イーグルトン『マルクス主義と文芸批評』『批評の政治学』　「文藝」一九八七年夏季号
南島の死者と生者　「クライシス」三一号　一九八七年七月
「パルチザン伝説」事件　単行本　一九八七年八月　作品社刊

【著書一覧】

『パルチザン伝説　桐山襲作品集』　一九八四年六月作品社
収録作＝「パルチザン伝説」「亡命地にて　一九八三年・秋」
『風のクロニクル』　一九八五年一月　河出書房新社
収録作＝「風のクロニクル」
『戯曲　風のクロニクル』　一九八五年一一月　冬芽社
収録作＝「戯曲　風のクロニクル」
『スターバト・マーテル』　一九八六年七月　河出書房新社（一九九一年四月　河出文庫）
収録作＝「スターバト・マーテル」「旅芸人」「地下鉄の昭和」
『国鉄を殺すな　国鉄労働者は発言する』（編著）　一九八六年一一月　冬芽社
「『パルチザン伝説』事件」　一九八七年八月　作品社
『聖なる夜聖なる穴』　一九八七年二月　河出書房新社
収録作＝「聖なる夜聖なる穴」
『亜熱帯の涙』　一九八八年一月　河出書房新社
収録作＝「亜熱帯の涙」
『都市叙景断章』　一九八九年五月　河出書房新社
収録作＝「都市叙景断章」
『神殿レプリカ』　一九九一年八月　河出書房新社
収録作＝「J氏の眼球」「十四階の孤独」「S区夢幻抄」「リトゥル・ペク」「そのとき」「神殿レプリカ」
『未葬の時』　一九九四年六月　作品社

収録作＝「未葬の時」

『**未葬の時**』一九九九年一一月　講談社文芸文庫
収録作＝「未葬の時」「風のクロニクル」「スターバト・マーテル」

『**パルチザン伝説**』二〇一七年八月　河出書房新社
収録作＝「パルチザン伝説」

※本書収録作は、著者の「著作ノート」に拠ったが、対談・座談会は除いた。基本的に初出紙誌から収載したが、単行本・文庫に収録されたものについては、そちらを底本とした。また、「著作ノート」に記されていたもののうち、左記の記事は本書未収録。

八五年＝「カオス公演によせて」（パンフ）／八六年＝青年座「風が吹くとき」（パンフ）／「天皇の便所」（「反天皇制運動」）／「入会挨拶」（「文芸家協会ニュース」）／八七年＝「パルチザン伝説出版弾圧事件」（山谷集会パンフ）／「路上の権利」（東灘解放研パンフ「やられてたまるか」）／八八年＝「インタビュー　著者と語る」（共同通信）／「Xデー（＊）」（「反天皇制運動」）／「天皇制について（＊）」（「地球家族」）／八九年＝「アンケート」（中国の事態をめぐる緊急声明ニュース）／「いま全世界が〝民主主義〟へ向かって動き出している？」（「反天連ニュース」）／「中川さんへ、多くの人々へ」（「反天連ニュース」）／「王勾の酒（＊）」（「天皇制代替り情報センター通信」）／九二年＝「森は真紅の闇をまとって」（「エコロジスト（＊）」）（＊はタイトル・掲載誌紙名未定）

桐山襲（きりやま・かさね）
1949～1992年。東京生まれ。1983年、「パルチザン伝説」でデビュー。以後、小説、戯曲、評論等を執筆。主な著書に『風のクロニクル』『戯曲　風のクロニクル』『スターバト・マーテル』『聖なる夜聖なる穴』『「パルチザン伝説」事件』『亜熱帯の涙』『年叙景断章』『神殿レプリカ』『未葬の時』など。

桐山襲全作品 I

二〇一九年六月二〇日 第一刷印刷
二〇一九年六月三〇日 第一刷発行

著 者 桐 山 襲
発行者 和 田 肇
発行所 株式会社 作 品 社

〒一〇二-〇〇七二
東京都千代田区飯田橋二ノ七ノ四
電話 (〇三)三二六二-九七五三
FAX (〇三)三二六二-九七五七
http://www.sakuhinsha.com
振替 〇〇一六〇-三-二七一八三

印刷・製本 シナノ印刷㈱
本文組版 ㈲一 企 画

ISBN978-4-86182-745-7 C0093